GEORGE R.R. MARTIN

A DANCE WITH DRAGONS
After the Feast

Джордж Р.Р. Мартин

ТАНЕЦ С ДРАКОНАМИ
Искры над пеплом

Из цикла
«Песнь льда и огня»

АСТ
москва

УДК 821.111(73)-313.2
ББК 84 (7Сое)-44
М29

Серия «Мастера фэнтези»

George R. R. Martin
A DANCE WITH DRAGONS
AFTER THE FEAST

Перевод с английского Н.И. Виленской

Художник В.Н. Ненов

Оформление А. А. Кудрявцева

Компьютерный дизайн А.И. Смирнова

Печатается с разрешения автора и литературных агентств
The Lotts Agency и Andrew Nurnberg.

Подписано в печать 15.01.14. Формат 60x90 $^1/_{16}$.
Усл. печ. л. 34. Доп. тираж 7 000 экз. Заказ № 469.

Мартин, Джордж Р. Р.
М29 Танец с драконами. Искры над пеплом: из цикла «Песнь льда и огня» : [фантастический роман] / Джордж Р. Р. Мартин; пер. с англ. Н.И. Виленской. — Москва: АСТ, 2014. — 537, [7] с. — (Мастера фэнтези).
ISBN 978-5-17-078124-9

«Танцем драконов» издавна звали в Семи Королевствах войну.
Но теперь война охватывает все новые и новые земли.
Война катится с Севера — из-за Стены. Война идет с Запада — с Островов. Войну замышляет Юг, мечтающий посадить на Железный Трон свою ставленницу. И совсем уже неожиданную угрозу несет с Востока вошедшая в силу «мать драконов» Дейенерис...
Что будет? Кровь и ненависть. Любовь и политика. И прежде всего — судьба, которой угодно было свести в смертоносном танце великие силы.

УДК 821.111(73)-313.2
ББК 84 (7Сое)-44

© George R. R. Martin, 2011
© Перевод. Н.И. Виленская, 2012
© Художник. В.Н. Ненов, 2012
© Издание на русском языке AST Publishers, 2014

ТАНЕЦ С ДРАКОНАМИ

ИСКРЫ НАД ПЕПЛОМ

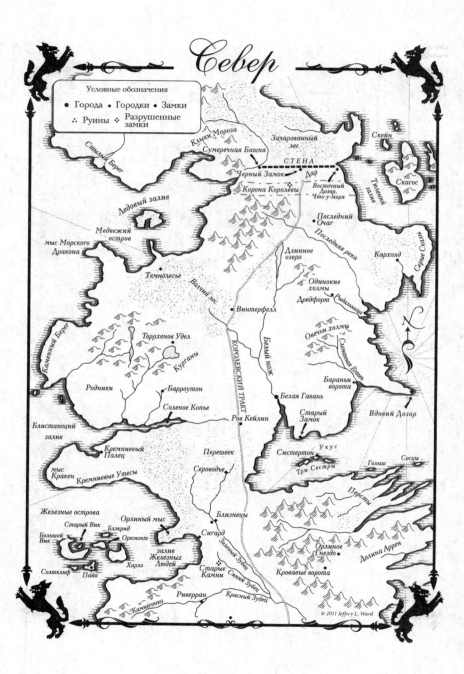

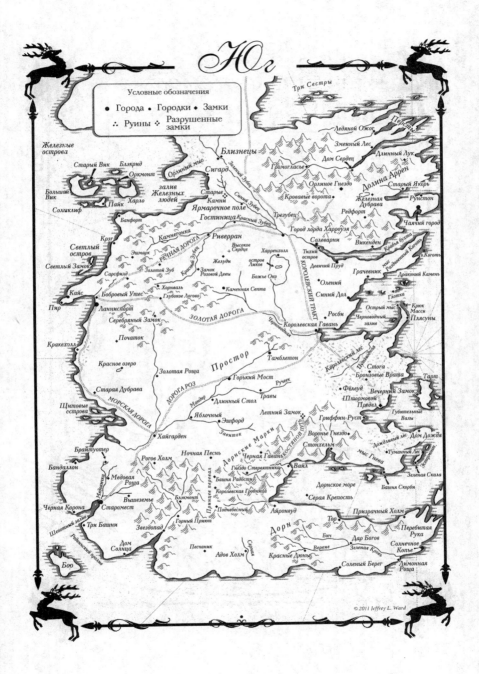

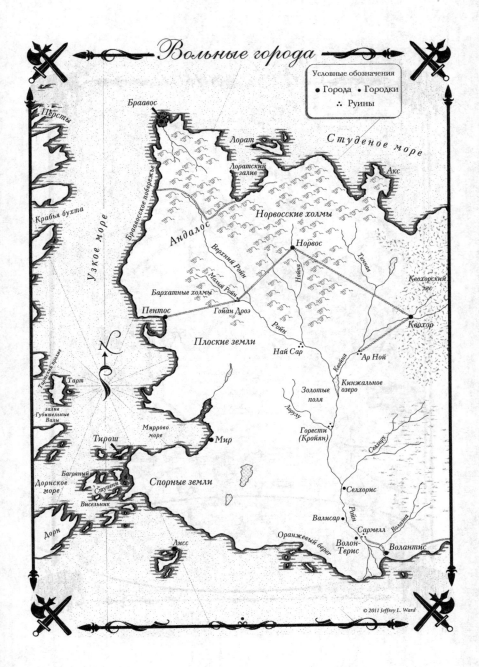

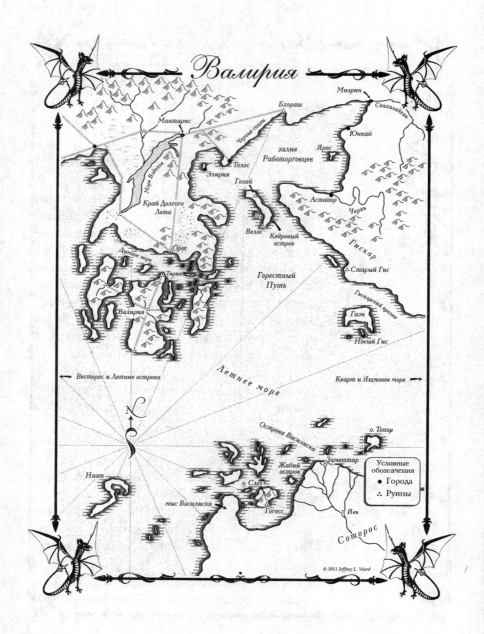

ПРИНЦ ВИНТЕРФЕЛЛА

В очаге запекся черный холодный пепел — слабое тепло давали одни лишь свечи. Их пламя дрожало всякий раз, как открывали дверь, и с ними дрожала невеста. Ее одели в платье из белой шерсти, отороченное кружевом, расшитое речным жемчугом на лифе и рукавах. Туфельки из белой оленьей кожи были красивы, но нисколько не грели. В лице девочки не было ни кровинки.

«Как ледяная, — подумал Теон Грейджой, накидывая ей на плечи меховой плащ. — Как мертвая, похороненная в снегу».

— Пора, миледи. — За дверью играла музыка — лютня, волынка и барабан.

Невеста подняла на него карие, блестящие при свечах глаза.

— Я буду ему хорошей, в-верной женой. Буду угождать ему во всем, подарю ему сыновей. Настоящая Арья так не сумела бы.

Такие разговоры приведут ее к смерти, а то и к худшим вещам — Теон усвоил этот урок, когда был Вонючкой.

— Вы и есть настоящая Арья, миледи. Арья из дома Старков, дочь лорда Эддарда, наследница Винтерфелла. — Имя. Она должна затвердить свое имя. — Арья-надоеда, Арья-лошадка.

— Я сама придумала ей это прозвище: у нее лицо лошадиное. — Слезы наконец-то проступили у нее на глазах. — Я, конечно, не была такой красивой, как Санса, но все говорили, что я хорошенькая. Лорд Рамси тоже так думает?

— Да, — солгал Теон. — Он мне сам говорил.

— Все равно... Он ведь знает, кто я на самом деле. Всегда смотрит сердито, даже когда улыбается. Говорят, он любит мучить людей.

— Не надо слушать глупые басни, миледи.

— Говорят, вас он тоже мучил. Ваши руки и...

— Я заслужил это, — выговорил Теон пересохшими губами. — Разгневал его. Помните об этом и не повторяйте моей ошибки. Лорд Рамси — хороший человек, добрый. Будьте ему хорошей женой, и все обойдется.

— Помогите мне! — вскрикнула девочка, вцепившись в его рукав. — Я часто смотрела, как вы фехтуете во дворе... Вы были такой красивый. Убежим вместе! Я буду вашей женой... или любовницей, как пожелаете.

— Невозможно. — Теон высвободил рукав. — Будьте Арьей, и все устроится. Угождайте ему во всем и никогда не говорите, что вы не Арья. — «Джейни, — подумал он, — вот как ее зовут». Музыка звучала громко, настойчиво. — Нам пора, вытрите слезы. — Глаза у нее карие, а должны быть серыми. Кто-нибудь непременно заметит и вспомнит. — Вот и хорошо. Теперь улыбнитесь.

Девочка невероятным усилием показала зубы. Красивые зубки, белые... недолго они продержатся, если она разозлит Рамси. Теон распахнул дверь, и три свечи из четырех погасли. Он вывел невесту в туман, где ожидали гости.

«Почему я?» — спросил он, когда леди Дастин сказала, что невесту поведет он.

«Ее отец и братья мертвы, мать погибла в Близнецах, дяди в плену или пропали без вести».

«У нее есть еще один брат. — Трое братьев, если уж говорить правду. — Джон Сноу из Ночного Дозора».

«Он брат ей лишь наполовину, бастард и связан присягой. Вы были воспитанником ее отца, ближе вас у нее никого не осталось — кому и быть посаженым отцом, как не вам».

Ближе никого не осталось... Теон Грейджой и Арья Старк росли вместе. Теон сразу бы опознал самозванку. Раз невесту выдает замуж он, у северных лордов нет оснований оспаривать этот брак. Стаут, Слейт, Амбер Смерть Шлюхам, сварливые Рисвеллы, люди Хорнвуда, родичи Сервина — никто из них не знает дочерей Неда Старка лучше Теона. А если кто и питает сомнения, пусть раскинет умом и оставит все свои мысли при себе.

Болтоны используют его, чтобы прикрыть свой обман. Нарядили, как лорда, и отправили играть роль. Как только лже-Арья станет законной женой Рамси, лорду Русе больше не понадобится Теон Переметчивый. «Сослужи нам эту службу, и после победы над Станнисом мы подумаем, как вернуть тебе твои наследственные права», — сказал его милость своим тихим, созданным для лжи голосом. Теон не поверил ни единому его слову. Он спляшет для них этот танец — ведь выбора у него нет, — а после его снова отдадут Рамси, который отнимет у него еще несколько пальцев и обратит Теона обратно в Вонючку. Хоть бы боги смилостивились и послали в Винтерфелл Станниса, чтобы он всех здесь предал мечу... в том числе и Теона. Это лучшее, на что можно надеяться.

В богороще, как ни странно, было теплей, чем внутри. Над всем остальным замком стоит белый морозный туман, дорожки обледенели, разбитые стекла теплиц сверкают инеем при луне. Всюду грудами лежит грязный снег, прикрывший пепел и угли; кое-где из-под него торчат обгорелые балки или кучи костей с лохмотьями кожи. Стены и башни обросли бородой сосулек с копье длиной — а в богороще нет снега, и от горячих прудов поднимается пар, теплый, как дыхание ребенка.

Невеста в белом и сером; такие же цвета надела бы настоящая Арья, если б ей было суждено дожить до собственной свадьбы. Сам Теон в черном и золоте; плащ на плече скрепляет железный кракен, выкованный барроутонским кузнецом ради такой оказии. Но под капюшоном прячутся поредевшие седые волосы, и кожа у него серая, как у дряхлого старика. Наконец-то и он стал Старком. Они с невестой, разгоняя туман, прошли под каменной аркой. Барабан стучал, как девичье сердце, волынка сулила счастье. Месяц смотрел на них из тумана, как сквозь шелковую вуаль.

Этой богороще Теон не чужой. Он играл здесь мальчишкой, пускал камешки через черный холодный пруд под чардревом, прятал свои сокровища в дупле старого дуба, скрадывал белок с самодельным луком в руке. А когда подрос, лечил в горячих источниках синяки после учебных схваток с Роббом, Джори и Джоном Сноу. Эти каштаны, вязы и гвардейские сосны давали ему убежище, позволяя побыть одному. Здесь он впервые поцеловал девушку и здесь же стал мужчиной, уже с другой, на рваном одеяле вон под тем высоким страж-деревом.

Но такой — призрачной, с огнями и доносящимися непонятно откуда шепотами — он богорощу еще никогда не видел. Серый пар ползет вверх по стенам, заволакивая пустые окна.

Вымощенная замшелым камнем дорожка едва видна под грязью, палой листвой и корнями. Невесту зовут Джейни, но это имя нельзя произносить даже в мыслях, иначе поплатишься пальцем или ухом. Из-за нехватки пальцев на ногах Теон ступал медленно — недоставало еще споткнуться. За такую оплошность лорд Рамси с него кожу сдерет.

Пар такой густой, что видны только ближние деревья — дальше лишь тени и огоньки. Вдоль дорожки и между стволами расставлены свечи, они и мерцают во мгле, как светляки. Словно в том месте между мирами, где блуждают грешные души в ожидании назначенной им преисподней. Может, они все и вправду мертвы, убиты во сне внезапно нагрянувшим Станнисом? Может, предполагаемая битва уже состоялась?

Кое-где красные огни факелов высвечивают лица гостей. Игра теней в тумане превращает их в зверей и чудовищ: лорд Стаут — вылитый мастифф, старый лорд Локе — коршун, Амбер Смерть Шлюхам — горгулья, Уолдер Большой — лис, Уолдер Малый — рыжий бычок, только кольца в носу не хватает.

А лицо Русе Болтона напоминает бледно-серую маску с двумя грязными льдинками вместо глаз.

На деревьях полным-полно воронов — сидят, взъерошив перья, на голых ветках и смотрят на то, что происходит внизу. Мейстер Лювин убит, воронья башня сгорела, но птицы выжили, и это их дом. Теон уже позабыл, что чувствуешь, когда у тебя есть дом.

Туман разошелся и открыл новую картину, словно занавес на театре. Вот оно, сердце-дерево с широко распростертыми костяными ветвями. Вокруг толстого белого ствола кучами лежат красные и бурые опавшие листья. Здесь воронов всего больше — переговариваются друг с дружкой на тайном языке, как злодеи. Под деревом стоит Рамси Болтон в высоких сапогах серой кожи, в черном бархатном дублете с розовыми шелковыми прорезями, украшенном гранатовыми слезами. Губы мокрые, шея над воротником красная.

— Кто здесь? — спросил он. — Кто просит благословения богов?

— Арья из дома Старков, — ответил Теон, — законнорожденная, взрослая и достигшая расцвета. Кто хочет взять ее за себя?

— Я, Рамси из дома Болтонов, лорд Хорнвуда и наследник Дредфорта. Кто ее отдает?

— Теон из дома Грейджоев, взращенный ее отцом. Леди Арья, берешь ли этого человека себе в мужья?

Она подняла на него глаза — карие, а не серые. Неужто они не замечают этого, дурачье? В глазах читалась мольба. «Другого случая у тебя не будет, — подумал Теон. — Скажи им сейчас. Выкрикни свое имя — пусть весь Север услышит, что ты не Арья, что тебя принудили выдать себя за нее». После этого она, конечно, умрет, и он тоже, но авось, Рамси в порыве гнева убьет их быстро.

— Беру, — шепотом сказала она.

Сто свечей мерцали в тумане. Теон отступил. Жених с невестой взялись за руки и преклонили колени, склонив головы перед сердце-деревом. Лик на стволе смотрел на них красными глазами, смеясь красным ртом. Наверху каркнул ворон.

После нескольких мгновений тихой молитвы они поднялись. Рамси снял плащ, наброшенный Теоном на плечи невесты — белый, шерстяной, отороченный серым мехом, с эмблемой лютоволка Старков, — и заменил его розовым, расшитым гранатами, как и его дублет. На спине был пришит дредфортский ободранный человек, выкроенный из красной кожи.

Вот и все. Свадьбы на Севере за отсутствием жрецов и септонов совершаются быстро — оно и к лучшему. Рамси взял жену на руки и понес ее сквозь туман. Лорд Болтон с леди Уолдой двинулись следом, за ними все остальные. Музыка опять заиграла, Абель-бард в сопровождении двух женских голосов запел «Два сердца бьются, как одно».

«Не помолиться ли мне?» — подумал Теон. Услышат ли его старые боги? У него свой бог, Утонувший, но Винтерфелл так далеко от моря... и он так давно не обращался ни к одному из богов. Кем он стал, кем был раньше, почему он еще жив и зачем родился на свет?

— Теон, — тихо позвал кто-то... но кто? Вокруг никого, кроме окутанных туманом деревьев. Шепот, тихий как шорох листвы, пронизал его холодом. Бог его зовет или призрак? Сколько человек погибли, когда он взял Винтерфелл, сколько в тот день, когда он потерял замок? Сам Теон Грейджой тоже умер тогда, возродившись как Вонючка.

Ему захотелось поскорее уйти.

За пределами богорощи холод набросился на него словно волк. Пригнув голову от ветра, Теон шел вдоль вереницы свечей и факелов в Великий Чертог. Снег хрустел под сапогами; капюшон, мешавший кому-то из призраков заглянуть Теону в лицо, сдуло.

В Винтерфелле полным-полно призраков. Это уже не тот замок, который запомнился ему в летнюю пору юности. Теперь это развалина, пристанище мертвецов и ворон. Двойная крепостная стена устояла — гранит не поддается огню, — но на башнях и других зданиях почти не осталось кровель, а некоторые и вовсе обрушились. Огонь пожрал дерево и тростник, стекла побились, тепличные растения, которые могли бы кормить замок всю зиму, погибли на холоде. Во дворе стоят заметенные снегом палатки: Русе Болтон разместил здесь свое войско и солдат своих друзей Фреев. Все дворы, подвалы и разрушенные строения заполнены до отказа.

Крышей успели покрыть только казарму и кухню, откуда теперь сочится дымок. Из всех красок в замке остались лишь серая и белая, цвета Старков. Дурным это считать знаком или хорошим? Небо и то серое; всё серое, куда ни глянь, кроме глаз невесты. Они у нее карие, и их наполняет страх. Напрасно она обратилась к нему как к спасителю. Что он ее, на крылатом коне увезет, как герой сказок, которыми Санса с Джейни когда-то заслушивались? Он и себе-то помочь не в силах. Вонючка — он Вонючка и есть.

По всему двору развешаны заиндевевшие трупы тех, кто самовольно заселил замок. Люди Болтона, выгнав их из нор, где те ютились, повесили самых дерзких, а остальных поставили на работу. «Будьте прилежны, и я окажу вам милость», — сказал лорд Болтон. Первым делом они воздвигли новые ворота на месте сожженных и подвели под крышу Великий Чертог. Когда работники управились со всеми порученными делами, лорд Болтон их тоже повесил. Слова он не нарушил и милость им оказал: ни с одного не снял кожу.

К этому времени подошло остальное войско. Над стенами Винтерфелла, где гулял северный ветер, подняли оленя и льва короля Томмена, а под ним — дредфортского человека с содранной кожей. Теон прибыл в замок с леди Дастин, ее барроутонскими вассалами и невестой. Леди Барбри настояла, что будет опекать леди Арью вплоть до ее замужества, — теперь ее полномочия кончились. Девушка, произнеся подобающие слова, стала принадлежать Рамси и сделала его лордом Винтерфелла. Он не причинит ей зла, если Джейни ничем его не прогневает... Нет, не Джейни. Арья.

Руки Теона ныли даже в подбитых мехом перчатках — особенно досаждали недостающие пальцы. Неужели женщины когда-то млели от его ласк? Он объявил себя принцем Винтерфелла, оттуда все и пошло. Думал, что о его подвигах будут петь и рассказывать не меньше ста лет. Но его прозвали Теоном Переметчивым; если рассказы и ходят, то лишь о его предательстве. А ведь Винтерфелл так и не стал для него родным домом: он жил здесь заложником, и тень большого меча всегда разделяла их с лордом Эддардом. Лорд обращался с ним хорошо, но не проявлял никаких нежных чувств, зная, что воспитанника, возможно, однажды придется убить.

Теон, опустив глаза, пробирался между палатками. На этом дворе он обучался быть воином, сражался с Роббом и Джоном Сноу под надзором старого сира Родрика. Тогда пальцы еще были целы, и он охватывал рукоять меча без труда. Со светлыми воспоминаниями уживаются мрачные: именно здесь он собрал людей Старка в ту ночь, когда Бран и Рикон бежали из замка. Рамси, который тогда сам назывался Вонючкой, стоял рядом и шептал ему на ухо, что недурно бы кое с кого кожу содрать: тогда челядинцы мигом скажут, куда девались мальчишки. «Пока Винтерфеллом правлю я, кожу ни с кого не сдерут», — заявил Теон, не ведая, как мало ему остается править. Он знал этих людей полжизни, а они не захотели ему помочь. Тем не менее он защищал и замок, и его домочадцев, пока Рамси, отбросив личину Вонючки, не перебил их. Дружина Теона тоже вся полегла; последнее, что ему запомнилось, был его конь Улыбчивый, с горящей гривой и обезумевшими глазами. Здесь, на этом самом дворе.

Вот и двери Великого Чертога — новые, наспех сколоченные. Охранявшие их копейщики кутались в меховые плащи, бороды у них обледенели. Теона, толкнувшего правую створку и проскользнувшего внутрь, они проводили завистливыми взглядами.

В чертоге, к счастью, было тепло. Ярко горели факелы, и такого количества народу Теон здесь еще никогда не видел. На скамьях сидели впритирку, и даже лордам и рыцарям выше соли места досталось меньше обычного.

Абель у помоста бренчал на лютне и пел «Прекрасные девы лета». Лорд Мандерли привез музыкантов из Белой Гавани, но певцов среди них не было — тут-то Абель и явился к воротам с лютней и шестью женщинами. «Две моих сестрицы, две дочки, жена и матушка, — представил их он, хотя фамильного сходства между ними не наблюдалось. — Они и танцуют, и поют, и белье стирать могут. Одна играет на волынке, другая на барабане».

Сам он тоже неплохо играл и пел — лучшего в этих руинах не приходилось искать.

На стенах висели знамена: разномастные конские головы Рисвеллов, ревущий великан дома Амберов, каменная рука Флинтов, лось Хорнвудов, водяной Мандерли, черный топор Сервинов, сосны Толхартов. Яркие полотнища не полностью скрывали обгоревшие дочерна стены и забитые досками оконные дыры, зато новехонькие стропила еще не успели покрыться копотью.

Самые большие знамена располагались за высоким столом: лютоволк позади невесты, человек с содранной кожей позади жениха. Знамя Старков поразило Теона не меньше, чем карие глаза молодой. Вместо него здесь полагалось бы висеть гербу дома Пулей: голубое блюдо на белом поле, окаймленное серой лентой.

— Теон Переметчивый, — сказал кто-то.

Многие отворачивались, когда он шел мимо, а то и плевались. Как же иначе. Он предательски взял Винтерфелл, убил своих названых братьев, выманил своих земляков из Рва Кейлин на лютую смерть, уложил названую сестру в постель лорда Рамси. Русе Болтону он, возможно, и пригодится еще, но у прочих северян вызывает только заслуженное презрение.

А тут еще походка — из-за покалеченной левой ноги он ковылял, точно краб. Женщина смеется... даже в этой замороженной обители смерти есть женщины. Прачки — так их называют, чтобы не употреблять некрасивого слова «шлюхи».

Непонятно, откуда они берутся — просто появляются, как черви на трупе или воронье после битвы. Одни опытные, способные принять за ночь двадцать мужчин и перепить любого из них, другие — что твои невинные девы. Есть и походные женки: совершит такая венчальный обряд с солдатом перед одним из богов, а после войны он ее тут же бросит. Ночью она с ним спит, утром латает ему сапоги, вечером стряпает ужин. Убьют его — оберет мертвеца. Некоторые и впрямь занимаются стиркой, за многими таскаются хвостом грязные ребятишки. И такая вот баба смеется над ним, Теоном! Ничего, пусть. Его гордость погибла здесь, в Винтерфелле: в темницах Дредфорта ей не место. Того, кто знал поцелуй свежевального ножа, смех перестает ранить.

По праву рождения он занимает место на конце высокого стола, у стены. По левую руку от него сидит леди Дастин, как всегда в черном, без единого украшения, по правую нет никого. Боятся, как бы на них его бесчестье не перекинулось.

Русе Болтон предложил здравицу в честь леди Арьи.

— В ее детях два наших древних рода соединятся, и вражде между Старками и Болтонами будет положен конец. — Он говорил так тихо, что все примолкли, насторожив слух. — Жаль, что наш добрый друг Станнис опаздывает, — это вызвало смех, — Рамси так надеялся поднести его голову в дар леди Арье. — Смех усилился. — Когда он явится, мы окажем ему достойный прием, как настоящие северяне, а пока будем есть, пить и веселиться. Зима вот-вот нагрянет, друзья мои, и немногие из нас доживут до весны.

Еду и напитки для свадебного стола привез с собой лорд Белой Гавани. Пиво — хочешь темное, хочешь светлое, не говоря уж о винах, привезенных с юга и выдержанных в его глубоких подвалах. Гости поглощали рыбные пироги, тыкву, репу, сыр, горячую баранину, жареные говяжьи ребра. Вскоре настал черед трех свадебных пирогов величиной с тележное колесо. Внутри у них чего только не было: морковка, лук, та же репа, грибы, свинина в густой подливе. Рамси резал их своим фальшионом, а подавал сам лорд Виман: первые порции лорду Русе и его толстухе-жене, урожденной Фрей, следующие сиру Хостину и сиру Эйенису, сыновьям Уолдера Фрея.

— Такого вы еще не пробовали, милорды, — приговаривал он. — Запивайте его борским золотым и смакуйте каждый кусочек, мой вам совет.

Сам он умял шесть ломтей, по два от каждого пирога, и причмокивал, и оглаживал свой живот. В бороде у него застряли крошки, камзол украсился пятнами соуса. Даже Толстая Уолда, съевшая три куска, не могла угнаться за ним. Рамси тоже уплетал за обе щеки, а вот молодая ни кусочка не проглотила.

Когда она поднимала глаза, Теон видел, что они по-прежнему полны страха.

Мечи в чертог не допускались, но каждый мужчина, даже Теон Грейджой, имел при себе кинжал, чтобы резать им мясо. Глядя на бывшую Джейни Пуль, он чувствовал на боку холодок стали. Спасти ее он не может, а вот убить — чего проще. Пригласить леди на танец и перерезать ей горло, свершить доброе дело. А если старые боги смилуются, то Рамси и его на месте убьет. Смерти Теон не боялся: в подземельях Дредфорта он испытал куда более страшные муки. Этого урока, который Рамси преподавал ему палец за пальцем, он не забудет до конца своих дней.

— Ты ничего не ешь, — заметила леди Дастин.

— Не хочется... — Слишком мало зубов у него осталось во рту, чтобы получать удовольствие от еды. Пить легче, хотя чашу тоже приходится обеими руками держать.

— Напрасно. Такого свиного пирога, если верить нашему толстому другу, мы еще не едали. — Леди повела чашей в сторону лорда Мандерли. — Видел ты когда-нибудь столь счастливого толстяка? Чуть не пляшет и сам подает тарелки.

Лорд Белой Гавани в самом деле являл собой портрет дородного весельчака — он смеялся, хлопал других лордов по спинам и заказывал музыку.

— Спой нам «Конец ночи», певец, — я знаю, невесте понравится. А не то поведай об отважном Данни Флинте, чтобы мы все прослезились.

— Можно подумать, что это он новобрачный.

— Он попросту пьян, — проронил Теон.

— Страх свой топит, несчастный трус.

Трус? Теон не был в этом уверен. Сыновья Вимана, такие же толстые, не посрамили себя в бою.

— На Железных островах тоже принято пировать перед битвой. Близость смерти придает жизни особую сладость. Если Станнис придет сюда...

— Придет, куда денется, — усмехнулась леди. — И когда это случится, толстяк намочит штаны. Его сына убили на Красной Свадьбе, а он делит хлеб-соль с Фреями, принимает их у себя, обещает одному из них свою внучку и подает им пирог. В старину Мандерли бежали на Север с юга, отдав свои земли и замки врагу, а кровь всегда окажет себя. Не сомневаюсь, что толстяк охотно перебил бы нас всех, только духу, несмотря на обилие плоти, у него не хватает. Под всем этим жиром бьется сердце столь же трусливое, как... как и твое.

Это хлестнуло Теона, будто кнутом, но ответить столь же хлестко он не посмел. Охота была платить собственной шкурой за дерзости.

— Если миледи думает, что лорд Мандерли замышляет измену, об этом следует сказать лорду Болтону.

— По-твоему, Русе не знает? Глупости. Посмотри, как он следит за Мандерли, и заметь: он не притронется ни к чему, пока лорд Виман не отведает это первым. Не пригубит вина, пока тот не выпьет из того же бочонка. Русе будет только в радость, если толстяк попытается нас предать. Он ведь бесчувственный, Болтон. Пиявки, которых он так обожает, давно высосали из него все страсти. Любовь, ненависть, горе — для него всего лишь игра. Одни охотятся с гончими, другие с ястребами, третьи бросают кости, а Русе играет людьми. Тобой, мной, Фреями, Мандерли, новой толстушкой-женой, даже своим бастардом; все мы фигуры в его игре. — Леди Барбри подставила слуге чашу и жестом велела ему наполнить чашу Теона. — Ему, по правде говоря, одного лордства мало. Почему бы не королевство? Тайвин Ланнистер мертв, Цареубийца — калека, Бес в бегах. Ланнистеры кончились, а от Старков Болтона любезно избавил ты. Старый Уолдер Фрей не будет против, если его крошку Уолду сделают королевой Севера. Возражения могут последовать со стороны Белой Гавани, но я почему-то не думаю, что лорд Виман переживет грядущую битву — и Станнис тоже. Русе уберет их, как убрал Молодого Волка, и кто же тогда останется?

— Вы, — ответил Теон. — Леди Барроутона, вдова Дастина, урожденная Рисвелл.

— Да, — согласилась довольная леди Барбри, — я могла бы ему помешать. Русе, конечно, тоже об этом знает и потому старается меня ублажить.

Она хотела сказать еще что-то, но тут в лордову дверь за помостом вошли трое мейстеров — один длинный, другой пухлый, третий совсем юнец, но похожие, как три серые горошины из одного стручка. Медрик до войны служил лорду Хорнвуду, Родри — лорду Сервину, молодой Хенли — лорду Слейту. Русе Болтон призвал их всех в Винтерфелл, чтобы посылать и получать письма с воронами мейстера Лювина.

— Будь я королевой, первым делом этих серых крыс извела бы, — прошипела леди Дастин. Медрик, согнув колено, говорил что-то на ухо лорду Русе. — Шмыгают повсюду, питаются объедками лордов, шушукаются друг с дружкой и нашептывают разное своим господам — непонятно только, кто из них господа, а кто слуги. У каждого большого лорда есть мейстер, каждый мелкий мечтает его иметь. Если у тебя его нет, ты вроде как ничего и не значишь. Серые крысы читают и пишут письма даже неграмотным лордам — как тут поймешь, не прибавили ли они что-нибудь от себя? Какая вообще от них польза, скажи на милость?

— Они врачуют, — сказал Теон.

— Это да. В хитрости им не откажешь. Когда мы слабы и наиболее уязвимы, они тут как тут. Иногда они излечивают больных и принимают от нас благодарность, иногда оказываются бессильны и утешают скорбящих, за что мы опять-таки благодарны. В знак благодарности мы даем им место под своим кровом и допускаем ко всем своим постыдным тайнам. Без их совета не обходится ничего — глядь, и завладел советник браздами правления. С лордом Рикардом Старком именно так и произошло. Его крысу звали мейстером Валисом. Умно, не правда ли, что они даже при поступлении в Цитадель обходятся лишь одним именем? Никто не знает, кто они на самом деле и откуда взялись — но если покопаться, то можно выяснить. Нашего мейстера Валиса до того, как он выковал свою цепь, звали Валисом Флауэрсом. Флауэрсами, Хиллами, Риверсами, Сноу мы называем бастардов, чтобы отметить их, но они ловко избавляются от своих прозвищ. Матерью Валиса была некая девица Хайтауэр, а отцом, как поговаривали, архимейстер из Цитадели. Серые крысы не столь целомудренны, как хотят нам внушить, а хуже всех староместские. Отец-то и пристроил его в Винтерфелл, лить медовую отраву лорду Рикарду в уши. Брак с Талли, вот он чего добивался...

— Друзья мои, — произнес Русе Болтон, поднявшись с места. В чертоге воцарилась тишина, столь глубокая, что Теон слышал ветер, задувающий в щели заколоченных окон. — Станнис и его рыцари вышли из Темнолесья под знаменем своего нового красного бога. За ними едут горные кланы на лохматых конях. Через две недели, если погода продержится, они могут быть здесь. По Королевскому тракту идет Амбер Воронье Мясо, с востока — Карстарк. Они намерены встретиться с лордом Станнисом у стен этого замка и взять Винтерфелл.

— Надо выступить им навстречу! — вскричал сир Хостин Фрей. — Зачем позволять им соединиться?

«Затем, что предатель Арнольф Карстарк только и ждет знака от лорда Болтона», — мысленно ответил Теон. Болтон между тем вскинул руки, призывая подающих советы лордов к молчанию.

— Не будем обсуждать это в чертоге, милорды, соберемся в горнице. Сын мой тем часом скрепит свой брак, а остальные пусть едят досыта и пьют допьяна.

Лорд Дредфорта вышел в сопровождении мейстеров; другие лорды и капитаны поднялись вслед за ним. Старый Хозер Амбер по прозвищу Смерть Шлюхам был хмур как туча, лорд Мандерли так напился, что из чертога его выводили четверо крепких мужчин.

— Спой нам про Повара-Крысу, певец, — бубнил он.

Леди Дастин собралась выйти в числе последних. Теон только теперь понял, как много он выпил. Вставая из-за стола, он выбил штоф из рук подавальщицы и залил красным вином свои бриджи и сапоги.

В плечо впилась чья-то пятерня, твердая, как железо.

— Постой, Вонючка, — сказал Алин-Кисляй, дыша на него гнилыми зубами. С ним были Желтый Дик и Дамон-Плясун. — Рамси велит тебе проводить его невесту в опочивальню.

Теона пробрала дрожь. Он уже сыграл свою роль — чего еще Рамси от него хочет? Возражать он, понятно, не стал.

Лорд Рамси уже покинул чертог. Молодая сидела, съежившись, под знаменем дома Старков и держала обеими руками серебряный кубок — не раз осушенный, судя по ее взгляду. Думает, видно, что вино облегчит ее муки; надо было прежде Теона спросить.

— Пойдемте, леди Арья, пора исполнить свой долг.

Шестеро бастардовых ребят сопровождали их через двор в большой замок. В спальню лорда Рамси, одну из комнат, которые пожар почти не затронул, вели три лестничных марша. Дамон по дороге насвистывал, Свежевальщик хвастал, что лорд Рамси обещал подарить ему кровавую простыню.

Опочивальню обставили новой мебелью, доставленной в обозе из Барроутона, кровать с пуховой периной завесили пологом красного бархата, каменный пол застлали волчьими шкурами. В очаге горел огонь, на столе у кровати — свеча. На буфет поставили винный штоф и две чаши, положили полкруга белого с прожилками сыра.

Лорд Рамси ждал их в резном кресле из черного дуба с красной кожей на сиденье.

— А вот и моя сладкая женушка. Спасибо, ребята. Ступайте, только Вонючка пускай останется.

Отсутствующие пальцы — один на правой руке, два на левой — свело судорогой. Кинжал тяжелил пояс. На правой недостает только мизинца, нож Теон еще способен держать.

— Жду ваших приказаний, милорд.

— Ее подарил мне ты, так разверни свой подарок. Посмотрим, какова из себя дочь Неда Старка.

«Какая там дочь! Рамси знает, не может не знать — что за игру он затеял?» Девушка дрожала всем телом, словно лань.

— Прошу вас, повернитесь спиной, леди Арья, — я распущу шнуровку у вас на платье.

— Слишком долго, — бросил Рамси, подливая себе вина. — Разрежь.

Теон вынул кинжал. Теперь он понял замысел Рамси — довольно было вспомнить Киру с ключами. Лорд искушает Теона поднять на него нож, чтобы потом содрать кожу с преступной руки.

— Стойте смирно, миледи. — Теон вспорол юбку и повел лезвие вверх, стараясь не задеть кожу. Шерсть и шелк распадались, уступая ножу. Девушка так тряслась, что пришлось ухватить ее выше локтя, насколько левая рука позволяла. — Смирно.

Платье упало к ее ногам.

— Белье тоже, — приказал Рамси.

Обнажились маленькие острые груди, узкие девичьи бедра, тонкие ножки. Совсем ребенок... Теон и забыл, как она юна. Ровесница Сансы, Арья еще моложе. В комнате, несмотря на огонь, было холодно, бледная кожа Джейни покрылась мурашками. Девушка подняла ладони к груди, но Теон сказал одними губами «нет», и она опустила руки.

— Ну, Вонючка, что скажешь?

Какого он ждет ответа? «Все говорили, что я хорошенькая...» Сейчас никто бы так не сказал. На спине видны тонкие линии — ее били плетью.

— Хороша, милорд, чудо как хороша.

Мокрые губы Рамси расплылись в улыбке.

— Что, Вонючка, стоит у тебя? Хочешь взять ее первым? Принц Винтерфелла имеет на это право, как все лорды когда-то. Только ты-то не лорд, верно? Даже и не мужчина. — Рамси швырнул чашу в стену, и по камню растеклись красные реки. — Ложись в постель, Арья, вот так. И ноги раздвинь, поглядим на твою красоту.

Теон отступил к двери. Рамси, сев к жене на кровать, запустил внутрь два пальца. У нее вырвался страдальческий вздох.

— Суха, как старая кость. — Рамси отвесил жене пощечину. — Мне сказали, ты знаешь, как сделать мужчине приятное. Соврали, выходит?

— Н-нет, милорд. Меня н-научили.

— Поди сюда, Вонючка, приготовь ее для меня.

— Милорд, так ведь я же...

— Языком, дубина. И шевелись: если она не увлажнится, пока я раздеваюсь, я твой язык отрежу и к стенке прибью.

Из богорощи донесся крик ворона. Теон убрал кинжал в ножны.

«Вонючка-Вонючка, навозная кучка».

СТРАЖ

— Покажите нам эту голову, — сказал принц.

Арео Хотах провел рукой по гладкому ясеневому древку своей секиры. Все это время он пристально следил за белым рыцарем Бейлоном Сванном и его спутниками, за песчаными змейками, рассаженными по разным столам, за лордами и леди, за слугами, за старым слепым сенешалем, за молодым мейстером Милесом с шелковой бородкой и подобострастной улыбкой. Со своего места наполовину на свету, наполовину в тени он хорошо видел всех и каждого. Служить, защищать, повиноваться — таков его долг.

Взоры всех остальных были устремлены на ларец черного дерева с серебряными петлями и застежками. Красивая вещь, но его содержимое может привести многих из собравшихся в Старом Дворце к скорой смерти.

К сиру Бейлону, шурша мягкими туфлями, приблизился мейстер Калеотт. На его новой великолепной мантии чередовались желтые, коричневые и красные полосы. Он с поклоном принял ларец у белого рыцаря и отнес к помосту, где сидел в своем кресле на колесах Доран Мартелл между дочерью Арианной и наложницей покойного брата Элларией. Сто свечей наполняли воздух сладкими ароматами, отражаясь в перстнях лордов, украшениях дам и начищенных до блеска медных доспехах Арео Хотаха.

В чертоге стало так тихо, будто весь Дорн затаил дыхание. Мейстер Калеотт поставил ларец у ног принца Дорана. Столь ловкие обычно, а теперь будто онемевшие пальцы открыли замки, откинули крышку. Внутри лежал череп. Кто-то откашлялся, одна из двойняшек Фаулер шепнула что-то другой. Элларии Сэнд молилась, закрыв глаза.

А сир-то Бейлон напрягся, будто натянутый лук. Он не так высок и хорош собой, как прежний белый рыцарь при дорнийском дворе, зато крепче, шире в груди, и руки его бугрятся мускулами. Белоснежный плащ застегнут у горла серебряной пряжкой с двумя лебедями, один из слоновой кости, другой из оникса. Похоже, они дерутся? Их владелец, по всему видно, тоже боец — с ним управиться было бы потруднее, чем с тем другим. Он не устремился бы прямо на секиру Арео, а прикрылся бы щитом и заставил Арео первым напасть. Ну что ж... секира не зря наточена так, что ею можно бриться.

Череп скалился, лежа в своем гнезде из черного фетра. Все черепа скалятся, но этот как-то веселее других. И больше. Капитан отродясь не видел таких громадных голов. Тяжелый нависший лоб, массивная челюсть, все белое, как плащ сира Бейлона.

— Положите на пьедестал, — приказал со слезами на глазах принц.

Пьедесталом служила черная мраморная колонна на три фута выше мейстера Калеотта. Маленький пухлый мейстер встал на цыпочки, но дотянуться не смог. Арео Хотах хотел помочь, но его опередила Обара Сэнд. Грозная даже без всегдашнего своего кнута, в мужских бриджах и длинной полотняной рубахе с поясом из медных солнц. Бурые волосы стянуты позади в узел. Выхватив череп из мягких рук мейстера, она водрузила его на колонну.

— Гора больше не скачет, — мрачно проронил принц.

— Он умер в муках, сир Бейлон? — прощебетала Тиена Сэнд. Таким голоском девица обычно спрашивает, идет ли ей новое платье.

— Несколько дней кричал в голос, миледи, — с заметной неохотой ответил ей белый рыцарь. — Слышно было по всему Красному Замку.

— Это вас огорчает, сир? — осведомилась леди Ним в одеянии из прозрачного желтого шелка. Столь откровенный наряд смущал сира Бейлона, но Хотах его полностью одобрял: платье показывало, что десятка ножей на Нимерии, против обыкновения, нет. — Сир Григор, как всем известно, был лютым зверем и заслужил страдания больше кого бы то ни было.

— Возможно, и так, миледи, — сказал Бейлон Сванн, — но сир Григор как рыцарь должен был умереть со сталью в руке. Смерть от яда — гнусная смерть.

Леди Тиена только улыбнулась на это. Ее обманчиво скромное платье с кружевными рукавами в кремовых и зеленых тонах Хотаха не обманывало. Зная, что эти белые ручки опасны не меньше мозолистых рук Обары (а то и больше), он не спускал глаз с ее пальцев.

— Леди Ним права, сир Бейлон, — нахмурился принц. — Если кто и заслуживал мучительной смерти, так это Клиган. Он зверски убил мою дорогую сестру и размозжил голову ее сына о стену. Я молюсь, чтобы теперь, когда он горит в аду, Элия и ее дети обрели наконец покой. Дорн давно уже требовал правосудия, и я счастлив, что дожил до этого дня. Наконец-то Ланнистеры рассчитались со старым долгом, оправдав свою похвальбу.

Здравицу вместо принца провозгласил Рикассо, слепой сенешаль.

— Лорды и леди! Поднимем чаши за короля Томмена, первого этого имени, короля андалов, ройнаров и Первых Людей, властителя Семи Королевств!

Слуги начали наполнять чаши крепким дорнийским вином — темным как кровь, сладким как месть. Капитан никогда не пил на пирах, а страдающему подагрой принцу мейстер Милес готовил особый напиток, приправленный маковым молоком.

Белый рыцарь и его спутники выпили, как требовала учтивость. Выпили также принцесса Арианна, лорд Джордейн, леди Дара Богов, Рыцарь Лимонной Рощи, леди Призрачного Холма и даже Элларрия Сэнд, возлюбленная принца Оберина, бывшая с ним в Королевской Гавани в час его гибели. Хотах обращал больше внимания на тех, кто не пил: сира Дейемона Сэнда, лорда Тремонда Гаргалена, близнецов Фаулер, Дагоса Манвуди, Уллеров с Адова Холма, Вайлов с Костяного Пути. Если будет заваруха, начнет ее кто-то из них. Дорн подвержен раздорам; многие его лорды, пользуясь недостаточной твердостью руки принца Дорана, готовы начать открытую войну с Ланнистерами и мальчиком на Железном Троне.

Главные смутьянки — песчаные змейки, незаконные дочери покойного Оберина, Красного Змея. Три из них присутствуют на пиру. Доран Мартелл — мудрейший правитель, и не капитану гвардии ставить под сомнение то, что решил его принц, но Арео все же не мог взять в толк, зачем было освобождать из-под стражи Обару, Нимерию и Тиену.

Тиена в ответ на здравицу молвила нечто язвительное, леди Ним отмахнулась, Обара вылила полную до краев чашу на пол и вышла из зала, когда служанка стала подтирать лужу. Арианна, попросив извинения, вышла следом за ней — ну, это пусть, против маленькой принцессы Обара свою ярость не обратит. Они кузины и крепко любят одна другую.

Пир под председательством черепа на колонне затянулся до поздней ночи. Перемен было семь в честь семерых богов и семи королевских гвардейцев. Суп с яйцом и лимоном; длинные зеленые перцы, фаршированные луком и сыром; пирог с угрями; каплуны в меду; сом с Зеленой Крови, который к столу несли четверо слуг; жаркое из семи видов змей, приправленное драконьим перцем, красными апельсинами и толикой яда. Хотах, и не пробуя, знал, что это очень острое блюдо. За ним последовал шербет для охлаждения языков, а на сладкое каждому гостю подали сахарный череп, начиненный вишнями, сливами и кремом.

Арианна вернулась к перцам. Маленькая принцесса теперь стала женщиной — на это указывал алый шелк ее платья. Изменилась она и в другом. Ее замысел короновать Мирцеллу потерпел крах, ее белый рыцарь погиб от руки Хотаха, саму принцессу заточили в башню Копье, а перед самым освобождением отец поведал ей некую тайну — какую именно, Хотах не знал. Все это вместе взятое вразумило принцессу.

Принц отвел дочери почетное место между собою и белым рыцарем. Арианна улыбнулась, садясь, и сказала что-то на ухо сиру Бейлону. Рыцарь не потрудился ответить. Хотах заметил, что ест он мало: ложку супа, кусочек перца, каплунью ножку, немного рыбы. Пирог он вовсе презрел, жаркое только отведал, но при этом сильно вспотел. Капитан испытывал к нему сострадание, памятуя, как дорнийская еда припекала язык и кишки ему самому. Давно это было — теперь Хотах, конечно, уже привык.

Увидев перед собой белый череп, рыцарь плотно сжал губы и долго смотрел на принца, стараясь понять, не насмешка ли это. Доран ничего не заметил, но принцесса заметила и сказала:

— Повар решил пошутить, сир Бейлон. Для дорнийцев даже в смерти нет ничего святого — вы ведь на нас не рассердитесь? — Ее пальчики слегка притронулись к руке Сванна. — Надеюсь, вам понравилось в Дорне?

— Нас везде принимали очень радушно, миледи.

Арианна потрогала пряжку с двумя драчливыми лебедями.

— Я так люблю лебедей. По эту сторону Летних островов нет птиц красивее их.

— Ваши павлины могли бы это оспорить.

— Павлины — существа горделивые и тщеславные. То ли дело кроткие лебеди, как белые, так и черные.

Сир Бейлон, кивнув, пригубил вино. Он поддается соблазну не так легко, как сир Арис. Тот, несмотря на взрослые годы, был сущий мальчик, а этот — мужчина, знающий что к чему. Сразу видно, что ему здесь не по себе. Это понятно: Хотах чувствовал то же самое, приехав сюда много лет назад со своей принцессой. Бородатые жрецы обучили его общему языку Вестероса, но дорнийцы так трещали, что он ни слова не понимал. Дорнийки казались ему распутными, вино кислым, еда острой до невозможности, а солнце здесь грело куда жарче, чем в Норвосе.

Сир Бейлон проделал не столь долгий путь, но препятствий встретил немало. Посольство у них весьма многочисленное: трое рыцарей, восемь оруженосцев, двадцать латников, не считая конюхов и прочей челяди. В каждом дорнийском замке им оказывали королевский прием, устраивая пиры и охоты, но в Солнечном Копье их не встретили ни принцесса Мирцелла, ни сир Арис Окхарт. Сванн чувствует, что дело неладно, да и присутствие песчаных змеек должно тревожить его. Возвращение

Обары ему, вероятно, — что уксус на рану. Старшая змейка села на свое место надутая и с тех пор ни слова не вымолвила.

Близилась полночь, когда принц Доран сказал:

— Сир Бейлон, я прочел привезенное вами письмо нашей королевы, да славится имя ее. Знакомо ли вам его содержание?

— Да, милорд, — снова напрягся рыцарь. — Ее величество предупредила, что я, возможно, буду сопровождать ее дочь обратно в Королевскую Гавань. Король Томмен скучает по сестре и хочет, чтобы она хоть ненадолго приехала ко двору.

— Мы все так полюбили Мирцеллу, сир, — с печальной миной вставила Арианна. — Они с моим братом Тристаном неразлучная пара.

— Принца Тристана тоже просят пожаловать. Уверен, что король Томмен захочет с ним познакомиться — у его величества так мало друзей, подходящих ему по возрасту.

— Узы, завязанные в детстве, держатся порою всю жизнь, — сказал принц Доран. — Тристан, вступив в брак с Мирцеллой, станет Томмену братом. Королева Серсея совершенно права: им следует познакомиться и подружиться. Дорну будет недоставать Тристана, но нужно же мальчику когда-нибудь повидать мир за пределами Солнечного Копья.

— В Королевской Гавани его встретят со всем радушием.

Почему он так потеет, этот сир Бейлон? В чертоге прохладно, а к жаркому он почти не притронулся.

— Что до других дел, о которых упоминает королева Серсея, — продолжал принц, — то место Дорна в малом совете и впрямь пустует после смерти моего брата — давно пора заполнить его. Льщу себя надеждой, что ее величеству пригодился бы мой скромный совет, но не знаю, достанет ли у меня сил для столь долгого путешествия. Что, если бы мы отправились морем?

— Морем? — опешил сир Бейлон. — Не опасно ли это, мой принц? Осень, как я слышал, пора штормов, а пираты на Ступенях...

— Да, ваша правда, сир... лучше ехать сушей, как вы. Завтра в Водных Садах мы обо всем скажем принцессе Мирцелле. Она, конечно, тоже скучает по брату и очень обрадуется.

— Мне не терпится снова ее увидеть. И посетить ваши Водные Сады — я слышал, они весьма красивы.

— Да, там царят красота и мир, — сказал принц. — Прохладный бриз, искрящиеся воды и детский смех — это самое любимое мое место, сир. Сады создал один мой предок, чтобы избавить свою невесту из дома Таргариенов от духоты и пыли Солнечного Копья. Звали ее Дейенерис, и она была сестрой короля Дейерона Доброго — именно этот брак сделал Дорн одним из Семи Королевств. Все знали, что она любит побочного брата короля, Дейемона Черное Пламя, а он любит ее, но у короля достало мудрости пренебречь желаниями близких ему людей ради народного блага. Сначала сады стали местом игр для детей Дейенерис, потом к маленьким принцам и принцессам прибавились дети лордов и рыцарей. Однажды, в особенно знойный день, принцесса допустила к прудам и фонтанам также детей своих челядинцев — так с тех пор и повелось. А теперь, сир, прошу меня извинить. — Принц выехал на кресле из-за стола. — Час поздний, а в дорогу отправляться чуть свет. Поможешь мне лечь, Обара? Вы, Нимерия и Тиена, тоже идите — пожелаете своему старому дяде спокойной ночи.

Обаре поневоле пришлось взяться за кресло и покатить его по длинной галерее в горницу принца. Следом шли ее сестры, Арео Хотах, принцесса Арианна и Эллария Сэнд. Замыкал процессию мейстер Калеотт, прижимавший к себе, как ребенка, череп Горы.

— Не намерен же ты всерьез отправить Тристана с Мирцеллой в королевскую Гавань? — Обара шагала быстро, клацая деревянными колесами по каменным плитам пола. — Если ты это сделаешь, девчонки мы уже не увидим, а твой сын станет заложником Железного Трона.

— За дурака меня держишь, Обара? Есть вещи, которые лучше не обсуждать у всех на слуху, но если будешь помалкивать, я поведаю тебе кое-что, чего ты не знаешь. И помедленнее, сделай такую милость: мое колено точно ножом пронзают.

Обара сбавила шаг.

— Что же ты в таком случае будешь делать?

— То же, что и всегда, — промурлыкала ее сестрица Тиена. — Медлить, темнить и увиливать. У кого это получается лучше, чем у нашего дядюшки?

— Ты несправедлива к нему, — заметила Арианна, а принц сказал:

— Помолчите.

Когда двери горницы благополучно закрылись за ними, он развернул кресло к женщинам. Мирийское одеяло, застряв между спицами, обнажило костлявые ноги с красными распухшими коленями и багровыми пальцами. У Арео Хотаха, видевшего это тысячу раз, заново сжалось сердце.

— Позволь, отец, — сунулась к нему Арианна, но принц вытащил одеяло сам. Ноги уже три года как отказали ему, но в руках и плечах еще сохранилось немного силы.

— С этим по крайней мере я справиться могу.

— Наперсточек макового молока, мой принц? — предложил мейстер.

— При такой боли разве ведро поможет. Не надо: моя голова должна оставаться ясной. Ты не понадобишься мне до утра.

— Дай-ка мне. — Обара забрала череп у Калеотта и стала разглядывать, держа на вытянутой руке. — Почем нам знать, что это Гора? Могли бы просто засмолить голову — зачем обдирать ее до костей?

Мейстер вышел, а Ним сказала:

— Смола испортила бы ларец. Никто не видел, как умер Гора, никто не видел, как с него сняли голову... Но зачем этой коронованной суке обманывать нас? Если Григор Клиган жив, правда рано или поздно выйдет наружу. Росту в нем восемь футов, другого такого нет во всем Вестеросе. Не хочет же Серсея Ланнистер прослыть лгуньей во всех Семи Королевствах, да и чего она могла бы добиться такого рода подлогом?

— Череп большой, спору нет, — сказал принц, — и нам известно, что Оберин тяжело ранил Григора. Во всех последующих донесениях говорилось, что Клиган медленно и мучительно умирает.

— Отец того и хотел, — вставила Тиена. — Я даже знаю, каким он ядом воспользовался: Клиган при всей своей огромности умер бы от самой малой царапины. Если вы не верите мне, то в талантах нашего батюшки можно не сомневаться.

— Я и не сомневалась. — Обара нежно поцеловала череп. — Что ж, для начала неплохо.

— Для начала? — удивилась Эллария. — По мне, так это конец. Они все мертвы: Тайвин Ланнистер, Роберт Баратеон, Амори Лорх, а теперь и Григор Клиган. Все, кто был виновен в убийстве Элии и ее детей. Даже Джоффри, который в ту пору еще не родился. Я сама видела, как он умер, раздирая себе горло ногтями. Чьей еще смерти ты хочешь? Неужели Мирцелла и Томмен тоже должны умереть, чтобы упокоились тени Эйегона и Рейенис?

— Конец будет омыт кровью, как и начало, — сказала Ним. — Это кончится, когда Бобровый Утес расколется пополам и солнце выжжет гадов, которые там гнездятся. Кончится полным крахом всех начинаний Тайвина Ланнистера.

— Он умер от руки родного сына, чего тебе больше?

— Чтобы он умер от моей руки, вот чего. — Леди Ним села, перекинув через плечо черную косу. Волосы у нее на лбу росли мысом, как у отца, красные губы улыбались. — Тогда бы его смерть не была такой легкой.

— Сиру Григору одиноко, — добавила Тиена сладким септинским голоском. — В компании было бы веселее.

Из глаз Элларии хлынули слезы, но от этого она не перестала быть сильной.

— Оберин хотел отомстить за Элию, вы трое хотите отомстить за отца. Напомню вам, что у меня самой четыре дочери, и они ваши сестры. Элии четырнадцать, она почти взрослая. Обелле двенадцать, она вот-вот расцветет. Они обожают вас, а Дорея с Лорезой — их. Должны ли Эль и Обелла мстить за вас в случае вашей гибели? Должны ли младшие мстить за них и будет ли, спрошу еще раз, конец всему этому? Я видела, как погиб ваш отец: его убил он. — Эллария положила ладонь на череп Горы. — Что мне теперь — в постель его с собой уложить? Будет он смешить меня, петь мне песни, заботиться обо мне в старости?

— Чего вы от нас хотите, миледи? — спросила в свою очередь леди Ним. — Чтобы мы сложили копья и забыли о причиненном нам зле?

— Война будет, хотим мы того или нет, — подхватила Обара. — На Железном Троне сидит ребенок. Лорд Станнис держит Стену и собирает северян под свое знамя. Две королевы дерутся за Томмена, как собаки за кость. Железные Люди заняли Щиты и вторгаются по Мандеру в самое сердце Простора — стало быть, и в Хайгардене неспокойно. Враги наши разобщены: время приспело.

— Время собирать черепа? Хватит с меня, не желаю больше этого слушать, — вскричала Элларрия.

— Ступай к дочкам, — сказал ей принц. — С ними ничего не случится, клянусь тебе.

— Да, мой принц. — Элларрия поцеловала его в лоб и вышла. «Жаль, — подумал Арео. — Хорошая она женщина».

— Она любила отца, я знаю, — сказала Ним, — но никогда не понимала его.

— Побольше твоего понимала, Нимерия, — возразил принц. — Благодаря ей он был счастлив. Любящее сердце в конечном счете значит больше, чем доблесть и честь, однако есть то, чего Элларрии знать не следует. Война уже началась.

— Стараниями нашей милой Арианны, — засмеялась Обара.

Принцесса вспыхнула, по лицу принца прошла гневная судорога.

— Она не для себя одной старалась. Ради вас тоже. Нечего насмехаться.

— Я сказала это ей в похвалу. Сколько бы ты ни крутил и ни темнил, дядя, сир Бейлон все равно встретится с Мирцеллой в Водных Садах и сразу увидит, что у нее недостает уха. А уж когда девочка расскажет ему, как твой капитан развалил Ариса Окхарта надвое...

— Все было совсем не так. — Арианна поднялась с подушки, на которой сидела, и взяла Хотаха за руку. — Сира Ариса убил Герольд Дейн.

— Темная Звезда? — Песчаные змейки переглянулись.

— Именно. Он и принцессу Мирцеллу хотел убить — вот что от нее услышит сир Бейлон.

— Это, во всяком случае, правда, — улыбнулась Нимерия.

— Все остальное тоже. — Принц поморщился — от боли или от лжи? — После этого сир Герольд снова скрылся в своем Горном Приюте, где нам его не достать.

— Темная Звезда... почему бы и нет, — хихикнула Тиена. — Только поверит ли в это сир Бейлон?

— Поверит, если ему об этом скажет Мирцелла, — твердо сказала принцесса.

— Вечно она лгать не будет, — фыркнула Обара, — рано или поздно проговорится. Если сир Бейлон вернется с этой историей в Королевскую Гавань, ударят барабаны и потечет кровь. Его ни в коем случае нельзя отпускать.

— Если мы убьем его, то придется перебить весь их отряд, — вздохнула Тиена, — в том числе и красивых юных оруженосцев. Нехорошо как-то.

Принц Доран зажмурился на мгновение. Его ноги дрожали под одеялом.

— Не будь вы дочерьми моего брата, я отправил бы вас обратно в тюрьму и держал бы там до седых волос. Вместо этого вы поедете в Водные Сады с нами. Авось научитесь кое-чему, если ума хватит.

— Что такого поучительного в голых детишках?

— В них-то и суть. Я не все рассказал сиру Бейлону. Дейенерис, глядя, как они плещутся, поняла, что не может отличить высокородных детей от простых. Голенькие — все они просто дети: невинные, беззащитные, нуждающиеся в любви и опеке. «Помни об этом всегда», — сказала она своему сыну и наследнику. Те же слова сказала мне моя мать, когда я подрос и покинул пруды. Копья созвать нетрудно, но расплатятся за все дети. Мудрый правитель должен помнить о них и не начинать войн, которые не надеется выиграть.

Я не слеп, не глух и знаю, что вы обо мне думаете. Ваш отец знал меня лучше. Оберин был змеем, опасным созданием, на которое никто не смел наступить, а я был травой. Мягкой шелковистой травкой, что колеблется на ветру. Ее никто не боится, но именно в траве змей прячется перед тем, как напасть. Мы с ним были гораздо ближе, чем вы полагаете. Теперь его нет, и я спрашиваю: способны ли дочери моего брата заменить мне его?

Хотах переводил взгляд с одной на другую. Обара, точно из вареной кожи склепанная, близко посаженные сердитые глазки и бурые волосы. Томная Нимерия с оливковой кожей и черной косой, перевитой проволокой красного золота. Женщина-ребенок Тиена, белокурая голубоглазая хохотушка.

Она и ответила за всех трех:

— Нет ничего проще, дядя. Поручи нам что-нибудь, все равно что, и увидишь, что большей верности и покорности ни один принц пожелать не может.

— Рад слышать, но слова — это ветер. Вы мои племянницы, я люблю вас, однако опыт подсказывает, что доверять вам нельзя. Вам придется дать клятву. Клянетесь ли вы служить мне и выполнять все, что я прикажу?

— Если это необходимо, — сказала Ним.

— Да. Клянитесь могилой отца.

— Не будь ты моим дядей... — помрачнела Обара.

— Я твой дядя и принц. Клянись или выйди вон.

— Клянусь могилой отца, — сказала Тиена.

— Клянусь именем Оберина Мартелла, — сказала Ним. — Именем Красного Змея Дорна, настоящего мужчины в отличие от тебя.

— Я тоже, — сказала Обара. — Клянусь. Именем отца.

Принцу, на взгляд Хотаха, чуть-чуть полегчало.

— Скажи им, отец, — произнесла Арианна, взяв протянутую ей отцовскую руку.

Принц испустил долгий прерывистый вздох.

— У Дорна есть еще друзья при дворе. Они сообщают нам о том, чего мы знать не должны. Приглашение Серсеи — всего лишь хитрость. Тристан до Королевской Гавани не доедет. Где-то на Королевском тракте отряд сира Бейлона атакуют разбойники, и мой сын умрет. Меня самого приглашают только затем, чтобы я увидел это нападение своими глазами и не мог упрекнуть королеву ни в чем. Разбойники будут кричать «полумуж», и сир Бейлон, возможно, заметит среди них Беса.

Арео Хотах ошибался, думая, что песчаных змеек ничем не проймешь.

— Да спасут нас Семеро, — прошептала Тиена. — Что им сделал Тристан?

— Эта женщина, должно быть, свихнулась! — рявкнула Обара. — Детей убивать!

— Чудовищно, — молвила Ним. — Не могу поверить, что рыцарь Королевской Гвардии может быть способен на нечто подобное.

— Они дали присягу повиноваться, как и мой капитан, — сказал принц. — Я тоже сомневался, но все вы видели, как засуетился сир Бейлон, когда я предложил ехать морем. Морское путешествие разрушило бы весь план королевы.

— Верни мне копье, дядя, — попросила Обара. — Серсея прислала нам одну голову, мы отошлем ей много.

Принц вскинул руку с темными и крупными, как вишни, костяшками.

— Сир Бейлон — мой гость, отведавший моего хлеба-соли. Я не причиню ему зла. Мы съездим в Водные Сады, где он выслушает Мирцеллу и пошлет ворона к своей королеве. Девочка попросит его предать смерти изувечившего ее человека, и Сванн, если он таков, как мне думается, ей не откажет. Ты, Обара, проводишь его к Горному Приюту. Время открыто выступить против Железного Трона еще не пришло, и Мирцеллу придется-таки вернуть матери, но вместо меня с ней поедет Нимерия. Ланнистерам это придется по вкусу не более, чем приезд Оберина, однако возразить они не посмеют. Нам нужен голос в их совете, ухо при их дворе. Будь осторожна: Королевская Гавань — настоящее змеиное гнездо.

— Я люблю змей, дядя, — улыбнулась Ним, а Тиена спросила:

— Что ты прикажешь мне?

— Твоя мать была септой — Оберин говорил, что она читала тебе Семиконечную Звезду еще в колыбели. Ты тоже отправишься в Королевскую Гавань, только на другой холм. Звезды и Мечи возрождены вновь, и новый верховный септон не пляшет под дудку Серсеи, как плясали его предшественники. Постарайся сблизиться с ним.

— Почему бы и нет? Белое мне к лицу. Я в нем так непорочна...

— Вот и славно. — Принц помолчал. — Если здесь... кое-что случится, я пришлю весть каждой из вас. В игре престолов все меняется быстро.

— Знаю, вы не подведете нас, сестры. — Арианна обошла песчаных змеек, целуя каждую в губы. — Свирепая Обара, родная Нимерия, милая Тиена, я всех вас люблю. Пусть светит вам солнце Дорна.

— Непреклонные, несгибаемые, несдающиеся, — хором ответили змейки.

Когда они ушли, принцесса Арианна осталась; Хотах, разумеется, тоже.

— Истые дочери своего отца, — сказал принц.

— Оберины с титьками, — улыбнулась принцесса, и Доран засмеялся. Хотах уж и забыл, как звучит его смех.

— Все-таки в Королевскую Гавань следует ехать мне, а не леди Ним, — сказала Арианна.

— Слишком опасно. Ты моя наследница, будущее Дорна. Твое место рядом со мной. Скоро я и тебе кое-что поручу.

— Есть ли новости относительно того... самого главного?

— Из Лисса, — многозначительно улыбнулся принц. — Туда зашел большой флот, чтобы пополнить запасы пресной воды. В основном волантинские корабли, и ни слова, кто они и куда направляются. Слонов, говорят, везут.

— А драконов?

— Слышно только о слонах, но молодого дракона в трюме когга спрятать нетрудно. На море Дейенерис уязвимей всего. На ее месте я скрывал бы свои намерения как можно дольше и причалил к Королевской Гавани неожиданно.

— Ты думаешь, Квентин с ними?

— Об этом мы узнаем, лишь когда они высадятся, — если они и впрямь идут в Вестерос. Квентин мог бы провести ее по Зеленой Крови... Но что толку в пустых разговорах. Поцелуй меня; как рассветет, поедем в Сады.

«Хорошо бы к полудню-то выбраться», — думал Хотах, укладывая принца в постель.

— Мой брат стал первым и единственным дорнийцем, павшим на Войне Пяти Королей, — тихо произнес Доран. — Как по-твоему, капитан — позорит это меня или честь мне делает?

— Не могу знать, мой принц. — «Служить. Защищать. Повиноваться». Простые обеты для простых душ, больше он ничего ведать не ведает.

ДЖОН

Вель ждала у ворот на предутреннем холоде — в медвежьем плаще, который и Сэму был бы впору. Рядом стоял оседланный серый конек с бельмом на глазу, тут же топталась доблестная охрана — Малли и Скорбный Эдд.

— Ты дал ей слепого коня? — изумился Джон.

— Кривого, милорд, — обиделся Малли. — А так-то он крепкий.

— У меня оба глаза зрячие, — заметила Вель. — Я знаю, куда мне ехать.

— Напрасно ты это, миледи. Риск...

— ...целиком мой. Я не южанка какая-нибудь, я женщина вольного народа и знаю лес получше твоих разведчиков. Для меня в нем призраков нет.

Хорошо бы. Джон надеялся, что она добьется успеха там, где провалился Черный Джек Бульвер со своими товарищами. Одичалые ее скорее всего не тронут, но оба они знают, что в лесу нужно опасаться не одних одичалых.

— Еды у тебя достаточно?

— Сухари, твердый сыр, овсяные лепешки, соленая треска, говядина, баранина и мех сладкого вина, чтобы запить эту соль. С голоду не умру.

— Ну, тогда в путь.

— Я вернусь непременно, лорд Сноу. С Тормундом или без него. Обещаю. — Вель взглянула на небо с половинкой луны. — Жди меня в первую ночь полнолуния.

— Уговор. — Хоть бы не подвела, иначе Станнис с него голову снимет. «Даешь слово беречь принцессу?» — спросил король. Джон дал, но Вель не принцесса — он это Станнису сто раз повторял. Плохое оправдание — отец бы не одобрил его, — однако лучше, чем совсем никакого. «Я меч, защищающий царство людей, — сказал себе Джон, — ради этого можно и слово нарушить».

В туннеле под Стеной было холодно, как во чреве ледяного дракона. Эдд шел впереди с факелом, Малли отпирал все трое ворот с чугунными прутьями толщиной в руку. Часовые отдавали честь Джону, пяля глаза на Вель.

На северной стороне, за новой дверью из сырого дерева, принцесса одичалых помедлила. Вот оно, снежное поле, где король Станнис выиграл свою битву, а за ним ждет тихий и темный Зачарованный лес. Луна посеребрила медовые волосы Вель, выбелила ей щеки.

— Как сладок здесь воздух, — сказала она.

— Да? У меня язык замерз, никакого вкуса не чувствую. Очень уж холодно.

— Разве ж это холод? Настоящий холод — это когда дышать больно. Вот придут Иные...

«Чур нас!» Шестеро его разведчиков до сих пор не вернулись. Рано еще, твердил себе Джон, но внутренний голос говорил, что они все мертвы. Он послал их на смерть, а теперь и Вель посылает.

— Перескажи Тормунду все, что сказал тебе я.

— Перескажу, а уж послушает он или нет — его воля. — Вель чмокнула его в щеку. — Спасибо тебе, лорд Сноу. За кривого коня, за соленую треску, за вольный воздух. А пуще всего — за надежду.

Пар от их дыхания слился в единый клуб.

— Лучшей благодарностью будет...

— Тормунд Великанья Смерть. Знаю. — Вель подняла бурый, тронутый инеем капюшон. — Еще один вопрос напоследок: это ты убил Ярла, милорд?

— Ярла убила Стена.

— Я тоже так слышала, но удостовериться не мешает.

— Я его не убивал, даю слово. — Хотя мог бы, сложись все по-другому.

— Что ж, прощай в таком разе, — почти игриво бросила Вель, но Джон был настроен серьезно.

— Мы прощаемся ненадолго. У тебя много причин, чтобы вернуться сюда, и первая из них — мальчик.

— Сын Крастера? Кто он мне? — пожала плечами девушка.

— Ты пела ему, я слышал.

— Я просто так пела — хочешь слушай, хочешь нет. — Легкая улыбка тронула ее губы. — Он слушает. И смеется. Ладно, ладно: он славный уродец.

— Уродец?

— Молочное имя — надо ж как-то его называть. Смотри береги его, как ради матери, так и ради меня. И не подпускай к нему красную женщину. Она знает, кто он: она много всего видит в огне.

— Золу и угли, — сказал Джон, надеясь ради Арьи, что Вель права.

— Королей и драконов.

Снова драконы. На миг Джон сам как будто увидел их черные крылья на фоне пламени.

— Если б она видела, то сразу раскрыла бы нашу подмену и забрала сына Даллы. Одно словечко на ухо королю, и конец. — В том числе и лорду-командующему. Станнис наверняка счел бы это изменой. — А она позволила его увезти.

— Может, это ее устраивало. Огонь коварен, никто не знает, куда он повернет. — Вель вдела ногу в стремя, села в седло. — Помнишь, что сказала тебе сестра?

— Помню. — «Колдовство — что меч без рукояти, просто так в руки его не возьмешь». Но и Мелисандра тоже права: меч без рукояти лучше, чем совсем ничего, когда ты окружен врагами.

— Вот и ладно. — Вель повернула коня головой на север. — Стало быть, в первую ночь полнолуния. — Джон смотрел ей вслед, не зная, увидит ли ее вновь. Ничего. Она не южанка какая-нибудь, она женщина вольного народа.

— Не знаю, как ей, а мне так больно дышать, — пробурчал Скорбный Эдд, когда она скрылась за гвардейскими соснами. — Я б совсем не дышал, но от этого еще хуже. Добром это не кончится, нет.

— Ты так всегда говоришь.

— Да, милорд, и обычно бываю прав.

— Милорд, — кашлянул Малли, — вы вот отпустили принцессу одичалых, а люди...

— Люди скажут, что я сам одичалый наполовину, перебежчик, который хочет продать страну разбойникам, великанам и людоедам. — Тут и в огонь глядеть нет нужды, а хуже всего то, что это отчасти правда. — Слова — ветер, а ветер у Стены не унимается никогда. Пошли обратно.

Было еще темно, когда Джон вернулся к себе. Призрак до сих пор охотился — последнее время он отлучался все чаще и уходил все дальше. Между Черным Замком и Кротовым городком дичь, и без того малочисленная, пропала совсем. Зима близко, и неизвестно, доживут ли они до весны.

Скорбный Эдд, сбегав на кухню, принес завтрак и кружку эля. Под крышкой обнаружились яичница из трех утиных яиц, кусочек ветчины, две колбаски, кровяной пудинг и половина еще теплого каравая. Пока Джон ел хлеб и яичницу, ворон умыкнул ветчину и взлетел с добычей на притолоку.

— Ворюга, — сказал ему Джон.

— Ворюга, — согласился с ним ворон.

Джон попробовал колбасу и поспешил запить ее элем. В это время Эдд доложил, что пришел Боуэн Мурш, а с ним Отелл и септон Селладор.

Быстро же слухи распространяются. Любопытно знать, кто их осведомляет — один человек или несколько.

— Проси.

— Да, милорд. Присмотрите за колбасой, с виду они голодные.

Джон бы так не сказал. Септону срочно требовалось опохмелиться, первый строитель, похоже, что-то не то съел, Мурш явно злился — щеки у него раскраснелись не от мороза.

— Присаживайтесь, — пригласил Джон. — Не хотите ли откушать со мной?

— Мы уже завтракали, — сказал Мурш.

— От добавки не откажусь, спасибо, — сказал Ярвик, садясь к столу.

— Разве что винца чарочку, — сказал септон.

— Зерна, — высказал пожелание ворон.

— Вина септону, завтрак первому строителю, — приказал Джон Эдду. — Птице ничего не давай. Итак, вы пришли по поводу Вель.

— И не только, — сказал Мурш. — Люди обеспокоены, милорд.

Кто, спрашивается, уполномочил вас говорить от их имени?

— Я тоже. Отелл, как продвигаются работы в Твердыне Ночи? Я получил письмо от сира Акселла Флорента, именующего себя десницей королевы. Королева Селиса недовольна своим помещением в Восточном Дозоре и желает немедленно переехать в новую резиденцию. Возможно это?

— Мы восстановили почти весь замок, подвели кухню под крышу. Жить там можно, хотя и не с теми удобствами, что в Восточном Дозоре. Ей нужны будут мебель, дрова, съестные припасы. До гавани тоже далековато, если ее величество пожелает уехать, а так ничего. Понадобятся, конечно, годы, чтобы эта развалина стала похожа на настоящий замок. Будь у меня больше людей...

— Могу предложить великана.

— То чудовище во дворе? — ахнул Ярвик.

— Кожаный говорит, что зовут его Вун Вег Вун Дар Вун. Язык сломаешь, ясное дело. Кожаный его называет Вун-Вун, тот вроде бы откликается. — Вун-Вун мало походил на злобных великанов из сказок старой Нэн, подмешивавших кровь в утреннюю овсянку и съедавших быка с рогами и шкурой. Мяса он не ел вовсе, хотя корзину с луком и сырой репой уминал за один присест. — Он хороший работник, если втолковать ему, что он должен делать, но это непросто: на старом языке он кое-как изъясняется, а на общем — ни бум-бум. Зато неутомим и силен — дюжины строителей стоит.

— Так ведь они говорят, людоеды... нет уж, милорд, увольте. И стеречь его некому.

— Как хотите, — не стал настаивать Джон. — Оставим его себе. — Ему, по правде сказать, не хотелось расставаться с Вун-Вуном. «Ничего ты не знаешь, Джон Сноу», — сказала бы Игритт, но он часто беседовал с новым обитателем замка при посредстве Кожаного или одичалых из рощи и много чего узнал об истории великанов. Жаль, Сэма нет — он бы все это записал.

При этом Джон хорошо сознавал, что Вун-Вун опасен и может запросто разорвать человека надвое. Из Ходора, если увеличить его вдвое и сделать в полтора раза умнее, вышел бы как раз такой великан. Даже септон Селладор трезвеет, на него глядя, но если Тормунд приведет с собой других великанов, Вун-Вун поможет с ними договориться.

Ворон Мормонта выразил свое неудовольствие: дверь снова отворилась, впустив Эдда с винным штофом и тарелкой еды для Ярвика. Боуэн Мурш с заметным нетерпением дождался, когда стюард опять вышел.

— Толлетта в замке любят, а Железный Эммет показал себя хорошим мастером над оружием — однако вы, по слухам, хотите услать их прочь.

— В Бочонке хорошие люди тоже нужны.

— Теперь эту крепость прозвали Шлюшником, но будь по-вашему. Правда ли, что вы намерены заменить Эммета этим дикарем Кожаным? Пост мастера над оружием всегда занимали рыцари, на худой конец разведчики.

— Кожаный в самом деле дикарь, не спорю. Каменным топором он орудует, как иной рыцарь кованной в замке сталью. Он не слишком терпелив, и мальчишки его боятся, но это, возможно, к лучшему. Пусть освоятся со страхом, прежде чем встретиться с настоящим врагом.

— Он одичалый.

— Теперь уже нет. Присягнув, он стал нашим братом. От него молодежь может научиться не только боевым навыкам, но и основам старого языка, и обычаям вольного народа.

— Вольный, — сказал ворон. — Зерно. Король.

— Люди не доверяют ему.

«Что за люди и сколько их?» — мог бы спросить Джон, но не стал углубляться в нежеланный для него разговор и сказал лишь:

— Мне жаль это слышать.

— Насчет Атласа, милорд, — подал голос септон. — Вы, я слышал, хотите взять его стюардом вместо Толлетта, но он ведь распутник... накрашенный мужеложец из староместских притонов.

«Уж ты бы помолчал, выпивоха».

— Кем он был в Староместе, нас не касается. Он быстро учится и очень умен. Поначалу другие новобранцы гнушались им, но он сумел подружиться с ними. Атлас бесстрашен в бою и даже немного грамотен... С тем, чтобы носить мне еду и седлать моего коня, он уж как-нибудь справится.

— Возможно, — с каменным лицом произнес Мурш, — но людям это не нравится. Лорды-командующие всегда брали в оруженосцы юношей высокого рода, чтобы те учились командовать. Хотите, чтобы братья Ночного Дозора шли в бой за шлюхой?

— С ними случалось и худшее, — вспылил Джон. — Старый Медведь оставил для своего преемника кое-какие заметки, так вот. Повар из Сумеречной Башни прежде насиловал септ и после каждого преступления выжигал семиконечную звезду у себя на теле. Его ноги до колен и левая рука от плеча до локтя сплошь усеяны звездами. Один парень в Восточном Дозоре поджег отчий дом и подпер дверь снаружи — в огне погибла вся семья из девяти человек. Чем бы ни занимался в Староместе Атлас, теперь он наш брат и будет моим стюардом.

Септон выпил, Отелл подцепил кинжалом колбаску, Мурш сидел красный как рак, ворон захлопал крыльями и сказал:

— Зерно, зерно. Убей.

— Вашей милости, конечно, виднее, — заговорил снова лорд-стюард, — но могу ли я спросить о трупах в ледовых камерах? Люди волнуются, а вы еще и часовых к ним приставили. Зачем это нужно, если вы только не опасаетесь, что они...

— Оживут? Очень на это надеюсь.

— Да спасут нас Семеро. — Септон чуть не захлебнулся вином. — Лорд-командующий, упыри — суть богомерзкая нечисть. Неужто вы намерены говорить с ними?

— Разве они наделены даром речи? Может, и так — не знаю. Эта нечисть раньше была людьми, и нам неведомо, сколько человеческого осталось в них после смерти. Тот, кого убил я, покушался на лорда Мормонта — помнил, стало быть, кто это и где его можно найти. — Мейстер Эйемон понял бы Джона и Сэм Тарли тоже, хотя и пришел бы в ужас. — Мой лорд-отец говаривал, что своих врагов нужно знать. Мы мало знаем об упырях, а об Иных еще меньше — не пора ли разжиться кое-какими сведениями?

Им это не понравилось. Септон, держась за кристалл у себя на шее, сказал:

— По-моему, это крайне неразумно, лорд Сноу. Я буду молиться, чтобы светлая лампада Старицы наставила вас на путь истинный.

— Нам бы всем это не помешало, — вышел из терпения Джон. «Ничего ты не знаешь, Джон Сноу». — Не перейти ли нам к Вель?

— Значит, это правда, что вы ее отпустили? — спросил Мурш.

— Да. За Стеной.

— Королевский трофей, — ахнул септон. — Его величество будет вне себя, узнав, что ее здесь нет.

— Она вернется. — Еще до возвращения Станниса, если боги смилуются.

— Почем вы знаете? — Опять Мурш.

— Она так сказала.

— А если она солгала? Если с ней что-то случится?

— Тогда вы сможете выбрать лорда-командующего, который вас больше устроит — но пока, уж не взыщите, придется терпеть меня. — Джон выпил эля. — Я поручил ей найти Тормунда Великанью Смерть и передать ему мое предложение.

— Можно узнать, какое?

— То же, что я сделал жителям Кротового городка. Еда, пристанище и мир, если он соединится с нами против общего врага и поможет нам держать Стену.

Мурша это, похоже, не удивило.

— Вы хотите впустить его к нам. Открыть ворота сотням и тысячам его воинов.

— Вряд ли у него столько осталось.

Септон осенил себя знаком звезды, Ярвик пробурчал что-то, Мурш произнес:

— Многие назвали бы это государственной изменой. Они одичалые. Дикари, убийцы, насильники, настоящие звери.

— Тормунд заслуживает таких имен не больше, чем Манс-Разбойник. И будь вы даже целиком правы, они все-таки люди, Боуэн. Такие же, как мы с вами. Зима близко, милорды, и когда она придет, всем живым придется стать плечом к плечу против мертвых.

— Сноу, — проскрежетал ворон. — Снег, снег.

— Мы допросили одичалых, найденных в роще, — продолжал Джон. — Они рассказывают любопытные вещи о некоей лесной ведьме, называемой Мать Кротиха.

— Вот так имечко!

— Она вроде бы живет в норе под дуплистым деревом, но суть не в том. Ей было видение: корабли, пришедшие перевезти вольный народ через Узкое море. Тысячи тех, кто пережил битву, поверили ей, и она увела их в Суровый Дом — молиться и ждать спасения.

— Я, конечно, не разведчик, — нахмурился Отелл Ярвик, — но Суровый Дом считается проклятым местом. Даже ваш дядя, лорд Сноу, так говорил. Что им там делать?

Джон повернул к ним лежащую на столе карту.

— Суровый Дом стоит в укромной бухте, доступной даже для больших кораблей. Леса и камня для построек там сколько угодно, рыбы полно, есть лежбища морских коров и тюленей.

— Так-то оно так, но я бы там ни единой ночи не желал провести. Вы же знаете, что рассказывают.

Джон знал. Суровый Дом мог уже называться городом, единственным городом к северу от Стены, но однажды, шестьсот лет назад, там совершилось страшное. Жителей, смотря чему верить, увезли в рабство или забили на мясо, а город сожгли; зарево было такое, что часовые на Стене подумали, будто солнце взошло на севере. После этого на Зачарованный лес и Студеное море чуть не полгода сыпался пепел. Торговцы нашли на месте прежнего Сурового Дома пожарище. В бухте плавали трупы, из пещер в утесе, что высился над городком, слышались душераздирающие крики.

С той роковой ночи шесть столетий назад Сурового Дома чурались. Разведчики уверяли, что там водятся демоны и кровожадные привидения.

— Мне бы тоже не хотелось там поселиться, — сказал Джон, — но Мать Кротиха говорила, что на месте, которые все почитали проклятым, вольный народ ждет спасение.

— Спасение могут даровать только Семеро, — чопорно заявил септон. — Эта ведьма их всех обрекла на смерть.

— И спасла, может быть, Стену, — заметил Мурш. — Это и есть тот враг, о котором мы говорим. Пусть себе молятся на пожарище, и если их боги пошлют корабли, чтобы переправить свой народ в лучший мир, я только порадуюсь. В этом мире мне их кормить нечем.

Джон согнул и разогнул пальцы правой руки.

— Галеи Коттера Пайка иногда ходят мимо Сурового Дома. Он говорит, что там нет никакого укрытия, кроме пещер — кричащих пещер, как их называют. Все, кто пошел за Матерью Кротихой, обречены на гибель от голода и холода. Сотни и тысячи.

— Сотни врагов. Тысячи одичалых.

«Тысячи человек, — мысленно возразил Джон. — Мужчины, женщины, дети». Подавив гнев, он холодно произнес:

— Вы слепы или просто не желаете ничего видеть? Что, по-вашему, будет, когда все эти так называемые враги умрут?

— Умрут, умрут, — пробубнил ворон над дверью.

— Позвольте мне просветить вас на этот счет. Мертвые, сотни и тысячи, поднимутся вновь и пойдут на нас. Сотни и тысячи упырей, синеглазых и черноруких. — Джон встал, продолжая работать пальцами. — Я вас более не задерживаю.

Септона прошиб пот, Ярвик одеревенел.

— Благодарим, что уделили нам время, милорд, — сказал бледный Боуэн Мурш, и все трое вышли.

ТИРИОН

Нрав у свинки был мягче, чем у многих лошадей, на которых он ездил. Она только взвизгнула тихонько, когда Тирион взобрался ей на спину, и стояла смирно, пока он вооружался копьем и брал щит — а как только он взял поводья, сразу тронула с места. Звали ее Милкой и ходить под седлом приучали с поросячьего возраста.

Клацая расписными деревянными доспехами, Тирион поскакал по палубе. Подмышки у него взмокли, на лицо из-под слишком большого шлема стекла струйка пота. Ни дать ни взять Джейме, выезжающий на турнир в сверкающих золотом латах.

Иллюзия рассеялась, когда вокруг начали реготать. Он не турнирный боец, просто карлик с палкой верхом на свинье, увеселяющий пропитавшихся ромом матросов. Отец в преисподней бесится, Джоффри хихикает. Тирион видел их не менее ясно, чем команду «Селасори кхоруна».

А вот и противник — Пенни на серой собаке, полосатое копье колеблется в такт скачке. У нее щит и доспехи красные — краска кое-где облупилась, — у Тириона синие. Верней, не у него, а у Грошика. Тирион ни при чем.

Он пришпорил пятками Милку под крики и свист моряков. Непонятно, подбадривают они его или насмехаются, — и зачем только он поддался на уговоры Пенни?

Ясно зачем. Вот уже двадцать дней корабль болтается на Горестном Пути среди полного штиля. Команда в дурном настроении — когда весь ром выйдет, они вконец взбеленятся. Латанием парусов, заделыванием щелей и рыбалкой их на весь день не займешь. Джорах Мормонт уже слышал разговоры о том, что карлик не принес им удачи. Кок еще порой треплет Тириона по голове в надежде на ветер, остальные встречают его злобными взглядами. Пенни после выдумки кока, что удачу можно вернуть, потискав грудь карлицы, и того хуже приходится. Он же, подхватив шутку Тириона, стал звать Милку Сальцем, и в его устах это звучит куда как зловеще.

«Надо их рассмешить, — толковала Пенни, — тогда они забудут, что мы не такие, как они. Ну пожалуйста». И он как-то незаметно дал себя убедить. Из-за рома, должно быть. Капитанское вино вышло первым, а ромом, как открыл Тирион Ланнистер, можно напиться гораздо быстрее.

В итоге он напялил на себя Грошиковы доспехи, сел на Грошикову свинью, и сестра Грошика обучила его правилам шутовского турнира. Что за ирония, ведь когда-то Тирион чуть головы не лишился, отказавшись сесть на собаку по приказу племянника... А впрочем, верхом на свинье иронизировать трудновато.

Пенни двинула его копьем в плечо, он ударил своим по ее щиту. Она усидела, он, как и полагалось, упал.

Со свиньи, казалось бы, падать просто — только не с этой. Тирион, помня уроки Пенни, свернулся в комок, но все-таки ушибся и прикусил язык до крови. Как будто ему снова двенадцать, и он ходит колесом по столу в чертоге Бобрового Утеса. Тогда его хоть дядя Герион похвалил, а матросы и смеются-то будто нехотя — не сравнить с хохотом, который стоял на свадебном пиру Джоффри при выезде Пенни и Грошика.

— Гнусный ты коротышка, Безносый, и скверный ездок, — заорал кто-то с юта. — Надо было девчонке сперва тебя разогреть. — Деньги на него поставил, наверное... Ладно, Тирион и не такое слыхал.

Подняться в деревянных латах было непросто. Он ерзал по палубе, как перевернутая на спину черепаха, но это даже хорошо — смех сделался громче. Жаль ногу не сломал, вот была бы потеха. А в том нужнике, где он пустил стрелу в пах отцу, они бы сами обосрались со смеху. Все, что угодно, лишь бы их ублажить.

Джорах Мормонт наконец сжалился и поставил карлика на ноги.

— Что ты как дурак.

«Что, что... Так задумано было, вот что».

— Кем я, по-твоему, должен казаться, сев на свинью? Героем?

— Потому я, верно, и не сажусь на свиней.

Тирион снял шлем, сплюнул за борт розовый сгусток.

— Мне сдается, я пол-языка себе откусил.

— В другой раз кусай крепче. На турнирах я, по правде сказать, видывал и худших бойцов.

Никак, похвала?

— Я свалился с проклятой свиньи и сам себя ранил — куда уж хуже.

— Мог бы вовсе убиться, вогнав себе щепку в глаз.

Пенни соскочила со своего скакуна по имени Хрум.

— Тут подвигов совершать не надо, Хугор, — наоборот. — Она всегда называла его Хугором при посторонних. — Главное, чтобы они смеялись и бросали монетки.

«Тоже мне плата за кровь и ушибы».

— Значит, мы с тобой оплошали: монеты никто не бросал. — Ни пенни, ни грошика.

— Будут, когда ты освоишься. — Пенни тоже сняла шлем, открыв шапку тускло-бурых волос и нависший лоб. Глаза у нее были карие, щеки пылали. — У королевы Дейенерис на нас прольется настоящий серебряный дождь, вот увидишь.

Матросы кричали и топали, требуя повторить, — громче всех, как всегда, надрывался кок. Тирион невзлюбил его, хотя в кайвассу здесь сколько-нибудь прилично играл только он.

— Смотри, им понравилось, — заулыбалась Пенни. — Давай еще разок, Хугор.

Тириона спас окрик одного из помощников: снова шлюпки спускать. Капитан надеется поймать ветер где-нибудь ближе к северу; людям опять придется грести и тянуть когг на буксире до мозолей и боли в спине. Они эту работу терпеть не могли, и Тирион не винил их.

— Надо было вдове на галею нас посадить, — проворчал он. — Снимите с меня эти треклятые доски — одна щепка, по-моему, воткнулась мне между ног.

Этим занялся Мормонт. Пенни увела вниз животных.

— Посоветуй своей даме хорошенько запирать дверь, — сказал сир Джорах, отстегивая пряжки на деревянном панцире. — У них только и разговору, что о ребрышках и окороках.

— Эта свинья — половина всего ее достояния.

— Гискарцы и собаку сожрут только так. — Рыцарь снял с Тириона спинной и нагрудный панцири. — Скажи ей.

— Ладно. — Тирион отлепил от груди рубашку. Хоть бы легкое дуновение, так ведь нет. Доспехи, похоже, перекрашивали раз сто; на свадьбе Джоффри, помнится, один боец имел на себе лютоволка Старков, другой — герб Станниса Баратеона. — Животные понадобятся нам, чтобы дать представление королеве. — Если матросы всерьез соберутся зарезать Милку, Тирион с Пенни не смогут им помешать, но длинный меч сира Джораха заставит по крайней мере задуматься.

— Надеешься спасти этим свою голову, Бес?

— Сир Бес, если не трудно. Да, надеюсь. Ее величество непременно полюбит меня, когда узнает получше. Я такой славный человечек и знаю так много полезного о своих родичах... Но до поры до времени ее следует забавлять.

— Своих преступлений ты не смоешь, сколько бы ни выламывался. Дейенерис Таргариен не дурочка, кривляньями ее не проймешь. Она поступит с тобой по всей справедливости.

«Нет уж, спасибо».

— А с тобой что она сделает? Обнимет, приголубит, на плаху пошлет? — спросил Тирион и усмехнулся, видя явное замешательство рыцаря. — Думаешь, я так и поверил, что в том борделе ты был по ее поручению? Что защищал ее интересы на другом конце света? Скорей уж она тебя прогнала — не знаю только за что. Ага! Ты шпионил за ней! — прищелкнул языком карлик. — И везешь меня ей, чтобы купить прощение. Никуда не годный план, скажу я тебе, такое только спьяну придумать можно. Если б ты привез Джейме, дело другое — он убил ее отца, а я лишь своего собственного. Думаешь, Дейенерис меня казнит, а тебя помилует? Не вышло бы наоборот. Садись-ка ты сам на свинью, сир Джорах, надевай пестрые латы, как Флориан, и...

От удара в висок Тирион упал и стукнулся другим виском о палубу. Приподнявшись, он сплюнул кровь вместе с выбитым зубом. С каждым днем все краше, но на этот раз, пожалуй, сам напросился.

— Этот карлик чем-то обидел вас, сир? — спросил он невинно, утирая разбитую губу тыльной стороной ладони.

— Этот карлик у меня в печенках сидит. Хочешь сохранить зубы, что еще остались во рту, — не подходи ко мне до конца плавания.

— Легко сказать. Мы ночуем в одной каюте.

— Значит, ночуй в другом месте. В трюме, на палубе, мне наплевать, — сказал рыцарь и ушел, стуча сапогами.

Пенни нашла Тириона на камбузе — он полоскал рот водой с ромом.

— Я слышала, что стряслось. Тебе больно?

— Ничего... Одним зубом меньше. Мормонта я, кажется, ранил сильнее. Защиты от него, как ни грустно, ждать теперь не приходится.

— Да что ты ему сделал? — Пенни, оторвав от рукава лоскут, занялась кровоточащей губой. — Что ты сказал?

— Пару истин, которые сиру Безоару пришлись не по вкусу.

— Вот и зря. Разве не понимаешь, что больших людей нельзя задирать? Он мог бы тебя в море бросить, а матросы лишь посмеялись бы. Шути с ними, смеши их — так мой отец говорил. Твой не учил тебя этому?

— Мой называл больших людей мелкотой, и рассмешить его было не просто. — Тирион еще раз прополоскал рот и сплюнул. — Все ясно: мне надо учиться быть карликом. Может, ты меня поучишь между поединками и скачками на свинье?

— Охотно... Но за что все-таки сир Джорах тебя ударил?

— Всему причиной любовь — из-за нее-то я и сварил певца. — Ему вспомнились глаза Шаи, когда он закручивал цепь вокруг ее горла. Цепь из золотых рук. «Золотые руки всегда холодны, а женские горячи». — Скажи, Пенни, ты девица?

— Конечно, — покраснела она. — Кто захочет...

— Вот и храни свою девственность. Любовь — безумие, похоть — яд. Так ты не окажешься в грязном борделе на Ройне со шлюхой, чем-то похожей на твою утраченную любовь. — «И не будешь странствовать в поисках места, куда отправляются шлюхи». — Сир Джорах мечтает завоевать благодарность своей королевы, но я кое-что знаю о благодарности королей: рассчитывать на нее — все равно что иметь дворец в древней Валирии. Стой. Чувствуешь? Корабль движется.

— Да. Мы снова плывем! — просияла Пенни. — Ветер... — Она бросилась к двери. — Пошли поглядим — кто скорее?

Совсем еще девочка. Карабкается по деревянному трапу со всей быстротой, на которую способны ее короткие ножки. «Ладно, поглядим». Тирион поднялся на палубу вслед за ней.

Парус, вернувшись к жизни, вздувался и опадал, красные полоски змеились. Матросы тянули шкоты, помощники выкрикивали команды на волантинском, гребцы в шлюпках поворачивали к судну, налегая на весла. Задувший с запада ветер играл с плащами и снастями, как озорное дитя. «Селасори кхорун» вновь тронулся в путь.

Может, они еще и доберутся до Миэрина.

Тирион поднялся на ют, и вся его веселость пропала. За кормой сияла сплошная голубизна, а вот на западе... Никогда он не видел, чтобы небо было такого цвета.

— Полоска на левой половине щита, — сказал он Пенни, показывая на тучи.

— Что это значит?

— Что к нам подкрадывается очень большой ублюдок.

К ним, как ни странно, поднялись Мокорро и два его огненных пальца — обычно они показывались на палубе только в сумерки.

— Вот он, гнев божий, Хугор Хилл, — торжественно изрек жрец. — С Владыкой Света шутки плохи.

— Вдова сказала, что этот корабль не дойдет до места своего назначения. Я понял это так, что капитан изменит курс и пойдет на Миэрин... или что ты со своей Огненной Рукой захватишь корабль и доставишь нас к Дейенерис. Но вашему верховному жрецу открылось нечто другое, верно?

— Верно. — Голос Мокорро звучал, как погребальный колокол. — Ему открылось вот это. — Посох жреца указывал на запад.

— О чем это вы? — растерялась Пенни.

— Да так. Сир Джорах изгнал меня из каюты — можно мне будет укрыться в твоей?

— Разумеется...

Часа три корабль мчался, подгоняемый ветром. Западный небосклон из зеленого сделался серым, а после черным. Стена темных туч бурлила, как позабытое на огне молоко. Тирион и Пенни, держась за руки, затаились у носовой фигуры, чтобы не попадаться на глаза морякам.

Этот шторм в отличие от прежнего свежести и очищения не сулил. Капитан вел корабль курсом северо-северо-восток, пытаясь отвернуть хоть немного в сторону.

Напрасная попытка. Волнение усиливалось, ветер выл как безумный, «Вонючий стюард» поднимался и падал. Позади ударила лиловая молния и прокатился гром.

— Все, пора. — Тирион взял Пенни за руку и увел вниз.

Милка и Хрум просто обезумели от страха. Пес, заливаясь лаем, сбил Тириона с ног, свинья загадила всю каюту. Пока Тирион убирал дерьмо, Пенни унимала животных.

— Мне страшно, — призналась она.

Они закрепили и привязали все, что могло оторваться. Корабль болтало со страшной силой.

Умереть можно и похуже, чем утонуть. Ее брат и его лорд-отец узнали это на собственном опыте. И лживая сучка Шая. «Золотые руки всегда холодны, а женские горячи».

— Давай сыграем, — предложил Тирион. — Отвлечемся немного.

— Только не в кайвассу, — сразу сказала Пенни.

— Ладно. — Палуба вздыбилась. Какая уж тут кайвасса: фигуры будут летать по каюте и сыпаться на зверей. — Знаешь такую игру «Приди ко мне в замок»?

— Нет. Научишь?

Глупый карлик, откуда ей знать? У нее замка не было. Эта игра предназначена, чтобы знакомить высокородных детей с этикетом, геральдикой, с друзьями и врагами лорда-отца.

От качки их бросило друг на друга.

— Она нам, пожалуй, не подойдет. Не знаю, во что бы...

— Зато я знаю, — сказала Пенни и поцеловала его.

Эта неумелая ласка застала Тириона врасплох. Он схватил Пенни за плечи, чтобы оттолкнуть, но вместо этого крепко прижал к себе. Сухие губы, как кошелек скряги, не разожмешь... это и к лучшему. Он любил Пенни как друга, жалел ее, по-своему восхищался ею, но никакого желания к ней не испытывал. Обижать ее тоже не входило в его намерения: боги и его дражайшая сестрица достаточно ей навредили. Он не прерывал поцелуя, плотно стиснув собственный рот, а «Селасори кхорун» дыбился и раскачивался под ними.

Наконец она отстранилась, и Тирион увидел в ее глазах свое отражение. Помимо него, там виделся страх, немного надежды и ни капельки страсти. Она хотела Тириона не больше, чем он ее.

— В эту игру, миледи, мы тоже играть не будем. — Он приподнял ее потупленную голову за подбородок. Гром обрушился совсем близко.

— Прости... Никогда раньше не целовалась с мужчинами, но раз мы все равно тонем...

— Это было приятно, но я ведь, знаешь, женат. Она сидела рядом со мной на пиру. Леди Санса.

— Это твоя жена? Такая красавица...

«И такая изменница». Санса, Шая, все его женщины... Одна только Тиша его любила. Куда же отправляются шлюхи?

— Да. Мы с ней соединены в глазах богов и людей. Возможно, я никогда больше ее не увижу, но обязан хранить ей верность.

— Я понимаю, — отвернулась Пенни.

«Прелесть моя. Только ты по молодости своей способна поверить в столь наглую ложь».

Корабль швыряло, Милка повизгивала. Пенни подползла к свинье по полу, обняла ее, принялась утешать... Знать бы, кто из них кого утешает. Животики надорвешь, на них глядя, но смеяться почему-то не хочется. Девушка заслуживает лучшего, чем ручная свинья. Настоящий поцелуй, немного нежности — каждому человеку это положено, и большому, и маленькому. Ром из чаши весь выплеснулся. Тонуть печальным и трезвым — это уж слишком.

Потом, временами, ему даже хотелось пойти наконец ко дну. Шторм бушевал до поздней ночи, волны били в борта, как кулаки великанов-утопленников. Помощника и двух матросов смыло, кока ослепил горячий жир из котла, капитан, сброшенный с юта, сломал себе ноги. Хрум выл, лаял и огрызался, Милка опять завалила всю каюту дерьмом. Тирион не блевал только чудом, за недостатком вина, Пенни выворачивало, но он не выпускал ее из объятий. Корабль трещал, как бочонок, который вот-вот развалится.

К полуночи ветер стал наконец утихать, и море успокоилось настолько, что Тирион вылез на палубу. Увиденное мало его порадовало. Когг шел по драконову стеклу под звездной чашей, а вокруг, куда ни глянь, громоздились тучи, пронизанные голубыми и лиловыми жилами молний. Дождя не было, но палуба оставалась мокрой и скользкой.

Внизу вопил кто-то одуревший от страха, с носа слышался голос Мокорро — жрец, воздев посох над головой, громко читал молитву. Дюжина матросов и два огненных пальца возились со спутанными снастями, то ли поднимая парус, то ли спуская. Тириону это в любом случае казалось опасной затеей — как выяснилось, не зря.

Вернувшийся ветер коснулся его щеки, колыхнул мокрый парус, взвеял алые одежды Мокорро. Тирион, повинуясь инстинкту, ухватился за первую попавшуюся рейку, и вовремя. Легкий бриз почти мгновенно преобразился в ревущий шквал. Мокорро выкрикнул что-то, драконья пасть на его посохе изрыгнула зеленое пламя. Вслед за этим налетел дождь, укрыв сплошной завесой и нос, и корму. Над головой захлопал улетающий прочь парус — двое человек так и висели на нем. «О дьявол, не иначе как мачта», — подумал Тирион, услышав оглушительный треск.

Цепляясь за веревку, он подтягивался к люку, но ветер отшвырнул его на фальшборт. Дождь заливал глаза, рот снова наполнился кровью. Корабль натужился, словно сидя на толчке, и мачта разлетелась на куски.

Тирион не видел, как это произошло. Послышался новый треск, и кругом тут же засвистели осколки. Один едва разминулся с глазом, другой вонзился в шею, третий насквозь проткнул голень вместе с сапогом и штаниной. Тирион заорал, но веревку каким-то чудом не выпустил. «Этот корабль не дойдет до цели», — сказала вдова. На карлика напал смех. Он хохотал как безумный, а вокруг трещало дерево, гремел гром и сверкали молнии.

Однако и шторму, как всему на свете, настал конец. Уцелевшие выползли на палубу, словно черви после дождя. «Селасори кхорун» сидел низко, кренясь на правый борт, корпус треснул в ста местах, трюм затопило, на месте мачты торчал расщепленный пенек ростом с карлика. Носовая фигура лишилась руки со свитками. Девять человек, в том числе один помощник, двое огненных пальцев и сам Мокорро, погибли.

Видел ли это Бенерро в своем пророческом пламени? А Мокорро?

— Пророчество похоже на злобного мула, — сказал Тирион сиру Джораху. — Доверишься ему, тут оно тебя и лягнет. Вдова знала, что корабль не дойдет до места, и говорила, что Бенерро видел это в огне, но я вбил себе в голову, что это... теперь уж не важно. Главное, что нашу мачту разнесло в щепки: теперь мы будем болтаться в проливе, пока у нас вся жратва не выйдет и мы не примемся друг за друга. Кого, по-твоему, съедят первым: свинью, собаку или меня?

— От кого шуму больше, я полагаю.

Капитан умер назавтра, кок на третью ночь. Оставшиеся кое-как удерживали разбитый корабль на плаву. По мнению помощника, принявшего командование на себя, они находились где-то близ южной оконечности Кедрового острова. Он приказал спустить шлюпки и взять когг на буксир, но одна лодка затонула, а гребцы другой обрезали линь и уплыли на север, бросив корабль.

— Подлые рабы, — сказал сир Джорах. Шторм, по его собственным словам, он проспал. У Тириона на этот счет имелись сомнения, но он благоразумно помалкивал. Зубы ему еще понадобятся — вдруг придется кого-нибудь укусить. Раз Мормонт согласен забыть об их ссоре, он тоже сделает вид, будто ничего не случилось.

За девятнадцать дней дрейфа запасы провизии и пресной воды подошли к концу. Пенни сидела в каюте со свиньей и собакой. Тирион, припадая на перевязанную ногу, носил ей еду. По ночам обнюхивал рану и заодно колол ножом пальцы на руках и ногах. Сир Джорах только и делал, что точил меч. Три оставшихся пальца по вечерам исправно зажигали костер, но при этом облачались в доспехи и держали копья поблизости, и никто больше не трепал карликов по голове.

— Может, устроим турнир еще раз? — спросила Пенни.

— Лучше не надо. Не стоит напоминать им о свинке, хотя бы и похудевшей. — Милка заметно теряла вес, от Хрума остались кожа да кости.

Ночью он снова вернулся в Королевскую Гавань с арбалетом в руке. «Куда все шлюхи отправляются», — сказал лорд Тайвин. Тирион нажал спуск, тетива запела, но стрела почему-то угодила в живот не отцу, а Пенни. Он проснулся от крика.

Палуба ходила ходуном. Где он — на «Робкой деве»? Почему так воняет свиным дерьмом? Нет, не «Дева» это. Горести остались далеко позади, как и пережитые на реке радости. Вспомнить хоть Лемору после утреннего купания, с капельками воды на коже. Единственная дева здесь — это Пенни, несчастная карлица.

Наверху, однако, что-то происходило. Тирион вылез из гамака, ища сапоги и арбалет — ну не дурак ли? Хотя жаль. Если б большие наладились его съесть, арбалет очень бы пригодился.

— Парус, — тут же объявила Пенни, поднявшаяся на палубу раньше него. — Вон он, видишь? Они нас уже заметили!

На сей раз он поцеловал ее сам: в обе щеки, в лоб и в губы. Девушка залилась краской. Большая галея шла прямо к ним, оставляя за собой пенный след.

— Что за корабль? — спросил Тирион у Мормонта. — Название разобрать можно?

— Название мне ни к чему. Мы под ветром, я его чую. — Мормонт обнажил меч. — Это невольничье судно.

ПЕРЕМЕТЧИВЫЙ

Снег пошел на закате, а к ночи повалил так густо, что луны не стало видно за белой завесой.

— Боги Севера гневаются на лорда Станниса, — объявил Русе Болтон утром, когда все собрались на завтрак в Великий Чертог. — Он здесь чужой, и старые боги хотят его смерти.

Его люди согласно взревели, молотя кулаками по длинным столам. Гранитные стены Винтерфелла, даже разрушенного, служат неплохой защитой от ветра и непогоды. Еды и питья всем хватает, сменившихся с караула встречает жаркий огонь, есть где просушить одежду и где поспать. Дров запасли на полгода, обеспечив чертогу тепло и уют, а Станнис лишен всего этого.

Теон Грейджой не присоединился к общему хору — и Фреи, как он заметил, тоже. Единокровные братья сир Эйенис и сир Хостин здесь такие же чужаки, как и Станнис. Они выросли в речных землях и такого снегопада отродясь не видали. Трех Фреев Север уже забрал: они пропали между Барроутоном и Белой Гаванью — Рамси так и не сумел их найти.

Лорд Виман Мандерли, сидя между двумя своими рыцарями, уминал овсянку ложка за ложкой — она ему, похоже, не так по вкусу, как свадебные пироги со свининой. Однорукий Харвуд Стаут тихо беседовал с Амбером Смерть Шлюхам, похожим на труп.

Теон встал в очередь за овсянкой, разливаемой деревянными черпаками из медных котлов. Лорды и рыцари могли сдобрить кашу молоком, медом и капелькой масла; ему ничего такого не предлагали. Принцем Винтерфелла он пробыл недолго. Сыграл свою роль в комедии, отвел мнимую Арью к священному дереву — теперь он Русе Болтону больше не нужен.

— В первую мою зиму снегу выше головы навалило, — сказал человек Хорнвуда перед ним.

— Ты тогда был не выше трех футов, — заметил всадник из Родников.

Прошлой бессонной ночью Теон размышлял о побеге. Дождаться, когда Рамси с отцом будут чем-то заняты, и улизнуть...

только как? Все ворота заперты и находятся под охраной: никто не выйдет из замка и не войдет в него без разрешения лорда Болтона. Тайные лазейки, даже если бы он знал о таких, тоже опасны: Теон не забыл о Кире с ее ключами. Да и куда ему бежать? Отец умер, дядям он ни к чему, Пайк для него потерян. Единственное место, которое он мог бы назвать своим домом, — это развалины Винтерфелла.

Сломленный человек в разрушенном замке. Куда как уместно.

Он еще стоял в очереди, когда Рамси со своими ребятами ввалился в чертог и потребовал музыки. Абель протер глаза, взял лютню и запел «Дорнийскую жену»; одна из его женщин отбивала на барабане такт. Он изменил слова и вместо «дорнийки» пел «северянка».

«Как бы его за это языка не лишили, — подумал Теон, подставляя под черпак миску. — Он простой певец: если лорд Рамси сдерет ему кожу с обеих рук, никто и слова не скажет». Но лорд Русе улыбнулся, Рамси расхохотался, и все прочие последовали их примеру. Желтый Дик так ржал, что вино из носу текло.

Леди Арьи не было с мужем: она не выходила из своих комнат с самой свадебной ночи. Алин-Кисляй говорил, будто Рамси держит ее голую на цепи у прикроватного столбика, но Теон знал, что это вранье. Цепей на ней нет, во всяком случае видимых, только к двери стража приставлена. А раздевается она, лишь когда моется.

Делает она это часто, чуть ли не каждую ночь — лорд Рамси требует чистоты.

«У бедняжки нет служанок, кроме тебя, Вонючка, — смеется он. — Может, в платье тебя одеть? Я подумаю, а пока поработай-ка банщицей: не хочу, чтоб от нее воняло, как от тебя». Когда Рамси приходит охота лечь в постель со своей женой, Теон, призвав на помощь служанок леди Уолды и леди Дастин, таскает с кухни горячую воду. Леди Арья с ними не разговаривает, но синяки ее всем видны. Что ж, сама виновата: мужа ублажать надо. «Будьте Арьей, — сказал как-то Теон, помогая ей сесть в ванну, — и лорд Рамси не тронет вас. Он наказывает нас, лишь когда мы... забываемся. Мне он никогда не причинял боли без веской причины».

«Теон», — со слезами прошептала она. «Вонючка, — поправил он, тряхнув ее за руку. — Здесь я Вонючка. Запомните это, Арья». Но она ведь не настоящая Старк — она дочка стюарда, Джейни. Напрасно она ждет от него спасения. Прежний Теон Грейджой, может, ей и помог бы — но тот был железный, не чета Вонючке-подлючке.

У Рамси сейчас новая живая игрушка, но слезы Джейни скоро прискучат ему, и он снова вспомнит про Вонючку. Будет кожу с него сдирать дюйм за дюймом. Покончит с пальцами — перейдет на руки, на ступни. Отнимать их будет, лишь когда Вонючка, обезумев от боли, попросит сам. Горячих ванн Вонючке не полагается: снова будет в дерьме валяться, и мыться ему запретят. Та одежда, что на нем, превратится в зловонные лохмотья, и носить он их будет, пока не сгниют. Лучшее, на что он может надеяться, — это вернуться на псарню к девочкам Рамси. Там теперь появилась новая сучка, Кира.

В темном углу чертога он отыскал пустую скамью. Все места ниже соли заняты хотя бы наполовину и днем и ночью: люди пьют, играют в кости, болтают, тут же и спят. Тех, кому приходит черед караулить на стенах, сержанты поднимают пинками. Но с Теоном Переметчивым никто из них рядом не сядет, да он и сам не желает с ними сидеть.

Миску с серой водянистой овсянкой он отставил, не съев и четырех ложек. За соседним столом спорили, сколько продлится метель.

— Сутки, а то и больше, — уверял большой бородатый лучник с топором Сервинов на груди. Латники постарше говорили, что это так, легкий снежок, а вот в их-то время... Пришельцы с речных земель, непривычные к снегу и холоду, только ахали. Входящие со двора вешали мокрые плащи на колышки у дверей и спешили погреть руки у жаровен.

— Теон Грейджой, — окликнула какая-то женщина.

«Вонючка», — чуть было не поправил он.

— Чего тебе?

Она уселась на лавку верхом, откинув с глаз рыжие космы.

— Не скучно одному-то, милорд? Пойдем потанцуем.

Он взял в руки миску с остывшей кашей.

— Не хочу. — Принц Винтерфелла был отменным танцором, но Вонючка с недостающими пальцами ног лишь выставил бы себя на посмешище. — Уйди. Денег у меня нет.

— За шлюху меня принимаете? — криво усмехнулась она. Это была спутница Абеля, тощая, длинная, далеко не красотка, но в свое время Теон не отказался бы от нее — любопытно же, как эти длинные ноги тебя обхватят. — Да и деньги мне тут ни к чему. Что на них купишь, снег, что ли? Заплатите лучше улыбкой. Ни разу не видала, как вы улыбаетесь, даже на свадьбе вашей сестры.

— Леди Арья мне не сестра. — Улыбаться ему хотелось не больше, чем танцевать. Увидит Рамси — опять пару зубов вышибет. Он и так уж жует с трудом.

— Красивая девушка.

«Я, конечно, не была такой красивой, как Санса, но все говорили, что я хорошенькая», — отозвалось в голове под стук барабана. Одна из Абелевых прачек залезла на стол с Уолдером Малым и учила его танцевать.

— Уйди, — попросил Теон.

— Я милорду не по вкусу? Могу вам прислать Миртл или Холли, она всем нравится. — Женщина придвинулась ближе, от нее пахло вином. — Не хотите улыбнуться, так расскажите, как Винтерфелл взяли. Абель сложит об этом песню, и о вас будут помнить вечно.

— Как о предателе. Переметчивом.

— Почем вы знаете? Могли бы прославиться как Теон Хитроумный. Мы слышали, это был настоящий подвиг. Сколько человек с вами было — сто, пятьдесят?

«Меньше».

— Это была безумная затея.

— Однако смелая. У Станниса, говорят, пять тысяч, но Абель заявляет, что эти стены и пятьдесят не проломят. Как же вы-то умудрились, милорд? Тайный ход знали?

У него имелись веревки и крючья, а ночь и внезапность были на его стороне. Малочисленных защитников замка он взял врасплох. Вслух Теон этого не сказал: если о нем и впрямь сложат песню, Рамси уж точно проткнет ему барабанные перепонки, чтобы он не слышал ее.

— Можете довериться мне, милорд. Абель вот доверяет. — Она положила на его руку в перчатке свою, огрубевшую, длиннопалую, с обгрызенными ногтями. — Вы так и не спросили, как меня звать. Я Ровена.

Теон отдернул руку. Ее, конечно, подослал Рамси, как тогда Киру с ключами. Хочет толкнуть Теона на побег, чтобы потом наказать.

Врезать бы ей как следует, сбить с лица эту насмешливую улыбку. Или поцеловать ее, взять прямо тут, на столе, чтобы она выкрикивала его имя на весь чертог. Да нет, где уж там. Не посмеет он уступить ни гневу, ни похоти. Имя ему Вонючка, и он не должен этого забывать. Теон вскочил и пошел прочь, припадая на левую ногу.

Снег, все такой же густой, тяжелый и мокрый, быстро засыпал человеческие следы и доходил уже до верха сапог. В Волчьем лесу он еще глубже, а на Королевском тракте, где дует ветер, от него нет никакого спасения. Рисвеллы перекидывались снежками с Барроутоном, оруженосцы на стене лепили снеговиков и выстраивали их вдоль парапета. Со щитами, копьями, в полушлемах — настоящие бойцы, да и только.

— Лорд Зима привел к нам своих ополченцев, — сказал часовой у двери. Увидев, с кем говорит, он отвернулся и плюнул в сторону.

За палатками мерзли в загоне кони из Белой Гавани и Близнецов. Новые конюшни лорда Болтона вдвое больше прежних, сожженных Рамси при взятии замка, но там стоят кони его лордов-знаменосцев и рыцарей, а остальные маются под открытым небом. Конюхи укрывали их попонами, чтобы хоть как-то согреть.

Теон углубился в развалины. Вороны переговаривались и вскрикивали, глядя на него с разрушенной башни мейстера Лювина. Он навестил свою бывшую спальню, занесенную снегом из выбитого окна, побывал в кузне Миккена, в септе леди Кейтилин. У Горелой башни Рикард Рисвелл целовался с другой прачкой Абеля, пухленькой и курносой. Девушка стояла на снегу босиком, в меховом плаще, под которым скорей всего ничего не было. При виде Теона она что-то сказала Рисвеллу, и тот засмеялся.

Теон поспешил уйти. Ноги сами привели его к лестнице за конюшнями. Осторожно поднявшись по скользким ступеням, он оказался на внутренней крепостной стене один, далеко от оруженосцев с их снеговым войском. Внутри стен замка никто его свободы не ограничивал — он мог ходить где хотел.

Винтерфеллская внутренняя стена старше и выше внешней. Высота ее сто футов, на каждом углу четырехугольные башенки. Внешняя ниже на двадцать футов, но толще, за ней лучше следят, и башенки на ней восьмиугольные. Широкий глубокий ров между обеими стенами замерз и заметен снегом. Снег заносит проемы между зубцами, венчает белыми шапками сами зубцы и башенки.

Дальше все бело — лес, поля, Королевский тракт. Зимний городок, который люди Рамси тоже сожгли дотла, укутан пуховым одеялом. Снег прячет раны, нанесенные Сноу, но так думать нельзя. Рамси теперь никакой не Сноу, он Болтон.

Тракта совсем не видно: его глубокие колеи сровнялись с окружающими полями, а снег все валит. Где-то там мерзнет Станнис Баратеон. Если он попытается взять Винтерфелл приступом, его дело обречено, несмотря на замерзший ров. Теон взял замок исподтишка, послав верхолазов на стены и переплыв ров под покровом ночи. Защитники спохватились слишком поздно, но у Станниса так не выйдет.

Возможно, он предпочтет осаду, чтобы уморить защитников голодом. Болтон и его друзья Фреи привели через Перешеек большой обоз, леди Дастин из Барроутона и лорд Мандерли из Белой Гавани тоже привезли много провизии и корма для лошадей, но ведь и войско у них большое — надолго никаких запасов не хватит. То же самое, впрочем, относится к Станнису и его людям. К тому же они промерзли, и метель может толкнуть их на отчаянный штурм.

В богороще снег таял, едва коснувшись земли, между деревьями протянулись призрачные ленты тумана. Зачем Теон пришел сюда? Это не его боги. Сердце-дерево высилось перед ним, как бледный великан с ликом на стволе, и его листья напоминали обагренные кровью руки.

Холодный пруд подернулся льдом.

— Простите, — зашептал сквозь обломки зубов Теон, упав перед ним на колени. — Я не хотел... — Слова застревали в горле. — Спасите меня и помилуйте. Пошлите мне... — Что? Силу, мужество? За пеленой снега слышался тихий плач. Это Джейни на супружеском ложе, больше некому — ведь боги не плачут?

Не в силах больше выносить этот звук, Теон ухватился за ветку, встал и похромал назад, к огням замка. В Винтерфелле водятся призраки, и один из них — он.

Снеговиков прибавилось: оруженосцы слепили во дворе дюжину лордов, командовать воинами на стенах. Вон тот, конечно, лорд Мандерли: такого пузатого снеговика Теон в жизни не видел. Однорукий — Харвуд Стаут, снежная баба — леди Дастин, а этот, с бородой из сосулек — Амбер Смерть Шлюхам.

Повара теперь разливали говяжью похлебку с ячменем, морковкой и луком — мисками служили выдолбленные краюхи вчерашнего хлеба. Объедки кидали на пол девочкам Рамси и прочим собакам.

Девочки, знавшие Теона по запаху, обрадовались ему. Рыжая Джейна лизнула руку, Гелисента с костью свернулась у его ног под столом. Славные собачки, и незачем вспоминать, что их назвали в честь девушек, затравленных и убитых Рамси.

Теон устал, но все же поел немного, запивая похлебку элем. Чертог гудел: разведчики Русе Болтона, вернувшись через Охотничьи ворота, доложили, что войско Станниса увязло в снегу. Его рыцари едут на больших боевых конях, а люди из горных кланов на своих низкорослых лошадках не решаются уходить далеко вперед. Рамси приказал Абелю спеть что-нибудь в честь снегового похода. Бард снова взялся за лютню, а его спутница выманила у Алина-Кислая меч и стала показывать, как Станнис рубит снежинки.

Теон смотрел на дно третьей кружки, когда леди Дастин прислала за ним двух своих воинов. Глядя на него с помоста, она принюхалась.

— В этой же одежде ты был на свадьбе.

— Да, миледи. Мне ее дали. — Один из уроков Дредфорта гласил: бери, что дают, и больше ни о чем не проси.

Леди Дастин, как всегда, в черном, только рукава оторочены беличьим мехом. Высокий стоячий воротник окаймляет лицо.

— Ты ведь знаешь этот замок.

— Когда-то знал.

— Тут есть крипта, где сидят во мраке старые короли. Мои люди прочесали все подвалы и даже темницы, но входа в нее не нашли.

— Туда нельзя пройти через темницы, миледи.

— Можешь показать мне дорогу?

— Там нет ничего, кроме...

— Покойников? Да. Так уж вышло, что все Старки, которых я любила, мертвы. Ну что, покажешь?

— Извольте. — Крипту он не любил, как и все прочие усыпальницы, но бывать в ней ему доводилось.

— Сержант, принеси факел.

— Накиньте теплый плащ, миледи, — посоветовал Теон. — Мы пойдем через двор.

Снегопад усилился, леди Дастин закуталась в соболя. Часовые в плащах с капюшонами ничем не отличались от снеговиков — только пар от дыхания показывал, что они еще живы. На стенах зажгли костры, тщетно пытаясь развеять мрак. Маленький отряд брел по нетронутому снегу, доходящему до середины икры. Палатки во дворе проседали под его тяжестью.

Вход в крипту помещался в самой старой части Винтерфелла, у подножия Первой Твердыни, несколько веков как заброшенной. Теперь от башни осталась лишь обгорелая, провалившаяся во многих местах шелуха. Кругом валялись камни, балки, горгульи. Одно изваяние скалилось из-под снега, обратив свою жуткую рожу к небу.

Здесь когда-то нашли упавшего Брана. Теон был тогда на охоте с лордом Эддардом и королем Робертом и не знал, какая новость их ожидает. Никто не думал, что мальчик выживет, но Брана не одолели ни боги, ни сам Теон. Странная мысль — и еще более странно, что мальчик, возможно, и посейчас жив.

— Вот здесь, под этим сугробом, — показал Теон. — Осторожно, тут много битого камня.

Солдаты леди Дастин битых полчаса разгребали вход. Дверь примерзла, и сержанту пришлось добывать топор. Старые петли с визгом уступили, открыв винтовую лестницу в темное подземелье.

— Спускаться долго, миледи, — предупредил Теон.

— Свет, Берон, — приказала неустрашимая леди. Ступени за много веков сильно стерлись, и спускались они вереницей — сержант с фонарем, Теон, леди Дастин и еще один ее человек. Летом крипта всегда казалась Теону холодной; сейчас здесь было не то что тепло, но теплее, чем наверху. Под землей, видно, всегда одинаково тепло — или одинаково холодно.

— Маленькая леди Арья все время плачет, — заметила леди Дастин.

Не сболтнуть бы лишнего... Теон придерживался за стену — ступеньки будто шевелились при свете факела.

— В самом деле, миледи?

— Русе недоволен — скажи своему бастарду об этом.

Он не его бастард... хотя как посмотреть. Вонючка принадлежит Рамси, Рамси — Вонючке. «Не забывай свое имя».

— Что толку одевать ее в белое с серым, если она целыми днями сидит одна и рыдает. Фреям-то все равно, а вот северяне... Дредфорта они боятся, но Старков любят.

— Только не вы, — брякнул Теон.

— Я нет, — призналась она, — а все остальные — да. Смерть Шлюхам здесь только из-за Большого Джона, которого Фреи держат в плену. А люди Хорнвуда? Думаешь, они позабыли, что их леди, прежняя жена бастарда, съела с голоду свои пальцы? О чем они, по-твоему, думают, слыша, как плачет его новая жена, дочка их ненаглядного Неда?

«Лорд Эддард тут ни при чем. Она дочь простого стюарда, и зовут ее Джейни». Леди Дастин, конечно, подозревает что-то, однако...

— Слезы леди Арьи вредят нам больше всех мечей Станниса. Если бастард не научит жену смеяться, лордом Винтерфелла он недолго пробудет.

— Пришли, миледи, — прервал Теон.

— Но лестница ведет дальше вниз.

— Там другие усыпальницы, совсем древние. Нижние, я слышал, уже обвалились, и я там никогда не бывал. — Он отворил дверь в длинный сводчатый коридор с мощными гранитными колоннами, уходящими попарно во тьму.

Сержант поднял факел — маленький огонек, охваченный со всех сторон мраком. Теон испытал знакомый страх, чувствуя, как каменные короли смотрят на него каменными глазами, сжимая каменными пальцами рукояти ржавых мечей. Железных Людей они все как один не любили.

— Сколько же их, — сказала леди Дастин. — Ты знаешь, кто из них кто?

— Раньше знал... С этой стороны погребены Короли Севера. Последний в их ряду — Торрхен.

— Король, преклонивший колено.

— Совершенно верно, миледи. После него здесь стали хоронить лордов.

— Вплоть до Молодого Волка. Где похоронен Нед Старк?

— В самом конце, миледи. Сюда.

Звонко ступая по плитам, они двинулись между рядами колонн. Их провожали каменные глаза Старков и глаза их лютоволков. Призрачный голос мейстера Лювина шептал на ухо забытые имена. Король Эдрик Снегобородый, правивший Севером целых сто лет. Брандон Корабельщик, уплывший на запад. Теон Голодный Волк, его тезка. Лорд Берон Старк — он объединился с Бобровым Утесом против Дагона Грейджоя, лорда Пайка, во времена, когда Семью Королевствами правил в сущности не король, а колдун-бастард Красный Ворон.

— У этого меча нет, — заметила леди Дастин. И верно: Теон не помнил, что это за король, но меч у него пропал — только потеки ржавчины остались на камне. Теону стало не по себе. Ему говорили, что дух умершего переходит в его меч, и если клинок делся куда-то...

В Винтерфелле водятся призраки, и Теон — один из них. Барбри Дастин, судя по лицу, тоже чувствовала себя неуютно.

— За что вы ненавидите Старков, миледи? — спросил он неожиданно для себя.

— За то самое, за что их любишь ты, — сказала она.

Теон споткнулся.

— Люблю? Почему вы... Я отобрал у них замок, велел предать смерти Рикона и Брана, насадил на пики их головы. Я...

— ...поехал на юг с Роббом Старком, сражался за него в Шепчущем лесу и у Риверрана. Вернулся послом на Железные острова для переговоров с родным отцом. Барроутон тоже посылал людей Молодому Волку. Я дала самую малость — совсем отказать не могла из страха навлечь на себя гнев Винтерфелла, — и в этом войске у меня были глаза и уши. Я знаю, кто ты и что ты, а теперь отвечай на вопрос: за что ты любишь Старков?

— Я... — Теон оперся рукой на колонну, — хотел быть одним из них.

— Хотел — и не мог. У нас с тобой, милорд, больше общего, чем ты думаешь, однако пойдем.

Вскоре они пришли к трем близко поставленным изваяниям.

— Лорд Рикард, — сказала леди, рассматривая то, что посередине. Каменный лорд, длиннолицый и бородатый, смотрел печально. — Он тоже без меча.

— Здесь, видно, побывал вор. Вот и Брандона оставили безоружным.

— Он бы разгневался. — Леди, сняв печатку, положила белую руку на темное каменное колено. — Уж так он любил свой меч, постоянно его точил. Женский лобок впору брить, говорил он и охотно пускал его в ход. «Обагренный кровью меч очень красив», — сказал он мне как-то раз.

— Так вы его знали.

Ее глаза горели, отражая огонь факела.

— Брандон воспитывался в Барроутоне у старого лорда Дастина, будущего моего свекра, но то и дело ездил к нам в Родники. Отменные наездники были они с сестрой, настоящая пара кентавров. Мой лорд-отец охотно принимал у себя наследника Винтерфелла. У него были большие планы на нас, детей, и мою невинность он вручил бы любому из Старков, только этого не понадобилось: Брандон сам брал что хотел. Я, старая высохшая вдова, как сейчас вижу его член, обагренный моей девственной кровью. Красивое зрелище, он правду сказал. И боль, когда он пронзил меня, была сладостна. Боль, которую я испытала, узнав, что Брандон женится на Кейтилин Талли, сладостной не была. В нашу последнюю ночь он сказал, что не хочет ее, но у Рикарда Старка тоже были большие планы, и в них не входило женить наследника на дочери одного из своих вассалов. Позже у отца появилась надежда выдать меня за Эддарда, брата Брандона, но Кейтилин и его забрала. Я стала женой молодого лорда Дастина, но его забрал у меня Нед Старк.

— Мятеж Роберта...

— Мы и полгода вместе не прожили, когда Роберт поднял свое восстание. Нед созвал знамена. Я умоляла мужа не ходить, послать вместо себя дядю, знаменитого своим топором, или двоюродного деда, сражавшегося на Войне Девятигрошовых Королей. Но он, движимый мужской гордостью, сам возглавил барроутонский отряд. Я подарила ему рыжего жеребца с огненной гривой, лучшего из конюшен моего лорда-отца. Муж клялся, что после войны приедет на нем домой, но коня мне вернул Нед Старк по пути в Винтерфелл. Он сказал, что мой муж пал смертью храбрых и погребен в дорнийских красных горах. Кости своей сестры он привез на Север, и они покоятся здесь, но кости лорда Эддарда рядом с ними не лягут. Я скормлю их своим собакам.

— Его кости? — не понял Теон.

Ее губы искривились в улыбке, напомнившей ему Рамси.

— Кейтилин Талли отправила их домой. Было это до Красной Свадьбы, но твой железный дядюшка взял Ров Кейлин и перекрыл путь. Я слежу, и если его останки когда-нибудь вынырнут из болот, дальше Барроутона они не проедут. Пойдем отсюда, — сказала леди Барбри, бросив прощальный взгляд на статую Эддарда Старка.

Метель бушевала по-прежнему.

— Смотри не повторяй никому моих слов, сказанных там внизу, — предупредила леди, выйдя из подземелья. — Ты понял?

Теон кивнул.

— Если я не буду держать язык за зубами, то потеряю его.

— Рамси хорошо тебя вышколил, — бросила она и ушла.

КОРОЛЕВСКИЙ ТРОФЕЙ

Королевское войско, покидая Темнолесье на рассвете ясного дня, выползало из бревенчатого частокола, как длинная стальная змея.

Доспехи рыцарей, помятые в прежних битвах, все еще ярко отражали восходящее солнце, а много раз латаные камзолы и знамена все еще пестрели на холодном ветру. Лазурные, оранжевые, красные, зеленые, пурпурные, синие, золотые краски весело играли среди бурых стволов, тускло-зеленой хвои и серого снега.

Каждого рыцаря сопровождали оруженосцы, слуги и латники. Следом шли оружейники, повара, конюхи, копейщики, лучники, воины с топорами — ветераны сотни битв и мальчишки, еще не побывавшие в первой. В авангарде двигались горные кланы: вожди и первые бойцы на лохматых низкорослых конях, прочие — в шкурах, вареной коже и старых кольчугах — пешие. Некоторые, чтобы их не было видно в лесу, обвязывались ветками и раскрашивали лица зеленой и бурой краской.

За воинской колонной тянулись на целую милю обозные повозки, запряженные лошадьми, мулами и волами. Замыкали войско опять-таки рыцари, а дозорные, скрытно следуя по бокам, служили защитой от внезапного нападения.

Аша Грейджой, скованная по рукам и ногам, ехала в обозе, в крытой повозке на двух высоченных, оббитых железом колесах. Денно и нощно ее охраняла Медведица, храпевшая хуже всякого мужика: король Станнис принял все меры, чтобы его пленница не могла совершить побег. Он намеревался доставить дочь кракена в Винтерфелл и предъявить северным лордам как доказательство одержанной им победы.

Трубы трубили, копья сверкали, прихваченная морозцем трава искрилась. От Темнолесья до Винтерфелла сотня лиг лесом и триста миль, как ворон летит. Пятнадцать дней, по прикидкам рыцарей.

— Роберт и за десять дошел бы, — заявлял лорд Фелл. Покойный король, убивший его деда у Летнего Замка, представлялся внуку чуть ли не богом. — Роберт занял бы Винтерфелл две недели назад и показал Болтону нос с крепостной стены.

— Станнису этого лучше не говорить, — сказал Джастин Масси, — не то он заставит нас идти днем и ночью.

«Король так и не вышел из тени своего брата», — подумала Аша.

Лодыжка пронзала болью каждый раз, как она на нее опиралась — что-то сломано, не иначе, растяжение прошло бы вместе с опухолью. Кандалы натирали ей кожу и терзали ее гордость. Плен он и есть плен.

«От согнутого колена не умирают, — говорил ей отец. — Согнувший колено может подняться снова с мечом в руке, а не согнувший протянет ноги». Бейлон Грейджой доказал правдивость этих слов на себе: после подавления первого мятежа он склонил колено перед оленем и лютоволком, но поднялся, как только Роберта Баратеона и Эддарда Старка не стало.

Дочь кракена, хромая и связанная (изнасиловать ее не успели, к счастью), последовала примеру отца. «Сдаюсь, ваше величество. Поступайте со мной как хотите, но пощадите моих людей». После боя в Волчьем лесу их выжило только девять — потрепанная девятка, как выразился тяжело раненный Кромм.

Станнис подарил им жизнь, но Аша не причисляла его к разряду милосердных правителей. Он решителен и отважен, это бесспорно; говорят также, что он справедлив. На Железных островах к суровой справедливости привыкают сызмальства, однако любить такого короля трудно. Глубоко сидящие синие глаза смотрят всегда подозрительно, и за ними чувствуется холодная ярость. Жизнь Аши для него ничего не значит: она всего лишь заложница, ценный трофей.

Глупец. Взятая в плен женщина северян не особенно удивит, а как заложнице ей и вовсе грош цена. Дяде Вороньему Глазу, правящему теперь островами, все равно, жива она или нет, а престарелому Эрику Айронмакеру, за которого Эурон заочно выдал ее, при всем желании нечем выкуп платить — только поди втолкуй это Станнису. Одно то, что она женщина, оскорбляет его: на зеленых землях женщины послушны, одеты в шелка — и топорики в цель не мечут. Впрочем, Станнис ее и в платье не полюбил бы; даже с благочестивой леди Сибеллой, женой Галбарта Гловера, ему как-то не по себе. Он, видно, принадлежит к тем мужчинам, для которых женщины — чужеродное племя наподобие великанов, грамкинов и Детей Леса. От Медведицы — и от той зубами скрежещет.

Есть только одна женщина, к которой король прислушивается, но он оставил ее на Стене.

— Лучше бы она была с нами, — сказал сир Джастин Масси, белокурый рыцарь, командующий обозом. — Взять нашу последнюю битву на Черноводной: там леди Мелисандра также отсутствовала, и призрак лорда Ренли загнал половину нашего войска в залив.

— Последнюю? — повторила Аша. — Разве в Темнолесье эта колдунья была? Я ее что-то не видела.

— Это едва ли можно назвать битвой, миледи, — улыбнулся сир Джастин. — Ваши люди сражались храбро, но их было намного меньше, и нагрянули мы неожиданно. С Винтерфеллом так не получится, и людей у Русе Болтона столько же, сколько у нас.

«Если не больше», — мысленно добавила Аша.

У пленных тоже есть уши, а король в Темнолесье обсуждал со своими капитанами этот поход. Сир Джастин с самого начала был против, и его поддерживали многие южные лорды и рыцари, но волки заявляли, что Винтерфелл нельзя оставлять в руках Русе Болтона, а дочь Неда — в когтях у его бастарда. На этом единодушно стояли Морган Лиддль, Брандон Норри, Вулл Большое Ведро и даже Медведица.

«До Винтерфелла сто лиг, — сказал Артос Флинт в чертоге Галбарта Гловера. — Триста миль по прямой».

«Долгий путь», — заметил рыцарь по имени Корлисс Пенни.

«Не такой уж и долгий, — возразил сир Годри, которого все называли Победителем Великанов. — От Стены мы прошли не меньше. Владыка Света озарит нам дорогу».

«А что нас ждет в самом Винтерфелле? — спрашивал Джастин Масси. — Две крепостные стены, между ними ров, внутренняя стена вышиной сто футов. Болтон в поле не выйдет, а для осады у нас недостанет провизии».

«Не забывайте, что к нам придут Арнольф Карстарк и Морс Амбер, — напомнил ему Харвуд Фелл. — У нас будет столько же северян, сколько у лорда Болтона. К северу от замка растет густой лес; мы построим осадные башни, тараны...»

«И будем гибнуть тысячами», — подумала Аша.

«Не лучше ли зазимовать тут?» — сомневался лорд Пезбери.

«Зимовать? — взревел Большое Ведро. — По-вашему, у Галбарта Гловера хватит еды и корма?»

«Брат вашего величества...» — начал сир Ричард Хорп, рябой рыцарь с бабочками «мертвая голова» на камзоле.

«Все мы знаем, как поступил бы мой брат, — прервал его Станнис. — Он подъехал бы к воротам Винтерфелла один, вышиб их своим молотом и убил левой рукой Русе, а правой его бастарда. Я не Роберт, однако мы выступим и возьмем Винтерфелл... или поляжем под его стенами».

Простые солдаты верили в своего короля больше, чем лорды и рыцари. Станнис разбил Манса-Разбойника у Стены, вышиб Железных Людей из Темнолесья; раньше, при жизни Роберта, он победил в знаменитом морском бою у Светлого острова и держал Штормовой Предел на протяжении всего мятежа. Кроме того, он владел волшебным светящимся мечом, Светозарным.

— Наш враг не столь грозен, как представляется, — сказал Аше сир Джастин в первый день похода на Винтерфелл. — Русе Болтона северяне не любят, хотя и боятся, а его друзья Фреи опорочили себя Красной Свадьбой, где каждый северный лорд потерял кого-то из родичей. Как только Станнис пустит Болтону кровь, северяне бросят его.

«Да, — подумала Аша, — если он сумеет пустить эту самую кровь. Ни один дурак не уйдет от сильного к слабому».

В тот первый день сир Джастин навещал пленницу то и дело, принося ей новости, еду и питье. В качестве стража этот упитанный розовощекий шутник с голубыми глазами и гривой льняных волос был внимателен и даже заботлив.

— Он хочет тебя, — сказала Медведица, когда он подъехал к ним в третий раз. По настоящему ее звали Алисанной Мормонт, но прозвище пристало ей как нельзя лучше. Коренастую наследницу Медвежьего острова отличали толстые ляжки, большая грудь и мозолистые ручищи. Под шубой она носила кольчугу, под кольчугой вареную кожу, под кожей старый вывороченный тулуп для тепла, даже на ночь ничего не снимала и казалась одинаковой что в вышину, что вширь. Аша часто забывала, что они с Медведицей почти сверстницы.

— Не меня — мои земли. Железные острова. — У Аши имелись и другие поклонники. Масси потерял все свои владения — без выгодной женитьбы он так и останется рыцарем при королевском дворе. Сиру Джастину король отказал в руке принцессы одичалых, о которой Аша вдоволь наслушалась, и он перекинулся на другую принцессу. Мечтает, не иначе, посадить ее на Морской Трон и править через нее островами. Для этого, правда, понадобится избавить Ашу от ее нынешнего лорда и повелителя, не говоря уж о дяде, который их поженил — а Вороний Глаз проглотит сира Джастина, даже не поперхнувшись.

И за кого бы Аша ни вышла, отцовских земель ей все равно не видать. Она терпела поражение дважды: на вече от дяди Эурона и в Темнолесье от Станниса. Железные Люди ей этого не забудут, а брак с Джастином Масси или любым другим сторонником Станниса принесет ей больше вреда, чем пользы. Хоть она и дочь кракена, а все-таки женщина, скажут капитаны и короли. Не устояла против лордика с зеленых земель и легла с ним.

Но пока сир Джастин возит ей еду и питье, пусть ухаживает себе на здоровье. С ним хоть поговорить можно в отличие от Медведицы, хоть как-то утешиться среди пяти тысяч врагов. Триса Ботли, Кварла-Девицу, Кромма, Роггона и других еле живых ее воинов оставили в Темнолесье, в темницах Галбарта Гловера.

За первый день войско прошло двадцать две мили. Проводниками служили присягнувшие Темнолесью охотники с родовыми именами Форрестер, Вуд, Бренч и Боул*. На второй день объявили о двадцати четырех милях, и авангард, миновав земли Гловеров, углубился в чащу Волчьего леса.

---

* Лесник, лес, ветка, ствол (*англ.*). — *Примеч. пер.*

— Освети нам путь во тьме, Рглор, — молились в тот вечер рыцари и латники у королевского шатра, разведя громадный костер. Их называли людьми королевы, хотя истинной их королевой была красная женщина, а не жена Станниса, оставленная в Восточном Дозоре. — Воззри на нас своим огненным оком, Владыка Света, согрей нас и защити, ибо ночь темна и полна ужасов.

Возглавлял молитву сир Годри Фарринг, Победитель Великанов. Звучное имя для мелкого человека. При всей своей телесной мощи Фарринг тщеславен, напыщен, глух к добрым советам и равно презирает простонародье, волков и женщин. В точности как его король, если говорить о последних.

— Мне бы коня, — сказала Аша сиру Джастину, привезшему ей половину окорока. — Цепи просто с ума меня сводят — я дам вам слово, что не стану бежать.

— Если б я мог, миледи... Но вы королевская пленница, не моя.

— Значит, король женщине на слово не поверит?

— Мы не даем веры Железным после того, что сотворил твой брат в Винтерфелле, — проворчала Медведица.

— Я за Теона не отвечаю, — сказала Аша, но ее так и не расковали.

Сир Джастин ускакал, и Аша вспомнила свое последнее свидание с матерью. Это было на Харло, в Десяти Башнях. В комнате горела свеча, большая кровать под пыльным пологом пустовала: леди Аланнис, сидя у окна, смотрела на море. «Привезла ты моего малыша?» — спросила она. «Теон не смог приехать», — ответила Аша, глядя на то, что осталось от женщины, подарившей ей жизнь, от матери, потерявшей двух сыновей. А третий...

«Каждому из вас посылаю частицу принца».

Что бы ни произошло тогда в Винтерфелле, брат вряд ли выжил. Теон Переметчивый... Даже Медведица хотела бы увидеть его голову на колу.

— У тебя есть братья? — спросила ее Аша.

— Только сестры. Нас, детей, было пятеро, и все девочки. Лианна сейчас на Медвежьем острове, Лира и Джори с матерью, Дейси убили.

— На Красной Свадьбе.

— Да, — подтвердила Алисанна, пристально глядя на Ашу. — Моему сыну два, дочке девять.

— Рано ты ее родила.

— Лучше поторопиться, чем опоздать.

«Камешек в мой огород», — подумала Аша.

— Выходит, ты замужем.

— Нет. Детей я зачала от медведя. — Алисанна улыбнулась неожиданно мило, несмотря на кривые зубы. — У Мормонтов все женщины оборотни: мы превращаемся в медведиц и находим себе пару в лесу. Это все знают.

— Не только оборотни, еще и воительницы, — улыбнулась Аша в ответ.

— Это вы нас такими сделали, — посерьезнела Алисанна. — Детей на Медвежьем острове пугают кракенами, вылезающими из моря.

Старый закон... Аша отвернулась, звякнув оковами. На третий день пути их обступил лес — большие повозки уже не могли проехать по здешним тропам. Аша замечала знакомые приметы: каменистый холм, похожий на волчью голову, если смотреть под нужным углом; наполовину скованный льдом водопад; естественную каменную арку, покрытую мхом. Этим же путем она ехала в Винтерфелл, чтобы уговорить Теона бросить завоеванный замок и вернуться с ней в Темнолесье, — это ей тоже не удалось.

В тот день войско проделало четырнадцать миль, и капитаны остались довольны.

В сумерках, пока возница распрягал лошадей, сир Джастин снял с Аши ножные кандалы и вместе с Медведицей препроводил ее в королевский шатер. Она, хоть и пленница, принадлежала к дому Грейджоев, и Станнису заблагорассудилось уделить ей объедки своего ужина.

Величиной шатер был чуть ли не с чертог Темнолесья, но роскошью похвалиться не мог. Плотные холщовые стены загрязнились и даже заплесневели местами, на серединном шесте реял золотой королевский штандарт с головой оленя внутри горящего сердца. С трех сторон шатер окружали палатки лордов, пришедших на Север со Станнисом, с четвертой ревел священный костер.

Дрова для него кололи с дюжину людей королевы. Их красный бог ревнив: Утонувший Бог Аши для них все равно что демон, а сама она будет проклята, если не примет Владыку Света. Они с большой радостью бросили бы в огонь и ее — некоторые, она слышала, как раз это и предлагали после битвы в лесу, но Станнис им не позволил.

Сейчас король стоял здесь и смотрел в пламя. Что он там видит — победу, поражение, лик своего голодного бога? Глаза у него ввалились, коротко подстриженная бородка лежала как тень на впалых щеках и тяжелом подбородке, но в глазах читалась яростная решимость. Этот со своего пути не свернет.

— Государь, — преклонила колено Аша. «Достаточно ли я смиренна для вас, достаточно ли побита?» — Прошу вас, раскуйте мне руки, позвольте сесть на коня. Я не стану бежать.

Станнис взглянул на нее, как на собаку, которой вздумалось потереться о его ногу.

— Ты заслужила эти оковы.

— Вы правы, но теперь я раскаиваюсь и предлагаю вам своих людей, свои корабли и свой ум.

— Корабли, которые не сгорели, и так мои, люди же... Сколько их там осталось — десяток, дюжина?

«Девять... а если считать годных для боя, и вовсе шесть».

— Торрхенов Удел держит Дагмер Щербатый, свирепый воин и преданный слуга дома Грейджоев. Я могу передать этот замок и его гарнизон в ваше распоряжение. — Это еще неизвестно, но сомнения здесь высказывать не приходится.

— Торрхенов Удел для меня — что грязь под ногами. Винтерфелл — вот что важно.

— Снимите оковы, и я помогу вашему величеству взять его. Ваш венценосный брат был знаменит тем, что превращал побежденных врагов в друзей, — сделайте меня своим человеком.

— Если уж боги не сделали тебя человеком, то смертный и подавно не сделает. — Станнис вновь устремил взгляд в огонь, а сир Джастин схватил Ашу за локоть и ввел в шатер.

— Напрасно вы это, миледи. Никогда не упоминайте при нем о Роберте.

Он прав. Ей ли не знать, как обстоит дело с младшими братьями. Теон в детстве обожал Родрика и Марона, трепетал перед ними... так, видно, из этого и не вырос. Младший брат, проживи он хоть сто лет, так и останется младшим. Пробраться бы к Станнису за спину да удушить его цепью от кандалов.

Для короля и его капитанов приготовили жаркое из тощего оленя, добытого следопытом Бенжикотом Бренчем; все прочие в лагере получили горбушку хлеба, кусок черной колбасы длиной в палец и запили это остатками галбартовского эля.

От Темнолесья до Винтерфелла сто лиг лесом и триста миль, как ворон летит.

— Жаль, что мы не вороны, — сказал Джастин Масси на четвертый день, когда пошел снег.

С каждым днем снегопад усиливался. Бороды северян обледенели, южане для тепла перестали бриться. Снег, заметая камни, корни и рытвины, каждый шаг превращал в приключение. Потом началась настоящая вьюга, и королевское войско, бредущее по колено в сугробах, распалось.

Мохнатым лошадкам горцев корма требовалось куда меньше, чем рослым коням, а снег северянам был не в диковинку. Многие из них привязывали ремешками к ногам «медвежьи лапы» — загнутые с одного конца деревяшки — и шли по насту, не проламывая его.

Для лошадей такая обувка тоже имелась, но большие южные кони, когда хозяева пытались применить к ним северный опыт, наотрез отказывались идти дальше или разбивали деревяшки в щепу. Один конь даже ногу сломал в борьбе с невиданным новшеством.

Горцы на «медвежьих лапах» опередили сперва рыцарей в главной колонне, потом авангард Годри Фарринга, а обоз, как ни понукал его арьергард, отставал все больше.

На пятый день непогоды обоз въехал на лед над заметенным прудом. Трое возниц, четыре лошади и двое человек, пытавшихся их спасти, ухнули в ледяную воду. Одного, Харвуда Фелла, успели вытащить, но он весь посинел и трясся. С него срезали мокрую одежду, закутали его в меха, посадили у огня — тщетно. Озноб сменился горячечным сном, от которого лорд уже не очнулся.

В ту ночь люди королевы впервые заговорили о жертве: красного бога надо было задобрить, чтобы он прекратил бурю.

— Это боги Севера напустили ее, — сказал сир Корлисс Пенни.

— Ложные боги, — строго поправил сир Годри.

— С нами Рглор, — сказал сир Клэйтон Сагс.

— Но Мелисандры нет с нами, — завершил Джастин Масси.

Король за высоким столом молчал. Перед ним стыла миска с луковым супом, а он сидел, не обращая внимания на разговоры, и смотрел из-под приспущенных век на пламя ближней свечи. Сир Ричард Хорп, второй по старшинству, высказался за него, пообещав, что буря скоро утихнет.

Но она лишь усилилась, и ветер хлестал, словно бич. Ветра на Пайке не шли ни в какое сравнение с этим — он сводил всех с ума.

Даже когда по колонне передавали приказ разбить лагерь на ночь, согреться было не просто. Отсыревшие палатки ставились с трудом, снимались еще тяжелее и постоянно проседали под снегом. Лес, самый большой в Семи Королевствах, не желал больше снабжать войско сухими дровами. Те немногие костры, что еще зажигались в лагере, больше дымили, чем грели — о горячей пище оставалось только мечтать.

Даже священный огонь, к отчаянию людей королевы, сильно съежился против прежнего.

— Владыка Света, защити нас от этой напасти, — гудел бас сира Годри, возглавляющего молитву. — Яви нам свое ясное солнце, уйми ветер, растопи снег, дабы мы могли поразить врагов наших. Ночь темна, холодна и полна ужасов, но твои есть сила, и слава, и свет. Наполни нас огнем своим, Рглор.

Волки, однако, лишь посмеялись, когда сир Корлисс спросил, не случалось ли раньше какой-нибудь армии замерзнуть в зимнюю бурю.

— Какая ж это зима, — сказал Вулл Большое Ведро. — У нас говорят, что осень целует, а зима раком ставит, — так это пока поцелуйчики.

«Да избавит нас тогда бог от настоящей зимы», — подумала Аша. Ей как королевскому трофею приходилось еще не так плохо: другие голодали, а она ела досыта, другие мерзли и пробирались по снегу на усталых конях, а она ехала в крытой повозке, закутанная в меха.

Лошадям и простым солдатам доставалось больше всего. Двое оруженосцев зарезали латника, поспорив за место у костра, озверевшие от холода лучники подожгли собственную палатку — ну, эти хоть соседей погрели; кони гибли от холода и непосильных трудов. Кто-то придумал загадку: «Что такое рыцарь без коня? Снеговик с мечом». Всех павших животных тут же разделывали на мясо, съестных припасов осталось мало.

Пезбери, Кобб, Фоксглов и другие лорды уговаривали короля остановиться и переждать бурю, но Станнис не слушал. Не внял он и людям королевы, пришедшим говорить с ним о жертве: Аше об этом донес не слишком набожный Джастин Масси.

«Жертвоприношение докажет, что огонь нашей веры горит по-прежнему ярко», — сказал Клэйтон Сагс, а Годри добавил: «Это бедствие наслали на нас боги Севера, и один лишь Рглор может его остановить. Отдадим ему еретика».

«Еретики составляют половину моего войска, — ответил на это Станнис. — Жечь никого не будем: молитесь усерднее».

Сегодня не будем, завтра не будем... но выдержит ли король, если буря затянется? Аша, никогда не разделявшая веры дяди Эйерона в Утонувшего Бога, этой ночью молилась Живущему под Волнами с не меньшим пылом, чем сам Мокроголовый, но буря не унялась. Они прошли пять миль за день, потом три, потом две.

На девятый день от начала бури промокшие капитаны с трудом добрели до шатра, чтобы припасть на колено и доложить королю о потерях.

— Один умер, трое пропали без вести.

— Пали шесть коней, в том числе мой.

— Умерли двое, один из них рыцарь. Пали четыре коня. Одного удалось поднять, другие — два боевых, один верховой — погибли.

Этот перечень стали называть снеговым. Обоз страдал больше всех: гибли лошади, пропадали люди, переворачивались и ломались повозки.

— Лошади вязнут в снегу, — докладывал Джастин Масси, — а люди уходят в сторону или просто садятся и замерзают.

— Ничего, — отрезал король. — Идем дальше.

У северян дела обстояли гораздо лучше: Черный Доннел Флинт и его брат Артос потеряли только одного человека, Лиддли, Вуллы, Норри обошлись совсем без потерь. У Моргана Лиддля пропал один мул, да и того, как он подозревал, увели Флинты.

От Темнолесья до Винтерфелла сто лиг лесом и триста миль, как ворон летит. На пятнадцатый день пути они не прошли и половины этого расстояния. Снег заметал след из застывших трупов и разбитых повозок, а солнце, луна и звезды не показывались так долго, что Аша задавалась вопросом, не во сне ли она их видела.

На двадцатый день с нее наконец сняли ножные оковы. Одна из лошадей, тащивших повозку, умерла прямо в упряжи, и заменить ее было некем: оставшиеся ездовые кони везли провизию. Сир Джастин Масси приказал пустить лошадь на мясо, а повозку разломать на дрова.

— Лишнего коня для вас нет, миледи, — говорил он, снимая с Аши кандалы и растирая ей ноги, — а мой, если мы сядем на него оба, тоже недолго протянет. Идите пешком.

Лодыжка давала о себе знать на каждом шагу, но Аша утешала себя тем, что через час совсем не будет чувствовать ног. Она ошиблась: это произошло куда раньше. К вечеру она начала тосковать по своей тюрьме на колесах — оковы порядком ее ослабили. Аша так обессилела, что уснула прямо за ужином.

На двадцать шестой день похода они доели последние овощи, на тридцать второй подобрали овес до последнего зернышка. Долго ли способен человек протянуть на сырой промерзшей конине?

— Бренч клянется, что до Винтерфелла осталось не больше трех дней, — сказал королю Ричард Хорп, когда капитаны покончили со снеговым перечнем.

— При условии, что мы бросим слабых, — заметил сир Корлисс Пенни.

— Их все равно уже не спасти, — отрезал Хорп, — а тем, у кого силы еще остались, придется выбирать между Винтерфеллом и смертью.

— Владыка Света отдаст нам замок, — заявил Годри Фарринг. — Будь с нами леди Мелисандра...

После кошмарного дня, когда войско, едва одолев одну милю, потеряло четырех человек и дюжину лошадей, лорд Пезбери напустился на северян.

— Этот поход — чистое безумие. Подумать только, какие лишения мы терпим ради какой-то девчонки.

— Ради дочери Неда, — поправил его Морган Лиддль. Он был вторым из трех сыновей, и другие волки называли его Лиддлем Средним (как правило, за глаза). Это Морган чуть не убил Ашу тогда в лесу; в походе он попросил его извинить за то, что в пылу боя обзывал ее сукой — не за то, что едва не рассадил ей голову топором.

— Ради дочери Неда, — эхом откликнулся Вулл Большое Ведро. — Мы уже взяли бы замок и освободили ее, если б вы, южные неженки, не мочили свои атласные штаны из-за легкого снегопада.

— Снегопада?! — скривил свои нежные губы Пезбери. — Это ты, Вулл, посоветовал нам выступать — уж не служишь ли ты Болтону, а? Не он ли послал тебя нашептывать королю дурные советы?

— Эх ты, лорд песик, — засмеялся ему в лицо Большое Ведро. — Зарубить бы тебя за такие слова, да неохота марать добрую сталь кровью труса. — Вулл хлебнул эля и утер рот. — Да, люди мрут, и до Винтерфелла их умрет еще больше — на то и война, так оно и положено.

— И ты, Вулл, тоже согласен умереть? — недоверчиво спросил Корлисс Пенни.

— Я хочу жить вечно в стране, где лето длится тысячу лет, — оскалился клановый вождь. — Хочу замок в облаках, чтоб смотреть на землю. Хочу, чтоб мне снова стало двадцать шесть, когда я мог драться весь день и любиться всю ночь. Какая разница, согласен я или нет? Зима почти уже настала, мой мальчик, а зима — это смерть. Лучше моим людям погибнуть в бою за Недову дочку, чем в снегу, когда слезы на щеках стынут. О такой смерти песен не сложат. Ты спросил обо мне, так вот: для меня эта зима последняя, и я хочу умыться кровью Болтона до того, как умру. Хочу, чтоб она брызнула мне в лицо, когда мой топор раскроит ему череп. Хочу слизать ее с губ и умереть с ее вкусом во рту.

— Верно! — вскричал Морган Лиддль. — Кровь и смерть! — Его возглас подхватили все горцы, молотя по столу чашами и рогами.

Аше тоже хотелось сразиться, чтобы положить конец всему этому. Звон стали, розовый снег, раздробленные щиты, отсеченные руки — а после мир и покой.

На следующий день разведчики нашли меж двух озер покинутую деревню — горсточка хижин, длинный дом и сторожевая башня. Ричард Хорп приказал устроить привал, хотя войско прошло всего-то полмили и до темноты оставалось еще порядочно. Обоз и арьергард подтянулись туда уже после восхода луны.

— Проделаем во льду проруби, и северяне наловят нам рыбы, — сказал Хорп королю.

Станнис даже в доспехах и меховом плаще выглядел как человек на краю могилы. То немногое, что еще оставалось у него на костях, сошло во время похода. Сквозь кожу проступал череп, и Аша боялась, что он раскрошит себе зубы, так он их стискивал.

— Ладно, пусть ловят, — пролаял он, — но с первым светом мы выступим.

На рассвете, когда небо побелело, Аша выползла из-под груды мехов. К храпу Медведицы она уже попривыкла, и разбудили ее не эти громоподобные звуки, а тишина. Не играли побудку трубы, не пели боевые рога северян. Что-то было неладно.

Аша, позвякивая оковами, разгребла снег, заваливший палатку за ночь. Неутихающая стихия погребла под собой озера и лес. Другие палатки едва виднелись, на башне горел огонь, но самой башни как не бывало.

Напрасно Русе Болтон поджидает их в Винтерфелле: войско Станниса Баратеона обречено на голодную смерть в снегах.

ДЕЙЕНЕРИС

Свеча, от которой осталось не больше дюйма, догорала в восковой лужице. Когда она погаснет, кончится еще одна ночь — рассвет всегда приходит так скоро.

Дени не спала, даже глаз не смела закрыть, боясь, что проснется уже при свете. Будь ее воля, она продлила бы ночь навечно, но ей доступно одно: не спать и наслаждаться каждым мгновением, пока они не отошли в прошлое вместе с ночью.

Зато Даарио спит как младенец. Он хвалится, что может спать где угодно, даже в седле, на ярком солнце и в бурю. «Плох будет воин из того, кто не выспится», — говорит он. И кошмары его не мучают. Он только посмеялся, услышав от Дени, что Сервина Зеркальный Щит преследовали призраки убитых им рыцарей. «Явись эти дохляки ко мне, я поубивал бы их снова». Совесть у него как у наемника — иными словами, ее нет вовсе.

Спит он на животе, лицом в подушку, обмотав простыни вокруг длинных ног.

Дени провела рукой по его спине вдоль хребта. Кожа гладкая, почти безволосая. Как приятно ее ласкать, как хорошо расчесывать ему пальцами волосы, массировать икры после долгого дня в седле, брать в ладонь его мужской признак и чувствовать, как он набухает.

Будь она обычной женщиной, она всю жизнь бы только и делала, что ласкала Даарио, трогала его шрамы и слушала, как он их получил. И охотно бы сняла с головы корону, если б он попросил... но он никогда не попросит. Он любит королеву драконов, простая женщина ему не нужна. Притом короли, лишаясь короны, часто теряют и голову — вряд ли с королевами бывает как-то иначе.

Свеча мигнула в последний раз и погасла. Темнота поглотила любовников на пуховой постели, заполнила все углы спальни. Дени прижалась к своему капитану, упиваясь его теплом, его запахом, его шелковистой кожей. Запомнить все это, хорошенько запомнить.

Когда она поцеловала его в плечо, он повернулся на другой бок, к ней лицом.

— Дейенерис, — сказал он с ленивой улыбкой. Вот еще один из его талантов: он просыпается мгновенно, как кот. — Светает уже?

— Нет. Можем побыть вместе еще немного.

— Лгунья. Я вижу твои глаза — значит, рассвет уже занимается. — Даарио сел, скинув с себя простыню.

— Не хочу, чтобы кончилась еще одна ночь.

— Что так, моя королева?

— Сам знаешь.

— Свадьба? — засмеялся он. — Выходила бы тогда за меня.

— Ты же понимаешь, что я не могу.

— Ты королева и можешь делать все, что захочешь. — Он погладил ее ногу. — Сколько ночей нам осталось?

Две. Всего две.

— Ты не хуже меня знаешь сколько. Следующая, потом еще одна, и конец.

— Давай поженимся — тогда каждая ночь будет наша.

Если бы она только могла. Кхал Дрого был ее солнцем и звездами, но он давно умер. Вспомнить, что значит любить и быть любимой, Дени помог Даарио, бравый ее капитан. Она была мертва, а он вернул ее к жизни, спала, а он ее разбудил. Но очень уж он осмелел в последнее время: после недавней вылазки бросил к ее ногам голову юнкайского вельможи и поцеловал у всех на виду — пришлось сиру Барристану его оттаскивать. Старый рыцарь был так разгневан, что Дени опасалась кровопролития.

— Нам нельзя пожениться, любимый. Ты знаешь.

— Что ж, выходи за Гиздара. Я подарю ему на свадьбу пару красивых рогов. Гискарцы любят рога, из собственных волос их начесывают. — Даарио натянул штаны — нижним бельем он пренебрегал.

— Когда я буду замужем, связь со мной приравняют к государственной измене. — Дени прикрыла грудь простыней.

— Пусть объявляют изменником, я готов. — Надев через голову голубой шелковый камзол, Даарио расправил бороду, перекрашенную ради Дени из пурпурной обратно в синюю —

такой она была при первой их встрече. — Я пахну тобой, — усмехнулся он, нюхая пальцы.

Дени любила его сверкающий в улыбке золотой зуб, любила волосы у него на груди, его сильные руки, его смех. Любила, когда он, овладевая ею, смотрел ей прямо в глаза и произносил ее имя.

— Какой же ты красивый, — вырвалось у нее, пока он зашнуровывал свои высокие сапоги. Иногда это делала она, но с этим, как видно, тоже покончено.

— Недостаточно красивый, чтобы выйти за меня замуж. — Даарио снял висевший на стене пояс с мечом.

— Куда ты теперь пойдешь?

— В твой город. Выпью пару кружек, завяжу драку — давно не убивал никого. Надо бы, конечно, женишка твоего отыскать...

— Оставь Гиздара в покое! — Дени запустила в него подушкой.

— Как прикажет моя королева. У тебя нынче приемный день?

— Нет. Послезавтра королем станет Гиздар, вот пусть и принимает сам своих земляков.

— Ко двору приходят не одни его земляки. Как быть с теми, кого ты освободила?

— Да ты никак упрекаешь меня!

— Ты называешь их своими детьми — им нужна мать.

— Упрекаешь...

— Так, немножко, сердце мое. Ты ведь по-прежнему будешь допускать к себе горожан?

— Когда будет заключен мир — возможно.

— Это «когда» никогда не наступит. Возобнови приемы, прошу тебя. Мои новые бойцы, бывшие Сыны Ветра, не верят, что ты существуешь на самом деле. Они почти все выросли в Вестеросе, наслушались сказок о Таргариенах и хотят увидеть тебя своими глазами. Лягуха тебе даже подарок припас.

— Что еще за Лягуха? — хихикнула Дени.

— Один юный дорниец, оруженосец здоровенного рыцаря по кличке Зеленорыл. Я предлагал передать его подарок тебе, но он не желает.

— Ишь ты, передать. — В Даарио полетела другая подушка. — Только бы я этот подарок и видела.

— Разве я стал бы воровать у своей королевы? — Наемник огладил позолоченные усы. — Будь этот дар достоин тебя, я вручил бы его в собственные твои ручки.

— Как знак своей любви?

— Так или иначе, я пообещал мальчишке, что он сможет поднести его лично. Не хочешь же ты, чтобы Даарио Нахариса назвали лжецом?

Дени не сумела ему отказать.

— Хорошо. Приводи завтра своего лягушонка и других вестеросцев тоже. — Неплохо будет поговорить на общем языке с кем-нибудь, кроме сира Барристана.

— Слушаюсь, моя королева. — Даарио откланялся и вышел, плащ складками колыхался за его спиной.

Дени, сидя обняв колени на смятой постели, углубилась в свои думы и не слышала, как вошла Миссандея с молоком, хлебом и фигами.

— Вашему величеству нездоровится? Ваша слуга слышала ночью, как вы кричали.

Дени взяла пухлую черную фигу, еще влажную от росы. Будет ли она кричать в объятиях Гиздара?

— Это был ветер. — Спелая фига без Даарио казалась невкусной. Дени со вздохом встала, велела Ирри подать халат и вышла на террасу.

Враги окружают ее со всех сторон. Каждый день у берега стоит не меньше десяти кораблей — порой целых сто, — с которых сходят солдаты. Юнкайцы доставляют морем также и лес для постройки катапульт, скорпионов и требушетов. В тихие ночи слышно, как стучат молотки. Осадных башен и таранов они не строят — значит, город брать будут не приступом, а измором. Станут швырять свои камни, пока голод и повальная болезнь не вынудят Миэрин сдаться.

Гиздар просто обязан подарить городу мир.

Вечером ей подали козленка с морковью и финиками, но она съела только кусочек. Столкновение с собственным городом, предстоящее в скором будущем, удручало. Даарио приплелся такой пьяный, что едва стоял на ногах. Дени металась в постели: ей снился Гиздар с синими губами и членом, холодным как лед. Очнувшись от кошмара, она села. Капитан, спавший рядом, не убавлял ее одиночества. Растолкать бы его, чтобы он обнял ее, взял, заставил забыть... Но он только улыбнется, зевнет и скажет: «Это всего лишь сон, моя королева... спи!»

Она поднялась, накинула халат, подошла к парапету и стала смотреть на город, как сотни раз до того. Никогда Миэрин не будет ее городом, никогда не станет ей домом.

Розовая заря застала ее на террасе — Дени уснула на траве и вся покрылась росой.

— Я обещала Даарио устроить сегодня прием, — сказала она разбудившим ее служанкам. — Найдите мне корону и какое-нибудь платье полегче.

Полчаса спустя она сошла вниз.

— На колени перед Дейенерис Бурерожденной, Неопалимой, королевой Миэрина, королевой андалов, ройнаров и Первых Людей, кхалиси великого травяного моря, Разбивающей Оковы, Матерью Драконов, — воззвала Миссандея.

Сияющий Резнак мо Резнак поклонился ей.

— Ваше великолепие с каждым днем все прекраснее — должно быть, тому причиной близкая свадьба. О светлейшая моя королева!

— Пусть войдет первый проситель, — вздохнула Дени.

Она так давно не принимала, что горожан собралось невиданное количество — в толпе посетителей ссорились из-за очереди. Первой, само собой, вошла Галацца Галар с высоко поднятой головой, пряча лицо за переливчатой зеленой вуалью.

— Нам лучше поговорить наедине, ваша блистательность.

— На это, увы, нет времени, — ласково ответила Дени, — ведь завтра мне предстоит выйти замуж. — Прошлая встреча с Зеленой Благодатью ничего хорошего королеве не принесла. — О чем вы желали поговорить?

— О некоем наглом капитане наемников.

Как она смеет упоминать об этом при всех? В смелости жрице не откажешь, но она очень ошибается, полагая, что королева стерпит от нее еще один выговор.

— Предательство Бурого Бена Пламма нас всех потрясло, но говорить об этом несколько поздно. Думаю, вам лучше вернуться в храм и помолиться о мире.

— Я и о вас помолюсь, — с поклоном ответила Зеленая Благодать, и Дени вспыхнула от этой новой пощечины.

Дальше все пошло обычным порядком. Королева восседала на подушках и слушала, нетерпеливо качая ногой. В полдень, когда Чхику принесла ей ветчины с фигами, конца просителям не предвиделось. На каждых двух, довольных ее решением, приходился один заливающийся слезами или бурчащий под нос.

Даарио Нахарис с новыми Воронами-Буревестниками явился ближе к закату. Дени то и дело поглядывала на них, пока очередной проситель излагал свое дело. Вот они, ее настоящие подданные. Компания довольно пестрая, но чего еще ждать от наемников? Самый молодой старше ее не больше чем на год, самому старому, должно быть, за шестьдесят. Некоторые из них, судя по золотым браслетам, шелковым камзолам и серебряным заклепкам на поясах, довольно богаты, на других одежда простая и сильно поношенная.

Когда они вышли вперед, Дени разглядела среди них белокурую женщину в кольчуге.

— Крошка Мерис, — представил ее капитан. Вот так крошка! Шесть футов ростом, ушей нет, нос изуродован, на щеках глубокие шрамы, и таких холодных глаз Дени еще не видела.

Вслед за ней Даарио назвал Хью Хангерфорда. Тот, угрюмый, длинноногий и длиннолицый, предстал в изысканном, но полинявшем наряде. За ним шел крепкий коренастый Вебер с татуировкой в виде пауков на бритой голове, груди и руках. Краснолицый Орсон Стоун и длинновязый Люсифер Лонг назвались рыцарями. Уилл Лесной ухмылялся, преклоняя колено. Дика-Соломинку отличали васильковые глаза, белобрысая шевелюра и вызывающая беспокойство улыбка. Имбирный Джек зарос колючей оранжевой бородой и говорил неразборчиво.

— В первом же бою он себе половину языка откусил, — объяснил Хангерфорд.

Настал черед трех дорнийцев.

— Представляю вашему величеству Зеленорыла, Герольда и Лягуху, — сказал Даарио.

Зеленорыл, огромный и совершенно лысый, толщиной рук мог поспорить с Силачом Бельвасом. Волосы молодого Герольда выгорели на солнце, сине-зеленые глаза улыбались — немало девичьих сердец они покорили, наверное, и коричневый шерстяной плащ, подбитый песчаным шелком, тоже очень неплох.

Оруженосец Лягуха был самым юным и самым неприметным из них троих. Крепкого сложения, волосы каштановые, глаза карие. Квадратное лицо с высоким лбом, тяжелым подбородком и широким носом. Щетина доказывает, что борода у него начала расти не так уж давно. Непонятно, за что его прозвали Лягухой, — может быть, прыгает хорошо.

— Встаньте, — сказала Дени. — Дорнийцы всегда найдут у меня при дворе теплый прием: Солнечное Копье сохранило верность королю, моему отцу, когда узурпатор захватил его трон. На пути сюда вам, должно быть, встретилось немало опасностей.

— Куда как много, ваше величество, — сказал красавец Герольд. — Когда мы уезжали из Дорна, нас было шестеро.

— Соболезную вашим потерям. Откуда взялось такое странное имя — Зеленорыл?

— Меня так на корабле прозвали, ваше величество. Болтанка, знаете ли, морская болезнь...

— Понимаю, сир, — засмеялась Дени. — Я правильно к вам обращаюсь? Даарио говорит, что вы рыцарь.

— Мы, с позволения вашего величества, все трое рыцари.

Дени уловила гнев на лице Даарио — он не знал этого.

— Прекрасно. Рыцари мне нужны.

— Объявить себя можно кем угодно — Вестерос далеко, — вмешался сир Барристан. — Готовы ли вы подкрепить свои слова мечом и копьем?

— Готовы, если будет нужда, — ответил Герольд, — хотя с Барристаном Смелым вряд ли кто-то из нас сравнится. Мы просим ваше величество простить нас за то, что мы приехали сюда под вымышленными именами.

— Один человек по прозвищу Арстан Белобородый поступил точно так же, — сказала Дени. — Назовите мне настоящие имена.

— Охотно, ваше величество... Но не слишком ли здесь много глаз и ушей?

«Ох уж эти игры!»

— Очисти чертог, Скахаз.

Бестии по команде Лысого выдворили из зала оставшихся просителей и наемников, но советники остались при Дени.

— Итак, — сказала она.

— Сир Геррис Дринкуотер, ваше величество, — с поклоном назвался Герольд. — Мой меч в вашем распоряжении.

— Как и мой боевой молот. — Зеленорыл скрестил на груди могучие руки. — Сир Арчибальд Айронвуд.

— А вы, сир? — обратилась королева к Лягухе.

— Я хотел бы сначала поднести вашему величеству мой подарок.

— Извольте, — сказала Дени, но Даарио, заступив Лягухе дорогу, распорядился:

— Через меня.

Юноша с каменным лицом достал из сапога пожелтелый пергамент.

— Эта грамотка и есть твой подарок? — Даарио выхватил свиток и развернул, щурясь на печати и подписи. — Золото и ленты... Все очень мило, но кто вашу западную тарабарщину разберет.

— Отдайте пергамент королеве, — молвил сир Барристан.

Дени, чувствуя, как накаляется воздух, прощебетала:

— Я так еще молода, а молоденькие женщины обожают подарки. Не томите, Даарио, дайте сюда.

При виде имени «сир Виллем Дарри» ее сердце забилось сильнее. Она перечитала документ несколько раз.

— Можно узнать, что там сказано, ваше величество? — не выдержал сир Барристан.

— Это тайный договор, составленный в Браавосе во времена моего раннего детства. За меня с братом его подписал сир Виллем Дарри, увезший нас с Драконьего Камня до того, как люди узурпатора явились туда. Принц Оберин Мартелл поставил подпись от имени Дорна, а свидетелем был браавосский Морской Начальник. — Дени протянула пергамент сиру Барристану, чтобы он прочел сам. — Здесь говорится, что наш союз должен быть скреплен браком. В обмен на помощь Дорна против сил узурпатора мой брат Визерис обязуется взять в жены дочь принца Дорана Арианну.

— Знай об этом Роберт, — сказал старый рыцарь, медленно вчитываясь в пергамент, — он разгромил бы Солнечное Копье по примеру Пайка. Принц Доран с Красным Змеем не сносили бы головы, да и принцесса тоже скорее всего.

— Потому-то принц Доран и держал это в тайне, — рассудила Дейенерис. — Если бы Визерис, со своей стороны, знал, что ему предназначена в жены дорнийская принцесса, он отправился бы в Солнечное Копье, как только подрос.

— Чем навлек бы молот Роберта на себя и на Дорн, — заметил Лягуха. — Отец терпеливо ждал, когда принц Визерис наберет себе войско.

— Ваш отец?

— Принц Доран. — Юноша снова припал на одно колено. — Я имею честь быть Квентином Мартеллом, принцем Дорна и верноподданным вашего величества.

Дени залилась смехом, принц покраснел, придворные обменялись недоуменными взглядами.

— Чему ваша блистательность изволит смеяться? — спросил по-гискарски Скахаз.

— Теперь понятно, почему его прозвали лягушкой. В сказках Семи Королевств лягушки, когда их целуют, превращаются в принцев. На вас наложили чары, принц Квентин? — спросила Дени, перейдя на общий язык.

— Не припомню такого, ваше величество.

— Этого я и боялась. — Не зачарован и не чарует. Жаль, что принцем оказался он, а не тот, плечистый и светловолосый. — Но поцелуй остается в силе: вы хотите взять меня в жены, не так ли? Ваш дар — это собственная ваша персона. Вместо Визериса и вашей сестры союз должны скрепить вы и я.

— Мой отец надеялся, что вы найдете меня приемлемым в качестве жениха.

— Щенок, — презрительно рассмеялся Даарио. — Королеве нужен мужчина, а не младенец вроде тебя. Разве годишься ты в мужья такой женщине? У тебя ж молоко на губах не обсохло.

— Придержи свой язык, наемник, — потемнел сир Геррис Дринквотер. — Ты говоришь с принцем Дорна.

— И с его кормилицей, насколько я понял. — Даарио с коварной улыбкой провел пальцами по рукояткам своих клинков.

Скахаз набычился, как умел он один.

— Миэрину нужен король гискарской крови, а не дорниец.

— Знаю я, что такое Дорн, — вставил Резнак. — Песок, скорпионы и пекущиеся на солнце красные горы.

— Дорн — это пятьдесят тысяч мечей и копий, предлагаемых королеве, — ответил на его слова Квентин.

— Пятьдесят тысяч? — насмешливо повторил Даарио. — Я насчитал только трех.

— Довольно, — оборвала Дейенерис. — Принц Квентин проехал полсвета, чтобы предложить мне свой дар, — извольте обращаться с ним уважительно. Жаль, что вы не пришли год назад, — сказала она дорнийцам. — Я уже дала слово благородному Гиздару зо Лораку.

— Еще не поздно... — заикнулся сир Геррис.

— Об этом судить буду я. Резнак, отведи принцу и его спутникам покои согласно их высокому положению. Все их желания должны исполняться незамедлительно.

— Слушаюсь, ваша блистательность.

— На сегодня все. — Королева поднялась с места.

Даарио и сир Барристан взошли с ней наверх.

— Это все меняет, — сказал старый рыцарь.

— Что могут изменить каких-то три человека? — возразила Дени, с которой Ирри снимала корону.

— Три рыцаря, — уточнил Селми.

— Три лжеца, — раздраженно бросил Даарио. — Они меня обманули.

— И подкупили, не сомневаюсь.

Даарио не стал отрицать очевидное. Дени перечла договор еще раз. Браавос. Он писался в Браавосе, где у них был дом с красной дверью. Почему это вызывает у нее такое странное чувство?

Она вспомнила сон, который привиделся ей прошлой ночью. Как его толковать? Быть может, Гиздар — ставленник колдунов, и боги посылают ей знак отказать ему и выйти за дорнийского принца? В памяти что-то зашевелилось.

— Какой герб у дома Мартеллов, сир Барристан?

— Солнце, пронзенное копьем.

«Сын солнца». Дени пробрало холодом. Что еще говорила Куэйта? Сивая кобыла, сын солнца... Еще что-то о льве и драконе, но под драконом, вероятно, разумелась сама Дейенерис. «Остерегайся душистого сенешаля», да.

— Почему сны и пророчества всегда так загадочны? Ненавижу. Оставьте меня, сир, завтра день моей свадьбы.

Этой ночью Даарио проделал с ней все, что может мужчина проделать с женщиной, и она охотно подчинялась ему. Перед самым восходом солнца она возбудила его ртом, как когда-то научила ее Дорея, и оседлала капитана так яростно, что его рана начала кровоточить и трудно было понять, где он, а где Дени.

Потом встало солнце ее свадьбы. Даарио тоже встал, оделся, застегнул пояс с двумя золотыми распутницами.

— Куда ты? — спросила Дени. — Сегодня я запрещаю тебе выезжать из города.

— Как жестока моя королева. Чем я могу развлечься, пока ты выходишь замуж, если ты запрещаешь мне бить врагов?

— К ночи врагов у меня не станет.

— Но теперь только утро, и впереди долгий день — вдоволь времени для последней вылазки. Я подарю тебе на свадьбу голову Бурого Бена Пламма.

— Никаких голов. Раньше ты дарил мне цветы.

— Цветы пусть Гиздар тебе дарит. Сам он, конечно, нагибаться и срывать их не станет, но у него на то слуги есть. Ну так что, разрешаешь вылазку?

— Нет. — Когда-нибудь он уедет и не вернется. Получит стрелу в грудь или схлестнется в поле с десятком врагов. Пятерых он убьет, но горе Дени от этого не убавится. Когда-нибудь она потеряет его, как потеряла свое солнце и звезды... Но не сегодня. — Ложись обратно в постель и целуй меня. — Никто не целовал ее так, как Даарио. — Твоя королева приказывает тебе взять ее.

Он не принял ее шутки.

— Обладать королевой положено королю. Пусть этим займется твой благородный Гиздар после свадьбы. Если он слишком благороден для столь потной работы, то у него слуги есть. А нет, так положи с собой мальчишку-дорнийца и его красавца-дружка заодно.

Даарио вышел вон, и Дени поняла, что он все же поедет на вылазку — и если добудет-таки голову Бена Пламма, то явится прямо на свадебный пир и бросит ее к ногам королевы. Да спасут ее Семеро. Почему он не родился в знатной семье?

Миссандея подала скромный завтрак — козий сыр, оливки, изюм на сладкое.

— Вы только вино пьете, ваше величество — скушайте что-нибудь. Вам сегодня понадобятся все ваши силы.

Наставление из уст ребенка позабавило Дейенерис. Во всем полагаясь на своего маленького писца, она часто забывала, что Миссандее всего одиннадцать. Дени надкусила оливку, и девочка, глядя на нее глазами цвета жидкого золота, сказала:

— Еще не поздно сказать им, что вы решили все отменить.

«Нет... поздно уже».

— Гиздар происходит из древнего, знатного рода. Когда мы соединимся, городская знать и мои вольноотпущенники тоже станут единым целым.

— Ваше величество не любит Гиздара. Вашей слуге кажется, что вы предпочли бы другого мужа.

О Даарио сегодня думать нельзя.

— Королева любит, кого должна, а не кого хочет. Убери это, — сказала Дени, окончательно потеряв аппетит. — Мне нужно выкупаться.

Она завидовала своим дотракийкам: им в шароварах из песчаного шелка и расписных безрукавках куда прохладнее, чем будет ей в свадебном токаре с тяжелой каймой из мелкого жемчуга.

— Помогите мне намотать эту штуку — сама я не справлюсь.

Ей вспоминалась ее первая свадьба и брачная ночь, когда кхал Дрого лишил ее невинности под незнакомыми звездами. Как боялась она тогда и как была взбудоражена. С Гиздаром такого не повторится. Она уже не девочка, и он не ее солнце и звезды.

— Резнак и Скахаз просят оказать им честь сопровождать ваше величество в Храм Благодати, — доложила Миссандея. — Резнак уже заказал паланкин.

Миэринцы редко ездили верхом в стенах города, предпочитая передвигаться в носилках и креслах на плечах у рабов. «Лошади гадят на улице, — сказал Дени кто-то из Цхаков, — а рабы нет». Она освободила рабов, но носилки и кресла все так же загромождали улицы, и ни одно из этих сооружений не летало по воздуху волшебным путем.

— Слишком жарко для носилок — оседлайте мне Серебрянку. Не хочу ехать к моему лорду-мужу на спинах носильщиков.

— Ваша слуга сожалеет, но в токаре нельзя ездить верхом...

Миссандея была права, как почти во всех случаях. Дени скорчила рожицу.

— Как скажешь, но только не в паланкине. Я задохнусь за этими драпировками. Скажи, чтобы приготовили кресло. — Если без длинных ушей дело никак не обходится, пусть ее видят все кролики до единого.

Резнак и Скахаз пали на колени, узрев сходящую к ним королеву.

— Ваше великолепие так блистает, что ослепит каждого, кто осмелится посмотреть, — сказал сенешаль, одетый в багровый токар с золотой бахромой. — Гиздар зо Лорак — счастливейший из мужчин, а ваша блистательность, если мне будет дозволено так сказать, счастливейшая из женщин. Ваш брак воистину спасет этот город.

— Мы будем молиться об этом. Хочу увидеть, как мои оливковые деревца принесут плоды. — Что в сравнении с этим постылые поцелуи Гиздара? Она не просто женщина, она королева.

— Народу сегодня будет — что мух, — посетовал Скахаз в черной короткой юбке, рельефном панцире, с шлемом в виде змеиной головы на сгибе руки.

— С твоими Бронзовыми Бестиями никакие мухи мне не страшны.

На нижнем ярусе пирамиды было, как всегда, сумрачно, прохладно и тихо: стены тридцатифутовой толщины глушили уличный шум и не пропускали жару. Под воротами собирался эскорт. Лошади, мулы и ослы помещались в западных стенах, три слона, доставшиеся Дени вместе с пирамидой, — в восточных. Эти гиганты с подпиленными позолоченными бивнями и грустными глазами напоминали ей безволосых мамонтов.

Силач Бельвас ел виноград, сир Барристан ждал, когда оседлают его серого в яблоках скакуна. Трое дорнийцев прервали разговор с ним, когда королева вышла. Принц преклонил колено.

— Молю вас, ваше величество. Мой отец слаб здоровьем, но его преданность вам с годами не умалилась. Мне было бы печально узнать, что я чем-то вам неприятен, однако...

— Если хотите сделать мне приятное, сир, порадуйтесь за меня в день моей свадьбы, как радуется весь Желтый Город, — вздохнула Дени. — Встаньте, мой принц. Улыбнитесь. Когда-нибудь я вернусь в Вестерос и обращусь к Дорну за помощью, но пока что Юнкай окружает мой город стальным кольцом. Кто знает, что ждет нас в будущем. Быть может, я умру, так и не увидев Семи Королевств... или Гиздар умрет... или Вестерос скроется под волнами моря. — Она поцеловала Квентина в щеку. — Пойдемте, уже пора.

Сир Барристан усадил ее в кресло. Ворота по приказу Силача Бельваса отворились, и Дейенерис Таргариен выплыла на яркое солнце. Селми на сером коне ехал следом.

— Поженились бы мои отец с матерью, будь они вольны следовать велению сердца? — спросила его Дени на пути к храму.

— Это было давно, ваше величество, и чужая душа — потемки.

— Но вы ведь знали их. Как вы думаете?

— Ваша матушка, королева, была всегда послушна своему долгу. — Старый рыцарь, очень красивый в золотых с серебром латах и белоснежном плаще, говорил тяжело и неохотно, будто камни ронял. — Но в девичестве ей случилось полюбить одного молодого рыцаря со штормовых земель. На турнире она повязала ему свою ленту, а он провозгласил ее королевой любви и красоты. Длилось это недолго.

— Что же стало с тем рыцарем?

— С того дня, как ваши мать и отец поженились, он больше не выступал на турнирах. Стал очень набожен и говорил, что одна лишь Дева заменит в его сердце королеву Рейеллу. Ему с самого начала не на что было надеяться: простой рыцарь не пара принцессе крови.

А Даарио Нахарис — всего лишь наемник, недостойный пристегнуть шпоры рыцарю.

— Расскажите теперь об отце. Любил ли он кого-нибудь больше, чем королеву?

— Не то чтобы любил, скорее желал... Но это ведь только сплетни, пересуды прачек и конюхов.

— Говорите. Я хочу знать о своем отце все — хорошее и дурное.

— Как прикажете. В юности принц Эйерис воспылал страстью к одной девице из Бобрового Утеса, кузине Тайвина Ланнистера. На ее с Тайвином свадебном пиру принц упился допьяна и громко сетовал на то, что право первой ночи упразднено. Пьяная шутка, не более, но Тайвин не забыл ему ни тех слов, ни вольностей, которые принц позволил себе, провожая молодую на ложе — не таков был человек, чтоб забыть. Простите, ваше величество... я слишком разговорился.

— Привет тебе, светлейшая королева! — С ними поравнялась другая процессия, и Гиздар зо Лорак улыбался ей со своего кресла. Ее король. Где-то сейчас Даарио? Будь это в сказке, он подскакал бы к храму и вызвал Гиздара на поединок за ее руку.

Оба поезда проследовали через город до Храма Благодати, сверкающего золотыми куполами на солнце. «Как красиво», — говорила себе королева, но глупая девочка, сидевшая в ней, украдкой высматривала Даарио. «Если б Даарио любил тебя, то увез бы, как Рейегар свою северянку», — твердила эта девчонка, но королева знала, что это безумие. Имей даже капитан безрассудство предпринять нечто подобное, Бронзовые Бестии его бы и на сто ярдов не подпустили.

Галацца Галар встречала их у дверей, окруженная своими сестрами в белых, розовых, красных, лазурных, золотых и пурпурных одеждах. Благодатей стало меньше, чем прежде. Дени искала и не находила Эзарру — неужели болезнь и ее унесла? Мор продолжал распространяться, хотя астапорцы безвылазно сидели в своем карантине за стенами города. Заболевали все: вольноотпущенники, наемники, Бронзовые Бестии, даже дотракийцы. Только Безупречных зараза пока не коснулась, и Дени хотелось верить, что худшее все-таки позади.

Жрицы вынесли из храма стул из слоновой кости и золотую чашу. Дейенерис, придерживая токар, опустилась на бархатное сиденье, а Гиздар, став на колени, развязал ей сандалии и омыл ноги под пение пятидесяти евнухов, на виду у десяти тысяч зрителей. Руки у него ласковые, думала Дени, по ступням которой струились благовонные масла. Если еще и сердце доброе, со временем она, может быть, его и полюбит.

Осушив ноги мягким полотенцем, Гиздар снова завязал сандалии и помог Дени встать. Рука об руку они прошли за Зеленой Благодатью в храм, где густо пахло курениями и боги Гиса стояли в своих полутемных нишах.

Четыре часа спустя они вышли оттуда как муж и жена, скованные вместе золотыми цепями по рукам и ногам.

ДЖОН

Королева Селиса прибыла в Черный Замок вместе с дочерью, дочериным шутом, служанками и фрейлинами. Кроме них, ее сопровождали рыцари, присяжные мечи и полсотни солдат — люди королевы все как один. Их подлинная госпожа, Мелисандра, предупредила о приезде супруги Станниса за день до того, как из Восточного Дозора прилетел ворон с тем же известием.

Джон с Атласом, Боуэном Муршем и еще полудюжиной братьев встречали ее у ворот. К этой королеве, если то, что о ней говорят, правда хотя бы наполовину, без собственной свиты лучше не выходить. Чего доброго, примет его за конюха и велит принять у нее коня.

Метель наконец дала им передышку, уйдя на юг, и стало почти тепло. Джон преклонил колено перед королевой Селисой.

— Добро пожаловать в Черный Замок, ваше величество.

— Благодарю, — уронила она с высоты седла. — Прошу вас, проводите меня к вашему лорду-командующему.

— Братья доверили этот пост мне, Джону Сноу.

— Вам?! Мне говорили, что вы молоды, но... — Над бледным тонким личиком королевы высилась корона красного золота с зубцами в виде языков пламени — такая же, как у Станниса. — Встаньте, лорд Сноу. Это моя дочь Ширен.

— Принцесса, — склонил голову Джон. Девочку, некрасивую от природы, еще больше подпортила серая хворь, покрывшая грубой коркой шею и часть щеки. — Мои братья и я в полном вашем распоряжении.

— Благодарю вас, милорд, — покраснела Ширен.

— С моим родичем сиром Акселлом Флорентом вы, полагаю, знакомы?

— Только по письмам. — Послания из Восточного Дозора создали у Джона весьма нелестное мнение о дяде Селисы. — Сир Акселл.

— Лорд Сноу. — Лицо плотного коротконогого Флорента сплошь покрывала жесткая поросль — волосы торчали даже из ушей и ноздрей.

— Мои верные рыцари сир Нарберт, сир Бенетон, сир Брюс, сир Патрек, сир Дорден, сир Малегорн, сир Ламберт, сир Перкин. — Каждый, кого называла Селиса, кланялся. Дурака она не потрудилась представить, но шапка с оленьими рогами и пестрая татуировка на щеках говорили сами за себя. Пестряк — вот как его звать. Коттер Пайк писал, что он и впрямь дурачок.

Настал черед еще одной примечательной фигуры — высокого тощего человека, которому еще прибавляла роста заморская трехъярусная шляпа из пурпурного фетра.

— А это почтенный Тихо Несторис, посланник браавосского Железного банка. Он приехал для переговоров с его величеством королем Станнисом.

Банкир тоже поклонился, помахав перед собой шляпой.

— Лорд-командующий, благодарю за гостеприимство. — Браавосец, на полфута выше Джона, носил жидкую бороду чуть ли не до пояса и на общем говорил очень хорошо, почти без акцента. Одет он был в лиловую мантию с оторочкой из горностая, с высоким жестким воротником. — Надеюсь, мы вас не слишком стесним.

— Нисколько, милорд. Мы очень вам рады. — Больше, чем королеве, по правде сказать. Банкир — Коттер Пайк и о нем докладывал — последнее время не выходил у Джона из головы. — Ваше величество ждут покои в Королевской башне; мы все надеемся, что вы надолго осчастливите нас своим пребыванием. Наш лорд-стюард, Боуэн Мурш, постарается разместить ваших людей наилучшим образом.

— Как мило, что вы нам приготовили комнаты. — «Это твой долг, — слышалось в тоне королевы, — молись, чтобы они мне понравились». — Мы пробудем здесь недолго, самое большее несколько дней. Отдохнем и двинемся в Твердыню Ночи, нашу новую резиденцию. Путешествие из Восточного Дозора было весьма утомительным.

— На все воля вашего величества. Вы, конечно, замерзли и проголодались; в нашей трапезной вам подадут горячую пищу.

— Прекрасно, — королева обвела взглядом двор, — но сначала мы хотели бы поговорить с леди Мелисандрой.

— Она тоже живет в Королевской башне, ваше величество. Пожалуйте сюда.

Селиса взяла дочь за руку и пошла с Джоном к башне. Следом, как утята за уткой, потянулись сир Акселл, браавосский банкир и все остальные.

— Мои строители сделали все, что могли, чтобы Твердыня Ночи стала пригодной для обитания, — сказал по дороге Джон, — но бо́льшая ее часть пока остается разрушенной. Это большой замок, больше всех на Стене — целиком мы его не сумели восстановить. Возможно, вашему величеству было бы удобнее в Восточном Дозоре.

— С Восточным Дозором покончено, — заявила Селиса. — Нам неугодно больше там оставаться. Королева должна быть хозяйкой в собственном доме, а ваш Коттер Пайк — человек неотесанный, скупой и сварливый.

Слышала бы она, как Коттер отзывается о ней самой.

— Сожалею, но боюсь, что в Твердыне Ночи вашему величеству понравится еще меньше. Это не дворец, это крепость — мрачное, холодное место, — в то время как Восточный Дозор...

— Там опасно. Ширен, — королева положила руку на плечо дочери, — когда-нибудь взойдет на Железный Трон и будет править Семью Королевствами. Ее должно беречь, а Восточный Дозор находится под постоянной угрозой нападения. Мой супруг выбрал для нас Твердыню Ночи, там мы и обоснуемся. Мы... о-о!

Через двор из-за башни лорда-командующего протянулась гигантская тень. Ширен вскрикнула, трое рыцарей дружно ахнули, четвертый выругался и помянул Семерых, забыв на мгновение своего нового красного бога.

— Не бойтесь, — сказал Джон, — это Вун-Вун, ваше величество. Он безобиден.

— Вун Вег Вун Дар Вун. — Великан, пророкотав свое полное имя, опустился на колени, как учил его Кожаный. — Кланяться королеве. Принцессе.

Глаза принцессы Ширен сделались круглыми, как два блюдца.

— Великан! Настоящий великан, будто в сказке. А почему он так смешно говорит?

— На общем языке он выучил всего несколько слов. У себя дома великаны разговаривают на старом.

— Можно его потрогать?

— Лучше не надо, — вмешалась королева, — он очень грязный. Что делает это чудовище по нашу сторону Стены, лорд Сноу?

— Вун-Вун, как и вы, гость Ночного Дозора.

Королеве и ее рыцарям не пришелся по вкусу такой ответ. Сир Акселл скривился, сир Брюс судорожно хихикнул, сир Нарберт сказал:

— Я думал, все великаны вымерли.

— Немногие еще существуют.

Игритт плакала из-за них.

— Во тьме пляшут мертвые, — объявил, пританцовывая, Пестряк. — Я знаю, я-то знаю. — В Восточном Дозоре ему сшили плащ из бобровых, овечьих и кроличьих шкурок, рогатую шапку с колокольцами снабдили беличьими ушами. Вун-Вун как зачарованный протянул к нему руку, но дурак отскочил. — Нет-нет-нет, нет-нет-нет. — Великан встал, королева потащила принцессу прочь, рыцари взялись за мечи, Пестряк шлепнулся задом в снег.

Громоподобный хохот Вун-Вуна мог бы поспорить с драконьим ревом. Пестряк зажал уши, принцесса зарылась в меха своей матушки, самый храбрый из рыцарей вышел вперед с мечом наголо.

— Не сердите его, сир, — заступил дорогу Джон, — вложите сталь в ножны. Кожаный, отведи Вун-Вуна обратно в Хардин.

— Вун-Вун дадут есть? — спросил великан.

— Дадут, — подтвердил Джон. — Тебе, Кожаный, пришлю мяса, ему бушель овощей. Разводи костер.

— Мигом, милорд, — ухмыльнулся тот, — только в Хардине страсть как холодно. Может, и винца заодно пришлете?

— Ладно. Сам пей, но ему не давай. — Вун-Вун, никогда прежде не пробовавший вина, в Черном Замке пристрастился к нему, а Джону хватало забот и без пьяного великана. — Никогда не обнажай меч, если не намерен пустить его в дело — так мой лорд-отец говорил, — добавил Джон, обращаясь к рыцарям.

— Я и намеревался. — Рыцарь с бритым, красным от мороза лицом носил белый меховой плащ, а под ним — камзол из серебряной парчи с синей пятиконечной звездой. — Я всегда полагал, что Ночной Дозор защищает государство от подобных созданий, а не держит их у себя во дворе.

Еще один южный болван.

— Простите, сир, ваше имя?

— Сир Патрек с Королевской Горы, милорд.

— Не знаю, как встречают гостей на вашей горе, сир, но на Севере законы гостеприимства священны.

— А если Иные нагрянут, им вы тоже окажете гостеприимство, милорд? — улыбнулся сир Патрек. — Это, кажется, и есть Королевская башня, ваше величество. Могу ли я иметь честь?

— Извольте. — Королева оперлась на его руку и вошла внутрь, ни разу не оглянувшись.

Языки пламени на короне — самое теплое, что в ней есть.

— Лорд Тихо, — окликнул Джон, — не уделите ли мне толику времени?

— Я не лорд, лишь скромный служитель Железного банка в Браавосе.

— Коттер Пайк докладывает, что вы пришли в Восточный Дозор с тремя кораблями — галеей, галеоном и коггом.

— Точно так, милорд. Переход через море в такое время опасен. Если один корабль станет тонуть, другие ему помогут. Железный банк всегда проявляет благоразумие в подобных делах.

— Не могли бы мы поговорить наедине, прежде чем вы уедете?

— Я весь к услугам лорда-командующего. Может быть, прямо сейчас? Лучшее из времен — настоящее, говорят у нас в Браавосе.

— Превосходно. Что предпочтете — мою горницу или Стену?

Банкир запрокинул голову, созерцая ледяную громаду.

— Боюсь, что там наверху очень холодно.

— И ветрено тоже. Новички первым делом учатся не подходить к краю, чтобы не сдуло. Но Стена — одно из чудес света, и кто знает, доведется ли вам увидеть ее еще раз.

— Я буду жалеть об упущенном случае до конца моих дней, но теплая горница после долгого дня в седле предпочтительней.

— Как пожелаете. Принеси нам горячего вина, Атлас.

В комнатах за оружейной оказалось не так уж тепло. Огонь давно погас — Атлас смотрел за ним не столь усердно, как Скорбный Эдд.

— Зерна! — заорал вместо приветствия ворон.

— Вы приехали к Станнису, это верно? — спросил Джон, вешая плащ.

— Да, милорд. Королева Селиса предложила послать в Темнолесье ворона с уведомлением, что я ожидаю его величество в Твердыне Ночи. Дело у меня слишком деликатное, чтобы излагать его на письме.

— Стало быть, долг. — «А что же еще?» — Его собственный или брата?

Банкир соединил кончики пальцев.

— Долги лорда Станниса или отсутствие оных обсуждать мы не станем. Что до короля Роберта, то мы действительно оказали его величеству посильную помощь. При его жизни все шло хорошо, но теперь выплаты прекратились.

Неужто они полные дураки, эти Ланнистеры?

— Станнис не отвечает за долги своего брата, не так ли?

— Ссуда была выдана Железному Трону, и платить обязан тот, кто его занимает. Поскольку юный король Томмен и его советники противятся этому, мы намерены поговорить на сей счет с королем Станнисом. Если он оправдает наше доверие, мы с удовольствием окажем помощь ему.

— Помощь, — завопил ворон. — Помощь.

Джон предполагал нечто в этом роде, услышав, что Железный банк послал на Стену одного из своих людей.

— Его величество, насколько мы знаем, выступил на Винтерфелл, чтобы дать бой лорду Болтону и его сторонникам. Можете поискать его там, если не боитесь оказаться в самой гуще военных действий.

— Слуги Железного банка сталкиваются со смертью не реже, чем слуги Железного Трона.

Джон Сноу сам уже не знал, кому служит.

— Я дам вам лошадей и провизию. Мои люди проводят вас до самого Темнолесья, но Станниса будете разыскивать самостоятельно. — «И найдете либо его, либо его голову на колу». — С вас за это тоже кое-что взыщется.

— Даром ничего не дается, верно? — улыбнулся банкир. — Чего же хочет Дозор?

— Ваши корабли для начала. Вместе с командами.

— Все три? Как же я вернусь в Браавос?

— Они нужны мне только на одну ходку.

— Рискованную, как видно. Вы сказали «для начала»?

— Нам тоже понадобится ссуда, чтобы дожить до весны. Золото, чтобы купить провизию и нанять суда для ее доставки.

— До весны? — вздохнул Тихо. — Невозможно, милорд.

Станнис говорил, что Джон торгуется, будто торговка на рыбном рынке, — не иначе лорд Эддард зачал его от одной из них. Может, и так.

Час спустя невозможное стало возможным. Еще час они обговаривали условия. Штоф с горячим вином помог им уладить наиболее щекотливые пункты. Когда Джон подписал браавосский пергамент, оба были под хмельком и смотрели угрюмо. Джон счел это добрым знаком.

Флот Дозора теперь увеличился до одиннадцати кораблей. В него входили иббенийский китобой, конфискованный по приказу Джона Коттером Пайком; торговая галея из Пентоса, приобретенная тем же способом; три потрепанных лиссенийца из флотилии Салладора Саана, занесенные осенними штормами на север (их переоснастку должны были уже закончить к этому времени) — и, наконец, три судна из Браавоса.

Одиннадцати кораблей тоже мало, но если и дальше тянуть, одичалые из Сурового Дома перемрут еще до прихода спасателей. Отплывать нужно немедленно — вопрос в том, дозрели ли Мать Кротиха и ее приверженцы до того, чтобы вверить свои жизни Ночному Дозору...

Когда Джон с Тихо Несторисом вышли наружу, стало смеркаться и пошел снег.

— Вот и кончилась передышка. — Джон запахнулся в плащ.

— Зима совсем близко. В Браавосе замерзли каналы.

— Недавно в Браавосе побывали проездом трое моих людей: старый мейстер, певец и молодой стюард. С ними была женщина с ребенком, из одичалых. Не встречали таких, случайно?

— Боюсь, что нет, милорд. Вестероссцы бывают в Браавосе каждый день, но прибывают они большей частью в Мусорную Заводь и отплывают тоже оттуда, а Железный банк пользуется Пурпурной гаванью. Если хотите, я наведу о них справки, когда вернусь.

— Нет нужды. Теперь они должны уже быть в Староместе.

— Будем надеяться. Сейчас в Узком море сезон штормов, и со Ступеней приходили тревожные вести о чужих кораблях.

— Салладор Саан?

— Лиссенийский пират, да — говорят, он снова взялся за старое. Военный флот лорда Редвина на Перебитой Руке возвращается домой, тут все ясно, но те корабли идут как будто с востока. Все говорят о драконах.

— Нам бы сюда одного, для тепла.

— Простите, милорд, что я не смеюсь. Предки браавосцев в свое время бежали от драконьих лордов Валирии — над драконами мы не шутим.

— Простите и меня за неудачную остроту, лорд Тихо.

— Вам не за что извиняться, милорд. Я, однако, проголодался — когда даешь большие деньги взаймы, аппетит разгорается. Не покажете ли, где ваш чертог?

— Я провожу вас туда, идемте.

В подвале было тепло и людно — все, кто не спал и не караулил, собрались поглядеть на приезжих.

Королева и принцесса отсутствовали — обустраивались в Королевской башне, должно быть, — но сир Брюс и сир Малегорн развлекали братьев последними новостями из Восточного Дозора и заморских краев. Трем фрейлинам королевы прислуживали их собственные служанки и около дюжины очарованных мужчин в черном.

Десница королевы расправлялся с каплунами, обсасывая косточки и запивая элем каждый глоток. При виде Джона сир Аксел вытер рот и встал с места. Несмотря на его кривые ноги, грудь колесом и торчащие уши, у Джона и в мыслях не было смеяться. Сир Аксел — дядя Селисы и принял красного бога

Мелисандры одним из первых. Если не братоубийца, то, во всяком случае, соучастник: по словам мейстера Эйемона, он палец о палец не ударил, чтобы спасти своего близкого родича от костра красной жрицы — что же это за человек такой, который стоит и смотрит, как горит заживо его брат?

— Несторис, лорд-командующий — могу я присесть? — Сир Акселл плюхнулся на скамью, не дожидаясь согласия. — Не скажете ли, лорд Сноу, где принцесса одичалых, о которой писал нам его величество?

«За много лиг отсюда... И уже нашла Тормунда, если боги были к ней милостивы».

— Вель — младшая сестра Даллы, жены Манса-Разбойника. Король Станнис взял в плен ее и ребенка умершей в родах Даллы, но в вашем понимании этого слова она не принцесса.

— Пусть так, но в Восточном Дозоре говорят, что она раскрасавица. Я сам хотел бы взглянуть. Одичалые женщины так страшны большей частью, что родные мужья, небось, зажмуриваются, ложась с ними. Может, приведете ее, лорд-командующий?

— Она не лошадь, чтобы выводить ее для показа, сир.

— Зубы считать не буду, слово даю. Не бойтесь: я выкажу ей всю подобающую учтивость.

Он знает, что ее нет. В деревне и в Черном Замке ничего скрыть нельзя. Об отъезде Вель открыто не говорят, но те, кто знает о нем, делятся в трапезной с друзьями-приятелями. Что Флорент слышал, чему поверил?

— Простите, сир, но Вель сюда не придет.

— Тогда я сам пойду к ней. Где вы ее содержите?

— В надежном месте — вот все, что вам следует знать.

— Вы не забыли, милорд, кто я такой? — От Флорента разило элем и луком. — Одно слово ее величества, и я эту одичалую голой сюда притащу.

Вряд ли даже королеве удалось бы проделать такую штуку.

— Королева не станет злоупотреблять нашим гостеприимством, — сказал Джон, надеясь, что это правда. — Кстати, обязанности хозяина вынуждают меня вас оставить. Прошу извинить, лорд Тихо.

— Да-да, извольте, — сказал банкир.

Снег падал густо, заслоняя огни Королевской башни.

Ворон, сидевший на спинке дубового стула в горнице Джона, тут же потребовал корма. Джон взял из мешка у двери пригоршню зерен, рассыпал их по полу и занял освободившийся стул.

Он трижды перечитал копию договора, оставленную на столе Тихо Несторисом. Все очень просто. Проще, чем он смел надеяться, проще, чем следует.

Даже не по себе как-то. Браавосское золото позволит Ночному Дозору закупить провизию на юге, когда истощатся собственные припасы, и выдюжить зиму, какой бы долгой она ни была. Если она затянется и будет суровой, Дозор со своим долгом ввек не расплатится, но когда выбираешь между займом и смертью, приходится занимать.

Джон на это пошел, скрепя сердце. Что-то будет весной, когда придет время платить? Тихо Несторис показался ему человеком учтивым и просвещенным, но Железный банк с должниками не церемонится. В каждом из Девяти Городов есть свой банк, порой и не один; за каждую монету они бьются, как собаки за кость, но Железный богаче и могущественнее их всех вместе взятых. Когда правители отказываются платить другим банкам, разорившиеся владельцы продают в рабство жен и детей, а себе режут вены. Когда правители отказываются платить Железному банку, их троны, словно по волшебству, занимают другие правители.

Пухлый мальчонка Томмен может узнать это на собственном опыте. Ланнистеров, не желающих платить долги короля Роберта, понять можно, но поступают они крайне глупо. Если у Станниса достанет гибкости заключить соглашение с браавосцами, они отсыплют ему золота и серебра на дюжину наемных отрядов, на подкуп ста лордов, на прокорм и снаряжение войска. Станнис, если он уже не лежит убитый под стенами Винтерфелла, займет Железный Трон без труда. Видела ли это Мелисандра в своем пророческом пламени?

Джон откинулся назад, потянулся, зевнул. Завтра он напишет Коттеру Пайку приказ отправить в Суровый Дом одиннадцать кораблей и привезти оттуда как можно больше людей, женщин и детей в первую очередь. Давно пора это сделать. Плыть туда самому или поручить это Коттеру? Старый Медведь самолично возглавил разведку — и не вернулся назад.

Джон закрыл глаза... и проснулся негнущимся, как доска. Малли тряс его, ворон бубнил «Сноу, Сноу».

— Виноват, милорд, вас там девушка спрашивает.

— Какая девушка? — Джон выпрямился, протирая глаза. — Вель?

— Никак нет, не Вель. С другой стороны пришла.

«Арья! Точно она!»

— Девушка! — орал ворон. — Девушка!

— Тай с Даннелом нашли ее в двух лигах южнее Кротового городка. Гнались за двумя одичалыми, что улепетнули по Королевскому тракту, а нашли, значит, ее. Девица знатного рода, милорд. Вас спрашивает.

— Сколько при ней человек? — Джон умылся из таза. Боги, как он устал.

— Одна она. Лошадь под ней еле живая, кожа да кости, хромая, вся в мыле. Кобылку пустили на волю, а девушку сюда привезли.

Девочка в сером на умирающей лошади. Огонь, похоже, не лгал, но куда же делся Манс с копьеносицами?

— Где она сейчас?

— У мейстера Эйемона, милорд. — Эти комнаты так и звались до сих пор, хотя мейстеру полагалось уже блаженствовать в Староместе. — Девчушка-то замерзла, синяя вся, ну Тай и отвел ее к Клидасу, чтобы тот поглядел.

— Правильно сделал. — «Сестричка...» Джон, снова чувствуя себя пятнадцатилетним, накинул плащ.

Снег шел, не переставая. Восток уже золотился, но в окне леди Мелисандры еще мерцал красный свет. Она что, вовсе не спит? «Какую игру ты ведешь, жрица — уж не послала ли ты Манса куда-то еще?»

Ему хотелось верить, что найденная девушка вправду Арья. Хотелось увидеть ее снова, взъерошить ей волосы, сказать, что теперь она в безопасности. Только неправда это. Винтерфелл сожжен, и безопасных мест на земле больше нет.

Здесь ее при всем желании оставить нельзя. Стена не место для женщин, тем более для благородных девиц. Станнису и Мелисандре он ее тоже не отдаст. Король захочет выдать ее за Хорпа, Масси или Годри Победителя Великанов, а что взбредет в голову красной женщине, одним богам ведомо.

Лучше всего отослать ее в Восточный Дозор и попросить Коттера Пайка переправить девочку куда-нибудь за море, подальше от передравшихся королей. Когда корабли вернутся из Сурового Дома, она может, например, уехать в Браавос с Тихо Несторисом, и Железный банк подыщет ей высокородных приемных родителей. Браавос — самый ближний из Вольных Городов, хотя неизвестно, хорошо это или плохо. Лорат или Порт-Иббен, возможно, были бы лучше. И всюду, куда бы она ни отправилась, Арье понадобятся звонкая монета, крыша над головой и защитники. Она всего лишь ребенок.

Малли открыл дверь, и пар, хлынувший из жарко натопленных комнат мейстера, ослепил их обоих. В очаге трещал огонь.

— Сноу, Сноу, Сноу, — заладили вороны наверху, когда Джон переступил через кучку мокрой одежды. Девушка, закутанная в широченный черный плащ, спала, свернувшись в клубок у огня.

Она в самом деле походила на Арью. Высокая, угловатая как жеребенок, одни коленки и локти. Толстая каштановая коса, завязанная кожаной тесемкой, продолговатое лицо, острый подбородок, маленькие уши — но взрослая, слишком взрослая. Ровесница скорее Джону, чем Арье.

— Она ела что-нибудь? — спросил Джон.

— Только хлеб с бульоном, милорд, — ответил, поднявшись со стула, Клидас. — В таких случаях, как говорил мейстер Эйемон, торопиться не надо. Сытный обед она пока не сможет переварить.

— Даннел ей предлагал колбасу, она не захотела, — подтвердил Малли.

Неудивительно. Изготовляемые Хоббом колбасы состоят из жира, соли и такого, о чем лучше не думать.

— Дадим ей отдохнуть, — сказал Джон, но тут девушка проснулась и села, придерживая плащ на груди.

— Где я?

— В Черном Замке, миледи.

— Стена. — Ее глаза налились слезами. — Добралась все-таки.

— Бедное дитя, — подошел к ней Клидас. — Сколько вам лет?

— Скоро шестнадцать. И я не дитя, потому что уже расцвела. — Девушка зевнула, прикрывая рот краем плаща. Голая коленка высунулась из складок. — На вас нет цепи — вы мейстер?

— Нет. Служил мейстеру.

Очень все-таки похожа на Арью — глаза и волосы такого же цвета.

— Мне сказали, что вы спрашивали меня. Я...

— Джон Сноу. — Она откинула косу за спину. — Наши дома связаны узами крови и чести, и я взываю к вам о помощи, родич. За мной гонится дядя Криган — не позволяйте ему вернуть меня в Кархолд.

Что-то в ее манерах и разговоре помогло Джону вспомнить.

— Элис Карстарк.

— Вот не думала, что меня можно узнать, — с тенью улыбки сказала девушка. — В последний раз мы виделись, когда мне было шесть лет.

— Вы приезжали к нам в Винтерфелл с отцом. — Тем самым, которого Робб потом обезглавил. — Не помню уже для чего.

— Познакомить меня с вашим братом, — вспыхнула Элис. — Предлог был какой-то другой, но истинная причина именно эта. Мы были почти ровесники, и мой отец хотел поженить нас. В нашу честь устроили пир, где я танцевала и с вашим братом, и с вами. Он был очень учтив и сказал, что я танцую прелестно, а вы все дулись. «Чего же и ждать от бастарда», — сказал мой отец.

— Помню, да, — кивнул Джон, солгав только наполовину.

— У вас и теперь вид надутый, но я прощу вас, если спасете меня от дяди.

— Ваш дядя как будто лорд Арнольф?

— Какой там лорд! Настоящий лорд — мой брат Харри, и по закону ему наследую я. Арнольф — только кастелян, потому что дочь идет прежде дяди. Его племянником, собственно, был отец, я ему прихожусь внучатой племянницей. Криган — его сын. Не знаю, какое между нами родство, но мы его всегда звали дядей, а теперь мне предлагается назвать его своим мужем. — Элис сжала кулачок. — До войны я была помолвлена с Дарином Хорнвудом. Мы только и ждали, когда я расцвету, но Дарин пал в Шепчущем лесу от руки Цареубийцы. Отец писал, что найдет мне какого-нибудь южного лорда, и не успел: ваш брат Робб отрубил ему голову за каких-то двух Ланнистеров. Я думала, они для того и пошли на юг, чтобы убивать Ланнистеров...

— Все не так просто. Лорд Карстарк убил пленных, миледи. Двух мальчиков-оруженосцев, безоружных, заключенных в тюрьму.

Девушку это как будто не удивило.

— Отец, не столь громогласный, как Большой Джон, в гневе был не менее страшен. Теперь и он, и ваш брат мертвы, но мы с вами пока еще живы. Скажите, лорд Сноу: есть между нами кровная вражда или нет?

— Человек, надевая черное, забывает о кровной мести, а Ночной Дозор не враждует ни с вами, ни с Кархолдом.

— Хорошо, а то я боялась. Я умоляла отца поставить кастеляном кого-то из моих братьев, но они все ушли с ним на юг, чтобы завоевать славу. Теперь Торр и Эдд убиты, а Харри держат пленником в Девичьем Пруду, насколько мы слышали чуть ли не год назад. Может быть, и его уже нет в живых. Мне больше не к кому обратиться, кроме последнего из сыновей Эддарда Старка.

— Почему бы не к королю? Кархолд присягнул Станнису.

— Дядя это сделал для того, чтобы Ланнистеры отрубили бедному Харри голову. В случае смерти брата Кархолд переходит ко мне, но дяди не дадут мне воспользоваться моими правами. Как только я рожу Кригану ребенка, нужда во мне отпадет — двух жен он уже схоронил. — Элис сердито, совсем как Арья, смахнула слезу. — Вы согласны помочь мне?

— В брачных и наследственных делах все решает король, миледи. Я напишу о вас Станнису, но...

— Ответа вы не дождетесь, — невесело рассмеялась Элис. — Станнис умрет еще до того, как получит ваше письмо — дядя за этим присмотрит.

— То есть как?

— Арнольф придет к Винтерфеллу, верно, но лишь для того, чтобы вонзить кинжал в спину вашему королю. Он давно уже выбрал Русе Болтона своим сюзереном — за золото, за обещанное помилование, за голову Харри. Лорд Станнис идет в западню. Он мне ничем не поможет, да и не стал бы. Вы моя единственная надежда, лорд Сноу. — Девушка опустилась на колени. — Именем вашего отца заклинаю: спасите меня.

СЛЕПАЯ БЕТ

Ночью ей светили звезды, и снег искрился под луной, но просыпалась она всегда в темноте. Она открывала глаза и облизывалась, припоминая прекрасный, быстро меркнущий сон. Блеяние овец, ужас в глазах пастуха, визг собак, которых она убивала одну за другой, рычание стаи. Дичи поубавилось, когда выпал снег, но прошлой ночью они славно попировали. Ягнятина, собачатина, баранина, человечина. Кое-кто из ее мелких серых родичей боится человека, даже мертвого, а она нет. Мясо есть мясо, и люди — такая же добыча, как и все прочие. Во сне она становится ночным волком.

Слепая девочка повернулась на бок, села, поднялась, потянулась. Постелью ей служили холодная каменная лежанка и набитый тряпьем тюфяк — просыпалась она застывшая, как деревяшка. Тихая, словно тень, она прошлепала огрубевшими подошвами к тазу, умылась холодной водой, вытерлась. Сир Григор, Дансен, Рафф-Красавчик, сир Илин, сир Меррин, королева Серсея. Ее утренняя молитва. Ее ли? Нет, она ведь никто. Это молитва ночного волка. Когда-нибудь она выследит их, затравит, ощутит запах их страха, вкусит их крови. Когда-нибудь.

Она отыскала свои штанишки, понюхала, признала годными, натянула. Сдернула с колышка длинную кусачую рубаху из некрашеной шерсти. Теперь чулки — один черный, другой белый. Черный наверху подшит, белый нет, чтобы надевать каждый на нужную ногу. Ноги у нее хоть и тощие, но сильные и с каждым днем становятся все длиннее.

Это хорошо: водяному плясуну нужны крепкие ноги. Не век же ей быть Слепой Бет.

Нос привел бы ее на кухню, даже если бы она не знала дороги. Горячий перец, жареная рыба, хлеб прямо из печки. Ночная волчица наелась вдоволь, но слепая девочка давно поняла, что съеденным во сне мясом нельзя насытиться.

Сардины, только со сковородки, обжигали пальцы. Она подобрала остатки масла кусочком свежевыпеченного хлеба и запила завтрак разбавленным вином, смакуя каждое ощущение. Хрустящая корочка, вкус поджарки, жжение от перечного масла, попавшего в ссадину на руке. Слушать, обонять, вкушать, осязать — так познают мир незрячие.

Вошел кто-то в мягких тряпичных туфлях. Добрый человек, определила она, раздув ноздри. Мужчины пахнут иначе, чем женщины, а жрец к тому же жует апельсиновые корки, освежая дыхание.

— Кто ты этим утром? — спросил он, садясь во главе стола. Тук-тук-тук — первое яичко облупливает.

— Никто.

— Лжешь. Я знаю тебя — ты маленькая слепая нищенка.

— Бет. — Она знала одну Бет в Винтерфелле, когда была Арьей Старк — может, потому и выбрала это имя.

— Бедное дитя. Хочешь получить обратно свои глаза? Попроси — и прозреешь.

Он спрашивал ее об этом каждое утро.

— Может быть, завтра. Сегодня нет. — Ее лицо, как тихая вода, скрывало все, что лежит внизу.

— Как хочешь. — Звякнуло серебро: он взял ложечку из солонки. — Где попрошайничала моя бедная девочка прошлой ночью?

— В таверне «Зеленый угорь».

— Какие три новые вещи ты узнала с тех пор, как выходила в последний раз?

— Морской Начальник все еще болен.

— Это не новость. Он болел вчера и завтра будет болеть.

— Или умрет.

— Когда умрет, тогда это и будет считаться новостью.

Когда он умрет, будут выборы и засверкают ножи — так заведено в Браавосе. В Вестеросе умершего короля сменяет его старший сын, но в Браавосе королей нет.

— Новым Морским Начальником будет Тормо Фрегар.

— Так говорят в «Зеленом угре»?

— Ага.

Добрый человек, который никогда не говорил с набитым ртом, прожевал яйцо и сказал:

— Люди, говорящие, что мудрость заключена в вине, просто глупцы. В других тавернах называют другие имена, будь уверена. — Он откусил еще кусочек, прожевал, проглотил. — Так какие же три вещи ты узнала из тех, что не знала раньше?

— Я знаю, что некоторые говорят, будто Тормо Фрегар будет новым Морским Начальником. Пьяные.

— Это уже лучше. Еще что?

«В Вестеросе, в речных землях, выпал снег», — чуть не сказала она. Но он спросит, откуда она это знает, и ответ ему вряд ли понравится. Она прикусила губу, припоминая, что было ночью.

— Сфрона, шлюха, беременна. От кого, не знает — думает, что от тирошийского наемника, убитого ею.

— Это полезно знать. Еще что?

— В «Подводном царстве» нашли новую Русалку на место старой, которая утонула. Она дочка служанки Престайнов, ей тринадцать. Бедная, но очень красивая.

— Все они красивы, когда начинают, но ты не можешь судить, насколько она хороша, потому что не видишь. Кто ты, дитя?

— Никто.

— Я вижу перед собой Слепую Бет, неумело лгущую. Займись-ка делом. Валар моргулис.

— Валар дохаэрис. — Собрав миску, чашку, ложку и нож, она взяла палочку длиной пять футов, толщиной с ее большой палец, обмотанную вверху кожаным ремешком. Лучше всяких глаз, если пользоваться умеючи, говорит женщина-призрак.

Вранье, конечно. Ей часто врут, чтобы испытать. Никакая палка глаз не заменит, но польза от нее вправду большая, и Бет всегда держит ее при себе. Умма ее саму прозвала Палочкой, но имена ничего не значат. Она — это она. Никто. Просто слепая девочка, слуга Многоликого.

Каждый вечер за ужином призрак приносит ей чашку молока и велит выпить. У питья странный горький вкус, которого Бет не выносит, — от одного запаха ее начинает тошнить, — но она каждый раз выпивает все до капли и спрашивает: «Долго мне еще быть слепой?»

«Пока тьма не станет для тебя столь же милой, как свет, или пока сама не попросишь. Попроси — и прозреешь».

Она попросит, а они прогонят ее. Нет уж, лучше слепой побыть.

Когда она впервые проснулась незрячей, женщина-призрак взяла ее за руку и повела сквозь толщу скалы, на которой стоит Черно-Белый Дом, наверх, в храм.

«Считай ступени и придерживайся за стену, — говорила она, пока они шли. — Там есть зарубки — глазу они незаметны, но пальцы их чувствуют».

Это был самый первый урок, за которым последовали другие.

Днем — зелья и яды. Различать их можно с помощью обоняния, вкуса и осязания, но трогать, а тем более пробовать яды очень опасно. Некоторые даже и нюхать не стоит. Бет все время обжигала себе губы и кончик мизинца, а однажды ее так вывернуло, что она долго не могла есть.

За ужином — языки. Браавосский девочка уже хорошо понимала, бегло говорила на нем и почти избавилась от своего варварского акцента, но добрый человек был по-прежнему недоволен. Он требовал, чтобы она работала над классическим валирийским и учила диалекты Лисса и Пентоса.

Вечером — игра с призраком в «верю — не верю». Слепому играть куда труднее, чем зрячему: полагаться приходиться на интонацию, выбор слов, да иногда призрак позволяет ощупать ее лицо. Поначалу Бет чуть не визжала с досады, но потом все пошло легче. Она научилась слышать ложь и чувствовать ее по напряжению мышц вокруг губ и глаз.

Почти все ее прежние обязанности тоже остались при ней. Она натыкалась на мебель и стены, роняла подносы, блуждала по храму, как по лесу. Однажды чуть не слетела с лестницы, но в прошлой жизни, когда ее звали Арьей, Сирио Форель учил ее сохранять равновесие, и она удержалась.

Она бы плакала перед сном, будь она Арри, Лаской, Кет и даже Арьей из дома Старков — но она никто, и слезам взяться неоткуда. Для незрячего любая работа опасна: она обжигалась раз десять, помогая Умме на кухне. Крошила лук и до кости порезала палец. Дважды не могла найти свою каморку в подвале и ложилась прямо у нижней ступеньки. Храм, даже когда она научилась пользовать ушами, оставался все таким же коварным: ее шаги порождали эхо вокруг каменных богов тридцатифутовой вышины, и ей казалось, будто стены движутся. Тихий черный пруд тоже вытворял со звуком разные странности.

«Зрение — лишь одно чувство из пяти, — говорил добрый человек. — Научишься пользоваться четырьмя остальными, меньше шишек будешь себе набивать».

Теперь она ощущала кожей потоки воздуха, находила кухню по запаху, различала мужчин и женщин. Узнавала по шагам Умму, слуг и послушников, но не призрак и не доброго человека, которые ходили совершенно бесшумно. Горящие в храме свечи тоже пахли по-разному, и даже те, что не были ароматическими, пускали своеобразный дымок — прямо-таки кричали для того, кто умеет нюхать.

Свой особый запах был и у мертвецов. В ее обязанности входило отыскивать в храме по утрам тех, кто испил из пруда. Этим утром она нашла двух.

Мужчина умер у ног Неведомого, где мерцала единственная свеча. Бет чувствовала ее жар, обоняла ее. Знала, что огонек у свечки багровый, и труп, как сказали бы зрячие, омыт красным заревом. Прежде чем позвать слуг, она ощупала лицо мертвого, потрогала густые курчавые волосы. Красивый и без морщин, молодой. Зачем он пришел сюда искать смерти? Умирающие брави часто добираются до Черно-Белого Дома, но на этом как будто ран нет.

Другая, старуха, почила в потайной нише, где особые свечи вызывают тени любимых, которых ты потерял. Ласковая смерть, как добрый человек говорит: старуха умерла, улыбаясь. Недавно совсем, еще теплая. И мягкая, как старая выделанная кожа, которую складывали и комкали тысячу раз.

Девочка считала, идя за уносящими тело слугами. Она наизусть знала, куда сколько нужно сделать шагов. В подземном лабиринте храма и зрячему заблудиться легко, но она теперь изучила там каждый дюйм — а если память изменит, поможет тросточка.

С трупов, сложенных в склепе, она снимала одежду и сапоги, вытряхивала кошельки, пересчитывала монеты. Различать монеты на ощупь призрак научила ее первым делом. Браавосские она узнавала сразу, с чужими, особенно из дальних краев, приходилось труднее. Чаще других встречались волантинские онеры, маленькие, с короной на одной стороне и черепом на другой. На овальных лиссенийских отчеканена голая женщина, на других корабли, слоны или козы. У вестеросских орел — голова короля, а решка — дракон.

У старухи кошелька не было, только кольцо на пальце. На молодом нашлись четыре золотых вестеросских дракона. Пока она пыталась отгадать, что на них за король, позади тихо открылась дверь.

— Кто здесь? — спросила она.

— Никто, — ответил резкий холодный голос.

Она схватила палку, выставила перед собой. Удар другой деревяшки едва не вышиб ее из рук. Бет замахнулась... и рассекла воздух.

— Не туда, — сказал голос. — Ты что, слепая?

Она не ответила. Болтовня только мешала слышать, куда он движется — вправо, влево? Она прыгнула влево, ударила вправо, не попала опять, зато противник сзади ожег ее по ногам.

— И глухая к тому же?

Она завертелась, нанося удары по воздуху, услышала слева смех, рубанула вправо и на этот раз угадала: он отразил ее удар своей палкой, аж рука заболела.

— Хорошо, — сказал голос.

Она не знала, с кем сражается — скорее всего с кем-нибудь из послушников. Голос она не узнала, но слуги Многоликого Бога, как известно, меняют голоса с той же легкостью, что и лица. В Черно-Белом Доме, кроме нее, жили двое слуг, трое послушников, повариха Умма и два жреца — добрый человек с призраком. Другие приходили и уходили, иногда потайными ходами, но эти пребывали здесь неизменно — значит, на нее напал кто-то из них.

Девочка метнулась вбок, услышала позади шум, повернулась туда, ударила, не попала. Палка противника ткнулась ей между ног, оцарапав голень. Девочка стукнулась коленкой об пол так сильно, что прикусила язык — и замерла неподвижно, как камень. Где же он?

Сзади, смеется. Он ловко съездил ей по уху, зацепил костяшки пальцев. Бет выронила палку и зашипела.

— Ладно, подними, — сказал голос. — На сегодня с битьем покончено.

— Так я тебе и далась меня бить! — Девочка, встав на четвереньки, нашарила палку и вскочила — грязная, в синяках. Все тихо — ушел или стоит у нее за спиной? Дыхания вроде не слышно. Выждав еще немного, она отложила палку и снова взялась за работу. Она бы его до крови измолотила, будь у нее глаза. Когда добрый человек их вернет, она всем покажет.

Старуха уже остыла, брави стал коченеть. Девочка привыкла: теперь она больше времени проводила с мертвыми, чем с живыми. Ей недоставало друзей, которых она завела, будучи Кошкой-Кет: старого Бруско с больной спиной, его дочек Талеи и Бреи, скоморохов с «Корабля», Мерри с ее девушками из «Счастливого порта» и прочего портового отребья. Но больше всего, сильнее даже, чем по глазам, она скучала по Кошке. Быть Кошкой ей нравилось больше, чем Солинкой, Голубенком, Лаской и Арри. Кошка погибла вместе с певцом... Добрый человек говорил, правда, что ее все равно лишили бы глаз, чтобы научить пользоваться остальными четырьмя чувствами — слепые послушники в Черно-Белом Доме не новость, — но ведь не на полгода же и не в таком юном возрасте. О содеянном девочка не жалела: Дареон как дезертир из Ночного Дозора заслуживал смерти. Так она и сказала доброму человеку.

«Разве ты бог, что решаешь, кому жить, а кому умереть? — спросил он. — Мы даруем смерть лишь тем, кого отметил сам Многоликий, после молитв и жертвоприношений. Так было всегда. Я рассказывал тебе историю нашего ордена, говорил, как первый из нас откликнулся на молитвы жаждавших смерти рабов. Один раб просил смерти не себе, а хозяину; он молился горячо, предлагая взамен все, что у него есть. Наш первый брат подумал, что Многоликому будет угодна такая жертва, и в ту же ночь исполнил желание раба, а ему самому сказал: «Ты обещал за эту смерть все, что имеешь, но у раба нет ничего, кроме жизни — ее ты и отдашь богу. Отныне и до конца своих дней ты будешь служить ему». С тех пор нас стало двое. — Пальцы жреца ласково, но крепко охватили руку девочки. — Люди — лишь орудия смерти, а не сама смерть. Убив певца, ты присвоила себе права бога. Мы убиваем людей, но не беремся их судить, понимаешь?»

Она не понимала, но ответила «да».

«Ты лжешь и поэтому будешь ходить во мраке, пока не увидишь пути. Может быть, уйти хочешь? Попроси только — и получишь глаза обратно».

«Нет», — сказала она.

В тот вечер после ужина и короткой игры в «верю — не верю» слепая девочка завязала никчемушные глаза тряпкой, взяла чашку для подаяния и попросила женщину-призрак помочь ей сделаться Бет. Голову ей жрица побрила сразу после потери глаз; это называлось скоморошьей прической, потому что скоморохи делают то же самое, чтобы парики хорошо сидели — а нищим это нужно, чтобы уберечься от вшей. «Я могу покрыть тебя язвами, — сказала призрак, — но тогда все трактирщики будут гнать тебя прочь». Поэтому она сделала лицо Бет рябым и прилепила на щеку бородавку с темными волосками. «Я теперь уродка?» — спросила девочка. — «Не красавица, да». — «Ну и хорошо».

О своей внешности она не заботилась, даже когда была глупенькой Арьей Старк. Красавицей ее звал только отец, да иногда Джон Сноу. Мать говорила, что она может быть очень хорошенькой, если будет умываться, причесываться и следить за своими платьями. Сестра Санса, примеру которой ей предлагалось следовать, сестрины подружки и все остальные кликали ее Арьей-лошадкой. Теперь они все умерли, даже Арья — все, кроме брата по отцу, Джона. Черный Бастард со Стены — так называют его в тавернах и борделях Мусорной Заводи. Даже Джон не узнал бы Слепую Бет... грустно это.

Под нищенской одежкой — рваной, но теплой и чистой — она прятала три ножа. Один в сапог, другой в рукав, третий — в ножнах — на пояснице. Браавосцы большей частью хорошие люди и скорее помогут бедной слепой девочке, чем обидят ее, но среди хороших всегда найдется пара плохих, которым захочется ограбить слепую или надругаться над ней. Ножи предназначались для них, хотя девочке пока еще ни разу не довелось пустить свое оружие в ход. Деревянная чашка и веревка вместо пояса довершали ее наряд.

Когда рев Титана возвестил о закате солнца, она спустилась, считая ступени, на улицу и перебралась, стуча палочкой, по мосту на Остров Богов. Мокрые руки и липнущая к телу одежда оповестили ее о тумане. Туман тоже проделывал со звуками странные вещи — сегодня половина Браавоса станет почти слепой.

Послушники Звездной Мудрости пели на башне, обращаясь к вечерним звездам. Благовонный дым привел девочку к большим железным жаровням у дома Владыки Света; она ощутила жар и услышала молитву последователей Рглора. «Ибо ночь темна и полна ужасов».

Только не для нее. Ее ночи озарены луной и наполнены пением стаи, вкусом сырого мяса, знакомыми запахами серых родичей. Одинока и слепа она только днем.

Кошка-Кет, продавая своих моллюсков, облазила все закоулки Мусорной Заводи. Лохмотья, бритая голова и бородавка служили надежной защитой, но девочка на всякий случай держалась подальше от Корабля, «Счастливого порта» и других мест, где Кет хорошо знали.

Гостиницы и таверны она узнавала по запаху. В «Черном лодочнике» пахло морем, у Пинто воняло кислым вином, сыром и самим Пинто, который никогда не моется и не меняет одежду, в «Парусном мастере» всегда что-нибудь жарилось. «Семь лампад» услаждали нос благовониями, «Атласный дворец» благоухал духами девушек, мечтающих стать куртизанками.

Звуки тоже везде были свои, особые. У Морогго и в «Зеленом угре» по ночам выступали певцы, в «Изгоях» посетители пели сами, пьяными голосами и на ста языках. В «Доме тумана» гребцы змей-лодок спорили о богах, куртизанках и степени глупости Морского Начальника. В «Атласном дворце» шепотом произносились слова любви, шуршали шелка и хихикали девушки.

Бет каждый раз просила подаяние в другом месте, быстро усвоив, что хозяева заведений терпят ее тем охотнее, чем реже она к ним захаживает. Прошлой ночью она стояла у «Зеленого угря», сегодня же повернула не налево, а направо за Кровавым мостом и пошла к Пинто на другой конец Мусорной Заводи, у самого Затопленного Города. Под шумливыми речами и немытой кожей Пинто скрывалось доброе сердце. Часто, когда народу было не слишком много, он пускал Бет погреться, а порой давал ей кружку эля, корочку хлеба и рассказывал о себе. Судя по этим историям, в молодости он был самым знаменитым на Ступенях пиратом и каких только подвигов не совершал.

Нынче ей повезло: народу было немного, и она устроилась в тихом уголке недалеко от огня. Не успела она сесть, что-то потерлось о ее ногу.

— Опять ты? — Кот, которого Бет почесала за ухом, вскочил ей на колени и замурлыкал. В Браавосе кошек много, а у Пинто и вовсе полным-полно. Старый пират верит, что они приносят удачу, и крысы при них тоже не заведутся. — Ты меня знаешь, правда? — Кошек бородавкой не надуешь: они помнят Кошку-Кет.

Пинто, будучи в веселом расположении духа, дал ей разбавленного вина, кусок вонючего сыра и полпирога с угрями.

— Пинто — добрая душа, — объявил он и в двадцатый раз стал рассказывать, как захватил корабль с пряностями.

Таверна понемногу наполнялась. Пинто отстал и занялся делом, а завсегдатаи бросали в чашку Слепой Бет монетки. Были и незнакомцы: иббенийские китобои, пропахшие кровью и ворванью, пара брави, мажущих волосы душистым маслом, толстяк-лоратиец — этот все жаловался, что сиденья Пинто для него маловаты. Позже явились три лиссенийца с «Доброго сердца», потрепанной штормом галеи. Она притащилась в Браавос прошлой ночью, а утром ее арестовала стража Морского Начальника.

Они заняли стол у огня, заказали черного рому и начали говорить тихо, чтобы никто не слышал — «никто» как раз и слышала почти каждое слово. На миг ей даже показалось, что она видит их глазами кота, мурлычущего у нее на коленях. Один стар, другой молод, у третьего уха недостает, но у всех троих кожа светлая, а волосы белые: в лиссенийцах течет кровь древней Республики.

На следующее утро, когда добрый человек спросил, какие три новые вещи она узнала, она не стала медлить с ответом.

— Я знаю, почему Морской Начальник арестовал галею «Доброе сердце». В ее трюме нашли женщин и детей, несколько сотен: их везли в рабство.

В Браавосе, основанном беглыми невольниками, работорговля была под запретом.

— Я знаю, откуда они взялись. Это одичалые из Вестероса, из одного разрушенного селения. Оно называется Суровый Дом и считается проклятым. — В Винтерфелле, когда Бет еще была Арьей Старк, старая Нэн рассказывала им о Суровом Доме. — После битвы, в которой был убит Король за Стеной, одичалые разбежались, и одна лесная ведьма сказала, что в Суровый Дом придут корабли и увезут их в теплые страны. Но пришли туда только «Доброе сердце» и «Слон» — пираты из Лисса, которых шторм занес далеко на север. Всех одичалых они взять не могли, а в Суровом Доме был голод, поэтому мужчины согласились отправить женщин и детей первыми. Выйдя в море, пираты сразу загнали их в трюм и связали, чтобы продать в Лиссе, но шторм налетел снова и разметал корабли в разные стороны. «Доброе сердце» так пострадало, что капитану поневоле пришлось зайти в Браавос, но «Слон», может, и пришел в Лисс. Лиссенийцы, которые сидели у Пинто, думают, что он вернется на север с целой флотилией: цены на рабов растут, а в Суровом Доме остаются еще тысячи одичалых.

— Это полезно знать, но я насчитал только две вещи — где третья?

— Я знаю, кто приходил меня бить. Это ты. — Палка Бет взвилась и огрела доброго человека по костяшкам, заставив его упустить свою трость. Жрец, морщась, отдернул руку.

— Откуда слепой девочке это знать?

— Три вещи я тебе назвала — это уже четвертая. — Завтра она, может быть, скажет ему про кота, который увязался за ней из таверны Пинто, — сейчас он сидит на стропилах и смотрит на них. А может быть, и не скажет. У доброго человека свои секреты, у Бет свои.

Вечером Умма приготовила крабов в соляной корочке. Бет, зажав нос, залпом выпила свою чашу — и выронила ее. Рот жгло как огнем, а от выпитого поспешно вина загорелась еще и глотка.

— Вино и вода не помогут, только хуже сделают. На вот, съешь. — Девочка прожевала горбушку хлеба, которую сунула ей женщина-призрак, потом съела еще ломоть, и ей стало легче.

Утром, после ухода ночной волчицы, она открыла глаза и увидела горящую рядом сальную свечку. Огонек вихлялся, как шлюха в «Счастливом порту». Ничего прекраснее Бет в своей жизни еще не видела.

ПРИЗРАК ВИНТЕРФЕЛЛА

Под внутренней стеной нашли мертвеца со сломанной шеей. Из-под валившего всю ночь снега виднелась только одна нога — если б не собаки Рамси, он, возможно, пролежал бы там до весны. Серая Джейна так обглодала бедолаге лицо, что в нем далеко не сразу опознали одного из латников Роджера Рисвелла.

— Пьяница, — презрительно заявил Роджер. — Ссал, поди, со стены, вот и сверзился. — С ним не спорили, но Теон Грейджой не совсем понимал, зачем было человеку карабкаться среди ночи по скользким ступенькам, чтобы справить нужду со стены.

Солдаты, которым дали на завтрак черствый, поджаренный на сале хлеб (ветчина досталась лордам и рыцарям), только об этом и говорили.

— У Станниса есть друзья в замке, — проворчал пожилой сержант, человек Толхартов с тремя соснами на камзоле. Это уже был полдень, и сменившиеся с караула топали ногами у входа, сбивая снег. На обед подали кровяную колбасу, лук-порей и черный свежевыпеченный хлеб.

— Станнис? — засмеялся кто-то из всадников Русе Рисвелла. — Да его уже замело с головой, если только он не улепетнул обратно к Стене.

— А может, он стоит в пяти футах от нас со стотысячным войском, — возразил лучник с эмблемой Сервинов. — Из-за этой завирухи ни шиша не видать.

Вьюга не унималась ни днем, ни ночью. Сугробы взбирались на стены и заполняли промежутки между зубцами, крыши напоминали подушки, палатки проваливались. Между зданиями протянули веревки, чтобы люди не заблудились, идя через двор. Часовые грели руки в башенках над жаровнями, а снеговики на стенах росли и делались все чуднее; копья, которыми их снабдили, украсились ледяными бородами. Хостин Фрей, хвастливо уверявший, что снег ему нипочем, отморозил себе ухо.

Больше всех страдали лошади во дворах. Обледеневшие попоны не успевали менять, а от костров было больше вреда, чем пользы. Боевые кони привыкли бояться огня и шарахались от него, калеча себя и других. Повезло лишь тем, кто стоял в заполненных до отказа конюшнях.

— Боги прогневались на нас, — говорил в Великом Чертоге старый лорд Локе. — Дует, как из самой преисподней, и снегу конца не видать.

— Может, они на Станниса гневаются, — спорил воин из Дредфорта. — У него-то вовсе никакого укрытия нет.

— Это еще как посмотреть, — встрял в спор вольный всадник. — Его колдунья умеет огонь вызывать, а ее красный бог хоть какой снег растопит.

«Ох и дурак же ты, — подумал Теон, — городить такое при Желтом Дике, Алине-Кисляе и Бене Бонсе». Те, конечно, доложили обо всем лорду Рамси, а тот велел вытащить болтуна наружу. «Любишь Станниса, так и чеши к нему». Дамон-Плясун пару раз ожег несчастного своим длинным кнутом; пока его тащили к Крепостным воротам, Свежевальщик и Дик спорили, скоро ли кровь на рубцах застынет.

Главные ворота так вмерзли в снег, что подъемную решетку пришлось бы долго откапывать. То же относилось и к воротам Королевского тракта — там еще и цепи подъемного моста обледенели намертво. Охотничьи, которые не так давно открывались, успело основательно замести; оставались лишь Крепостные — скорее калитка во внутренней стене, чем ворота. Через ров за ними был перекинут мостик, но во внешней стене какие-либо проемы отсутствовали.

Злополучного вольного всадника протащили через мост и загнали на стену. Там Алин со Свежевальщиком взяли его один за руки, другой за ноги, раскачали и швырнули с восьмидесятифутовой высоты. Он ухнул в высокий сугроб, но лучники на стене говорили, что он все-таки сломал себе ногу и полз, волоча ее за собой — кто-то даже пустил ему в зад стрелу.

— Не пройдет и часу, как сдохнет, — предсказал Рамси.

— Или будет сосать хрен Станнису еще до заката, — рявкнул Амбер Смерть Шлюхам.

— Как бы не отломился хрен-то, — засмеялся Рикард Рисвелл. — Замерз небось, что твоя сосулька.

— Лорд Станнис заблудился в метели, — бросила леди Дастин. — Он за много лиг от нас, живой или мертвый. Пусть зима делает свое дело: через пару дней снег надежно похоронит все его войско.

«И нас заодно», — подумал Теон, дивясь ее неразумию. Как леди Барбри, северянка, не боится говорить такое при старых богах?

На ужин была гороховая каша с вчерашним хлебом. Люди роптали, видя, что выше соли опять едят ветчину.

Когда Теон трудился над своей деревянной миской, кто-то прикоснулся к его плечу.

— Не тронь меня! — крикнул он, подбирая упавшую ложку, пока какая-нибудь из девочек Рамси не утащила. — Не смей меня трогать!

Еще одна прачка Абеля уселась рядом с ним, совсем близко. Эта была юная, лет пятнадцати-шестнадцати, с копной давно не мытых белокурых волос и пухлыми губками, которые так и тянет поцеловать.

— Уж нельзя девушке и потрогать. Я Холли, с позволения вашей милости.

Холли-потаскушка... однако хорошенькая. Раньше он сразу посадил бы ее к себе на колени, а теперь дудки.

— Чего тебе?

— Крипту хочу поглядеть — не покажете? — Холли намотала локон на пальчик. — Там, говорят, темно — трогай что хочешь. А мертвые короли смотрят.

— Тебя Абель послал?

— Может, он, а может, сама пришла. Если вам нужен Абель, я его приведу. Он споет милорду красивую песню.

Каждое слово убеждало Теона в том, что здесь что-то нечисто, но что? Чего надо от него этому Абелю? Певец-сводник с лютней и фальшивой улыбкой хочет знать, как Теон взял замок, но не затем, чтобы песню об этом сложить. Не иначе, удрать отсюда задумал; лорд Болтон спеленал Винтерфелл, как хорошая нянька, — никто не входит и не выходит без его позволения. Теон не упрекал Абеля за такие намерения, но и помогать ему не желал.

— Не надо мне ни Абеля, ни тебя, ни твоих сестричек. Оставьте меня в покое.

Снаружи крутились снежные вихри. Теон, держась за стену, пришел к Крепостным воротам. Часовых он принял бы за пару снеговиков, если б не пар от дыхания.

— Хочу по стене пройтись, — сказал он, сам дыша паром.

— Там наверху холодрыга зверская, — предупредил один.

— Внизу тоже, — сказал другой. — Хочешь погулять — вали, Переметчивый, воля твоя.

Подняться по заснеженным ступенькам было не просто. Наверху Теон быстро отыскал место, откуда сбросили вольного всадника. Сбив свежий снег, он высунулся в промежуток между зубцами. Спрыгнуть, что ли? Всадник-то выжил. Вопрос в том, что будет с ним дальше. Сломанная нога и мучительная смерть? Милосердная смерть на холоде?

Он, видно, спятил. Рамси со своими девочками выследит его очень быстро. Если боги смилуются, Рыжая Джейна, Джез и Гелисента порвут его на куски, если нет, он будет взят живым.

— Вспомни свое имя, — прошептал он.

Утром на замковом кладбище был найден пожилой оруженосец сира Эйениса Фрея — мертвый, голый, с заиндевелым лицом. Сир Эйенис решил, что тот напился и заплутал, но никто не мог объяснить, с чего ему вздумалось раздеваться. Еще один пьяница... каких только подозрений не топит в себе вино.

В тот же день в конюшне обнаружился арбалетчик Флинтов с проломленным черепом. «Лошадь его лягнула», — сказал лорд Рамси. Больше похоже на дубинку, подумал Теон.

Все это казалось ему знакомым, как не раз виденное представление, только лицедеи сменились. Русе Болтон играл теперь роль Теона, а недавние мертвецы — роли Аггара, Гинира Красноносого и Гелмарра Угрюмого. Участвовал в представлении и Вонючка, тоже другой — с окровавленными руками и сладкой ложью на устах. Вонючка, хитрая штучка.

Лорды в Великом Чертоге ссорились на глазах у своих людей.

— Долго ли нам дожидаться этого короля, который никогда не придет? — вопрошал сир Хостин. — Надо самим завязать сражение и покончить с ним наконец.

— Выйти из замка?! — Тон однорукого Харвуда Стаута давал понять, что он скорее даст отрубить себе уцелевшую руку. — В такую-то непогоду?

— Его еще найти надо, Станниса, — указал Русе Рисвелл. — Из тех разведчиков, что уходили последнее время через Охотничьи ворота, никто пока не вернулся.

— Белая Гавань хоть сейчас пойдет с вами, сир Хостин, — похлопал себя по животу Виман Мандерли. — Ведите.

— Чтоб сподручнее было проткнуть мне спину копьем, — отозвался Фрей. — Где мои родичи, Мандерли? Где ваши гости, доставившие вам сына?

— Кости сына, вы хотите сказать. — Мандерли подцепил кинжалом ломоть окорока. — Я их всех помню наперечет. Сутулый краснобай Рейегар. Храбрый сир Джаред, чуть что обнажающий меч. Подкупающий чужих слуг Саймонд. Они привезли домой кости Вендела, а Вилиса мне живым и здоровым вернул, как и обещал, Тайвин Ланнистер. Лорд Тайвин, да упокоят Семеро его душу, был человеком слова. — Он шумно прожевал мясо. — В пути опасностей много, сир. После отъезда из Белой Гавани я вручил вашим братьям дары, и мы простились, чтобы свидеться вновь на свадьбе. Тому есть немало свидетелей.

— Кто же они? Ваши люди? — съязвил Эйенис.

— Что ты хочешь этим сказать, Фрей? — Лорд Виман вытер рот рукавом. — Не по вкусу мне намеки, которыми ты нас угощаешь.

— Выходи во двор, мешок с салом — там я тебя угощу на славу.

Лорд Виман только посмеялся в ответ, но около дюжины его рыцарей тут же вскочили на ноги — Роджер Рисвелл и Барбри Дастин с трудом успокоили их. Русе Болтон все это время молчал, но Теон углядел в его белесых глазах то, чего никогда не замечал прежде, — тревогу, а то и страх.

Ночью новая конюшня рухнула под тяжестью снега. Погибли два конюха и двадцать шесть лошадей — трупы откапывали из-под обломков почти все утро. Лорд Болтон вышел, поглядел и приказал поставить уцелевших животных и лошадей со двора прямо в чертоге. Когда убитых коней разделали на мясо, отыскалось еще одно тело.

Эту смерть уже нельзя было приписать ни падению с высоты, ни норовистой лошади. Золотушный коротышка, один из любимчиков Рамси, носил прозвище Желтый Дик. Был ли его член, то есть дик, в самом деле желтым, судить было трудно: его отрезали и затолкали мертвецу в рот с такой силой, что сломали три зуба. Повара нашли покойника у кухни по шею в снегу, когда он и его мужской признак уже посинели от холода.

— Сожгите его, — приказал Русе Болтон, — и чтоб не болтать об этом.

К полудню, однако, об этом услышал весь Винтерфелл — порой из уст самого Рамси Болтона.

— Как поймаю виновника, — сулил лорд Рамси, — сдеру с него шкуру, зажарю ее до хруста и заставлю сожрать. — За имя убийцы, по слухам, обещали награду — один золотой дракон.

К вечеру Великий Чертог наполнился смрадом. Лошадиное, собачье, а то и человечье дерьмо перемешивалось на полу с тающим снегом. Помимо него, здесь разило псиной и промокшими попонами. Утешением служила только еда. Повара отваливали всем по куску кровавой, подрумяненной сверху конины с жареным луком и репой; простые солдаты в кои-то веки поели не хуже лордов и рыцарей.

Для прореженных зубов Теона конина оказалась чересчур жесткой. Он налегал на лук с репкой, которые ел с ножа, а мелкие кусочки мяса обсасывал и выплевывал, наслаждаясь вкусом крови и жира. Брошенную им кость уволокла Серая Джейна, преследуемая Сарой и Ивой.

Абель по приказу лорда Болтона спел «Железные копья» и «Зимнюю деву», а по просьбе леди Дастин, желавшей чего-то повеселее, исполнил «Снял король корону, королева башмачок». Фреи подхватили «Медведя и прекрасную деву» — даже несколько северян молотили по столам кулаками, выкрикивая: «Медведь! Медведь!» Впрочем, певцам вскоре пришлось замолчать, чтобы не пугать лошадей.

Бастардовы ребята сбились в кучку под дымным факелом. Лютон и Свежевальщик метали кости, Молчун держал на коленях женщину и тискал ей грудь, Дамон-Плясун насаливал кнут.

— Вонючка! — крикнул он, хлопнув кнутом по ляжке, будто собаку звал. — Ты никак опять завонял?

— Да, — сказал Теон, не найдя другого ответа.

— Когда все это кончится, лорд Рамси тебе губы отрежет, — известил Дамон.

Губы, побывавшие между ног его леди-жены. Это, конечно, не останется безнаказанным.

— Его воля.

— Да он не против, — заржал Лютон.

— Уйди, Вонючка, — сказал Свежевальщик, — блевать из-за тебя тянет.

Теон повиновался мгновенно, зная, что из теплого чертога от еды, выпивки и женщин мучители за ним не увяжутся. Когда он уходил, Абель пел «Девушки, что расцвели по весне».

Снаружи видно было не больше, чем на три фута вперед. Теон был здесь совсем один, снежинки касались щек мокрыми поцелуями. Из чертога слышалась новая песня, грустная и красивая. Мир и покой.

Человек, шедший навстречу, встретился с ним взглядом, взялся за кинжал и промолвил:

— Теон Переметчивый. Братоубийца.

— Неправда. Я из Железных Людей.

— Где уж там. И как только тебя земля еще носит?

— Видно, боги со мной еще не покончили. — Может, это и есть убийца, забивший член в рот Желтому Дику, столкнувший человека Рисвеллов со стены. Теон, как ни странно, совсем не боялся. — И лорд Рамси тоже, — сказал он, сняв перчатку с левой руки.

— Ладно, — засмеялся встречный, — оставляю тебя на него.

Пробившись сквозь вьюгу, Теон снова поднялся на внутреннюю стену. Зубцы совсем замело. Он сделал дырку, но дальше рва не смог разглядеть ничего, кроме нескольких мутных огней на внешней стене.

В мире ничего больше нет. Ни Королевской Гавани, ни Риверрана, ни Пайка. Все места, где он бывал и мечтал побывать, о которых читал, исчезли. Остался один Винтерфелл.

Он заперт здесь вместе с призраками. Старыми из крипты и новыми, которых создал он сам. Миккен, Фарлен, Гинир Красноносый, Агтар, Гелмарр Угрюмый, мельничиха с Желудевой и два ее сына — все они здесь и гневаются. Теон вспомнил о пропавших из крипты мечах.

Когда он снимал мокрое у себя в комнате, к нему пришел Уолтон Железные Икры.

— Пошли, Переметчивый. Его милость тебя требует.

Не имея на смену ничего сухого и чистого, Теон опять напялил мокрые тряпки. Уолтон привел его в горницу над Великим Чертогом, принадлежавшую ранее Эддарду Старку. Лорд Болтон был не один. Леди Дастин сидела бледная и суровая, Роджер Рисвелл запахнулся в плащ, сколотый конской головой, у огня грелся красный от холода Эйенис Фрей.

— Мне сказали, что ты бродишь по всему замку, — начал лорд Болтон. — Тебя видели на конюшне, в кухне, в казарме, на стенах. И у руин тоже, и у септы леди Кейтилин, и в богороще. Будешь отрицать это?

— Нет, млорд. — Теон произнес это слово так, чтобы угодить Русе Болтону. — Бессонница у меня, вот и гуляю. — Он не поднимал головы, глядя на усыпанный старым тростником пол — смотреть в лицо его милости было бы неразумно. — Я жил здесь мальчиком до войны, в воспитанниках у Эддарда Старка.

— В заложниках, — поправил лорд Болтон.

— Так точно, млорд, в заложниках. — И все же это был его дом... единственный родной дом.

— Кто-то убивает моих людей.

— Да, млорд.

— Не ты, надеюсь? — мягко осведомился Болтон. — Не мог же ты отплатить столь черной неблагодарностью за всю мою доброту?

— Нет, млорд, не я. Я... прогуливаюсь, ничего более.

— Сними-ка перчатки, — приказала вдруг леди Дастин.

— Не надо, прошу вас!

— Делай, как она говорит, — вмешался Эйенис Фрей. — Покажи свои руки.

Теон снял перчатки, поднял руки для всеобщего обозрения. Хорошо еще, что догола не велели раздеться. На левой недостает указательного и безымянного, на правой только мизинца.

— Это бастард сделал, — объяснила всем леди Дастин.

— Я... я сам его попросил. — Рамси делает это лишь после долгих молений.

— Зачем же было просить?

— Столько пальцев мне ни к чему.

— Довольно и четырех. — Фрей огладил жидкую бороденку, растущую из его слабого подбородка, словно крысиный хвост. — Меч, тем более кинжал, он удержит.

— Вы все, Фреи, такие дурни? — фыркнула леди Барбри. — Кинжал! Да он и ложку-то с трудом держит. Вы всерьез думаете, что он способен побороть того гнусного бастардова прихвостня и засунуть ему в глотку его мужское достоинство?

— Все убитые были сильные мужчины, — поддержал ее Рисвелл, — и ножевых ран ни на ком нет. Наш убийца — не Переметчивый.

Белесые глаза Русе Болтона вонзились в Теона, как нож Свежевальщика.

— Склонен согласиться. Дело не только в силе: у него не хватило бы духу предать моего сына.

— Если не он, то кто? — проворчал Рисвелл. — Ясно, что у Станниса в замке есть свой человек.

Вонючка не человек. Это не Вонючка. Не он. Рассказала ли им леди Дастин о крипте, о недостающих мечах?

— Надо присмотреться к Мандерли, — сказал Фрей. — Лорд Виман нас недолюбливает.

— Зато любит жаркое и пироги с мясом, — не согласился с ним Рисвелл. — Из-за стола он отлучается разве что в нужник, где просиживает часами.

— Я не утверждаю, что он сам это делает, но с ним приехали триста человек, сто из которых рыцари...

— Рыцарь не станет душегубствовать по ночам, — заявила леди Дастин, — а родных на Красной Свадьбе потерял не один лорд Виман. Думаете, Смерть Шлюхам очень вас любит? Не будь Большой Джон вашим заложником, он выпустил бы вам внутренности и заставил их съесть... вспомним, кстати, леди Хорнвуд, съевшую свои пальцы. Флинты, Сервины, Толхарты, Слейты — у всех у них кто-нибудь да был с Молодым Волком.

— Не забудьте и дом Рисвеллов, — сказал Роджер.

— Дастинов тоже следует помянуть, — с хищной улыбкой произнесла леди Барбри. — У Севера долгая память, Фрей.

У сира Эйениса от бешенства затряслись губы.

— Старк обесчестил нас — вот о чем нужно помнить вам, северянам.

Русе Болтон потер растрескавшиеся губы.

— Ссоры ни к чему нас не приведут. Можешь идти, — бросил он Теону, — да смотри в оба, не то и тебя найдут поутру с перерезанным горлом.

— Да, млорд. — Теон натянул перчатки на увечные руки и вышел, припадая на увечную ногу.

В час волка он все еще ковылял по внутренней стене, надеясь, что усталость поможет ему уснуть. Он весь покрылся снеговой коркой, ветер дул прямо в лицо, снег стекал с головы по щекам, будто слезы.

Потом он услышал рог.

Долгий стон точно повис над замком, пробирая до костей всех имеющих уши. Часовые на стенах оборачивались, крепко сжимая копья. В разрушенных зданиях Винтерфелла одни лорды шикали на других, лошади ржали, спящие пробуждались в своих темных углах. Как только умолк рог, забил барабан: БУМ-БУМ-БУМ. «Станнис, — перепархивало повсюду в белых облачках пара. — Станнис здесь. Станнис пришел. Станнис, Станнис, Станнис».

Теона передернуло. Что Болтон, что Баратеон, невелика разница. Станнис взял себе в союзники Джона Сноу, а тот мигом снес бы Теону голову. Вырваться из когтей одного бастарда, чтобы достаться другому, — славная шутка. Теон посмеялся бы, если б помнил, как это делается.

Барабан бил как будто в Волчьем лесу за Охотничьими воротами. Враг под самыми стенами! Теон и еще человек двадцать двинулись туда поверху, но даже у самых воротных башен ничего не было видно из-за метели.

— Они что, стены сдуть хотят? — сострил человек Флинтов, когда рог затрубил вновь. — Отыскали Рог Джорамуна?

— Хватит ли у Станниса ума штурмовать замок? — спрашивал часовой.

— Он не Роберт, — отвечал барроутонец. — Осаду начнет, помяни мое слово. Будет морить нас голодом.

— Раньше он яйца себе отморозит, — предсказывал другой часовой.

— Надо идти на вылазку. Дать ему бой, — говорил человек Фреев.

«Валяйте, — думал Теон. — Сделайте вылазку и сдохните там, в снегу. Оставьте Винтерфелл мне и призракам». Русе Болтон не будет против: ему нужен скорый конец. В замке слишком много ртов для долгой осады, слишком много лордов, чья верность вызывает сомнения. Толстяк Мандерли, Амбер Смерть Шлюхам, люди Хорнвудов и Толхартов, Локе, Флинты, Рисвеллы — все они северяне, много поколений подряд присягавшие дому Старков. Здесь их держит девочка, кровь лорда Эддарда — но ведь она лицедейка, ягненок в шкуре лютоволка. Почему бы не послать северян на бой со Станнисом, пока с нее не сорвали маску? Чем больше их погибнет, тем меньше будет врагов у Дредфорта.

Разрешат ли Теону принять участие? Умрет по крайней мере как мужчина, с мечом в руке. Рамси ему такого подарка не сделает, а вот лорд Русе может, если хорошо попросить. Теон выполнил все, что от него требовалось, сыграл свою роль, выдал девушку замуж.

Смерть — лучшее, на что он может надеяться.

Снег в богороще по-прежнему таял, едва коснувшись земли. От горячих прудов подымался пар, пахнущий мхом, илом и разложением. Теплый туман превращал деревья в высоких сумрачных стражей. Днем северяне часто приходили сюда помолиться, но сейчас Теон Грейджой был здесь один.

Сердце-дерево встретило его взглядом всезнающих красных глаз. Теон, стоя на краю пруда, склонил голову. Бой барабана слышался даже тут — он, точно дальний гром, шел со всех сторон сразу.

Здесь, внизу, ветра не было, и снег падал тихо, но красные листья все-таки шевелились.

— Теон, — шептали они. — Теон.

Старые боги признали его, вспомнили его имя. Теон из дома Грейджоев, воспитанник Эддарда Старка, названый брат его детям. Он упал на колени.

— Молю вас... Меч — вот все, о чем я прошу. Дайте мне умереть Теоном, а не Вонючкой. — Из глаз хлынули слезы, до невозможности теплые. — Я сын Пайка, во мне кровь Железных Людей...

Лист, задев его лоб, упал в пруд и поплыл — красный, пятипалый, как окровавленная рука.

— Бран, — прошептало дерево.

Они знают. Боги все знают. Они видели, что он сделал. Ему вдруг показалось, что это Бран смотрит на него со ствола глазами, полными мудрости и печали. Вздор! Зачем Бран стал бы являться ему? Теон любил мальчика и не делал ему никакого зла. Убитые дети были не Бран и Рикон, а простые сыновья мельника с Желудевой.

— Мне нужны были две головы, иначе меня бы высмеяли...

— С кем это ты разговариваешь? — спросил кто-то.

Теон обернулся в ужасе. Рамси? Нет, всего лишь три прачки — Холли, Ровена и еще одна, имени которой он не знает.

— С призраками, — вырвалось у него. — Они говорят со мной. Зовут меня по имени.

— Теон Переметчивый. — Ровена больно дернула его за ухо. — Тебе нужны были две головы?

— Иначе его бы высмеяли, — подхватила Холли.

Они ничего не поняли.

— Вы зачем пришли? — спросил, высвободив ухо, Теон.

— За тобой, — басом ответила третья, немолодая, с проседью в волосах.

— Я ведь говорила, что хочу потрогать тебя, — улыбнулась Холли. В руке у нее сверкнул нож.

Закричать, что ли? Кто-нибудь да услышит. Вовремя, правда, им не поспеть: его кровь впитается в землю под сердце-деревом. И что в этом плохого, если подумать?

— Давай трогай. — Он сказал это не с вызовом, скорее с отчаянием. — Убей меня. Прикончи, как Желтого Дика и остальных. Это ведь вы, я знаю.

— Мы? — засмеялась Холли. — Слабые женщины? Нас любить надо, а не бояться.

— Тебя бастард обидел, да? Пальчики отрезал тебе, зубки выбил? — Ровена потрепала его по щеке. — Бедненький. Больше он к тебе не притронется. Ты молился, вот боги нас и послали. Хочешь умереть как Теон — умрешь, больно не будет... Но сперва споешь Абелю.

ТИРИОН

— Номер девяносто семь, — щелкнул кнутом оценщик. — Пара карликов, хорошо вышколенных для вашего удовольствия. — Помост для торгов стоял в устье широкого бурого Сказахадхана на берегу залива Работорговцев. Запах морской соли смешивался с вонью невольничьего лагеря. Тириона мучила не столько жара, сколько влажность: воздух пригибал к земле, как тяжелое мокрое одеяло. — Прилагаются свинья и собака, на которых карлики ездят верхом. Хорошая забава для гостей на следующем вашем пиру.

Покупатели сидели на деревянных скамейках, попивая фруктовые соки. Кое-кого обмахивали опахалами рабы. Многие в токарах, элегантной и крайне неудобной одежде старой аристократии, другие одеты попроще: мужчины в туники и легкие плащи с капюшонами, женщины — в цветные шелка. То ли шлюхи, то ли жрицы — на Востоке не так легко отличить одних от других.

За скамьями стояли, перешучиваясь, западные наемники — этих ни с кем не спутаешь. Под плащами кольчуги, мечи с кинжалами, метательные топорики. Большинство, судя по волосам, бородам и лицам, из Вольных Городов, но и вестеросцы как будто встречаются. Торговаться будут или так, поглазеть пришли?

— Кто предложит первую цену?

— Триста, — произнесла матрона из старинного паланкина.

— Четыреста, — надбавил чудовищно толстый юнкаец, развалившийся в носилках, как сказочный левиафан. В его желтых с золотыми кистями шелках поместились бы четыре Иллирио. Тирион жалел рабов, которым приходится таскать эту тушу. Хотя бы от этой участи он избавлен... какое счастье быть карликом.

— Четыреста одна, — прошамкала старуха в лиловом токаре. Оценщик посмотрел на нее весьма кисло, однако заявку принял.

Рабы-матросы с «Селасори кхоруна», проданные поодиночке, ушли от пятисот до девятисот за каждого. Опытные моряки ценятся высоко. Они не оказывали сопротивления, когда работорговцы захватили их когг — смена хозяина для них значения не имела. Корабельные помощники, свободные люди, имели поручительство от портовой вдовы: она обязалась выкупить их в случае чего-то подобного. Три выживших огненных пальца, пока не выставленных на торги, считались собственностью Владыки Света, и их мог выкупить какой-нибудь красный храм. Им порукой служили наколки в виде языков пламени, а за Тириона и Пенни не ручался никто.

— Четыреста пятьдесят, — предложил кто-то.
— Четыреста восемьдесят.

Одни называли цену на классическом валирийском, другие на гискарском диалекте, третьи давали знать о себе поднятым пальцем, взмахом руки или веером.

— Хорошо, что нас продают вместе, — сказала шепотом Пенни.

— Не разговаривать, — прошипел оценщик.

Тирион стиснул ее плечо. Волосы, светлые и черные вперемешку, липли ко лбу, рваную рубаху приклеивали к спине пот и засохшая кровь. Он в отличие от дуралея Джораха Мормонта с работорговцами не дрался — наказание ему обеспечил длинный язык.

— Восемьсот.
— Еще полсотни.
— Еще одна.

За них давали, как за одного моряка. Может, это Милка их соблазняет? Ученые свиньи — большая редкость, на вес такую не купишь.

После девятисот набавлять стали медленнее. На девятистах пятидесяти одной серебром дело вовсе застопорилось, и оценщик, чтобы оживить торг, приказал вывести Хрума и Милку. Сесть на них без уздечек и седел было не так-то просто. Тирион съехал со свиного крупа и плюхнулся на собственный, вызвав раскаты хохота.

— Тысяча, — раскошелился толстяк.

— И одна, — встряла старуха.

На лице Пенни застыла улыбка. «Хорошо вышколены для вашего удовольствия». Ее отцу есть за что ответить в маленькой, предназначенной для карликов преисподней.

— Тысяча двести, — торговался толстяк. Раб подал ему питье — с лимоном, поди. Тириону очень не нравился взгляд этих желтых глазок, утонувших в жиру.

— Тысяча триста.

— И одна.

Отец всегда говорил, что Ланнистер стоит вдесятеро дороже обычных смертных.

На тысяче шестистах торг снова замедлился, и оценщик предложил покупателям рассмотреть карликов вблизи.

— Карлица молода, — сказал он при этом. — Можно их повязать и взять за детенышей хорошие деньги.

— Да у него ж половины носа нет, — заныла старуха, присмотревшись как следует. Лиловый токар и мертвенная бледность лица делали ее похожей на заплесневевшую сливу. — И глаза разные — дурная примета.

— Вы еще самого лучшего во мне не видали. — Тирион красноречиво взялся за пах.

Старуха взъярилась. Тирион упал на колени от удара кнутом, ухмыльнулся и сплюнул кровью.

— Две тысячи, — сказал кто-то за сиденьями.

На что наемнику карлик? Тирион встал, чтобы посмотреть на нового покупателя. Пожилой уже, седовласый, но высокий и крепкий. Коричневая, будто дубленая, кожа, коротко подстриженная бородка. Под выцветшим пурпурным плащом длинный меч и кинжалы разной величины.

— Две пятьсот, — перебила молодая коренастая женщина с большой грудью. Ее рельефный, инкрустированный золотом стальной панцирь изображал взлетающую гарпию с цепями в когтях. Двое солдат-рабов держали ее на плечах, посадив на щит.

— Три. — Пожилой наемник проталкивался вперед, товарищи расчищали ему дорогу. Это хорошо — с наемниками Тирион умел обращаться. Загорелый не станет выпускать его на пирах — повезет в Вестерос, чтобы продать Серсее. А в дороге чего только не случается. Тирион переманил к себе Бронна — глядишь, и этого переманит.

Старуха и женщина на щите выбыли, но толстяк не сдавался. Он смерил наемников желтыми глазками, провел языком по желтым губам и сказал:

— Пять тысяч.

Наемник нахмурился и пошел прочь.

Семь преисподних! Переходить в собственность Желтобрюхого Тириону ничуть не хотелось. На эту гору сала с отвислыми грудями и смотреть-то противно, а уж несет от него...

— Кто больше?

— Семь тысяч, — выкрикнул Тирион.

По рядам прокатился смех.

— Карлик хочет купить сам себя, — сказала воительница.

— Умный раб заслуживает умного господина, — молвил в ответ Тирион с похабной усмешкой, — а вы тут, похоже, все дураки.

Смех сделался еще громче. Оценщик нерешительно поднял кнут, прикидывая, стоит ли пускать его в ход.

— Пять тысяч я расцениваю как оскорбление, — продолжал Тирион. — Я выступаю на турнирах, пою, придумываю отменные шутки. Могу отыметь вашу жену так, что визжать будет, — или жену вашего врага, дабы его посрамить. Бью из арбалета без промаха и заставляю трепетать людей в три раза выше меня, встречаясь с ними за столом для кайвассы. Стряпать — и то умею. Цена мне — десять тысяч серебром, и я способен ее уплатить. Да, способен! Отец учил меня всегда рассчитываться с долгами.

Наемник в пурпурном плаще снова повернулся к помосту и улыбнулся. Теплая улыбка, дружеская, а вот глаза смотрят холодно. Ему тоже лучше не доставаться.

Желтобрюхий, раздраженно поерзав в носилках, произнес что-то по-гискарски.

— Добавить хотите? — Тирион склонил голову набок. — Против всего золота, что есть в Бобровом Утесе?

Кнут свистнул в воздухе. Тирион крякнул, но устоял. В начале путешествия его самой большой заботой был выбор вина к улиткам для позднего завтрака... Вот что бывает, когда гоняешься за драконами. Он фыркнул, обрызгав покупателей в первом ряду кровавой слюной.

— Проданы, — объявил оценщик и снова хлестнул карлика — так, для порядку. На этот раз Тирион упал.

Один из стражников поднял его, другой спихнул с помоста Пенни древком копья. На их место уже поднимался новый предмет торгов — девушка лет пятнадцати-шестнадцати, не с их корабля. Ровесница Дейенерис Таргариен. Оценщик велел ее обнажить — их с Пенни хотя бы это унижение миновало.

За юнкайским лагерем высились стены Миэрина. Так близко... и если верить разговорам в невольничьем загоне, рабство там по-прежнему под запретом. Пройти вон в те ворота, и снова будешь свободен.

Но ведь Пенни он не бросит, а она захочет взять с собой свинью и собаку.

— Нам ведь не надо бояться, правда? — шептала девушка. — Раз он заплатил так много, значит, будет хорошо обращаться с нами, да?

— Конечно, мы ведь ценное приобретение. — Спина после двух ударов еще кровоточила. Пока что можно не опасаться, но потом, когда они перестанут его смешить...

Надсмотрщик их нового господина ждал с двумя солдатами и запряженной мулом тележкой. Его узкое лицо еще больше удлиняла борода, перевитая золотой проволокой, жесткие черно-рыжие волосы на висках были уложены в две когтистых руки.

— Милые крошки, — сказал он, — совсем как мои покойные детки. Я о вас позабочусь. Как вас зовут?

— Пенни, — пролепетала девушка.

«Тирион из дома Ланнистеров, законный лорд Бобрового Утеса, червяк ты поганый».

— Йолло.

— Храбрый Йолло, милая Пенни, вы стали собственностью благородного Йеццана зо Каггаца, воина и ученого, пользующегося большим уважением среди мудрых господ Юнкая. Считайте себя счастливцами: Йеццан — добрый и великодушный хозяин. Он будет вам как отец.

Тирион мог бы сказать на этот счет много разного, но придержал язык. Новый хозяин, несомненно, скоро захочет посмотреть представление, и на кнут напрашиваться не стоит.

— Он собиратель редкостей, и вы одно из его сокровищ. Он будет лелеять вас. А ко мне относитесь как к заботливой нянюшке — так меня все дети зовут.

— Номер девяносто девять, — крикнул оценщик. — Воин.

Девушка, которую продали быстро, шла к новому хозяину, прикрывая одеждой маленькие, с розовыми сосками груди. Вместо нее двое подручных втащили на помост Джораха Мормонта — в одной набедренной повязке, исхлестанного, с распухшим почти до неузнаваемости лицом. «Теперь отведаешь, каково это», — подумал Тирион на предмет сковывавших его цепей, хотя страдания рыцаря его нисколько не радовали.

Мормонт даже в цепях казался опасным. Настоящий зверь: плечи мощные, ручищи толстенные, да еще и волосатый к тому же. Подбитые глаза чернели, на щеке ему выжгли клеймо — маску демона.

Работорговцев, напавших на «Селасори кхоруна», сир Джорах встретил мечом и убил троих, прежде чем его одолели. Его самого чуть не прикончили, но капитан запретил: хороший боец стоит дорого. Мормонта лишь избили до полусмерти, заклеймили и приковали к веслу.

— Большой, сильный, — расхваливал товар оценщик. — Злобы хоть отбавляй. Хорошо себя покажет в бойцовых ямах. Начальная цена триста, кто больше?

Набавлять никто не спешил.

Мормонт, не обращая внимания на толпу, смотрел на далекий город со стенами из разноцветного кирпича. Тирион читал этот взгляд, как книгу. Близко, а не достанешь. Опоздал, бедолага. Стражники, охранявшие рабов, рассказали, что у Дейенерис теперь есть муж. Своим королем она выбрала миэринского рабовладельца, благородного и богатого. Мир уже подписан, и бойцовые ямы Миэрина откроются вновь. «Врете, — говорили на это рабы, — Дейенерис Таргариен никогда не заключила бы мира с рабовладельцами». Они называли ее Миса — Матерь. «Скоро серебряная королева выйдет из города, расправится с юнкайцами и разобьет наши цепи», — шептались в загоне.

«Испечет нам лимонный пирог и поцелует наши раны, чтоб скорей зажили», — добавлял про себя Тирион. В королевское вмешательство он не верил — придется спасать себя и Пенни своими силами. Грибов, припрятанных в носке сапога, хватит на них обоих, а Хрум с Милкой как-нибудь выкарабкаются сами.

— Делайте то, что вам говорят, и ничего кроме, — наставлял тем временем Нянюшка, — тогда будете жить, как лорды. В случае же непослушания... Но мои крошки будут слушаться, правда? — Он наклонился и ущипнул Пенни за щеку.

— Хорошо, двести, — сбавил оценщик. — Смотрите, здоровенный какой! С таким телохранителем враги к вам и близко не подойдут!

— Пойдемте, малютки, я покажу вам ваш новый дом. В Юнкае вы будете жить в золотой пирамиде и есть на серебре, а здесь у нас жизнь простая, походная.

— Ну, а сто? — На это худой человек в кожаном фартуке добавил наконец пятьдесят монет.

— И одна, — сказала старуха в лиловом токаре.

Один из солдат посадил Пенни в тележку.

— Что это за карга? — спросил его Тирион.

— Зарина. Дешевых бойцов покупает, мясо для героев. Твой друг проживет недолго.

Рыцарь не был ему другом, однако...

— Не отдавай его ей, — сказал Тирион.

— Что это за звуки ты издаешь? — прищурился Нянюшка.

— Он тоже участвует в представлении. Он медведь, Пенни — прекрасная дева, я рыцарь, который ее спасает. Скачу вокруг и бью его по яйцам — очень смешно.

— Медведь, говоришь? — За Джораха Мормонта давали уже двести монет серебром.

— И одна, — сказала старуха.

Надсмотрщик протолкался к толстяку в желтом и зашептал ему что-то на ухо. Тот кивнул, колыхнув подбородками, поднял веер и просипел:

— Триста.

Старуха поджала губы и прекратила торг.

— Зачем это тебе? — спросила Пенни на общем.

Хороший вопрос.

— Он украсит твое представление. Ни одни скоморохи не обходятся без медведя.

Пенни, с упреком на него посмотрев, обняла Хрума так, будто тот был единственным ее другом. Может, он и в самом деле единственный.

Джораха Мормонта, которого привел Нянюшка, солдаты усадили между двумя карликами. Рыцарь не сопротивлялся — утратил, должно быть, боевой дух, услышав о замужестве своей королевы. Его сломало одно сказанное шепотом слово, сделав то, чего не смогли кулаки, кнуты и дубинки. Пусть бы лучше старуха его забрала: толку от него теперь, как от сосков на латном панцире.

Нянюшка, сев впереди, взял поводья, и они тронулись. Четверо солдат-рабов шли по бокам от тележки — двое слева, двое справа.

Пенни не плакала, но сидела несчастная и не сводила глаз с Хрума. Может, думает, что это все исчезнет, если она не будет смотреть? Скованный сир Джорах тоже никуда не смотрел и думал свою мрачную думу, зато Тирион замечал все как есть.

Юнкайский лагерь состоял из добрых ста лагерей, раскинувшихся неровным полумесяцем вокруг Миэрина. В этом городе из шелка и полотна были свои улицы, переулки, таверны, потаскухи, кварталы с хорошей и дурной репутацией. Мелкие палатки походили на желтые ядовитые грибы, большие могли вместить сотню солдат, на шелковых павильонах военачальников сверкали гарпии. В одних станах палатки располагались аккуратными кругами вокруг кострища — оружие и доспехи во внутреннем кольце, коновязи во внешнем, — в других царил сущий хаос.

Местность вокруг Миэрина была голая, без единого деревца, но юнкайцы привезли с собой лес и шкуры для постройки шести больших требушетов. Их поставили с трех сторон от города — с четвертой протекала река, — нагромоздив рядом кучи камней и бочонки с дегтем, которые требовалось только поджечь. Один из сопровождавших повозку солдат перехватил взгляд Тириона и гордо уведомил его, что у каждой машины есть имя: Погибель Драконов, Ведьма, Дочь Гарпии, Злая Сестра, Призрак Астапора, Кулак Маздана. Торча на сорок футов выше палаток, они служили хорошими ориентирами.

— Одного их вида довольно, чтобы поставить на колени королеву драконов, — хвастал солдат. — Пусть так и стоит на них, сося благородный орган Гиздара, не то мы раздолбаем ее стены в щебенку.

Рядом бичевали раба, превращая его спину в кровавое мясо. Мимо прошли скованные в ряд воины с короткими мечами и копьями. У костра разделывали на жаркое собачью тушку.

Тирион видел мертвых и слышал умирающих. Запахи дыма, лошадей и соли не до конца заглушали смрад перемешанного с кровью дерьма. Не иначе, зараза какая-то, решил карлик, глядя, как двое наемников выносят из палатки труп третьего. Болезнь косит армии похлеще любых сражений, как говорил лорд-отец.

Бежать отсюда надо, и поскорее.

Через четверть мили он отказался от этой мысли, увидев трех пойманных при попытке к бегству рабов.

— Надо быть послушными, маленькие сокровища, — не преминул сказать Нянюшка. — Смотрите, что делают с непокорными.

Беглецов привязали к шестам, и двое пращников использовали их как мишени.

— Толоссцы, — сказал кто-то из стражников, — лучшие пращники в мире. Вместо камней у них мягкие свинцовые шарики.

Тирион никогда не находил особой пользы в пращах, ведь луки бьют куда дальше. Понаблюдав за стрельбой толоссцев, он изменил свое мнение. Их свинцовые шарики наносили куда больше вреда, чем круглые камешки или стрелы. Один разнес колено беглого вдребезги — нога болталась на одном сухожилии. «Этот уж больше не побежит», — рассудил карлик. Крики страдальца сливались с хохотом лагерных потаскушек и руганью тех, кто ставил на промах. Пенни отвела глаза, но Нянюшка ухватил ее за подбородок и насильно повернул к истязуемым.

— Смотри! И ты, медведь, тоже!

Тирион видел, как напряглись мышцы рыцаря. Сейчас кинется на этого паскудника, задушит его, и всем им настанет конец. Но Мормонт только покривился и стал смотреть.

На востоке сквозь пелену зноя мерцали кирпичные стены города. Бедняги надеялись обрести там убежище, но долго ли еще Миэрину оставаться убежищем для беглых рабов?

Дождавшись, когда трех несчастных убьют окончательно, Нянюшка снова тронулся в путь.

Их хозяин расположился на нескольких акрах к юго-востоку от Ведьмы — в ее тени, так сказать. Скромное походное жилище оказалось на поверку дворцом из лимонного шелка с позолоченными гарпиями, блистающими на всех девяти пиках кровли. Со всех сторон его окружали шатры поменьше.

— Там живут повара, наложницы, воины и бедные родственники нашего благородного господина, — разъяснил Нянюшка, — но вам, малютки, выпала редкая честь ночевать в его павильоне. Он любит, чтобы его сокровища были рядом. Тебя, медведь, это не касается: ты будешь прикован у входа, но сначала вам всем наденут ошейники.

Ошейники были железные, позолоченные, с вытисненным валирийскими иероглифами именем Йеццана и двумя колокольчиками, звенящими на каждом шагу. Мормонт молчал, но Пенни расплакалась и пожаловалась, что ей тяжело.

— Да это же чистое золото, — соврал Тирион, сжав ее руку. — В Вестеросе знатные дамы могут только мечтать о таком ожерелье. — Ошейник лучше клейма — его хоть снять можно. Ему вспомнилась Шая и золотая цепь, впившаяся ей в горло.

Цепи сира Джораха прикрепили к вбитому у костра колу, а карликам Нянюшка показал их спальню — застланный ковром альков, отделенный шелковой занавесью от главного помещения. Им предстояло делить его с прочими диковинками Йеццана. В коллекцию входили мальчик с козлиными (кривыми и поросшими шерстью) ногами, двухголовая девочка из Мантариса, бородатая женщина и томное существо по имени Сласти — с пурпурными волосами, фиолетовыми глазами, в мирийском кружеве и лунных камнях.

— Не можете догадаться, мужчина я или женщина? — прочирикало оно, задирая юбки. — Я и то и другое. Хозяин любит меня больше всех.

Экий паноптикум. Боги за животы держатся.

— А мы зато новенькие, — сказал Тирион.

Сласти осклабился, Нянюшка остался серьезен.

— Шуточки прибереги на вечер, когда будешь выступать перед господином. Понравишься ему — получишь награду, а нет, так... — Он влепил Тириону пощечину.

— Поосторожней с Нянюшкой, — сказал Сласти, когда надсмотрщик ушел. — Настоящее чудовище здесь — это он.

Бородатая женщина говорила на непонятном гискарском диалекте, мальчик-козел — на морском жаргоне, двухголовая девочка была слабоумная и вовсе не разговаривала. Одна ее голова была величиной с апельсин, другая, с острыми подпиленными зубами, рычала на всех, кто подходил к клетке. Гермафродит, однако, владел четырьмя языками, в том числе и классическим валирийским.

— А хозяин? — в тревоге спросила Пенни.

— Его отличительные признаки — желтые глаза и зловоние. Десять лет назад побывал в Соторосе и с тех пор гниет изнутри. Если поможете ему хоть ненадолго забыть, что он умирает, будет щедр — помните только, что все его прихоти нужно выполнять безотказно.

У них было мало времени, чтобы освоиться со своим новым статусом. Рабы натаскали в ванну горячей воды, и карликам разрешили помыться — сначала Пенни, потом Тириону. Еще один раб помазал рубцы Тириона целебным бальзамом и приложил к спине холодный компресс. Пенни подстригли волосы, ему — бороду, одели обоих в чистое и дали мягкие шлепанцы.

Вечером пришел Нянюшка и сказал, что пора надевать доспехи: Йеццан принимает у себя верховного военачальника, благородного Юрхаза зо Юнзака.

— Медведя спустить с цепи?

— Не сегодня, — сказал Тирион. — Сначала турнир покажем, а медведя отложим на другой раз.

— Ну-ну. Как закончите представление, будете прислуживать за столом. Обольешь вином кого-нибудь из гостей — худо будет.

Сначала вышел жонглер, за ним акробаты. Мальчик-козел проплясал шутовской танец под костяную флейту, на которой играл раб Юрхаза. У Тириона язык чесался спросить флейтиста, не знает ли тот «Рейнов из Кастамере». Ожидая своей очереди, он наблюдал за хозяином и гостями. Сморщенный чернослив на почетном месте был, очевидно, верховным командующим — даже пустой стул внушал бы больше страха, чем он. Его сопровождала дюжина юнкайских вельмож, а двух наемных командиров — по дюжине человек из отряда. Один был элегантный седой пентошиец в шелковом платье и обтрепанном плаще, сшитом из множества окровавленных тряпок, другой, загорелый, не далее как утром торговался с Йеццаном за карликов.

— Бурый Бен Пламм, — наименовал его Сласти, — командир Младших Сыновей.

Вестероссец и Пламм к тому же? Чудесно.

— Вы следующие, — уведомил Нянюшка. — Будьте забавными, не то пожалеете.

Тирион не овладел и половиной трюков Грошика. Все, что он умел — это влезть на свинью, упасть когда надо, перекувырнуться и встать. Публике, похоже, хватало и этого: человечки, тычущие друг в дружку деревянными копьями, в заливе Работорговцев имели не меньший успех, чем на свадебном пиру в Королевской Гавани. На чужое унижение смотреть куда как приятно.

Йеццан реготал громче и дольше всех — его громадная туша колыхалась, как студень. Гости вели себя сдержаннее и следили за Юрхазом зо Лораком. Воевода казался таким хлипким, что Тирион боялся, как бы смех его не убил. Когда сбитый с Пенни шлем хлопнулся на колени чопорному юнкайцу в полосатом токаре, Юрхаз закудахтал, а когда в шлеме обнаружилась расплющенная пурпурная дыня, и вовсе чуть не задохся. Отдышавшись, он что-то сказал Йеццану. Тот вроде бы ответил согласием, но Тириону почудилось, что в желтых глазах хозяина вспыхнул гнев.

После боя карлики, скинув деревянные доспехи и потную одежду, надели чистые желтые туники. Тириону вручили штоф с красным вином, Пенни — с водой. Бесшумно ступая по толстым коврам, они стали наполнять чаши. Это было труднее, чем могло показаться: ноги сводило судорогой, у Тириона на спине вскрылся рубец, и сквозь желтое полотно проступила кровь. Он закусил язык и двинулся дальше.

Гости в большинстве своем уделяли им не больше внимания, чем прочим рабам, но одному подвыпившему юнкайцу захотелось посмотреть на случку двух карликов, а другой пожелал узнать, как Тирион потерял половину носа. «Сунул его в дырку твоей жене, вот как...» Но во время шторма Тирион понял, что умереть пока не готов.

— Его отрезали, чтобы наказать меня за наглость, мой господин.

Вельможа в синем, обшитом тигровым глазом токаре вспомнил, что Тирион, по его собственным словам, хорошо играет в кайвассу.

— Давайте испытаем его!

Сказано — сделано. Недолгое время спустя юнкаец в бешенстве опрокинул стол, расшвыряв фигуры.

— Надо было поддаться ему, — прошептала Пенни.

Бурый Бен Пламм с улыбкой поставил столик на место.

— Давай теперь со мной, карлик. В дни моей молодости Младшие Сыновья служили Волантису, там я и учился играть.

— Только с позволения моего благородного господина.

Желтый лорд остался доволен.

— Ваша ставка, капитан?

— Если выиграю, карлик станет моим.

— Карлика не отдам, но выплачу цену, в которую он мне обошелся. Золотом.

— Идет. — Раскиданные фигуры подняли и сели играть.

Тирион выиграл первую партию, Пламм, удвоив ставки — вторую. Готовясь к третьей, Тирион изучал своего противника. Загорелый, с короткой седой бородкой, покрытый сеткой морщин и старыми шрамами, — хорошее, казалось бы, лицо, особенно когда Пламм улыбается. Преданный вассал, этакий добрый дядюшка, гораздый на старые поговорки и немудрящий совет, да только все это маска. Глаза не улыбаются никогда, и в них прячется жадность. Алчный, но осторожный, вот каков этот Бен.

Играл он почти столь же плохо, как предыдущий юнкаец, но тот дерзал, а Пламм выжидал. Его начальная тактика, каждый раз другая, по сути оставалась все той же — оборонительной и не желающей обновляться. Лишь бы не проиграть, к выигрышу он не стремится. Во второй партии, когда карлик атаковал без нужды, это сработало, но в третьей, четвертой и пятой — она же последняя — наемник потерпел полный крах.

В конце игры, с разрушенной крепостью, убитым драконом, слонами впереди и тяжелой конницей сзади, Пламм с улыбкой подвел итог:

— Победа опять за Йолло. Смерть через четыре хода.

— Через три. — Тирион погладил собственного дракона. — Мне повезло; в следующий раз вам на счастье стоило бы хорошенько взъерошить мне волосы. — «Продуешь ты в любом случае, но авось играть будешь лучше». Тирион снова взял штоф и стал обходить гостей. Йеццан стал намного богаче, Пламм намного беднее; хозяин на третьей игре уснул пьяным сном, выпустив кубок из желтых пальцев — может, порадуется, проспавшись.

Как только Юрхаз зо Юнзак отбыл при поддержке двух крепких рабов, другие гости тоже начали расходиться. Нянюшка сказал слугам, что они могут поужинать остатками пира.

— Только быстро — и чтобы убрали все до того, как ляжете спать.

Когда Тирион, пересиливая невыносимое жжение в спине, на коленях отмывал пролитое благородным Йеццаном вино, надсмотрщик легонько тронул его щеку рукояткой кнута.

— Вы отлично справились, Йолло — и ты, и твоя жена.

— Она не жена мне.

— Жена, шлюха — невелика важность. Поднимайтесь-ка оба.

Тирион, у которого подогнулась нога, встал только с помощью Пенни.

— Что мы такого сделали?

— Заслужили награду, вот что. Благородный Йеццан очень не любит расставаться со своими сокровищами, но Юрхаз зо Юнзак сказал ему, что такую диковинку грех держать взаперти. В честь подписания мира вы будете выступать на Большой арене Дазнака перед тысячами зрителей — десятками тысяч! Ох и посмеемся же мы!

ДЖЕЙМЕ

Древорон был стар. Меж его древних камней, словно вены на старушечьих ногах, проступал густой мох. Две огромные башни у главных ворот и угловые, поменьше, все до единой были четырехугольные: во дни их постройки ни один зодчий еще не ведал, что круглые лучше отражают снаряды осадных машин.

Замок высился над широкой плодородной долиной, и на картах, и устно обозначаемой как Чернолесная, хотя лес, какого бы цвета он ни был, здесь свели несколько тысячелетий назад. На месте прежних дубов выросли дома, усадьбы и мельницы.

Лес сохранился лишь в стенах замка: дом Блэквудов поклонялся старым дубам, как Первые Люди до прихода андалов. Их богороща не уступала древностью прямоугольным башням, а гигантское сердце-дерево, скребущее небо костяными ветвями, было видно на расстоянии многих лиг.

Поля и сады, окружавшие Древорон раньше, выгорели. На голой раскисшей земле белели островки снега и чернели скорлупки сожженных домов. Росли здесь только крапива с репейником, полезных злаков как не бывало. Джейме Ланнистер видел отцовскую руку всюду, даже в попадавшихся у дороги костях. Кости были большей частью овечьи, но коровьи и лошадиные тоже встречались. Порой кое-где мелькал человеческий череп или скелет с проросшими сквозь ребра сорными травами.

Войско, окружавшее Древорон, не шло ни в какое сравнение с тем, что стояло у Риверрана. Здешняя осада была делом семейным, очередной фигурой танца, длившегося много столетий. Людей у Джоноса Бракена имелось от силы пятьсот, а осадные башни, тараны и катапульты вовсе отсутствовали. Он не собирался ломать ворота или штурмовать высокие стены — к чему это, если неприятеля можно уморить голодом. В начале осады, безусловно, делались вылазки, и стрелы летали туда-сюда, но за полгода обе стороны притомились, и возобладала скука, злейший враг дисциплины.

Этому пора положить конец. Теперь, когда Риверран перешел в руки Ланнистеров, от недолговечного королевства Молодого Волка остался один Древорон. Когда сдастся и этот оплот, труды Джейме на Трезубце будут завершены, и он сможет вернуться в Королевскую Гавань. К королю... и к Серсее.

Да, встречи не избежать, если верховный септон к тому времени не предаст ее смерти. «Приезжай немедля, — говорилось в письме, которое Пек по его приказу сжег в Риверране. — Спаси меня. Ты нужен мне, как никогда прежде. Я люблю тебя.

Люблю. Люблю. Приезжай». В том, что он нужен ей позарез, Джейме не сомневался, что же до остального... «Она спала с Ланселем, с Осмундом Кеттлблэком, а может, и с Лунатиком, почем мне знать». И чем он ей поможет, даже если вернется без промедления? Она виновна во всех вменяемых ей преступлениях, а у него нет правой руки.

Часовые в осадном лагере смотрели на идущую через поле колонну больше с любопытством, чем со страхом. Тревогу не поднял никто, что Джейме было, в общем-то, на руку. Найти коричневый шатер лорда Бракена не представляло труда: он был больше всех и стоял на пригорке у ручья, обеспечивая обзор сразу двух ворот Древорона.

На центральном шесте развевался штандарт, тоже коричневый, с красным жеребцом дома Бракенов на золотом щите. Джейме, скомандовав людям спешиться, спрыгнул с коня сам и пошел к шатру.

— Далеко не уходите, — бросил он оруженосцам. — Я надолго не задержусь.

Часовые у палатки тревожно переглянулись.

— Доложить о вашем прибытии, милорд?

— Я сам доложу о себе. — Джейме откинул золотой рукой полотнище, пригнулся, вошел.

Находившаяся внутри пара ничего не заметила — им было не до того. Женщина, закрыв глаза, держалась за густую поросль на спине Бракена и стонала при каждом его рывке. Его милость держался за ее бедра, зарывшись головой ей в грудь.

— Лорд Джонос, — кашлянув, сказал Джейме.

Женщина распахнула глаза и взвизгнула. Бракен скатился с нее, схватил ножны и вскочил с обнаженным мечом в руке.

— Семь Преисподних! Кто смеет... — Увидев белый плащ и золотой панцирь Джейме, он опустил меч. — Ланнистер?

— Извините, что прервал удовольствие, милорд, — слегка улыбнулся Джейме. — Спешное дело. Мы можем поговорить?

— Поговорить... — Бракен вдвинул меч в ножны. Он был чуть пониже Джейме, но крепче — таким плечам и рукам любой кузнец позавидовал бы. Лицо заросло темной щетиной, в карих глазах читался нескрываемый гнев. — Весьма неожиданно, милорд... Меня не известили о вашем прибытии.

— Еще раз прошу прощения. — Джейме улыбнулся женщине, прикрывавшей одной рукой лоно, другой левую грудь — правая, таким образом, оставалась открытой. Соски у нее были темнее и втрое больше, чем у Серсеи. Под взглядом Джейме она прикрыла вторую грудь, обнажив лобок. — У вас все шлюхи такие скромные? Если хочешь продать репу, зачем ее прятать?

— Вы мои репки обозрели сразу, как только вошли, добрый сир. — Женщина прикрылась одеялом до пояса и откинула волосы с глаз. — И они, к слову, не продаются.

— Простите, если ненароком ошибся. Мой младший брат спал с сотней шлюх, а я только с одной.

— Она мой трофей. — Бракен встряхнул поднятые с пола бриджи. — Жила с одним из присяжных мечей Блэквуда, пока я ему голову не разнес. Убери руки, женщина, пусть милорд смотрит.

— Вы штаны задом наперед надели, — заметил Джейме. Женщина потянулась за собственными одежками, все так же пытаясь прикрыться — ее усилия возбуждали Джейме больше, чем откровенная нагота. — Как звать тебя, женщина?

— Мать звала Хильди, сир. — Она натянула через голову грязную сорочку. С лицом ненамного чище ног и густыми, как у Бракена, нижними волосами она чем-то влекла к себе. Вздернутый носик, буйная грива... реверанс, который она сделала, надев юбку. — Второго башмака не видали, милорд?

— Я что, горничная — башмаки тебе подавать? — вспылил Бракен. — Убирайся босиком, коли найти не можешь.

— Да ну? Милорд не возьмет меня домой помолиться со своей женушкой? А вы что скажете, сир — у вас жена есть?

«Только сестра».

— Какого цвета мой плащ?

— Белый, а рука из чистого золота. Люблю мужчин с золотыми руками, а вы, сир, каких женщин любите?

— Невинных.

— Я не про дочерей спрашиваю — про женщин.

Джейме подумал о Мирцелле. Ей тоже придется сказать... дорнийцам это не придется по вкусу. Доран Мартелл обручил ее со своим сыном, полагая, что она дочь короля Роберта. Сплошные узлы, и одним ударом их не разрубишь.

— Я дал обет, — устало промолвил он.

— Стало быть, вам репы не полагается.

— Уйди! — рявкнул лорд Джонос.

С одним башмаком в руке женщина проскользнула мимо Джейме.

— Хильди, — напомнила она, стиснув сквозь бриджи его твердый член, и была такова.

— Как поживает ваша леди-жена? — спросил Джейме.

— Откуда мне знать? Спросите у ее септона. Когда ваш отец сжег наш замок, она решила, что это наказание, ниспосланное богами. Теперь только и делает, что молится. — Лорд Джонос завязал правильно надетые бриджи. — Что привело вас сюда, милорд? Черная Рыба? Мы слышали о его бегстве.

— Вот как? — Джейме придвинул себе походный табурет. — Случайно, не от него самого?

— Ко мне сир Бринден не побежит. Я бы мигом заковал его в цепи, хоть он мне и по сердцу, врать не стану. Он знает, что я склонил колено. Ему бы самому это сделать, но такого упрямца, как его брат говаривал, свет еще не видал.

— Вы склонили, а Блэквуд нет. Мог ли Черная Рыба искать убежища в Древороне?

— Для этого ему пришлось бы пройти через наши посты, а крыльев, насколько я слышал, у него пока нет. Титосу самому скоро понадобится убежище: они там крыс да коренья жрут. Еще до полнолуния сдастся как миленький.

— Он сдастся еще до заката. Я намерен предложить ему королевский мир.

— Вот оно как. — Лорд Джонос натянул бурый камзол с красным конем на груди. — Рог эля, милорд?

— Благодарствую, нет. Не смотрите на меня, пейте.

Бракен наполнил рог и выпил до половины.

— Мир, говорите... На каких же условиях?

— Как обычно. Признать свою измену, отречься от Старков и Талли. Торжественно поклясться перед богами и людьми быть отныне преданным вассалом Харренхолла и Железного Трона. После этого я объявлю ему помилование и возьму пару горшков золота в качестве пени. А также заложника, чтобы Древорон не взбунтовался опять.

— Берите дочку, — посоветовал Бракен. — Сыновей у Блэквуда шестеро, а дочь одна, и он души в ней не чает. Лет семь соплячке.

— Мала еще, но приму к сведению.

Лорд Джонос допил рог и бросил его.

— Как насчет земель и замков, обещанных нам?

— Что за земли?

— Левый берег Вдовьей от Арбалетных холмов до Гона и все острова на реке. Мельницы Пшеничная и Господская, руины Илистого, Упоение, Долина Битвы, Старая Кузница, деревни Пряжка, Черная Пряжка, Надгробия и Глинистый Пруд. Торговый городок у Грязнули. Леса Осиный и Лоргенов, Зеленый Холм, Барбины Сиськи. У Блэквудов они зовутся Меллиными, а раньше Барбины были. Ну и Медовый Цвет с пасекой. У меня все отмечено, милорд, поглядите. — Бракен предъявил карту.

Джейме развернул пергамент на столе, прижав золотой рукой.

— Порядочно земель. С ними ваши владения возрастут на добрую четверть.

Бракен упрямо сжал губы.

— Все они принадлежали когда-то Стонхеджу. Блэквуды их украли у нас.

— А вот эта деревушка, что между Сиськами?

— Денежка. Тоже наша была, но уже сто лет считается королевским леном. Ее можно вычеркнуть, мы просим лишь то, что забрали Блэквуды. Ваш лорд-отец обещал их вернуть, если мы усмирим лорда Титоса.

— Я видел на стенах замка знамена Талли и лютоволка Старков — стало быть, вы не усмирили его?

— Мы заперли его в Древороне. Дайте мне людей для штурма, милорд, и вся семейка у меня не то что усмирится, а упокоится вечным сном.

— Если я дам вам людей, то усмирять будут они, а не вы. Не могу же я самого себя награждать. — Джейме снова свернул пергамент. — Можно оставить карту себе?

— Карту берите, а земли наши. Мы сражались на вашей стороне; Ланнистеры всегда платят свои долги.

— На нашу сторону вы перешли не так уж давно — на неприятельской сражались гораздо дольше.

— Король простил нас за это. Я потерял племянника и побочного сына. Гора снял наш урожай и спалил все, что не мог увезти. Сжег наш замок, надругался над моей дочерью — по-вашему, я не заслужил возмещения?

— Горы и моего отца больше нет. Вам оставили голову, разве этого мало? Нельзя ведь отрицать, что вы присягнули Старку и оставались верны ему, пока лорд Уолдер его не убил.

— Его — и с ним дюжину моих родичей. Да, я был ему верен и вам тоже буду, если поступите со мной честно. Я склонил колено, не видя смысла хранить верность мертвому и проливать за проигранное дело кровь Бракенов.

— Разумно. — «Хотя неразумие лорда Блэквуда заслуживает большего уважения». — Вы получите свои земли — вернее, часть их, поскольку и Блэквудов усмирили частично.

Лорд Джонос, похоже, остался доволен.

— Мы согласны на любую долю, какую милорд сочтет нужным нам уделить, но и с Блэквудами, если позволите дать вам совет, не стоит миндальничать. Измена у них в крови. До прихода андалов всей рекой правил дом Бракенов. Мы были королями, а Блэквуды — нашими вассалами, но они предали нас и захватили наш трон. Все Блэквуды — предатели от рождения, помните об этом, когда будете говорить с ними.

— Буду помнить, — пообещал Джейме.

Первым к воротам замка подъехал Пек с мирным знаменем, за ним Джейме. Двадцать пар глаз следили за ними со стен. Джейме придержал Славного на краю глубокого, вымощенного го камнем рва с зеленой водой и всяческой дрянью. Сир Кеннос собирался уже протрубить в рог Геррока, но в Древороне спустили мост.

Лорд Блэквуд встречал их во внешнем дворе верхом на таком же истощенном, как он сам, скакуне — высоченный, нос крючком, волосы длинные, в клочковатой бороде больше соли, чем перца. Серебряная накладка на его алом панцире изображала сухое белое дерево, окруженное стаей воронов, на плечах колыхался плащ из вороньих перьев.

— Лорд Титос, — произнес Джейме.

— Сир.

— Благодарю, что позволили мне войти.

— Не стану притворяться, что ваш приезд меня радует, но не отрицаю, что надеялся вас увидеть. Вы хотите, чтобы я вручил вам свой меч.

— Я хочу положить конец всему этому. Ваши люди сражались доблестно, но проиграли — готовы ли вы сдаться?

— Королю. Не Джоносу Бракену.

— Понимаю.

— Желаете, чтобы я спешился и преклонил колено? — помедлив, спросил лорд Титос.

— Ветер холодный, — сказал Джейме, зная, что на них смотрят, — а на дворе грязно. Колено сможете преклонить на ковре в своей горнице, когда мы договоримся.

— Это слова рыцаря. Пожалуйте, сир. Угощать нам нечем, но учтивость всегда при нас.

Горница помещалась на втором этаже бревенчатого жилья. Джейме окинул взглядом огонь в очаге, стропила из темного дуба, гобелены на стенах и двери, ведущие в богорощу. Сквозь ромбы вставленных в них желтых стекол виднелось дерево, давшее имя замку. Чардрево в десять раз больше того, что растет в Каменном саду Бобрового Утеса, но мертвое, высохшее.

— Его Бракены извели, — сказал лорд Титос. — Тысячу лет ни листочка, а в будущем тысячелетии вовсе окаменеет, говорят мейстеры. Чардрева никогда не гниют.

— А где же вороны? — спросил Джейме.

— Они прилетают в сумерки и сидят на ветвях всю ночь, сотнями. Покрывают дерево черной листвой. Так было тысячи лет, почему — никто не может сказать. Чем-то оно привлекает их, это дерево. — Блэквуд сел в кресло с высокой спинкой. — Честь обязывает меня спросить о моем сюзерене.

— Сир Эдмар едет в Бобровый Утес как мой пленник. Его жена останется в Близнецах до родов, а затем, уже с ребенком, приедет к мужу. Если не вздумает бежать или поднять мятеж, проживет долго.

— Долго и горько. Без чести. Молва назовет его трусом.

Эдмар не заслужил этого. Он спасал свое будущее дитя, хорошо зная, чей Джейме сын, — вопреки мнению родной сестры лорда Тайвина.

— Его дядюшка пустил бы нам кровь, но выбор был не за ним, а за Эдмаром.

— В этом я с вами согласен, — ничего не выражающим голосом сказал Блэквуд. — Можно узнать, что вы сделали с сиром Бринденом?

— Я предлагал ему надеть черное, но он сбежал. Не к вам ли, часом?

— Нет. Не ко мне.

— А сказали бы вы мне, будь он здесь?

Лорд Титос только улыбнулся в ответ. Джейме сплел золотые пальцы с теми, что остались на левой руке.

— Предлагаю обсудить условия сдачи.

— Пора вставать на колени?

— Будем считать, что вы уже это сделали.

Они быстро договорились относительно самого главного: признания, клятвы, помилования, уплаты определенной пени в золоте и серебре. Настал черед спорных земель. Бросив взгляд на карту, которую показал ему Джейме, лорд Титос хмыкнул.

— Ну еще бы. Перебежчиков следует награждать.

— Не столь щедро, как хотел бы тот, что знаком нам обоим. С чем из отмеченного вы готовы расстаться?

Лорд Титос думал недолго.

— С Вудхеджем, Арбалетными холмами и Пряжкой.

— Руины, гряда холмов и кучка хибар? Полно, милорд. Измену задешево не искупишь. Хотя бы одну из мельниц уступите ему. — Лорд получал десятину предназначенного для помола зерна.

— Тогда Господскую. Пшеничная наша.

— Добавьте и деревню — скажем, Надгробия.

— Там лежат мои предки. Пусть забирает Медовый Цвет — авось разжиреет с меду и зубы себе испортит.

— Идет. Нам осталось только одно.

— Заложник.

— Вот именно. У вас, я слышал, есть дочь?

— Да... Бетани, — опешил лорд Титос. — А также два брата, сестра, пара вдовых теток, племянники и кузены. Не согласились бы вы...

— Это должно быть ваше родное дитя.

— Бетани всего восемь. Солнышко мое, хохотушка. Никогда не отлучалась из дому надолго.

— Ей будет любопытно посмотреть Королевскую Гавань. Его величество и она почти сверстники — будет ему подружка.

— Которую можно повесить, если подружкин отец в чем-нибудь провинится? Возьмите лучше сына, их у меня четверо. Бену двенадцать, одни приключения на уме. Может стать вашим оруженосцем, если желаете.

— Мне их и так девать некуда. Дерутся за право подержать мой член, когда я мочусь. А сыновей у вас, милорд, шестеро.

— Было шестеро. Младший, Роберт, был хворый и девять дней назад умер от живота, а Лукаса убили на Красной Свадьбе. Четвертая жена Уолдера Фрея была из Блэквудов, но родство в Близнецах, как видно, значит не больше, чем законы гостеприимства. Я бы хотел его схоронить под деревом, но Фреи даже кости его не сочли нужным вернуть.

— Я позабочусь об этом. Лукас был у вас старшим?

— Вторым. Наследник — Бринден, за ним идет Хостер. Этот у нас книгочей.

— Книги и в Королевской Гавани есть. Мой младший брат тоже любитель чтения. Я согласен взять в заложники Хостера.

— Благодарю вас, милорд, — с ощутимым облегчением сказал Блэквуд. — Простите мою смелость, но у лорда Джона тоже следовало бы взять заложницу, одну из его дочерей. Блудить он горазд, а вот сыновья от него не родятся.

— Был один, бастард. Погиб на войне.

— Ой ли? Гарри был бастард, это верно, а вот насчет его отца — дело спорное. Парень был белокурый и смазливый собой, уж точно не в Джоноса. Не угодно ли отужинать со мною, милорд?

— Как-нибудь в другой раз, милорд. — В замке голод, недоставало еще объедать их. — Медлить не приходится, меня ждут в Риверране.

— А в Королевской Гавани разве нет?

— И там тоже.

Лорд Титос не стал его уговаривать.

— Хостер будет готов через час.

Юноша, верный отцовскому слову, ждал Джейме у конюшни со скаткой из одеял через плечо и кучей свитков под мышкой. В свои шестнадцать от силы лет он уже перерос отца и весь состоял из ног, локтей и хохолка на макушке.

— Лорд-командующий, я ваш заложник, Хостер, — сообщил он, ухмыляясь до ушей. — Но все зовут меня Хос.

Нашел чему радоваться.

— Кто все?

— Друзья... братья...

— Я тебе не друг и не брат. — Парень мигом перестал улыбаться, а Джейме добавил, обращаясь к его отцу: — Поймите меня верно, милорд. Как верноподданный вы должны знать, что лорд Берик Дондаррион, Торос из Мира, Сандор Клиган, Бринден Талли и эта женщина, Бессердечная — мятежники и враги короля. Если мне станет известно, что вы укрываете их или чем-то им помогаете, я пришлю вам голову вашего сына. Помните об этом, хоть я и не Риман Фрей.

— Я помню, кто вы, Цареубийца, — помрачнел лорд.

— Вот и хорошо. — Джейме сел на коня и направил его к воротам. — Желаю вам хорошего урожая и всех радостей королевского мира.

Лорд Бракен поджидал его за пределами арбалетного выстрела на одетом в броню коне, в доспехах и высоком шлеме с конским плюмажем.

— Они спустили лютоволка, — сказал он, как только Джейме подъехал. — Решено, значит?

— Решено и подписано. Ступайте домой и засевайте ваши поля.

Бракен поднял забрало.

— Надеюсь, что полей у меня прибавилось?

— Пряжка, Вудхедж, Медовый Цвет с пасекой. И Арбалетные холмы.

— А как же мельница?

— И мельница тоже. Господская.

— Ладно, сойдет на первое время. — Бракен кивнул на Хостера, едущего позади с Пеком. — Это его вам дали в заложники? Провели вас, сир. Слабак, вместо крови водица. Вы не смотрите, что он длинный такой: любая из моих девочек переломит его, как гнилой прутик.

— Сколько у вас дочерей, милорд?

— Пять. Две от первой жены, три от третьей. — Сказав это, Бракен спохватился, но было поздно.

— Пришлите одну из них ко двору. Она получит место фрейлины при королеве-регентше.

Бракен потемнел, понимая, что Джейме имеет в виду.

— Так-то вы платите Стонхеджу за дружбу?

— Быть фрейлиной королевы — большая честь. Внушите это девице: до конца года она должна быть во дворце. — Джейме, не дожидаясь ответа, тронул золотыми шпорами Славного. Отряд с развернутыми знаменами двинулся следом, и пыль из-под копыт скоро скрыла и лагерь, и замок.

На пути в Древорон ни волки, ни разбойники не тревожили их, и обратно Джейме решил ехать другой дорогой. Авось, боги пошлют ему Черную Рыбу, или Берику Дондарриону вздумается напасть.

Пока они ехали вдоль реки, настал вечер. Джейме спросил заложника, где на Вдовьей ближайший брод, и юноша привел их к нему. Солнце уже закатывалось за два травянистых холма.

— Сиськи, — показал на них Хостер Блэквуд.

— Между ними должна быть деревня, — сказал, вспомнив карту, Джейме.

— Да, Денежка, — подтвердил парень.

— Там и остановимся на ночь. — Там могли остаться жители, знающие что-нибудь о сире Бриндене или разбойниках. — Чьи сиськи-то? Я позабыл. У Блэквудов они зовутся не так, как у Бракенов.

— Да, милорд, уже сотню лет. Раньше они назывались Материны Сиськи. Холмов два, видите ли, и они похожи на...

— Вижу, на что. — Джейме вспомнилась женщина в шатре и темные крупные соски, которые она пыталась прикрыть. — А сто лет назад что стряслось?

— Эйегон Недостойный взял в любовницы Барбу Бракен, — начал повествовать юный книжник. — Пышная, говорят, бабенка была. Король, охотясь близ Стонхеджа, увидел эти холмы и назвал их...

— В честь возлюбленной. — Эйегон Четвертый умер задолго до рождения Джейме, но рыцарь помнил кое-что из истории его царствования. — Потом он эту Бракен сменил на Блэквуд, так ведь?

— Да, на леди Мелиссу, Мелли. Ее статуя стоит у нас в богороще. Намного красивее Барбы Бракен, но хрупкая, тоненькая. Барба говорила, что Мелли плоская, как мальчишка, и король Эйегон, услышав это, подарил Мелли...

— Барбины сиськи, — засмеялся Джейме. — Откуда, собственно, началась вражда между вами и Бракенами? Что об этом говорят летописи?

— Их мейстеры пишут одно, милорд, а наши другое, порой много веков спустя. Корни этой истории уходят далеко, в Век Героев. Блэквуды были тогда королями, а Бракены мелкими лордами, разводившими лошадей. Нажившись на этом промысле, они не стали платить надлежащую дань сюзерену, а призвали наемников и свергли своего короля.

— Это когда же?

— За пятьсот лет до прихода андалов. Или за тысячу, как в «Подлинной истории» говорится. Никто толком не знает, когда андалы переплыли Узкое море: в «Подлинной истории» написано, что четыре тысячи лет назад, а некоторые мейстеры утверждают, что всего две. Все даты со временем путаются, и история заволакивается туманом преданий.

Тириону это понравилось бы — они бы с этим парнем всю ночь толковали. На миг Джейме забыл все, что держал против брата, — но только на миг.

— Значит, вы ссоритесь из-за короны, которую кто-то у кого-то отнял в те еще дни, когда Бобровым Утесом владел дом Кастерли? Из-за королевства, не существующего самое малое пару тысячелетий? Столько лет, столько войн, столько королей... пора бы уж и мир заключить.

— Заключали, милорд, много раз заключали. И мир, и браки. Нет ни одного Блэквуда без крови Бракенов, ни одного Бракена без крови Блэквудов. При Старом Короле мир длился полвека, но тут случилась новая ссора, и старые раны открылись. Так всегда бывает, по словам моего отца. Пока люди помнят зло, причиненное их предкам, мир невозможен. Наша с Бракенами взаимная ненависть тянется через века, и отец говорит, что конца ей не будет.

— Когда-нибудь да будет.

— Не думаю, милорд. Отец говорит, что старые раны никогда не затягиваются.

— У моего отца была своя поговорка: добей раненого врага, мертвые мстить не станут.

— Мстить могут их сыновья, — застенчиво возразил Хостер.

— Значит, надо убить также и сыновей. Спроси Кастерли, если мне не веришь. Спроси лорда и леди Тарбек и Рейнов из Кастамере. Спроси принца Драконьего Камня. — Красные облака над западными холмами напомнили Джейме завернутых в багряные плащи детей Рейгара.

— Поэтому вы и убили всех Старков?

— Не всех. Дочери лорда Эддарда живы. Одна только что вышла замуж, а другая... — «Где ты, Бриенна? Нашла ли ее?» — ...другая по милости богов забудет, что она Старк. Выйдет за дюжего кузнеца или толстого лавочника, нарожает ему детей и не будет бояться, что какой-нибудь рыцарь размозжит их головки о стену.

— Боги милостивы, — неуверенно произнес Хостер.

«Хорошо, что ты в это веришь». Джейме пришпорил Славного.

Деревня Денежка оказалась куда больше, чем он полагал. Война, судя по обугленным домам и фруктовым деревьям, прошлась и по ней, но на каждый сгоревший дом приходилось три отстроенных заново. В густеющих синих сумерках Джейме видел свежий тростник на крышах и вытесанные из сырого дерева двери. Между утиным прудом и кузницей стоял старый дуб. Корни его ползли по земле, как толстые змеи, к стволу были прибиты сотни медных монет.

— А люди где? — удивился Пек.

— Прячутся, — сказал Джейме.

Очаги в домах, спешно потушенные, не успели еще остыть. Единственным живым существом была рывшаяся в огороде коза, люди же, несомненно, укрылись в остроге с высокими каменными стенами. Там они благополучно пересидели войну, а теперь скрывались от него, Джейме Ланнистера.

— Эй, в остроге! — крикнул он, подъехав к воротам. — Мы люди короля и зла вам не сделаем.

Над стеной показались лица.

— Люди короля как раз и спалили нашу деревню, — сказал мужской голос, — а люди другого короля, еще раньше, угнали овец. Харсли и сира Ормонда тоже убили королевские люди, и Лейси умерла через королевских людей, которые над ней надругались.

— Это были не мы, — сказал Джейме. — Открывайте ворота.

— Откроем, как уедете.

— Ворота можно выломать, — заметил сир Кеннос, — или поджечь.

— А они будут кидаться камнями и пускать стрелы. Зачем кровь даром лить? Переночуем в домах, только без мародерства: харчей у нас своих вдоволь.

Пустив лошадей на деревенский выгон, они поужинали соленой бараниной, сушеными яблоками и твердым сыром. Джейме ел умеренно. Разделив мех вина с Пеком и Хостером, он стал считать прибитые к дубу деньги, сбился и бросил. К чему они тут? Молодой Блэквуд наверняка знает, но не хочется так сразу разгадывать эту тайну.

Он поставил часовых, наказав не выпускать никого из деревни, и выслал разведчиков. Около полуночи они прискакали назад с некой женщиной.

— Ехала, не скрываясь, милорд — вас ищет.

— Миледи, — поднялся Джейме, — не ожидал так скоро увидеть вас. — Боги... с их последней встречи она постарела на десять лет. И что у нее с лицом? — Повязка... вы ранены?

— Ничего серьезного. — Ладонь женщины легла на рукоять Верного Клятве, этот меч дал ей Джейме. — Я исполнила то, что вы мне поручили, милорд.

— Нашли девушку?!

— Да, — сказала Бриенна, Тартская Дева.

— Где же она?

— В одном дне пути отсюда. Я могу проводить вас, но вы должны ехать один, не то Пес убьет ее.

ДЖОН

— Рглор, — пела Мелисандра, воздев руки среди снежных хлопьев, — свет очей наших, огонь наших сердец, жар наших чресл. Ты владеешь солнцем, что согревает нас днем, и звездами, что указывают нам путь ночью.

— Славьте Рглора, Владыку Света, — нестройным хором отозвались свадебные гости.

Налетел ветер, и Джон Сноу поднял капюшон своего плаща.

Снег падал не густо, но восточный ветер, дующий вдоль Стены, напоминал дыхание сказочного ледяного дракона. Костер Мелисандры колебался и трещал, только Призрак, похоже, не чувствовал холода.

— Снег на свадьбе — к холодной брачной постели, — промолвила Элис Карстарк. — Так моя леди-мать говорила.

Селиса и Станнис, должно быть, поженились в метель. Королева, окруженная дамами, рыцарями и служанками, совсем скукожилась в своей горностаевой мантии. На губах застывшая улыбка, в глазах благоговейный восторг. Холод она ненавидит, а пламя любит; одно слово Мелисандры — и королева шагнет в огонь, будто в объятия возлюбленного.

Не все люди королевы веруют столь же пылко, как их госпожа. Сир Брюс под хмельком, сир Малегорн держит стоящую впереди даму пониже спины, сир Нарберт зевает, сир Патрек с Королевской Горы чем-то рассержен. Джон начинал понимать, почему Станнис оставил их с королевой.

— Ночь темна и полна ужасов, — продолжала петь Мелисандра. — В одиночестве мы рождаемся и в одиночестве умираем, но в пути по сей темной долине мы нуждаемся друг в друге и в тебе, о Владыка. — Ветер взвивал красный шелк и бархат ее одеяния. — Двое детей твоих сегодня соединят свои жизни перед лицом этой тьмы. Наполни сердца их огнем, дабы шли они по твоей сияющей тропе рука об руку.

— Защити нас, Владыка Света! — воскликнула королева Селиса. Ее поддержал хор верующих: посиневшие дамы, трясущиеся служанки, сиры Акселл, Нарберт и Ламберт, солдаты в кольчугах, тенны в бронзе и даже несколько черных братьев. — Благослови детей своих, Рглор.

Мелисандра стояла спиной к Стене у рва, в котором горел костер, новобрачные — по ту сторону рва, к ней лицом. За ними расположились королева с дочерью и шутом — принцесса Ширен, закутанная в меха и шарфы, походила на мячик. Людей королевы сир Акселл поставил вокруг для охраны королевской семьи.

Людей Ночного Дозора у костра собралось немного, но многие смотрели из окон, с крыш и с большой лестницы. Джон запоминал как присутствующих, так и отсутствующих. Одни сейчас в карауле, другие только что сменились и спят, третьи — Отелл Ярвик и Боуэн Мурш в том числе — не пришли, чтобы выразить свое недовольство. Септон вышел ненадолго, потрогал кристалл на шее и опять ушел в септу.

Огонь взмыл к простертым рукам Мелисандры, словно красный пес за подачкой. Искры полетели навстречу снежинкам.

— Слава тебе, Владыка Света! — возгласила жрица. — Ты даровал нам отважного Станниса, так сохрани же его, огради от измены и ниспошли ему силу поразить приспешников тьмы.

— Ниспошли ему силу, — подхватила королева, ее дамы и рыцари. — Ниспошли ему мужество. Ниспошли ему мудрость.

Элис Карстарк продела руку под локоть Джона.

— Долго еще, лорд Сноу? Если мне суждено замерзнуть, хотелось бы отойти в вечность мужней женой.

— Уже скоро, миледи, — утешил Джон.

— Слава тебе за солнце, которое нас согревает, — молилась королева. — Слава за звезды, что следят за нами в темной ночи. Слава за очаги и факелы, отгоняющие злую тьму. Слава за сияние наших душ, огонь сердец и жар чресл.

— Пусть те, кто желает соединиться, выйдут вперед, — призвала Мелисандра. Огонь отбрасывал ее тень на Стену, рубин светился на белом горле.

— Готовы, миледи? — спросил Джон.

— О да.

— Не страшно?

Элис ответила улыбкой, до боли напомнившей Джону его сестру Арью.

— Пусть он боится меня. — Атлас откопал где-то кусок кружева для ее покрывала, и снег, ложась на него, венчал девушку морозной короной. Щеки ее раскраснелись, глаза сверкали.

— Королева зимы, — прошептал Джон.

Магнар теннов ждал у огня, одетый, как на битву, в кожу, меха и бронзовые чешуйчатые доспехи, с бронзовым мечом на бедре. Из-за редеющих волос он казался старше, но сейчас Джон разглядел в нем мальчишку с круглыми как орехи глазами. Что его так напугало — огонь, жрица или невеста? Пожелание Элис не прошло даром.

— Кто отдает эту женщину?

— Я, — сказал Джон. — Гряди, благородная Элис из дома Карстарков, взрослая и достигшая расцвета. — Он сжал напоследок ее руку и отступил.

— Кто хочет взять эту женщину за себя?

— Я, магнар теннов, — ударил себя в грудь Сигорн.

— Сигорн, готов ли ты поделиться своим огнем с Элис и согревать ее в ночи, темной и полной ужасов?

— Клянусь пламенем красного бога согревать ее до конца моих дней. — Уши магнара покраснели, на плечах лежал снег.

— Клянешься ли ты, Элис, поделиться своим огнем с Сигорном и согревать его в ночи, темной и полной ужасов?

— Пока его кровь не закипит. — На невестин плащ — черный плащ Ночного Дозора — нашили белый мех, изображающий солнце Карстарков.

Глаза Мелисандры вспыхнули, не уступая рубину.

— Придите же ко мне и станьте единым целым. — Огонь взвился ревущей стеной, ловя снежинки множеством языков. Элис и магнар, взявшись за руки, перепрыгнули через ров. — Вошли в пламя двое, вышел один. — Жрица опустила поднятые ветром алые юбки. Медные волосы плясали вокруг ее головы. — Что огонь сочетал, никто не в силах разъединить.

— Не в силах разъединить, — отозвались люди королевы, тенны и несколько черных братьев.

«Кроме королей и дядюшек», — подумал Джон Сноу.

Криган Карстарк явился через день после своей племянницы с четырьмя конными, следопытом и сворой собак: леди Элис затравили по всем правилам, как оленя. Джон встречал их на Королевском тракте в полулиге к югу от Кротового городка — в Черном Замке они могли сослаться на законы гостеприимства или потребовать переговоров. Один из людей Карстарка выстрелил в Тая из арбалета и поплатился за это жизнью. Остались пятеро, считая самого Кригана.

Ледовых камер вполне хватило на всех.

Геральдики, как и многого другого, у Стены нет. Тенны в отличие от знати Семи Королевств фамильными гербами не пользовались, поэтому Джон попросил стюардов пораскинуть мозгами. По его мнению, справились они хорошо. Сигорн накинул на плечи невесты белый шерстяной плащ с бронзовым диском, окруженным языками пламени из багрового шелка. Немного смахивает на карстарковское солнце, но вполне достойно магнара теннов.

Старый плащ он чуть ли не сорвал с Элис, зато новый завязывал почти с нежностью. Когда он поцеловал жену в щеку, пар от их дыхания смешался, огонь снова взревел, люди королевы запели хвалебный гимн.

— Всё, что ли? — шепотом спросил Атлас.

— Готово дело, — проворчал Малли, — наконец-то управились. Я уж закоченел. — Ради такого случая он вырядился в новую, не успевшую выцвести черную шерсть, но щеки его из-за ветра не уступали яркостью волосам. — Вся надежда на винцо с гвоздикой и корицей, которое нам подогреет Хобб.

— Что за гвоздика такая? — спросил Оуэн Олух.

Снег усиливался, огонь во рву угасал. Люди короля, люди королевы и вольный народ расходились, спеша укрыться от холода.

— Милорд тоже придет на пир? — спросил Малли.

— Ненадолго. — Сигорн оскорбится, если Джон не придет — и кто же устроил этот брак, как не лорд-командующий? — Улажу кое-какие дела и приду.

Скрипя сапогами по снегу, он направился к королеве. Стюарды не успевали расчищать дорожки между строениями, и обитатели замка все чаще пользовались подземными «червоточинами».

— Какой красивый обряд, — говорила Селиса. — Так и чувствуешь на себе огненный взгляд нашего бога. Сколько раз я умоляла Станниса пожениться повторно, воистину соединиться телом и духом. Я подарила бы его величеству много детей, если бы нас сочетал огонь.

Для начала его надо в постель заманить. Даже на Стене знают, что Станнис не спит с женой уже много лет, а в разгар войны ему только повторной свадьбы и не хватает.

— Не угодно ли почтить своим присутствием свадебный пир, ваше величество? — поклонился Джон.

— Да, конечно. — Селиса покосилась на Призрака. — Леди Мелисандра знает дорогу.

— Меня ждет священное пламя, ваше величество, — сказала красная жрица. — Возможно, Рглор покажет мне короля и одержанную им победу.

— О да... мы будем молиться, чтобы вас посетило видение...

— Проводи ее величество на почетное место, Атлас, — приказал Джон.

— Я провожу королеву сам, — заявил сир Малегорн, — без помощи вашего... стюарда. — Последнее слово он многозначительно растянул, подразумевая нечто иное — любовника, что ли?

— Как пожелаете, — опять поклонился Джон. — Я вскоре присоединюсь к вам.

Селиса чопорно оперлась на руку рыцаря, придерживая дочь за плечо. Королевские утята потянулись следом под звон колокольчиков на шутовском колпаке.

— На дне морском водяные с русалками едят суп из морских звезд, а прислуживают им крабы, — рассказывал Пестряк. — Я знаю, уж я-то знаю.

— Этот дурак опасен, — помрачнела жрица. — Я много раз видела его в пламени: вокруг него черепа, и его губы красны от крови.

Странно, что она еще не сожгла беднягу живьем — стоило лишь шепнуть словечко на ухо королеве.

— Дурака вы видите, а Станниса нет?

— Я ищу его, но вижу только снег... вьюгу.

Все те же пустые слова. Клидас отправил в Темнолесье ворона с известием, что Арнольф Карстарк — изменник, но кто знает, долетела ли птица до короля. Браавосский банкир тоже отправился на поиски Станниса с проводниками, которых дал ему Джон, но найти короля, учитывая войну и непогоду, ему поможет разве что чудо.

— Если бы король умер, вы бы узнали? — спросил Джон.

— Он жив. Станнис — избранник Бога, которому суждено возглавить борьбу света с тьмой. Я видела это в пламени, читала в древнем пророчестве. Когда придет кровавая звезда и сгустится мрак, Азор Ахаи возродится вновь среди дыма и соли, чтобы вызвать драконов из камня. Драконий Камень, дым, соль — все сходится.

Джон все это уже слышал.

— Станнис Баратеон был лордом Драконьего Камня, но родился не на нем, а в Штормовом Пределе, как и два его брата. А о Мансе что скажете? Он тоже пропал?

— Боюсь, что так. Та же вьюга.

Джон знал, что на юге в самом деле бушует буря — говорят, Королевский тракт в двух днях езды совсем замело. Мелисандре это, впрочем, тоже известно. А на востоке, в Тюленьем заливе, свирепствует шторм, и сборная флотилия, собиравшая вывезти вольный народ из Сурового Дома, так и не вышла из порта.

— Угольки мельтешат в дымоходе, вот вам и вьюга.

— Я каждый раз вижу черепа и ваше лицо. Опасность, против которой я вас остерегала, подошла совсем близко.

— Кинжалы во тьме. Я помню. Простите, что сомневаюсь, миледи. Вы говорили о девочке на умирающей лошади, бегущей от своего жениха...

— И не ошиблась.

— Ошиблись. Элис — не Арья.

— Я неверно истолковала свое видение, вот и все. Я такая же смертная, как и вы, а смертным свойственно заблуждаться.

— Даже лордам-командующим. — Манс и его копьеносицы не вернулись — остается только гадать, не ведет ли красная женщина свою собственную игру.

— Не отпускайте далеко своего волка, милорд.

— Призрак от меня почти не отходит. — Лютоволк поднял голову, услышав свое имя, и Джон почесал его за ушами. — Прошу меня извинить. Призрак, за мной.

Ледовые камеры с тяжелыми дверьми помещались у подножия Стены и были одна другой меньше. Одни позволяют сделать пару шагов, в других даже лечь невозможно, в третьих и сесть нельзя.

Главному пленнику Джон предоставил самую большую, снабдив узника поганой бадьей, мехами и кувшином вина. Часовые некоторое время возились с обледеневшим замком. Ржавые петли заскрежетали, как грешные души в аду, Вик-Строгаль приоткрыл дверь, Джон протиснулся. Нечистотами пахло не так сильно, как он опасался — даже дерьмо замерзает на таком холоде. Ледяные стены нечетко отразили вошедшего.

— Просыпайтесь, Карстарк, — позвал Джон.

Груда заиндевелых мехов чуть не в человеческий рост шевельнулась. Сначала показалась рука, потом голова — спутанные каштановые с проседью волосы, злобные глаза, нос, рот, борода в сосульках.

— Сноу. — Дыхание узника туманило стену. — Вы не вправе держать меня здесь. Законы гостеприимства...

— Вы не гость. Вы пришли к Стене без моего позволения, вооруженный, намереваясь увезти свою племянницу против ее желания. Гостья, отведавшая нашего хлеба и соли — она, а вы пленник. — Джон помолчал и добавил: — Сегодня она вышла замуж.

— Элис обещана мне. — Криган, хоть ему и перевалило за пятьдесят, был еще крепок, но лед выпил из него силы. — Мой лорд-отец...

— Ваш отец — кастелян, а не лорд. Кастелян не имеет права заключать брачные соглашения.

— Нет, лорд. Лорд Кархолда.

— Сын по всем законам наследует прежде дяди.

Криган, раскидав меха, встал.

— Харрион мертв.

«Может, и так... а нет, так скоро умрет».

— То же относится и к дочери. В случае смерти брата наследницей Кархолда становится леди Элис, вступившая нынче в брак с Сигорном, магнаром теннов.

— С грязным одичалым, с убийцей. — Криган сжал кулаки. Его кожаные перчатки были подбиты мехом, как и помятый плащ, на черном верхнем камзоле белел солнечный диск Карстарков. — Ты сам одичалый наполовину, Сноу, а другая половина у тебя волчья. Ублюдок, зачатый изменником. Уложить благородную девицу в постель с дикарем... Ты у нее, небось, первым был? Убить меня хочешь, ну так убей и будь проклят. Старки одной крови с Карстарками.

— Я Сноу.

— Бастард.

— Этого не отрицаю.

— Пусть он только сунется в Кархолд, магнар твой. Башку ему отрубим, засунем в нужник и будем в хлебало ссать.

— У Сигорна под началом две сотни теннов, и приедет он туда с леди Элис. Двое ваших людей уже присягнули ей и подтвердили, что ваш отец стакнулся с Рамси Сноу. Сдав замок, вы спасете жизнь вашим родичам в Кархолде. Женщин леди Элис помилует, мужчинам разрешит надеть черное.

Криган потряс головой, звеня льдинками в волосах.

— Никогда в жизни.

Джон охотно поднес бы его голову Элис и магнару в качестве свадебного подарка, но Ночной Дозор не принимает участия в раздорах внутри государства — он и так уже слишком много сделал для Станниса. Обезглавишь этого дурака — люди скажут, что командующий Дозором убивает северян и раздает одичалым их земли. Освободишь — Криган будет всячески вредить Элис и ее мужу. Джон все бы отдал за совет отца или дяди, но лорд Эддард мертв, а Бенджен пропал в морозной глуши за Стеной. «Ничего ты не знаешь, Джон Сноу».

— Никогда — долгий срок. Завтра или через год вы, возможно, будете думать иначе. Король Станнис, вернувшись сюда, непременно казнит вас, если вы к тому времени не наденете черный плащ. Плащ Ночного Дозора очищает человека от всех совершенных им преступлений. — «Даже такого, как ты». — А теперь прошу извинить, мне пора на свадебный пир.

После пронизывающего холода камеры Джон чуть не задохнулся в жарком подвале, где пахло дымом, жареным мясом и горячим вином.

— За короля Станниса и его жену королеву Селису, Светоч Севера! — провозгласил сир Акселл Флорент, когда Джон занял место за высоким столом. — Да славится наш Спаситель, Владыка Света! Одна страна, один бог, один король!

— Одна страна, один бог, один король! — подхватили люди королевы.

Джон выпил вместе со всеми. Неизвестно, получит ли Элис хоть какую-то радость от своего брака, но отпраздновать все-таки надо.

Стюарды начали разносить первое блюдо — луковый суп с козлятиной и морковкой. Еда не совсем королевская, зато вкусная, питательная и живот согревает. Оуэн Олух взялся за скрипку, вольные люди подыгрывали ему на дудках и барабанах, тех самых, что сопровождали наступление Манса на Стену — сейчас они звучали гораздо приятнее. К супу подавали ржаной хлеб, только из печи, соль и масло можно было брать на столах. Соли у них вдоволь, сказал Боуэн Мурш, а вот масло выйдет еще до конца луны.

Старые Флинт и Норри сидели под самым помостом. Со Станнисом они из-за преклонного возраста не пошли, послали вместо себя сыновей и внуков, но на свадьбу в Черный Замок явились и кормилиц с собой привели. Таких здоровенных грудей, как у сорокалетней Норри, Джон еще не видал, но у четырнадцатилетней и плоской, как мальчик, Флинт молока тоже в избытке. С ними малыш, которого Вель называет пока уродцем, уж точно с голоду не умрет.

Джон был благодарен почтенным старцам, но ни на грош не верил, что они только ради этого слезли со своих гор. С Флинтом пришли пятеро воинов, с Норри двенадцать — в шкурах, в коже с заклепками, суровые, как зима. У одних длинные бороды, у других боевые шрамы, у третьих и то, и другое; все они поклоняются богам Севера, тем же, что и вольный народ за Стеной, однако за неведомого красного бога пьют как ни в чем не бывало.

Ладно, пусть их. Если б они отказались пить, было бы куда хуже. Ни один из двух старцев вино из чаши не вылил, что опять-таки хорошо. Может, они просто не хотят терять попусту славное южное винцо, у них в горах такое не часто отведаешь.

Между двумя переменами сир Акселл пригласил королеву на танец. Рыцари тоже начали приглашать дам. Сир Брюс протанцевал сначала с принцессой Ширен, потом с ее матушкой; сир Нарберт прошелся поочередно со всеми фрейлинами Селисы.

Кавалеров было втрое больше, чем дам, и даже скромным служаночкам довелось поплясать с благородными рыцарями. Несколько черных братьев тоже вспомнили навыки, привитые им в родных замках до отправки на Стену. Старый пройдоха Ульмер из Королевского леса в танцах показал такое же мастерство, как в стрельбе из лука, и уж конечно, не преминул по-

потчевать своих дам историями о Братстве Королевского леса: о Саймоне Тойне, Пузатом Бене и Венде Белой Лани, выжигавшей свое клеймо на задах знатных пленников. Атлас, сама грация, танцевал со служанками, но к благородным леди не приближался — и правильно. Джону не нравилось, как посматривают на его стюарда некоторые рыцари, особенно сир Патрек с Королевской Горы. Этот так и ждет повода, чтобы пустить кому-нибудь кровь.

Когда Оуэн Олух пошел в пляс с Пестряком, трапезную огласили раскаты хохота.

— У вас в Черном Замке часто бывают танцы? — улыбнулась леди Элис.

— Каждый раз, как играем свадьбу, миледи.

— Могли бы пригласить меня — этого требует простая учтивость. Тем более что мы с вами уже танцевали.

— В самом деле? — поддразнил Джон.

— Когда были детьми. — Она бросила в него хлебным шариком. — Будто сами не знаете.

— Миледи полагается танцевать со своим мужем.

— Боюсь, танцор из моего магнара неважный. Если танцевать не хотите, налейте мне по крайней мере вина.

Джон сделал знак стюарду.

— Итак, я теперь замужняя женщина. Жена одичалого с маленьким одичалым войском.

— Одичалые называют себя вольным народом, но тенны — отдельное, древнее племя. — Об этом ему рассказала Игритт. — Живут они на северной оконечности Клыков Мороза, в укромной долине, окруженной горными пиками, и на протяжении тысячелетий ведут меновой торг с великанами. Это делает их особенными.

— Однако похожи они все-таки больше на нас, чем на великанов.

— Верно. У теннов свои законы и свои лорды. — «Значит, и кланяться им не в новинку». — Они добывают медь и олово для выплавки бронзы и не ходят в набеги за оружием и доспехами, а сами куют их. Это смелый и гордый народ. Манс-Разбойник трижды побеждал старого магнара в единоборстве, прежде чем тот согласился признать его Королем за Стеной.

— Новый же изгнан с горных высот в мою спальню, — усмехнулась новобрачная. — Сама виновата — не сумела в шесть лет очаровать вашего брата Робба, как наказывал мне отец.

«С тех пор прошло почти десять лет — будем молиться, чтобы ты очаровала своего мужа в шестнадцать».

— Как обстоит у вас в Кархолде со съестными припасами?

— Плоховато, — вздохнула Элис. — Отец увел на юг почти всех мужчин — урожай пришлось убирать женщинам, подросткам, старикам и калекам. Много зерна так и осталось на полях, и осенние дожди вбили его в грязь, а теперь вот и снег пошел. Зима будет тяжелая — мало кто из стариков и детей переживет ее.

Каждый северянин знает, что такое зима.

— Бабкой моего отца с материнской стороны была Флинт из горного клана, — стал рассказывать Джон. — Эти Флинты называют себя Первыми и говорят, что все прочие Флинты произошли от младших сыновей, покинувших горы в поисках пропитания, жен и земель. Жизнь в горах всегда была трудной. Когда выпадает снег и припасы скудеют, молодежь уходит служить в зимние городки разных замков, а старики объявляют всем, что идут на охоту. Если их и находят потом, то лишь по весне.

— В Кархолде почти то же самое.

— Когда ваши запасы совсем истощатся, миледи, посылайте своих стариков сюда, к нам. Дав присягу, они умрут по крайней мере не в одиночку и не на снегу, греясь одними воспоминаниями. И мальчишек тоже присылайте, коли у вас есть лишние.

— Хорошо. — Элис прикоснулась к его руке. — Кархолд помнит.

От нарезанного ломтями лося пахло вовсе не так противно, как опасался Джон. Одну порцию он отправил Кожаному в башню Хардина, туда же отнесли три больших блюда тушеных овощей для Вун-Вуна. Молодчина Хобб. Третьего дня повар жаловался, что пришел в Ночной Дозор убивать одичалых, а не стряпать на них. «И в свадебных пирах я ничего не смыслю, милорд. Черные братья не женятся, так и в клятве сказано, чтоб ей».

Клидас тронул за локоть Джона, запивавшего жаркое подогретым вином.

— Птица, — сказал он, передавая лорду-командующему пергамент. Письмо запечатано твердым черным воском: Восточный Дозор. Послание за своего неграмотного командира писал мейстер Хармун, но диктовал явно сам Пайк.

«Море успокоилось, и одиннадцать кораблей с утренним приливом вышли в Суровый Дом: три браавосца, четыре лиссенийца, четыре наших. Два лиссенийца еле держатся на плаву — потопим больше, чем спасем, но воля ваша. Флотилия взяла двадцать воронов, мейстер Хармун будет слать донесения. Пайк идет на «Когте», Сизарь на «Черном дрозде», сир Глендон оставлен командовать Восточным Дозором».

— Черные крылья, черные вести? — спросила Элис.

— Напротив, этой вести я долго ждал. — Беспокоил Джона только конец письма. Глендон Хьюэтт — сильный человек и опытный воин, но он ближайший друг Аллисера Торне и с Яносом Слинтом тоже водился, хоть и недолго. Джону еще помнилось, как Хьюэтт вытащил его из постели и двинул сапогом в ребра: он бы его за старшего не оставил.

Следующей подали щуку. Пока из нее вынимали кости, леди Элис все-таки потащила магнара танцевать. Было ясно, что Сигорн делает это впервые, но он уже порядком набрался и не имел ничего против.

— Северная дева и воин-одичалый, связанные Владыкой Света. — Сир Акселл Флорент сел на освобожденное Элис место. — Ее величество одобряет этот союз — мне как близкому родичу известны все ее мысли. Король Станнис тоже одобрит.

«Если Русе Болтон не насадил его голову на копье».

— Не все, увы, придерживаются того же мнения. — Волосы у сира Акселла росли не только на подбородке, но из ушей и ноздрей. — Сир Патрек полагает, что стал бы лучшим мужем для леди Элис, — отправившись на Север, он потерял свои земли.

— Многие в этом чертоге потеряли гораздо больше, многие самую жизнь отдали за эту страну. Сиру Патреку еще посчастливилось.

— Король сказал бы то же самое, будь он здесь, — улыбнулся сир Акселл, — но хоть как-то обеспечить его верных рыцарей все же следует. Они уплатили немалую цену за свою преданность. И одичалые тоже нуждаются в крепких узах, которые связали бы их с королевством. Этот брак хорош для почина, но королева и принцессу одичалых хотела бы выдать замуж.

Джон уже устал объяснять, что Вель не принцесса.

— В настойчивости вам не откажешь, сир Акселл.

— За такой приз стоит побороться, милорд. Я слышал, она совсем молода и на вид приятна. Высокая грудь, округлые бедра — создана, чтобы рожать здоровых детей.

— И кто же будет отцом — сир Патрек? А может быть, вы?

— Лучшего жениха не найдете. В жилах Флорентов течет кровь старых королей Гарденеров. Леди Мелисандра совершит обряд, как и в этот раз.

— Не хватает только невесты.

— Этому горю помочь легко. — Из-за фальшивой улыбки могло показаться, что у сира Акселла сильно болит живот. — Вы отправили ее в один из своих замков, лорд Сноу? В Серый Дозор, в Сумеречную Башню, в Бочонок с другими женщинами? — Он придвинулся ближе. — Говорят, будто вы приберегаете ее для себя, так мне это все равно, лишь бы ребенка в животе не было. Сыновей она родит от меня, но если вы малость ее объездили... мы оба светские люди, не так ли?

— Мне искренне жаль королеву, если вы и впрямь ее десница, сир Акселл.

— Значит, это правда, — побагровел Флорент. — Вы хотите оставить ее себе. Бастард желает занять высокое место лорда-отца.

«Бастард отказался от высокого места... что до Вель, то бастарду стоило лишь попросить».

— Прошу прощения, сир, мне нужно подышать воздухом. Что это? Рог?

Другие тоже слышали. Музыка и смех затихли мгновенно, танцоры замерли, даже Призрак наставил уши.

— Что это такое?

— Боевой рог, ваше величество, — ответил королеве сир Нарберт.

Трепещущая рука Селисы порхнула к горлу.

— Нас атакуют?

— Нет, ваше величество, — успокоил ее Ульмер из Королевского леса. — Это часовые трубят со Стены.

Один раз. Разведчики возвращаются. Не успел Джон подумать об этом, рог затрубил опять.

— Два раза, — пробормотал Малли.

Черные братья, северяне, вольный народ, тенны и люди королевы застыли, прислушиваясь. Сердце отсчитало пять ударов... десять... двадцать. Потом Оуэн Олух прыснул, и Джон перевел дух.

— Два сигнала. Одичалые, — объявил он.

Вель привела Тормунда.

ДЕЙЕНЕРИС

Чертог гудел от юнкайского смеха, юнкайских песен, юнкайских молитв. Танцоры кружились, музыканты производили странные звуки пузырями, пищалками и бубенчиками, певцы пели любовные баллады на непонятном языке Старого Гиса. Вина струились рекой — не та кислятина, что производят в заливе Работорговцев, а сладкие сорта из Бора и Кварта, сдобренные заморскими пряностями. Юнкайцы по приглашению короля Гиздара явились, чтобы подписать мир и посмотреть, как возродятся миэринские бойцовые ямы. Принимал их супруг Дейенерис в Великой Пирамиде.

Дени не могла понять, почему пьет с теми, с кого охотно кожу бы содрала.

Им подавали крокодила, поющего спрута, лакированных уток, верблюжатину, гусениц. Менее изысканным гурманам предлагались козлятина, ветчина и конина, а без собачатины, как известно, ни один гискарский пир не обходится. Повара Гиздара приготовили собак четырьмя разными способами. «Гискарцы едят все, что летает, плавает или ползает, кроме разве человека и дракона, — предупреждал Даарио. — Да и дракона бы съели, представься им такой случай». Овощи, фрукты и злаки тоже, конечно, имели место. Пахло шафраном, корицей, гвоздикой, перцем и прочими дорогими приправами.

Дени почти не притрагивалась к еде. Наконец-то мир, которого она так хотела, которого добивалась, ради которого стала женой Гиздара... И который почему-то очень походит на поражение.

«Это ненадолго, любовь моя, — убеждал Гиздар. — Юнкайцы со своими союзниками и наемниками скоро отправятся восвояси, и у нас будет все, чего мы желали: мир, торговля, вдоволь еды. В наш порт снова придут суда».

«Но их военные корабли останутся здесь, — отвечала Дени, — и они снова возьмут нас за горло, когда захотят. С моих стен видно открытый ими невольничий рынок!»

«Однако он помещается за нашими стенами, моя королева. Возобновление Юнкаем работорговли было одним из условий мира».

«У себя в городе, не у меня на глазах. — Загоны для рабов и помост, на котором их продавали, поставили у самого устья Скахазадхана. — Они смеются мне в лицо, давая понять, что я бессильна остановить их».

«Пусть себе тешатся. Когда они уйдут, там будут торговать фруктами».

«Когда же они уйдут? Ракхаро говорит, что на той стороне Скахазадхана видели дотракийских разведчиков, за которыми идет кхаласар. Они, конечно, пригонят юнкайцам пленных. — Дотракийцы куплей-продажей не занимаются, они лишь дарят и принимают дары. — И те покинут наш берег с тысячами новых рабов».

«Лишь бы покинули, — пожал плечами Гиздар. — Мы договорились, что Юнкай будет торговать рабами, а Миэрин нет. Потерпи еще немного, и все пройдет».

Вот она и сидит на пиру, окутанная малиновым токаром и черными мыслями. Говорит, лишь когда к ней обращаются, и думает о тех, кого продают и покупают под самыми ее стенами. Пусть ее благородный супруг сам произносит речи и смеется глупым юнкайским шуткам: это право и долг короля.

За столом говорили о завтрашних поединках. Барсена Черновласая выйдет против вепря с одним кинжалом, Храз и Пятнистый Кот тоже участвуют, а под конец Гогор-Великан сразится с Белакуо-Костоломом, и один из них умрет еще до заката. Ни у одной королевы нет чистых рук. Дени вспоминала Дорею, Кваро, Ероих и маленькую девочку, которую звали Хазеей. Если несколько человек умрут на арене, это лучше, чем тысячи у ворот. Такова цена мира, и Дени платит ее сознательно. Оглянешься назад — пропадешь.

Верховный командующий юнкайской армией, Юрхаз зо Юнзак, жил, не иначе, еще при Эйегоне Завоевателе. Морщинистый, скрюченный, беззубый — к столу его доставили два дюжих раба. Другие юнкайские лорды тоже так себе. Один коротышка, чуть ли не карлик, зато рабы у него длинные и худые, как жерди. Второй молод и красавец собой, но успел так напиться, что ни слова из его речей нельзя разобрать. Как умудрились подобные существа привести Дени к такому решению?

Командиры четырех вольных отрядов на службе у Юнкая — дело иное. Сынов Ветра представляет знатный пентошиец, известный как Принц-Оборванец, Длинные Копья — Гило Реган, похожий больше на сапожника, чем на солдата. Этот говорит односложно, зато Красная Борода, капитан Диких Котов, шумит за десятерых. Ревет, рыгает, пускает газы как громовержец, щиплет каждую подающую на стол девушку. Время от времени он сажает кого-то из них на колени, хватает за грудь и лапает между ног.

Младшие Сыновья тоже представлены — будь здесь Даарио, трапеза не обошлась бы без крови. Никакой мир не помог бы Бурому Бену Пламму уйти из Миэрина живым. Дени поклялась, что семи посланникам не причинят никакого вреда, но юнкайцы, не удовлетворившись этим, потребовали заложников. В обмен на трех юнкайских вельмож и четырех наемных капитанов Миэрин отправил в осадный лагерь сестру и двух кузенов Гиздара, кровного всадника Дени Чхого, адмирала Гролео, Героя из Безупречных и Даарио Нахариса.

«Девочек оставляю тебе, — сказал капитан, вручая Дени пояс с двумя обнаженными женщинами на рукоятках клинков. — Позаботься о них, не то, глядишь, напроказят с юнкайцами».

Лысого тоже нет. После своей коронации Гиздар первым делом сместил его с поста командира Бронзовых Бестий и заменил своим родичем, рыхлым Мархазом зо Лораком. Это только к лучшему. Зеленая Благодать говорит, что Лораки враждуют с Кандаками, а Лысый никогда не скрывал презрения к мужу Дени. Даарио же...

Даарио после ее свадьбы словно с цепи сорвался. Миром он недоволен, браком Дени — тем более, а разоблаченный обман дорнийцев привел его в бешенство. Когда принц Квентин к тому же сознался, что другие вестероссцы перешли в отряд Ворон-Буревестников по приказу Принца-Оборванца, Даарио чуть было не перебил их — мнимых дезертиров спасло лишь вмешательство Серого Червя с его Безупречными. Их заключили в подземном ярусе пирамиды, но ярость Даарио от этого не прошла.

Ее капитан не создан для мирного времени — в заложниках ему безопаснее. Он мог, чего доброго, зарубить Бурого Бена, посрамив тем Гиздара и нарушив соглашение, которого Дени добилась такой дорогой ценой. Даарио — живое воплощение войны, поэтому его нельзя пускать ни на свое ложе, ни в свое сердце. Он либо предаст ее, либо станет ее повелителем, и неизвестно еще, что страшнее.

Со столов наконец-то убрали — остатки, по настоянию королевы, раздадут бедным. Высокие бокалы наполнили янтарным ликером из Кварта и приступили к увеселениям.

Немыслимо высокие и чистые голоса кастратов, принадлежащих Юрхазу зо Лораку, запели что-то на языке Древней Империи.

— Поют как боги, верно, любимая? — сказал Гиздар.

— Да... Хотя они, возможно, предпочли бы остаться мужчинами.

Все артисты были рабами. Таково одно из условий мира: рабовладельцы могут приводить свое одушевленное имущество в Миэрин без страха, что его там освободят. Взамен Юнкай признаёт права и свободы бывших рабов, которых освободила Дени. Честная сделка, как заметил Гиздар, но у Дени от нее дурной вкус во рту. Она отпила вина, чтобы смыть его.

— Юрхаз, несомненно, подарит нам этих певцов, если ты того пожелаешь. Это еще прочнее скрепит подписанный нами мир.

«Этих кастратов оставит здесь, а дома сделает новых, — подумала Дени. — Мало ли на свете мальчишек».

Акробаты тоже не разогнали ее тоски, особенно когда составили живую девятиярусную пирамиду с голенькой девочкой на макушке. Не олицетворял ли этот ребенок саму королеву?

Позже Гиздар увел гостей на нижнюю террасу, чтобы жители Желтого Города полюбовались ночным Миэрином. Пока юнкайцы с чашами в руках прохаживались под лимонными деревьями и вьющимися цветами, Дени нежданно оказалась лицом к лицу с Беном Пламмом.

— Прелесть вашего величества не знает себе равных, — сказал он с низким поклоном. — Эти юнкайцы и в подметки вам не годятся. Хотел преподнести вам подарок, да цена неподъемная оказалась.

— Твои подарки мне не нужны.

— А если это голова старого недруга?

— Уж не твоя ли? Предатель.

— Зря вы так говорите. — Бен огорченно поскреб свои пегие бакенбарды. — Мы просто перешли на сторону победителя, как и раньше бывало. Ребята так решили, не я один.

— Значит, вы все меня предали — не пойму лишь, за что. Разве я вам недоплачивала?

— Дело не только в деньгах, ваше величество. Я это после первого боя понял. Обшаривал мертвецов и наткнулся на одного, которому руку по плечо отсекли топором. Весь в крови, и мухи его облепили, но колет на нем хороший, из доброй кожи с заклепками. Согнал я мух, снял его, смотрю — больно тяжелый. В подкладке золотишко было зашито, целое состояние — можно жить до конца дней, как лорд. А мертвецу-то что пользы? Валяется со своим сокровищем в грязи и кровище, и руку ему отрубили. Понимаете, в чем урок? Когда подыхаешь, золото с серебром становятся дешевле дерьма, которое из тебя напоследок лезет. Я вам уж говорил как-то: есть храбрые наемники и есть старые, но чтоб и старый и храбрый — нету таких. Мои ребята подыхать не хотят, и когда я сказал им, что драконов вы на Юнкай не пошлете, то...

«Вы сочли меня побежденной, — добавила мысленно Дени, — и мне нечего вам возразить».

— Понимаю... но ты сказал, что того золота тебе хватило бы до конца дней. Что ты с ним сделал?

— Я тогда молодой был, дурак, — засмеялся Бен. — Рассказал одному, другу вроде бы, тот — сержанту, ну соратнички из меня все и вытрясли. Нечего, сказал мне сержант, только растратишь все попусту на шлюх и прочую дрянь. Колет мне, правда, оставил. Наемникам верить нельзя, миледи, — завершил Бен и плюнул.

— Это я усвоила. Когда-нибудь еще спасибо тебе скажу за мудрый урок.

— Нет уж, не стоит благодарности. — Бен откланялся и ушел прочь.

Дени посмотрела на город. Между его стенами и морем стояли ровные ряды желтых юнкайских палаток. Рабы обвели их оборонительным рвом. Два железных легиона Нового Гиса, обученные и вооруженные на манер Безупречных, разместились на севере, за рекой, еще два — на востоке, перекрыв дорогу к Хизайскому перевалу. На юге мерцали костры вольных отрядов. Невольничий рынок, эта безобразная опухоль, торчал у самого моря; в темноте Дени не могла его видеть, но знала, что он там, и от этого ее гнев только усиливался.

— Сир Барристан, — позвала она, и белый рыцарь тотчас вышел из мрака. — Слышали?

— Кое-что. Наемникам нельзя верить, это он верно сказал.

«Королевам тоже».

— Есть ли среди Младших Сыновей человек, способный... низложить Бурого Бена?

— Как Даарио Нахарис низложил других капитанов Ворон-Буревестников? — смутился рыцарь. — Не знаю, ваше величество... может быть.

«Ты слишком честен для этого, старый воин».

— У юнкайцев есть еще три вольных отряда.

— Сброд, ваше величество, головорезы. И капитаны у них такие же предатели, как Бен Пламм.

— Я молода и мало что смыслю в таких вещах, но нам, думаю, такие и требуются. В свое время, как вы помните, я переманила к нам и Младших Сыновей, и Ворон-Буревестников.

— Если ваше величество желает перемолвиться с Гило Реганом или Принцем-Оборванцем, я провожу их в ваши покои.

— Не время — слишком много глаз и ушей. Даже если вы уведете их, не привлекая внимания, юнкайцы заметят, что их чересчур долго нет. Надо придумать другой способ... Не сегодня вечером, но вскоре.

— Да, ваше величество. Боюсь только, что плохо подхожу для такого дела. В Королевской Гавани этим занимались лорд Мизинец или Паук. Мы, старые рыцари, люди простые, только биться горазды. — Сир Барристан похлопал по рукояти меча.

— Пленные, — вспомнила Дени. — Вестеросцы, перебежавшие из Сынов Ветра вместе с тремя дорнийцами. Что, если их использовать?

— Не знаю, разумно ли это. Их заслали сюда как шпионов — они предадут ваше величество при первом удобном случае.

— Как шпионы они провалились: я не верила им с самого начала и не верю сейчас. — Дени, по правде сказать, уже разучилась доверять кому бы то ни было. — Среди них есть женщина, Мерис. Отправьте ее назад в знак моей... доброй воли. Если их капитан умный человек, он поймет.

— Женщина как раз хуже всех.

— Вот и хорошо. Не мешает также прощупать Длинные Копья и Диких Котов.

— Красная Борода, — нахмурился сир Барристан. — Не надо бы, ваше величество. Войну Девятигрошовых Королей вы, конечно, помнить не можете, но Красная Борода из того же теста. Чести в нем ни на грош, только жадность. Ему всего мало: золота, славы, крови.

— Таких людей вы знаете лучше, чем я, сир. — Бесчестного и жадного наемника перекупить легче всего, но Дени не хотелось поступать наперекор советам старого рыцаря. — Делайте, как считаете нужным, только не медлите. Я хочу быть готовой на случай, если Гиздаров мир рухнет, а к рабовладельцам у меня доверия нет. — «Как и к мужу». — Они обернутся против нас при первом же признаке нашей слабости.

— У юнкайцев свои заботы. Кровавый понос поразил толосцев и перекинулся через реку в третий гискарский легион.

Сивая кобыла, о которой предупреждала Дени Куэйта. Она и о дорнийском принце говорила, о сыне солнца, и о ком-то еще...

— Я не могу полагаться на то, что мои враги перемрут сами собой. Освободите Крошку Мерис незамедлительно.

— Слушаюсь. Но, если ваше величество позволит, есть другой способ.

— Дорнийский? — вздохнула Дени. Титул принца Квентина обеспечил дорнийцам присутствие на пиру, хотя Резнак позаботился усадить их как можно дальше. Гиздар как будто не ревнив по натуре, но какому мужчине понравится, что рядом с его молодой женой маячит соперник. — Юноша довольно приятен и говорит хорошо, но...

— Дом Мартеллов, древний и благородный, больше века был верным другом дома Таргариенов. Я имел честь служить в гвардии вашего батюшки с двоюродным дедом принца. Принц Ливен был рыцарем без страха и упрека, и Квентин Мартелл той же крови.

— Приди он с теми пятьюдесятью тысячами, о которых толкует, все было бы иначе, но он явился с двумя рыцарями и документом. Пергамент — плохой щит, им мой народ от юнкайцев не заслонить. Будь у него, скажем, флот...

— Дорн не стяжал себе славы на море, ваше величество.

— Да, я знаю. — Дени еще не забыла историю Вестероса. Нимерия, высадившись на песчаных берегах Дорна, вышла за тогдашнего принца, сожгла все десять тысяч своих кораблей и больше в море не выходила. — Слишком он далек, этот Дорн — не бросать же мне было своих подданных ради Квентина. Не могли бы вы отправить его домой?

— Дорнийцы известны своим упрямством, ваше величество. Предки принца Квентина лет двести сражались с вашими — он без вас не уедет.

Значит, он так и умрет здесь. Разве что Дени в нем чего-то не разглядела.

— Он еще в пирамиде?

— Да. Пьет со своими рыцарями.

— Приведите его ко мне. Хочу познакомить его со своими детками.

— Слушаюсь, — помедлив немного, ответил сир Барристан.

Король шутил и смеялся с юнкайцами. Вряд ли он ее хватится, а служанки в случае чего скажут, что королева отлучилась по зову природы.

Сир Барристан ждал у лестницы вместе с принцем. По красному лицу Квентина Дени определила, что тот выпил лишнего, хотя и старается это скрыть. Если не считать пояса из медных солнц, одет он был просто. Понятно, за что его прозвали Лягухой, — не очень-то он красив.

— Спускаться придется долго, мой принц, — с улыбкой сказала Дени. — Вы уверены, что желаете этого?

— Если вашему величеству так угодно.

— Тогда идемте.

Впереди них спускались два Безупречных с факелами, позади шли двое Бронзовых Бестий — один в маске рыбы, другой ястреба.

Сир Барристан обеспечивал Дени охраной всегда, даже в ее собственной пирамиде, даже в ночь празднования мира. Маленькая процессия двигалась молча и трижды останавливалась для отдыха.

— У дракона три головы, — сказала Дени на последнем марше. — Пусть мой брак не лишает вас последней надежды — я ведь знаю, зачем вы приехали.

— Ради вас, — заверил Квентин с неуклюжей галантностью.

— Нет. Ради огня и крови.

Один из слонов затрубил в своем стойле. Снизу донесся ответный рев, и Дени ощутила внезапный жар.

— Драконы знают, когда она близко, — сказал встревоженному Квентину сир Барристан.

Каждое дитя узнаёт свою мать. «Когда моря высохнут и ветер унесет горы, как листья...»

— Они зовут меня. — Дени взяла Квентина за руку и повела к яме, где сидели двое ее драконов. — Не входите, — сказала она сиру Барристану, пока Безупречные открывали тяжелые железные двери. — Мне довольно защиты одного принца Квентина.

Драконы уставились на них пылающими глазами. Визерион, порвавший одну цепь и расплавивший остальные, висел на потолке ямы, как огромная летучая мышь, — из-под его когтей сыпалась кирпичная крошка. Рейгаль, еще прикованный, глодал бычью тушу. Кости от прежних трапез ушли глубоко в пол, где кирпич, как и на стенах, медленно превращался в пепел. Долго он не продержится; остается надеяться, что драконы не способны буравить ходы в толще земли и камня, как огненные черви Валирии.

Дорнийский принц побелел как молоко.

— Я... Я слышал, их трое?

— Дрогон улетел на охоту. — Дени решила, что остального Квентину знать не нужно. — Белого зовут Визерион, зеленого — Рейгаль. Я назвала их в честь моих братьев. — Ее голос отражался эхом от обугленных стен. Тонкий голосок — впору маленькой девочке, а не королеве-завоевательнице, счастливой в новом замужестве.

Рейгаль при звуке своего имени взревел, наполнив яму красно-желтым огнем, Визерион поддержал его золотисто-оранжевым всполохом и захлопал крыльями, взметнув тучу серого пепла. Порванные цепи дребезжали у него на ногах. Квентин Мартелл отскочил подальше от ямы.

Дени, не настолько жестокая, чтобы смеяться, участливо стиснула его руку.

— Меня они тоже пугают, стыдиться нечего. В темноте мои детки обозлились и одичали.

— Вы... Вы собираетесь летать на них?

— На ком-то одном. Свои сведения о драконах я почерпнула из рассказов брата и из книг, но говорят, что даже Эйегон Завоеватель никогда не садился на Мираксеса и Вхагара, а его сестры не смели подойти к Балериону Черному Ужасу. Драконы живут дольше людей, порой сотни лет; на Балерионе после смерти Эйегона летали другие, но у человека может быть только один дракон.

Визерион зашипел, пуская дым. Глубоко в его горле бурлил золотой огонь.

— Какие страшные.

— Они ведь драконы, Квентин... как и я. — Дени, привстав на цыпочки, поцеловала его в обе щеки.

— Во мне тоже есть кровь дракона, ваше величество, — сглотнув, сказал принц. — Мой род восходит к первой Дейенерис, сестре короля Эйегона Доброго и жене принца Дорнийского. Водные Сады он построил для нее.

— Водные Сады? — Дени, честно говоря, мало что знала о Дорне.

— Любимый дворец моего отца. Хотел бы я когда-нибудь показать его вам. Он весь из розового мрамора, и парк с прудами и фонтанами смотрит на море.

— Прелестное место, должно быть. — Дени уже жалела, что привела сюда Квентина. — Возвращайтесь туда: при моем дворе врагов у вас больше, чем вы полагаете. Вы одурачили Даарио, а он не из тех, кто забывает обиду.

— У меня есть рыцари, присягнувшие меня защищать.

— Двое рыцарей против пятисот Ворон-Буревестников. И моего лорда-мужа тоже остерегайтесь. С виду он приятен и мягок, но пусть внешность вас не обманывает. В распоряжении Гиздара, чья корона зависит непосредственно от моей, имеются самые опасные на свете бойцы. Кто-то наверняка согласится оказать хозяину услугу, убрав соперника...

— Принц Дорна, ваше величество, не бегает от рабов и наемников.

«Дурак ты после этого, принц-лягушка». Дени в последний раз взглянула на своих деток. Они кричали, пока королева с Квентином шли обратно, и выдыхаемый ими огонь отражался в кирпичных стенах. Оглянешься — пропадешь.

— Обратно на пир нас отнесут в креслах — сир Баристан должен распорядиться, — но подъем все-таки утомляет. — Железные двери с грохотом закрылись за ними. — Расскажите мне о той Дейенерис: я недостаточно хорошо знаю историю отцовского королевства, ведь у меня в детстве не было мейстеров. — «Только брат».

— Почту за удовольствие, ваше величество.

Далеко за полночь, когда разошлись последние гости, Дени удалилась к себе со своим мужем и повелителем. Он-то по крайней мере счастлив, хоть и пьян сильно.

— Я сдержал свое слово, — сказал он, пока Ирри и Чхику переодевали их на ночь. — Ты хотела мира, и вот он твой.

«А ты хотел крови, и скоро мне придется исполнить твое желание».

— Да. Спасибо тебе, — ответила Дени вслух.

Полный волнений день воспламенил Гиздара как нельзя более. Не успели служанки выйти, он сорвал с Дени ночные одежды и бросил ее на кровать. Она обвила его руками и предоставила делать все, что он хочет. Долго это не продлится: он слишком пьян.

Она оказалась права.

— Да пошлют нам боги сына в эту великую ночь, — прошептал он ей на ухо.

В голове у нее звучали слова Мирри Маз Дуур. «Когда солнце встанет на западе и опустится на востоке. Когда высохнут моря и ветер унесет горы, как листья. Когда чрево твое вновь зачнет и ты родишь живое дитя. Тогда он вернется, но прежде не жди!» Смысл ясен: родить живое дитя для нее не легче, чем кхалу Дрого вернуться из мертвых. Есть, однако, тайны, которые она не может разделить даже с мужем. Пусть Гиздар зо Лорак надеется.

Скоро он уснул, а Дени все ворочалась и металась. Может, потрясти его, разбудить? Чтобы он поцеловал ее, обнял, взял снова? Незачем — после этого он снова заснет, бросив ее одну в темноте. Что-то сейчас поделывает Даарио? Бодрствует ли он, думает ли о ней? Любит ли он ее, ненавидит ли за то, что ушла к другому? Напрасно она допустила его на свое ложе. Он простой наемник и ей не пара... она знала это всегда и все же не устояла.

— Моя королева, — позвал чей-то тихий голос.

— Кто здесь? — вздрогнула Дени.

— Всего лишь я, Миссандея. — Маленькая служанка подошла ближе. — Ваша слуга слышала, как вы плачете.

— Я не плачу. С чего мне плакать? Я получила свой мир и своего короля, о большем королеве и мечтать не приходится. Тебе приснилось.

— Да, ваше величество. — Девочка поклонилась и хотела уйти, но Дени сказала:

— Побудь со мной. Мне так одиноко.

— С вами его величество, — заметила Миссандея.

— Его величество спит, а я не могу. Завтра мне предстоит выкупаться в крови — такова цена мира. Садись и рассказывай.

— О чем прикажете, ваше величество? — Девочка села на постель рядом с ней.

— О твоем родном Наате. О бабочках, о своих братьях. О том, что ты любила, что тебя забавляло. Напомни мне, что в мире еще осталось что-то хорошее.

Миссандея, приложив все старания, наконец убаюкала Дени. Королеве снился огонь и дым, и утро пришло слишком скоро.

ТЕОН

День подкрался к ним незаметно, как Станнис. Винтерфелл проснулся уже давно: люди в кольчугах и коже высыпали на стены в ожидании атаки, которая так и не состоялась. Барабаны к рассвету умолкли, но рога трубили еще трижды, каждый раз чуть ближе к замку. А снег все шел.

— Сегодня он кончится, — уверял оставшийся в живых конюх. — Зима-то ведь еще не пришла.

Теон посмеялся бы, да смелости не хватило. Старая Нэн рассказывала о вьюгах, длившихся по сорок дней и ночей, по году, по десять лет... Эти бури погребали под стофутовым снежным покровом замки, города и целые королевства.

Абель, Ровена и еще одна прачка по имени Белка уплетали черствый ржаной хлеб, поджаренный на свином сале. Сам Теон на завтрак выпил кружку темного эля, такого густого, что жевать впору. Еще пара таких кружек, и план Абеля, глядишь, покажется ему не столь уж безумным.

В чертог, позевывая, вошел Русе Болтон вместе с женой, беременной толстухой Уолдой. Несколько лордов и капитанов — Амбер Смерть Шлюхам, Эйенис Фрей, Роджер Рисвелл — уже приступили к завтраку. Виман Мандерли пожирал колбасу и вареные яйца, старый беззубый лорд Локе хлебал овсянку.

Лорд Рамси тоже вскоре явился. Он застегивал на ходу пояс с мечом, и Теон сразу заметил, что он в дурном настроении. То ли из-за барабанов, не дававших спать ночью, то ли из-за чего-то еще. Скажешь что-то не то, посмотришь не так, засмеешься не вовремя и как пить дать поплатишься куском кожи. Хоть бы он не взглянул сюда — Теона он читает как книгу и все мигом поймет.

— Ничего у нас не выйдет. — Теон говорил очень тихо, хотя услышать их здесь, на задах, могли разве что лошади. — Нас поймают еще в замке, а если убежим, лорд Рамси все равно выследит нас с Беном Бонсом и девочками.

— Лорд Станнис, судя по звукам, под самыми стенами — нам только и надо, что дойти до него. — Абель перебирал струны лютни. Борода у него каштановая, но длинные волосы почти все седые. — Если бастард за нами погонится, то успеет пожалеть о том перед смертью.

«Верь в это, — твердил про себя Теон. — Отбрось сомнения».

— Твоих женщин изнасилуют, убьют и скормят собакам, — сказал он певцу. — Если они окажутся достойной дичью, он назовет в их честь новый выводок. А с тебя сдерут кожу — ты будешь молить о смерти, но они не послушают, такая у них игра. — Он вцепился в руку Абеля своей, покалеченной. — Ты поклялся, что не отдашь им меня живым. Дал мне слово.

— Слово Абеля тверже дуба, — сказала Белка, а певец только плечами пожал:

— Не извольте беспокоиться, мой принц.

Рамси о чем-то спорил с отцом. Слов не было слышно, но испуганное розовое лицо Уолды говорило о многом. Мандерли требовал еще колбасы, Роджер смеялся какой-то шутке Харвуда Стаута.

Суждено ли Теону увидеть чертоги Утонувшего Бога, или его призрак обречен вечно блуждать здесь, в Винтерфелле? Главное — умереть. Мертвым быть лучше, чем Вонючкой. Если план Абеля провалится, Рамси заставит их умирать медленно и мучительно. На этот раз он сдерет с Теона всю кожу, с головы до пят. Никакие мольбы его не умилостивят, и никакая боль не сравнится с той, какую причиняет своим ножиком Свежевальщик — Абель скоро испытает это на собственной шкуре. Из-за Джейни с глазами не того цвета, лицедейки, играющей свою роль. Об этом знают лорд Болтон и Рамси, но все остальные слепы, даже этот ухмыляющийся в бороду бард. «Славно ты посмеешься со своими шлюхами, Абель, умирая не за ту девку».

Он чуть было не сказал им всей правды, когда Ровена привела его к Абелю в руины Горелой башни, но удержался в последний миг. Певец всерьез намерен спасти дочь лорда Эддарда. Если он узнает, что жена лорда Рамси — дочка простого стюарда, то...

Дверь со скрипом отворилась, впустив снежный вихрь. Сир Хостин Фрей, до пояса облепленный снегом, держал на руках чье-то тело. Люди на скамьях побросали ложки.

Еще кого-то убили.

Сир Хостин направился к высокому столу. Снег валился с него пластами. С ним вошли других рыцари и латники Фреев, из которых Теон знал только мальчишку. Уолдер Большой — мелкий, тощенький, с лисьей мордочкой, весь в крови.

Лошади, почуяв ее запах, пронзительно ржали, собаки вылезали из-под столов, люди вставали. Тело, которое нес сир Хостин, покрылось розовым ледком на морозе.

— Сын моего брата Меррета. — Фрей сложил труп у помоста. — Зарезан, как поросенок, и спрятан в сугробе. Ребенок! Уолдер Малый — тот, что повыше. Любая из шестерых прачек могла это сделать.

— Это не мы, — сказала Ровена, перехватив взгляд Теона.

— Тихо! — шикнул на нее Абель.

Лорд Рамси сошел с помоста, за ним поднялся отец.

— Гнусное преступление. — В кои веки Русе говорил так, что его было слышно. — Где нашли мальчика?

— У разрушенного замка, милорд, — ответил Уолдер Большой, — того, что с горгульями. — Кровь двоюродного брата стыла на перчатках Уолдера. — Я говорил ему не ходить одному, но он сказал, что хочет получить долг.

— С кого? — спросил Рамси. — Назови его имя, и я сошью тебе плащ из шкуры этого человека.

— Он не сказал, милорд. Сказал только, что выиграл в кости... — юный Фрей помедлил, — у кого-то из Белой Гавани. Я видел, они учили его играть.

— Мы знаем, кто убил их! — загремел Хостин Фрей. — И мальчика, и всех остальных. Не сам, нет — он слишком толст и труслив, чтобы убивать самому. Поручил кому-то другому. Будете отрицать? — спросил Фрей, глядя в упор на Вимана Мандерли.

— Я, признаться... — Лорд Мандерли, жуя колбасу, вытер рукавом сальные губы. — Я, признаться, плохо знал бедного мальчика. Оруженосец лорда Рамси, не так ли? Сколько ему было лет?

— Девять исполнилось.

— Совсем еще мал... Хотя это, возможно, и к лучшему. Он мог вырасти и стать Фреем.

Сир Хостин, яростно пнув столешницу, сбил ее с козел прямо на живот лорду Виману. Чашки, блюда, колбасы полетели во все стороны. Люди Мандерли с проклятиями хватались за ножи, миски и штофы — что под руку подвернулось.

Сам сир Хостин, обнажив меч, бросился на Вимана Мандерли. Лорд, пригвожденный к стулу столешницей, даже пошевельнуться не мог, и клинок пронзил три из четырех его подбородков. Леди Уолда завизжала, цепляясь за мужа.

— Стойте! — крикнул лорд Русе. — Прекратите это безумие! — Его люди бежали разнимать Фреев и Мандерли; сир Хостин отсек руку человеку, напавшему на него с кинжалом; лорд Виман привстал и тут же хлопнулся на пол, как оглушенный дубинкой морж; старый лорд Локе громко требовал мейстера; собаки дрались друг с дружкой из-за колбас.

Когда сорок дредфортских копейщиков наконец остановили побоище, на полу остались лежать шестеро Мандерли и два Фрея. Многие были ранены; Лютон из бастардовых ребят вопил в голос, звал мать и пытался затолкать выпущенные внутренности обратно в живот. Лорд Рамси, выхватив у кого-то копье, вогнал его Лютону в грудь, но в чертоге тише не стало. Люди кричали, ругались или молились, лошади ржали, собаки рычали. Уолтон Железные Икры долго колотил копьем в пол, прежде чем Русе Болтону удалось молвить слово.

— Я вижу, вам всем не терпится пролить кровь, — сказал он. Рядом стоял мейстер Родри с вороном на руке; мокрая птица блестела при свете факела, как намасленная. Лорд развернул пергамент — тоже мокрый, можно не сомневаться. Черные крылья, черные вести. — Если так, то лучше вам обратить мечи против Станниса. Его голодное войско застряло в снегу в трех днях пути от замка; не знаю, как вам, а мне уже надоело ждать, когда он соизволит пожаловать. Вы, сир Хостин, соберете своих рыцарей и латников у главных ворот — нанесете первый удар, коли вам так не терпится, — а вы, лорд Виман, построитесь у восточных.

Клинок Хостина Фрея был красен по самую рукоять, щеки покрылись россыпью красных веснушек.

— Как прикажете, милорд, — сказал он, опустив меч. — Доставлю вам голову Станниса Баратеона и закончу, что начал: отделю от жирного туловища голову Мандерли.

Мейстер Медрик пытался остановить кровь лорду Виману; четыре рыцаря Белой Гавани сомкнулись кольцом вокруг них.

— Сперва вам придется пройти через нас, сир, — сказал самый старший, с тремя серебряными русалками на окровавленном лиловом камзоле.

— Охотно. Поочередно или сразу, мне безразлично.

— Хватит! — взревел лорд Рамси, потрясая обагренным копьем. — Еще одна угроза, и я сам вас всех выпотрошу. Мой лорд-отец ясно сказал: приберегите свой пыл для Станниса.

— Верно, — кивнул лорд Русе. — Вот покончим со Станнисом, тогда и сводите счеты. — Его белесые глаза, обшарив чертог, остановились на Абеле. — Спой нам, бард, чтобы мы успокоились.

— Слушаюсь, милорд. — Абель перескочил через пару трупов, взошел на помост, сел, скрестив ноги, прямо на стол и заиграл печальную, незнакомую Теону мелодию. Сир Хостин, сир Эйенис и их люди начали выводить во двор своих лошадей.

— Ванна, — схватив Теона за руку, сказала Ровена.

— Днем-то? Нас же увидят.

— Снег все скроет. Оглох ты, что ли? Болтон шлет свое войско — мы должны добраться до Станниса раньше них.

— А как же Абель?

— Абель сам о себе позаботится, — заверила Белка.

Безумие. Безнадежная, обреченная на провал затея. Теон допил подонки эля и встал.

— Зовите сестер таскать воду. У миледи ванна вместительная.

Белка бесшумно выскользнула куда-то, Ровена вышла вместе с Теоном. После той встречи в богороще одна из прачек всегда ходила за ним по пятам. Они ему не верят, да и с чего бы? Кто был Вонючкой, может снова им стать.

Снег все шел. Снеговики выросли в безобразных великанов десятифутовой вышины, ежечасно расчищаемые дорожки напоминали траншеи. В их лабиринте мог легко заблудиться любой, кроме Теона.

Богороща — и та побелела. Пруд под сердце-деревом затянулся льдом, лик на белом стволе отрастил усы из сосулек, но старые боги в этот час не были одиноки. Ровена потащила Теона в сторону от молящихся северян, к стене казармы и теплому грязевому пруду, воняющему тухлыми яйцами. Грязь тоже начинала подмерзать по краям.

— Зима близко, — сказал Теон, но Ровена одернула:

— Не смей произносить девиз лорда Эддарда после всего, что ты сделал.

— А мальчика кто убил?

— Говорю тебе, это не мы.

— Слова — ветер. — Эти девки ничем не лучше его. — Других-то вы убивали, почему бы и не мальчишку? Желтый Дик...

— Он вонял, как и ты. Свинья.

— А Уолдер Малый — свиненок. Убив его, вы натравили Фреев на Мандерли — умно придумано...

— Это не мы. — Ровена сгребла его за горло и притиснула к стенке. — Вякнешь еще раз, братоубийца, — вырву твой лживый язык.

— Не вырвешь, — улыбнулся он, показав обломки зубов. — Без моего лживого языка ты не пройдешь мимо стражи.

Ровена, плюнув ему в лицо, разжала пальцы и вытерла руки в перчатках о бедра.

Не надо бы ее злить: на свой лад она опасна не меньше, чем Свежевальщик и Дамон-Плясун. Но он замерз, устал, голова у него болит, ночи он проводит без сна...

— У меня много чего на совести, — сказал Теон. — Я предавал, переходил с одной стороны на другую, приказывал убивать людей, которые мне доверяли, — но братьев не убивал.

— Само собой. Маленькие Старки не были тебе братьями.

Теон не это хотел сказать. Он не трогал их вовсе, братья они ему или нет. Те двое детей были сыновьями простого мельника. О мельничихе, которую он знал много лет и даже спал с ней, Теон старался не думать. Тяжелые, с большими сосками груди, сладкие губы, веселый смех. Не знать ему больше этих нехитрых радостей.

Но Ровене об этом нечего толковать: она не поверит ему, как и он ей не верит.

— На моих руках много крови, но кровью братьев я их не обагрял, — сказал он устало. — И за грехи свои уже расплатился.

— Навряд ли, — отвернулась она.

Дура. Он, может, и сломленный человек, но кинжал-то при нем. Взять да и вогнать ей между лопаток. На это он еще способен, хоть и калека. Это даже милосердно — избавить женщину от мучений, которые ждут ее и других, если Рамси их схватит.

Вонючка точно бы это сделал в надежде угодить лорду Рамси. Эти шлюхи задумали украсть у Рамси жену — Вонючка такого не допустил бы. Но старые боги узнали его, назвали по имени. Он Теон из Железных Людей, сын Бейлона Грейджоя и законный наследник Пайка. Недостающие пальцы так и зудели, но кинжал не вышел из ножен.

Белка вскоре привела четырех остальных: седую тощую Миртл, Иву-Ведьму с длинной черной косой, толстую грудастую Френью, Холли с ножиком. Оделись они как служанки, в домотканую шерсть и плащи, подбитые кроличьим мехом, и ни мечей, ни молотов, ни топоров при них не было — только ножи. Холли застегнула плащ серебряной пряжкой, Френья обмоталась веревкой и сделалась еще толще.

Миртл и для Ровены принесла такой же наряд.

— Во дворах полным-полно дурачья, — предупредила она. — В поход собираются.

— Поклонщики, — фыркнула Ива. — Раз главный лорд велел, надо идти.

— Скоро полягут все как один, — прочирикала Холли.

— Мы тоже, — сказал Теон. — Ну, войдем мы туда, а леди Арью как выведем?

— Вшестером войдем, вшестером и выйдем, — весело объяснила Холли. — Кто на служанок смотрит? Оденем девочку в платье Белки.

Да, они с Белкой почти одного роста — может, и получится.

— А Белка как выйдет?

— Через окно и в богорощу, — ответила та. — Мне всего двенадцать годков было, когда брат взял меня в первый набег, там меня и прозвали Белкой. Я через вашу Стену шесть раз лазила, туда и обратно — уж с башни-то спущусь как-нибудь.

— Ну, доволен теперь, Переметчивый? — спросила Ровена. — Тогда пошли.

Громадная кухня Винтерфелла занимала отдельный флигель, стоящий поодаль от чертога и жилых зданий. В разное время дня там пахло по-разному: то жареным мясом, то луком, то свежим хлебом. Русе Болтон и в ней часовых поставил, чтобы повара с поварятами не разворовывали еду. Вонючку солдаты знали и поддразнивали его, когда он таскал воду для ванны, но дальше не заходили: с любимцем лорда Рамси связываться опасно.

— Вот и принц Вони пожаловал. — Один из стражей распахнул дверь перед Вонючкой и шестью женщинами. — Быстрей только, а то напустите холоду.

— Горячей воды для миледи! — распорядился Теон, поймав первого же поваренка. — Шесть полных ведер, и чтоб горячая была, а не тепленькая, понятно? Лорд Рамси желает, чтобы его жена была чистой.

— Да, милорд, сей же час, — ответил мальчишка.

«Сей же час» затянулся надолго. Мальчику пришлось отмыть один из больших котлов, наполнить его водой и нагреть. Женщины Абеля терпеливо ждали, опустив капюшоны своих плащей. Зря они так: настоящие служанки заигрывают с кухарями, норовя отщипнуть кусочек того и снять пробу с этого. Часовые уже начинали поглядывать на них с удивлением.

— А где Мейзи, Джез и прочие, которые всегда приходят с тобой? — спросил один у Теона.

— Леди Арья недовольна ими. Они приносят воду уже остывшей.

Котел наконец-то вскипел, и процессия с полными ведрами, от которых шел пар, снова двинулась по снежным траншеям. Замок кишмя кишел рыцарями и простыми латниками с копьями, луками и колчанами. Фреи с эмблемой двух башен и Мандерли с водяным сталкивались на каждом шагу и обменивались злобными взглядами, но не обнажали клинков — вот выйдут они в лес, тогда...

Большой замок охраняли полдюжины дредфортцев.

— Опять ванна, что ли? — спросил сержант, держа руки под мышками. — Она ж только вечером мылась и из постели не вылезала — откуда грязь-то возьмется?

Поспал бы с Рамси — узнал откуда. Стоит лишь вспомнить, что пришлось делать Теону и Джейни в первую ночь.

— Лорд Рамси так приказал.

— Ладно, заходите, пока вода у вас не замерзла. — Перед ними снова открыли двери.

Внутри было почти так же холодно, как снаружи. Холли потопала ногами, сбивая снег, и откинула капюшон.

— Я думала, трудней будет.

— У спальни тоже стоят часовые, — предупредил Теон. — Люди Рамси. — Бастардовыми ребятами он не посмел их назвать — вдруг кто услышит. — Надвиньте капюшоны и держите головы низко.

— Делай, как он говорит, Холли, — вмешалась Ровена. — Тебя могут в лицо узнать.

Теон поднимался первым. По этой лестнице он всходил и спускался тысячу раз, не меньше. Мальчишкой перескакивал через три ступеньки и однажды сбил с ног старую Нэн. За это он получил самую большую трепку за все пребывание в Винтерфелле, хотя и она была пустяком в сравнении с тем, как колошматили его братья на Пайке. На этих ступенях они с Роббом вели героические сражения на деревянных мечах. Хорошая школа: понимаешь наглядно, как трудно проложить себе путь по винтовой лестнице против наседающего сверху противника. Один хороший боец наверху способен сдерживать идущую снизу сотню, любил говорить сир Родрик.

Все они уже покинули этот мир: Джори, сир Родрик, лорд Эддард, Харвин и Халлен, Кейн, Десмонд и Толстый Том, Алин, мечтавший стать рыцарем, Миккен, выковавший Теону первый стальной меч. Даже старая Нэн скорее всего.

А Робб, бывший Теону братом больше, чем сыновья Бейлона Грейджоя, предательски убит Фреями. Почему Теона не было на той свадьбе? Он должен был умереть вместе с Роббом.

Он остановился так внезапно, что Ива чуть не врезалась в него сзади. Дверь спальни Рамси охраняли Алин-Кисляй и Молчун.

Старые боги милостивы. У одного языка нет, у другого ума, как часто повторяет лорд Рамси. Мерзавцы, конечно, оба, но долгая служба в Дредфорте приучила их к послушанию.

— Мы принесли воду для леди Арьи, — сказал Теон.

— Тебе бы самому помыться, Вонючка, — заметил Алин. — Смердишь почище конской мочи. — Молчун пробурчал что-то в знак согласия — а может, это был смех, — Алин отпер дверь, Теон сделал женщинам знак проходить.

День еще не проник сюда. Последнее полено догорало среди углей в очаге, рядом с измятой пустой постелью мигала свеча. Куда она могла деться? Из окна выбросилась? Но ставни накрепко заперты изнутри и обледенели снаружи. Женщины вылили ведра в круглую деревянную ванну, Френья прислонилась к двери спиной.

— Где же она? — недоумевала Холли.

Во дворе затрубил рог — Фреи выезжали на битву. Недостающие пальцы Теона зудели.

Джейни тряслась в самом темном углу, свернувшись под волчьими шкурами; как раз дрожь и помогла ее разглядеть. От кого она прячется — от них или от своего лорда-мужа? Теон едва сдержал крик при мысли, что Рамси может войти сюда.

— Миледи. — Назвать ее Арьей у него не поворачивался язык, на Джейни смелости не хватало. — Не прячьтесь, это ваши друзья.

Из-под мехов выглянул глаз, блестящий от слез. Карий, не того цвета.

— Теон?

— Пойдемте с нами, леди Арья, — сказала, подойдя к ней, Ровена. — Не медлите: мы отведем вас к вашему брату.

— К брату? — Из-под шкур высунулась вся голова. — Но у меня нет братьев...

Она забыла свое имя, забыла, за кого себя выдает.

— У вас их было трое, — напомнил Теон. — Робб, Бран и Рикон.

— Больше нет. Они умерли.

— Остался еще один — лорд Ворона, — сказала Ровена.

— Джон Сноу?

— Мы отведем вас к нему, но надо спешить.

Джейни натянула шкуры до подбородка.

— Нет. Вы обманываете. Это он вас послал... милорд. Чтобы испытать, сильна ли моя любовь. Я люблю его! Люблю больше жизни! — По щеке скатилась слеза. — Я сделаю все, что он хочет, с ним или... или с собакой, только ноги мне не рубите, я больше не стану бежать, я рожу ему сыновей, клянусь... клянусь...

Ровена тихо присвистнула.

— Да проклянут его боги.

— Я хорошая, меня всему научили.

— Надо ее заткнуть, — нахмурилась Ива. — Тот стражник хоть и нем, но не глух — услышат еще.

— Забирай ее, Переметчивый. — Холли достала свой нож. — Уходить надо. Поднимай эту сучонку и постарайся ее вразумить.

— А ну как закричит? — засомневалась Ровена.

«Тогда всем нам конец», — подумал Теон. Он говорил, что это безумие, но они не послушали. У Абеля мозги набекрень, как у всех певцов. В песне герой запросто спасает деву из замка чудовища, но жизнь столь же мало походит на песню, как Джейни на Арью Старк. И героев здесь нет, одни шлюхи. Теон опустился на колени, откинул меха, коснулся мокрой щеки.

— Я Теон. Вы ведь знаете меня, правда? И я вас знаю. Знаю, как ваше имя.

— Имя? Но я...

— Об этом после. — Он прижал палец к губам. — Сейчас вы пойдете с нами. Со мной. Мы уведем вас отсюда. Прочь от него.

— Прошу вас... прошу...

Теон, чьи призрачные пальцы продолжали зудеть, помог ей подняться. Шкуры прикрывали нагое тело, на маленьких бледных грудях виднелись следы от зубов. Одна из женщин затаила дыхание, Ровена сунула Теону ворох одежды.

— Скорее, холодно ведь.

Белка, на которой остались одни панталоны, порылась в сундуке и облачилась в бриджи и стеганый дублет Рамси. Штанины болтались у нее на ногах, как обвисшие паруса.

Теон с помощью Ровены натягивал на Джейни Белкины тряпки. Если боги смилуются, а часовые ослепнут, дело, глядишь, и выгорит.

— Сейчас мы пойдем вниз по лестнице, — сказал он. — Голову опустите, капюшон поднимите, вот так. Идите следом за Холли. Не бежать, не кричать, не разговаривать, никому в глаза не смотреть.

— Не оставляйте меня, — попросила Джейни.

— Мы пойдем вместе, — пообещал Теон.

Белка залезла в кровать и укрылась одеялом, Френья открыла дверь.

— Ну что, Вонючка, хорошо ее вымыл? — спросил Алин-Кисляй, а Молчун ухватил за грудь Иву. Удачно выбрал: Джейни наверняка завизжала бы, и пришлось бы Холли резать стражнику глотку, а Ива лишь вывернулась и пошла вниз.

Даже и не взглянули! У Теона голова закружилась от облегчения, но на лестнице страх вернулся. Что, если им встретятся Свежевальщик, Дамон-Плясун, Уолтон Железные Икры или сам Рамси? «Да спасут нас боги, только не он». Ну, вывели девчонку из спальни, нашел чему радоваться... ворота заперты, на стенах ряды часовых. Их могут и у входной двери остановить: мало будет проку от ножа Холли против шестерых мужиков в кольчугах, с мечами и копьями.

Часовым, однако, было не до того: все их силы уходили на борьбу со снегом и ветром, сержант и тот глянул на вышедших только мельком. Теона кольнула жалость: Рамси с них кожу сдерет, узнав о побеге... А что он сделает с Алином и Молчуном, даже и думать не хочется.

В каких-нибудь десяти ярдах от двери женщины побросали пустые ведра. Большого замка не было видно, над белым пустынным двором витали непонятные звуки. Чем дальше, тем выше становились снежные стенки: по колено, до пояса, выше головы. Не замок, а Край Вечной Зимы за Стеной.

— Холодно, — тихонько пожаловалась Джейни, ковыляя рядом с Теоном.

Скоро будет еще холодней. Зима за стенами замка только и ждет, чтобы вцепиться в них ледяными зубами... Если они, конечно, выберутся за стены.

— Нам сюда, — сказал Теон на перекрестке трех дорожных траншей.

— Френья, Холли, идите с ними, — сказала Ровена. — Мы с Абелем вас догоним, не ждите. — Она, Ива и Миртл повернули к Великому Чертогу и сразу исчезли в снегу.

Еще того лучше. Побег, вызывавший сомнения даже с шестью женщинами Абеля, с двумя казался совсем невозможным. Но делать нечего — не возвращать же девочку в спальню. Теон взял Джейни под руку и повел к Крепостным воротам. Ворота — громко сказано, скорее калитка. Даже если стража пропустит их, во внешней стене нет прохода; в одиночку Теон там ходил беспрепятственно, но теперь... Что, если часовые заглянут под капюшон Джейни и узнают в ней жену Рамси?

Дорожка вильнула влево. Вот и калитка, а по бокам часовые, похожие в косматых мехах на медведей, и копья у них восьмифутовые.

— Кто идет? — окликнул один. Теон не узнал ни голоса, ни замотанного шарфом лица. — Ты, Вонючка?

Он хотел сказать «да», но неожиданно для себя ответил иначе:

— Теон Грейджой. Баб вам привел.

— Замерзли небось, бедняжки, — пропела Холли. — Давайте согрею. — Размотав заснеженный шарф, она поцеловала стражника в губы и пырнула ножом в шею пониже уха. Глаза латника выкатились. Холли с кровью на губах отступила, солдат упал.

Френья тем временем ухватилась за древко другого стражника, завладела после короткой борьбы копьем и двинула часового тупым концом по виску. Он отлетел назад, а женщина развернула копье и проткнула ему живот.

Джейни Пуль испустила пронзительный вопль.

— А чтоб тебя, — крикнула Холли. — Сейчас сюда поклонщики сбегутся, уходим!

Теон, одной рукой зажимая Джейни рот, другой обнимая за талию, вытащил ее за калитку и перевел через ров. Старые боги не подкачали и здесь: подъемный мост опустили, чтобы облегчить сообщение между Винтерфеллом и внешней стеной.

Позади слышались тревожные крики, на внутренней стене протрубили в горн.

— Бегите, я задержу поклонщиков, — сказала Френья на середине моста. Копье она захватила с собой.

Добравшись до лестницы, Теон перекинул Джейни через плечо и стал подниматься. Девочка больше не вырывалась, да и весила мало, но ступеньки были скользкие. На полпути он споткнулся, ударился коленом и чуть не упустил свою ношу, но Холли помогла ему встать, и вдвоем они кое-как втащили Джейни на стену.

Теон отдувался, прислонившись к зубцу, Френья внизу сражалась с шестью солдатами.

— Куда теперь? — спросил он. — Как мы спустимся?

— Ах ты ж, мать-перемать, — выругалась Холли. — Веревка-то на Френье осталась! — В следующий миг она ахнула, держась за арбалетный болт в животе. — Поклонщики... с внутренней... — успела выговорить она, и между грудей у нее выросла вторая стрела. Холли упала, и снег, обвалившись с зубца, похоронил ее под собой.

Слева донеслись крики. Снежное одеяло над Холли понемногу краснело, стрелок на внутренней стене перезаряжал арбалет — Теон знал это и не видя. Он сунулся было вправо, но оттуда тоже бежали люди с мечами в руках. Далеко на севере запел рог. Станнис... Станнис, их единственная надежда.

Арбалетчик выстрелил снова. Болт, пройдя в футе от Теона, пробил плотный снег на зубце. Где же Абель и прочие его женщины? Если двух беглецов захватят живыми, то отведут к Рамси.

Теон обхватил Джейни за пояс и прыгнул.

ДЕЙЕНЕРИС

На беспощадно голубом небе ни облачка. Скоро кирпич раскалится, и бойцы на песке почувствуют жар сквозь подошвы сандалий.

Чхику накинула на Дени шелковый халат, Ирри помогла сойти в пруд. Тень от хурмы дробилась на воде вместе с бликами раннего солнца.

— Вашему величеству непременно нужно присутствовать на открытии этих ям? — спросила Миссандея, мывшая волосы королеве.

— Да, сердечко мое. Половина Миэрина соберется там, чтобы посмотреть на меня.

— Простите вашу слугу за дерзость. Мне кажется, они придут посмотреть, как умирают бойцы.

Девочка права, но это не столь уж важно.

Дени, чище чистого, поднялась из воды. Солнце поднимается, народ скоро начнет собираться. Она бы гораздо охотнее провела день в этом душистом пруду, ела замороженные фрукты с серебряных блюд и грезила о доме с красной дверью, но королева принадлежит не себе, а своим подданным.

Чхику закутала ее в мягкое полотенце.

— Какой токар кхалиси наденет сегодня? — спросила Ирри.

— Из желтого шелка. — Королева кроликов не должна показываться на люди без длинных ушей. Желтый шелковый токар легче всех остальных, а в ямах будет настоящее пекло, и сандалии не спасут ноги смертников от обжигающего песка. — И длинное красное покрывало. — Оно защитит ее от песчаных вихрей, и брызги крови на красном не так видны.

Чхику причесывала королеву, Ирри красила ей ногти — предстоящее зрелище радовало обеих.

— Король просит королеву присоединиться к нему, когда она будет готова, — доложила Миссандея. — И принц Квентин просит о краткой аудиенции.

— Как-нибудь в другой раз.

У подножия пирамиды ждали сир Барристан с Бронзовыми Бестиями и открытый паланкин. Сир дедушка, несмотря на возраст, держался прямо и был очень красив в подаренных Дени доспехах.

— Лучше бы вас охраняли сегодня Безупречные, ваше величество, — сказал старый рыцарь, когда Гиздар отошел побеседовать со своим родичем. — Половина Бронзовых Бестий —

вольноотпущенники, не испытанные в боях. — Другую половину составляли миэринцы, чья верность внушала ему сомнения, но об этом он умолчал. Селми не доверял ни одному миэринцу — ни с густыми волосами, ни с бритой головой.

— Они так и останутся неиспытанными, если не испытать их.

— Маска скрывает многое, ваше величество. Откуда нам знать, та ли это сова, что охраняла вас вчера и третьего дня?

— Если я не стану верить Бронзовым Бестиям, чего же ждать от простых горожан? Под этими масками скрываются славные отважные люди, и я вверяю им свою жизнь. Не тревожьтесь так, сир: каких мне еще защитников нужно, коли рядом будете вы?

— Я уже стар, ваше величество.

— Силач Бельвас тоже идет.

— Воля ваша. Мерис мы по вашему приказанию отпустили, — понизил голос сир Барристан. — Она хотела поговорить с вами, но пришлось ограничиться мной. Женщина уверяет, будто Принц-Оборванец хотел с самого начала перейти к вам. Ее он якобы послал для тайных переговоров с вами, но дорнийцы, разоблачив их всех, не дали ей и слова сказать.

«Одни предают других, другие третьих... будет ли этому конец?»

— Вы ей верите, сир?

— Не особенно, ваше величество, но так она говорит.

— И они в самом деле перейдут к нам?

— По ее словам, да — но за определенную цену.

— Так заплатите им. — Золота в Миэрине много, а вот стали недостает.

— Принцу-Оборванцу нужны не деньги, ваше величество. Он хочет получить Пентос.

— При чем же здесь я? Пентос на другом краю света.

— Он готов подождать, пока мы не выступим в Вестерос.

«А если этого никогда не случится?»

— В Пентосе обитает магистр Иллирио, устроивший мой брак с кхалом Дрого, подаривший мне драконьи яйца, прислаший мне вас, Бельваса и Гролео. Я бесконечно ему обязана и не намерена отдавать его город наемнику.

— Мудрое решение, ваше величество, — склонил голову рыцарь.

— Этот день сулит многое — верно, любимая? — Гиздар зо Лорак помог Дени сесть в паланкин, где стояли рядом два трона.

— Разве что вам. Не тем, кто умрет еще до захода солнца.

— Все мы умрем, но не всем дано погибнуть со славой, под приветственные клики целого города. Открывай, — крикнул он солдатам у дверей, подняв руку.

Воздух уже мерцал от зноя над площадью, вымощенной разноцветными кирпичами. Девять из каждых десяти человек — кто в носилках или на креслах, кто на осликах, кто пешком — двигались по кирпичному проспекту на запад, к Арене Дазнака. Появление королевского паланкина из пирамиды встретили громким «ура». «Не странно ли, — думала Дени, — что меня чествуют на той самой площади, где я прибила к столбам сто шестьдесят три человека из числа великих господ?»

Во главе процессии бил большой барабан, и глашатай в тунике из медных дисков выкрикивал:

— Дорогу! — БОММ. — Дорогу королеве! — БОММ. — Дорогу королю! — БОММ.

За барабаном шагали Бронзовые Бестии, по четверо в ряд — кто с дубинками, кто с кольями, в складчатых юбках, сандалиях и пестрых плащах, копирующих кирпичи Миэрина. На солнце сверкали маски вепрей, быков, ястребов, цапель, львов, тигров, медведей, змей с раздвоенным языком, василисков.

Не любящий лошадей Силач Бельвас шел впереди паланкина в безрукавке с заклепками — его коричневый, весь в шрамах живот колыхался на каждом шагу. Ирри, Чхику, Агго и Ракхаро ехали верхом, за ними следовал Резнак в кресле с навесом от солнца. Сир Барристан в сверкающих доспехах сопровождал паланкин рядом с Дени — на плечах безупречно отбеленный плащ, на левой руке большой белый щит. Чуть позади ехали Квентин Мартелл и два его спутника.

Процессия медленно ползла по длинной кирпичной улице.

— Дорогу! — БОММ. — Королева! Король! — БОММ. — Расступитесь! — БОММ.

Служанки Дени спорили, кто станет победителем финального поединка. Чхику предпочитала гиганта Гогора, больше похожего на быка, чем на человека, вплоть до бронзового кольца в носу; Ирри заявляла, что цеп Белакуо-Костолома уложит и великана. Что с них взять, они дотракийки. На свадебном пиру Дени гости рубились на араках, умирали, пили, совокуплялись. Жизнь и смерть в кхаласарах идут рука об руку — чем больше крови прольется на свадьбе, тем крепче брак. Ее новый брак тоже омоется кровью и будет счастливее некуда.

БОММ, БОММ, БОММ, БОММ, БОММ.

Барабан забил часто и гневно, сир Барристан обнажил меч, процессия застряла между бело-розовой пирамидой Палей и черно-зеленой Накканов.

— Почему мы остановились? — спросила Дени.

Гиздар встал.

— Что-то загораживает дорогу.

Причиной задержки оказался чей-то перевернутый паланкин: один из носильщиков упал в обморок от жары.

— Помогите человеку, — распорядилась Дени. — Уведите его в тень, напоите, дайте поесть. Вид у него такой, будто он голодал неделю.

Сир Барристан беспокойно смотрел вправо-влево. Гискарцы на террасах отвечали ему холодными, недружелюбными взглядами.

— Не нравится мне это, ваше величество. Вдруг западня? Сыны Гарпии...

— ...укрощены, — завершил фразу Гиздар зо Лорак. — Зачем им вредить моей королеве, коль скоро она избрала меня своим королем и супругом? Помогите же этому человеку, как приказывает наша драгоценная повелительница. — Улыбаясь, он взял Дени за руку, а Бронзовые Бестии устремились к носильщику.

— Раньше носильщики были рабами, — сказала Дени. — Я освободила их, но носилки от этого легче не стали.

— Верно, но теперь они получают плату за переноску тяжестей. Раньше надсмотрщик спустил бы кнутом шкуру с того, кто упал, а теперь ему помощь оказывают.

Бестия в маске вепря протягивал пострадавшему мех с водой.

— Что ж, видимо, и за малые победы следует быть благодарной.

— Шаг за шагом, а там и на бег перейдем. Будем строить новый Миэрин вместе. — Улицу наконец-то очистили. — Двинемся дальше?

Дени оставалось только кивнуть. Шаг за шагом. Но куда это ее приведет?

Ворота Арены Дазнака были изваяны в виде двух бронзовых воинов — один с мечом, другой с топором. По замыслу скульптора они наносили друг другу смертельный удар, высоко подняв свое оружие.

«Искусство, бьющее наповал», — сказала про себя Дени.

Со своей террасы она постоянно видела бойцовые ямы. Мелкие усеивали лицо Миэрина как оспины, большие напоминали незаживающие язвы, но эту сравнить было не с чем. Королевская чета, пройдя в арку между сиром Барристаном на одной стороне и Бельвасом на другой, оказалась на краю огромной кирпичной чаши, окруженной ярусами сидений, каждый разного цвета.

Гиздар вел Дени мимо черных, пурпурных, синих, зеленых, белых, желтых и оранжевых рядов к алому, в цвет песка. Разносчики предлагали собачьи колбаски, жареный лук, щенячьи зародыши на палочке, но королевскую ложу Гиздар снабдил охлажденным вином, родниковой водой, фигами, финиками, дынями и гранатами.

— Ух ты, саранча! — Бельвас схватил миску насекомых в меду и захрустел ими.

— Это очень вкусно, — сказал Гиздар, — попробуй, любимая. Ее обваливают в пряностях, а уж после в меду, чтобы придать ей и остроту, и сладость.

— Теперь понятно, отчего Бельваса прошиб пот. Я удовольствуюсь финиками и фигами.

Напротив них сидели Благодати в разноцветных одеждах — в середине выделялась зеленым островком Галацца Галар. Великие господа Миэрина занимали красные и оранжевые сиденья; женщины прятались от солнца под покрывалами, мужчины уложили волосы в виде рогов, растопыренных пальцев и пик. Лораки облачились в токары индиговых и лиловых тонов, Пали предпочитали бело-розовую полоску. Юнкайские посланники в желтом, каждый со своими рабами, разместились в соседней ложе. Чем выше ряд, тем ниже был статус зрителей: черные и пурпурные скамьи на самом верху занимали вольноотпущенники, наемники — капитаны бок о бок со своими солдатами — сидели чуть ниже. Дени разглядела среди них коричневое лицо Бурого Бена и огненно-рыжие баки Красной Бороды.

Гиздар встал, воздел руки.

— Великие господа! Моя королева оказывает нам честь в знак любви к своему народу. С ее милостивого соизволения я возвращаю вам наши боевые искусства. Пусть королева услышит, как ты любишь ее, Миэрин!

Тридцать тысяч глоток взревели разом. Выкрикивали не имя, которое мало кто мог правильно выговорить — для выражения любви существовало другое слово.

— Миса, миса, миса! — ревел амфитеатр на древнем языке Гиса под топот и хлопанье ладоней по животам. — Матерь!

«Я вам не мать! — хотелось закричать Дени. — Я мать ваших рабов, мать каждого юноши, умиравшего на этом песке, пока вы лакомились обвалянной в меду саранчой».

— Слышите, как они любят ваше великолепие? — прошептал ей на ухо Резнак.

Не ее они любят, а свои зрелища. Когда крики начали затихать, Дени села и попросила Чхику налить ей воды. В горле пересохло, хотя их ложа находилась в тени.

— День откроет Храз, — пояснил Гиздар. — Такого бойца у нас еще не бывало.

— Бельвас был лучше, — возразил королю Силач.

Высокий Храз, миэринец простого рода, носил посередине головы узкую полоску черно-рыжих волос. Копье другого бойца, чернокожего с Летних островов, некоторое время удерживало Храза на расстоянии, но вскоре он проскочил под копьем, убил противника своим коротким мечом, поднял над головой вырезанное сердце и откусил кусок.

— Храз верит, что сердца храбрецов дают ему силу, — сказал Гиздар. Чхику промолвила что-то в знак одобрения. Дени однажды съела сердце коня, чтобы сын, которого она носила, стал сильным, но это не спасло Рейего, убитого колдуньей во чреве матери. «Три измены должна ты испытать». Мейега — первая, Джорах — вторая, Бурый Бен — третья... стало быть, это всё?

— А это Пятнистый Кот, — говорил Гиздар. — Посмотри, как он движется, моя королева: поэма на двух ногах, да и только.

Для ходячей поэмы Гиздар подобрал противника ростом с Гогора и толщиной с Бельваса, но медлительного. Кот перерезал ему поджилки в шести футах от Дени; тот рухнул на колени, а Кот уперся ему в спину ногой, запрокинул голову и рассек горло от уха до уха. Красный песок впитал кровь, ветер — последние слова. Толпа встретила смерть бойца одобрительными криками.

— Плохо дрался, хорошо умер, — сказал Бельвас. — Силач не любит, когда визжат. — Умяв всю саранчу, он рыгнул и хлебнул вина.

Бледные квартийцы, черные летнийцы, меднокожие дотракийцы, тирошийцы с синими бородами, ягнячьи люди, джогосхайцы, мрачные браавосцы, полулюди тигровой масти из джунглей Сотороса — они собрались со всего света, чтобы умереть на Арене Дазнака.

— Вот этот многое обещает, — сказал Гиздар про лиссенийского юношу с длинными белокурыми волосами, но противник ухватил его за локоны, согнул и выпотрошил. Мертвым лиссениец казался еще моложе.

— Совсем еще мальчик, — вздохнула Дени.

— Шестнадцать уже исполнилось, — возразил Гиздар. — Взрослый мужчина, имевший полное право рискнуть своей жизнью ради славы и золота. Дети на арену, согласно мудрому указу моей королевы, больше не допускаются.

Еще одна маленькая победа. Осчастливить свой народ Дени не в силах, но, быть может, способна уменьшить его несчастья? Поединки между женщинами она тоже хотела запретить, но Барсена Черновласая заявила, что вправе распоряжаться собственной жизнью с мужчинами наравне. Не по душе Дени были также потешные бои между старухами, карликами, калеками: чем беспомощнее бойцы, тем смешнее. Но Гиздар сказал, что правителей, смеющихся вместе с подданными, народ любит больше — и не хочет же она, чтобы старухи и карлики голодали?

Обычай отправлять на арены преступников Дени оставила в силе, но с некоторыми ограничениями. «Посылать в ямы позволительно только убийц, насильников и тех, кто замешан в торговле рабами. К ворам и неплательщикам это не должно применяться».

Разрешила она и животных. Слон у нее на глазах расправился с шестеркой красных волков. В следующей стычке бык и медведь, истерзав один другого, издохли оба.

— Мясо не пропадет, — заверил Гиздар, — мясники сварят из него суп для голодных. Всякий, кто придет к Воротам Судьбы, получит полную миску.

— Хороший обычай, — одобрила Дени. Один из немногих в городе Миэрине. — Его отменять не будем.

После звериных боев состоялась целая битва: шестеро пеших со щитами и длинными мечами против шестерых конных с дотракийскими аракхами. Пешие были в кольчугах, конные без доспехов. Всадники, пользуясь своим преимуществом, затоптали двух противников и отсекли ухо третьему, но пехотинцы принялись за коней и скоро перебили их вместе с наездниками, к большому неудовольствию Чхику.

— Это не настоящий кхаласар, — заявила она.

— Из этого мяса, надеюсь, суп не станут варить? — сказала Дени, глядя, как убирают трупы.

— Как же, — ответил Гиздар, — а конина?

— Конина с луком делает человека сильным, — вставил Бельвас.

Следующей выступала первая потешная пара: карлики, предоставленные кем-то из юнкайских гостей. Один сидел на собаке, другой на свинье. Их деревянные доспехи спешно разукрасили оленем узурпатора Роберта Баратеона и золотым львом Ланнистеров, не иначе чтобы угодить королеве. Бельвас скоро начал давиться от смеха, Дени улыбалась через силу. Карлик в красном скоро упал со свиньи и стал гоняться за ней, а другой, на собаке, скакал следом и лупил пешего по заду деревянным мечом.

— Очень забавно, — бросила Дени, — однако...

— Терпение, дорогая, — сказал Гиздар. — Скоро львов выпустят.

— Львов?

— Да, сразу трех. Карлики такого не ожидают.

— Мечи и доспехи у них деревянные, — нахмурилась Дени. — Как они, по твоему, будут сражаться со львами?

— Да никак... Разве что вздумают удивить нас. Скорее всего они поднимут крик и будут пытаться вылезти, цепляясь за стены — на то и комедия.

— Я запрещаю, — отрезала Дени.

— Нельзя же разочаровывать публику, возлюбленная моя королева.

— Ты клялся, что все бойцы будут взрослыми людьми, по доброй воле желающими сразиться ради славы и золота. Эти карлики не давали согласия биться со львами деревянным оружием. Немедленно прекрати это.

Король сжал губы, и Дени почудился проблеск гнева в его глазах.

— Как пожелает моя королева. — По знаку Гиздара к ним подбежал распорядитель с кнутом в руке. — Львов не выпускать, — распорядился король.

— Ни одного, ваше великолепие? Как же так?

— Таков приказ королевы. Карлики не должны пострадать.

— Публика будет недовольна...

— Выпускай Барсену, это умаслит их.

— Вашему великолепию лучше знать. — Распорядитель щелкнул кнутом.

Карликов погнали с арены вместе с животными, а публика вопила, швыряя в них гнилые фрукты и камни.

Вслед за этим снова поднялся рев: на песок вышла Барсена в одних сандалиях и повязке на бедрах. Высокая, смуглая, лет тридцати, она двигалась с хищной грацией, как пантера.

— Барсену в городе очень любят, — сказал Гиздар. — Я не встречал женщины храбрей, чем она.

— С девками драться — невелика храбрость, — сказал Силач. — С Бельвасом — дело другое.

— Сегодня она будет драться с вепрем.

«Потому что противницы, несмотря на все посулы, ты ей не нашел», — подумала Дени.

— По крайней мере не деревянным мечом.

Вепрь был огромен: клыки с мужское предплечье, маленькие глазки налиты яростью — Роберта Баратеона, наверное, убил такой же свирепый зверь. Страшная смерть... На миг Дени стало жаль узурпатора.

— Барсена очень проворна, — сказал Резнак. — Она будет плясать со зверем и резать его на ломти. Он весь покраснеет от крови, прежде чем пасть, вот увидите.

Бой начался, как он и предсказывал. Зверь напал, женщина отскочила, ее клинок сверкнул серебром на солнце.

— Ей бы копье, — сказал сир Барристан после второй атаки. — Кинжал — плохое оружие против вепря.

«Заботливый дедушка», — не зря Даарио его так прозвал.

Нож Барсены стал красен, но тут вепрь призадумался. «Он умнее быка и больше в лоб нападать не станет», — поняла Дени. Барсена сделала тот же вывод и подошла ближе, крича и перекидывая кинжал с руки на руку. Когда зверь попятился, она выругалась и полоснула его по рылу. Ей удалось его разозлить, но отскочить назад она опоздала, и клык вспорол ей левую ногу от бедра до колена.

Тридцать тысяч человек дружно издали стон. Барсена, выронив нож, прыгала на одной ноге, но далеко уйти не смогла:

вепрь насел на нее. Дени отвернулась и спросила Силача Бельваса:

— Ну что, храбрый она боец? — Над песком повис женский вопль.

— Дралась храбро, а визжать не годится. У Бельваса уши болят. И живот. — Евнух потер свое круглое пузо, испещренное белыми шрамами.

Вепрь потрошил Барсену, и этого королева уже не вынесла. Жара, вонь, мухи, крики толпы... дышать нечем. Она сорвала с себя покрывало, тут же унесенное ветром, и стала разматывать токар. Жемчужины задребезжали.

— Кхалиси, что ты делаешь? — воскликнула Ирри.

— Снимаю свои кроличьи уши. — Дюжина человек с толстыми копьями, выбежав на песок, отгоняли вепря от трупа женщины. Распорядитель, щелкая кнутом, помогал им. Дени встала. — Не проводите ли меня обратно в мой садик, сир Барристан?

— Но впереди еще много всего, — растерялся Гиздар. — Потеха с шестью старухами, затем еще три поединка — и, наконец, Белакуо с Гогором!

— Белакуо победит, — сказала Ирри. — Это все знают.

— Все знают, что Белакуо умрет, — ответила Чхику.

— Умрет либо один, либо другой, — подытожила Дени. — А тот, кто выживет, умрет в какой-нибудь другой день. Я совершила ошибку.

— Силач Бельвас объелся саранчой, — сморщился евнух. — Молока ему надо.

— Миэринцы пришли сюда, чтобы отпраздновать наш союз, моя королева, — настаивал Гиздар. — Ты же слышала, как они приветствовали тебя — не отвергай их любовь.

— Они приветствовали мои кроличьи уши, а не меня. Уведи меня с этой скотобойни, муж мой. — Вепрь хрюкал, загонщики кричали, кнут щелкал.

— Нет! Останься, очень тебя прошу. Мы сократим зрелище до комедии и финального поединка. Закрой глаза, если хочешь, этого никто не заметит, все будут смотреть на бойцов. Не время сейчас...

На лицо Гиздара легла тень.

Арена с амфитеатром затихли, все глаза обратились к небу. Дени овеяло теплым ветром, шум крыльев заглушил биение ее сердца. Двое копейщиков метнулись в укрытие, распорядитель застыл на месте, вепрь вернулся к Барсене, Бельвас со стоном упал на колени.

В небе темным силуэтом кружил дракон. Чешуя черная, глаза, рожки и спинные шипы кроваво-красные. Ее дикий Дрогон, и без того самый крупный из всех троих, подрос еще больше: угольно-черные крылья вытянулись на двадцать футов в длину. Он хлопнул ими, облетая арену, и это походило на гром. Вепрь поднял голову, хрюкнул... и закрутился в вихре черного пламени. На Дени пахнуло жаром. Горящий зверь кричал, будто человек. Дрогон опустился на песок, скогтил дымящуюся плоть и стал есть, не делая различия между Барсеной и вепрем.

— О боги! — Сенешаль зажал рот, Силач Бельвас шумно извергал съеденное. К страху на бледном продолговатом лице Гиздара зо Лорака примешивалось возбуждение и даже восторг. Пали, путаясь в токарах, помчались вверх по ступеням. За ними последовали другие, но большинство остались сидеть.

Один из копейщиков, спьяну или в припадке безумия, взял на себя роль героя. Возможно, он был тайно влюблен в Барсену или слышал что-то о девочке, которую звали Хазея, — а нет, так просто мечтал прославиться и остаться жить в песнях. Взметая песок, он ринулся с копьем на дракона. Дрогон вскинул голову, капая кровью из пасти, а герой вскочил ему на спину и вогнал копье у основания длинной шеи.

Дени и Дрогон вскрикнули в один голос.

Герой налегал на копье, дракон выгибался, шипя от боли и мотая хвостом. Драконья голова на змеиной шее повернулась назад, крылья растопырились. Герой, не устояв, упал на песок, зубы дракона сомкнулись на его руке ниже локтя.

— Нет! — только и успел крикнуть несчастный. Дрогон оторвал ему руку и швырнул ее прочь, как собака — убитую крысу.

— Убейте его, — крикнул Гиздар другим копейщикам. — Убейте чудовище!

— Не смотрите, ваше величество, — крепко держа Дени, сказал сир Барристан.

— Пустите! — Она вырвалась, спрыгнула на песок, потеряла одну сандалию.

Ей казалось, что все это происходит медленно. На бегу она ощущала голой ступней горячую зернистость песка. Сир Барристан звал ее, Бельваса выворачивало. Она прибавила ходу.

Копейщики тоже бежали — кто к дракону, кто прочь от него. Герой дергался, орошая песок кровью из огрызка руки. Его копье так и торчало в спине у Дрогона, нанесенная им рана дымилась. Дракон изрыгнул пламя, охватившее двух людей с копьями; хвост перебил зашедшего сзади распорядителя пополам. Еще одного, целившего копьем в глаза, Дрогон поймал зубами и разгрыз, как орех. В амфитеатре стоял крик и вой.

— Дрогон! — что есть мочи вскричала Дени, слыша за собой чей-то топот. — Дрогон!

Он повернул к ней голову. Из пасти и от капающей на песок крови шел дым. Крылья, сделав взмах, подняли песчаную бурю, ослепшая Дени закашлялась.

Черные зубы щелкнули в паре дюймов перед ее лицом. Нет! Неужели он ее не узнал? Так ведь и голову оторвать недолго! Дени споткнулась о труп распорядителя и упала.

Дрогон взревел, обдав ее жаром. В разверстой пасти виднелись осколки костей, куски обугленной плоти. Дени смотрела туда, будто в жерло ада, не смея отвести взгляд. Если она побежит, он спалит ее и пожрет. Септоны Вестероса говорят о семи небесах и семи преисподних, но Вестерос и его семь богов далеко. Быть может, лошадиный бог дотракийцев прискачет за ней и унесет ее в звездный кхаласар, где она будет разъезжать по ночному небу со своим солнцем и звездами? Или гневные боги Гиса пришлют гарпий, которые утащат ее на муки? Дрогон ревел ей прямо в лицо, обжигая кожу.

— Сюда! — кричал позади Барристан Селми. — Иди ко мне!

В раскаленных красных глазах Дени видела себя — маленькую, слабую и напуганную. Нет. Нельзя показывать ему своего страха. Пальцы нашарили в песке рукоятку кнута. Дрогон взревел так, что Дени чуть не упустила свою находку, и снова лязгнул зубами.

— Не смей. — Дени хлестнула его что есть силы, и он отдернул голову. — Нет! — Новый удар шипастого ремня пришелся по морде.

Дрогон встал, накрыв ее тенью крыльев. Дени принялась охаживать его по чешуйчатому брюху. Выгнув шею, как лук, он плюнул в нее огнем. Она увернулась.

— Лежать! — В новом реве слышались страх, ярость и боль. — ЛЕЖАТЬ!

Дрогон хлопнул крыльями раз, другой... и сложил их. Зашипев напоследок, он распластался на брюхе. Черная кровь струилась из раны от копья и дымилась, капая на опаленный песок. «Он воплощенный огонь, — сказала себе Дени, — и я такая же».

Дейенерис Таргариен, вскочив на спину дракона, выдернула и отшвырнула копье с раскаленным, оплавленным наконечником. Мускулы дракона волнами ходили под ней, песок висел в воздухе, мешая видеть, дышать и мыслить. Крылья с грохотом развернулись, и красная арена вдруг ушла вниз.

Дени зажмурилась и снова открыла полуослепшие от слез и песка глаза. Миэринцы валили по ступеням на улицу.

Кнут так и остался в ее руке.

— Вверх! — крикнула она, хлестнув дракона по шее. Пальцы другой руки цеплялись за чешую. Дрогон махал крыльями, Дени чувствовала между ног его жар и боялась, что ее сердце вот-вот разорвется. «Да, да, неси меня, неси высоко, еще выше. ЛЕТИ!»

ДЖОН

Тормунда Великанью Смерть, невысокого ростом, боги наделили широкой грудью и объемистым чревом. За мощные легкие Манс-Разбойник прозвал его Трубящим в Рог и часто говорил, что от Тормундова смеха горы могут уронить свои снежные шапки, в гневе же он ревел что твой мамонт.

Сегодня Тормунд и ревел, и орал, и молотил кулаком по столу, переворачивая кувшины, и брызгал сладкой слюной — рог с медом лежал тут же, у него под рукой. Он обзывал Джона Сноу трусом, лжецом, перебежчиком, растреклятым поклонщиком, грабителем, вороной-падальщицей — и это еще мало для того, кто хочет поиметь вольный народ в задницу. Рог он дважды метал в голову Джона, предварительно опорожнив его. Джон, пропуская все это мимо ушей и не повышая голоса, держался стойко и ни пяди не уступал.

В конце концов, когда у шатра пролегли вечерние тени, Тормунд Великанья Смерть, Краснобай, Трубящий в Рог, Ледолом, Громовой Кулак, Медвежий Муж, Медовый Король Красных Палат, Собеседник Богов и Отец Тысяч, протянул Джону руку.

— Идет, да простят меня боги. Матери не простят, я знаю.

Джон хлопнул его по ладони, вспоминая слова присяги. «Я меч во тьме, я дозорный на стене, я огонь, разгоняющий холод, я свет, приносящий зарю, я рог, пробуждающий спящих, я щит, охраняющий царство людей». Для него следовало бы придумать другие слова: «Я страж, открывший ворота и впустивший врага». Джон многое бы отдал, чтобы наверняка знать, что поступает правильно, но он зашел уже слишком далеко и не мог повернуть назад.

— Уговор, — сказал он.

От рукопожатия у него едва не хрустнули кости. Сил у Тормунда вроде бы не убавилось и белая бородища не поредела, но лицо под ней порядком осунулось, и на румяных щеках прорезались глубокие борозды.

— Зря Манс тебя не убил, когда у него был такой случай. Золото и мальчишки — непомерная цена за жидкую кашицу. Куда девался тот славный паренек, которого я знал и любил?

«Его выбрали лордом-командующим».

— Говорят, что честная сделка делает несчастными обе стороны. Ну что — три дня?

— Если проживу столько. Мои люди наплюют на меня, узнав, о чем мы договорились. И твои вороны, насколько я их знаю, тоже подымут грай, а уж я-то их знаю. Столько вас, черных ублюдков, поубивал на своем веку, что и счет потерял.

— Южнее Стены я бы на твоем месте об этом помалкивал.

— Хар-р! — грохнул Тормунд — смех у него тоже остался прежним. — Это ты верно сказал — не то вороны заклюют меня до смерти. — Он огрел Джона по спине. — Переправив мой народец за твою Стену, мы с тобой разделим мясо и мед, а пока... — Тормунд снял и бросил Джону браслет с левой руки, потом с правой. — Вот тебе первый платеж. Мне они от отца достались, ему от деда. Теперь они твои, черный ты загребущий ублюдок.

На обручах из тяжелого старого золота были вырезаны руны Первых Людей. Тормунд никогда не снимал их, и они казались столь же неотъемлемой его частью, как борода.

— Браавосцы расплавят их в тигле. Возьми назад.

— Ну уж нет. Чтобы Тормунд Громовой Кулак вытряс из вольного народа все его золото, а свое оставил себе? Но кольцо с члена не отдам, шиш. Оно куда больше этих побрякушек, тебе на шею в самый раз будет.

— Ты не меняешься, — не сдержал смеха Джон.

— Еще как меняюсь. — Улыбка сошла с его лица, как снег летом. — Разве я теперь тот, каким был в Красных Палатах? Эти глаза видели слишком много смертей и кое-чего похуже. Сыны мои... — Горе исказило его черты. — Дормунда зарубили в бою под Стеной. Наскочил королевский рыцарь, ублюдок, мотыльки на щите... Я видел, как он замахнулся, да не успел: убил он моего мальчика. А Торвинд замерз, хилый был. Мы и не хватились еще, глядь — встает ночью, сам белый, а глаза синие. Мне самому пришлось управляться... Тяжело это, Джон. — Слезы блеснули на глазах Тормунда. — Что ж, что хворый, — он мой сынок был, любил я его.

— Мне жаль. — Джон опустил руку ему на плечо.

— С чего это? Тут-то ты ни при чем. На наших с тобой руках крови много, но в его смерти мы не повинны. И у меня остались еще двое крепких ребят.

— А дочь?

— Мунда... — Улыбка вернулась. — Взяла себе в мужья Рика Длинное Копье — веришь, нет? Парень думает больше членом, чем головой, но с девочкой хорошо обращается. «Обидишь ее, — сказал я ему, — я этот твой корешок оторву и отколочу им тебя, как дубинкой». Ладно, ступай назад, — сказал Тормунд, еще раз хватив Джона по спине. — Подумают еще, будто мы тебя съели.

— Итак, на рассвете, через три дня. Мальчики идут первыми.

— Сколько можно талдычить одно и то же, ворона? Как будто мы не уговорились с тобой. Мальчики первые, мамонты в Восточный Дозор. Ты предупреди там своих, а я позабочусь, чтобы все обошлось без драки и штурма треклятых ворот. Все чин чином: утка, то бишь я, впереди, утята за мной. Хар-р! — Тормунд встал, чтобы проводить Джона.

Небо было ясным. Солнце после двухнедельного отсутствия вернулось обратно, на юге мерцала голубая Стена. Старожилы Черного Замка говорят, что настроение у Стены меняется чаще, чем у безумного короля Эйериса или у женщины. В пасмурные дни она как белый утес, в лунные ночи черна как уголь, в метель — будто из снега вылеплена, а теперь сразу видать: ледяная. Сияет, вся в радугах, будто септонский кристалл, каждая трещинка высвечена. Под солнцем Стена прекрасна.

Старший сын Тормунда, Торегг Высокий, стоял рядом с лошадьми и беседовал с Кожаным. Его он превышал не более чем на дюйм, но отца перерос на фут. Гэрет-Конь, парень из Кротового городка, сидел у костра спиной к ним. Джон взял на переговоры только его да Кожаного. Большую охрану могли счесть признаком страха, и если бы Тормунд задумал недоброе, двадцать человек принесли бы не больше пользы, чем два. Телохранителей Джону заменял Призрак: лютоволк чуял врагов, даже когда они улыбались, но сейчас убежал куда-то. Джон, сняв перчатку, свистнул в два пальца.

— Призрак, ко мне!

Над головой захлопали крылья. Ворон Мормонта слетел с ветки старого дуба на седло Джона и заладил:

— Зерно, зерно.

— Ты тоже за мной увязался? — Джон хотел шугануть птицу, но вместо этого погладил ее.

— Сноу, — важно кивнул ворон.

Из леса показались Призрак и Вель, оба белые. Белые шерстяные бриджи девушки были заправлены в сапоги из выбеленной кожи, белый медвежий плащ скреплен белым чардревным ликом, под ним виднелся белый камзол с костяными застежками. Над всей этой белизной голубели ее глаза, золотилась темным медом коса и краснели щеки. Джон давно не видел столь красивого зрелища.

— Никак, волка моего хотела украсть? — спросил он.

— Почему бы и нет? Будь у каждой женщины лютоволк, мужчины вели бы себя куда лучше. Даже вороны.

— Хар-р! — раскатился Тормунд. — Лясы с ней не точи, лорд Сноу, для нас с тобой она чересчур востра. Хватай ее скорее и увози, пока Торегг тебя не обставил.

«Совсем молода и на вид приятна, — как говорил этот болван Акселл Флорент. — Высокая грудь, округлые бедра — создана, чтобы рожать здоровых детей». Верно, но достоинства Вель этим не ограничиваются. Она, не в пример разведчикам Ночного Дозора, сумела разыскать в Зачарованном лесу Тормунда. Годится в жены любому лорду, принцесса она или нет.

Что ж... Джон сам бросил факел и сжег этот мост.

— Я дал обет и потому уступаю Тореггу, — сказал он.

— Она не против — верно ведь, девочка?

— Добро пожаловать ко мне в постель, лорд Ворона. — Вель похлопала длинный костяной нож у себя на бедре. — Станешь евнухом — обет легче соблюдать будет.

— Хар-р! Слыхал, Торегг? Держись от нее подальше. У меня уже есть дочурка, больше не надо. — Тормунд, смеясь и тряся головой, ушел обратно в шатер.

Пока Джон почесывал Призрака, Торегг подвел девушке коня, того самого, которого дал ей Малли: серого, косматого, слепого на один глаз.

— Как там уродец? — спросила Вель, направив его к Стене.

— Вырос в два раза против прежнего и орет втрое громче. В Восточном Дозоре слыхать, когда сиську просит. — Джон тоже сел на коня.

— Я привела тебе Тормунда, как обещала. Что дальше? Возвращаться в свою тюрьму?

— Твоя старая тюрьма занята: в Королевской башне разместилась королева Селиса с двором и челядью. Помнишь башню Хардина?

— Это которая вот-вот рухнет?

— Рухнуть она уже сто лет собирается. Я приготовил для тебя ее верх, миледи: места там больше, чем в Королевской, хотя и не так удобно.

— Удобствам я предпочитаю свободу.

— Ты можешь ходить по всему замку, но освободить тебя из плена не в моей власти. Нежеланные гости не станут тебя беспокоить: башню охраняют не люди королевы, а мои братья, и внизу спит Вун-Вун.

— Великан-телохранитель? Таким даже Далла не могла похвалиться.

Одичалые Тормунда смотрели на них из своих шалашей. На каждого боеспособного мужчину приходились по три женщины и по трое детей, заморышей с большими глазищами. Когда Манс-Разбойник повел вольный народ к Стене, люди гнали перед собой большие стада коз, овец и свиней, но теперь из живности остались одни только мамонты. Не будь они такими огромными и свирепыми, их бы тоже забили на мясо, можно не сомневаться.

Болезни людей Тормунда также не миновали, что крайне беспокоило Джона. Если эти так захирели, что же сталось с другими, ушедшими с Матерью Кротихой в Суровый Дом? Коттер Пайк скоро доберется туда, если ветер будет благоприятным. Может, он уже и в обратный путь вышел с вольными людьми на борту.

— Как вы поладили с Тормундом? — спросила Вель.

— Задай мне тот же вопрос через год: самое трудное впереди. Боюсь, что каша, которую я заварил, моим людям не придется по вкусу.

— Если хочешь, я помогу.

— Ты уже помогла. Привела сюда Тормунда.

— Я способна на большее.

Почему бы и нет? Они все считают ее принцессой, да и она вошла в роль — верхом ездит, будто отродясь это делала. Принцесса-воительница, не какая-нибудь фитюлька, что сидит в башне, расчесывает косы и ждет рыцаря-избавителя.

— Мне нужно уведомить о нашем соглашении королеву — могу и тебя ей представить, если ты согласна склонить колено. — Только так: ее величество, прежде чем сообщать ей такую новость, следует ублажить.

— А смеяться при этом можно?

— Нельзя. Это тебе не игрушки. Наши народы разделяет река крови, широкая и глубокая. Станнис Баратеон — один из немногих, кто согласен допустить в страну одичалых, и мне необходима поддержка его королевы.

— Даю тебе слово, Джон Сноу, — посерьезнела Вель, — что разыграю образцовую принцессу одичалых перед твоей королевой.

Она не была его королевой, и он не мог дождаться, когда она соизволит отбыть, прихватив с собой, по милости богов, Мелисандру.

Остаток пути они проделали молча. Призрак бежал за ними, ворон проводил их до ворот и улетел ввысь. Гэрет с факелом первый вошел в ледяной туннель.

На той стороне ждала кучка братьев, в том числе Ульмер из Королевского леса.

— Можно узнать, милорд, что у нас впереди? — спросил от имени остальных старый лучник. — Мир или кровь?

— Мир, — сказал Джон. — Через три дня Тормунд Великанья Смерть приведет свой народ к нам за Стену — как друзей, а не как врагов. Некоторые из них вступят в наши ряды. Возвращайтесь к своим обязанностям и подумайте, как оказать им радушный прием. — Джон передал коня Атласу. — Мне нужно повидать королеву, — Селиса сочтет себя оскорбленной, если он тотчас не явится к ней, — а после засяду письма писать. Приготовь пергамент, перья, мейстеровы чернила и вызови ко мне Мурша, Ярвика, септона Селладора и Клидаса. — Селладор придет под хмельком, Клидас — плохая замена старому мейстеру, но до возвращения Сэма придется обойтись тем, что есть под рукой. — Северян, Флинта и Норри, тоже зови — и ты, Кожаный, приходи.

— Хобб печет пироги с луком, — доложил Атлас. — Может, вы все отужинаете вместе?

— Нет, — подумав, ответил Джон. — Пусть на закате поднимутся на вершину Стены. Прошу, миледи. — Он предложил руку Вель.

— Лорд Ворона приказывает, пленница повинуется, — весело сказала она. — Грозная, должно быть, у вас королева, если у взрослых мужчин при ней поджилки трясутся. Может, мне кольчугу надеть? Этот наряд подарила мне Далла, не хотелось бы залить его кровью.

— Слова зримых ран не наносят, можешь не опасаться.

Между грудами грязного снега они пошли к Королевской башне.

— Говорят, у нее борода растет?

Джон не сдержал улыбки.

— Только усики. Жиденькие такие.

— Жаль.

Селиса Баратеон, вопреки всем разговорам о собственном замке, не спешила покинуть благоустроенный Черный Замок ради мрачной Твердыни Ночи. Ее, разумеется, охраняли — четверо человек у дверей, двое на лестнице и двое внутри. Командовал караулом сир Патрек с Королевской Горы — весь в синих, белых и серебристых тонах, с россыпью пятиконечных звезд на плаще. Будучи представленным Вель, он упал на одно колено и поцеловал ее руку в белой перчатке.

— О вашей красоте, принцесса, я наслышан от королевы, но вы еще прекраснее, чем рисовало мне воображение.

— Странно, ведь королева меня в глаза не видала. Встаньте, сир поклонщик. Ну же. — Вель потрепала рыцаря по голове, как собаку.

Джон, из последних сил перебарывая смех, сказал рыцарю, что они просят аудиенции. Сир Патрек послал наверх одного из гвардейцев испросить королевского позволения и заявил, что волк останется здесь.

Джона это не удивило — зверь пугал королеву не меньше, чем Вун Вег Вун Дар Вун.

— Жди меня здесь, Призрак.

Ее величество шила у очага. Ее дурак плясал под одному ему слышную музыку, позванивая рогатой шапкой.

— А вот и ворона, — вскричал он. — На дне морском вороны белы, как снег, уж я-то знаю.

Принцесса Ширен сидела на подоконнике, пряча под капюшоном обезображенное серой хворью лицо. Леди Мелисандра отсутствовала — и на том спасибо. Разговора с ней Джону не избежать, но вести его лучше без королевы.

— Ваше величество. — Джон преклонил колено, Вель сделала то же самое.

— Можете встать, — сказала Селиса, отложив свое рукоделие.

— Позвольте представить вашему величеству леди Вель, сестру Даллы, которая была...

— Матерью крикуна, не дающего нам спать по ночам. Я знаю, кто она такая, лорд Сноу. Ваше счастье, что она вернулась до прибытия моего мужа и короля, иначе вам пришлось бы несладко.

— Вы принцесса одичалых? — спросила Ширен.

— Можно и так сказать. Моя сестра, умершая в родах, была женой Манса-Разбойника, Короля за Стеной.

— Я тоже принцесса, — сказала девочка, — только у меня нет сестры, а кузен уплыл за море. Он бастард, но мы с ним дружили.

— Право же, Ширен, — упрекнула ее королева. — Лорд-командующий пришел не затем, чтобы слушать твои истории о побочных отпрысках Роберта. Пестряк, проводи принцессу в ее комнату, будь так добр.

— За мной, за мной, за мной на дно морское, — запел дурак и увел Ширен, подскакивая.

— Вождь вольного народа согласился на мои условия, ваше величество.

Королева едва заметно кивнула.

— Дать этим дикарям пристанище было всегдашним желанием моего лорда-мужа. Соблюдая королевский мир и законы, они могут жить спокойно на нашей земле. Говорят, они привели с собой других великанов?

— Около двухсот, ваше величество, — ответила Вель. — И больше восьмидесяти мамонтов.

— Ужасные создания, — вздрогнув, проронила Селиса. Джон не совсем понял, к кому это относится — к мамонтам или к великанам. — Впрочем, они могут пригодиться моему лорду-мужу в сражениях.

— Да, ваше величество, но для наших ворот мамонты чересчур велики.

— Разве ворота нельзя расширить?

— Едва ли это благоразумно, ваше величество.

— Вам лучше знать, — фыркнула королева. — Где же вы намерены поселить этих новых? Кротовый городок, конечно, всех не вместит... сколько их, вы сказали?

— Четыре тысячи, ваше величество. Они поселятся в заброшенных замках и будут вместе с нами защищать Стену.

— В Восточном Дозоре мне говорили, что эти замки просто развалины, груды камня. Обиталища пауков и крыс.

«Пауки давно уже вымерзли, — поправил мысленно Джон, — а крысы грядущей зимой пойдут в пищу».

— Это верно, ваше величество, но жить можно даже в руинах. Вольный народ идет на это, чтобы укрыться за Стеной от Иных.

— Вы хорошо все обдумали, лорд Сноу. Уверена, что король Станнис, вернувшись с победой, похвалит вас.

«Если вернется вообще, с победой или без оной».

— Сначала они, разумеется, должны будут признать Станниса своим королем и Рглора — своим богом.

Вот оно. Столкнулись лбами в узком проходе.

— Прошу прощения, ваше величество, но так мы с ними не договаривались.

— Прискорбное упущение. — Всякий намек на тепло исчез из голоса королевы.

— Вольный народ не становится на колени, — сказала Вель.

— Значит, его нужно поставить силой.

— Если ваше величество это сделает, они поднимутся при первой возможности — с мечами в руках.

Губы королевы сжались, подбородок дрогнул.

— Вашу наглость можно извинить лишь тем, что вы одичалая. Вам нужен муж, который поучит вас вежливости. Я не могу одобрить этого, лорд-командующий, как не одобрит и король, мой супруг. Оба мы знаем, что я не могу помешать вам открыть ворота, но перед королем, когда он вернется с войны, вам придется держать ответ. Советую вам подумать как следует.

— Ваше величество... — Джон опять преклонил колено, но Вель его примеру на этот раз не последовала. — Я сделал то, что посчитал наилучшим, и сожалею, что королева осталась мной недовольна. Можем ли мы удалиться?

— Идите.

— Насчет бороды ты соврал, — заявила Вель, когда они отошли от башни. — Волос у нее на подбородке больше, чем у меня между ног. А на лице ее дочки...

— Серая хворь.

— У нас это называется серой смертью.

— Дети от нее не всегда умирают.

— К северу от Стены — всегда. Им дают болиголов, а нож и подушка еще надежнее. На месте матери я давно бы даровала бедной девочке последнее милосердие.

Такую Вель Джон видел впервые.

— Принцесса Ширен — единственное дитя королевы.

— Остается лишь пожалеть их обеих. Дитя отмечено скверной.

— Если Станнис выиграет войну, Ширен станет наследницей Железного Трона.

— Мне жаль ваши Семь Королевств.

— Мейстеры говорят, что серая хворь не...

— Мало ли что они говорят. Спроси лесную ведьму, если хочешь знать правду. Серая смерть засыпает, но потом просыпается. Это дитя отмечено!

— По-моему, она славная девочка. Откуда ты можешь знать...

— Оттуда. Это ты ничего не знаешь, Джон Сноу. Надо убрать из башни уродца вместе с кормилицами! Нельзя оставлять его рядом с мертвой.

— Она живая.

— Мертвая! Ее мать не видит этого, и ты тоже, но это так. — Вель ушла вперед и вернулась обратно. — Я привела тебе Тормунда — отдай мне уродца.

— Ладно, попробую.

— Уж постарайся. Ты мой должник, Джон Сноу.

«Да нет же, — думал он, глядя вслед уходящей Вель. — Она ошибается. Серая хворь не всегда убивает детей».

Призрак опять убежал куда-то, солнце стояло низко. Сейчас бы чашу подогретого вина, а лучше две чаши, но с этим придется повременить. Впереди встреча с самым страшным врагом: с братьями Ночного Дозора.

Джон поднялся наверх вместе с Кожаным, который дожидался его у клети. Чем выше, тем крепче делался ветер: на пятидесяти футах тяжелая клеть стала раскачиваться и чиркать о Стену, состругивая блестящие на солнце частицы льда. Самые высокие башни замка остались внизу. На четырехстах футах ветер отрастил зубы и начал рвать черный плащ Джона, на семистах прогрыз насквозь его самого. «Это моя Стена, — напоминал себе Джон, — и останется моей по крайней мере еще на два дня».

Он соскочил из клети на лед, поблагодарил крутивших ворот людей, кивнул часовым с копьями. Оба надвинули капюшоны до самых глаз, но Джон узнал Тая по длинному хвосту черных волос на спине, а Оуэна — по колбасе, засунутой в ножны. Он бы и без этих примет узнал их, по одной стойке. Лорд должен знать своих людей как собственные пять пальцев, учил их с Роббом отец.

На той стороне Стены простиралось поле, где полегло войско Манса-Разбойника. «Где-то он теперь, отыскал ли тебя, сестричка? Или ты была лишь предлогом, чтобы я его отпустил?»

Джон уже целую вечность не видел Арью. Какая она теперь, узнает ли он свою надоеду? Сохранила ли она маленький меч, который Миккен выковал ей по его, Джона, просьбе? «Коли острым концом», — сказал Джон, вручая сестре свой подарок. Совет в самый раз для брачной ночи, если слухи о Рамси Сноу правдивы хотя бы наполовину. «Приведи ее домой, Манс. Я спас твоего сына от Мелисандры и собираюсь спасти еще четыре тысячи вольных людей — выплати мне этот долг одной маленькой девочкой».

В Зачарованном лесу копились густые тени. Западный небосклон еще пылал заревом, на восточном проглядывали первые звезды. Джон согнул и разогнул пальцы правой руки, вспоминая тех, кого потерял. «Глупый толстяк Сэм, с чего тебе вздумалось подстроить эту штуку с моими выборами? У лорда-командующего не бывает друзей».

— Лорд Сноу, клеть поднимается, — сказал Кожаный.

— Слышу. — Джон отошел от края Стены.

Первыми прибыли клановые вожди Флинт и Норри в мехах и железе. Хлипкий, но прыткий Норри походил на старого лиса; Торген Флинт, ниже его на полголовы, но вдвое тяжелее на вид, ковылял по льду, опираясь громадными ручищами на терновую трость. Следом поочередно поднялись Боуэн Мурш в медвежьей дохе, Отелл Ярвик и септон Селладор — пьяненький, разумеется.

— Прогуляемся, — предложил Джон. Все двинулись по дорожке из битого камня на запад, к заходящему солнцу. — Вы знаете, зачем я собрал вас, — сказал Джон ярдах в пятидесяти от обогревательной будки. — Через три дня на рассвете ворота откроются, и в них пройдет Тормунд со своими людьми. Нужно хорошо подготовиться.

После довольно продолжительного молчания Отелл Ярвик сказал:

— Их будет много, лорд-командующий...

— Четыре тысячи, по словам Тормунда. Четыре тысячи истощенных, голодных людей.

— Скорей уж три, если судить по кострам, — заметил дошлый счетовод Мурш. — И вдвое больше в Суровом Доме. И большой стан в горах за Сумеречной Башней, согласно донесениям сира Денниса...

— Тормунд говорит, что Плакальщик хочет снова штурмовать Мост Черепов, — подтвердил Джон.

Старый Гранат потрогал шрам, полученный при защите упомянутого моста.

— Уж не хочет ли лорд-командующий пропустить за Стену и этого демона?

— Не хотелось бы. — Джон не забыл подброшенные Плакальщиком головы с кровавыми дырами вместо глаз. Черный Джек Бульвер, Волосатый Хел, Гарт Серое Перо. Он не может за них отомстить, но их имен не забудет. — Не хотелось бы, однако придется. Не годится нам выбирать, кого из них пропустить, а кого оставить. Мир объявлен для всех.

Норри, отхаркнувшись, плюнул.

— Все равно что с волками да вороньем мир заключать.

— В моих темницах куда как мирно, — подхватил Флинт. — Плакальщику там самое место.

— Сколько наших разведчиков убил Плакальщик? — сказал Ярвик. — Сколько женщин похитил, изнасиловал и убил?

— В одном моем клане трое таких, — ответил Флинт. — Одних девушек он забирает, другим выкалывает глаза.

— Человеку, надевшему черное, прощаются все преступления, — напомнил им Джон. — Если мы хотим, чтобы вольный народ сражался за нас, их придется простить точно так же, как лиходеев из Семи Королевств.

— Плакальщика нельзя допускать к присяге, — упорствовал Ярвик. — Даже его соратники не доверяют ему.

— Использовать человека можно, и не веря ему. — Как бы иначе Джон командовал ими всеми? — От Плакальщика тоже может быть польза. Кто знает дикий край лучше, чем одичалый? Кто знает нашего врага лучше, чем тот, кто сражался с ним?

— Он только и способен, что убивать и насиловать.

— В одной только шайке Тормунда одичалых втрое больше, чем нас, — сказал Мурш. — Если добавить к ним отряд Плакальщика и людей из Сурового Дома, они смогут расправиться с Ночным Дозором за одну ночь.

— Одним числом войн не выигрывают. Видели бы вы их: половина — ходячие мертвецы.

— Я, милорд, предпочел бы лежачих, — заявил Ярвик.

— Мало ли, что бы вы предпочли. — Голос Джона не уступал холодом ветру. — У них в лагере сотни детей... Может быть, тысячи. И женщины.

— Копьеносицы.

— Да, и такие есть. А также матери, бабки, девицы и вдовы. Вы их всех готовы обречь на смерть?

— Не ссорьтесь, братья, — вставил септон. — Станем на колени и помолимся Старице, чтобы указала нам путь.

— Где думаете селить своих одичалых, лорд Сноу? — осведомился Норри. — Надеюсь, не на моих землях?

— Вот-вот, — подхватил Флинт. — Хочешь населить ими Дар — твое дело, но если кто ко мне сунется, пришлю тебе головы. Зима близко, и лишние рты ни к чему.

— Одичалые останутся на Стене, — заверил их Джон, — в наших замках. Дозор уже поставил гарнизоны в Ледовом Пороге, Бочонке, Собольем, Сером Дозоре и Глубоком Озере, но десять замков оставались пустыми. — В одном из них поселим семейных, сирот младше десяти лет, вдов, старух и других женщин, не желающих воевать. Копьеносиц отправим в Бочонок к сестрам, холостых парней раскидаем по другим крепостям. Давшие присягу будут служить здесь, в Сумеречной Башне и Восточном Дозоре. Торумнду дам что поближе — Дубовый Щит.

— Они прикончат нас не мечами, так ртами, — вздохнул Боуэн Мурш. — Как вы намерены прокормить такую орду, лорд-командующий?

Джон предвидел этот вопрос.

— В этом нам поможет Восточный Дозор. Провизию будем доставлять морем, сколько потребуется. С речных и штормовых земель, из Долины Аррен, с Простора, из Дорна и Вольных Городов.

— А платить чем будете, позвольте спросить?

«Золотом из Железного банка Браавоса». Джон, впрочем, ответил иначе:

— Я оставляю вольному народу меха и шкуры — зиму без них не прожить. Все остальное они обязаны сдать: золото, серебро, янтарь, драгоценные камни, резную кость. Мы продадим это за Узким морем.

— Экое богатство, — съехидничал Норри. — На бушель ячменя хватит, а то и на два.

— Почему бы им и оружие не сдать тоже, милорд? — спросил Клидас.

— А с общим врагом мы голыми руками воевать будем? — засмеялся Кожаный. — Снежками кидать в упырей, палками бить их?

«Вы и бьетесь палками большей частью», — подумал Джон. Дубины, колья, каменные топоры, ножи из кости и драконова стекла — вот чем вооружены одичалые, а защищают их плетеные щиты, костяные доспехи да вареная кожа. Тенны обрабатывают бронзу, и лишь разбойники вроде Плакальщика могут похвалиться снятой с убитых сталью, помятой и заржавелой.

— Тормунд по доброй воле разоружаться не станет. Он не Плакальщик, но при этом не трус. Потребуй я этого, без крови не обошлось бы.

Норри потеребил бороду.

— Поселить одичалых в пустых замках — дело нехитрое, но что им помешает сбежать оттуда на юг, в тепло?

— Известно что: наши земли, — ответил Флинт.

— Я взял с Тормунда клятву служить нам здесь до весны. Плакальщик и другие вожди поклянутся в том же, иначе мы их не пропустим.

— Они не сдержат клятвы, — покачал головой Флинт.

— На слово Плакальщика нельзя полагаться, — сказал Отелл Ярвик.

— Они безбожные дикари, — присовокупил Селладор. — Даже на юге знают, что одичалые — предатели по природе своей.

— Помните битву там внизу? — вступил в разговор Кожаный. — Я дрался на другой стороне, не забыли? Теперь я ношу вашу черную шерсть и учу ваших ребят убивать. Перебежчиком меня еще можно назвать, но на дикаря не согласен: вы, вороны, такие же дикие, как и я. И боги у нас есть — те же, что в Винтерфелле.

— Боги Севера, которым поклонялись еще до постройки Стены, — вставил Джон. — Тормунд клялся ими и сдержит слово. Я его знаю не хуже, чем Манса-Разбойника: немало лиг прошел вместе с ними.

— Мы помним, — заверил лорд-стюард.

«Да, уж ты-то наверняка не забыл».

— Манс-Разбойник тоже дал клятву, — продолжал Мурш. — Не носить короны, не брать жены и не быть отцом. Затем он сменил один плащ на другой, сделал все, от чего отрекался, и повел на юг преогромное войско, остатки которого бродят за Стеной и теперь.

— Жалкие остатки.

— Сломанный меч можно перековать, и убить им тоже нетрудно.

— У вольного народа нет законов и лордов, но детей своих они любят не меньше нашего, — сказал Джон. — С этим-то вы согласны?

— Мы опасаемся не детей, а отцов.

— Я тоже — потому и беру заложников. — Они принимают его за доверчивого дурачка или за одичалого, но скоро убедятся в обратном. — Сто мальчиков от восьми до шестнадцати лет. По сыну от каждого вождя, прочие тянут жребий. Они освободят наших братьев от обязанностей пажей и оруженосцев. Некоторые, возможно, в будущем решат надеть черное — на свете и не такое бывало, — другие же останутся в заложниках, обеспечивая верность своих отцов.

— И Тормунд согласился на это? — недоверчиво спросил Норри.

«Либо так, либо его люди перемрут все до единого».

— Он сказал, что цена непомерная, но готов ее уплатить.

— Не такая уж непомерная. — Флинт стукнул по льду своей палкой. — Винтерфелл тоже брал наших мальчишек в воспитанники, то есть в заложники, и ничего худого с ними не сделалось.

— Ну, это положим, — сказал Норри. — Те, чьи отцы вызывали гнев Королей Зимы, становились короче на голову. Скажи-ка, парень: если кто-то из твоих одичалых друзей изменит, хватит ли у тебя духу сделать, что должно?

«Спроси об этом Яноса Слинта».

— Не думаю, что Тормунду захочется узнать это на собственном опыте. Для вас я зеленый юнец, лорд Норри, но моим отцом был, как-никак, Эддард Старк.

Лорда-стюарда, однако, и это не убедило.

— Вы говорите, что они будут служить оруженосцами, лорд-командующий. Стало быть, и оружие им в руки дадут?

— Нет! — вспылил Джон. — Посадим их кружева пришивать к панталончикам! Разумеется, они будут учиться владеть оружием. А также сбивать масло, рубить дрова, чистить конюшни, выносить ночные горшки и быть у нас на посылках.

Мурш побагровел еще пуще.

— Простите мою прямоту, лорд-командующий, но финтить я не стану. Ваш замысел — не что иное, как государственная измена. Восемь тысячелетий люди Ночного Дозора обороняли Стену от одичалых, а вы намерены пропустить их сюда, дать им приют в наших замках, кормить их, одевать и учить боевым ремеслам. Должен ли я напомнить вам слова нашей присяги, лорд Сноу?

— Нет нужды — могу повторить хоть сейчас. «Я меч во тьме, я дозорный на стене, я свет, приносящий зарю, я рог, пробуждающий спящих, я щит, охраняющий царство людей». Вы произносили те же слова, давая присягу?

— Как хорошо известно лорду-командующему.

— Уверены, что я ничего не забыл? Не говорилось ли там о королевских законах и не клялись ли мы защищать каждую пядь королевской земли и цепляться за каждый разрушенный замок? — Ответа Джон не дождался. — «Щит, охраняющий царство людей». Вы не считаете одичалых людьми, милорд?

Мурш, у которого теперь покраснела и шея, открыл рот и снова закрыл.

День угасал. Трещины на Стене из огненных жилок преобразились в струйки черного льда. Леди Мелисандра внизу должна уже зажечь свой костер и просить Владыку Света защитить своих верных, ибо ночь темна и полна ужасов.

— Зима близко, — сказал Джон, прервав затянувшееся молчание, — а с ней придут Белые Ходоки. Стена построена для того, чтобы сдерживать их, но без людей она никого не сдержит. Диспут окончен: нам перед тем, как открыть ворота, предстоит сделать многое. Люди Тормунда нуждаются в одежде, еде и приюте, а кое-кто и в лечении. Этим займешься ты, Клидас — спаси всех, кого сможешь.

Клидас моргнул розовыми глазами.

— Приложу все старания, Джон... милорд.

— Все повозки, которые у нас есть, понадобятся для перевозки вольных людей в их новые жилища. Позаботьтесь об этом, Отелл.

— Слушаюсь, лорд-командующий, — с гримасой ответил Ярвик.

— Вам, лорд Боуэн, поручается сбор ценностей: золота, серебра, янтаря, браслетов, ожерелий и прочего. Разберите все это, сосчитайте и отправьте в Восточный Дозор.

— Будет исполнено, лорд Сноу.

«Лед, — думал Джон. — Кинжалы во тьме. Застывшая на морозе кровь и нагая сталь». Пальцы его правой руки согнулись и разогнулись. Ветер крепчал.

СЕРСЕЯ

Каждая ночь казалась ей холоднее предыдущей. В камере не было ни очага, ни жаровни, а высоко расположенное окошко — ни выглянуть, ни протиснуться — холод пропускало как нельзя лучше. Первую тюремную рубаху Серсея порвала и потребовала, чтобы ей вернули собственную одежду, но ее так и оставили голой. Вторую рубаху она натянула мигом и сквозь зубы выговорила: «Спасибо».

Окно пропускало также и звуки. Только по ним королева и догадывалась, что происходит в городе: септы, приносившие ей еду, молчали как рыбы.

Чтоб им пусто было! Джейме непременно придет за ней, но как она узнает, что он приехал? Лишь бы у него хватило ума не опережать свою армию: ему понадобится много мечей, чтобы разогнать орду Честных Бедняков, взявших в кольцо Великую Септу. Она то и дело спрашивала о брате и о сире Лорасе, но тюремщицы как воды в рот набрали. Рыцарь Цветов, согласно полученным еще до ареста сведениям, умирал от ран на Драконьем Камне — пусть бы издох поскорее. С его смертью освободится место в Королевской Гвардии, и это может ее спасти.

После единственного посещения лорда Квиберна весь ее мир составляли три благочестивые септы: мужеподобная Юнелла с мозолистыми ручищами, Моэлла с вечно подозрительными глазками на остром как топорик лице и коренастая, оливково-смуглая Сколерия с тяжелой грудью и неотступным душком прокисшего молока. Они приносили ей воду, еду, выносили судно и время от времени забирали стирать рубаху, предоставляя узнице кутаться в одеяло. Иногда Сколерия читала ей Семиконечную Звезду или молитвенник — лишь в таких случаях Серсея и слышала человеческий голос.

Этих женщин она ненавидела почти так же, как мужчин, изменивших ей.

Ложные друзья, неверные слуги, любовники с лживыми клятвами на устах, даже собственные родичи — все покинули ее в час нужды. Осни Кеттлблэк, не выдержав кнута, разболтал его воробейству то, что должен был унести в могилу. Его братья, взятые королевой с улицы, палец о палец не ударили ради нее. Аурин Уотерс, ее адмирал, увел в море военный флот, построенный ею для него. Ортон Мерривезер сбежал к себе в Длинный Стол вместе с женой Таэной, единственным другом Серсеи в эти страшные времена. Харис Свифт и великий мейстер Пицель предлагают ее королевство тем самым людям, которые умышляли отнять его у Серсеи. Меррин Трант и Борос Блаунт, поклявшиеся ее защищать, непонятно куда подевались. Кузен Лансель, клявшийся ей в любви, примкнул к ее обвинителям; дядя еще раньше отказался занять пост десницы, а Джейме...

Нет. Нет. В него она верит. Он явится сразу, как только узнает, что она попала в беду. «Приезжай немедля, — писала она ему. — Спаси меня. Ты нужен мне, как никогда прежде. Я люблю тебя. Люблю. Люблю. Приезжай». Квиберн клятвенно обещал отправить письмо в речные земли, куда ее брат ушел с войском, — обещал и больше к ней не пришел. Может быть, он убит, и голова его насажена на пику над Замковыми воротами. Или засел в подземельях Красного Замка, так и не отправив письмо. Королева сто раз о нем спрашивала, и ни слова в ответ. О Джейме тоже ни слуху ни духу.

«Ничего, — сказала она себе. — Скоро он будет здесь, и его воробейство со своими суками запоет по-другому».

Мерзко, однако, чувствовать себя столь беспомощной.

Она не раз угрожала им, но они и ухом не повели. Приказывала — что об стенку горох. Взывала как женщина к женщинам, но септы, как видно, отрекаются от своей женственности, когда приносят обет. Пробовала слушаться их и говорить с ними ласково — все напрасно. Обещала им золото, почести, места при дворе, но посулы, как и угрозы, пропали втуне.

О молитвах и говорить нечего. Хотят, чтобы она молилась, — пожалуйста! Дочь Ланнистеров опускалась на колени, как обычная потаскушка, и молилась об избавлении и о Джейме. Вслух просила богов защитить невиновную, про себя — послать ее мучителям скорую злую смерть. Колени у нее стерлись в кровь, язык не помещался во рту. Она вспомнила все молитвы, которым ее учили в детстве, и добавляла к ним новые. Обращалась к Матери и Деве, к Отцу и Воину, к Старице и Кузнецу, даже к Неведомому — в бурю любой бог хорош. И что же? Семеро столь же глухи к ее мольбам, как их земные служители. Слов для них у нее больше нет, а слез ее они не увидят.

До чего же мерзко чувствовать себя слабой!

Будь у нее сила, которой боги наделили Джейме и толстого олуха Роберта, она бы ни в чьей помощи не нуждалась. Чего бы она ни дала за меч и умение им владеть! Боги по слепоте своей поместили сердце воина в тело женщины. Она пыталась драться с септами, но те без труда одолевали ее: молитвы, мытье полов и битье послушниц закалили этих старух на славу.

Хуже всего то, что они не дают спать. Стоит королеве смежить веки, днем или ночью, как одна из них тут же является и требует, чтобы Серсея покаялась. Ее обвиняют в супружеской неверности, распутстве, государственной измене и даже в убийстве: этот слизняк Осни Кеттлблэк сознался, что по ее приказу задушил прежнего верховного септона. «Рассказывай, кого убила, говори, с кем развратничала», — рычит Юнелла. Моэлла же уверяет, что спать узнице не дают грехи. «Только невинность спит сладким сном. Покайся и уснешь как младенец».

Грубые руки тюремщиц рвут в клочья каждую ее ночь, и каждая из ночей холоднее и злее, чем прежняя. Час совы, час волка, час соловья, восход и заход луны бредут мимо, как пьяные. Который теперь час? Какой день? Где она? Сон это или явь? Осколки сна, которые она урывает, режут ее разум как бритвы. С каждым днем она тупеет, теряет силы, и лихорадка ее трясет. Она уже не помнит, как давно ее заточили здесь, на вершине одной из семи башен Великой Септы Бейелора. Неужели ей суждено состариться и умереть в этой келье?

Нет, этого она не допустит. Сын и государство нуждаются в ней. Она должна освободиться, чего бы это ни стоило. Ее мир сжался до тесной камеры с ночным судном, бугристым тюфяком и убогим, как надежда, кусачим одеялом, но она по-прежнему наследница лорда Тайвина, дочь Утеса.

Бессонница, лютый холод, голод и лихорадка в конце концов все же привели ее к покаянию. В ту ночь септа Юнелла, войдя в камеру, застала узницу на коленях.

— Я согрешила, — сказала Серсея, едва ворочая языком. — Я долго была слепа, но ныне очи мои открылись. Старица пришла ко мне со своей лампадой и озарила мой путь. Я хочу очиститься, хочу отпущения. Прошу тебя, добрая септа, отведи меня на исповедь к верховному септону.

— Я доложу его святейшеству, ваше величество, — пообещала Юнелла. — Это доставит ему великую радость. Только исповедь и искреннее раскаяние могут спасти нашу бессмертную душу.

Весь остаток ночи королева спала спокойно. Сова, волк и соловей пронеслись незаметно; Серсее снилось, что она замужем за Джейме и сын их жив и здоров.

Наутро, став почти прежней Серсеей, она подтвердила септам, что хочет покаяться и получить отпущение.

— Нас радует эта весть, — сказала Моэлла.

— Великое бремя спадет с вашей души, — сказала Сколерия. — Ваше величество почувствует себя обновленной.

«Ваше величество...» Что за сладкие звуки. Тюремщицы далеко не всегда были с ней столь учтивы.

— Его святейшество ждет, — сообщила Юнелла.

Серсея смиренно потупилась.

— Нельзя ли мне сначала помыться? Я слишком грязная, чтобы предстать перед ним.

— Помоетесь позже, если его святейшество позволит, — сказала Юнелла. — Сейчас вас должна заботить чистота вашей души, а не бренная плоть.

Втроем они повели ее вниз: Юнелла впереди, Моэлла и Сколерия позади — боятся, как бы она не сбежала?

— У меня так давно не было посетителей, — тихо сказала Серсея. — Здоров ли король? Я мать и беспокоюсь за своего сына...

— Его величество в добром здравии, и берегут его неусыпно, — ответила ей Сколерия. — Королева всегда при нем.

«Королева»?! Серсея сглотнула, выдавила улыбку и сказала:

— Рада это слышать. Томмен так любит ее. Я никогда не верила ужасному поклепу, который на нее возвели. — Как удалось Маргери Тирелл оправдаться от обвинений в измене супругу и государству? — Значит, суд уже состоялся?

— Нет еще, но ее брат...

— Тихо, — зыркнула на Сколерию Юнелла. — Не болтай, глупая ты старуха. Не наше дело рассуждать о таких вещах.

— Прости, сестра. — Сколерия склонила голову и умолкла.

Его воробейство ждал Серсею в семистенном святилище. Лики Семерых, высеченные из камня, взирали на королеву с той же суровостью, что и сам верховный септон, писавший что-то за грубо сколоченным столом. Он ничуть не изменился с того дня, как Серсею взяли под стражу: тот же тощий седой аскет с подозрительным взглядом, та же мешковатая ряса из некрашеной шерсти.

— Я понял так, что ваше величество хотели бы исповедаться?

Серсея опустилась на колени.

— Это так, ваше святейшество. Старица явилась мне во сне с поднятой ввысь лампадой...

— Хорошо. Ступайте, Сколерия и Моэлла, а ты, Юнелла, останься — будешь записывать. — Он сложил кончики пальцев вместе, в точности как ее лорд-отец.

Юнелла уселась, развернула пергамент, обмакнула перо в мейстерские чернила. Серсее стало не по себе.

— Позволят ли мне после исповеди...

— С вами поступят сообразно вашим грехам.

Она снова ощутила неумолимость этого человека.

— Тогда да помилует меня Матерь. Я признаю, что прелюбодействовала с мужчинами.

— Назовите их, — потребовал он, не сводя с нее глаз.

Позади скрипело перо Юнеллы.

— Лансель Ланнистер, мой кузен. Осни Кеттлблэк. — Они оба признались, что спали с ней, так что отрицать не приходится. — Оба его брата. — Неизвестно, что показали Осфрид и Осмунд... Лучше перебрать мерку, чем недобрать. — Я грешила от страха и одиночества, хотя это и не искупает моих грехов. Боги забрали у меня короля Роберта, мою любовь, моего защитника. Я очутилась в окружении заговорщиков, ложных друзей и предателей, желавших смерти моих детей. Не зная, кому довериться, я... использовала единственное доступное мне средство, чтобы привязать к себе Кеттлблэков.

— Под средством вы разумеете ваше женское естество?

— Мою плоть... да. — Серсея приложила руку ко лбу и отняла вновь, открыв полные слез глаза. — Да простит меня Дева. Я поступала так только ради детей, ради своего королевства. Удовольствия я в этом не находила. Кеттлблэки жестоки и со мной обходились грубо, но что было делать? Томмен так нуждался в доверенных людях.

— Его величество охраняет Королевская Гвардия.

— Что пользы от нее, когда его брата Джоффри отравили на собственной свадьбе? Один сын умер у меня на глазах, потери второго я бы не вынесла. Я грешила и распутничала лишь ради Томмена. Да простит мне ваше святейшество, но я переспала бы со всеми мужчинами Королевской Гавани, лишь бы сберечь детей.

— Прощение могут даровать только боги. А что же сир Лансель, ваш кузен и оруженосец вашего мужа? Вы и его верность хотели завоевать?

— Лансель... — «Осторожно, — сказала она себе, — кузен скорее всего выложил ему все как есть». — Лансель любил меня. Он еще очень юн, но я никогда не сомневалась в его преданности мне и моему сыну.

— И все же совратили его.

— Я была одинока. — Серсея подавила рыдание. — Я потеряла мужа, сына, лорда-отца. Королева-регентша тоже женщина, слабое и падкое на искушения существо. Ваше святейшество знает, что это правда. Даже святые септы порой грешат. Лансель, нежный и ласковый, был моим утешением. Это дурно, я знаю, но каждая женщина хочет быть любимой, хочет, чтобы рядом с ней был мужчина... — Она разрыдалась, больше не сдерживая себя.

Верховный септон смотрел на это бесстрастно, как статуя одного из богов. Унявшись наконец, Серсея почувствовала себя на грани обморока, но его воробейство с ней еще не закончил.

— Это все простительные грехи, — сказал он. — Похотливость вдов хорошо известна, и все женщины распутны в сердце своем: красота и хитроумие даны им, чтобы совращать мужчин с пути истинного. Но не изменяли ли вы королю Роберту, когда он был еще жив?

— Никогда в жизни! — содрогнулась Серсея. — Клянусь вам.

— Ваше величество обвиняют и в других преступлениях, куда более тяжких, чем прелюбодеяние. Сир Осни Кеттлблэк — ваш любовник, как вы сами признались — показал, что задушил моего предшественника по вашему повелению. Он также показывает, что ложно обвинил королеву Маргери и ее кузин в прелюбодеяниях и измене королевству, о чем его попросили, опять-таки, вы.

— Неправда. Маргери я люблю, как родную дочь. Что до прежнего верховного септона... Да, я часто на него жаловалась. Ставленник Тириона, он был слаб, порочен и позорил нашу святую веру — вашему святейшеству это известно не хуже, чем мне. Осни, должно быть, вообразил, что я хочу его смерти. Если так, то часть вины в самом деле падает на меня, но в убийстве я неповинна. Отведите меня в септу, и я поклянусь в этом перед престолом Отца, судии нашего.

— Все в свое время. Вы обвиняетесь также в том, что замышляли убийство собственного супруга, покойного короля Роберта Первого.

«Лансель, — подумала Серсея, — кто же еще».

— Роберта убил дикий вепрь. По-вашему, я варг? Оборотень? И Джоффри, мой возлюбленный первенец, тоже погиб от моей руки?

— Нет, только ваш муж. Вы отрицаете это?

— Разумеется, отрицаю. Перед богами и перед людьми.

Верховный септон кивнул.

— И, наконец, самое тяжкое из обвинений. Говорят, что ваши дети рождены не от короля Роберта, но от разврата и кровосмешения.

— Так говорит Станнис, — не замедлила с ответом Серсея, — и это ложь. Дети брата стоят между ним и Железным Троном, потому он и утверждает, что их отцом был не Роберт. В его гнусном письме нет ни слова правды.

— Хорошо. — Верховный септон уперся ладонями в стол и встал. — Лорд Станнис отринул Семерых ради красного демона, которому нет места в наших Семи Королевствах.

Серсея слегка приободрилась.

— Однако обвинения эти слишком серьезны, — продолжал септон, — и требуют серьезного разбирательства. Если ваше величество говорит правду, суд, несомненно, докажет, что вы невиновны.

«Все-таки суд».

— Но я исповедалась...

— Вы покаялись в части ваших грехов, но других не признали. Суд для того и нужен, чтобы отделить правду от лжи. Я попрошу Семерых отпустить вам грехи, в которых вы исповедались, и помолюсь, чтобы вас очистили от других обвинений.

Серсея медленно поднялась.

— Я склоняюсь перед мудростью вашего святейшества и молю вас о милосердии. Я так давно не видела сына...

Глаза его воробейства сделались жесткими, как кремень.

— Я не могу допустить к вам короля, пока вы не будете оправданы полностью. Но, поскольку вы сделали первый шаг по пути добродетели, я разрешаю других посетителей. По одному в день.

Серсея снова расплакалась, на этот раз искреннее.

— Благодарю вас. Вы так добры.

— Благодарите нашу милосердную Матерь.

Моэлла, Сколерия и замыкающая Юнелла препроводили королеву обратно на башню.

— Мы все молились за ваше величество, — сказала Моэлла, пока они поднимались.

— Да, — подхватила Сколерия, — теперь вам, думаю, стало намного легче. Вы чисты и невинны, как дева в день своей свадьбы.

В свадебное утро Серсея предавалась любви со своим братом Джейме.

— О да, — сказала она. — Я чувствую себя возрожденной, как будто мне вскрыли наболевший нарыв и я наконец-то начну выздоравливать. Мне кажется, что я способна летать! — Двинуть бы Сколерию в лицо локтем, чтобы кубарем покатилась вниз. По милости богов она и Юнеллу захватит с собой.

— Как хорошо вновь увидеть вашу улыбку, — пропищала Сколерия.

— Его святейшество говорил, что мне разрешены посетители?

— Говорил, — подтвердила Юнелла. — Скажите, кого желает видеть ваше величество, и мы известим их.

Джейме, конечно. Но если он в городе, почему не пришел раньше? С ним лучше подождать, разведав сначала, что творится за стенами Великой Септы.

— Дядю, сира Кивана Ланнистера, — сказала Серсея. — В столице ли он?

— Да, — сказала Юнелла. — Лорд-регент изволит пребывать в Красном Замке, и мы тотчас же пошлем за ним.

— Спасибо. — «Лорд-регент, вот как?» Серсея не стала делать вид, что это ее удивляет.

Покаяние, помимо очищения души от грехов, принесло и другие плоды. Вечером королеву перевели в более просторное помещение двумя этажами ниже, с окном на приемлемой высоте и теплыми одеялами. На ужин вместо черствого хлеба и овсянки ей принесли каплуна, свежую зелень с орехами и щедро сдобренную маслом вареную репу. Впервые за все время своего заключения она легла спать на сытый желудок и спала спокойно всю ночь, а утром, чуть свет, к ней пришел дядя.

Серсея завтракала, когда он вошел и тут же выставил из комнаты трех тюремщиц.

Сир Киван заметно постарел с тех пор, как они виделись в последний раз. Плотный, с тяжелым подбородком, он стриг бороду коротко, и его светлые волосы изрядно отступили от полысевшего лба. Красный шерстяной плащ на плече скрепляла золотая львиная голова.

— Спасибо, что пришел, — сказала Серсея, поднявшись ему навстречу.

— Сядь, — нахмурился он, — я должен сказать тебе кое-что.

Она осталась стоять.

— Ты до сих пор сердишься на меня, по голосу слышно. Прости, что плеснула в тебя вином, но...

— Думаешь, я на это сержусь? Лансель — твой двоюродный брат, Серсея. Тебе следовало заботиться о нем, направлять его, присмотреть ему девушку из хорошей семьи, а ты...

— Знаю. Знаю. — Лансель хотел ее больше, чем она его — и теперь еще хочет, могла бы поспорить Серсея. — Во всем повинны мое одиночество, моя слабость... О, дядя, как же я счастлива, что вижу твое милое лицо вновь! Я знаю, что поступала дурно, но твоей ненависти не вынесла бы. — Она обняла Кивана за шею, поцеловала в щеку. — Прости меня, прости.

Сир Киван, помедлив, обнял ее в ответ — неуклюже и наскоро.

— Ну, будет. Я прощаю тебя, а теперь лучше сядь: у меня дурные вести, Серсея.

Это ее напугало.

— Что-то с Томменом? Скажи, что это не так. Я так за него боялась, и никто здесь ни слова мне не сказал. У него ведь все хорошо?

— Его величество жив-здоров и постоянно о тебе спрашивает. — Сир Киван взял племянницу за плечи и отстранил от себя.

— Кто же тогда? Джейме?

— Джейме все еще где-то в речных землях.

— Где-то? — «Что это значит?»

— Лорд Блэквуд сдал ему Древорон, но на обратном пути в Риверран Джейме оставил своих людей и уехал с какой-то женщиной.

— С женщиной?! — в полном изумлении вскричала Серсея. — Но куда?

— Кто знает. Больше мы о нем ничего не слышали, а эта женщина, должно быть, леди Бриенна, дочь Вечерней Звезды.

Вот оно что. Королева вспомнила Тартскую Деву, громадную, безобразную, носившую мужскую кольчугу. Джейме ни за что бы не бросил сестру ради такой уродины — ворон Квиберна, наверное, так и не долетел до него.

— На юге высаживаются наемники, — говорил между тем сир Киван. — На Тарте, на Ступенях, на мысе Гнева... Очень хотелось бы знать, где Станнис взял деньги на них. Своими силами мне с ними не справиться. Мейс Тирелл мог бы, но он не двинется с места, пока это дело с его дочкой не будет улажено.

Палач его мигом уладил бы. Серсее не было никакого дела до Станниса и его наемников — Иные его забери, да еще и Тиреллов впридачу. Когда они перебьют друг друга, страна наконец-то вздохнет свободно.

— Уведи меня отсюда, дядя. Прошу тебя.

— Силой, ты хочешь сказать? — Сир Киван подошел к окну, выглянул. — Мне пришлось бы учинить бойню в этом священном месте, да и людей у меня для этого нет. Больше половины нашего войска ушло в Риверран с твоим братом, а набрать новое я не успел. Я говорил с его святейшеством: он не выпустит тебя, пока ты не покаешься.

— Но я уже...

— Он имеет в виду публичное покаяние. Перед всем городом.

— Ни за что. Так ему и скажи. Я королева, а не портовая шлюха.

— Тебе не причинят никакого вреда.

— Нет. Я скорее умру.

— Вполне возможно, что так и будет, — невозмутимо заметил дядя. — Его святейшество обвиняет тебя в цареубийстве, богохульстве, кровосмешении и государственной измене.

— Богохульство? Это еще откуда?

— Он подразумевает смерть своего предшественника. Верховный септон — наместник Семерых на земле, и посягательство на его особу... Впрочем, здесь не место для таких разговоров, подождем до суда. — Киван как нельзя более красноречиво обвел взглядом камеру.

Опасается, что их кто-то подслушивает.

— Кто будет меня судить?

— Священнослужители, если ты не предпочтешь испытание поединком — в таком случае тебя будет защищать один из рыцарей Королевской Гвардии. Править страной ты при любом исходе больше не будешь. Регентство до совершеннолетия Томмена переходит ко мне. Десницей короля назначен Мейс

Тирелл. Великий мейстер Пицель и сир Харис Свифт останутся на своих постах, но лордом-адмиралом стал Пакстер Редвин, а верховным судьей — Рендилл Тарли.

Два знаменосца Тиреллов. Правление государством перешло в руки ее врагов, родичей и приспешников королевы Маргери.

— Маргери и ее кузинам тоже предъявлено обвинение. Почему воробьи ее освободили, а меня нет?

— Рендилл Тарли настоял. После известных событий он первый прибыл в Королевскую Гавань и привел с собой войско. Девиц Тирелл все-таки будут судить, но его святейшество признаёт, что обвинение скорее всего развалится. Все мужчины, поименованные как любовники королевы, отрицают свою причастность и отказываются от данных ранее показаний — кроме твоего певца, который, похоже, тронулся умом. Поэтому верховный септон передал девушек Тарли, а тот торжественно поклялся доставить их на суд, когда придет время.

— А соучастники где содержатся?

— Осни Кеттлблэк и Лазурный Бард здесь, в подземелье. Близнецы Редвин признаны невиновными, Хэмиш-Арфист умер в тюрьме. Остальные сидят в темницах Красного Замка, под опекой твоего Квиберна.

Квиберн. Последняя соломинка, за которую она может еще уцепиться. Лорд Квиберн, способный творить чудеса... и ужасы.

— Это еще не все. Прошу тебя, сядь.

Что он еще припас? Мало разве того, что ее будут судить за измену, а маленькая королева и весь ее двор упорхнули из клетки?

— Говори, дядя. Не скрывай ничего.

— Мы получили из Дорна невеселые новости о Мирцелле.

— Тирион! — вырвалось у Серсеи. Это он послал девочку в Дорн, а Серсея отправила за ней сира Бейлона Сванна. Дорнийцы — клубок ядовитых змей, и опаснее всех Мартеллы. Красный Змей вызвался быть защитником Беса и был на волосок от победы, от объявления карлика невиновным в убийстве

Джоффри. — Он был в Дорне все это время, и теперь моя дочь у него в руках.

Сир Киван недоуменно нахмурился.

— Мирцелла подверглась нападению дорнийского рыцаря по имени Герольд Дейн. Она жива, но он нанес ей увечье... отсек ей ухо.

— Ухо! — Как же так? Ее маленькая принцесса, такая красавица... — Где же был принц Доран с другими своими рыцарями? И куда смотрел Арис Окхарт?

— Он погиб от руки Дейна, защищая принцессу.

Меч Зари, давно покойный, тоже носил имя Дейн. Кто такой этот сир Герольд и с чего ему вздумалось нападать на ребенка? Разве только...

— Тирион потерял половину носа в битве при Черноводной. За всем этим видны короткие пальчики Беса.

— Принц Доран о твоем брате умалчивает, и Мирцелла, как пишет сир Бейлон, тоже показывает на одного Герольда Дейна — он у них там зовется Темной Звездой.

— Как бы он ни звался, направлял его Тирион, — с горьким смехом заявила Серсея. — У карлика в Дорне полно друзей, и он с самого начала это задумал. Ясно теперь, для чего он так хлопотал о помолвке Мирцеллы с принцем Тристаном.

— Тирион тебе мерещится в каждой тени.

— Да, потому что он порождение тьмы. Ты думаешь, он остановится, убив Джоффри, а после — отца? Я боялась, что он затаился где-нибудь в Королевской Гавани, чтобы навредить Томмену, но он решил, что первой должна умереть Мирцелла. — Серсея заметалась по камере. — Мне нужно быть рядом с Томменом. От королевских гвардейцев проку, как от сосков на панцире. Говоришь, сир Арис убит?

— Да, Темной Звездой.

— Ты уверен, что он мертв?

— Так нас известили.

— Стало быть, в Королевской Гвардии освободилась вакансия. Ее следует заполнить немедленно — ради Томмена.

— Лорд Тарли составил список достойных рыцарей, но до возвращения Джейме...

— Король может дать белый плащ кому пожелает. Томмен хороший мальчик: скажи ему имя, и он его назовет.

— Кого же он должен назвать?

Ответа Серсея не знала. У ее защитника, помимо нового лица, должно быть и новое имя.

— Квиберн знает. Доверься ему. У нас с тобой были разногласия, дядя, но сделай это, молю тебя! Ради общей нашей крови, ради Томмена, ради его несчастной изуродованной сестры. Пойди к лорду Квиберну, отдай ему белый плащ и скажи, что время пришло.

РЫЦАРЬ КОРОЛЕВЫ

— Вы были человеком королевы, — сказал Резнак мо Резнак, — король же предпочитает собственную охрану.

Почему «был»? Он останется им до последнего часа — ее или своего, а в смерть Дейенерис Таргариен Барристан Селми не верил.

Именно из-за этого ему, как видно, и дали отставку. Гиздар постепенно избавляется от всех людей королевы. Силач Бельвас лежит при смерти в храме, где о нем заботятся Лазурные Благодати... Не завершили бы целительницы работу, начатую обвалянной в меду саранчой. Скахаза Лысого сместили с поста, Безупречных отослали в казармы. Чхого, Даарио Нахарис, адмирал Гролео и Герой из Безупречных остаются заложниками Юнкая. Агго, Ракхаро и других дотракийцев послали за реку на поиски королевы. Даже Миссандею заменили: король не счел приличным пользоваться услугами малолетней наатийки, бывшей рабыни. Теперь и до сира Барристана дошла очередь.

В Вестеросе он счел бы, что его честь запятнана, но в змеином гнезде под названием Миэрин честь приравнивается к дурацкому колпаку. Между ним и Гиздаром взаимное недоверие: тот хоть и стал мужем Дени, никогда не будет королем Барристана.

— Если его величество желает удалить меня от двора...

— Его блистательность, — поправил Резнак. — Нет-нет, вы не так меня поняли. Его великолепие ожидает юнкайскую делегацию, чтобы договориться об отходе их войск. Они могут потребовать... э-э... возмещения за тех, кого дракон лишил жизни. Положение весьма деликатное; король полагает, что будет лучше, если они увидят на троне миэринского короля, охраняемого миэринскими воинами, вы ведь понимаете, сир...

Селми понимал куда больше, чем представлял себе сенешаль.

— Могу я узнать, кто войдет в гвардию короля?

Резнак улыбнулся своей скользкой улыбочкой.

— Преданные, обожающие своего господина бойцы. Гогор-Великан, Храз, Пятнистый Кот, Белакуо-Костолом. Герои как на подбор.

Герои бойцовых ям... удивляться нечему. Гиздар зо Лорак еще не утвердился на своем новом троне. Уже тысячу лет в Миэрине не было короля, и многие аристократы полагают, что справились бы с этой ролью лучше Гиздара. За городскими стенами стоят юнкайцы с наемниками и союзниками, в самом городе свили гнездо Сыны Гарпии, а защитников у короля — раз-два и обчелся.

Безупречных Гиздар лишился по собственной глупости. Когда он попытался сделать их командиром своего родича — с Бронзовыми Бестиями ему это удалось, — Серый Червь заявил, что они свободные люди и подчиняются лишь своей матери. Да и Бронзовые Бестии — наполовину вольноотпущенники, наполовину бритоголовые миэринцы — наверняка не забывают Скахаза мо Кандака. Бойцы из ям — единственные, на кого Гиздар может опереться среди моря врагов.

— Надеюсь, они покажут себя достойными телохранителями его величества, — невозмутимо проговорил сир Барристан: свои истинные чувства он научился скрывать еще в Королевской Гавани.

— Его великолепия, — снова поправил Резнак. — Прочие ваши обязанности остаются за вами, сир. Если мир будет нарушен, его блистательность по-прежнему захочет увидеть вас во главе своего войска.

Хоть на это ума хватило. В телохранители Белакуо с Гогором может быть, и годятся, но вообразить, что они поведут солдат в бой? Старый рыцарь с трудом подавил улыбку.

— Я весь к услугам его величества.

— Так королей титулуют в Вестеросе, — вздохнул сенешаль. — У нас принято говорить «его блистательность» и «его великолепие».

А еще бы лучше «его напыщенность».

— Хорошо, я приму это во внимание.

— Вот, пожалуй, и все. — Улыбочка на сей раз означала, что сир Барристан может идти, и он удалился, дыша полной грудью после сенешальских духов. Мужчина должен пахнуть потом, а не цветами.

Комнаты сенешаля помещались на втором ярусе Великой Пирамиды, а покои королевы и самого Селми — на самом верху, на высоте восьмисот футов. Нелегкая работа для старых ног. При королеве он проделывал этот путь по пять-шесть раз на дню, чему свидетели его колени и поясница. Когда-нибудь — скорее, чем он бы хотел — это станет ему не под силу, и пока этот день не настал, он должен подготовить королеве новых гвардейцев из числа своих мальчиков. Он сам посвятит их в рыцари, даст каждому коня и пару золотых шпор.

У королевы тихо. Гиздар не захотел здесь жить — поселился в самой середке, под защитой толстых кирпичных стен, забрав себе Мезарру, Миклаза, Квеццу и других маленьких пажей. Они, в сущности, заложники, но королева и Селми так привязались к ним, что не хотели так думать. Ирри и Чхику уехали со своим кхаласаром. Осталась одна Миссандея, маленький призрак, забытый на верху пирамиды.

Сир Барристан вышел на террасу. Белесое, как труп, небо целиком застилали тучи. Утром солнца не было видно, и зайдет оно тоже невидимым, а ночь будет душной и липкой, без единого глотка свежести. Дождь собирается уже третий день — скорей бы он хлынул и отмыл этот город дочиста.

С террасы открывался вид на четыре меньшие пирамиды, западную стену города и лагерь юнкайцев на берегу залива. Оттуда чудовищной змеей полз в небо столб жирного дыма.

Юнкайцы жгут своих мертвых: сивая кобыла во весь опор скачет по их лагерям. Несмотря на все принятые королевой меры, болезнь продолжает распространяться как в городе, так и вне его. Рынки в Миэрине закрылись, улицы опустели. Бойцовые ямы король Гиздар не стал закрывать, но публики там немного. Горожане даже в Храм Благодати стараются не ходить.

Рабовладельцы и это повесят на Дейенерис, можно не сомневаться. Сир Барристан прямо-таки слышал, как все они — великие господа, Сыны Гарпии и юнкайцы — шепчут друг другу, что его королева мертва. Половина города в это верит, хотя не смеет пока сказать вслух, — но скоро начнутся и разговоры.

Как же он стар, как устал. Куда делись все эти годы? Нагибаясь испить из тихого пруда, он видит отражение чужого лица. Когда от голубых глаз побежали морщины, когда снег побелил золотые кудри? «Давно, старик, сколько-то десятилетий назад».

А казалось бы, его посвятили в рыцари только вчера, после турнира в столице. Он до сих пор помнит, как меч короля Эйегона коснулся его плеча, легкий, как девичий поцелуй. Слова застревали в горле, когда он произносил обеты. На пиру в ту ночь он ел ребра дикого вепря по-дорнийски, и драконий перец жег ему рот. Сорок семь лет спустя он помнит их вкус, но хоть убей, не сможет сказать, что ел десять дней назад. Отварную собаку, что ли, или другую какую гадость.

Селми не в первый раз задумался над капризами судьбы, приведшей его сюда. Он западный рыцарь, житель штормовых земель и дорнийских марок; его место в Семи Королевствах, а не здесь, на знойных берегах залива Работорговцев. Он приехал, чтобы отвезти Дейенерис домой, а теперь потерял ее, как некогда отца Дейенерис и брата. И Роберта, которого тоже не спас.

Гиздар, возможно, умнее, чем кажется. Лет десять назад сир Барристан догадался бы, что задумала Дейенерис, и остановил бы ее. Вместо этого он сперва прирос к месту, а потом погнался за ней. Мешкотный, глупый старик — не диво, что Нахарис прозвал его сиром дедушкой. Может, сам Даарио, будь он с королевой в тот день, живее бы поворачивался? Рыцарю не хотелось отвечать на этот вопрос.

Прошлой ночью ему опять снилось все это: Бельвас, блюющий кровью и желчью, Гиздар, приказывающий убить дракона, бегущая в ужасе публика, давка на ступенях, пронзительные вопли. И Дейенерис...

С охваченными огнем волосами она хлестала дракона кнутом, а после вскочила ему на спину и улетела. Песок, поднятый драконом при взлете, запорошил сиру Барристану глаза, но он все-таки разглядел, как Дрогон поднимается над ареной, зацепив крыльями бронзовых воинов у ворот.

Остальное он узнал позже. Кони за воротами, обезумев от драконьего запаха, давили людей копытами, переворачивали киоски и паланкины. В дракона метали копья и пускали стрелы из арбалетов; кое-что попадало в цель. Дракон с дымящимися ранами и женщиной на спине заметался и дохнул огнем вниз.

Остаток дня и половину ночи Бронзовые Бестии собирали тела. В конечном итоге насчитали двести четырнадцать убитых и втрое больше обожженных и раненых. Дрогон давно улетел куда-то на север, за Скахазадхан, а Дейенерис Таргариен пропала бесследно. Кто-то будто бы видел, как она падала, другие говорили, что дракон унес ее далеко и сожрал, но все это было неправдой.

Драконов сир Барристан знал только по детским сказкам, зато Таргариенов изучил хорошо. Дейенерис оседлала Дрогона, как Эйегон когда-то Балериона.

— Может, она домой полетела, — сказал он вслух.

— Нет, — тихо сказал кто-то сзади, — она бы не улетела без нас.

— Миссандея, дитя, — давно ты здесь?

— Нет, не очень. Простите, что побеспокоила вас... Скахаз мо Кандак хотел бы поговорить с вами, сир.

— Лысый? Ты его видела? — Какая неосторожность. Скахаз — заклятый враг короля; он высказывался против их с Дейенерис брака, и Гиздар, конечно, этого не забыл; Миссандея достаточно умна, чтобы понимать это. — Он здесь? В пирамиде?

— Он бывает здесь время от времени, сир. Когда хочет.

«Понятно...»

— Кто сказал тебе, что он хочет со мной увидеться?

— Бестия в маске совы.

Тогда был совой, теперь, вполне вероятно, шакал, тигр или ленивец. Сир Барристан возненавидел эти маски, как только они появились, но теперь его ненависть дошла до предела. Порядочным людям незачем скрывать свои лица, а Лысый...

О чем он только думает? Когда Гиздар поставил во главе Бронзовых Бестий своего кузена Мархаза зо Лорака, Скахаз был назначен Хранителем Реки. Эта должность предусматривала надзор над всеми паромами, неводами и оросительными каналами на пятьдесят лиг по Скахазадхану, но Лысый, отвергнув сей почетный и древний, по выражению Гиздара, пост, удалился в скромную пирамиду Кандаков. Приходя сюда, он очень рискует — ведь без королевы заступиться за него некому, и если сира Барристана застанут с ним, подозрение падет и на рыцаря.

Селми очень не хотелось встречаться с ним. Это пахло обманом и заговорами — тем, что он надеялся оставить далеко позади вместе с Пауком и лордом Мизинцем. Барристан читать не шибко любил, но часто перелистывал Белую Книгу, где все его предшественники вели записи. Некоторые из них были героями, другие слабыми душами, подлецами и трусами, большинство же — просто людьми. Сильнее и проворнее многих, более искусно владевшие мечом и щитом, они были подвержены гордыне, честолюбию, похоти, зависти, алчности и прочим порокам ничуть не меньше остальных смертных. Лучшие преодолевали свои недостатки, исполняли свой долг и гибли с мечом в руке, худшие...

Худшие участвовали в игре престолов.

— Сможешь найти эту сову снова? — спросил рыцарь.

— Ваша слуга попытается, сир.

— Скажи ему, что я встречусь с... с нашим другом у конюшни, когда стемнеет. — Двери пирамиды запираются на закате — после этого в ее нижней части должно быть тихо. — Но сначала убедись, что сова та самая, не кто-то другой.

— Ваша слуга понимает. Говорят, юнкайцы поставили скорпионы вокруг всего города... Будут пускать в небо железные стрелы, если Дрогон вернется.

Сир Барристан тоже об этом слышал.

— Попасть в летящего дракона не так-то просто. В Вестеросе многие пытались сбить Эйегона с его сестрами, да не вышло.

Трудно было понять, успокоило это девочку или нет.

— Вы думаете, они найдут ее, сир? Степь так велика, а драконы в небе не оставляют следов.

— Агго и Ракхаро — кровь ее крови, и кто же знает травяное море лучше, чем дотракийцы? — Рыцарь сжал плечо девочки. — Ее найдут, если это еще возможно. — «Если она жива. Мало ли в степи других кхаласаров, где воины исчисляются десятками тысяч», — но не нужно говорить об этом ребенку. — Ты любишь ее, я знаю. Я не позволю, чтобы ей причинили зло, клянусь.

Пустые слова. Как он может сберечь королеву, когда он не с ней? Но Миссандея как будто утешилась.

Барристан Селми знавал многих королей. Родился он в беспокойное царствование Эйегона Невероятного, которого так любили простые люди, и был посвящен им в рыцари. Белый плащ в двадцать три года ему пожаловал сын Эйегона Джейехерис, когда Селми убил Мейелиса-Чудище на Войне Девятигрошовых Королей. Затем он стоял в этом плаще у Железного Трона, занятого безумным королем Эйерисом. Стоял, смотрел, слушал. Бездействовал.

Нет. Он нечестен к себе самому. Он исполнял свой долг... хотя теперь ночами порой спрашивает себя, было ли это правильно. Он принес свои обеты перед лицом богов и людей и не мог их нарушить, не поступившись честью, но соблюдать их в последние годы Эйериса сделалось очень трудно. Он видел то, о чем нельзя вспомнить без боли, и не раз задавался вопросом, сколько крови на совести у него самого. Не вызволи он Эйериса из темниц лорда Дарклина в Синем Доле, король скорее всего и погиб бы там при попытке Тайвина Ланнистера взять город штурмом. На трон тогда взошел бы принц Рейегар, и страна вновь обрела бы покой. Синий Дол был звездным часом Селми, но вспоминать об этом он не любил.

Подлинным же укором, не дающим спать по ночам, были для него те, кого он не спас. Три мертвых короля: Джейехерис, Эйерис, Роберт. Рейегар, ставший бы лучшим королем, чем любой из них. Принцесса Элия и ее дети: грудной Эйегон, Рейенис, играющая с котенком. Они ушли, а он, поклявшийся защищать их, жив до сих пор. Теперь еще и Дейенерис, драгоценная его девочка-королева... Но нет, он не верил, что она умерла.

До самого вечера он обучал своих мальчиков на третьем ярусе пирамиды владеть мечом, щитом и копьем, управлять конем — и наставлял их в правилах, без которых рыцарь не выше бойца с арены. Дейенерис, когда его не станет, понадобятся молодые защитники, и он даст их ей.

Ученикам было от восьми до двадцати лет. Начинал он с шестьюдесятью ребятами; трудная рыцарская наука отсеяла половину, но некоторые из оставшихся многое обещали. Раз король больше в нем не нуждается, он сможет побольше времени уделять им. Селми расхаживал между парами мальчиков, сражавшихся на тупых мечах и копьях без наконечников. Храбрецы, приятно смотреть. Низкого рода, правда, но рыцари из них выйдут хорошие, и королеву они любят. Если б не она, все бы они сгинули в ямах. Гиздар обзавелся бойцами, а у Дейенерис вскорости будут рыцари.

— Выше щит. Покажи, как ты рубишь. Хорошо, теперь вместе. Вверх, вниз, вверх, вверх, вниз.

Когда солнце село, он скромно поужинал на верхней террасе. В пурпурных сумерках загорались огни на ступенчатых пирамидах, кирпичи Миэрина из разноцветных делались черными, улицы и переулки превращались в теневые реки и омуты. Город в темноте казался спокойным, даже красивым. Однако тишина эта обманчива и вызвана не миром, а мором.

Допив свое вино, старый рыцарь сменил белое облачение на бурый дорожный плащ, но меч и кинжал оставил, опасаясь ловушки. Гиздару он доверял мало, Резнаку еще меньше. Возможно, это надушенный сенешаль заманивает его в тайное место, чтобы схватить вместе со Скахазом и обвинить обоих в заговоре против монарха. А если Лысый начнет вести изменнические речи, Селми самому придется его схватить: ведь Гиздар, как бы мало рыцарь его ни любил, остается супругом королевы. Долг обязывает Селми поддерживать его, а не Лысого... Или нет?

Первый долг Королевской Гвардии — защищать короля. Белые рыцари дают присягу повиноваться его приказам, хранить его тайны, служить ему советом, если король того требует, и молчать, если совет не нужен. Клянутся исполнять его желания, беречь его доброе имя и честь. Строго говоря, лишь король решает, должна ли эта защита охватывать кого-то другого, даже членов монаршей семьи. Одни короли полагают, что гвардия должна служить также их женам, детям, братьям и сестрам, теткам, дядьям, кузенам, порой даже любовницам и бастардам. Другие используют для этих целей домашних рыцарей и простых латников, а семерых избранных держат всегда при себе.

Если бы королева приказала Селми служить Гиздару, у него не осталось бы выбора. Но у Дейенерис нет Королевской Гвардии как таковой, и никаких приказаний относительно мужа она не высказывала. Все было куда проще, когда такие вопросы за Селми решал лорд-командующий. Теперь он сам лорд-командующий, и ему трудно выбрать правильный путь.

В пустых коридорах у основания пирамиды горели факелы. Двери, уже запертые, как он и предвидел, охранялись четырьмя Бронзовыми Бестиями снаружи и четырьмя изнутри; на последних были маски вепря, медведя, крота и мантикора*.

— Все спокойно, сир, — доложил медведь.

— Пусть так и будет. — Сир Барристан порой всю ночь обходил посты.

Железные двери драконьей ямы в подземелье охраняли еще четверо Бестий: обезьяна, баран, крокодил и волк.

---

* Мифическое чудовище с телом льва, головой человека и хвостом скорпиона. — *Примеч. пер.*

— Покормили их? — спросил рыцарь.

— Так точно, сир, — ответила обезьяна. — Каждому по барашку.

Скоро Визериону и Рейегалю этого будет мало: они ведь растут.

Мимо слонов и Серебрянки, на которой ездила королева, сир Барристан прошел на зады конюшни; на свет его фонаря отозвались только осел и несколько лошадей.

Тень, возникшая из пустого стойла, материализовалась в еще одну Бестию: складчатая черная юбка, поножи, рельефный панцирь.

— Кот? — удивился Селми, разглядев его маску. Лысый в бытность свою командиром носил маску змеи, внушительную и страшную.

— Коты ходят всюду, и никто их не замечает, — ответил знакомый голос Скахаза.

— Если Гиздар узнает...

— А кто ему скажет — Мархаз? Мархаз знает лишь то, что выгодно мне. Бестии по-прежнему мои, не забывайте об этом. — В голосе Лысого даже сквозь маску слышался гнев. — Я нашел отравителя.

— Кто он?

— Кондитер Гиздара. Его имя ничего вам не скажет, он всего лишь орудие. Сыны Гарпии забрали у него дочь, обещая вернуть ее целой и невредимой, когда умрет королева. Бельвас и дракон спасли Дейенерис, а девочку вернули разрезанной на девять кусков, по числу лет ее жизни.

— Но зачем? Сыны Гарпии больше не убивают. Гиздаров мир...

— Фальшивка, ничего более. Правдой он был лишь в самом начале. Юнкай боялся королевы, ее Безупречных, ее драконов. В этом краю драконы водились издавна, и Юрхаз зо Юнзак с Гиздаром знали их историю назубок. Так почему бы не заключить мир? Они видели, как хочет этого Дейенерис. Зря она в свое время не выступила на Астапор — теперь, когда она пропала, а Юрхаз погиб, все изменилось в корне. Вместо старого льва — стая шакалов. Кровавой Бороде мир не нужен, а самое худшее то, что Волантис шлет против нас свой флот.

— Волантис. — Селми ощутил легкое жжение в правой руке. Мир заключен с Юнкаем, но не с Волантисом. — Ты уверен?

— Уверен. Об этом знают мудрые господа и их друзья в городе: Сыны, Резнак, Гиздар. Когда волантинцы будут здесь, король мигом откроет ворота. Все, кого Дейенерис освободила, снова попадут в рабство. И некоторые свободнорожденные тоже. Ты можешь окончить свои дни в бойцовой яме, старик: Храз сожрет твое сердце.

— Нужно сказать Дейенерис, — пробормотал пораженный Селми.

— Ты сначала найди ее. — Железные пальцы Лысого впились ему в руку. — Ждать нельзя — времени у нас мало. Я уже говорил с Вольными Братьями, Крепкими Щитами и Детьми Неопалимой: Гиздару они не верят, но нам необходимы также и Безупречные. Поговори с Серым Червем: тебя он послушает.

— С какой стати мне это делать? — «Изменнические речи. Заговор».

— Чтобы жизнь себе сохранить. — В дырах кошачьей маски виднелись черные омуты глаз. — Надо нанести юнкайцам удар до прибытия волантинцев. Прорвать осаду, перебить рабовладельцев, переманить к себе их наемников. Юнкайцы ничего такого не ждут: у меня есть шпионы в их лагере. Болезнь свирепствует, дисциплина разваливается. Господа пьют, обжираются, толкуют о сокровищах Миэрина и спорят, кто возьмет власть. Красная Борода и Принц-Оборванец воротят нос друг от дружки, и все думают, что нас убаюкал Гиздаров мир.

— Дейенерис тоже его подписала. Негоже нарушать мир без ее позволения.

— А если ее в живых нет? Что тогда, сир? Разве она не одобрила бы наш замысел спасти ее город, ее детей?

«Ее дети». Вольноотпущенники, чьи цепи она разбила, зовут ее Миса — Матерь. Тут Лысый прав: Дейенерис сделала бы все, чтобы их защитить.

— Но Гиздар остается ее королем. Ее мужем.

— Ее отравителем.

— Ты можешь доказать это?

— Доказательства — это трон, который он занял, и корона, которую он надел на себя. Протри глаза, старик: зачем ему Дейенерис, когда он все это получил?

В самом деле, зачем? Сир Барристан до сих пор видел, как мерцает воздух над красным песком, чуял запах крови, пролитой для забавы, слышал Гиздара, предлагающего своей королеве медовую саранчу. Очень вкусно, сладко и остро... Сам-то он к ней не притронулся. Селми потер висок. Гиздару зо Лораку он не присягал, а король, как Джоффри до него, отправил его в отставку.

— Я хочу сам допросить кондитера. С глазу на глаз.

— Изволь, — скрестил руки Лысый.

— Если разговор с ним меня убедит и я примкну к вам, ты дашь мне слово, что Гиздару зо Лораку не причинят никакого вреда, пока... пока его участие не будет доказано.

— Чего ты о нем так хлопочешь, старик? Если он и не сама Гарпия, то уж точно старший из ее сыновей.

— Мне известно лишь, что он супруг королевы. Дай слово, если хочешь, чтобы я был на твоей стороне.

— Ладно, — свирепо ухмыльнулся Лысый, — даю. Гиздара не тронут, пока его вина не будет доказана. Зато потом я убью его собственными руками. Кишки ему выпущу, прежде чем дам умереть.

«Нет, — сказал про себя старый рыцарь. — Если Гиздар хотел смерти моей королеве, я сам его прикончу, быстро и без мучений». Сир Барристан вознес безмолвную молитву далеким вестеросским богам, прося Старицу озарить его путь. Ради детей. Ради города. Ради его королевы.

— Я поговорю с Серым Червем, — сказал он.

ЖЕЛЕЗНЫЙ ЖЕНИХ

«Горе» пришло в одиночку, чернея парусами на розовом утреннем небе. Всего, стало быть, пятьдесят четыре. Разбуженный Виктарион проклял Штормового Бога — злость лежала в животе черным камнем. Вот и весь его флот.

Со Щитовых островов он отплыл с девяносто тремя судами, а еще раньше Железный Флот, принадлежащий Морскому Трону, насчитывал ровно сто кораблей — не таких больших, как боевые гиганты с зеленых земель, но втрое больше обычных ладей, с глубокой осадкой и таранами на носу. Впору хоть с королевской армадой помериться.

Миновав голый дорнийский берег с мелями и водоворотами, они запаслись на Ступенях зерном, дичью и пресной водой. Там же «Железная победа» захватила большой купеческий когг «Благородная леди», шедший в Староместь через Королевскую Гавань, Синий Дол и Чаячий город с грузом соленой трески, сельди и китового жира. Все это стало приятной добавкой к столу Железных Людей. С пятью другими трофеями — тремя коггами, галеей и галеоном, взятыми в Редвинском проливе и около Дорна, флот увеличился до девяноста девяти кораблей.

Они отошли от Ступеней тремя горделивыми флотилиями, чтобы встретиться вновь у южной оконечности Кедрового острова. На месте встречи собралось сорок пять. Двадцать два виктарионовских подходили по три, по четыре, порой и поодиночке; четырнадцать привел Хромой Ральф; из флотилии Рыжего Ральфа Стонхауза пришли всего девять, а сам Ральф запропал. С добавлением девяти новых трофеев число составило пятьдесят четыре, но все трофеи были когги, рыбачьи лодки, купцы и перевозчики рабов, ни одного боевого. Плохая замена в бою пропавшим кораблям Железного Флота.

Последним, тремя днями ранее, притащился «Губитель дев», а перед ним с юга показались трое других: трофейная «Благородная леди» между «Кормильцем ворон» и «Железным поцелуем». До них долго никого не было, кроме «Безрассудной Джейны» и «Страха». Еще раньше подошел Хромой Ральф: «Лорд Квеллон», «Белая вдова», «Плач», «Скорбь», «Левиафан», «Железная Леди», «Ветер жатвы», «Боевой молот» и еще шесть кораблей, два из них на буксире.

«Штормы, — пробурчал Хромой, явившись к Виктариону. — Три сильные бури, а между ними валирийские ветры: красные, пахнущие пеплом и серой, и черные, гнавшие нас к мертвому берегу. Этот поход с самого начала был проклят. Вороний Глаз боится тебя, милорд — зачем иначе было посылать нас в такую даль? Он не хочет, чтобы мы возвращались».

Викгарион думал о том же, попав после выхода из Волантиса в первый шторм. Если бы не страх перед пролитием родной крови, он давно убил бы Эурона Вороньего Глаза. «Кулак Дагона» и «Красный прилив», налетев друг на друга, разбились в щепки — в этом тоже Эурон виноват. Первая потеря флотилии Викгариона, но далеко не последняя.

Он влепил Хромому две оплеухи, сказав: «Первая за потерянные тобой корабли, вторая за болтовню о проклятии. Скажешь об этом еще раз — язык твой к мачте приколочу. Немых я умею делать не хуже Вороньего Глаза. — Из-за боли в левой руке он выразился резче, чем собирался, но угроза его не была пустой. — Теперь бури кончились, и наш флот соберется вновь».

Обезьянка с мачты насмехалась над ним, словно чуя, как он раздосадован. Подлый зверь. Поймать бы его, но обезьяны любят такую игру и ловко удирают от его воинов. Из-за ее воплей рука болит еще пуще.

— Пятьдесят четыре, — ворчал он. Нельзя было, конечно, надеяться, что Железный Флот проделает столь долгий путь без потерь, но семьдесят кораблей, если не восемьдесят, Утонувший Бог мог бы ему сохранить. Жаль, что с ними нет Мокроголового или другого жреца. Викгарион принес жертву и перед отплытием, и на Ступенях, когда они разделились натрое — но произнес, как видно, не те слова. А может, Утонувший Бог здесь не властен. Викгарион все больше боялся этих чужих морей, где боги тоже чужие, но своим страхом делился лишь со смуглянкой, не имеющей языка.

При виде «Горя» он позвал к себе Вульфа Одноухого.

— Надо поговорить с Кротом. Собери Ральфа Хромого, Бескровного Тома и Черного Шеперда. Охотников отозвать, все лагеря на берегу к рассвету свернуть. Загрузиться фруктами до отказа, загнать свиней на суда — будем забивать их по мере надобности. «Акула» останется здесь поджидать опоздавших. — Ей все равно чиниться — после штормов у нее уцелел один корпус. Без нее их станет пятьдесят три, но тут уж ничего не поделаешь. — Отчаливаем завтра с вечерним приливом.

— Как скажешь, лорд-капитан, — сказал Вульф, — но завтра может подойти еще кто-нибудь.

— А за десять дней могут подойти еще десять либо ни одного. Мы чересчур долго торчим здесь, глядя, не покажутся ли паруса. Победа будет слаще, если мы добьемся ее меньшим числом. — Да и волантийцев не вредно опередить.

В Волантисе военный флот загружался провизией, и весь город был пьян. Матросы, солдаты и ремесленники плясали на улицах с дородными купцами и аристократами, во всех тавернах и погребках пили за новых триархов. Слышались разговоры о золоте, драгоценностях и рабах, которые хлынут в Волантис после гибели королевы драконов. Одного дня в этом порту Виктариону Грейджою хватило по горло. Уплатив за съестное и пресную воду золотом (стыд и позор), он опять вывел свои корабли в море.

Волантийский флот тоже должен был пострадать от штормов. Многие их корабли, по милости судьбы, затонули или выброшены на берег — но, конечно, не все. Такой удачи ни один бог не пошлет. Зеленые галеи с рабами-солдатами на борту — те, кого Штормовой Бог пощадил, — должны уже обойти Валирию и двигаться по Горестному Пути на север, к Юнкаю и Миэрину. Триста кораблей, а то и пятьсот. Их союзники, наверное, уже на месте: юнкайцы, астапорцы, флоты Нового Гиса, Кварта и Толоса... даже миэринские корабли, покинувшие город перед его падением. А у Виктариона на всех про всех пятьдесят четыре ладьи — без «Акулы» пятьдесят три.

Ну что ж. Вороний Глаз на одном-единственном судне прошел полсвета, разбойничал от Кварта до Высокодрева — одни боги знают, где этого безумца носило. Даже в Дымном море побывал и ничего, выжил. Раз он сумел, то и Виктарион сможет.

— Есть, капитан. — Вульф и в подметки не годится Нуту-Цирюльнику, но Нута Вороний Глаз сделал лордом Дубового Щита, и тот теперь стал его человеком. — В Миэрин, что ли, идем?

— Куда ж еще. Королева драконов ждет меня там. — Самая прекрасная женщина в мире, если верить рассказам брата. Волосы серебряные с золотом, глаза как аметисты.

Может, Эурон в кои веки все-таки не соврал? Если полагаться на него одного, эта красавица вполне может оказаться рябой потаскушкой с сиськами до колен, а драконы — татуированными ящерицами из соторосских болот. Но о красоте Дейенерис Таргариен твердят и пираты со Ступеней, и волантинские торговые люди. Притом Вороний Глаз предназначил ее не для брата, а для себя самого. Виктарион должен лишь привезти ее — ох и взовет Вороний Глаз, узнав, что брат взял его невесту себе. Люди ропщут, ну и пусть их. Они зашли слишком далеко и понесли слишком большие потери, чтобы поворачивать на запад с пустыми руками.

Железный капитан сжал в кулак здоровую руку.

— Смотри, чтоб все было исполнено в точности. Вот еще что: отыщи мейстера, куда бы он ни забился, и пришли ко мне в каюту.

— Есть. — Вульф заковылял прочь, а Виктарион еще раз оглядел свой флот. Ладьи со свернутыми парусами и поднятыми на борт веслами стояли на якоре или лежали на берегу, на бледном песке. Кедровый остров. Знаменитые кедры, похоже, четыреста лет как сгинули: Виктарион много раз охотился на берегу и не видел ни одного.

Похожий на девчонку мейстер, которого Эурон навязал ему в Вестеросе, говорит, что когда-то это место называлось островом Ста Сражений, но кто с кем тут сражался, давно позабыто. Обезьяньим, вот как его бы следовало назвать. Свиней, здоровенных черных кабанов, на нем тоже полно. Раньше человека они не боялись, но учатся по мере того, как трюмы Железного Флота наполняются копчеными окороками и солониной.

Обезьяны, вот чума настоящая. Виктарион запретил морякам приносить этих тварей на корабли, но те каким-то образом уже заполонили полфлота и на «Железную победу» тоже пролезли. Вон они, сигают с мачты на мачту, с корабля на корабль... эх, арбалет бы.

Виктариону не нравилось это море, это небо без единого облачка, это солнце, нагревающее палубу так, что босиком не пройдешь. Не нравились штормы, налетающие невесть откуда. В море у Пайка тоже часто штормит, но там человек чует это заранее, а здесь на юге бури коварны, как женщины. Даже вода тут не того цвета: у берега бирюзовая, дальше густо-синяя, переходящая в черноту. Виктарион тосковал по родимым волнам, серо-зеленым с белыми гребнями.

Кедровый остров ему тоже не полюбился. Охота на нем неплохая, но лес чересчур густ, зелен и тих. Он полон кривых деревьев и невиданных прежде цветов. А затонувший Велос с рухнувшими дворцами и статуями, в полулиге севернее стоянки — настоящее обиталище ужаса. Виктарион, заночевав на берегу, видел темные беспокойные сны и проснулся с кровью во рту. Мейстер сказал, что он во сне прикусил язык, но капитан разгадал в этом знак Утонувшего Бога: задержишься здесь надолго — захлебнешься собственной кровью.

Говорят, что в тот день, когда Валирию посетил Рок, на остров обрушилась водяная стена высотой триста футов. Из тысяч мужчин, женщин и детей уцелели лишь рыбаки в море да горстка воинов в башне на самом высоком холме, видевших, как холмы и долины под ними превращаются в бурное море. Прекрасный Велос с дворцами из кедра и розового мрамора скрылся под водой в мгновение ока; та же участь постигла и невольничий порт Гозай на северной оконечности.

При таком количестве утопленников Утонувший Бог должен иметь там большую силу, думал Виктарион, выбирая остров местом сбора своего флота. Но он ведь не жрец — вдруг он все наоборот понял? Может, Утонувший Бог и уничтожил остров в порыве гнева.

Брат Эйегон разъяснил бы ему, но Мокроголовый остался дома и проповедует против Вороньего Глаза. Безбожник не может сидеть на Морском Троне, но что делать, раз капитаны и короли выбрали на вече Эурона, а не Виктариона и прочих набожных претендентов.

Утреннее солнце резало глаза, дробясь на воде. Голова у Виктариона опять начала болеть — от солнца, от раны, от забот, от всего вместе. Он спустился в каюту, полутемную и прохладную. Смуглянка, без слов зная, что ему нужно, приложила к его лбу влажную тряпицу.

— Хорошо, — сказал он. — Теперь рука.

Она не отвечала. Эурон вырезал ей язык, а потом уж отдал ему. Виктарион не сомневался, что Вороний Глаз тоже спал с ней — так уж у братца заведено. Все его дары прокляты. Когда смуглянка пришла к нему, Виктарион решил, что не станет пользоваться объедками брата. Перережет женщине горло и бросит в море, в жертву Утонувшему Богу... но после как-то раздумал.

Это было давно. Говорить она не может, зато слушает распрекрасно.

— «Горе» пришло последним, — сказал он, пока она снимала перчатку с его левой руки. — Остальные потонули или сильно опаздывают. — Женщина взрезала ножом загрязнившуюся повязку, и он поморщился. — Кое-кто скажет, что я не должен был дробить флот... Дурачье. Девяносто девять ладей — попробуй перейди с такой громадой на другой конец света. Те, что помедленней, задерживали бы самых быстрых, да и провизии где напастись. Столько кораблей ни один порт не примет. А штормы в любом случае разметали бы нас по Летнему морю.

Потому он и разделил флот на три части, чтобы шли в залив Работорговцев разными курсами. Самым быстрым ладьям под командованием Рыжего Ральфа Стонхауза он назначил корсарский путь вдоль северного побережья Сотороса. Мертвых городов того знойного края моряки избегают, зато в глинобитных селениях островов Василиска жизнь так и кипит: там полно беглых рабов, охотников за рабами, охотников, шлюх, тигровых людей и так далее. Тот, кто не боится платить железную цену, провизией там всегда разживется.

Более грузные и медленные суда пошли в Лисс продавать добычу — женщин и детей из города лорда Хьюэтта и с других Щитовых остров. Мужчин тоже — тех, кто плен предпочел смерти. Виктарион таких презирал, но продажа невольников ему претила. Взять работника или морскую жену к себе в дом —

дело другое, а продавать людей за деньги, будто скот или птицу, нехорошо. Он с радостью предоставил это Хромому Ральфу, которому для медленного перехода через моря требовалось много припасов.

Его собственные корабли прошли мимо Спорных Земель и запаслись всем в Волантисе перед дальнейшим походом. Это самый оживленный путь на восток; там попадаются трофеи, а на многочисленных островках можно отстояться в шторм, починиться и пополнить запасы.

— Маловато это — пятьдесят четыре ладьи, — говорил он смуглянке, — но и ждать больше незачем. Единственный способ... — Он поморщился, когда она отодрала полотно вместе с коркой. Рана стала зеленовато-черной. — Единственный способ — это захватить рабовладельцев врасплох, как когда-то у Ланниспорта. Налететь на них с моря, забрать девчонку — и ходу, пока волантинцы не подоспели. — Нет, он не трус, но и не дурак тоже: триста кораблей с пятьюдесятью четырьмя одолеть нельзя. — Я возьму ее замуж, а ты будешь ей прислуживать. — Немая служанка уж точно никаких тайн не выдаст.

Викториона прервал мейстер, поскребшийся в дверь каюты.

— Войди и запрись, — сказал ему капитан. — Ты знаешь, зачем я тебя позвал.

Весь в сером, усики бурые, вылитая мышь. Зачем он эти усы отращивал — чтобы за бабу не принимали? Молодой совсем, не старше двадцати двух. Звать Кервином.

— Могу я взглянуть на вашу руку, лорд-капитан?

Дурацкий вопрос. Викториону был противен этот парень с розовыми щечками и кудряшками, больше похожий на девку. На первых порах он еще и улыбался по-девичьи, но после Ступеней улыбнулся не тому, и Бертон Хамбл ему вышиб четыре зуба. Недолгое время спустя Кервин пожаловался капитану, что четверо моряков затащили его под палубу и использовали как женщину. «Вот тебе верное средство прекратить это», — сказал Викторион, вручая ему кинжал. Оружие парень взял, побоявшись отказать капитану, но так и не пустил его в ход.

— Вот она, рука, — гляди сколько хочешь.

Кервин стал на одно колено и даже обнюхал рану.

— Нужно снова выпустить гной. Этот цвет... Рана не заживает, лорд-капитан. Возможно, мне придется отнять вам руку.

Они уже говорили об этом.

— Отнимешь — убью, но сперва привяжу у борта и дам всей команде тобой попользоваться. Делай свое дело.

— Будет больно.

— Само собой. — «Жизнь — сплошная боль, дуралей. Боли нет только в водных чертогах Утонувшего Бога». — Валяй режь.

Мальчишка — мужчиной капитан не мог его назвать даже мысленно — вскрыл раздувшуюся ладонь. Выступил гной, густой и желтый, как кислое молоко. Смуглянка сморщила нос, мейстер закашлялся, даже Виктариону сделалось тошно.

— Режь глубже, чтоб кровь потекла.

Мейстер повиновался, и кровь показалась — темная, почти черная.

Вот и хорошо. Виктарион терпел, пока мейстер очищал рану смоченными в уксусе кусочками полотна. Когда он закончил, чистая вода в тазу стала такой, что с души воротило.

— Убери это. Она меня перевяжет, — кивнул на смуглянку Виктарион.

Мейстер ушел, но смрад никуда не делся. Последнее время от него просто спасу нет. Кервин предлагал обрабатывать рану на палубе, где солнце и свежий воздух, но Виктарион запретил. Нельзя делать это на глазах у команды. Они далеко от дома, и ребята не должны знать, что их железный капитан заржавел.

Рука давала о себе знать тупой неотвязной болью. Если сжать кулак, боль усиливается, точно ножом тебя колют. Нет, не ножом — мечом. Призрачным. Того рыцаря, наследника Южного Щита, звали Серри. Виктарион убил его, но он продолжает бой из могилы — вонзает свой меч в руку и поворачивает.

Капитан помнил тот бой как сейчас. Его щит был изрублен, и меч Серри он удержал стальной рукавицей. Юнец был сильней, чем казался с виду: клинок пробил и сталь, и стеганую перчатку внизу — будто котенок оцарапал ладонь. Капитан промыл порез кипяченым уксусом, завязал его и забыл о нем... до поры до времени.

Уж не был ли меч отравлен? Эта мысль бесила Виктариона. Настоящие мужчины к яду не прибегают. Он сталкивался с отравленными стрелами во Рву Кейлин, но то болотная нечисть, а Серри — рыцарь, высокородный. Яд — оружие трусов, женщин и дорнийцев.

— Если не Серри, то кто? — спросил он смуглянку. — Мейстер этот, мышь подколодная? Они ведь владеют разными чарами. Травит меня потихоньку — надеется, что я позволю руку себе отрезать. — Виктарион все больше убеждался, что это правда. — Вороний Глаз его мне подсунул. — Раньше, на Зеленом Щите, Кервин служил лорду Честеру — за воронами ходил, детей обучал, что-то вроде того. Вот уж писку-то было, когда один из немых Эурона приволок его на «Железную победу» за цепь, так удобно болтающуюся на шее. — Может, он мстит так, да только я-то при чем? Это Эурон велел его увезти, чтобы не рассылал куда ни попадя своих воронов. — Воронов брат тоже отдал Виктариону, три клетки, но капитан не хотел, чтобы Кервин посылал Эурону вести: пусть Вороний Глаз потомится.

Пока смуглянка бинтовала ему руку, в дверь постучался Лонгвотер Пайк — доложить, что на борт поднялся капитан «Горя» с пленником.

— Говорит, что чародея нам привез, капитан. Выловил его в море.

Неужто сам Утонувший Бог его посылает? Эйерон, побывавший в его чертогах еще при жизни, точно бы знал. Виктарион своего бога боялся, как и положено, но крепко верил в него. Поработав пальцами левой руки, он скривился, натянул перчатку и встал.

— Пошли поглядим.

Капитан «Горя», маленький волосатый Спарр по прозвищу Крот, ждал на палубе.

— Это Мокорро, лорд-капитан, — сказал он Виктариону. — Подарок Утонувшего Бога.

Ай да чародей — чудище, да и только. Ростом с Виктариона, но вдвое толще, пузо как валун, белая бородища — как львиная грива, а сам черный. Не коричневый, как летнийцы, что на лебединых кораблях ходят, не меднокожий, как дотракийцы, не оливковый, как смуглянка: черный и черный, как вороново крыло. Можно подумать, он в огне обгорел, и те самые огни отпечатались у него на щеках и на лбу. Рабские татуировки, метины зла.

— Цеплялся за сломанную мачту, — поведал Крот. — Десять дней пробыл в море после крушения своего корабля.

— За десять дней он должен был либо умереть, либо рехнуться от питья соленой воды. — Морская вода священна; Эйерон Мокроголовый и другие жрецы пользуются ею для благословений и сами то и дело пьют по глотку, чтобы подкрепить свою веру, но просто так ее пить нельзя. — Так ты, говоришь, колдун?

— Нет, капитан, — ответил на общем языке пленный — гулко, будто со дна морского. — Я смиренный раб Рглора, Владыки Света.

Рглор... Стало быть, он красный жрец. Виктарион видел священные костры в чужих городах, но те жрецы одевались в красные ризы из шелка, тонкой шерсти и бархата, а на этом отрепья какие-то. Хотя, если приглядеться, когда-то они и впрямь были красными.

— Розовый жрец, — промолвил Виктарион.
— Служитель демона, — плюнул Вульф Одноухий.
— Может, на нем балахон загорелся, — он и прыгнул за борт, чтоб его погасить, — предположил Лонгвотер Пайк.

Все заржали. Обезьяны наверху тоже подняли шум, и одна плюхнула на палубу пригоршню собственного дерьма.

Виктарион не любил, когда люди смеялись: ему всегда мерещилось, что смеются над ним. Вороний Глаз в детстве постоянно донимал брата насмешками, и Эйерон, пока не сделался Мокроголовым, тоже. Похвалят, бывало, а потом выходит, что насмеялись. Или, хуже того, вовсе не поймешь, что над тобой подшутили, пока не услышишь смеха, — в таких случаях Виктариона всегда душил гнев. Он и обезьян невзлюбил за это, ни разу не улыбнулся их фокусам, хотя вся команда каталась со смеху.

— Отправь его к Утонувшему Богу, пока беды какой не навлек, — предложил Бертон Хамбл.

— Корабль затонул, а он один спасся, — подхватил Вульф Одноухий. — Может, он демонов вызвал, и те пожрали всех остальных? Что стряслось-то?

— Шторм. — Мокорро вроде бы не пугало, что все вокруг хотят его смерти. Обезьяны, которым он, похоже, тоже не пришелся по вкусу, с воплями прыгали по снастям.

Виктарион колебался. Жрец пришел из моря — что, если сам Утонувший Бог выбросил его из пучины? У Эурона есть свои колдуны, вот бог и Виктариону решил послать одного.

— Почему ты говоришь, что он чародей? — спросил он Крота. — Я вижу только оборванного жреца.

— Я тоже так подумал, лорд-капитан, но он знает много всего. Знал, что мы идем в залив Работорговцев, хотя ему никто не сказал, знал, что мы найдем тебя у этого острова. И еще — он сказал, что без него ты точно умрешь.

— Умру, значит? — «Перережьте ему глотку и за борт», — чуть было не выговорил капитан, но боль прострелила руку от кисти до локтя, и он ухватился за планшир, чтобы не рухнуть на палубу.

— Колдун напустил порчу на капитана, — заявил кто-то.

— Бей его! Бей, пока демонов не наслал! — заорали все прочие.

Лонгвотер уже вынул кинжал, но тут Виктарион гаркнул:

— А ну назад! Пайк, убери нож. Крот, греби обратно к себе. Хамбл, отведи чародея в мою каюту. Остальные займитесь делом. — Какое-то мгновение он не был уверен, что они подчинятся: люди роптали и переглядывались. Обезьянье дерьмо сыпалось сверху градом, но все стояли как вкопанные. Виктарион сам ухватил жреца за локоть и потащил к люку.

Смуглянка, обернувшись к двери с улыбкой, увидела красного жреца и зашипела будто змея.

— Тихо, женщина, — сказал капитан, врезав ей здоровой рукой. — Подай нам вина. Крот правду сказал? Ты видел мою смерть?

— И не только ее.

— Ну и как я умру? В сражении? Соврешь — башку тебе расколю, как дыню, и скормлю обезьянам твои мозги.

— Твоя смерть сидит с нами, милорд. Дай-ка мне свою руку.

— Руку? Откуда ты знаешь?

— Я видел тебя в пламени, Виктарион Грейджой. Ты шел грозный, с окровавленным топором, знать ничего не зная о черных щупальцах, что держат тебя за руки, за ноги и за шею. Они-то и управляют тобой.

— Управляют? Лжет твой огонь. Я тебе не кукла, чтоб на нитках меня водить. — Виктарион, сдернув перчатку, сунул больную руку под нос жрецу. — На, любуйся. — Чистое полотно уже пропиталось кровью и гноем. — Мой противник на щите носил розу — я поранил руку шипом.

— Даже мелкая царапина может оказаться смертельной, лорд-капитан, но я могу тебя вылечить. Мне нужен нож — лучше всего серебряный, но и железный сойдет. И жаровня тоже. Тебе будет больно, как никогда в жизни, но руку тебе мы вернем.

Все они одинаковы, эти лекари. Мышь тоже всегда предупреждает о боли.

— Я железный человек, жрец. Боль мне смешна. Ты получишь, что просишь, но в случае неудачи я сам перережу тебе глотку и отдам тебя морю.

— Да будет так, — с поклоном ответил жрец.

До конца дня капитан не поднимался на палубу, и в его каюте слышались раскаты дикого хохота. Лонгвотер Пайк и Вульф Одноухий торкнулись к нему в дверь — заперто. Потом высокий голос запел что-то на чужом языке — на валирийском, как сказал мейстер, — и все обезьяны с визгом попрыгали в воду.

На закате, когда море почернело и небо залилось кровью, Виктарион вышел — голый до пояса, левая рука по локоть в крови. Подняв черную, будто обгорелую, кисть, он указал дымящимся пальцем на мейстера.

— Перережьте ему глотку и бросьте в море, чтобы ветер сопутствовал нам до самого Миэрина. — Мокорро видел это в своем огне. Видел он также замужество королевы, но что с того? Она не первая, кого Викарион Грейджой сделал вдовой.

ТИРИОН

Лекарь вошел, бормоча любезности. Потом потянул носом, взглянул на Йеццана зо Каггаца и сказал Сластям:

— Сивая кобыла.

«Эк удивил, — подумал Тирион. — Кто бы мог догадаться? Даже с половиной носа и то понятно». Йеццан, сгорая от жара, мечется в луже собственных нечистот. В дерьме кровь, а подтирать его желтую задницу приходится Йолло с Пенни. Поднять хозяина невозможно, хорошо хоть на бок пока поворачивается.

— Здесь моя наука бессильна, — объявил лекарь. — Жизнь благородного Йеццана в руках богов. Держите его в холоде, иногда это помогает, и побольше воды. — Все сивокобыльные ведрами дуют воду.

— Речной не давать? — спросил Сласти.

— Ни в коем разе, — ответил лекарь и улетучился.

«Нам бы так», — подумал Тирион, раб в золотом ошейнике с колокольчиками, одно из сокровищ Йеццана. Честь, неотличимая от смертного приговора. Йеццан любит, чтобы сокровища были у него под рукой, они-то за ним и ухаживают.

Бедняга Йеццан на поверку оказался не таким уж плохим хозяином, тут Сласти был прав. Тирион, прислуживая на пирах, скоро узнал, что Йеццан по-настоящему хочет мира: другие больше тянули время, дожидаясь, когда подойдут волантинцы. Были и такие, что призывали штурмовать город немедленно, чтобы Волантис не лишил Юнкай славы и половины добычи. Йеццан противился этому и не соглашался вернуть заложников в город с помощью требушетов, как предлагал наемник Красная Борода.

Как много может измениться за каких-то два дня. Два дня назад Нянюшка был здоровехонек, призрачные копыта сивой кобылы не тревожили слух Йеццана и волантинский флот еще не вошел в залив.

— Он умрет, да? — спросила Пенни в своей обычной манере: скажи-что-это-не-так.

— Все мы умрем.

— Я про сейчас спрашиваю. Про эту заразу.

— Нельзя ему умирать. — Гермафродит нежно откинул пропотевшие волосы с хозяйского лба, и Йеццан со стоном исторг из себя новую струю бурой жидкости. Надо бы постель сменить, но как его сдвинешь?

— Некоторые господа перед смертью освобождают своих рабов, — заметила Пенни.

Сласти хихикнул — омерзительный звук.

— Только самых любимых. Их освобождают от скорбей этого мира, чтобы они служили господину за гробом.

Ему можно верить — он первым последует за хозяином в мир иной.

— Серебряная королева... — подал голос мальчик-козел.

— Забудь, — бросил Сласти. — Дракон унес ее за реку, в дотракийское море — там она и утопла.

— В траве утонуть нельзя, — сказал мальчик.

— Будь мы свободны, мы нашли бы ее, — заверила Пенни. — По крайней мере отправились бы на поиски.

Она на собаке, Тирион на свинье. Он почесал шрам, сдерживая смех, и сказал:

— Известно, что этот дракон любит жареную свинину, а жареный карлик вдвое вкусней.

— Да это я так... Почему бы нам, например, не уплыть отсюда? Война закончилась, и корабли снова будут приходить в порт.

Закончилась ли? Пергаменты, конечно, подписаны, но войны ведутся не на пергаментах.

— Можно поехать в Кварт, — продолжала Пенни. — Брат говорил, что улицы там вымощены нефритом, а городские стены считаются одним из чудес света. Там золото и серебро польются на нас дождем, вот увидишь.

— В неприятельском флоте есть и квартийские корабли, — напомнил ей Тирион, — а об их стенах я читал в труде Ломаса Странника. Ехать еще дальше на восток не входит в мои намерения.

— Если Йеццана не станет, мы все умрем вместе с ним, — сказал Сласти, промокая влажной тряпицей лицо хозяина. — Сивая кобыла не каждого всадника уносит в могилу; он может поправиться.

Утешительная ложь. Будет чудом, если Йеццан протянет хотя бы день. Он и так уже умирал от какой-то мерзости, подхваченной им в Соторосе, — кобыла лишь ускорит его конец. Ему это только во благо, но для себя Тирион такого милосердия не желал.

— Мы принесем воды из колодца, как лекарь велел.

— Вот спасибо вам. — Сласти печалился не только из-за собственной скорой смерти: похоже, он один из всех сокровищ Йеццана искренне любил толстяка.

— Пойдем, Пенни. — Тирион откинул полотнище. Снаружи, несмотря на жару, было куда приятнее, чем в смрадном, наполненном миазмами павильоне.

— Вода поможет ему, — приободрилась девушка. — Чистая ключевая вода.

— Нянюшку вода не спасла. — Прошлым вечером солдаты Йеццана кинули надсмотрщика в полную трупов телегу. Когда люди мрут ежечасно, никто не рвется выхаживать еще одного заболевшего, особенно если тот пользуется заслуженной нелюбовью, как Нянюшка. Другие рабы бросили его, когда начались судороги, — один Тирион растирал его и поил. Давал ему разбавленное вино, лимонную воду, бульон из собачьих хвостов. «Пей, Нянюшка, надо же чем-то заменить то, что вытекает из твоего зада». Последним словом Нянюшки было «нет», а последним, что он услышал: «Ланнистеры всегда платят свои долги».

От Пенни Тирион это скрыл, но должен был сказать ей правду о том, как обстоят дела с их хозяином.

— Я очень удивлюсь, если Йеццан доживет до восхода солнца.

— Что же с нами будет? — схватила его за руку Пенни.

— Ему наследуют племянники. — Они сопровождают Йеццана в походе; поначалу их было четверо, но одного убили во время вылазки наемники Таргариен. Дядюшкины рабы наверняка перейдут к трем оставшимся, но разделяют ли племянники пристрастие Йеццана к уродам, калекам и прочим живым диковинам? — Кто-то из них возьмет нас себе или снова выставит на продажу.

— Нет! — округлила глаза Пенни. — Только не это!

— Мне тоже не сильно хочется.

Рядом, сидя на корточках, играли в кости и пили вино из меха шестеро Йеццановых солдат, все рабы. Сержант звался Шрамом; башка у этой скотины гладкая как колено, плечищи как у быка и ума столько же.

— Шрам! — гаркнул Тирион. — Господину нужна ключевая вода. Бери двух человек, ведра в руки и начинайте таскать.

Шрам, сведя брови, медленно встал.

— Что ты сказал, карлик? Кем ты себя возомнил?

— Ты прекрасно знаешь, кто я такой: Йолло, сокровище нашего господина. Делай, что тебе велено.

Солдаты заржали.

— Шевелись, Шрам! — крикнул кто-то. — Господская обезьянка приказывает.

— Ты не можешь приказывать солдатам, — заявил Шрам.

— Солдатам? — разыграл удивление Тирион. — Я здесь вижу только рабов. На тебе ошейник, как и на мне.

Шрам замахнулся, Тирион полетел вверх тормашками.

— Мне его Йеццан надевал, а не ты.

Карлик вытер кровь с разбитой губы. Пенни помогла ему встать.

— Господину правда нужна вода, — заныл он. — Так Сласти сказал.

— Пусть Сласти имеет сам себя, благо он так устроен. Никакие уроды нами распоряжаться не будут.

Ничего не выйдет... У рабов своя иерархия, а гермафродита все ненавидят за то, что он так долго был хозяйским любимчиком. Что же делать? Нянюшка умер, Йеццан слова выговорить не может, а племяннички, заслышав копыта сивой кобылы, мигом вспомнили о каких-то неотложных делах.

— Вода, — повторил Тирион. — Лекарь сказал, из реки нельзя, только колодезную.

— Вот вы двое и валите за ней, — пробурчал Шрам.

— Мы? Нам это не под силу. Можно тележку взять?

— Пешком топайте.

— Нам же придется раз десять сходить туда и обратно.

— Хоть сто, мне-то что.

— Все равно мы столько не натаскаем.

— Возьми своего медведя, — посоветовал Шрам. — Он только на то и годен — ведра таскать.

— Да. Хорошо, хозяин.

Это Шраму понравилось.

— Тащи ключи, Морго, — велел он, — а ты, карлик, слушай меня: наберете ведра и сразу назад. Сам знаешь, что бывает за попытку бежать.

— Бери ведра, — сказал Тирион Пенни, а сам вместе с Морго пошел выпускать из клетки сира Джораха Мормонта.

Рыцарь к рабству привыкать не желал и роль медведя, уносящего прекрасную деву, исполнял с большой неохотой, если вообще до этого снисходил. Он не пытался бежать и не оказывал сопротивления стражникам, но на приказы отвечал проклятиями и не слушался их. Нянюшка, недовольный этим, посадил его в железную клетку и приказывал бить каждый вечер, когда солнце опускалось в залив. Мормонт выносил палки молча и лишь ругался сквозь зубы.

«Вот упрямый дурень, — думал Тирион, глядя на это. — Надо было уступить его Зарине — может, такая участь его бы больше устроила».

Из клетки Мормонт вылез с запекшейся от крови спиной, его лицо мало походило на человеческое. Нагое тело прикрывал лишь грязный желтый лоскут на бедрах.

— Поможешь им натаскать воды, — велел Морго.

Мормонт только глядел исподлобья: некоторым людям легче умереть свободными, чем жить в рабстве. Сам Тирион ничем таким не страдал, но если рыцарь убьет Морго, ему тоже не поздоровится.

— Пошли, — сказал он и зашагал прочь, надеясь пресечь этим дурацкие замыслы Мормонта.

Боги в кои-то веки сжалились: Мормонт пошел за ним.

Пенни взяла два ведра, Тирион тоже два, сир Джорах четыре, по два на каждую руку. Ближайший колодец был вырыт у Ведьмы, к нему они и направились. Колокольчики на ошейниках позвякивали, не привлекая, однако, внимания: рабы и рабы. Ошейник имеет свои преимущества, особенно позолоченный, с надписью «Йеццан зо Каггац». С колокольчиками — значит, ценный товар, а чудовищно толстый, воняющий мочой Йеццан богаче всех в Желтом Городе и привел на войну целых шестьсот солдат. Рабы с его именем на ошейниках могут ходить где угодно в пределах лагеря... пока Йеццан жив.

Солдаты Звонких Лордов на пустыре маршировали, звеня оковами и делая выпады длинными копьями. Другие рабы строили откосы из песка, укрепляли их камнем и вкатывали на них баллисты и скорпионы: нацеливали машины в небо, чтобы черного дракона обстреливать. Тирион ухмылялся, глядя, как они пыхтят и ругаются. Каждый второй солдат имел при себе арбалет и колчан с болтами на бедре.

Попусту суетятся. Королевской зверюшке это все нипочем. Разве что железная стрела из скорпиона в глаз попадет, а так он лишь разъярится.

Глаза у дракона самое слабое место. Глаза и мозг. Не брюхо, как в сказках сказывается: там чешуя такая же прочная, как на спине и боках. И не глотка: с тем же успехом можно пытаться гасить огонь, меча в него копья. «Смерть исходит из пасти дракона, но не может войти в нее», — пишет септон Барт в своей «Противоестественной истории».

Чуть дальше два легиона из Нового Гиса бились со щитами, стенка на стенку; их сержанты в железных полушлемах с конскими плюмажами выкрикивали команды на понятном только им диалекте. На первый взгляд гискарцы казались более грозными, чем юнкайские солдаты-рабы, но Тирион сомневался. Легионеры вооружены и вымуштрованы на манер

Безупречных, однако евнухи отдают военному ремеслу всю свою жизнь, а гискарцы — свободные граждане и служат всего по три года.

Очередь к колодцу растянулась на добрую четверть мили. Под Миэрином, на расстоянии дня пути, их совсем мало, потому и ждать приходится долго. Почти все войско пьет из Скахазадхана, чего Тирион и до наказа лекаря не мог похвалить. Кто поумнее, берет воду не ниже отхожих канав, только вот городские стоки все равно выше.

То, что колодцы с хорошей водой за городом все-таки сохранились, доказывает неопытность Дейенерис Таргариен по части осад. Надо было отравить их, чтобы из реки пили все юнкайцы без исключения, — тогда осада ненадолго бы затянулась. Лорд-отец определенно бы так и сделал.

Рабы Йеццана продвигались к колодцу медленно, звеня колокольчиками. От этого перезвона Тириону хотелось выковырять кому-нибудь глаза ложкой. Грифф, Утка и Хелдон Полумейстер должны уже доплыть до Вестероса со своим юным принцем. И он был бы с ними, кабы похоть не одолела. Мало ему было убить отца — нет, подавай еще шлюху и море вина, чтоб уж совсем из дерьма не подняться. В итоге он звенит золотыми колокольчиками на другом краю света. Если хорошенько постараться, можно вызвонить «Рейнов из Кастамере».

Где, однако, услышишь столько свежих сплетен и новостей, как не у колодца?

— Я видел все своими глазами, — говорил старый раб в ржавом ошейнике. — Видел, как дракон отрывал руки-ноги, перекусывал людей пополам и сжигал их дотла. Народ бежать кинулся, но я, клянусь всеми богами Гиса, насладился зрелищем до конца. На пурпурном ряду сидел, дракону туда не достать было.

— Королева села на дракона и улетела, — настаивала темнокожая женщина.

— Улетела, только недалеко. Когда по дракону стреляли из арбалетов, ей попали прямо между грудей. Она свалилась в уличную канаву, и повозка ее раздавила. Одна моя знакомая девушка знает человека, который сам это видел.

В этом обществе умнее было бы помолчать, но Тирион не сдержался.

— Тела-то не нашли.

— А ты почем знаешь? — нахмурился старый раб.

— Так они ж там были, — сказала женщина. — Не помнишь, что ли, турнир двух карликов?

Старик прищурился, точно видел их в первый раз.

— А, ну да. Которые на свиньях скакали.

Вот она, слава. Тирион отвесил изысканный поклон и не стал говорить, что одна из свиней вообще-то собака.

— Та, на которой я езжу, моя сестра. Видишь, у нас носы одинаковые? На нее наложили чары. Поцелуешь ее — станет женщиной, но тебе быстро захочется превратить ее обратно в свинью.

Старик посмеялся вместе со всеми.

— Стало быть, ты видел ее, королеву, — сказал рыжий парнишка. — Она вправду такая красавица?

Тирион видел тоненькую девчушку с серебристыми волосами, в токаре, под покрывалом. Как следует не разглядел — свиньей управлять надо было. Королева сидела в ложе со своим королем, но Тирион смотрел больше на рыцаря в белом плаще, что стоял позади нее: Барристана Селми он бы узнал где угодно, Иллирио не ошибался на этот счет. А вот узнал ли Селми его? И что, если да?

Тирион чуть было не открылся тогда, но что-то — осторожность, трусость или чутье — ему помешало. Со стороны Барристана Смелого он мог ждать только вражды: тот никогда не одобрял присутствия Джейме в своей Королевской Гвардии. До мятежа он считал, что Джейме слишком молод и зелен, после будто бы говорил, что Цареубийце надо сменить белый плащ на черный. А Тирион виновен куда больше, чем его брат. Джейме убил безумца, Тирион пустил стрелу в пах собственному родителю. Он, вероятно, все равно бы рискнул, но тут Пенни засадила копьем ему в щит, и он упустил свой случай.

— Королева смотрела, как мы представляем, — сказала Пенни, — но потом мы ее больше не видели.

— А дракона-то? — удивился старик.

Дракона тоже. Боги даже его Тириону не показали. Когда Дейенерис Таргариен улетала, Нянюшка заковывал карликов, чтобы не сбежали на обратном пути. Нет бы ему улепетнуть вместе с другими зрителями — тогда Тирион и Пенни тоже умчались бы, звеня колокольцами.

— Там что, был дракон? — Карлик пожал плечами. — Я знаю только, что мертвых королей на улице не находили.

— Да мертвецов сотнями подбирали, — не сдавался старик. — Тащили их в яму и жгли, хотя половина и так поджарилась. Может, ее не узнали, раздавленную-то и в крови. Или узнали, а вам, рабам, не сказали.

— «Вам, рабам»? — повторила женщина. — На тебе на самом ошейник.

— Газдоров, — похвалился старик. — Мы с ним отродясь вместе, все равно что братья. Вы, астапорские да юнкайские, только и ноете о свободе, а я бы свой ошейник не отдал, хоть предложи драконья королева мне пососать.

Тирион с ним не спорил. Хуже всего в рабстве то, что к нему привыкаешь, и жизнь большинства рабов не слишком отличается от жизни слуг в Бобровом Утесе. Попадаются, конечно, особо жестокие хозяева и надсмотрщики, но о вестеросских лордах, стюардах и бейлифах можно сказать то же самое. Юнкайцы, если рабы выполняют свою работу и не бунтуют, обращаются со своей собственностью довольно прилично. Этот старик в ржавом ошейнике, гордящийся тем, что принадлежит Вислощекому, — скорее правило, чем исключение.

— Газдор Великое Сердце? Наш хозяин Йеццан очень высокого мнения о его уме. — Йеццан, если по правде, говорил, что в его левой ягодице ума больше, чем у Газдора с братьями.

Миновал полдень, когда их очередь наконец подошла.

— За водой для Йеццана всегда приезжает Нянюшка, — с подозрением заметил одноногий колодезный раб. — С четырьмя людьми, на тележке. — Ведро плюхнулось в колодец, и облупленные, тощие, сильные руки потащили его наверх.

— Мул издох, Нянюшка тоже, — сказал Тирион. — Теперь сивую кобылу оседлал сам Йеццан, а шестеро его солдат дрищут. Наливай давай до краев.

— Ладно. — Выдумка про солдат заставила одноногого шевелиться проворнее.

Назад Тирион и Пенни тащили по два ведра, сир Джорах четыре. День накалялся, воздух давил, как мокрая шерсть, вёдра с каждым шагом делались тяжелее. Вода плескала на ноги, колокольчики вызванивали марш. Знай Тирион, что так будет, не стал бы жать на спуск того арбалета. В полумиле к востоку поднимался дым от палатки, куда сложили всех умерших прошлой ночью.

— Нам сюда. — Тирион дернул головой вправо.

— Но мы пришли с другой стороны, — удивилась Пенни.

— Неохота дымом дышать — он полон вредных миазмов. — Это, строго говоря, не было ложью.

— Мне отдохнуть надо, — сказала девушка.

— Ладно. — Тирион поставил вёдра и сел на камень, чтобы растереть ноги.

— Давай я, — предложила Пенни.

— Не надо, я лучше знаю, где помассировать. — Он привязался к ней, но все еще чувствовал неловкость, когда она его трогала. — После таких побоев ты, Мормонт, скоро станешь уродливее меня. Скажи, из тебя не весь дух еще вышибли?

— Хватит, чтоб шею тебе свернуть, — заверил рыцарь, уставив на него два заплывших глаза.

— Тогда пошли, — сказал Тирион, поднимая вёдра.

— Да нет, нам налево, — заспорила Пенни. — Вон она, Ведьма.

— А это Злая Сестра. Так короче, поверь мне.

Иногда он завидовал ей. Мечтательная Пенни напоминала ему Сансу Старк, его юную утраченную жену. Как она умудрилась остаться такой доверчивой, несмотря на все пережитые ужасы? Она старше Сансы и притом карлица, а мечты у нее как у красавицы знатного рода. По ночам она молится — пустое занятие: боги, если они есть, любят мучить людей для забавы. Не по их ли воле в мире царят рабство, кровь и страдания? Не они ли создали их с Пенни карликами? «Никто нас не спасет, — хотелось порой заорать Тириону, — и худшее еще впереди!» Но он почему-то молчал. Вместо того чтобы дать девчонке хорошую оплеуху и сбить шоры у нее с глаз, он обнимал ее и трепал по плечу. Он ей платит фальшивой монетой, а она, дурочка, небось считает себя богачкой.

Он умолчал даже о том, что ожидало их на Арене Дазнака.

На них хотели выпустить львов — вот была бы ирония. Может, он еще и посмеялся бы до того, как его растерзали.

Ему тоже никто об этом не говорил, он сам догадался. Это было нетрудно в темном кирпичном мирке под сиденьями Арены Дазнака, где обитают бойцы и все те, кто им служит: повара, оружейники, цирюльники, умеющие пустить кровь и перевязать рану, шлюхи, дарящие утехи до и после боев, могильщики, крючьями утаскивающие с песка проигравших.

Чего стоило одно лицо Нянюшки, когда Тирион и Пенни после выступления вернулись в освещенный факелами подвал. Одни бойцы точили оружие, другие приносили жертвы своим богам или глушили себя маковым молоком, третьи, успевшие сразиться и победить, метали кости в углу, смехом изживая недавнюю встречу со смертью.

Нянюшка, выплачивавший проигранный заклад одному из служителей, увидел Пенни с Хрумом и растерялся. Это длилось лишь долю мгновения, но Тирион все понял. Надсмотрщик не ждал, что они вернутся, — и никто в подвале явно тоже не ждал. Все стало окончательно ясно, когда дрессировщик пожаловался распорядителю: «Львы голодные, два дня как не ели. Велели не кормить, я и не кормил. Кто за мясо будет платить, королева?»

«Подай ей прошение, глядишь и заплатит», — ответил распорядитель.

А Пенни и невдомек — ее заботило только, что публика мало смеялась. «Жаль, что львов не выпустили, тогда они обмочились бы со смеху», — чуть не сказал Тирион. И потрепал ее по плечу.

— Мы идем не туда, — сказала она, внезапно остановившись.

— Верно. — Тирион поставил вёдра — дужки нестерпимо намяли ему ладони. — Нам надо вон к тем палаткам.

— К Младшим Сыновьям? — Улыбка прорезала распухшее лицо сира Джораха. — Плохо ты знаешь Бурого Бена Пламма, если надеешься там помощь найти.

— Мы с ним играли в кайвассу целых пять раз. Бурый Бен проницателен, настойчив, неглуп и весьма осторожен. Предоставляет противнику рисковать, а сам выжидает и принимает решения в зависимости от хода битвы.

— Какой еще битвы? — всполошилась Пенни. — Пойдемте назад, отнесем хозяину воду. Задержимся — высекут, и Хрум с Милкой остались там.

— Сласти присмотрит за ними, — солгал Тирион. Больше похоже на то, что Шрам и его дружки скоро полакомятся свининой и собачьей похлебкой, но Пенни этого знать не нужно. — Нянюшки нет, Йеццан при смерти — нас хватятся разве что вечером, и лучшего случая нам не представится.

— Нет. Ты же знаешь, что с беглыми делают. Прошу тебя. Из лагеря нас все равно не выпустят.

— А мы и не станем из него выходить. — Тирион взял вёдра и заковылял прочь, не оглядываясь. Мормонт не отставал, а вскоре следом заспешила и Пенни. Втроем они спустились по песчаному склону к потрепанным, поставленным в круг палаткам.

Часовой, тирошиец с багровой бородой, остановил их у лошадиных загонов.

— Кто такие и что несете?

— Воду, — сказал Тирион.

— Лучше бы пиво.

— Заблудился, карлик? — В спину Тириона уперлось копье второго караульного. Этот, насколько слышно, из Королевской Гавани, с Блошиного Конца.

— Хотим вступить в ваши ряды.

Пенни уронила ведро, расплескав половину.

— Тут и без вас дураков хватает. — Тирошиец поддел ошейник Тириона копьем, колокольчик откликнулся нежным звоном. — Никак, беглые? Чьи ошейники-то?

— Желтого Кита, — сказал третий, пришедший на голоса, — тощий, заросший, с красными от кислолиста зубами. Сержант, не иначе. Вместо правой руки крючок. Если это не близнец Бронна, то Тирион — второе воплощение Бейелора Благословенного. — Этих самых карликов хотел купить Бен, — сказал однорукий, — а здоровый... Ладно, его тоже ведите.

Тирошиец махнул копьем, посылая Тириона вперед. Второй, совсем мальчишка, с пушком на щеках и волосами цвета грязной соломы, взял Пенни под мышку.

— У моего сиськи есть, — сообщил он со смехом и запустил ей руку за пазуху, чтобы удостовериться.

— Знай неси! — рявкнул сержант.

Мальчишка перекинул Пенни через плечо, а Тирион со всей быстротой, доступной его ногам, устремился к большому шатру на другой стороне кострища. Расписные стенки сильно выгорели за долгие годы службы. Наемники оглядывались на них, лагерная девка хихикнула.

Войдя, Тирион увидел табуреты, стол на козлах, стойку с копьями и алебардами, потертые ковры на полу и трех капитанов. Один — стройный, изящный, в розовом с прорезями дублете, острая бородка и клинок как у брави. Другой — толстый, лысеющий, с пальцами в чернилах и пером в правой руке. Третьего Тирион как раз и искал.

— Капитан, — сказал карлик с поклоном.

— Вот, хотели пробраться в лагерь, — доложил солдат, скинув на ковер Пенни.

— Беглые с ведрами, — присовокупил тирошиец.

— С ведрами? — повторил Бурый Бен Пламм. — Ладно, ребята, возвращайтесь на пост и чтоб никому ни слова. — Солдаты вышли, и он с улыбкой спросил: — Хочешь еще разок в кайвассу сыграть, да, Йолло?

— Если вы согласитесь. Приятно у вас выигрывать. Вы, как я слышал, дважды меняли хозяев — такие люди мне по сердцу.

Бурый Бен, улыбаясь одними губами, смотрел на карлика, как на говорящего змея.

— Говори, зачем пришел.

— Чтобы исполнить ваши мечты. Сначала вы хотели нас купить, потом выиграть в кайвассу. Ко мне и с целым носом никто не пылал такой страстью — для этого нужно знать, сколько я стою на самом деле. Ну вот, теперь я весь ваш. Велите только своему кузнецу снять с нас ошейники. Тошнит уже от этого звона.

— Я не хочу ссоры с твоим хозяином.

— Йеццан сейчас занят делом поважнее трех пропавших рабов: он скачет на сивой кобыле, и в вольном отряде пропажу вряд ли станут искать. Риск невелик, а выгода ощутима.

— Они принесли заразу прямо сюда, в твой шатер! — ужаснулся офицер в розовом. — Отрубить ему голову, капитан? Двух других можно в отхожую яму бросить. — Он извлек из ножен тонкий клинок брави с украшенным драгоценностями эфесом.

— Осторожней, — сказал Тирион. — Попадет на вас моя кровь — считайте, что заразились. А одежду нашу придется сжечь.

— Мне очень хочется сжечь ее с тобой вместе, Йолло.

— Меня не так зовут, сами знаете. Вы узнали меня, как только увидели.

— Может, и так.

— И я вас знаю, милорд. Вы несколько бурее, чем Пламмы у нас на родине, но по крови все равно вестероссец — если, конечно, это ваше настоящее имя. Дом Пламмов присягнул Бобровому Утесу, и я немного знаю его историю. Ваша ветвь, несомненно, отпочковалась от каменного плевка через Узкое море, а вы, бьюсь об заклад, младший сын Визериса Пламма. Королевские драконы любили вас, верно?

— Кто тебе это сказал? — Улыбка наемника сделалась еще шире.

— Да никто. Почти все россказни про драконов годятся только для дураков. Говорящие драконы, драконы, стерегущие клады, драконы величиной со слонов, драконы, загадывающие загадки подобно сфинксам... Все это чушь, но в старых книгах можно найти и правду. Я знаю, что королевские драконы вас полюбили, и знаю причину этой привязанности.

— Мать говорила, что отец носил в себе каплю драконьей крови.

— Целых две, и член у него был шестифутовый — слышали эту басню? Итак, вы, будучи умным Пламмом, знаете, что моя голова стоит лордства... но в Вестеросе, на другом краю света. Пока довезете, останется только кишащий червями череп. Моя дражайшая сестрица заявит, что голова не моя, и плакала ваша награда. Сами знаете, какие они хитрые, королевы, а Серсея еще и большая гадина.

— Остается доставить тебя живым, — поскреб бороду Пламм. — Или замариновать твою башку в уксусе.

— Самое умное — это держать мою сторону. Я у отца младший сын, к вам меня сама судьба привела.

— Младшим Сыновьям нужны не скоморохи, а воины, — презрительно бросил брави.

— Вот вам один. — Тирион показал большим пальцем на Мормонта.

— Этот? — фыркнул брави. — Здоров, спору нет, но рубцы не всякого скота делают воином.

Тирион возвел свои разные глаза к потолку.

— Не представите ли мне ваших друзей, лорд Пламм? Этот, в розовом, меня раздражает.

Брави оскалился, человек с пером хмыкнул.

— Чернилка их казначей, — сказал вместо Пламма Мормонт, — а павлин величает себя Каспорио Коварным, хотя Каспорио-Козел больше бы подошло.

Узнать Мормонта было, конечно, трудно, но голос его остался прежним. Каспорио опешил, Бен Пламм прищурился.

— Никак, Джорах Мормонт? Я смотрю, гордости у тебя поубавилось. Можем ли мы называть тебя сиром, как раньше?

Мормонт сложил раздутые губы в ухмылку.

— Дай мне меч, Бен, а там называй как хочешь.

Каспорио слегка попятился.

— Она же тебя прогнала!

— Я вернулся. Что возьмешь с дурака.

«Особенно с влюбленного». Тирион кашлянул.

— Старые времена после вспомните. Сначала я объясню вам, почему моя голова, когда она на плечах, ценнее отрубленной. С друзьями я щедр, лорд Пламм. Спросите Бронна, и Шаггу, сына Дольфа, и Тиметта, сына Тиметта.

— Кто такие? — спросил Чернилка.

— Добрые люди, присягнувшие мне и щедро за это вознагражденные... Хотя насчет добрых я, положим, приврал. Это ублюдки-головорезы наподобие вас.

— А ты их, часом, не выдумал? — спросил Бурый Бен. — Шагга — женское имя.

— Сиськи у него будь здоров, это да. Как увижу его снова, посмотрю у него в штанах. Что это там, кайвасса? Давайте сыграем, но сначала я бы выпил вина. В глотке саднит, а говорить мне придется долго.

ДЖОН

Ночью ему снились одичалые, выходящие из леса под вой боевых рогов и гром барабанов. БУМ, БУМ, БУМ — словно тысяча сердец бьется в лад. Кто с копьями, кто с луками, кто с топорами. Большие, как пони, собаки везли костяные санки. Великанам служили палицами вырванные с корнем дубы.

«Ни шагу назад! — кричал Джон, стоя на Стене один-одинешенек. — Дадим им отпор. Огня! Жги их!»

Никто не откликался. Все его бросили.

Горящие стрелы взлетали, поджигая плащи одетых в черное пугал. «Сноу», — заклекотал орел. Одичалые лезли по льду ловко, как пауки. Джон в доспехах из черного льда сжимал в руке раскаленный докрасна меч и скидывал оживших мертвецов со Стены. Он убил старика, мальчишку, великана, страшилу с подпиленными зубами, девушку с рыжей гривой. «Да это же Игритт!» — спохватился он, когда она уже падала.

Мир растворился в красном тумане. Джон колол, рубил, резал. Уложил Донала Нойе, вспорол живот Глухому Дику Фолларду. Куорен Полурукий упал на колени, зажимая рану на шее. «Я лорд Винтерфелла!» — выкрикнул Джон. Перед ним вырос Робб с мокрыми от снега волосами, и Джон снес ему голову Длинным Когтем. Чьи-то узловатые пальцы схватили его за плечо. Джон обернулся назад — и проснулся.

Ворон клевал ему грудь. Когда Джон согнал его, тот с недовольным криком «Сноу» перелетел на столбик кровати и злобно уставился вниз.

Светает уже. Час волка. Скоро встанет солнце, и четыре тысячи одичалых пройдут за Стену. Безумие. Джон запустил обожженную руку в волосы, в который раз спрашивая себя, что он такое затеял. Когда откроют ворота, ничего уже не поправишь. С Тормундом должен был договариваться кто-нибудь умудренный опытом. Старый Медведь, Джереми Риккер, Куорен Полурукий, Деннис Маллистер. Или, к примеру, дядя... Но теперь уж поздно жалеть. У каждого выбора есть свой риск и свои последствия. Он доиграет эту игру до конца.

— Зерно, — бормотал ворон, пока Джон одевался впотьмах. — Король. Сноу, Джон Сноу. — Странно: на памяти Джона эта птица ни разу не называла его полным именем.

Завтракал он в трапезной со своими офицерами. Поджаренный хлеб, яичница, кровяная колбаса, ячневая каша, светлое водянистое пиво.

— Все готово, — доложил Боуэн Мурш. — Если одичалые не нарушат условий, мы будем действовать согласно приказу.

«А если нарушат, будет резня».

— Не забывайте, что люди Тормунда изголодались, замерзли и сильно напуганы, — сказал Джон. — Некоторые из них ненавидят нас не меньше, чем некоторые из нас — их. Обе стороны ступают по тонкому льду: одна трещина, и провалятся все. Первую кровь, если она будет, ни в коем случае не должны пролить мы — иначе я, клянусь старыми богами и новыми, отрублю виновному голову.

— Так точно, милорд... будет исполнено... как прикажете, — слышалось в ответ. Офицеры один за другим пристегивали мечи, надевали плащи и выходили на холод.

Последним из-за стола встал Скорбный Эдд Толлетт: ночью он приехал с шестью повозками из Бочонка, известного ныне как Шлюшник. Повозки предназначались для новых копьеносиц, которых Эдд должен был отвезти в крепость к их сестрам.

Джон, на удивление довольный тем, что вновь видит эту кислую образину, смотрел, как Эдд подбирает хлебом желток.

— Ну, как там у вас дела?

— Лет через десять отстроимся, — отвечал Эдд. — Когда мы приехали, там было полным-полно крыс. Копьеносицы перебили их, теперь там полным-полно копьеносиц. Иногда я скучаю по крысам.

— А как тебе нравится служить под Железным Эмметом?

— Под ним больше Черная Марис служит, милорд, а я мулами занимаюсь. Крапива говорит, они мне родня. Морды у них такие же длинные, это верно, но по части упрямства они ушли далеко вперед, и с их матерями я незнаком. Люблю яишенку, — вздохнул, доев, Толлетт. — Не скармливайте одичалым всех наших кур, ладно, милорд?

Они вышли во двор. На рассветном небе не было ни облачка.

— Хороший будет денек, — сказал Джон. — Теплый, солнечный.

— Чтобы Стена в преддверии зимы плакала? — не согласился с ним Эдд. — По мне, это дурной знак, милорд.

— А если бы снег шел? — улыбнулся Джон.

— Еще того хуже.

— Какая же погода, по-твоему, добрый знак?

— А вот как внутри, в трапезной. Пойду-ка я к своим мулам — они скучают, когда меня долго нет. Не в пример копьеносицам.

С этими словами Эдд пошел к восточной дороге, где стоял его поезд, а Джон — к конюшням. Атлас уже оседлал ему серого скакуна с черной, как мейстерские чернила, гривой. В разведку бы Джон на таком не поехал, но для торжественного выезда конь подходил в самый раз.

Ждала и охрана. Обычно Джон не любил, чтобы его сопровождали, но решил, что в это утро осторожность не повредит. Восьмерка выглядела очень внушительно — в кольчугах, полушлемах, черных плащах. В руках длинные копья, на поясах мечи и кинжалы. Ни одного старика и мальчишки, только зрелые мужи: Тай, Малли, Лью-Левша, Фульк-Блоха, Большой Лиддль, Рори, Гаррет Зеленое Копье. И Кожаный, новый мастер над оружием, доказывающий, что даже сторонник Манса может занять почетное место в Ночном Дозоре.

Когда все построились у ворот, небо на востоке зарделось. Звезды гаснут — выйдя вновь, они увидят, что мир коренным образом изменился. У тлеющих углей ночного костра стояли несколько людей королевы, в окне Королевской башни мелькнуло красное, королева Селиса не появилась.

«Пора».

— Открыть ворота, — тихо сказал Джон Сноу.

— ОТКРЫТЬ ВОРОТА! — взревел громовым голосом Большой Лиддль.

Часовые на высоте семисот футов подняли боевые рога, и звук, отражаясь от Стены, полетел через горы и долы. *Аоооооооооооооооооо*. Один долгий сигнал. Больше тысячи лет он оповещал о возвращении разведчиков, сегодня означает нечто другое. Сегодня вольный народ входит в свой новый дом.

На обоих концах туннеля отодвигали железные засовы и открывали створки. Заря окрасила лед в пурпурные, розовые, золотые тона. Скорбный Эдд прав: Стена скоро заплачет. «Боги, сделайте так, чтобы слезы проливала только она».

Атлас ступил под ледяные своды, светя фонарем. За ним шел Джон с конем в поводу, следом его охрана, следом — Боуэн Мурш с двадцатью стюардами, каждому из которых дали свое задание. Стену держал Ульмер из Королевского леса с полусотней лучших стрелков Черного Замка, готовый ответить градом стрел на любую заваруху внизу.

Тормунд Великанья Смерть восседал на низкорослом коньке, маловатом для столь крупного всадника. При нем были два оставшихся сына, Торегг и юный Дрин, а также шестьдесят воинов.

— Хар-р! — крикнул он. — Телохранители? Так-то ты мне доверяешь, ворона?

— С тобой больше людей, чем со мной.

— И то верно. Поди сюда, парень, и покажись. Мало кому из моих довелось видеть лорда-командующего, а в детстве их стращали вашими разведчиками. Пусть поглядят на тебя и поймут, что Ночного Дозора бояться не надо.

«Это еще как сказать». Джон, сняв перчатку с обожженной руки, свистнул в два пальца. Из ворот выскочил Призрак, конек шарахнулся, Тормунд чуть не свалился с него.

— Не надо, говоришь? Призрак, к ноге.

— Бессердечный ты ублюдок, Джон Сноу. — Тормунд тоже протрубил в рог, и вольный народ понемногу пошел к воротам.

С рассвета и дотемна наблюдал Джон за этой процессией. Первыми шли заложники, сто мальчиков от восьми до шестнадцати лет.

— Запрошенная тобой цена, Джон Сноу. Надеюсь, плач их матерей не будет преследовать тебя по ночам. — Одних мальчишек вели к воротам родители, других — старшие братья и сестры, третьи, особенно подростки, шагали одни, не желая держаться за мамкину юбку.

Два стюарда считали мальчиков и записывали их имена на длинных пергаментных свитках, третий собирал у них ценности и вел свой список. Юные одичалые шли в незнакомое место, на службу ордену, с которым их предки враждовали тысячи лет, но Джон не видел ни слез, ни рыдающих матерей. «Это дети зимы, — сказал он себе. — Слезы, если и появляются, сразу примерзают к щекам». Ни один заложник не попятился и не попытался удрать, входя в темный туннель.

Почти все они тощие, порой истощенные, с руками и ногами как палочки, но разные во все остальном. Одни высокие, другие низенькие. Головы черные, каштановые, белокурые и рыжие, целованные огнем, как у Игритт. Попадаются хромые, рябые и с рубцами на лицах. У старших пробивается пушок на щеках или усики, у одного борода выросла, как у Тормунда. Кто в теплых шубах, кто в вареной коже и разрозненных доспехах, большая часть в шерсти и тюленьих шкурах, меньшая в лохмотьях, один совсем голый. У многих в руках оружие: колья, дубинки с каменным оголовком, ножи из кости, кремня, драконова стекла, шипастые булавы, сети, порой заржавленные мечи. Рогоногие босиком, другие со снегоступами, чтобы не проваливаться в сугробы. Шестеро верхом на конях, двое на мулах, два брата ведут козу. Самый длинный — шести с половиной футов, но с младенческим личиком, самый маленький заявляет, что ему девять, хотя на вид не больше шести.

Тормунд показывал Джону отпрысков именитых людей.

— Вон тот сын Сорена Щитолома, тот, рыжий, — Геррика Королевича. Происходит будто бы от Реймуна Рыжебородого, а на самом деле от его младшего брата. — Про двоих, похожих как близнецы, Тормунд сказал, что они погодки. — Один от Харла Охотника, другой от Харла Красивого, а мать одна. Отцы друг друга терпеть не могут: я бы на твоем месте послал одного в Восточный Дозор, другого в Сумеречную Башню.

Он назвал еще сыновей Хауда Скитальца, Брогга, Девина Тюленебоя, Кайлега Деревянное Ухо, Морны Белой Маски, Великого Моржа...

— Великий Морж? Вот это да.

— У них на Стылом берегу чудацкие имена.

Отцом троих мальчиков, как уверял Тормунд, был Альфин Убийца Ворон, убитый Куореном Полуруким.

— Не похоже, что они братья, — заметил Джон.

— Потому что матери разные. Хрен-то у Альфина был махонький, поменьше твоего, но совал он его куда ни попадя. У него в каждой деревне по сыну. А тот вон, с крысиной мордочкой, отродье Варамира Шестишкурого. Помнишь его, лорд Сноу?

— Помню. Оборотень.

— И злющий мерзавец в придачу. Теперь вроде помер — после битвы его никто не видал.

Двое оказались переодетыми девочками. Джон велел Большому Лиддлю и Рори привести их к нему. Одна послушалась, другая кусалась и лягалась.

— У них тоже отцы именитые? — спросил Джон.

— У этих-то? Вряд ли. Жребий вытянули, небось.

— Так это же девочки.

— Да ну? Эй, ребята, мы тут с лордом Сноу поспорили, у кого из вас стручок больше. Спустите-ка штаны, дайте глянуть.

Одна залилась краской, другая прошипела:

— Отцепись, Тормунд Великаний Зад. Дай пройти.

— Хар-р! Твоя взяла, ворона, стручков у них нет, зато вот у этой фитюльки есть яйца — копьеносицей будет. Раздобудьте им девчачью одежку, — крикнул Тормунд своим, — не то лорд Сноу намочит подштанники.

— Мне нужны двое мальчиков вместо них.

— Зачем это? Заложник остается заложником. Что мальчишке снести голову, что девчонке, разницы нет. Многие отцы дочек тоже любят.

Джона заботили не отцы.

— Манс тебе о храбром Данни Флинте не пел?

— Вроде нет. Кто таков?

— Девушка, которая переоделась мальчиком, чтобы вступить в Дозор. Красивая песня, но грустная, и конец у нее плохой. — В песне говорится, что призрак Данни до сих пор блуждает в Твердыне Ночи. — Эти девочки поедут в Бочонок. — Единственные мужчины там — Железный Эммет и Скорбный Эдд. Джон доверял обоим, чего не мог сказать о большинстве своих братьев.

Тормунд, поняв его, от души плюнул.

— Экие вы гадкие птицы, вороны. Ладно, получишь еще двух мальчишек.

Когда в туннель прошли девяносто девять заложников, Тормунд представил последнего.

— Мой Дрин. Позаботься о нем, ворона, не то я съем твою черную печень.

Убитый Теоном Бран был бы теперь одного возраста с этим мальчиком, но Дрин не столь миловиден, как маленький Старк. Плотный, коротконогий, с широким красным лицом и буйной гривой темных волос — вылитый Тормунд.

— Он будет моим пажом, — пообещал Джон.

— Слыхал, Дрин? Смотри не озорничай. Иногда ему требуется хорошая трепка, только гляди в оба, милорд: он кусается. — Тормунд поднял рог и протрубил в него снова.

На этот раз из леса начали выходить воины — человек пятьсот, а то и вся тысяча. Все при оружии, каждый десятый конный. На плетеных, обтянутых шкурами щитах за спинами изображены змеи, пауки, отсеченные головы, окровавленные молоты, проломленные черепа, демоны. Кое-кто облачен в помятые, добытые в набегах доспехи, на других костяные латы, как на Гремучей Рубашке, на остальных вареная кожа, и на каждом сверху меха.

По длинным волосам Джон узнавал копьеносиц. При виде них он всегда вспоминал Игритт: ее огненные волосы, ее улыбку, когда она разделась перед ним в гроте, ее голос. «Ничего ты не знаешь, Джон Сноу», — твердила она и была, конечно, права.

— Что ж ты женщин не послал первыми? Я имею в виду матерей и девушек, не воительниц.

— Мало ли. Вдруг вы, вороны, решите закрыть ворота — тогда бойцы на той стороне будут кстати. Раз я купил у тебя коня, что ж мне, и в зубы ему не заглядывать? Ты не думай, что мы не доверяем тебе: мы вам доверяем точно так же, как вы нам. Тебе нужны были воины — вот они. Каждый стоит шестерых твоих черных ворон.

— Прекрасно... пока их оружие обращено против нашего общего врага.

— Я тебе слово дал. Слово Тормунда Великаньей Смерти крепче железа.

Отцы взятых в заложники мальчиков смотрели на Джона холодными мертвыми глазами, не отнимая рук от мечей, или улыбались, как вновь обретенному родичу, — он сам не знал, что вызывает в нем большее беспокойство. На колени никто не вставал, но клятву давали многие.

— В чем Тормунд поклялся, клянусь и я, — сказал немногословный черноволосый Брогг.

— Топор Сорена твой, Джон Сноу, — проворчал Щитолом, на дюйм склонив голову.

Рыжебородый Геррик Королевич вел с собой трех дочерей.

— Хорошие будут жены, — похвастал он, — и подарят своим мужьям сыновей королевской крови. Мы ведем свой род от Реймуна Рыжебородого, Короля за Стеной.

Игритт говорила Джону, что происхождение у вольного народа мало что значит. У дочерей Геррика волосы тоже рыжие, но длинные и прямые в отличие от ее курчавой копны. Поцелованные огнем.

— Все три принцессы прелестны, — сказал Джон их отцу. — Я позабочусь, чтобы их представили королеве. — К ним Селиса наверняка будет благосклонней, чем к Вель: они моложе, смирного нрава и собой хороши, хотя батюшка у них, похоже, дурак.

Хауд Скиталец поклялся на мече — столь щербатой и обшарпанной железяки Джону еще не встречалось. Девин Тюленебой поднес ему шапку из шкуры тюленя, Харл Охотник — ожерелье из медвежьих когтей. Ведьма-воительница Морна, сняв маску из чардрева, поцеловала перчатку Джона и поклялась быть его человеком или его женщиной, как он пожелает. И так далее, и так далее.

Каждый воин бросал свои ценности в одну из тачек, поставленных стюардами у ворот. Янтарные подвески, золотые шейные обручи, кинжалы с дорогими каменьями, серебряные брошки, браслеты, кольца, чаши из сплава золота с серебром, боевые рога и рога для питья, нефритовый гребень, бусы из речного жемчуга — Боуэн Мурш всему вел учет. Один отдавал кольчужную рубаху из серебряной чешуи, сделанную не иначе как для знатного лорда, другой — сломанный меч с тремя сапфирами на эфесе.

Встречались вещи и подиковиннее: игрушечный мамонт из шерсти настоящего мамонта, костяной фаллос, шлем из черепа единорога. Джон понятия не имел, сколько в Вольных Городах за них могут дать.

За воинами двинулись жители Стылого берега. Их костяные тележки дребезжали не хуже Гремучей Рубашки, санки на полозьях катились бесшумно. Псы, которые их везли, не уступали величиной лютоволку. Женщины кутались в тюленьи шубы, дети поглядывали на Джона черными что твой кремень глазенками. Одни мужчины носили на шапках оленьи рога, другие моржовые бивни — Джон быстро смекнул, что друг друга они не любят. Поезд замыкало небольшое оленье стадо, подгоняемое собаками.

— Опасайся их, Джон Сноу, они дикари, — предостерег Тормунд. — Бабы еще хуже, чем мужики. — Он отцепил от седла мех и дал Джону. — На. Не так страшно будет, да и согреешься на ночь. Нет-нет, оставь себе. Пей на здоровье.

От крепкого меда у Джона защипало в глазах и загорелось в груди.

— Хороший ты человек, Тормунд Великанья Смерть. Для одичалого то есть.

— Найдутся многие похуже меня, найдутся и лучше.

Солнце свершало свой путь по синему небу, а одичалые шли и шли. Ближе к полудню случилась заминка: в туннеле застряла телега. Джон сам пошел посмотреть, в чем там дело. Задние грозились изрубить телегу в щепки и зарезать вола. «Попробуйте только, — отвечали хозяева, — сами не уйдете живыми». С помощью Тормунда и Торегга Джон предотвратил кровопролитие, но дорогу освобождали чуть ли не час.

— Ворота у вас больно узкие, — пожаловался Тормунд, косясь на небо, где появилось несколько облачков. — Все равно что Молочную через соломинку пьешь. Эх, дунуть бы разок в Рог Джорамуна, мы бы мигом перелезли через обломки.

— Мелисандра сожгла этот рог.

— Да ну? — расхохотался вождь одичалых. — Большой рог был, красивый — просто грех губить такое добро. Тысячелетний рог. Мы его нашли в великаньей могиле — такого ни один человек еще не видал, вот Манс и придумал выдать его за Рог Джорамуна. Хотел, чтоб вы, вороны, поверили, будто он способен сдуть вашу Стену. Настоящий-то мы не нашли, сколько ни копали, а нашли бы — все поклонщики Семи Королевств запаслись бы ледком, чтоб в вино летом класть.

Джон, нахмурившись, повернулся в седле. «И Джорамун затрубил в Рог Зимы и поднял из земли великанов». Тот рог с обручами старого золота, исписанный древними рунами... Кому из них верить — Тормунду или Мансу? И если рог Манса был подставной, где тогда настоящий?

После полудня солнце скрылось, и небо заволоклось пеленой.

— Снег будет, — предрек Тормунд.

Другие одичалые, тоже чувствуя это, заторопились. Один мужчина пырнул ножом другого, пытавшегося пролезть без очереди. Торегг отнял нож и послал обоих обратно в лагерь.

— Расскажи мне про Иных, Тормунд, — попросил Джон, глядя, как четыре старухи тащат к воротам тележку с детьми. — Хочу знать как можно больше о наших врагах.

— Не здесь, — ответил тот, тревожно оглядываясь на заснеженный лес. — На той стороне. Они всегда где-то близко. Днем, когда солнышко светит, они не показываются, но это не значит, что их нет рядом. Как тени: мы не всегда их видим, но они при нас неотступно.

— В пути они вас не беспокоили?

— Скопом не нападали, если ты об этом, но и не отставали. Разведчиков мы потеряли немерено, и если кто отстанет или отойдет в сторону, тоже прощай. Каждую ночь мы зажигали костры вкруговую: не любят они огня. Но в снег или дождь сухие дрова найти трудно, и холод такой... Костры, бывало сами по себе гасли. Наутро после такой ночи всегда находишь в лагере мертвецов, если они не найдут тебя первые. Вот и Торвинд, мой мальчик... — Тормунд замолчал и отвел глаза.

— Да... я знаю.

— Ничего ты не знаешь. Ты одного мертвеца убил, а Манс сотню. С мертвыми драться можно, но с их хозяевами, когда поднимается белый туман... как ты будешь драться с туманом, ворона? Тени, имеющие зубы... мороз такой, что дышать больно, как ножом колет грудь... Ничего ты не знаешь. Способен ли твой меч убить холод?

«Там видно будет», — подумал Джон. Сэм много разного вычитал в старых книгах. Длинный Коготь выкован в древней Валирии, закален в драконьем огне и напитан чарами. Драконова сталь прочнее, легче и острее обычной... Но мало ли что в книгах пишут, проверить это можно только в бою.

— Ты прав, — сказал Джон. — Ничего этого я не знаю — и не дайте боги узнать.

— На богов надеяться нечего. Видишь, тучи собираются, холодает, и Стена твоя перестала плакать. Скачи в лагерь, Торегг, поторопи их. Поднимай всех: больных, притворщиков, слабых, трусливых — поджигай их треклятые шалаши, если надо. Ворота надо закрыть, пока не стемнело. Всякий, кто останется за Стеной, пусть помолится, чтобы Иные зацапали его раньше, чем я. Ясно тебе?

— Ясно. — Торегг ударил каблуками коня и поскакал к лесу.

Тучи заволакивали небо, холод усиливался. У ворот толкались, спеша пройти, люди, волы и козы. «Это не просто нетерпение, — понял Джон, — это страх». Воины, копьеносицы, разбойники — все они боятся этого леса и обитающих там теней. Торопятся отгородиться от него Стеной до прихода ночи.

Одинокие снежинки закружились в воздухе, словно приглашая Джона на танец. Да, придется ему поплясать.

Одичалые шли к воротам — старики, дети и немощные еле тащились. Белое поле, сверкавшее утром на солнце, теперь стало черным. Деревянные колеса, копыта коней, коз и прочей скотины, полозья саней, сапоги и босые ступни Рогоногих превратили снег в грязное месиво, еще больше замедляющее движение.

— Больно узкие у вас ворота, — повторил Тормунд.

К вечеру, когда пошел снег, река одичалых обмелела до ручейка, и над лесом поднялись столбы дыма.

— Торегг сжигает мертвых, — пояснил Тормунд. — Тех, кто лег спать вчера и не проснулся сегодня. Таких всегда находят, на снегу либо в шалашах. Торегг знает что делать.

Дым уже едва сочился, когда Торегг показался из леса с дюжиной конных воинов, вооруженных копьями и мечами.

— Мой арьергард, — расплылся в щербатой улыбке Тормунд. — У вас, ворон, есть разведчики — чем мы хуже? Я оставил их в лагере на случай внезапной атаки.

— Лучшие твои люди?

— Это как посмотреть. Каждый из них убил по вороне.

Среди всадников шел один пеший, а рядом с ним трусил зверь — чудовищный вепрь, вдвое больше Призрака, в жесткой черной шерсти и с клыками в человеческую руку длиной. Такого кабана Джон видел впервые, а его предполагаемый хозяин сильно походил на него: плоский нос, тяжелый подбородок в густой щетине, близко сидящие глазки.

— Боррок, — плюнул Тормунд.

— Оборотень. — Джон не спрашивал, а утверждал: он понял это с первого взгляда.

Призрак, учуяв зверя, повернул голову, оскалился, вышел вперед.

— Нельзя! — крикнул Джон. — Ко мне!

— Волк и кабан... Ты лучше запри его на ночь, — посоветовал Тормунд, — а Борроку я велю запереть своего. Они последние. Насилу-то дождались. Снег, чую, зарядил на всю ночь — пора глянуть, что там у вас на той стороне большой льдины.

— Ступай, — сказал Джон, — я войду последним. Встретимся на пиру.

— Хар-р! Вот это приятная новость. — Тормунд направил коня к Торегту и его людям, которые слезали с коней у ворот. Стюарды под надзором Боуэна Мурша закатили свои тачки в туннель — за Стеной остались только Джон со своими телохранителями и оборотень со своим чудищем, задержавшийся в десяти ярдах от них.

Запорошенный снегом вепрь копнул землю и опустил голову. Джону показалось, что он сейчас бросится; двое охранников взяли копья наперевес.

— Брат, — сказал Боррок.

— Поторопись, ворота вот-вот закроются.

— Запирайся хорошенько, ворона: они идут. — Одарив Джона жутчайшей улыбкой, Боррок зашагал вместе с вепрем к воротам.

— Ну вот и конец, — сказал Рори.

«Скорее начало», — подумал Джон.

Боуэн Мурш ждал его на той стороне с исписанной цифирью дощечкой.

— В ворота прошли три тысячи сто девятнадцать одичалых, — доложил он. — Шестьдесят заложников отправлены в Восточный Дозор и Сумеречную Башню; предварительно их покормили. Женщин Эдд Толлетт увез в Бочонок, остальные при нас.

— Ненадолго, — заверил Джон. — Через пару дней Тормунд уйдет со своими в Дубовый Щит, других тоже пристроим.

— Так точно, милорд. — Мурш, судя по его тону, охотно пристроил бы их по своему усмотрению.

Замок, в который вернулся Джон, сильно изменился по сравнению с утренним. Черный Замок на его памяти всегда был тихим, сумрачным местом, где сновали как призраки люди в черном, десятая часть прежнего гарнизона. Теперь в тех окнах, где никогда не было света, зажглись огни, дворы наполнились голосами, всюду пестрели шубы.

У старой Кремневой Казармы несколько взрослых мужчин... перекидывались снежками. Подумать только! Так играли когда-то Робб с Джоном, а после них Арья и Бран.

В бывшей оружейной Донала Нойе и в комнатах Джона было, однако, все так же темно и тихо. Не успел Джон снять плащ, в дверь заглянул Даннел и доложил, что пришел Клидас с посланием.

— Пусть войдет. — От уголька на жаровне Джон зажег вощеный фитиль, от него три свечи.

— Виноват, лорд-командующий, — сказал, моргая розовыми глазами, Клидас. — Вы, должно быть, устали, но я подумал, что вы захотите увидеть это незамедлительно.

— Правильно подумал.

«В Суровом Доме, с шестью кораблями, — говорилось в письме. — «Черный дрозд» пропал вместе с командой, два лиссенийских корабля выбросило на берег Скейна, «Коготь» дал течь. Здесь дела плохи, одичалые поедают умерших. В лесу упыри. Браавосские капитаны согласны взять только женщин и детей, ведуньи нас называют работорговцами. Попытка захватить «Ворону-буревестницу» отражена, шесть человек команды и много одичалых погибли. Осталось восемь воронов. В воде упыри. Шлите помощь сушей, на море шторм. Писано на «Когте» мейстером Хармуном». Внизу расчеркнулся Коттер Пайк.

— Дурные вести, милорд? — спросил Клидас.

— Весьма. — «В лесу и в воде упыри, из одиннадцати кораблей уцелело шесть». Джон хмуро свернул пергамент. Ночь собирается, и он начинает свою войну.

ОТСТАВНОЙ РЫЦАРЬ

— На колени перед его великолепием Гиздаром зо Лораком, четырнадцатым этого благородного имени, королем Миэрина, потомком Гиса, октархом Древней Империи, владетелем Скахазадхана, супругом Дракона и наследником Гарпии! — прокатился между колонн зычный голос герольда.

Сир Барристан Селми проверил под плащом, хорошо ли меч выходит из ножен. Оружие в присутствии короля могут носить только телохранители, а он, Селми, как будто еще в их числе, несмотря на отставку. Никто по крайней мере не требовал, чтобы он сдал свой меч.

Дейенерис Таргариен принимала просителей на скамье черного дерева, которую сир Барристан заботливо устелил подушками. Король Гиздар водрузил на месте скамьи два трона из золоченого дерева со спинками в виде драконов. Сам он восседает на правом — в золотой короне, со скипетром. Левый пустует.

Драконье седалище, даже искусно вырезанное, не заменит подлинного дракона.

Справа от тронов стоит Гогор-Великан, громадина со зверским, в шрамах, лицом. Слева — Пятнистый Кот в леопардовой шкуре через плечо. Позади — Белакуо-Костолом с Хразом. Все они матерые убийцы, но одно дело встречать врага на арене, когда о нем возвещают трубы и барабаны, и другое — обезвредить затаившегося злодея до того, как тот нанесет удар.

В самом начале дня сир Барристан чувствовал уже такую усталость, будто всю ночь работал мечом. Чем он старше, тем меньше сна ему требуется. Оруженосцем он мог проспать десять часов и все-таки зевал, выходя на учебный двор. В шестьдесят три ему и пяти хватает, а прошлой ночью он почти и вовсе глаз не смыкал. В его каморке рядом с покоями королевы раньше спал какой-то комнатный раб. Там есть кровать, ночное судно, шкаф для одежды и даже стул. На столике у кровати восковая свеча и фигурка Воина. Он не особо набожен, но с Воином ему на чужбине не так одиноко и есть к кому обратиться в темные часы ночи. «Избавь меня от сомнений, грызущих душу мою, и дай мне силу поступить правильно», — так молился Селми, но ни молитва, ни рассвет не вселили в него уверенности.

Народу в чертоге собралось много как никогда, но Селми отмечал лишь тех, кого не было: Миссандею, Бельваса, Серого Червя, Агго, Чхого и Ракхаро, Ирри и Чхику, Даарио Нахариса. На месте Лысого стоит толстяк в рельефном панцире и львиной маске, широко расставив массивные ножищи под юбкой. Мархаз зо Лорак, кузен короля, новый начальник Бронзовых Бестий. Селми, повидав немало таких в Королевской Гавани, проникся к нему здоровым презрением: ясно, что он пресмыкается перед высшими, суров с подчиненными, хвастлив, слеп и преисполнен гордыни.

Скахаз скорее всего тоже здесь и прячется под какой-нибудь маской. Между колоннами стоят сорок Бестий, и в их бронзовых личинах отражаются факелы: одним из них вполне может быть Лысый.

Сто голосов, отражаясь от мрамора, сливались в гневный зловещий гул. Словно в осином гнезде, из которого вот-вот вырвутся осы. На лицах читались гнев, горе, подозрение, страх.

Не успел умолкнуть новый герольд, начались беспорядки. Одна женщина выла по брату, погибшему на Арене Дазнака, другая по сломанному там паланкину. Мужчина, сорвав повязку с руки, предъявил свежий ожог. Аристократа в синем с золотом токаре, который завел речь о геройски павшем Гархазе, сбил с ног какой-то вольноотпущенник — шестеро Бестий насилу выставили обоих из зала. Лис, ястреб, тюлень, саранча, лев и жаба. Значат ли что-нибудь эти маски? Носят их Бестии постоянно или меняют каждое утро?

— Тише! — молил Резнак мо Резнак. — Как я могу отвечать, если вы...

— Так это правда? — закричала вольноотпущенница. — Наша мать умерла?

— Да нет же! Королева Дейенерис вернется в Миэрин, когда сама пожелает, во всей силе и славе своей, а до тех пор за нее будет править король Гиздар...

— Он мне не король, — заявил еще кто-то из освобожденных рабов.

— Королева жива, — говорил, перекрывая шум, сенешаль. — Кровные всадники ищут ее величество за Скахазадханом, чтобы вернуть любящему супругу и верным подданным. У каждого из них под началом еще десять всадников, у каждого человека по три быстрых коня. Скоро они найдут королеву.

Следующим взял слово высокий гискарец в парчовых одеждах. Отвечал ему опять-таки сенешаль; король Гиздар ерзал на своем троне, стараясь изобразить одновременно заинтересованность и невозмутимость.

Гладкие речи Резнака сир Барристан пропускал мимо ушей: в Королевской Гавани он научился слушать, не слыша, особенно когда оратор подтверждал истину, гласящую, что слова — это ветер. В задних рядах рыцарь приметил дорнийского принца и двух его спутников. Не надо было им приходить. Мартелл не сознаёт, как это опасно: единственным его другом при этом дворе была Дейенерис. Понимают ли они хоть слово из сказанного? Даже сир Барристан не всегда разбирал гискарский диалект этих рабовладельцев, особенно когда говорили быстро.

Слушал принц Квентин по крайней мере внимательно. Истинный сын своего отца — невысокий, коренастый, с простым лицом, разумный как будто и порядочный юноша, но девичье сердце из-за него не забьется быстрее. А Дейенерис Таргариен, при всех ее других качествах, совсем еще молода, как сама любит говаривать. На первое место она, как все хорошие правители, ставит народ, иначе ни за что не вышла бы за Гиздара зо Лорака, но живущая в ней юная девушка жаждет страсти, веселья, поэзии. Она хочет огня, а Дорн шлет ей землицу.

Из земли можно сделать примочку от лихорадки. В нее можно бросить семя и вырастить урожай. Земля питает человека, а огонь пожирает, но глупцы, дети и юные девушки всегда выбирают огонь.

Сир Геррис Дринквотер шепчет что-то на ухо Айронвуду. У него есть все, чего недостает принцу: он высок, строен, красив, остер и движется с грацией фехтовальщика. Дорнийские девушки, несомненно, часто запускают пальчики в его выгоревшие волосы и целуют лукаво улыбающиеся губы. Будь принцем он, все могло бы обернуться иначе, но на вкус Селми этот Дринквотер чересчур сладок. Фальшивая монета — старик повидал таких на своем веку.

Шептал он, должно быть, что-то смешное: его лысый приятель прыснул так, что привлек внимание короля. При виде принца Гиздар зо Лорак нахмурился, поманил к себе своего кузена Мархаза и тихо отдал ему какой-то приказ. Сиру Барристану все это очень не нравилось.

«Дорну я не присягал», — напомнил себе старый рыцарь. Но Ливен Мартелл был его братом по оружию в те времена, когда в Королевской Гвардии еще считались с такими узами. Принцу Ливену на Трезубце сир Барристан не помог, но племяннику его помочь в силах. Мартелл стоит в змеином гнезде, не видя змей у себя под ногами. То, что он продолжает торчать здесь, когда Дейенерис в присутствии богов и людей дала брачный обет другому, любого мужа взбесило бы, а без королевы его некому защитить. Разве что...

Сир Барристан ощутил эту мысль как пощечину. Квентин вырос при дорнийском дворе, привычном к интригам и ядам. Принц Ливен — не единственный его родич, был еще Красный Змей. Если Гиздар умрет, Дейенерис вновь станет свободна. Быть может, Лысый ошибся, и саранча в меду предназначалась не для нее? Ложа принадлежит королю — в него, возможно, и метили. С его смертью хрупкий мир сразу рухнул бы, Сыны Гарпии снова бы начали убивать, юнкайцы возобновили военные действия, и у Дейенерис не осталось бы иного выбора, кроме Квентина.

Борясь с этими подозрениями, сир Барристан услышал топот тяжелых сапог — в чертог входили юнкайцы, трое мудрых господ со своими солдатами. На одном токар багровый с золотом, на другом в бирюзово-оранжевую полоску, на третьем панцирь с нескромными инкрустациями из темного янтаря, нефрита и перламутра. Их сопровождал капитан наемников Красная Борода, сущий злодей с виду — свирепая ухмылка и кожаная сумка через плечо.

«Принц-Оборванец и Бурый Бен не пришли, — отметил сир Барристан. — Вызвать бы этого наймита на поединок, недолго бы он ухмылялся».

— Мудрые господа оказывают нам честь, — выскочил вперед Резнак. — Его блистательность король Гиздар приветствует вас. Мы понимаем...

— Поймите вот что. — Красная Борода запустил руку в сумку и кинул в сенешаля отрубленной головой.

Резнак с криком отскочил, и голова, пятная кровью пурпурный мрамор, подкатилась к самому трону Гиздара. Бестии взяли копья наперевес, Гогор-Великан заслонил короля собой, Пятнистый Кот и Храз стали по бокам от него, образовав стенку.

— Да дохлый он, не укусит, — заржал Красная Борода.

Сенешаль, мелкими шажками подступив к голове, поднял ее за волосы.

— Адмирал Гролео.

Сир Барристан, служивший многим королям, невольно задавался вопросом, как ответили бы на подобный вызов они. Эйерис отшатнулся бы в ужасе, поранив себя об острия Железного Трона, а потом велел бы своим гвардейцам изрубить юнкайцев в куски. Роберт потребовал бы свой молот, чтобы отплатить Красной Бороде той же монетой. Даже Джейехерис, многими почитаемый слабым, немедленно взял бы под стражу и наемника, и мудрых господ.

Гиздар словно прирос к своему трону. Резнак опустил голову на атласную подушку у ног короля и отошел, брезгливо кривясь. Сир Барристан чуял его духи на расстоянии нескольких ярдов.

Мертвые глаза с укором смотрели на короля. Кровь на бороде запеклась, но из шеи еще сочилась красная струйка. Голову, похоже, отрубили не с одного удара. Просители потихоньку улепетывали; один из Бестий, сняв ястребиную маску, извергал на пол свой завтрак.

Отрубленные головы Селми были не в новинку, но эта... Он прошел со старым мореходом полмира, от Пентоса до Кварта и назад в Астапор. Адмирал, мечтавший вернуться домой, не заслужил такого конца.

— Мы недовольны, — выговорил наконец-то Гиздар. — Что... что это означает?

— Имею честь огласить послание совета мудрых господ. — Юнкаец в багровом токаре развернул пергамент и стал читать: — «Для подписания мира и присутствия на праздничных играх в Миэрин вошли семеро, и семерых заложников взяли у Миэрина взамен. Благородный сын Желтого Города Юрхаз зо Юнзак погиб, будучи вашим гостем. За кровь платят кровью».

У Гролео в Пентосе остались жена, дети, внуки. Почему именно его выбрали? Чхого, Герой и Даарио командуют боевыми отрядами, а Гролео был адмиралом без флота. Соломинки они, что ли, тянули? Или Гролео попросту сочли наименее ценным и решили, что за него мстить не станут? Старый рыцарь плохо умел распутывать такие узлы, однако не смолчал.

— Благородный Юрхаз, если ваше величество помнит, умер по несчастной случайности. Он споткнулся, убегая от дракона, и его растоптали на ступенях собственные рабы — а может быть, сердце разорвалось. Он был уже немолод.

— Кто смеет говорить без дозволения короля? — осведомился юнкаец в полосатом токаре, со скошенным подбородком и большими зубами — вылитый кролик. — Послы Юнкая не желают слушать простого солдата.

Гиздар, прилипший к голове взглядом, опомнился, лишь когда Резнак стал что-то шептать ему.

— Юрхаз зо Юнзак был вашим верховным командующим. Кто говорит от имени Юнкая теперь?

— Мы, — ответил кролик. — Совет мудрых господ.

Голос Гиздара окреп.

— Стало быть, вы все отвечаете за нарушение мира.

— Мир не был нарушен, — возразил юнкаец в панцире. — За кровь платят кровью и за жизнь жизнью. В знак доброй воли мы возвращаем вам трех заложников. — Ряды солдат расступились, пропустив трех миэринцев в токарах — двух женщин и мужчину.

— Сестра, — сухо произнес Гиздар. — Кузина, кузен. Уберите ее с глаз долой, — показал он на голову.

— Адмирал был человеком моря, — напомнил сир Барристан. — Не потребовать ли у юнкайцев и тело, чтобы похоронить его под волнами?

— Если ваша блистательность того желает — извольте, — махнул рукой кролик.

— Не сочтите за обиду, — откашлявшись, молвил Резнак, — но королева Дейенерис послала вам семерых заложников. Остаются еще трое...

— Они задержатся у нас, пока драконы не будут истреблены, — ответил юнкаец в панцире.

Осиное гнездо после недолгой тишины отозвалось на это глухими проклятиями и молитвами.

— Драконы — это... — начал Гиздар.

— Чудовища, как показала нам всем Арена Дазнака. Не может быть истинного мира, пока они живы.

— Только ее великолепие королева Дейенерис, Матерь Драконов, может... — заикнулся Резнак мо Резнак.

— Сожрали ее давно, — бросил Красная Борода, — и трава сквозь нее проросла.

Чертог ответил на это ревом — одни ругались, другие топали и свистели в знак одобрения. Бестии долго колотили в пол древками копий, прежде чем все снова утихомирились.

Сир Барристан не сводил глаз с Красной Бороды. Наемник собирался разграбить город, но Гиздаров мир лишил его законной добычи. Он не успокоится, пока вновь не заварит войну.

— Мы удаляемся, дабы созвать наш совет, — сказал, поднявшись с трона, Гиздар.

— На колени перед его великолепием Гиздаром зо Лораком, — завел герольд, — четырнадцатым этого благородного имени, королем Миэрина, потомком Гиса, октархом Древней Империи, владетелем Скахазадхана, супругом Дракона и наследником Гарпии!

Бронзовые Бестии, растянувшись цепью, стали вытеснять из зала просителей.

Квентину Мартеллу в отличие от многих идти было недалеко: ему отвели покои в Великой Пирамиде, двумя этажами ниже, с собственным отхожим местом и огороженной террасой. Именно поэтому он, вероятно, и медлил, дожидаясь со своими друзьями, когда давка у выхода поубавится.

Что сейчас сказала бы Дейенерис? Догадываясь об этом, старый рыцарь зашагал к трем дорнийцам. Длинный белый плащ струился за ним.

— При дворе твоего отца такого веселья никогда не бывало, — шутил Дринквотер.

— Принц Квентин, можно вас на два слова?

— Сир Барристан, — оглянулся принц. — Разумеется. Спустимся в мои комнаты.

— Не смею вам советовать, но на вашем месте я бы не возвращался туда. Спускайтесь до самого низа и уходите.

— Я должен покинуть пирамиду? — в изумлении спросил принц.

— И Миэрин тоже. Вернитесь в Дорн.

Дорнийцы переглянулись.

— В покоях остались наши доспехи, оружие, — заметил Дринквотер. — Не говоря уж о довольно большой сумме денег.

— Мечи можно заменить другими мечами, а проезд я вам оплачу. Король нахмурился, увидев вас в чертоге, принц Квентин.

— Нам следует бояться Гиздара зо Лорака? — засмеялся сир Геррис. — Вы же видели, как он поджал хвост. Юнкайцы казнили его заложника, а он ничего.

Квентин кивнул, соглашаясь с ним.

— Принц должен сначала думать, а потом уже действовать. Я пока еще не раскусил этого короля. Королева тоже предостерегала меня против него, однако...

— Предостерегала? — прервал сир Барристан. — Почему же вы еще здесь?

— Брачный договор...

— ...составлен двумя покойниками, и о вас с королевой в нем нет ни слова. Это договор о помолвке вашей сестры с братом королевы, также покойным. Силы он не имеет, и до вашего приезда ее величество ничего не знала о нем: боюсь, ваш батюшка слишком хорошо хранил свои тайны. Знай королева, что такой документ существует, она не направилась бы из Кварта в залив Работорговцев, а теперь уже поздно. Не хочу сыпать вам соль на раны, но у ее величества есть новый муж и старый любовник — для вас, по всему судя, места уже не осталось.

Темные глаза принца вспыхнули гневом.

— Захудалый гискарский лорд не годится в супруги правительнице Семи Королевств.

— Не вам об этом судить. — Говорить ему или нет? Сир Барристан решил, что скажет все до конца. — Одно из блюд в королевской ложе на Арене Дазнака было отравлено. Силач Бельвас съел его по чистой случайности. Лазурные Благодати говорят, что он выжил лишь благодаря своей толщине и недюжинной силе. Может быть, еще и умрет.

По лицу принца Селми понял, что тот глубоко потрясен.

— Яд предназначался для Дейенерис?

— Или для Гиздара. Возможно, для них обоих. Всеми приготовлениями ведал его величество. Если яд — его рук дело, ему понадобится козел отпущения. Кто подходит для этого лучше, чем соперник из далеких краев, не имеющий друзей при дворе? Чем отвергнутый королевой жених?

— Я? — побледнел Квентин. — Не думаете ли вы, что...

Либо он выдающийся лицедей, либо говорит искренне.

— Мое мнение мало что значит, но другие могут подумать. Вашим дядей был Красный Змей, и у вас есть причина желать смерти Гиздару.

— Не только у него, — вставил Дринквотер. — Взять хоть Нахариса, королевского...

— Фаворита, — закончил сир Барристан, не желая, чтобы дорниец порочил честь королевы. — Так, кажется, это называется у вас в Дорне? Моим собратом по оружию был принц Ливен. В те времена у нас не было друг от друга секретов, и я знал, что у него есть любовница... фаворитка. Он нисколько этого не стыдился.

— Это так, — покраснел Квентин, — но...

— Даарио мигом уложил бы Гиздара, будь у него такое намерение, но к яду бы не стал прибегать. И в городе его не было. Гиздар мог бы, невзирая на это, обвинить его в отравлении, но Вороны-Буревестники королю еще пригодятся, и казни своего капитана они ему не простят. Нет, мой принц: если его величеству понадобится отравитель, он укажет на вас. — Больше Селми ничего говорить не стал. Через несколько дней, если боги того пожелают, Гиздар перестанет быть правителем Миэрина, но к чему делать принца участником кровавой бани, которая здесь готовится? — Если непременно хотите остаться в городе, держитесь подальше от двора и молитесь, чтобы Гиздар о вас позабыл... Но корабль, идущий в Волантис, был бы самым мудрым решением. В любом случае желаю вам удачи, мой принц.

— Ваше прозвище — Барристан Смелый, — сказал вслед уходящему рыцарю Квентин.

— Верно... — Он получил его в десять лет: новоиспеченный оруженосец, возомнив о себе невесть что, дерзнул сразиться с прославленными рыцарями на турнире. Одолжил у кого-то коня, взял доспехи в оружейной лорда Дондарриона и записался в Черной Гавани как таинственный рыцарь. Герольд, и тот не удержался от смеха. Силенок у него едва хватало на то, чтобы опущенное для атаки копье не чиркало по земле. Лорд Дондаррион имел полное право стащить мальчишку с коня и отшлепать, но Принц Стрекоз, сжалившись над сконфуженным юнцом в слишком больших доспехах, ответил на его вызов. Сразу же выбив юного Барристана из седла, принц Дункан помог ему встать, снял с него шлем и сказал: «Смелый, однако, мальчик». Было это пятьдесят три года назад. Многие ли еще живы из тех, кто был тогда в Черной Гавани?

— Какое прозвище, по-вашему, дадут мне, когда я вернусь в Дорн ни с чем? Квентин Осторожный? Квентин-Трус? Квентин-Трясогузка?

«Запоздалый Принц», — сказал про себя старый рыцарь — но в Королевской Гвардии прежде всего учишься сдерживать свой язык.

— Квентин Разумный, — произнес он вслух, от души надеясь, что это окажется правдой.

ОТВЕРГНУТЫЙ ЖЕНИХ

Сир Геррис Дринквотер вернулся в пирамиду ближе к часу привидений. Боб, Книжник и Костяной Билл отыскались в одном из миэринских подвалов: они пили вино и смотрели, как нагие рабы убивают друг друга голыми руками и подпиленными зубами.

— Боб достал нож и захотел проверить, вправду ли у дезертиров в животах содержится желтая слизь. Я дал ему дракона и спросил, не устроит ли его этот желтый кружочек. Он попробовал монету на зуб и пожелал знать, что я хочу купить. Когда я ответил, он убрал нож и осведомился, напился я или спятил.

— Пусть думает что хочет, лишь бы доставил послание, — сказал Квентин.

— Доставит, не сомневайся. И встреча твоя тоже состоится, могу поспорить. Оборванец наверняка велит Крошке Мерис вырезать и поджарить с луком твою печенку. Зря мы не послушались Селми. Когда Барристан Смелый велит бежать, умный берет ноги в руки. Пока порт еще открыт, корабль до Волантиса найти можно.

Сир Арчибальд позеленел при одном намеке на море.

— Нет уж, хватит с меня. Я скорей на одной ноге поскачу в Волантис.

«Волантис, — подумал Квентин. — Потом Лисс... а там и домой. С пустыми руками. Выходит, что трое храбрых погибли зря».

Хорошо бы снова увидеть Зеленую Кровь, Солнечное Копье, Водные Сады, подышать горным воздухом Айронвуда вместо влажного зловония залива Работорговцев. Отец не скажет в упрек ни слова, но Квентин прочтет разочарование в его взоре. Сестра обольет его презрением, песчаные змейки доймут насмешками, а названый отец лорд Айронвуд, пославший родного сына защищать принца...

— Я вас не держу, — сказал друзьям Квентин. — Отец доверил это дело мне, а не вам. Я остаюсь, а вы добирайтесь домой по своему усмотрению.

— Тогда мы с Дринком тоже останемся, — тут же заявил здоровяк.

На следующую ночь к принцу пришел Дензо Дхан.

— Он встретится с тобой завтра, у рынка пряностей. Найди дверь с пурпурным лотосом, постучи дважды и скажи «свобода».

— Согласен. Со мной будут Арч и Геррис, он тоже может привести двух человек — не больше.

— Как скажете, мой принц, — ехидно ответил Дензо. — Приходите на закате и смотрите, чтоб «хвоста» не было.

Из Великой Пирамиды дорнийцы вышли загодя, чтобы без спешки найти нужную дверь. Квентин и Геррис опоясались мечами, здоровяк повесил на спину боевой молот.

— Еще не поздно передумать, — сказал Геррис на пути к рынку. В переулке разило мочой, неподалеку грохотала телега, перевозящая мертвых. — Костяной Билл говорит, что Крошка Мерис способна мучить человека месяц, не давая ему умереть. Мы надули их, Квент. Использовали их, чтобы добраться сюда, и перебежали к Нахарису.

— Как нам и было приказано.

— Оборванец хотел, чтобы мы сделали это только для виду, — заметил Арч. — Все остальные — сир Орсон, Хангерфорд, Дик-Соломинка, Уилл Лесной — до сих пор сидят в темнице по нашей милости. Лохмотнику это, думаю, не понравится.

— Ему нравится золото, — сказал Квентин.

— Жалко, что у нас его нет, — засмеялся Геррис. — Ты веришь в этот мир, Квент? Я не верю. Половина города считает того драконоборца героем, другая половина плюется от одного его имени.

— Гарза его звали, — сказал здоровяк.

— Гархаз, — поправил Квентин.

— Гиздар, Гамзам, Гугнуг — какая к дьяволу разница! По мне, они все Гарзы. Какой он драконоборец — поджарил дракон ему задницу, всего и делов.

— В храбрости ему не откажешь. — Сам Квентин вряд ли отважился бы выйти против дракона с одним копьем.

— В общем, да: погиб он и впрямь как герой.

— Где там — визжал, как свинья, — сказал Арч.

— Королева, если даже она вернется, до сих пор замужем, — заметил Геррис, положив руку на плечо Квентину.

— Тюкну короля Гарзу молотом, враз овдовеет.

— Гиздаром его зовут!

— Тюкну разок, никто и не вспомнит, как его звали.

«Они забыли, для чего мы здесь, — думал Квентин. — Дейенерис — только средство, не цель. «У дракона три головы, — сказала она. — Пусть мой брак не лишает вас последней надежды. Я ведь знаю, зачем вы приехали: ради огня и крови».

— Во мне есть кровь Таргариенов, вы знаете. Мой род восходит к...

— Плевать мне, куда он восходит, — сказал Геррис. — Драконам нет дела до твоей крови, разве что отведать ее захотят. Они тебе не мейстеры, чтобы читать им исторические труды. Неужели ты в самом деле хочешь попробовать, Квент?

— Я должен. Ради Дорна, ради отца. Ради Клотуса, Вилла и мейстера Кеддери.

— Мертвым все равно, — сказал Геррис.

— Они умерли, чтобы я мог жениться на королеве драконов. Клотус называл это большим приключением. Дорога демонов, бурное море, а на том конце — самая прекрасная в мире женщина. Есть о чем рассказать внукам, но у Клотуса внуков не будет, если только он не сделал ребенка той девке в таверне. И Вилл не дожил до свадьбы... Хотелось бы все же, чтобы их смерть имела какой-то смысл.

— Его смерть тоже имеет смысл? — Геррис показал на валяющегося под стеной мертвеца, над которым кружились мухи.

— Он заразный, не подходи к нему. — Сивая кобыла носится по всему городу — неудивительно, что на улицах пусто. — Скоро Безупречные погрузят его на телегу.

— Я хотел лишь сказать, что смысл имеет жизнь, а не смерть. Я тоже любил Вилла и Клотуса, но этим их не вернешь. Ты совершаешь ошибку, Квент: нельзя доверять наемникам.

— Они такие же, как все люди. Любят золото, славу, власть — на это я и полагаюсь. — «На это и на свою судьбу». Он принц Дорна, и в его жилах течет кровь драконов.

Когда они нашли намалеванный на двери лотос, солнце как раз закатилось. Дверь принадлежала низкому кирпичному строению в ряду таких же домишек, ютящихся под сенью желто-зеленой пирамиды Раздаров. Квентин постучал дважды, как было велено. Грубый голос за дверью пробурчал что-то на смеси старогискарского с валирийским.

— Свобода, — ответил на том же языке принц.

Дверь отворилась. Первым предосторожности ради вошел Геррис, Квентин за ним, здоровяк последним. Голубоватый ароматный дым, стоявший внутри, не до конца заглушал вонь мочи, кислого вина и тухлого мяса. Помещение, чего снаружи не было видно, тянулось через все смежные дома вправо и влево: вместо дюжины хибар — один большой винный погреб.

В этот час он был заполнен лишь наполовину. Одни посетители встречали дорнийцев скучающими, любопытными или враждебными взглядами, другие толпились у ямы, где дрались на ножах двое нагих бойцов.

Пока Квентин искал глазами тех, с кем пришел встретиться, открылась еще одна дверь, и вошла старуха в темно-красном токаре с каймой из крохотных золотых черепов — белая как молоко, с седыми редкими волосами.

— Я Зарина Пурпурный Лотос, — сказала она. — Спускайтесь, вас ждут внизу.

По деревянной лестнице первым сходил здоровяк, а Геррис шел сзади. Лестница была длинная и такая темная, что Квентин придерживался за стенку. На нижних ступенях сир Арчибальд вынул кинжал.

Кирпичный склеп под лестницей был втрое больше погребка наверху. Огромные деревянные чаны вдоль стен, красный фонарь на крюке, перевернутый бочонок вместо стола и черная свечка на нем.

Кагго Трупоруб с черным аракхом на бедре прохаживался у чанов, Крошка Мерис с глазами как два серых камня стояла с арбалетом в руках. Дензо Дхан, третий лишний, запер дверь на лестницу и занял пост перед ней.

Принц-Оборванец сидел у стола-бочонка с чашей вина. Желтый огонек свечки золотил его серебристо-серые волосы и увеличивал мешки под глазами. Под бурым дорожным плащом серебристо поблескивала кольчуга — замышляет предательство или просто заботится о своей безопасности? Старый наемник — осторожный наемник.

— Без плаща вы совсем другой человек, милорд, — сказал, подойдя к нему, Квентин.

— Мои лохмотья нагоняют страх на врагов, наполняют моих ребят отвагой лучше всякого знамени, а без них я невидим. Присаживайтесь, — показал он на скамейку напротив себя. — Не знал, что вы тоже принц. Хотите выпить? У Зарины и еду подают. Хлеб черствый, о мясе и говорить не приходится: жир да соль. Она говорит, что это собака — по мне, скорее крысятина, но жизни не угрожает. Остерегаться следует вкусных блюд: в них-то и кладут яд.

— Вы привели с собой трех человек, хотя мы договаривались о двух, — со сталью в голосе сказал Квентин.

— Мерис не в счет, она женщина. Покажи, что у тебя под рубашкой, милая.

— Нет нужды. — Груди у нее, если верить слухам, отрезаны. — Она женщина, согласен, но вы все-таки нарушили договор.

— Что ж я после этого за рвань, что за дрянь. Трое против двоих — не слишком большой перевес, но надо пользоваться тем, что тебе посылают боги. Мне это знание далось дорогой ценой, а вам я его предлагаю даром. Садитесь и говорите, зачем пришли. Обещаю не убивать вас, пока не выскажетесь... Это самое меньшее, что я могу сделать для своего брата-принца. Квентин, не так ли?

— Квентин из дома Мартеллов.

— «Лягуха» вам больше шло. Не в моих привычках пить с лжецами и дезертирами, но любопытство сильнее меня.

Квентин сел. Одно неверное слово, и в этом склепе прольется кровь.

— Простите, что обманули. В залив Работорговцев мы могли попасть только как рекруты.

— Каждый перебежчик рассказывает нечто подобное, — пожал плечами Принц-Оборванец. — Вы у меня не первые, и у всех найдутся свои причины. Сын болен, жена рога наставляет, другие солдаты заставляют сосать им. Ссылавшийся на последнее был просто душка, но я его не простил. Другому, заявившему, что сбежал из-за паршивой жратвы, я велел отрезать ноги, поджарить их и скормить ему. Потом он стал нашим поваром. Еда заметно улучшилась, и когда его контракт истек, он подписал новый. Вы засадили моих лучших людей в тюрьму, и я сомневаюсь, что вы умеете стряпать.

— Я принц Дорна, исполняющий долг перед своим отцом и своим народом. Много лет назад был заключен брачный договор...

— Слышал. И что же? Серебряная королева пала в ваши объятия, увидев этот пергамент?

— Нет, — ответила вместо Квентина Крошка Мерис.

— Нет? Ах да, вспомнил: ваша невеста улетела верхом на драконе. Не забудьте пригласить нас на свадьбу, когда вернется. Ребята с удовольствием выпьют за вас, да и мне очень нравятся вестеросские свадьбы, особенно провожание. Хотя... Дензо! Не ты ли говорил, что королева вышла за какого-то гискарца?

— Ну да. Он знатный миэринец, богач.

— Быть того не может. А как же ваш договор?

— Она его на смех подняла, — сказала Мерис.

«Неправда». Другие, может, и видели в нем смешную диковинку вроде темнокожего изгнанника, которого держал при своем дворе король Роберт, но королева всегда была с ним любезна.

— Мы приехали слишком поздно, — посетовал Квентин.

— Конечно. Надо было дезертировать сразу. Итак, невеста изменила Принцу-Лягушке — не потому ли он прискакал ко мне? Три храбрых дорнийца решили возобновить свой контракт?

— Ничуть не бывало.

— Экая жалость.

— Юрхаз зо Юнзак погиб.

— Нашли чем удивить: я видел это своими глазами. Бедняга упал, убегая от дракона, и тысяча его близких друзей прошла сверху. Желтый Город, конечно же, безутешен. Вы пришли, чтобы почтить его память?

— Нет. Юнкайцы уже выбрали нового верховного воеводу?

— Совет мудрых господ пока не пришел к согласию. Называли Йеццана зо Каггаца, но и его уже нет в живых. Мудрые господа командуют нами поочередно. Сегодня Хмель-Воевода, завтра Вислощекий...

— Кролик, — поправила Мерис. — Вислощекий был вчера.

— Благодарю, дорогая. Юнкайские друзья снабдили нас расписанием, мне следует почаще в него заглядывать.

— Юрхаз зо Юнзак нанимал вас на службу.

— Контракт от имени своего города подписывал он, это так.

— Миэрин и Юнкай заключили мир, что предполагает снятие осады и роспуск армии. Битвы не будет, город на разграбление не отдадут.

— Жизнь полна разочарований.

— Долго ли, по-вашему, юнкайцы будут платить жалованье вольным отрядам?

Принц-Оборванец отпил из чаши.

— Неприятный вопрос, но такова уж участь наемников. Кончится одна война, начнется другая. Кто-то где-то всегда дерется. В это самое время Красная Борода подбивает наших юнкайских друзей послать королю Гиздару еще одну голову, рабовладельцы и вольноотпущенники точат ножи друг на дружку, Сыны Гарпии строят козни в своих пирамидах, сивая кобыла топчет равно господ и рабов, дракон в травяном море гложет косточки Дейенерис Таргариен. Кто правит Миэрином сегодня, кто будет править завтра? Я уверен в одном: кому-нибудь мы да понадобимся.

— Вы нужны мне. Дорн берет вас на службу.

Принц-Оборванец покосился на Мерис.

— В дерзости нашему Лягухе, право же, не откажешь. Позвольте напомнить, дражайший принц: последним документом, который мы подписали вместе, вы подтерли свой нежный задочек.

— Я заплачу вам вдвое больше против юнкайцев.

— Золотом? Сразу же, как подпишем?

— Часть выплачу, когда будем в Волантисе, остальное дома, в Солнечном Копье. Мы везли с собой золото, но сдали его в банк после вступления в ваш отряд. Я покажу вам расписку.

— И заплатите, однако же, вдвое больше?

— Две расписки покажет, — вставила Мерис.

— Остаток получите в Дорне, — стоял на своем Квентин. — Мой отец — человек чести и выполнит любой договор, к которому я приложу печать. Даю слово.

Принц-Оборванец допил вино и перевернул чашу.

— Посмотрим, верно ли я все понял. Отъявленный лжец и клятвопреступник сулит нам златые горы. Что Сыны Ветра должны сделать взамен? Разбить юнкайцев и взять Желтый Город? Выйти против дотракийского кхаласара? Доставить принца домой к отцу? Уложить королеву Дейенерис в его постель? Скажи, Принц-Лягушка, чего ты от меня хочешь.

— Чтобы вы помогли мне украсть дракона.

Кагго Трупоруб хрюкнул, Крошка Мерис осклабилась, Дензо Дхан свистнул.

— Двойной платы за дракона недостаточно, — сказал их командир. — Это и лягушке понятно. Тот, кто платит обещаниями, должен пообещать по крайней мере нечто достойное.

— Тройную плату?

— Пентос. Пообещай мне Пентос.

ВОЗРОЖДЕННЫЙ ГРИФОН

Вперед он послал лучников. Черный Балак командовал тысячью стрелков; в юности Джон Коннингтон разделял рыцарское презрение к этому роду войск, в изгнании поумнел. Стрела разит не хуже, чем меч. Перед отплытием Бездомный Гарри Стрикленд по его настоянию разбил людей Балака на десять отрядов, по сотне в каждом, и посадил их на разные корабли.

Флотилия из шести кораблей благополучно высадила свою часть армии на мысе Гнева; волантинцы уверяли, что еще четыре судна подойдут после, однако Грифф полагал, что они затонули или причалили в другом месте. Они располагали, следовательно, шестью сотнями лучников, но на первых порах им вполне хватило двухсот.

— Они попытаются послать воронов, — сказал Грифф Черному Балаку. — Следите за мейстерской вышкой — вот она. — Он ткнул в карту, которую начертил на земле. — Сбивайте каждую птицу, вылетающую из замка.

— Собьем, — заверил летниец.

Треть стрелков Балака пользуется арбалетами, еще треть — восточными составными луками из дерева, рога и сухожилий. Лучшими считаются большие тисовые луки западного образца и вовсе непревзойденными — длинные из златосерда, принадлежащие самому Балаку и пятидесяти его землякам: лучше златосерда только драконова кость. Все люди Балака, независимо от рода оружия, — ветераны, закалившие свое мастерство в сотне битв, набегов и стычек. В Гриффин-Русте они еще раз показали, на что способны.

Замок, стоящий на высоком темно-красном утесе, с трех сторон окружают бурные воды залива Губительные Валы. Единственный вход в него защищен надвратной башней, за воротами простирается так называемая грифонова глотка — длинный голый хребет. На нем неприятель открыт для копий, камней и стрел из двух круглых башен у главных ворот; у самых ворот на головы врагам льют кипящее масло. Грифф ожидал потерять сотню с небольшим, но потерял всего четверых.

Лес у первых ворот сильно разросся за последние годы. Франклин Флауэрс со своими людьми использовал кусты как прикрытие и вышел в двадцати ярдах от входа с тараном, изготовленным в лагере. Когда тот грохнул в ворота, на стене появились двое, но лучники сняли их, не дав протереть глаза. Ворота, закрытые, но не запертые, рухнули со второго удара. Сир Флауэрс успел пройти половину «глотки», когда в замке наконец затрубил рог.

Первый ворон вылетел, когда осадные крючья уже зацепили стену, второй — чуть позже. Обоих сняли на первой же сотне ярдов. Часовой скинул вниз ведро с маслом, не успев его подогреть — ведро причинило больше вреда, чем его содержимое. На стене, сразу в полудюжине мест, зазвенели мечи. Бойцы вольного отряда перелезали через зубцы и бежали по парапету с криком: «Грифон! Грифон!» Древний боевой клич дома Коннингтонов привел защитников в еще большее замешательство.

Все закончилось очень быстро. Бездомный Гарри Стрикленд и Грифф на белом коне въехали в «глотку» бок о бок. С мейстерской вышки взлетел третий ворон, которого тут же подстрелил Черный Балак самолично.

— Больше писем не будет, — сказал командир лучников и был прав: следующим с башни вылетел мейстер. Он так махал руками, что сам мог сойти за птицу.

Оставшиеся защитники побросали оружие, и Джон Коннингтон вновь вступил во владение родовым замком.

— Сир Франклин, — скомандовал он, — сгоняйте во двор всех, кого найдете в замке и в кухне. Ты, Моло, проделай то же самое с мейстерской вышкой и оружейной, вы, сир Брендел, займитесь конюшней, казармой и септой. Не убивайте никого, кто сам того не захочет: завоевание штормовых земель с резни начинать негоже. Загляните под алтарь Матери, там есть потайная лестница. Еще один ход прорыт под северо-западной башней и ведет прямо в море. Уйти не должен никто.

— Не уйдут, милорд, — пообещал Франклин Флауэрс.

Когда все отправились выполнять приказ, Коннингтон поманил к себе Полумейстера.

— Ступай на вышку, Хелдон, надо отправить письма.

— Будем надеяться, они оставили нам пару воронов.

Даже Бездомный Гарри был поражен столь быстрой победой.

— Вот уж не думал, что все пройдет так легко, — сказал он, увидев в чертоге позолоченное Сиденье Грифонов, которое Коннингтоны занимали пятьдесят поколений.

— Дальше будет труднее: здешних мы захватили врасплох, но с другими это вряд ли удастся, даже если Черный Балак ни единого ворона не оставит в живых.

Стрикленд разглядывал выцветшие гобелены на стенах, закругленные окна с красными и белыми стеклянными ромбами, стойки с копьями, мечами и молотами.

— Пусть приходят. Здесь можно сдерживать войско в двадцать раз больше нашего, лишь бы припасов хватило — тем более что в замке, как вы говорите, есть ход к морю.

— Да. Это пещера под утесом, открывающаяся лишь во время отлива. — Коннингтону ничуть не хотелось выдерживать осаду в своем родном замке. Гриффин-Руст невелик, хотя и хорошо укреплен; то ли дело соседний, большой и почти неприступный. Если взять его, пошатнется все королевство. — Прошу прощения, капитан. В септе похоронен мой лорд-отец, хотелось бы помолиться после стольких лет над его гробницей.

— Конечно, милорд.

Коннингтон направился, однако, не в септу, а на крышу восточной башни, самой высокой. Поднимаясь, он вспоминал прошлые восхождения: не меньше ста с лордом-отцом, любившим оглядывать сверху свои леса, утесы и море, и одно — только одно — с Рейегаром Таргариеном. Принц Рейегар, возвращаясь со свитой из Дорна, остановился в замке на две недели. Он был молод тогда, Коннингтон — и того моложе. Приветственный пир Рейегар почтил игрой на своей среброструнной арфе, и все женщины прослезились от его грустной любовной песни. Мужчины, конечно, не плакали, тем более лорд-отец, любивший разве что свои земли. Лорд Армонд весь вечер старался переманить принца на свою сторону в споре с Морригеном.

Дверь на крышу заклинило — никто не открывал ее много лет. Лорд Джон приналег на нее плечом и был вознагражден все тем же великолепным видом: утес с изваянными ветром шпилями, бурное море внизу, бескрайнее небо, пестрый осенний лес. «Владения вашего отца очень красивы», — сказал Рейегар, стоя на этом самом месте, и юный Коннингтон ответил: «Когда-нибудь все это будет моим». Нашел перед кем хвастаться — перед принцем, которому предстояло унаследовать все королевство от Бора и до Стены.

Гриффин-Руст перешел-таки к Джону, но ненадолго: он, чего не случалось ни с одним его предком, лишился своих земель. Слишком высоко он тогда вознесся, слишком сильно любил, слишком многого возжелал — и упал, пытаясь достать звезду с неба.

После Колокольной битвы, когда неблагодарный Эйерис Таргариен, снедаемый безумными подозрениями, лишил его титула и отправил в изгнание, лордом стал кузен Джона сир Рональд — Джон, отправляясь в Королевскую Гавань на службу к принцу, оставил его кастеляном. Роберт Баратеон, став королем, доконал грифонов. Замок и голову кузену оставили, но назывался он уже не лордом, а Рыцарем Гриффин-Руста. От земель Коннингтонов осталась едва ли десятая часть: все остальное разделили между соседними лордами, поддержавшими Роберта.

Рональд давно уже умер, а сын его Роннет, теперешний Рыцарь Грифонов, ушел воевать куда-то в речные земли. Это к лучшему: людям свойственно биться за свое добро до последнего, даже если оно ворованное. Не хотелось бы отпраздновать свое возвращение смертью близкого родича. Рональд, конечно, не преминул воспользоваться падением лорда-кузена, но Рыжий Роннет тогда был ребенком. Джон даже покойного сира Рональда ненавидел не так чтобы люто и всю вину возлагал на себя.

Поражение в Каменной Септе он потерпел из-за собственного высокомерия.

Где-то в городе, раненый, один-одинешенек, скрывался Роберт Баратеон. Джон Коннингтон знал об этом и понимал, что голова Роберта на копье мигом положит конец восстанию. Он очень гордился собой, и недаром: король Эйерис сделал его десницей, дал ему войско. Молодой Джон должен был доказать, что достоин королевского доверия и любви Рейегара. Он намеревался убить мятежного лорда собственноручно и завоевать себе место в истории Семи Королевств.

Ворвавшись в Каменную Септу, он закрыл город и начал поиски. Его рыцари выломали каждую дверь, обшарили все подвалы, даже по сточным канавам ползали, однако Роберта не нашли. Горожане переводили его из одного тайника в другой, всегда опережая на шаг людей короля. Гнездо изменников, а не город. Под конец узурпатор укрылся в борделе — что это за король, который прячется за бабьими юбками? Во время розысков к городу подошли Эддард Старк и Хостер Талли с мятежным войском. Зазвонили колокола, началась битва, Роберт выскочил из борделя с мечом в руке и чуть не убил Джона на ступенях септы, давшей название городу.

Годы спустя Коннингтон старался убедить себя в том, что его вины в этом не было: любой на его месте предпринял бы такие же действия. Он обыскал весь город, предлагал помилование, обещал награду, вывешивал заложников в клетках и грозил не поить и не кормить их, пока ему не выдадут Роберта.

«Сам Тайвин Ланнистер не сделал бы больше», — сказал он Черному Сердцу на первом году своего изгнания.

«Ошибаешься, — возразил Милс Тойн. — Лорд Тайвин попросту подпалил бы этот городишко со всем его населением: грудными младенцами, рыцарями, септонами, шлюхами, свиньями, мятежниками и крысами — а уж потом, когда на пожарище остыли бы угли, послал своих людей искать кости Роберта. После этого Старк и Талли как пить дать приняли бы от него помилование и убрались домой, поджав хвост».

«Прав был Черное Сердце, — думал Джон Коннингтон, опираясь на крепостной зубец родового замка. — Я хотел убить Роберта на поединке и не желал носить клеймо мясника. В итоге Роберт ушел от меня и зарубил Рейегара на Трезубце».

— Я подвел отца, — промолвил он вслух, — но сына не подведу.

Когда он спустился, во дворе уже собрали всех обитателей замка. Сир Роннет действительно ушел с Джейме Ланнистером, но кое-какие грифоны в Гриффин-Русте еще остались. Среди пленных обнаружились младший брат Роннета Реймунд, сестра Алинна и внебрачный сын, ярко-рыжий мальчуган по имени Роннет Шторм. Пригодятся как заложники на случай, если Рыжий Роннет вздумает отвоевывать бесчестно занятый его родителем замок. Коннингтон приказал заключить всех троих в западной башне. Девушка расплакалась, бастард попытался укусить солдата с копьем.

— Перестаньте! — прикрикнул на них лорд Джон. — Вам ничего не сделают, если Рыжий Роннет не станет валять дурака.

Из тех, кто служил здесь еще при нем, остались немногие: старый кривой сержант, пара прачек, успевший повзрослеть конюшонок, значительно потолстевший повар и оружейник. В пути Грифф отпустил бороду: она, к его удивлению, росла рыжей, и лишь кое-где сквозь огонь пробивался пепел. В длинном красно-белом камзоле с двумя дерущимися грифонами своего дома он должен был выглядеть как постаревший молодой лорд, друг и товарищ принца Рейегара, но слуги явно не признавали его таковым.

— Одни из вас вспомнят меня, — сказал он, — другие сейчас узнают, кто я такой. Я ваш законный лорд, вернувшийся после долгого изгнания. Враги убедили вас в том, что я умер, — это, как видите, ложь. Служите мне верно, как служили кузену, и никакого вреда вам не будет.

Люди, поочередно выходя вперед, называли лорду свои имена, преклоняли колени и приносили присягу на верность. Солдаты, из которых после взятия замка уцелели только четверо, старый сержант и трое юнцов, сложили свои мечи. Никто не мешкал, и все остались в живых.

В ту ночь победители запивали жареное мясо и свежую рыбу добрым красным вином из подвалов замка. За высоким столом с Коннингтоном сидели Гарри Стрикленд, Черный Балак, Франклин Флауэрс и трое заложников. Лорд Джон хотел лучше познакомиться со своими юными родичами, но бастард вскоре заявил:

— Вот вернется отец и убьет тебя.

Коннингтон счел, что с него хватит, отправил их обратно в тюрьму и вышел сам, извинившись перед сотрапезниками.

Хелдон Полумейстер на пир не пришел — засел, обложившись картами, в мейстерской башне.

— Прикидываешь, где искать наше пропавшее войско?

— Пытаюсь, милорд.

Из Валан-Териса отплывали десять тысяч человек с оружием, лошадьми и боевыми слонами. Пока что до условленного места высадки — безлюдного берега на краю Дождливого леса — добралась едва половина. Коннингтон хорошо знал эту полоску земли: когда-то она принадлежала ему.

Еще несколько лет назад он не дерзнул бы высаживаться на мысе Гнева, зная, как нерушимо преданы местные лорды дому Баратеонов и королю Роберту. Теперь, со смертью Роберта и его брата Ренли, все изменилось. Станнис, не будь он даже на другом краю света, не внушает к себе любви, а любить дом

Ланнистеров штормовым лордам не за что. Может статься, и у Коннингтона здесь найдутся друзья: старые лорды еще помнят его, молодые о нем наслышаны, и все они знают историю Рейегара и его сына, которому размозжили голову в младенческом возрасте.

Его корабль, к счастью, одним из первых причалил к родному берегу. Оставалось лишь выбрать место для лагеря, пока окрестные жители не почуяли чего-то неладного. Тут-то Золотые Мечи и показали себя по всем блеске: неразберихи, присущей войску, набранному из крестьян и домашних рыцарей, здесь не было и следа. Наследники Жгучего Клинка впитывали дисциплину с молоком матери.

— Завтра к этому времени у нас должно быть три замка, — сказал Коннингтон. Гриффин-Руст они брали с четвертью наличного войска, такой же отряд сир Тристан Риверс повел на усадьбу Морригенов Воронье Гнездо, а Ласвелл Пек должен взять Дом Дождя, замок Уайлдов. Остальные во главе с казначеем Горисом Эдориеном остались в лагере охранять принца. Надо надеяться, что скоро их станет больше: новые корабли прибывают день ото дня. — Жаль, что коней пока маловато.

— И слонов нет, — напомнил Хелдон. Ни один из больших коггов со слонами на борту еще не пришел — в последний раз их видели в Лиссе, до того, как флот разметало штормом. — Лошадей можно найти и в Вестеросе, но их...

— Ничего. — Слоны, безусловно, пригодились бы в большой битве, но они пока не готовы встретиться с врагом в поле. — Есть в этих пергаментах хоть что-то полезное?

— Как не быть, милорд? — улыбнулся краями губ Хелдон. — Ланнистеры легко наживают врагов, а вот друзей удержать им не всегда удается. Их союз с Тиреллами, судя по этим письмам, трещит по всем швам. Королевы Серсея и Маргери, дерущиеся за маленького короля, как две суки за кость, объявлены распутницами и государственными изменницами. Мейс Тирелл снял осаду Штормового Предела и двинулся на Королевскую Гавань спасать свою дочь — оставил только горстку людей, чтобы не выпускать из замка сторонников Станниса.

Коннингтон сел.

— Рассказывай дальше.

— На Севере Ланнистеров поддерживают Болтоны, в речных землях — Фреи. Оба дома известны своей жестокостью и склонны к предательству. Лорд Станнис Баратеон не намерен прекращать свой мятеж, Железные Люди на островах тоже выбрали себе короля. О Долине никто не упоминает — Аррены, как видно, держатся в стороне.

— А что Дорн? — Долина далеко, а Дорн близко.

— Младший сын принца Дорана помолвлен с Мирцеллой Баратеон, что предполагает союз Дорна с Ланнистерами, но дорнийские войска стоят на Костяном Пути и Принцевом перевале.

— Зачем? — нахмурился лорд. Без Дейенерис с ее драконами его первостепенной надеждой был Дорн. — Напиши Дорану Мартеллу, что сын его сестры жив, что он вернулся домой и хочет сесть на отцовский трон.

— Хорошо, милорд. — Хелдон развернул очередной пергамент. — Мы высадились как нельзя вовремя: со всех сторон у нас множество возможных друзей... или возможных врагов.

— Без драконов возможным друзьям придется пообещать что-нибудь.

— Золото и земли, что же еще.

— А где я это возьму? Стрикленд и его люди потребуют, чтобы владения изгнанных предков вернули им. Не годится.

— Одна приманка для великих домов у вас есть: брачный союз с Эйегоном.

Коннингтон хорошо помнил свадьбу его отца. Элия, хрупкая и болезненная, не была ему достойной женой. Слегла на полгода в постель, родив Рейенис, а рождение Эйегона едва ее не убило. Детей ей больше нельзя иметь, сказали мейстеры принцу.

— Эйегон должен оставаться свободным на случай возвращения Дейенерис, — сказал он Хелдону.

— Значит, нужно предложить в женихи кого-то другого.

— Это кого же?

— Вас — вы ведь холостяк. Знатный лорд в хороших мужских годах, без наследников, не считая этих ваших кузенов.

Отпрыск древнего рода с крепким замком и обширными землями, которые благодарный король, без сомнения, вам вернет. Прославленный воин и десница короля, правящий государством от его имени. Многие дома почтут за честь породниться с вами — даже принц Дорнийский, возможно.

Временами Полумейстер раздражал Коннингтона не меньше, чем безвестно пропавший карлик.

— Не думаю. — Никто, тем более жена, не должен узнать о смерти, ползущей вверх по его руке. — Напиши письмо принцу Дорану и покажи его мне.

— Да, милорд, сей же час.

Коннингтон лег в отцовской опочивальне, под пыльным балдахином из красно-белого бархата. На рассвете его разбудил дождь и робкий стук слуги, пришедшего спросить, что подать новому лорду на завтрак.

— Вареные яйца, поджаренный хлеб, бобы и кувшин вина покислее.

— Покислее, милорд?

— Вот именно.

Вино он, заперев прежде дверь, вылил в таз и опустил туда руку. Леди Лемора предписывала карлику уксусные примочки и ванны от серой хвори, но кувшин уксуса по утрам неизбежно вызовет подозрения, и хорошее вино переводить тоже незачем. Чернота распространилась уже на четыре ногтя; большой палец оставался пока нетронутым, зато средний стал серым выше второго сустава. Отрубить бы его, но как потом объяснишь нехватку? Ни в коем случае нельзя признаваться, что у него такая болезнь. Человек, готовый отдать жизнь за друга в бою, мигом откажется от того же друга, заболевшего серой хворью. Почему он не дал треклятому карлику утонуть?

Подобающе одетый, в перчатках, он обошел замок и пригласил Стрикленда с другими капитанами на совет. В горнице их собралось девять: он сам, Стрикленд, Хелдон Полумейстер, Черный Балак, сир Франклин Флауэрс, Моло Зейн, сир Брендел Бирн, Дик Коль и Лаймонд Пиз. Полумейстер принес хорошие вести.

— В лагере получено послание от Марка Мандрака. Волантинцы высадили его с пятью сотнями человек на остров, оказавшийся Эстермонтом, и Марк взял Зеленую Скалу!

Занимать Эстермонт, остров близ мыса Гнева, они даже не собирались.

— Проклятые волантинцы выкидывают нас на любой клочок суши, который им подвернется, — сказал Франклин Флауэрс. — Спорю, что и на Ступенях наши ребята есть.

— Вместе с моими слонами, — скорбно молвил Стрикленд: Бездомный Гарри тосковал по своим слонам.

— У Мандрака нет лучников, — заметил Лаймонд Пиз. — Как знать, не успела ли Зеленая Скала разослать воронов.

— Может, и успела, — сказал Коннингтон, — но сообщить они могли разве что о набеге с моря. — Еще в Валан-Терисе он наказал своим капитанам не поднимать на первых порах ни трехглавого Эйегонова дракона, ни грифонов своего дома, ни черепов и золотых штандартов отряда. Пусть Ланнистеры винят Станниса Баратеона, пиратов со Ступеней, лесных разбойников — всех, кого вздумается. Чем путанее будут послания, доставленные в Королевскую Гавань, тем лучше. Пока Железный Трон почешется, они, глядишь, дождутся недостающих войск и разживутся союзниками. — На Эстермонте должны быть какие-то корабли. Напиши Мандраку, Хелдон, чтобы оставил там гарнизон, а остальных вместе со знатными пленниками, ежели они есть, перевез на мыс Гнева.

— Непременно, милорд. Эстермонты связаны кровными узами с обоими королями: не заложники, а мечта.

— И выкуп дадут хороший, — взбодрился Гарри.

— Пора и за принцем Эйегоном послать, — сказал Коннингтон. — За этими стенами ему безопасней, чем в лагере.

— Я пошлю гонца, — сказал Флауэрс, — но не думаю, что собственная безопасность сильно беспокоит его. Парень захочет быть в гуще событий.

«Как мы все в его возрасте», — мысленно согласился лорд Джон.

— Не поднять ли нам его знамя? — спросил Пиз.

— Не стоит пока. Пусть в Королевской Гавани думают, что это всего лишь изгнанный лорд с отрядом наемников пожелал вернуть себе родовое поместье, что бывает достаточно часто. Я, со своей стороны, напишу королю Томмену просьбу о помиловании и возращении мне титулов и земель — это займет их на время. А мы, пока они шевелят мозгами, тайно уведомим наших вероятных друзей в штормовых землях, Просторе и Дорне. — Последние важнее всего. Мелкие лорды могут примкнуть к ним из страха или ради наживы, но выступить против дома Ланнистеров способен лишь принц Дорнийский. — В первую голову нам нужен Доран Мартелл.

— Сомневаюсь, что мы его заполучим, — сказал Стрикленд. — Этот дорниец боится собственной тени.

«Не больше, чем ты».

— Он осторожный человек, это верно. Без уверенности в нашей победе он к нам не присоединится, поэтому мы должны показать ему свою силу.

— Если Пек и Риверс добьются успеха, больше половины мыса Гнева окажется в наших руках, — заметил Стрикленд. — Четыре замка за столько же дней — для начала совсем неплохо, но нам все еще недостает половины войска, лошадей и слонов. Я за то, чтобы дождаться их, переманить на свою сторону местных лордов и дать Лиссоно Маару время заслать шпионов к нашим врагам.

Коннингтон смерил пухлого верховного капитана холодным взглядом. Это не Черное Сердце, не Жгучий Клинок, не Мейелис. Боится обжечься и потому готов ждать, когда замерзнут все семь преисподних.

— Не для того мы пересекли полсвета, чтобы сидеть и ждать. Вернее всего будет нанести быстрый и сильный удар, пока Королевская Гавань еще не поняла, кто мы. Я намерен взять Штормовой Предел, неприступную крепость, последний оплот Станниса Баратеона на юге. Перейдя к нам, этот замок станет надежным укрытием и докажет, что мы — сила, с которой нужно считаться.

Капитаны Золотых Мечей обменялись взглядами.

— В случае успеха получится, что мы отобрали замок у Станниса, а не у Ланнистеров, — сказал Брендел Бирн. — Не лучше ли заключить с ним союз?

— Станнис — брат Роберта, приложивший руку к свержению дома Таргариенов. Силы у него скудные, и находится он за тысячу лиг от нас. Не тратить же нам полгода на дорогу туда ради столь сомнительной выгоды.

— Если Штормовой Предел и впрямь неприступен, как вы намерены его взять? — спросил Моло.

— Хитростью.

— Лучше все-таки подождать, — настаивал Стрикленд.

— Подождем десять дней, не более — приготовления займут как раз столько времени. Утром одиннадцатого дня мы выступим к Штормовому Пределу.

Четыре дня спустя прибыл принц. Он ехал во главе конной сотни, за которой шли три слона. Его сопровождали леди Лемора в белом одеянии септы и сир Ройли Уткелл в белоснежном плаще.

«Утка человек надежный и верный, — подумал Джон Коннингтон, — но состоять в Королевской Гвардии вряд ли достоин». Лорд Джон долго убеждал принца приберечь эту честь для прославленных воинов и младших сыновей знатных лордов, но юноша был непреклонен. «Утка, если будет нужда, умрет за меня, а это все, что мне требуется от королевских гвардейцев. Вспомним, что Цареубийца был прославленным воином и сыном лорда в придачу».

Шесть вакансий, по настоянию Коннингтона, все же остались открытыми, иначе за Уткой потянулись бы шесть утят, один другого чуднее.

— Проводите его величество в мою горницу, — приказал лорд.

Эйегон Таргариен был, однако, не столь послушен, как Молодой Грифф. В горницу он явился лишь через час вместе с Уткой.

— Мне нравится ваш замок и ваши владения, лорд Коннингтон. — Серебристые волосы принца растрепались на ветру, глаза лиловели.

— Мне тоже, ваше величество. Садитесь, прошу вас. Вы нам пока не нужны, сир Ройли.

— Пусть останется, — сказал принц. — Мы говорили с Флауэрсом и Стриклендом и знаем, что вы задумали взять Штормовой Предел.

— Бездомный Гарри уговаривал вас подождать? — спросил, проглотив гнев, лорд Джон.

— Разумеется. Настоящая старая дева, правда? Ваш план меня вполне устраивает, милорд, внесу лишь одну поправку: штурмом командовать буду я.

ЖЕРТВА

Люди королевы сложили свой костер на деревенском выгоне, ныне укрытом снегом. На расчищенном клочке мерзлой земли кирками, лопатами и топорами выдолбили две ямы. Дувший с запада ветер нес по замерзшим озерам новый снежный заряд.

— Ты не обязана на это смотреть, — сказала Алис Мормонт.

— Ничего, посмотрю. — Аша Грейджой — дочь кракена, не трепетная девица: страшные зрелища ей нипочем.

День был темный, холодный, голодный — такой же, как вчера и позавчера. Закутанные рыболовы тряслись над лунками, проделанными во льду. Еще недавно можно было надеяться выудить по одной-две рыбы на брата, а привычные к такому промыслу северяне выуживали и все пять, но сегодня Аша, продрогшая до костей, вернулась с пустыми руками. Алис тоже не посчастливилось: вот уже три дня им не удавалось поймать ни одной рыбки.

— Я тоже не обязана, — сказала Медведица.

— Ну так ступай. Даю тебе слово, что в бега не ударюсь. Куда мне бежать — в Винтерфелл? До него, говорят, осталось только три дня езды.

Шесть людей королевы вставляли в продолбленные ямы два высоченных сосновых шеста. Скоро к ним привяжут людей.

Близится ночь, и для красного бога готовится угощение. Приношение крови и огня, как говорят люди королевы: авось, Владыка Света обратит на них свое огненное око и растопит трижды проклятые снега.

— Даже в этом месте мрака и ужаса Он не оставит нас, — сказал сир Годри Фарринг собравшимся зрителям.

— Что ваш южный бог понимает в снегах и метелях? — вопросил Артос Флинт — его черная борода густо обросла инеем. — Это старые боги гневаются на нас, их и надо умилостивить.

— Точно, — поддержал его Вулл Большое Ведро. — Красный Раглу здесь не имеет силы. Вы только разозлите старых богов — им все видно с острова.

Деревня стояла меж двух озер. Из того, что побольше, кулаками великанов-утопленников торчали лесистые островки. На одном из них росло громадное древнее чардрево, белое, как лежащий вокруг него снег. Восемь дней назад Аша и Алис ходили посмотреть на него вблизи. «Это просто древесный сок», — говорила себе Аша, глядя на прищуренные красные глаза и окровавленный рот, но ее собственные глаза говорили обратное: то, что она видела, было застывшей кровью.

— Это вы, северяне, навлекли на нас снег, — спорил Корлисс Пенни. — Вы и ваши демоновы деревья. А Рглор нас спасет.

— Рглор обречет нас на гибель, — упорствовал Артос Флинт.

«Чума на ваших богов», — думала Аша Грейджой.

Годри Победитель Великанов пошатал колья на пробу.

— Хорошо сидят, крепко. Ведите приговоренных, сир Клэйтон.

Клэйтон Сагс — правая рука Годри, но не сухая ли это рука? Аша испытывала к нему глубокую неприязнь. Годри Фарринг предан своему богу, а Сагс просто жесток: вон каким жадным взором он смотрит в пламя ночных костров. Не бога он любит, а священный огонь. Аша спросила сира Джастина, всегда ли Сагс был таким, и он ответил, скорчив гримасу: «На Драконьем Камне он играл в кости с палачами и помогал им допрашивать узников — особенно молодых женщин».

Аша так и предполагала. В первую голову Сагсу хотелось бы сжечь ее.

В трех днях пути от Винтерфелла они сидят уже девятнадцать дней. От Темнолесья до Винтерфелла сто лиг лесом и триста миль по прямой, как ворон летит, но они-то не вороны, а метель и не думает утихать. Тщетно Аша смотрит в небо каждое утро: солнца не видно. Все хижины преобразились в снежные холмики, скоро и общинный дом заметет.

Кормятся они кониной, озерной рыбой (иссякающей с каждым днем) и тем, что умудряются добыть фуражиры в мертвом зимнем лесу. Львиную долю мяса забирают лорды и рыцари — не диво, что простые солдаты начали есть мертвецов.

Аша ужаснулась не меньше других, узнав от Медведицы, что четверо людей Пезбери вырезали у мертвого солдата Фелла филейные части и поджарили его руку на вертеле, но не стала делать вид, что это ее удивляет. Она могла бы поспорить, что они не первые отведали человечины в этом походе, — им просто не повезло.

За свое пиршество четверка будет сожжена заживо, и это, как уверяют люди королевы, остановит метель. Аша в красного бога не верила, но молилась, чтобы они оказались правы. Иначе им понадобятся новые жертвы, и заветное желание сира Клэйтона наконец-то осуществится.

Сагс уже гнал к столбам четырех людоедов — голых, со связанными руками. Самый младший рыдал, ковыляя по снегу, двое шагали как неживые, с потупленными глазами. Никакие не чудовища, самые обыкновенные люди.

Самый старший, сержант, один сохранял присутствие духа и ругательски ругал людей королевы.

— Так вас всех и растак, а красного бога особо. Надо было и твоего родича слопать, Годри, уж больно смачный шел дух, когда его жарили. Нежный, поди, парнишка был, сочный. — Удар древком копья швырнул его на колени, но рот ему не заткнул. Сержант встал, выплюнул кровь вместе с выбитыми зубами и добавил: — Вкусней всего хрен — хрустит что твоя колбаска. — Его обматывали цепями, но он гнул свое: — Эй, Пенни, что у тебя за имя такое? Твоя мать столько стоила, что ли? А ты, Сагс, поганый ублюдок...

Сир Клэйтон молча вскрыл ему горло.

Молодой солдат — тощий, ребра можно пересчитать — расплакался еще пуще.

— Не надо, — повторял он, — не надо, он же все равно умер, а мы были голодные...

— Сержант хорошо придумал, — заметила Аша. — Раздразнил Сагса, тот его и прикончил. — Сработает ли та же уловка, когда очередь дойдет до нее?

Жертв по двое, спина к спине, привязали к столбам — трех живых, одного мертвеца. Поленья и хворост у них под ногами полили лампадным маслом. Люди королевы спешили: густо валящий снег грозил намочить дрова.

— Где же король? — спросил Корлисс Пенни.

На днях, не выдержав лишений, умер кузен сира Годри Брайен Фарринг, один из королевских оруженосцев. Мрачный Станнис, постояв у погребального костра, удалился в сторожевую башню и больше оттуда не выходил. Порой его видели на крыше у маячного огня, горевшего днем и ночью. «С красным богом говорит», — утверждали одни. «Зовет леди Мелисандру», — полагали другие. Короче говоря, взывает о помощи, подытожила Аша Грейджой.

— Кенти, поди скажи королю, что у нас все готово, — велел сир Годри своему латнику.

— Король здесь, — объявил Ричард Хорп. Поверх доспехов он надел стеганый дублет с тремя бабочками «мертвая голова» на поле костей и пепла. Король Станнис шел рядом с ним, а следом, опираясь на терновую трость, поспешал Арнольф Карстарк. Неделю назад он привел к ним сына, трех внуков, четыреста копейщиков, полсотни лучников, десяток конных, мейстера с воронами... Но провизии у них едва хватало на прокорм своего отряда.

Карстарк, как сказали Аше, на самом деле не лорд: он всего лишь назначен кастеляном Кархолда на то время, пока настоящий лорд остается пленником Ланнистеров. Тощий, скрюченный, левое плечо на фут выше правого, серые косые глаза, желтые зубы. Череп прикрывают несколько белых прядок, седая бородка всклокочена, улыбка не сказать чтобы приятная. Однако, если Винтерфелл будет взят, в нем, по слухам, посадят Карстарка, а не кого-то еще. Дом Карстарков в далеком прошлом отпочковался от дома Старков, а лорд Арнольф первым из знаменосцев Эддарда Старка перешел к Станнису.

Карстарки, насколько Аша знала, поклонялись старым богам Севера — так же, как Вуллы, Норри, Флинты и другие горные кланы. На сожжении лорд Арнольф, вероятно, присутствует по велению короля, чтобы своими глазами убедиться в силе красного бога.

Двое осужденных начали молить Станниса о милосердии. Король выслушал их молча, со стиснутыми зубами, и сказал Годри Фаррингу:

— Начинайте.

Победитель Великанов воздел руки к небу.

— Услышь нас, Владыка Света.

— Защити нас, Владыка Света, — подхватили люди королевы, — ибо ночь темна и полна ужасов.

— Хвала тебе за солнце, которые мы молим вернуть. Да озарит оно нам путь к полю битвы. — Снежинки таяли на запрокинутом лице сира Годри. — Хвала тебе за звезды, хранящие нас ночью. Сорви с них покров, о Боже, и яви их нам вновь.

— Защити нас, Владыка Света. Разгони злую тьму.

Сир Корлисс Пенни поднял факел над головой и очертил круг, раздувая пламя. Кто-то из обреченных жертв завыл.

— Мы предаем этих четырех злодеев твоему очищающему огню, о Рглор, — пел сир Годри, — дабы выжечь мрак из их черных душ. Пусть обуглится их мерзкая плоть, чтобы души, очищенные от зла, могли воспарить к свету. Прими их кровь, о Владыка, и растопи ледяные цепи, сковавшие твоих верных рабов. Прими их боль и даруй силу нашим мечам. Прими эту жертву и укажи нам путь к Винтерфеллу. И покарай нашими руками неверных.

— Прими эту жертву, Владыка Света, — подхватила сотня голосов.

Сир Корлисс поджег дрова у одного столба и бросил факел к подножью другого. Повалил дым, осужденные закашлялись, на поленьях затрепетало первое робкое пламя. Еще немного, и огонь охватил оба столба.

— Он уже мертвый был, — кричал молодой. — Нас мучил голод... — Волосы у него на лобке занялись, и крик перешел в бессловесный вопль.

Рот Аши наполнился желчью. На Железных островах жрецы режут невольникам горло и отдают тела Утонувшему Богу, но это намного хуже.

«Закрой глаза, — говорила она себе. — Не смотри». Люди королевы вновь затянули гимн, почти не слышный за воплями мучеников. Ашу трясло вопреки бьющему в лицо жару. Смрад дыма и паленого мяса окутал толпу. Кто-то из четверых еще дергался в раскаленных цепях, но крики вскоре умолкли.

Король Станнис повернулся и зашагал к своей башне — искать ответа в маячном огне. Арнольф Карстарк заковылял следом, но сир Ричард Хорп перехватил его и направил к общинному дому. Все расходились к своим кострам, к своему скудному ужину.

— Ну что, железная сука, понравилось? — Клэйтон Сагс сунул свой угреватый нос в лицо Аше, дыша на нее пивом и луком. Глазки у него поросячьи, в точности как у крылатой свиньи на его гербе. — Когда к столбу привяжут тебя, соберется еще больше народу.

Это правда. Волки охотно призовут ее к ответу за Ров Кейлин, за Темнолесье, за извечные набеги на Каменный Берег, за все, что сотворил Теон в Винтерфелле.

— Отпустите, сир. — При виде Сагса ее рука каждый раз тянулась к отсутствующей перевязи с топориками. «Персты» она плясала не хуже любого мужчины на островах — десять целехоньких пальцев это доказывали. Некоторым бритым мужчинам была бы к лицу борода, а сиру Клэйтону очень пошел бы топорик во лбу. Безоружная она только и может что вырываться, а он все держит — запустил пальцы в руку, как железные когти.

— Миледи просила вас отпустить ее, — вмешалась Алис. — И знайте, сир, что на ваш костер она не взойдет.

— Там увидим. Слишком долго мы терпим у себя эту демонопоклонницу, — проворчал Сагс, но Ашу все-таки отпустил: с Медведицей мало кто дерзал связываться.

— У короля другие планы на его пленницу, — сказал явившийся как раз вовремя Джастин Масси.

— У короля или у тебя? — фыркнул Сагс. — Зря стараешься, Масси: гореть твоей принцессе ярким огнем. Красная женщина говорит, что королевская кровь угодна нашему богу.

— Рглор вполне может удовлетвориться жертвами, которые мы принесли сегодня.

— Четыре мужлана метели не остановят, а вот она может.

— Если и эта жертва не остановит метели, кого вы сожжете следующим? — спросила Медведица. — Меня?

— Почему бы не сира Клэйтона? — дала себе волю Аша. — Рглор с удовольствием возьмет к себе одного из своих. Праведника, который будет петь гимны, пока его член поджаривается.

— Смейся, Масси, смейся, — рявкнул взбешенный Сагс. — Посмотрим, кто из нас посмеется, если снег не перестанет идти. — Он взглянул на обугленные тела у столбов, улыбнулся и отошел прочь.

— Мой заступник, — сказала Аша Джастину Масси — похвалу он, во всяком случае, заслужил. Спасибо, что спасли меня, сир.

— Друзей среди людей королевы вам это не прибавит, — сказала Медведица. — Сами-то вы что ж, разуверились в красном боге?

— И не только в нем, но в ужин пока еще верю. Окажите мне честь, дамы.

— Не хочется что-то, — поморщилась Алис.

— Мне тоже, но подкрепиться надо, а то ведь и конины скоро не будет. При выходе из Темнолесья у нас было восемьсот лошадей, прошлой ночью насчитали всего шестьдесят четыре.

Для Аши это не явилось ударом. Почти все боевые кони, в том числе и скакун Масси, пали, большинство ездовых тоже, даже мелкие кони северян страдали от недостатка кормов. Да и на что им лошади? Поход прерван; солнце, луна и звезды забылись, как давний сон.

— Я, пожалуй, поем.

— Меня увольте, — сказала Алис.

— Я присмотрю за леди Ашей, — пообещал Масси. — От меня она не сбежит.

Медведица, проворчав что-то в знак согласия, удалилась в свою палатку, а Масси с Ашей побрели по сугробам к общинному дому. Ноги у Аши заледенели, лодыжка пронзала болью на каждом шагу.

Лорды и капитаны облюбовали общинный дом для себя как самый большой в деревне. Один из часовых у двери поднял промасленную завесу, и Аша очутилась в тепле.

Лавки вдоль стен могли вместить человек пятьдесят, но в убогий чертог втиснулось вдвое больше. В выкопанной посередине канаве горели дрова, дым выходил через отверстия в крыше. Северяне сидели по одну сторону от огня, лорды и рыцари по другую.

По сравнению с бледными и изнуренными южанами северные бородачи в мохнатых мехах прямо-таки лучились здоровьем. Испытывая тот же голод и холод, снеговой поход они переносили не в пример лучше.

Аша сняла меховые рукавицы, размяла пальцы, стряхнула снег с плаща, повесила его у двери на колышек. Ноги оттаивали, причиняя ей сильную боль. От горящего торфа приятно пахло — крестьяне оставили в деревне большой запас топлива. Сир Джастин, усадив ее на скамью, принес ужин: эль и конину с кровью, дочерна поджаренную снаружи. Порции заметно уменьшились, но запах все так же дразнил обоняние.

— Благодарствую, сир, — сказала Аша, уплетая за обе щеки.

— Зовите меня Джастином. Я настаиваю. — Он нарезал свою долю и стал есть, накалывая куски кинжалом.

Вилл Фоксглов уверял, что через три дня король возобновит свой поход, — он-де сам слышал это от королевского конюха.

— Его величество видел в пламени нашу победу, о которой тысячу лет будут петь и в замках, и в хижинах.

— Прошлой ночью снеговой перечень составил восемьдесят душ, — сказал на это Масси, бросая хрящик собаке. — В походе мы будем умирать сотнями.

— А если останемся здесь, то тысячами, — ответил сир Хамфри Клифтон. — Идти или помирать, третьего не дано.

— Идти и помирать, так будет вернее. И какими средствами мы, по-твоему, возьмем Винтерфелл? Наши люди еле ноги переставляют. Хочешь, чтобы они лезли на стены и строили осадные башни?

— Надо ждать, пока погода не переменится, — сказал сир Ормунд Уайлд, старый рыцарь, похожий на ходячего мертвеца. Когда солдаты бились об заклад, кто из лордов и рыцарей умрет следующим, сир Ормунд неизменно держал первое место. Аше хотелось бы знать, какие ставки делают на нее — может, и сама что-нибудь успеет поставить. — Тут хотя бы укрытие есть и рыба в озерах водится.

— Рыбы мало, рыбаков многовато, — мрачно отрезал лорд Пезбери. Понятно, отчего он угрюм: в жертву были принесены его люди, и поговаривают, будто Пезбери все о них знал и вместе с ними ел человечину.

— Его правда, — подтвердил Безносый Нед Вуд, следопыт из Темнолесья: прозвище он получил, отморозив себе кончик носа позапрошлой зимой. Волчий лес он знал как никто — даже самые горделивые лорды прислушивались к нему. — Вы на эти озера накинулись, как черви на труп. Дивлюсь, как это лед не провалился еще, столько дырок вы в нем понаделали. У острова он и вовсе как сыр. Нет там больше рыбы, всю выловили.

— Тем больше причин продолжать поход, — ввернул Хамфри Клифтон. — Если нам суждена смерть, встретим ее с мечами в руках.

Точно те же доводы приводились и прошлым вечером. Идти дальше — смерть, остаться — смерть, повернуть назад — смерть.

— Ты умирай как хочешь, Хамфри, — сказал Масси, — а я твердо намерен дожить до весны.

— Кое-кто назовет это трусостью, — буркнул лорд Пезбери.

— Лучше быть трусом, чем людоедом.

— Ты... — взъярился Пезбери.

— Войны без смертей не бывает, Джастин, — сказал, войдя в дверь, Ричард Хорп. — Тот, кто пойдет с нами, получит свою долю добычи, взятой у Болтонов, и покроет себя неувядающей славой. Слабые могут остаться здесь — мы пришлем вам еду после взятия Винтерфелла.

— Вы его не возьмете.

— Возьмем, — прошамкал Арнольф Карстарк, сидевший за высоким столом с сыном Эртором и тремя внуками. Держась рукой в старческих пятнах за плечо сына, он привстал, точно стервятник над падалью. — Возьмем ради Неда и его дочери, ради жестоко убитого Молодого Волка. Если надо, мы покажем дорогу, я его величеству так и сказал. «Выступайте, — сказал я, — и еще до исхода луны мы все омоемся кровью Фреев и Болтонов».

Ноги затопали, кулаки застучали по столам. Шумели, как заметила Аша, в основном северяне — южные лорды и рыцари сидели тихо.

— Ваша отвага достойна восхищения, лорд Карстарк, — сказал, дождавшись тишины, Масси, — но одной отвагой не проломишь стен Винтерфелла. Как вы намерены его взять — закидать снежками?

— Свалим деревья, сделаем тараны, — ответил кто-то из внуков.

— И погибнете у ворот.

— Сделаем лестницы, будем штурмовать стены, — сказал другой внук.

— И рухнете вниз.

— Построим осадные башни, — сказал Эртор, младший сын Арнольфа.

— И умрете. Боги, неужто Карстарки безумны все до единого?

— Боги? — повторил Ричард Хорп. — Ты забываешься, Джастин. У нас с тобой один бог. Не поминай демонов, ибо один лишь Владыка Света может спасти нас. Согласен? — Хорп взялся за меч, не спуская глаз с Масси.

— Конечно, — пробормотал тот. — Ты же знаешь, Ричард: я верую в Рглора столь же истово, как и ты.

— Я сомневаюсь не в твоей вере, Джастин, а в твоем мужестве. Ты толкуешь о поражении с тех самых пор, как мы вышли из Темнолесья. На чьей ты стороне, хотелось бы знать.

У Масси побагровела шея.

— Не желаю выслушивать твои оскорбления. — Он сорвал непросохший плащ со стены так, что ткань порвалась, и вышел. Струя холодного воздуха взметнула в очаге пепел и раздула огонь.

При всем недостатке стойкости Джастин оставался одним из немногих заступников Аши. Накинув собственный плащ, она последовала за ним и заблудилась, не пройдя и десяти ярдов. Деревни не было видно — единственной приметой служил огонь на сторожевой башне.

— Джастин? — Ей никто не ответил. Где-то слева заржала лошадь. Боится, бедная тварь — чует, видно, что завтра пойдет на ужин.

Аша плотней запахнулась в плащ.

Сама того не ведая, она снова оказалась на выгоне. Остывшие цепи надежно держали почерневшие тела у столбов. Ворон клевал череп одного из казненных. Снег замел костер и поднялся выше лодыжек покойников. «Старые боги хоронят их», — подумала Аша.

— Смотри хорошенько, сука, — пробасил позади Клэйтон Сагс. — Ты будешь такой же, когда поджаришься. А уж визгу-то будет... если спруты могут визжать.

«Бог моих отцов! Если ты слышишь меня в своих подводных чертогах, пошли мне один топорик». Утонувший Бог, конечно, не отозвался — с богами всегда так.

— Вы не видели сира Джастина?

— На что тебе этот напыщенный дуралей? Если хочешь мужика, попроси меня, сука.

«Сука, сука». Мужчины вроде Сагса всегда стараются принизить женщин, от которых им нужно только одно. Он еще хуже Среднего Лиддля — тот ругался только в пылу сражения.

— Насильников ваш король кастрирует, — напомнила Аша.

— Да он уже ослеп наполовину, глядя в огонь, — хмыкнул Сагс. — Не бойся, не трону. Потом тебя пришлось бы убить — лучше погляжу, как ты гореть будешь.

Снова эта лошадь.

— Слышите?

— Что я должен слышать?

— Лошадь... лошади. — Снег делает со звуком странные вещи — непонятно, с какой стороны доносится ржание.

— Что за осьминожьи штуки такие? Ничего я не... Вот дьявол! Всадники. — Рукой в меховой перчатке Сагс неуклюже извлек меч из ножен, но всадники уже появились из снежных вихрей: на маленьких конях, а сами большие, просто огромные в своих шубах. На бедрах позвякивают мечи, у одного к седлу приторочен топор, у другого за спиной молот. Есть и щиты, но гербов из-за налипшего снега не разобрать. Аша казалась себе голой рядом с этими фигурами в слоях шерсти, вареной кожи и меха. Рог... Нужно поднять тревогу.

— Беги, глупая сука, предупреди короля, — крикнул сир Клэйтон. — Это Болтон! — Он, конечно, скотина, но в мужестве ему не откажешь. Сагс занял позицию между всадниками и королевской башней, где мерцал, как божье око, рыжий огонь. — Кто идет? Стой!

Конных, по прикидке Аши, было около двадцати. За ними, вполне возможно, следуют сотни — все войско Русе Болтона, скрытое ночью и вьюгой, но эти...

Для разведчиков их многовато, для авангарда мало, двое сплошь в черном. Ночной Дозор!

— Кто вы? — спросила Аша.

— Друзья, — ответил полузнакомый голос. — Мы вас искали под Винтерфеллом, но нашли только Амбера Воронье Мясо, который дует там в рога и бьет в барабаны. — Всадник соскочил с коня, откинул капюшон, поклонился. Из-за густой обледенелой бороды Аша узнала его не сразу.

— Трис?

— Миледи. — Тристифер Ботли опустился на одно колено. — Девица тоже здесь. Еще Роггон, Угрюмый, Ловкий и Грач — всего шестеро. Мы в седлах пока еще держимся, а Кромм умер от ран.

— Так вы ее люди? — вскричал Клэйтон Сагс. — Как вам удалось выйти из темниц Темнолесья?

Трис встал, отряхнул колени.

— Сибелле Гловер предложили хороший выкуп, и она приняла его от имени короля.

— Какой еще выкуп? Кто станет платить за такое отребье, как вы?

— Я. — Вперед выехал еще один всадник — очень высокий, очень худой, ноги такие длинные, что чуть по земле не волочатся. — Мне нужна была надежная охрана, чтобы проводить меня к королю, да и леди Сибелле лишние рты ни к чему. — Над шарфом, скрывающим его лицо, торчала диковинная шапка — Аша такие видела только в Тироше: три цилиндра, один над другим, а сверху мягкая ткань. — Король Станнис, насколько я понял, находится здесь? Я должен поговорить с ним без промедления.

— Да кто ты такой, ради семи преисподних?

Длинный, грациозно спешившись, снял шапку и поклонился:

— Тихо Несторис, скромный служитель Железного банка в Браавосе.

Браавосского банкира Аша в этой метельной ночи ожидала встретить меньше всего.

— Король Станнис пребывает в сторожевой башне, — невольно рассмеявшись, сказала она. — Сир Клэйтон, я уверена, охотно вас проводит к нему.

— Я был бы рад — время дорого. — Темные глаза банкира остановились на ней. — Леди Аша из дома Грейджоев, если не ошибаюсь?

— Я Аша Грейджой, это верно. На тот счет, леди я или нет, мнения разошлись.

— Мы привезли вам подарок, — улыбнулся Несторис. — В Винтерфелле тоже бушует вьюга, и Морс Амбер с зелеными новобранцами ожидает под его стенами прибытия короля. Он дал нам вот это.

Подарок, насколько могла видеть Аша, состоял из девочки и старика — их скинули в снег прямо перед ней. Девочку даже в мехах била дрожь; если бы не испуг и не черный отмороженный кончик носа, она была бы очень недурна, но старик... На пугалах и то больше мяса, лицо — обтянутый кожей череп, волосы, хоть и грязные, совсем седые. И воняет от него нестерпимо.

— Сестра, — прохрипел он. — На этот раз я тебя узнал.

Сердце Аши на миг остановилось.

— Теон?

Он растянул губы — улыбнуться хотел, как видно. Половины зубов недостает, остальные сломаны.

— Теон, — подтвердил он, — Теон. Человек должен знать свое имя.

ВИКТАРИОН

Под черным небом и серебряной луной Железный Флот ринулся на добычу. Ее, как и предсказал черный жрец Мокорро, заметили в проливе между Кедровым островом и Астапорскими пустошами.

— Гискарцы! — крикнул из вороньего гнезда Лонгвотер Пайк. Виктарион, следя с фордека за приближающимся парусом, различил работающие весла и длинный белый след, белеющий при луне, будто шрам.

Не боевой корабль — большая торговая галея. Хороший трофей. Он послал своим капитанам сигнал захватить ее.

Капитан галеи, заметив угрозу, свернул на запад к Кедровому острову: хотел, видно, укрыться в потайной бухте или заманить преследователей на скалы у северо-восточного берега. Но его галея была тяжело нагружена, а ветер благоприятствовал Железному Флоту. «Горе» и «Железная победа» вышли наперерез добыче, быстрые «Перепелятник» и «Плясун с топориком» подошли сзади. Гискарец не спустил флаг, но тут «Плач» врезался в его левый борт и поломал весла. Произошло это у самых руин Гозая; слышно было, как на разрушенных пирамидах верещат обезьяны.

Капитан, приведенный к Виктариону в цепях, сказал, что галея под названием «Заря Гискара» шла из Миэрина через Юнкай, возвращаясь в свой родной порт Новый Гис. Говорил он только на своем гискарском — безобразнее языка Виктарион в жизни не слышал, — но Мокорро ловко переводил на общий его шипение и рычание. Война за Миэрин выиграна, сказал капитан, королева драконов мертва, гискарец по имени Гиздар правит городом.

Виктарион велел вырвать его лживый язык. Мокорро утверждал, что королева Дейенерис жива: красный бог показал ее жрецу в священном огне. Злосчастного капитана связали по рукам и ногам и кинули за борт в жертву Утонувшему Богу.

— Твой красный бог тоже получит свое, — пообещал лорд-капитан жрецу, — но морем владеет наш, Утонувший.

— Нет богов кроме Рглора и Иного, чье имя запретно. — Новое облачение жреца было черным с едва заметной золотой нитью на вороте, подоле и рукавах. Красной ткани на «Победе» не нашлось, но нельзя же было оставлять на Мокорро те просоленные лохмотья, в которых Крот выудил его из воды. Виктарион велел Тому Тайдвуду сшить чародею новый наряд и отдал ему для этой цели собственные камзолы — черные, с золотым кракеном дома Грейджоев. Такими же были флаги и паруса на всех кораблях Железного Флота. Красного Железные Люди не любят; Виктарион надеялся, что в цветах Грейджоев Мокорро будет им ближе.

Надежда оказалась напрасной: в черном и с красно-оранжевой татуировкой на лбу и щеках Мокорро казался еще страшнее. Моряки шарахались от него и плевались, когда на них падала его тень. Даже Крот, спасший его, уговаривал Виктариона отдать колдуна Утонувшему Богу.

Но Мокорро знал эти чуждые берега куда лучше Железных Людей и о драконах тоже имел понятие. У Вороньего Глаза есть колдуны, почему бы и Виктариону их не держать? Этот черный волшебник сильнее трех Эуроновых вместе взятых, а Мокроголовый, который мог бы его не одобрить, сейчас далеко.

— «Заря Гискара» — неподходящее имя для Железного Флота, — молвил лорд-капитан, сжав обожженную руку в кулак. — В твою честь, жрец, я назову ее «Гневом Красного бога».

— Да будет так, капитан. — Жрец склонил голову, и кораблей снова стало пятьдесят четыре.

Днем на них налетел шквал, тоже предсказанный. Три корабля исчезли за пеленой дождя — сбились с курса, затонули, сели на скалы?

— Они знают, куда идти, — сказал Виктарион своим людям. — Если остались на плаву, то догонят нас. — Ждать заплутавших время не позволяло. Его невеста, окруженная врагами, совсем пропадет, если он не подоспеет на помощь со своим топором.

Мокорро, кроме того, сказал, что корабли не погибли. Каждый вечер жрец зажигал на фордеке «Железной победы» костер и ходил вокруг него, распевая молитвы. При свете огня его черная кожа блестела, как полированный оникс, и Виктарион порой мог поклясться, что наколотое на лице колдуна пламя тоже танцует, меняя цвет при каждом повороте его головы.

«Черный жрец призывает демонов», — говорил один из гребцов. Виктарион, когда ему доложили об этом, велел отхлестать его до крови. Услышав от Мокорро, что потерянные овечки вернутся к нему у острова под названием Ярос, капитан сказал:

— Молись, чтобы это оказалось правдой, иначе следующим кнута отведаешь ты.

Под ярким солнцем на безоблачном небе, в синем море к северо-западу от Астапора, Железный Флот захватил новый трофей.

Мирийский когг «Голубка» шел в Юнкай через Новый Гис с грузом ковров, сладких зеленых вин и кружева. У капитана имелся мирийский глаз — две стекляшки, вставленные в медные трубки, которые в сложенном виде были не длиннее кинжала. Забрав это сокровище себе, Виктарион переименовал когг в «Сорокопута», а за команду решил потребовать выкуп. Они не рабы и рабовладельцы, а свободные граждане Мира, опытные мореходы — за таких много дадут. Свежих новостей о Миэрине и Дейенерис они сообщить не могли, а о дотракийцах на Ройне и отплытии Золотых Мечей Виктарион знал и без них.

— Что ты видишь? — спросил он жреца, когда тот зажег свой костер. — Что ждет нас завтра — опять будет дождь? — Виктариону казалось, что будет.

— Серое небо, сильный ветер, — ответил Мокорро. — Дождя нет. Позади тигры, впереди ждет твой дракон.

«Твой дракон»... приятно звучит.

— Скажи мне что-нибудь, чего я не знаю.

— Слушаю и повинуюсь, мой капитан. — На корабле жреца стали называть Черным Пламенем — это прозвище придумал Стеффар Стаммерер, неспособный выговорить «Мокорро». Как ни называй, а сила у него есть. — Здесь береговая линия тянется с запада на восток; когда она повернет на север, ты увидишь еще двух быстрых зайцев с множеством ног.

Так и вышло: им встретилась пара галей. Хромой Ральф заметил их первым, но «Скорбь» и «Тщетная надежда» не могли их догнать, поэтому Виктарион послал вдогонку «Железное крыло», «Перепелятника» и «Поцелуй кракена». Погоня длилась почти весь день, и после коротких ожесточенных боев оба корабля были взяты. Они шли в Новый Гис пустые, чтобы привезти гискарским легионерам съестные припасы, оружие и новых солдат взамен выбывших.

— Они понесли потери в бою? — спросил Виктарион.

— Нет, — отвечали моряки. — В лагере свирепствует кровавый понос, именуемый сивой кобылой.

Оба капитана лгали, как и прежний, с «Зари Гискара»: говорили, что Дейенерис мертва.

— Поцелуйте ее за меня в преисподней. — Виктарион велел принести свой топор и сам отрубил им головы. Обе команды тоже перебили, пощадив лишь прикованных к веслам рабов. Виктарион разбил их цепи, сказав, что отныне они свободные гребцы Железного Флота и что это большая честь: все мальчишки Железных островов мечтают об этом сызмальства. — Я освобождаю рабов по примеру королевы драконов, — объявил он.

Галеи он переименовал в «Призрак» и «Тень».

— Они явятся юнкайцам, и те ужаснутся, — объяснил он смуглянке, получив от нее удовольствие. С каждым днем они становились все ближе. — Мы обрушимся на них, как гром среди ясного неба.

Не это ли чувствует брат Эйерон, когда Утонувший Бог говорит с ним? «Ты хорошо послужишь мне, лорд-капитан, — слышалось Виктариону из глубин моря. — Для того я тебя и создал».

Красного бога он тоже накормит досыта. Рука от локтя до кончиков пальцев хрустела, лопалась и дымилась, но стала сильней, чем прежде.

— Со мной теперь два бога, — сказал он смуглянке. — Против двоих ни один враг не выстоит. — Он уложил женщину на спину и взял ее еще раз.

У скал Яроса, выросших с левого борта, его в самом деле ждали три потерянных корабля. Виктарион наградил жреца золотым шейным обручем.

Теперь ему предстояло выбрать между проливом и обходным путем. Память о Светлом острове еще жила в его памяти. Станнис Баратеон нагрянул и с юга, и с севера, зажав их между материком и островом, — таких сокрушительных поражений Виктарион не терпел ни раньше, ни позже. Но идти в обход значило потерять драгоценное время, а юнкайский флот он надеялся встретить лишь на подступах к Миэрину.

Как поступил бы на месте Вороний Глаз? Виктарион поразмыслил и послал капитанам сигнал следовать дальше проливом.

Ярос не успел еще скрыться за кормой, когда они взяли еще три трофея. «Горю» подвернулся большой галеон, Манфриду Мерлину на «Воздушном змее» — галея. Их трюмы ломились от пряностей, вин, шелков и редкого дерева, но сами корабли были ценнее всего. В тот же день «Семь черепов» и «Гроза морей» захватили рыбачий баркас, грязное маленькое суденышко. Виктарион был недоволен, узнав, что для усмирения рыбаков понадобились целых два его корабля, но именно они рассказали ему о черном драконе.

— Серебряная королева села на него и улетела в дотракийское море, — поведал шкипер.

— Где оно, это море? — осведомился Виктарион. — Я поведу туда флот и найду королеву, где бы она ни была.

— Хотел бы я поглядеть на это, — засмеялся рыбак. — Это травяное море, болван.

Зря он это сказал. Виктарион взял его за горло обожженной рукой и держал, пока сучащий ногами юнкаец не стал черным, как пальцы его душителя.

— Тот, кто назвал Виктариона Грейджоя болваном, похвалиться этим не сможет. — Лонгвотер Пайк с Томом Тайдвудом швырнули безжизненное тело за борт, и Утонувший Бог получил еще одну жертву.

— Твой бог — не бог, а демон, — сказал Мокорро. — Раб Иного, чье имя запретно.

— Остерегись, жрец. Набожные люди на корабле могут вырвать тебе язык за такие слова. Я дал слово, что твой бог тоже получит свое, а мое слово крепче железа, спроси кого хочешь.

— Нет нужды спрашивать. Владыка Света знает, каков ты, лорд-капитан. Каждую ночь я вижу в огне славу, которая тебя ожидает.

Слышать это было очень приятно — Виктарион так и сказал смуглянке в ту ночь.

— Мой брат Бейлон был великим человеком, но я добьюсь того, чего не добился он. Железные острова вновь станут свободными, и старый закон вернется. Этого даже Дагон не смог. — Почти сто лет прошло с того времени, как на Морском Троне сидел Дагон Грейджой, но на островах до сих пор рассказывали о его набегах и битвах. Железный Трон тогда занимал слабый король — его слезящиеся глаза только и глядели, что за Узкое море, где изгнанники и бастарды замышляли мятеж. Зная об этом, лорд Дагон отплыл с Пайка, чтобы завоевать Закатное море.

— Он оттаскал льва за бороду и завязал узлом хвост лютоволка, но драконов даже Дагон не сумел победить. А я завладею королевой драконов, и она родит мне сильных сынов.

Теперь Железный Флот насчитывал шестьдесят кораблей. К северу от Яроса чужие паруса встречались все чаще. Предполагая, что у берега между Юнкаем и Миэрином должно быть полно торговцев и судов, везущих припасы для армии, Виктарион шел мористее, не видя земли, но и там натыкался на всякий сброд.

— Никто из встречных не должен уйти — они могут предупредить врага, — сказал лорд-капитан, и уйти никому не дали.

Серым утром на зеленом море, чуть севернее Юнкая, «Горе», «Воительница» и «Железная победа» окружили невольничью галею, везущую в веселые дома Лисса двадцать мальчиков и восемьдесят девушек. Галея, звавшаяся «Охочей», никак не ожидала нападения так близко от дома, и взять ее труда не составило.

Виктарион, перебив работорговцев, послал людей расковать гребцов.

— Теперь вы вольные. Гребите как следует, и ни в чем не будете знать нужды.

Девушек он раздал капитанам, сказав им:

— В Лиссе вы стали бы шлюхами, а мы вас спасли. Вместо многих мужчин будете ублажать одного. Те, кем мои капитаны будут довольны, получат почетное звание морских жен.

Мальчиков он бросил в море, не сняв с них цепей: столь извращенным созданиям не место на его корабле — и так всё провоняли тут своими духами.

Себе Виктарион выбрал семь девушек. Одна с золотисто-рыжими волосами и веснушчатой грудью; другая начисто выбритая; третья кареглазая, застенчивая как мышка; четвертая с такими грудями, каких он еще не видал; пятая маленькая, с прямыми черными волосами, золотистой кожей и глазами словно янтарь; шестая молочно-белая, с золотыми кольцами в сосках и нижних губах; седьмая черная, как осьминожьи чернила. Их обучили пути семи вздохов, но Виктариону они не затем были нужны. Для удовольствия ему вполне хватало смуглянки, а в Миэрине он возьмет себе королеву. К чему свечки, когда тебе светит солнце?

Галею, ставшую шестьдесят первым кораблем Железного Флота, он переименовал в «Восставшего раба».

— Каждый взятый корабль прибавляет нам сил, — сказал Виктарион своим людям, — но легкой жизни не ждите. Завтра или послезавтра мы войдем в миэринские воды, где встретим военный флот, составленный, не считая трех городов залива Работорговцев, из толосских, элирийских, новогисских и даже квартийских судов. — О зеленых волантинских галеях, скорее всего идущих сейчас Горестным Путем, он не стал поминать. — Рабовладельцы — слабое племя. Вы видели, как они от нас удирают, слышали, как визжат, когда мы предаем их мечу. Каждый из вас стоит двадцати таких, ибо мы сделаны из железа. Помните об этом, когда мы снова завидим их паруса. Не ждите пощады и сами никого не щадите. Мы Железные Люди, и хранят нас два бога. Мы захватим их корабли, сокрушим их надежды и наполним их залив кровью.

Молча кивнув на грянувшее в ответ «ура», Виктарион велел привести отобранных им девушек, самых красивых из живого груза «Охочей». Он расцеловал каждую в обе щеки и рассказал, какая их ожидает честь, но они не понимали его. Девушек посадили на трофейный баркас, пустили его по морю и зажгли.

— Их невинность и красоту мы приносим в дар обоим богам, — провозгласил он, глядя, как идут его корабли мимо пылающего баркаса. — Пусть уйдут эти девы в свет, не тронутые похотью смертных, или веселятся в чертогах Утонувшего Бога, пока не высохнут все моря.

Ему казалось, что вопли семи красавиц сливаются в радостный гимн. Поднявшийся ветер наполнил их паруса и понес на северо-восток, к пирамидам из разноцветного кирпича. «Я лечу к тебе на крыльях песни, о Дейенерис», — думал Виктарион.

Ночью он впервые достал из укладки драконий рог, найденный Эуроном в дымящихся руинах великой Валирии, — черный, витой, шести футов в длину, окованный темной сталью и красным золотом. Адов рог Вороньего Глаза. Теплый и гладкий под рукой, как ляжки смуглянки, он блестел так, что Виктарион видел в нем свое искривленное отражение. Колдовские письмена на его обручах были, по словам Мокорро, валирийскими иероглифами, но это Виктарион и сам знал.

— Скажи, что здесь написано.

— Много всего. Вот здесь, на золотом ободе, значится имя рога: Укротитель Драконов. Ты слышал, как он трубит?

— Да, однажды. — На вече, на Старом Вике, в этот рог дул человек Эурона — огромный, бритоголовый, с золотыми и опаловыми браслетами на мускулистых ручищах и ястребом на груди. — Мне казалось, будто мои кости воспламенились и сжигают плоть изнутри. Надписи раскалились сперва докрасна, потом добела, так что смотреть было больно, а звук длился, как нескончаемый вопль... как тысяча воплей, слившихся воедино.

— Что сталось с человеком, который в него трубил?

— Он умер. На губах у него вздулись кровавые пузыри, и ястреб на нем, — Виктарион похлопал себя по груди, — тоже сочился кровью. Каждое перо источало кровь. Говорили, что он сжег себе легкие — может, это сказки, не знаю.

— Это не сказки, лорд-капитан. — Мокорро показал на второй золотой обод. — Здесь сказано: «Ни один смертный, протрубивший в меня, жив не будет».

Все дары Эурона отравлены.

— Вороний Глаз клялся, что этот рог подчинит мне драконов, но зачем они мне, если я буду мертв?

— Твой брат не трубил в него сам, и ты не труби. Эта надпись, — Мокорро показал на стальной обод, — гласит: «Кровь за огонь, огонь за кровь». В рог может дуть кто угодно: драконы подчинятся его хозяину. Ты должен добыть этот рог ценой крови.

МАЛЕНЬКАЯ УРОДКА

Ночью в подземелье храма собрались одиннадцать служителей Многоликого Бога — больше, чем она когда-либо видела вместе. Через переднюю дверь вошли только молодой лорд и толстяк, остальные добирались потайными ходами. Каждый, откидывая капюшон черно-белого облачения, показывал лицо, которое выбрал на сегодняшний день. Их высокие стулья, как и храмовые двери, были вырезаны из чардрева и черного дерева: у черных позади белый лик, у белых черный.

Она стояла с кувшином воды в руках, другой послушник — с кувшином вина. Поодиночке или вдвоем они подходили к жрецам, подававшим им какой-нибудь знак, но большей частью стояли на месте. «Я каменная, — повторяла она себе. — Статуя, как Морские Начальники вдоль Канала Героев».

Жрецы говорили на браавосском диалекте, но трое то и дело переходили на валирийский. Девочка понимала большинство слов, но не всегда разбирала: они говорили тихо.

— Я знаю этого человека, — сказал жрец с лицом зачумленного.

— Я знаю этого человека, — эхом отозвался толстяк, когда она наливала ему вино.

— Я не знаю этого человека, но награжу его, — молвил красавец.

Косой позднее сказал то же самое о ком-то еще.

Поговорив так часа три, они все разошлись, кроме доброго человека, женщины-призрака и чумного. Мокнущие язвы усеивали его лицо, волосы выпали, кровь сочилась из носа и запеклась в уголках глаз.

— Наш брат хочет побеседовать с тобою, дитя, — сказал добрый человек. — Ты можешь сесть.

Она села на чардревный стул с черным ликом. Язвы ее не пугали: слишком долго прожила она в Черно-Белом Доме, чтобы бояться фальшивых лиц.

— Кто ты? — спросил чумной.

— Никто.

— Неправда. Ты Арья из дома Старков, прикусывающая губу, когда она лжет.

— Я была ею раньше. Теперь уже нет.

— Зачем ты здесь, лгунья?

— Чтобы служить. Чтобы учиться. Чтобы у меня стало другое лицо.

— Сначала твое сердце должно измениться. Дар Многоликого Бога — не игрушка. Ты станешь убивать ради собственной цели, ради собственного удовольствия — разве не так?

Она прикусила губу, и он дал ей пощечину. Что ж, сама напросилась.

— Спасибо. — Так она, глядишь, и отвыкнет кусать губу. Это делает Арья, а не ночная волчица. — Нет, не стану.

— Лжешь. Я по глазам вижу. Глаза у тебя волчьи, и они жаждут крови.

«Сир Григор, — невольно подумала она. — Дансен, Рафф-Красавчик. Сир Илин, сир Меррин, королева Серсея». Если она солжет, он узнает — лучше смолчать.

— Говорят, одно время ты была кошкой. Ходила по переулкам, пропахшим рыбой, продавала моллюсков и крабов. Хорошая жизнь для мелкого человека — попроси, и вернешься к ней.

Будешь возить свою тачку, выкрикивать товар — чего тебе больше? Ты слишком мягкосердечна, чтобы стать нашей сестрой.

Хочет прогнать ее.

— У меня вместо сердца дыра. Я убивала уже много раз. Могу тебя убить, если хочешь.

— Тебе это было бы сладко?

Она не знала правильного ответа.

— Быть может.

— Тогда тебе здесь не место. В этом доме смерть не бывает сладка. Мы не солдаты, не воины, не раздутые от гордости брави. Мы убиваем не по приказу лорда, не ради денег или тщеславия. Мы не вручаем свой дар, чтобы сделать себе приятное, и не выбираем, кого убить. Мы всего лишь служим Многоликому Богу.

— Валар дохаэрис. — «Все люди должны служить».

— Слова ты знаешь, но для служения слишком горда. Смирение и послушание — вот необходимые слуге качества.

— Я слушаюсь и могу быть очень смиренной.

— Сама богиня смирения, как я погляжу, — усмехнулся чумной. — Но согласна ли ты заплатить?

— А сколько это стоит?

— За это платят собой. Всем, что ты имеешь и что мечтаешь иметь. Глаза мы тебе вернули, но уши отнимем, и ты перестанешь слышать. Отнимем ноги, и ты будешь ползать. Не будешь ничьей дочерью, ничьей женой, ничьей матерью. Будешь носить ложное имя и чужое лицо.

Она чуть не прикусила губу опять, но вовремя удержалась. Ее лицо — темный пруд, который ничего не показывает. Имен у нее было много: Арри, Ласка, Голубенок, Кошка-Кет. Не говоря уж о глупышке из Винтерфелла, Арье-лошадке. Имена ничего не значат.

— Я согласна заплатить. Дайте мне другое лицо.

— Лицо не дается даром. Ты должна его заслужить.

— А как?

— Вручить одному человеку дар. Сделаешь?

— Что за человек?

— Ты не знаешь его.

— Мало ли кого я не знаю.

— Не зная его, ты не питаешь к нему ни любви, ни ненависти. Согласна убить его?

— Да.

— Завтра ты снова станешь Кошкой-Кет. Смотри в оба, повинуйся, и мы увидим, достойна ли ты служить Многоликому.

На следующий день она вернулась на канал, к Бруско и его дочерям. Рыбник глаза вытаращил при виде ее.

— Валар моргулис, — сказала Кошка вместо приветствия.

— Валар дохаэрис, — ответил он.

И все пошло так, будто она и не уходила.

Человека, которого ей предстояло убить, она увидела тем же утром, катя тачку по булыжнику у Пурпурной гавани. Старик уже, далеко за пятьдесят. «Пожил — и хватит, — говорила она себе. — Отец был моложе». Последнюю мысль она запрятала поглубже, поскольку Кошка-Кет отца себе выдумала.

— Устрицы, мидии, крабы, креветки, — прокричала она, идя мимо, и даже улыбнулась ему. Улыбка всегда помогает сбывать товар, но старик не улыбнулся в ответ и прошел по луже, обрызгав ее.

Невежа, противная образина. Острый нос, тонкие губы, близко сидящие глазки, одно плечо выше другого. Волосы седеют, но бородка еще черна. Если он ее красит, почему заодно не покрасить и голову?

— Он дурной человек, — заявила она, вернувшись вечером в Черно-Белый Дом. — Губы жестокие, глаза подлые и бороденка злодейская.

— Он такой же, как и все, — усмехнулся добрый человек. — В нем есть свет и есть тьма. Не тебе его судить.

— Кто же осудил его? Боги? — помолчав, спросила она.

— Возможно, какие-то боги и осудили. Что еще богам делать, как не судить людей? Но Многоликий ничьих душ не взвешивает. Он вручает свой дар и добрым, и злым — иначе добрые жили бы вечно.

«Самое гадкое в нем — это руки», — решила Кет на другой день, наблюдая за стариком. Пальцы длинные, костлявые и не знают покоя: скребут бороду, дергают ухо, барабанят по столу — а нет, так просто так шевелятся. Точно два паука. Она начинала ненавидеть старика, глядя на его руки.

— Он такой дерганый — наверно, боится чего-то, — сказала она, придя в храм. — Дар принесет ему мир.

— Дар приносит мир всем.

— Когда я убью его, он скажет спасибо.

— Это будет значить, что ты не справилась с делом. Лучше, если он вовсе тебя не заметит.

Через несколько дней Кет заключила, что этот старик что-то вроде купца, и торговля его связана с морем, хотя на корабли он не заходил никогда. Сидел целый день в харчевне с миской лукового супа, рылся в пергаментах, прикладывал к ним печать и резко говорил с капитанами, судовладельцами и другими купцами.

Они, похоже, недолюбливали его, но все несли ему деньги, полные кошельки с золотом, серебром и квадратными железными монетами Браавоса. Старик тщательно пересчитывал и клал золото к золоту, серебро к серебру. На монеты он не смотрел, а прикусывал их левой стороной рта, где зубы еще были в целости. Некоторые он сплевывал на стол и слушал, с каким звуком они падают, перестав крутиться.

Сосчитав и перепробовав все монеты, он калякал что-то на пергаменте, ставил свою печать и отдавал капитану. Бывало и так, что он возвращал деньги назад: другой в таких случаях либо краснел и злился, либо бледнел и пугался.

Кет ничего не могла понять.

— Они ему платят, а он взамен что-то пишет, и все. Они что, дураки?

— Некоторые, может, и да, другие просто осторожные люди, третьи пытаются задобрить его, что не так-то легко.

— Но что он им продает?

— Расписки. Если корабль потонет или его захватят пираты, он обязуется выплатить стоимость корабля вместе с грузом.

— Что-то вроде заклада?

— Да — заклад, который каждый капитан надеется проиграть.

— А если они выигрывают?

— Выигравшие теряют корабли, а порой и жизнь. Море опасно, тем более теперь, осенью. Капитанам легче тонуть, зная, что их вдовы и дети в Браавосе не останутся нищими. — Грустная улыбка тронула губы доброго человека. — Беда в том, что его распискам не всегда можно верить.

Теперь Кет поняла. Кто-то из обманутых им пришел в Черно-Белый Дом и просил бога прибрать его. Ей захотелось узнать, кто это был, но добрый человек не сказал.

— Любопытствовать не годится. Кто ты сама?

— Никто.

— Значит, и вопросов не задавай. Не можешь — так и скажи. — Он взял ее за руки. — Это не стыдно. Одни созданы для служения Многоликому Богу, другие нет. Скажи только слово, и я освобожу тебя от этой работы.

— Сказала, что сделаю, значит сделаю.

Вот только как?

Старик всюду ходил с охранниками — один тощий и длинный, другой толстый и низенький. Однажды на пути домой из харчевни в старика чуть не врезался пьяный, но длинный отпихнул его прочь. Низенький всегда первым пробовал луковый суп: старик ел похлебку уже остывшей, удостоверясь, что с телохранителем ничего не случилось.

— Он боится, — сказала Кет. — Он знает, что кто-то хочет его убить.

— Всего лишь подозревает, — сказал добрый человек.

— Охранники даже по нужде с ним выходят, а он с ними нет. Дождусь, когда пойдет длинный, и воткну нож в глаз старику.

— А как же второй?

— Он дурак и неуклюжий. Я и его убью.

— Разве ты солдат на поле битвы, чтобы убивать без разбора? Ты служишь Многоликому Богу, а мы, его служители, вручаем его дар только избранным.

«Убить надо только старика и никого больше», — поняла Кет.

Понаблюдав за ним еще три дня, она нашла способ и весь следующий день работала с ножиком. Красный Рогго научил ее срезать кошельки, но она не делала этого с тех пор, как ослепла. Упражняясь, она раз за разом вытряхивала ножик из рукава, а потом точила его, пока он не засверкал как серебряный. В остальном, более трудном, ей поможет женщина-призрак.

— Я вручу ему дар завтра, — объявила Кет, садясь утром за стол.

— Многоликий будет доволен, — сказал добрый человек, — но Кошку-Кет знают многие. Если кто-то увидит, что она сделала, это может повредить Бруско и его дочерям. Пора тебе получить другое лицо.

Это порадовало девочку, хотя она не подала виду. Она уже потеряла Кошку однажды и не хотела потерять ее вновь.

— Каким оно будет?

— Уродливым. Женщины отвернутся, дети станут показывать на тебя пальцами, мужчины пожалеют и прослезятся, но всякий, кто увидит твое лицо, не скоро его забудет. Пойдем.

Сняв с крюка железный фонарь, он повел ее мимо черного пруда и безмолвных богов к лестнице в подземелье. Женщина-призрак шла следом, и все молчали — слышался лишь шорох их мягких туфель. По восемнадцати ступеням они сошли в склеп, откуда, как пальцы, разбегались пять коридоров. Девочка побывала здесь уже, наверное, тысячу раз и никакого страха не испытывала, но они спустились еще ниже, отсчитав двадцать две ступени. Здесь извилистые ходы вели прямо в сердце скалы. Один из них закрывала тяжелая железная дверь. Жрец повесил фонарь и достал причудливой формы ключ.

На этот раз девочка покрылась мурашками. Святая святых! Сейчас они спустятся на третий подземный ярус, в тайные палаты, куда допускают только жрецов.

Ключ тихо повернулся три раза, дверные петли, политые маслом, не скрипнули. Ступени, вырубленные прямо в скале, вели вниз. Жрец, снова взяв фонарь, пошел первым, девочка за ним. Четыре, пять, шесть, семь, считала она, жалея, что не взяла свою палочку. Десять, одиннадцать, двенадцать. Она знала, сколько ступенек между храмом и подземельем, между подземельем и вторым ярусом, сколько на винтовой лестнице, что ведет на чердак, сколько перекладин на деревянной лесенке с чердака на крышу.

Эта лестница была ей незнакома и потому внушала тревогу. Двадцать одна, двадцать две, двадцать три. С каждой ступенькой все холоднее. Тридцать... Теперь они ниже каналов. Тридцать три, тридцать четыре. Далеко ли еще?

На пятьдесят четвертой ступеньке лестница уперлась в другую железную дверь, незапертую. Девочка вошла в нее вслед за добрым человеком, с женщиной-призраком за спиной. Их шаги отдавались эхом во тьме. Добрый человек открыл дверки своего фонаря, и девочка увидела на стенах тысячу лиц.

Они смотрели на нее отовсюду, куда ни глянь: старые и молодые, бледные и темные, гладкие и морщинистые, веснушчатые, в рубцах, красивые и не очень. Мужские, женские, мальчишечьи, девчоночьи, даже младенческие. Улыбающиеся, хмурые, жадные, гневные, похотливые, с лысинами и волосами сверху. «Это всего лишь маски», — говорила она себе, но почему-то знала, что это не маски.

— Тебе страшно, дитя? — спросил добрый человек. — Еще не поздно уйти. Ты уверена, что хочешь этого?

Арья, сама не зная, чего хочет, прикусила губу. Куда она денется, если покинет храм? Она раздела и обмыла сотню мертвых тел, мертвецы ее не пугают. Потом их уносят сюда и срезают с них лица — так что же? Она ночная волчица и не станет бояться каких-то содранных шкурок.

— Уверена, — выпалила она.

Жрец повел ее в глубину, мимо боковых коридоров. Стены одного туннеля были выложены человеческими костями, колонны из черепов подпирали свод. Вот еще одна лестница вниз — не вечно же они будут спускаться?

— Сядь, — велел жрец. — Закрой глаза. Будет больно, но сила без боли не дается. Не шевелись.

«Спокойная, как камень», — сказала она себе. Ей надрезали кожу острым лезвием, почему-то теплым. По лицу потекла кровь — ясно, почему ей велели закрыть глаза. Арья облизнула соленые, с медным привкусом губы и вздрогнула.

— Подай мне лицо, — сказал добрый человек. Женщина-призрак тихо зашуршала куда-то. — Пей, — сказал он, сунув девочке чашу. Она выпила кислое, вяжущее питье. Девочка Арья, которую она знала когда-то, любила лимонные пирожные. — Лицедеи меняют лица с помощью красок, колдуны создают иллюзии из света и тени. Этому ты тоже научишься, но наша наука труднее. Грим и даже чары не помеха для острого глаза, но твое новое лицо будет не менее подлинным, чем то, с которым ты родилась. Не открывай глаз и сиди смирно. — Он откинул назад ее волосы. — Это странное чувство, но ты не должна шевелиться, даже если закружится голова.

Сухая жесткая кожа нового лица намокла от ее крови и стала мягче. К щекам прилила кровь, сердце затрепетало, дыхание занялось. Чужие каменные руки сомкнулись на горле, но ее собственные руки, поднявшись к шее, ничего не нашли. Страх переполнял ее, мерзкий хруст сопровождался невыносимой болью. Перед закрытыми глазами плавала чья-то зверская бородатая рожа с искривленным от ярости ртом.

— Дыши, дитя, — сказал жрец. — Выдыхай свой страх, отгоняй тени. Он мертв, она тоже мертва. Ее боль осталась в прошлом. Дыши.

Девочка перевела дух и убедилась, что он говорит правду. Никто не душил ее и не бил. Ощупав дрожащей рукой лицо, она увидела на пальцах черные крупицы засохшей крови. Потрогала щеки, веки, обвела челюсть.

— Как было, так и осталось.

— Ты так думаешь?

Она не ощутила никакой перемены, но можно ли ее ощутить? Она провела рукой сверху вниз, как Якен Хгар в Харренхолле. Его лицо тогда заколебалось и стало другим, но с ней ничего такого не произошло.

— По-моему, да.

— Это тебе так кажется.

— Другие видят, что нос и челюсть у тебя сломаны, — сказала женщина-призрак, — одна щека вдавлена и половины зубов не хватает.

Девочка потрогала языком зубы — ни дыр, ни обломков. Чудеса, да и только. Значит, теперь она калека, уродка.

— Какое-то время тебя будут мучить страшные сны, — предупредил жрец. — Отец избивал ее так, что к нам она пришла сама не своя от страха.

— Вы убили его?

— Она просила дар для себя, а не для него.

«Надо было убить».

— Он тоже умер в свой черед, как все умирают, — сказал жрец, будто прочитав ее мысли. — Как умрет завтра еще один человек. Здесь нам больше нечего делать.

Глазные дыры провожали ее со стен, губы, как ей чудилось, перешептывались, делясь сокровенными тайнами.

В ту ночь она долго не могла заснуть. Среди лиц на стене она видела отца, леди-мать, трех братьев. Не своих, другой девочки. Она никто, и ее братья ходят в черно-белых одеждах. Рядом с ними висели певец, конюшонок, которого она убила Иглой, прыщавый оруженосец из гостиницы на перекрестке дорог, стражник, которому она перерезала горло в Харренхолле. И Щекотун с налитыми злобой дырами глаз. В руке у нее был кинжал, и она снова и снова вонзала его в спину этого гада.

Наконец ночь прошла, и в Браавосе забрезжил серый пасмурный день. Девочка надеялась на туман, но боги, как это у них водится, отказали ей в нем. Стоял холод при резком ветре — в такой день только и умирать. Сир Григор, Дансен, Рафф-Красавчик, сир Илин, сир Меррин, королева Серсея. Она беззвучно шевелила губами, повторяя их имена — в Черно-Белом Доме тебя всегда могут услышать.

В склепе хранилась одежда тех, кто приходил в храм испить из черного пруда — от нищенских лохмотьев до шелка и бархата. Маленькая уродка выбрала обтрепанный плащ, весь в пятнах, пахнущий рыбой зеленый камзол, тяжелые сапоги, надежно спрятала ножик.

Спешить было некуда. Она перешла через мост на Остров Богов. Кошка-Кет продавала здесь крабов и ракушки всякий раз, как у дочки Бруско Талеи случались месячные и она укладывалась в постель. Может, Талея сейчас здесь, у Крольчатника, где у каждого забытого божка есть свой алтарь? Да нет, глупости. Сегодня холодно, и рано вставать Талея не любит. Статуя Плачущей Госпожи Лисса лила серебристые слезы, в Садах Геленеи стояло стофутовое золоченое дерево с серебряными листьями, в деревянном святилище Владыки Гармонии горели факелы и порхали бабочки всевозможных цветов.

Иногда с Кет ходила Морячка, которая и рассказывала ей обо всех этих богах. «Это дом Великого Пастыря, а в тройной башне живет трехголовый Триос. Первая голова глотает умерших, из третьей выходят возрожденные, для чего нужна вторая, не знаю. Тут Камни Молчаливого Бога, там вход в Лабиринт Творца Узоров. Лишь тот, кто пройдет его весь, может обрести мудрость, так говорят жрецы. За ним, у канала, храм Аквана Красного Быка. На каждый тринадцатый день там закалывают белого тельца и раздают нищим чаши с кровью».

Сегодня не тринадцатый день: на паперти Красного Быка пусто. Боги-братья Семош и Селоссо спят в своих храмах-близнецах — между ними через Черный канал перекинут мостик. Девочка перешла его и направилась в Пурпурную гавань кружным путем — через Мусорную Заводь, мимо шпилей и куполов Затопленного Города.

Из «Счастливого порта» вывалились лиссенийские моряки, но девушек видно не было. «Корабль» закрыт наглухо, лицедеи долго спят по утрам. На причале около иббенийского китобоя старый друг Тагганаро кидает мячик Кассо, тюленьему королю, а его напарник режет у зрителей кошельки. Девочка тоже ненадолго остановилась. Тагганаро ее не узнал, Кассо захлопал ластами и залаял — то ли узнал, то ли рыбу почуял. Она поскорее двинулась дальше.

Старик уже сидел над миской за своим обычным столом и торговался с очередным капитаном. Длинный страж стоял рядом, низенький устроился у входа в харчевню и разглядывал всех входящих. Девочка не собиралась входить; она уселась на пристани ярдов за двадцать от двери, и ветер трепал ее плащ.

Несмотря на холод, народу в гавани было полно. Шлюхи завлекали моряков, моряки высматривали шлюх. Прошла в обнимку, гремя шпагами, пара подвыпивших брави, прошествовал красный жрец.

Ближе к полудню она заметила нужного ей человека, преуспевающего судовладельца, который уже три раза приходил к старику. Крупный, лысый, дородный, в коричневом бархатном плаще с меховой оторочкой, на поясе орнамент из серебряных звезд и лун, одна нога не гнется. Он шагал медленно, опираясь на трость.

Уродке он подходил как нельзя лучше. Приготовив ножик, она догнала его. Кошелек висел на поясе справа, но мешал плащ. Не страшно — один взмах, и готово. Красный Рогго гордился бы ею. Она просунула в прорезь руку, вспорола кошелек, набрала жменю золота, и тут хромой обернулся.

— Какого...

Ее рука застряла в складках плаща, монеты посыпались.

— Воровка! — занес палку хромой. Она подсекла его негнущуюся ногу и обратилась в бегство. Монеты сыпались, позади кричали «воровка». Толстый трактирщик попытался схватить ее, но она увернулась, пронеслась мимо хохочущей девки, шмыгнула в переулок.

Кошка-Кет хорошо знала эти переулки, и уродка тоже их помнила. Она перелезла через ограду, перескочила узкий канал, спряталась в какой-то пыльной кладовке. Погони не было слышно, но она терпеливо ждала, сидя в углу за ящиками. Выждав около часа, она вскарабкалась прямо по стенке дома и по крышам добралась чуть ли не до Канала Героев. Судовладелец, подобрав монеты и трость, должен уже дохромать до харчевни. Теперь он скорее всего пьет горячий бульон и жалуется старику на уродку, чуть было не укравшую у него кошелек.

Добрый человек ждал ее в Черно-Белом Доме у храмового пруда. Уродка, сев рядом с ним, положила на кромку пруда золотую монету с драконом на одной стороне и королем на другой.

— Золотой дракон Вестероса, — сказал жрец. — Где ты ее взяла? Мы не воры.

— А я и не воровала. Взамен этой я подложила ему одну нашу.

— Он отдаст ее в числе других одному человеку, — догадался жрец, — и у того вскоре остановится сердце. Прискорбно. — Добрый человек бросил монету в пруд. — Тебе еще многому нужно учиться, но ты, я вижу, не безнадежна.

Ночью ей вернули лицо Арьи Старк и черно-белую одежду послушника.

— Ты будешь носить ее здесь, но пока она тебе не понадобится. Утром пойдешь к Изембаро и приступишь к своему первому ученичеству. Подбери себе одежду в подвале. Стража ищет уродку, поэтому лицо тоже сменим. — Добрый человек взял ее за подбородок и повертел вправо-влево. — На этот раз оно будет красивое, твое собственное. Кто ты, дитя?

— Никто, — сказала она.

СЕРСЕЯ

В последнюю ночь своего заключения королева не могла спать — мысли о том, что будет завтра, не давали покоя. Его воробейство пообещал, что стража сдержит толпу, никому не даст ее тронуть, но все-таки страшно.

В день отплытия Мирцеллы в Дорн, когда вспыхнул хлебный бунт, золотые плащи стояли вдоль всего пути следования, но толпа прорвалась, растерзала на части старого верховного септона, а Лоллис Стокворт изнасиловали человек пятьдесят. Если уж на эту квашню, дуру безмозглую, притом одетую, накинулись мужики, что они сделают с королевой?

Серсея металась по камере словно львица. У них в Бобровом Утесе, когда она была маленькой, жили львы — их еще дед завел. Они с Джейме, подзуживая друг друга, бегали в подземный зверинец, а однажды она даже просунула руку между прутьями клетки и потрогала одного из зверей. Она всегда была смелее, чем брат. Лев повернул голову, посмотрел на нее большими золотыми глазами и лизнул ее пальцы. Язык у него был как терка, но она не убрала руку, пока Джейме не оттащил ее прочь.

«Твоя очередь, — сказала она. — Дерни его за гриву». Но он не решился. Меч должна была носить она, а не он.

Она расхаживала босая, завернувшись в тонкое одеяло. Скорей бы уж настал день, а к вечеру все будет кончено. Она вернется к Томмену, в свои покои в крепости Мейегора. Дядя сказал, что только так и можно спастись, но верно ли это? Дяде она доверяла не больше, чем верховному септону. Можно еще отказаться. Настоять на своей невиновности и выйти на суд.

Нет. Нельзя допустить, чтобы ее, как Маргери, судили священники. Розочка может не опасаться, но у нее, Серсеи, среди септ и воробьев друзей нет. Единственная ее надежда — испытание поединком, а для этого ей нужен боец.

Если бы Джейме сохранил свою руку... Но он потерял ее, а теперь и сам пропал в речных землях с этой своей Бриенной. Надо найти другого защитника, иначе сегодняшний кошмар окажется наименьшей из ее мук. Надо во что бы то ни стало увидеть Томмена. Он любит ее. Джофф был упрямым и непослушным, но Томмен хороший мальчик, хороший малютка-король. Он сделает то, что велит ему мать. Здесь она обречена, в Красный Замок может вернуться только пешком. Его воробейство тверд как алмаз, а дядя слова ему поперек не скажет.

— Ничего со мной не случится, — сказала Серсея, когда в окне забрезжил рассвет. — Пострадает одна лишь гордость. — Может быть, Джейме еще успеет. Она представила, как он скачет сквозь утренние туманы, сверкая золотыми доспехами. «Джейме, если ты хоть когда-то любил меня...»

Вместе с септами Сколерией, Юнеллой и Моэллой пришли четыре послушницы и две Молчаливые Сестры. Их серые одежды наполнили королеву ужасом. Зачем они здесь? Их дело — погребать мертвых.

— Верховный септон обещал, что мне не причинят никакого вреда.

— Так и будет. — Послушницы принесли щелочное мыло, тазик с теплой водой, ножницы и большую бритву. Хотят сбрить ей волосы, еще одно унижение. Ну уж нет, молить она их не станет. Она Серсея из дома Ланнистеров, львица Утеса, законная королева всех Семи Королевств. А волосы отрастут.

— Приступайте, — сказала она.

Одна Молчаливая Сестра взяла ножницы. Они ведь заправские цирюльницы, привыкшие стричь и брить знатных покойников — оболванить королеву для них сущие пустяки. Серсея сидела как каменная, пока ее золотые локоны падали на пол. В тюрьме ей не давали ухаживать за ними как следует, но и немытые они блестели на солнце. Ее корона. Одну уже отняли, теперь и этой лишают. После стрижки послушница намылила ей голову, и Молчаливая принялась скоблить ее бритвой.

И это, вопреки надеждам Серсеи, было еще не все.

— Снимите рубашку, ваше величество, — приказала Юнелла.

— Зачем это?

— Нужно и там побрить.

Снимают все наголо, как с овцы. Она сорвала с себя рубаху, кинула на пол.

— Извольте.

Опять мыло, теплая вода, бритва. Подмышки, ноги, золотой пушок на лобке. Когда Молчаливая стала орудовать между ног, Серсея вспомнила Джейме. Он часто стоял вот так, на коленях, и целовал ее тайные уголки. Тогда к ней прикасались его теплые губы, теперь холодная сталь.

Ну вот и готово. Ни волоска не осталось, чтобы прикрыться. С ее уст слетел горький смех.

— Ваше величество находит это забавным? — спросила Сколерия.

— Отнюдь, септа. — Когда-нибудь Серсея велит вырвать ей горячими щипцами язык, вот это будет забавно.

Послушница подала ей белую рясу септы, чтобы она могла спуститься с лестницы и пройти через храм, не оскорбляя взоров молящихся своей наготой. «Что за ханжи, да спасут нас Семеро!»

— Мне позволят надеть сандалии? На улицах грязно.

— Ваши грехи грязнее. По приказу его святейшества вы должны предстать такой, какой вас создали боги. Разве из чрева своей леди-матери вы вышли в сандалиях?

— Нет, септа, — процедила Серсея.

— Вот видите.

Зазвонил колокол — ее долгое заключение подходит к концу.

— Идемте. — Серсея запахнула на себе рясу. В замке ее ждет сын. Чем скорее она отправится в путь, тем скорее придет к нему.

Грубо отесанные ступени царапали ей подошвы. Она прибыла сюда в носилках, уходит босая и с выбритой головой. Уходит: вот главное.

Колокола звонили, созывая весь город поглазеть на ее позор. Богомольцы, наводнившие храм поутру, дружно замолкли, провожая взглядами королеву и ее свиту. Она прошла мимо места, где лежало тело ее отца, ни глядя ни вправо, ни влево, шлепая ногами по холодному мрамору. Семеро тоже смотрели на нее со своих алтарей.

В Чертоге Лампад ее ждала дюжина Сынов Воина, рыцари в радужных плащах и с кристаллами на шлемах. Она знала, что под отполированными серебряными доспехами у каждого из них власяница. Эмблема на их щитах изображала кристальный, сверкающий во тьме меч: символ ордена, который в простонародье издавна звался Мечами.

Капитан преклонил перед ней колени.

— Быть может, ваше величество помнит меня. Я сир Теодан Правоверный, и его святейшество приказал мне вас охранять. Мы с братьями проводим вас через город.

Серсея окинула «братьев» взглядом. Вот и он, Лансель, сын дяди Кивана. Раньше он клялся в любви ей, теперь возлюбил богов. Кузен, предавший ее... Ничего, попомнит еще.

— Встаньте, сир Теодан. Я готова.

Двое рыцарей по знаку сира Теодана отворили высокие двери, и Серсея, щурясь, как потревоженный ночной мотылек, вышла на высокое мраморное крыльцо.

Ветер полоскал ее рясу, воздух наполняли знакомые запахи Королевской Гавани. Кислое вино, свежий хлеб, тухлая рыба, нечистоты, дым, пот, лошадиная моча — ни один цветок не пахнет так сладко. Сыны Воина сомкнулись вокруг королевы.

На этом самом месте она стояла, когда лишился головы лорд Эддард Старк. Она не ждала, что так будет: Джофф должен был помиловать его и сослать на Стену. Лордом Винтерфелла стал бы его старший сын, Санса осталась бы при дворе заложницей. Нед Старк, проглотив свою пресловутую честь, согласился на условия Вариса и Мизинца: сознался в измене, чтобы спасти пустую дочкину головеньку. Серсея собиралась выдать Сансу за кого-то из Ланнистеров. Не за Джоффа, конечно, но Лансель или его младшие братья вполне подошли бы. Петир Бейлиш сам предлагал себя в женихи, но нельзя же выдавать знатную девицу за человека низкого рода. Сделай Джофф, как было условлено, Винтерфелл не выступил бы на войну, а с братьями Роберта отец бы как-нибудь справился.

Но Джофф приказал отрубить Старку голову, а лорд Слинт и сир Илин Пейн мигом выполнили приказ. Здесь, на этом самом месте, Янос Слинт поднял голову Неда за волосы, кровь хлестала на мрамор, и путь назад был отрезан.

Теперь, когда ни Джоффри, ни сыновей Старка, ни отца больше нет, она вновь стоит на ступенях Великой Септы, но теперь чернь глазеет не на Эддарда Старка, а на нее.

Народу на мраморной площади собралось не меньше, чем в день его смерти, — яблоку негде упасть. Женщин и мужчин поровну, на плечах у отцов дети. Нищие, воры, трактирщики, лавочники, дубильщики, конюхи, лицедеи, самые последние шлюхи — всем любопытно видеть унижение королевы. В толпе часто попадаются Честные Бедняки, грязные, небритые, с копьями и топорами. Поверх разрозненных доспехов на них домотканые выбеленные камзолы с семиконечной звездой — войско его воробейства.

Частью души Серсея еще надеялась, что Джейме вот-вот появится, но его нигде не было. И дяди нет. Он высказался как нельзя более ясно, придя к ней в последний раз: Бобрового Утеса не должен коснуться ее позор. Никого из Ланнистеров с ней сегодня не будет, эту чашу ей придется испить в одиночестве.

Септа Юнелла встала справа от нее, Моэлла слева, Сколерия сзади. Если она откажется идти, эти три ведьмы снова уволокут ее внутрь и теперь уж не выпустят.

За площадью, над морем жадных глаз и разинутых ртов, на холме Эйегона розовел Красный Замок. Не так уж и далеко.

Когда она дойдет до ворот, худшее останется позади. Она снова увидит сына и обретет защитника. Дядя ей обещал. Маленький король ждет ее. Она может. Она должна.

— Перед вами великая грешница, — провозгласила Юнелла. — Серсея из дома Ланнистеров, мать его величества короля Томмена и вдова короля Роберта, уличена во лжи и разврате.

— Она исповедалась, — подхватила Моэлла, — и просила отпустить ей грехи. Его святейшество рассудил, что отпущение может быть даровано лишь в том случае, если королева, отринув гордость и все ухищрения, пройдет по городу такой, какой ее создали боги.

— Сейчас эта грешница, нагая и обритая, совершит публичное покаяние перед взорами богов и людей, — завершила Сколерия.

Серсее исполнился год, когда ее дед умер. Первым, что сделал в качестве лорда отец, было изгнание из замка его любовницы, женщины низкого рода. Ее лишили всех даров лорда Титоса — шелка, бархата, драгоценностей — и прогнали нагой по улицам Ланниспорта.

Серсея этого, конечно, не могла помнить, но гвардейцы и прачки вспоминали еще много лет. Женщина, судя по их рассказам, рыдала, молила ее пощадить, отказывалась раздеться и прикрывалась ладонями. «Уж такая была гордая раньше, нипочем не скажешь, что из грязи поднялась, — говорил кто-то из мужчин. — А голые они все шлюхи — что одна, что другая».

Сир Киван с его воробейством глубоко заблуждаются, если думают, что Серсея поведет себя сходным образом. В ней течет львиная кровь лорда Тайвина.

Она скинула рясу небрежно, точно собиралась принять ванну в своих покоях. Кожа от ветра сразу покрылась мурашками. Ей стоило огромного труда не прикрыться, как дедова шлюха. Она сжала кулаки, вонзила ногти в ладони. Да, они смотрят на нее, ну и что? Джейме тысячу раз восхвалял ее красоту, и даже Роберт отдавал ей должное, когда валился пьяным в ее постель.

Точно так же они смотрели на Неда Старка.

Серсея двинулась вниз по ступеням с гордо поднятой головой. Честные Бедняки расталкивали толпу, Мечи шли по обе стороны от королевы, септы следовали за ней. Замыкали шествие послушницы в белом.

— Шлюха! — выкрикнул женский голос. Женщины всегда жестоки с другими женщинами.

То ли еще будет. Чернь обожает поиздеваться над теми, кто выше нее. Раз им нельзя заткнуть рты, она притворится, будто не слышит их и не видит. Будет смотреть на холм Эйегона, на башни Красного Замка. Там она обретет спасение, если дядя выполнит свою часть сделки.

Они с его воробейством желали этого. И розочка тоже, можно не сомневаться. Серсея согрешила и потому должна совершить покаяние перед всеми нищими города. Они думают сломить ее, но этого не случится.

— Позор, — верещала Сколерия, звоня в колокольчик, — позор грешнице.

— Пирожки с мясом, всего три грошика, горячие пирожки, — вторил ей мальчишка-разносчик в толпе. Они миновали статую Бейелора Благословенного. Лик благостный, ни за что не скажешь, что при жизни он был полный дурак. У Таргариенов встречались и хорошие короли, и плохие, но Бейелора чтут больше всех. Благочестивый король-септон любил свой народ и богов, а родных сестер заточил в тюрьму. Удивительно, как это он не рухнул при виде ее наготы, — Тирион говаривал, что Бейелора собственный член смущал. Когда по его приказу из Королевской Гавани изгоняли всех шлюх, он молился за них, но смотрел в другую от ворот сторону.

— Потаскуха! — Опять бабий голос. Какой-то гнилой плод пролетел над головой и шмякнулся под ноги Честному Бедняку.

— Пирожки, пирожки горячие.

— Позор, позор!

Честные Бедняки расчищали дорогу, орудуя своими щитами. Серсея шла, глядя вдаль. Каждый шаг приближал ее к Красному Замку, к сыну, к спасению.

Через площадь они шли, наверное, лет сто, но мрамор под ногами наконец сменился булыжником. Узкая улица с конюшнями, лавками и жилыми домами спускалась с холма Висеньи.

Здесь расчищать дорогу стало труднее: передним некуда было посторониться, задние напирали. Серсея, все так же высоко державшая голову, вступила во что-то склизкое и упала бы, не удержи ее Юнелла под локоть.

— Вы бы под ноги смотрели, ваше величество.

— Да, септа. — «В рожу бы тебе плюнуть». Серсея не видела больше Красного Замка — его скрывали дома.

— Позор, позор. — Процессия остановилась: дорогу загородила тележка с мясом на палочках. Товар, подозрительно напоминающий жареных крыс, раскупался бойко.

— Не хотите ли, ваше величество? — крикнул какой-то боров с черной нечесаной бородой, вылитый Роберт. Серсея отвернулась, а он запустил в нее этой гадостью, оставив мерзостный сальный след на бедре.

Оскорбления здесь выкрикивались громче и чаще. Самыми обиходными словами были «шлюха» и «грешница», но встречались также «кровосмесительница», «сука», «изменница». Порой назывались имена Станниса или Маргери. Лужи обходить не представлялось возможности, но никто еще не умирал, промочив ноги. Хорошо бы это, конечно, была вода, а не конская моча.

Из окон и с балконов швырялись гнилью и тухлыми яйцами. Дохлая кошка, кишащая червями, хлопнулась прямо Серсее под ноги.

Она шла дальше, слепая и глухая ко всему этому.

— Позор, позор.

— Каштаны, жареные каштаны.

— Да здравствует королева шлюх! — Пьяница на балконе поднял заздравную чашу. — Пью за королевские сиськи! — Слова — это ветер, никакого вреда от них нет.

На середине спуска она снова поскользнулась на вылитых из горшка нечистотах и ушибла себе колено. В толпе засмеялись, какой-то мужик предложил поцеловать там, где больно. Оглянувшись, Серсея увидела наверху купол и семь хрустальных башен Великой Септы. Неужели они так мало прошли? И Красного Замка, что гораздо хуже, не видно.

— Где же... где...

— Нужно идти дальше, ваше величество, — сказал капитан эскорта — она забыла, как его имя. — Народ волнуется.

— Пусть их. Я не боюсь.

— А стоило бы. — Он взял ее под руку и увлек за собой. Она морщилась на каждом шагу. Будь на его месте Джейме, он прокладывал бы дорогу своим золотым мечом и выкалывал глаза всякому, кто посмел бы взглянуть на нее.

Острый черепок впился в пятку.

— Уж сандалии вы могли бы мне дать, — прошипела Серсея. Этот рыцарь тащит ее, словно трактирную девку — как он смеет так обращаться со своей королевой?

У подножия холма улица стала шире, и Серсея вновь увидела Красный Замок.

— Я вполне могу идти сама, сир. — Она вырвалась и захромала дальше, оставляя кровавый след.

— У моей жены сиськи лучше!

— Эй, возница, с дороги!

— Так вашу растак...

— Эй, гляньте-ка, — девка в окне борделя задрала юбки, — тут и то меньше мужиков побывало, чем у нее.

— Позор, позор грешнице.

Колокола звонили не умолкая.

— Какая ж это королева, вся обвисла, как мамка моя.

«Это мое наказание, — говорила себе Серсея. — Я грешила и расплачиваюсь за это. Скоро все кончится, все забудется».

Ей мерещились знакомые лица. Хмурый человек в окне так напоминал лорда Тайвина, что Серсея споткнулась. Девочка у фонтана смотрела на нее обвиняющим взором Мелары Гетерспун. Вот Нед Старк, рядом Санса с золотисто-рыжими волосами, при ней лохматая серая псина — ее волчица, должно быть. Все дети в толпе казались карликами и скалились, как Тирион над умирающим Джоффри. Джофф, ее сын, ее первенец с золотыми кудрями и чудесной улыбкой, тоже был здесь... Она засмотрелась на него и снова упала.

Когда ее подняли, она дрожала как лист.

— Прошу вас... Да помилует меня Матерь. Я ведь во всем покаялась.

— Это ваша епитимья, — сказала Моэлла, а Юнелла добавила:

— Теперь уж недалеко. Подняться на холм, и все тут.

Да, верно. Вот он, холм Эйегона, и замок на нем.

— Шлюха!

— С братом спала!

— Чудовище!

— Не хотите ли, ваше величество? — Мясник в кожаном фартуке вытащил из штанов член.

Ничего. Уже близко.

Серсея начала подниматься.

Крики сделались еще громче и злее. Жители Блошиного Конца, через который она не проходила, собрались здесь, на нижних склонах холма Эйегона. За щитами Честных Бедняков маячили страшные, безобразные рожи, под ногами путались свиньи и голые дети, нищие калеки клянчили милостыню, карманники делали свое дело. Серсея видела мужчин с остро заточенными зубами, старух с огромнейшими зобами, девку с обмотанной вокруг туловища полосатой змеей, старика с язвами на лице. Они ухмылялись и облизывались, глядя, как она ковыляет вверх мимо них. «Слова — ветер, от них нет вреда». Она красивее всех женщин в Вестеросе. Так говорил Джейме, а он не стал бы ей лгать. Даже Роберт хоть и не любил ее, но желал.

Заклинание помогало плохо. Она чувствовала себя безобразной, старой, потасканной. Живот у нее — как у всех рожавших женщин, крепкие когда-то груди болтаются. Не надо было соглашаться на это. Она была их королевой, но теперь они видели, видели, видели. Нагая, окровавленная, хромая, она мало чем отличается от их жен, не сказать матерей. Зачем, зачем она согласилась?

В глазах щипало. Нет, плакать перед этим сбродом она не станет. Как холодно, какой сильный ветер.

И вот она возникла перед ней, старая карга с грудями словно мешки, вся в бородавках.

«Да, ты будешь королевой, — просипела она, — пока не придет другая, моложе и красивее. Она свергнет тебя и отнимет все, что тебе дорого».

Так долго сдерживаемые слезы обожгли щеки, словно кислота. Серсея, прикрыв одной рукой соски, другой срам, пустилась бежать. Опередила Честных Бедняков, споткнулась, упала и поползла дальше на четвереньках, а горожане Королевской Гавани расступались перед ней, ржали, свистели и рукоплескали.

Потом они будто растворились. Она увидела перед собой ворота замка и шеренгу копейщиков в золоченых полушлемах и красных плащах. Знакомый дядин голос отдал команду, и к Серсее двинулись две белые фигуры: сир Борос Блаунт и сир Меррин Трант.

— Где Томмен? — крикнула она. — Где мой сын?

— Его здесь нет, — отрезал сир Киван. — Сын не должен видеть позор своей матери. Прикройте ее.

На Серсею и Джаселину, кутавшую королеву в мягкое зеленое одеяло, упала тень. Две громадные руки в стальных перчатках подняли Серсею на воздух легко, как младенца. «Великан», — мелькнуло в уме Серсеи, когда он двинулся гигантскими шагами к воротам. Говорят, в глуши за Стеной они еще водятся, но мало ли о чем говорится в сказках. Уж не снится ли это ей?

Нет, ее спаситель существует на самом деле. Ростом он восемь футов, если не выше, ноги у него как древесные стволы, грудь как у ломового коня, плечи как у быка. Стальной панцирь, надетый поверх золотой кольчуги, покрыт белой, как девичьи грезы, финифтью. На скрывающем лицо шлеме шелковый плюмаж в радужных цветах Святой Веры, две семиконечные золотые звезды держат на плечах плащ.

Белый плащ.

Сир Киван выполнил свою часть договора. Томмен, милый мальчик, принял ее защитника в Королевскую Гвардию.

Невесть откуда взявшийся Квиберн едва поспевал за ним.

— Рад видеть ваше величество снова. Имею честь представить вам нового рыцаря вашей Гвардии, сира Роберта Сильного.

— Сир Роберт, — прошептала Серсея, вплывая в ворота.

— Сей рыцарь принес обет молчания, ваше величество. Он поклялся, что не скажет ни слова, пока все враги короля не будут сокрушены и зло не будет изгнано из пределов его королевства.

«Да, — подумала Серсея. — О да».

ТИРИОН

— Я понял так, что ваш отряд — это братство, — сказал он, со вздохом глядя на удручающе высокую кипу пергаментов. — И это у вас называется братской любовью? Где доверие, где дружба, где крепкие узы, возникающие лишь между соратниками, вместе проливавшими кровь?

— Все в свое время, — ответил Бурый Бен Пламм.

— Когда подпишешь, — добавил Чернилка, востря перо.

— Если хочешь пролить кровь прямо сейчас, я тебе пособлю, — сказал Каспорио Коварный, взявшись за меч.

— Спасибо, не надо.

Чернилка вручил Тириону перо.

— Вот чернила — они волантинские и держатся вдвое дольше обычных мейстерских. Подписывай и передавай мне: я сделаю остальное.

— Может, я сначала все же прочту?

— Как хочешь. Они все одинаковые, кроме тех, что в самом низу, но о них в свой черед.

Еще бы. Большинство людей вступает в вольный отряд бесплатно, но он не принадлежит к большинству. Тирион обмакнул перо в чернила.

— Какую подпись предпочитаете: Йолло, Хугор Хилл?

— А ты что предпочтешь? — прищурился Бурый Бен. — Вернуть тебя наследникам Йеццана или голову тебе отрубить?

«Тирион из дома Ланнистеров», — смеясь, подписался карлик.

— Сколько тут... шестьдесят, пятьдесят? — спросил он, поворошив кипу. — Я думал, у Младших Сыновей бойцов около пятисот.

— Пятьсот тринадцать, — сказал Чернилка. — Когда внесем в списки тебя, будет пятьсот четырнадцать.

— Значит, расписку получает каждый десятый? Нечестно как-то. Я думал, вы все делите поровну. — Тирион подписал следующий лист.

— Делим, но не поровну, — хмыкнул Бен. — Наш отряд как большая семья...

— ...а в семье, как известно, не без урода. — Тирион, расчеркнувшись, подвинул пергамент Чернилке. — Наших уродов мой лорд-отец держал в подземельях Утеса. — Тирион из дома Ланнистеров в очередной раз подписал обязательство выплатить подателю сего сто золотых драконов. Каждый росчерк пера делает его немного беднее... Впрочем, он и так нищий. Если он когда-нибудь и пожалеет об этих расписках, то не сегодня. Он подул на пергамент, передал его казначею, подписал следующий. И так далее, и так далее, и так далее. — В Вестеросе слово Ланнистера ценится на вес золота.

— Тут не Вестерос, — пожал плечами Чернилка. — За Узким морем слова пишут пером. — Пергаменты с подписью Тириона он посыпал песком, стряхивал и откладывал в сторону. — Долги, записанные в воздухе, легко забываются.

— К нам это не относится. — Тирион уже вошел в ритм. — Ланнистеры всегда платят свои долги.

— Слово наемника ничего не стоит, Ланнистер он или нет, — вставил Пламм.

«Твое уж точно не стоит... хвала богам».

— Я пока еще не наемник.

— Ждать недолго. Подпишешь все это и станешь им.

— Тороплюсь как могу. — Тирион сдерживал смех, чтобы не портить игру. Пламму это ужасно нравится, зачем же его огорчать. Пусть себе думает, что согнул карлика и поимел его в задницу, а карлик тем временем расплатится за стальные мечи пергаментными драконами. Если он будет жив, то вернется в Вестерос и завладеет всем золотом Бобрового Утеса, если нет, его новые братья могут этими расписками подтереться. Некоторые, чего доброго, явятся в Королевскую Гавань и попытаются предъявить их дражайшей сестрице... Обернуться бы тараканом и поглядеть на это из тростника на полу.

По мере убывания пергаментов сумма стала другой. Сто драконов предназначались сержантам — теперь Тирион обязался уплатить тысячу золотых.

— Что я буду делать в отряде? — спросил он, продолжая трудиться.

— Бококко в мальчики не годишься, больно уродлив, — сказал Каспорио. — Можешь поработать мишенью.

— Что ж, — не клюнул на удочку Тирион. — Маленький человечек с большим щитом может довести стрелков до безумия — мне сказал это кое-кто поумнее тебя.

— Будешь помогать Чернилке, — сказал Бурый Бен.

— Вот именно, — сказал казначей. — Вести книги, считать монету, составлять контракты и письма.

— Охотно. Книги я люблю.

— На что ты еще годен? — фыркнул Каспорио. — Не в бой же тебе идти.

— Когда-то я ведал всеми стоками в Бобровом Утесе. Прочистил даже те, что годами стояли забитые. — Еще дюжина расписок, и все, конец. — Может, мне заняться вашими девками? Им тоже не помешает...

— Держись от них подальше, — не принял шутки Бен Пламм. — У половины дурная болезнь, а болтать все горазды. Ты не первый раб, поступающий в наш отряд, но кричать об этом тоже не надо. Без крайней нужды не шляйся по лагерю, сиди в палатке и сри в ведро, а из лагеря без моего ведома вовсе не выходи. Если одеть тебя оруженосцем и выдать за Джорахова мальчика, кто-нибудь все равно догадается. Когда возьмем Миэрин и отправимся в Вестерос, можешь вырядиться в золото и багрянец, но до тех пор...

— Буду сидеть под камнем и помалкивать, слово даю.

«Тирион из дома Ланнистеров», — расписался он на последнем пергаменте. Остались три расписки, отличные от всех прочих. Две были именные, на тонком пергамине. Десять тысяч драконов Каспорио Коварному, столько же Чернилке, которого по-настоящему звали Тиберо Истарион.

— «Тиберо» звучит прямо-таки по-ланнистерски. Ты, случайно, не дальний родич?

— Кто знает. Я тоже плачу свои долги, казначею иначе нельзя. Подписывай.

Тирион подписал.

Расписка Бурого Бена заняла целый свиток. Сто тысяч драконов, пятьдесят хайд* пахотной земли, замок и лордство. М-да, у этого Пламма губа не дура. Не вознегодовать ли? Тебя дерут, а ты и не пикни. Пожаловаться на грабеж, отказаться подписывать, потом нехотя уступить... Надоело. Тирион подписал и вручил свиток Бену.

— Член у тебя, как у твоего предка. Считай, что обработал меня на совесть, лорд Пламм.

— Мне тоже было приятно. Сейчас запишем тебя в ряды — тащи книгу, Чернилка.

Книга была большая, на железных петлях. Записи на деревянных досках внутри велись больше века.

— Младшие Сыны числятся среди старейших вольных отрядов, — сказал Чернилка, переворачивая страницы. — Это четвертый том. Кто был каждый солдат, когда записался, где сражался, сколько служил и как умер — здесь обо всем сказано. Встречаются знаменитые имена, в том числе и вестероские. Эйегор Риверс, Жгучий Клинок, прослужил у нас год, прежде чем основать Золотые Мечи. Блистающий Принц Эйерион Таргариен и Бродячий Волк Родрик Старк тоже были Младшими Сыновьями. Нет, не этими чернилами. Вот, возьми. — Чернилка раскупорил другой пузырек.

— Красные?

— Такая у нас традиция. Раньше кровью расписывались, но как чернила она никуда не годится.

— Ланнистеры уважают традиции. Дай мне свой нож.

Чернилка подал ему кинжал, Тирион уколол большой палец. До сих пор больно — удружил, Полумейстер. Выдавив в пузырек каплю крови, он очинил кинжалом новое перо и на-

---

* Хайда — надел земли площадью примерно 100 акров. — *Примеч. пер.*

царапал большими буквами под скромной подписью сира Джораха: «Тирион из дома Ланнистеров, лорд Бобрового Утеса».

Ну вот и все. Он покачался на своем табурете.

— Больше ничего не требуется? Принести клятву, зарезать младенца, пососать капитану член?

— Соси что хочешь. — Чернилка посыпал страницу мелким песком. — Для большинства довольно и подписи, но к чему разочаровывать нового брата. Добро пожаловать в Младшие Сыновья, лорд Тирион.

«Лорд Тирион»... хорошо звучит. У Младших Сыновей репутация, возможно, не столь блестящая, как у Золотых Мечей, но и они одержали несколько славных побед.

— А другие лорды у вас служили?

— Безземельные, вроде тебя, — ответил Бен Пламм.

Тирион спрыгнул с табуретки.

— Мой прежний брат меня не устраивал, одна надежда на новых. Где можно получить оружие и доспехи?

— И верховую свинью заодно? — предложил Каспорио.

— Не знал, что твоя жена тоже здесь служит. Очень любезно, что ты предлагаешь ее, но я бы предпочел лошадь.

Брави побагровел, но Чернилка только посмеялся, а Бен снизошел до ухмылки.

— Своди его к повозкам, Чернилка, пусть выбирает. Девушке тоже подбери шлем, кольчугу — авось сойдет за мальчишку.

— Пожалуйте, лорд Тирион. — Казначей придержал входное полотнище. — К повозкам тебя сводит Снатч. Бери свою женщину и жди его возле кухни.

— Она не моя женщина. Сходи за ней сам: она только и делает, что спит или злобно на меня смотрит.

— Бей ее крепче и люби чаще, — посоветовал казначей. — Снатчу все равно, пойдет она или нет. Приходи, как получишь доспехи — я покажу тебе счетные книги.

Пенни спала в их палатке, свернувшись на тощем соломенном тюфяке под нечистыми простынями.

— Ты, Хугор? — моргнула она, когда он потрогал ее носком сапога.

— Выходит, со мной опять разговаривают? — Сколько же можно дуться из-за брошенных свиньи и собаки. Он ее вывел из рабства, нет бы спасибо сказать. — Вставай, всю войну проспишь.

— Мне грустно, — зевнула она. — И спать хочется.

Не заболела ли? Тирион встал на колени, пощупал ей лоб. То ли здесь жарко, то ли ее и впрямь лихорадит.

— Что-то ты бледная. — Даже бесстрашные Младшие Сыновья боятся сивой кобылы. Решив, что Пенни больна, они прогонят ее в мгновение ока. Могут их обоих наследникам Йеццана вернуть, несмотря ни на какие расписки. — Я расписался в их книге. По-старому, кровью. Теперь я наемник.

Пенни села, протирая глаза.

— Меня тоже запишут?

— Вряд ли. В некоторых отрядах служили женщины, но... нет, они все-таки не Младшие Дочери.

— Мы, — поправила девушка. — Ты теперь один из них и должен говорить «мы». Милку никто не видел, нет? Чернилка сказал, что поспрашивает. А Хрума?

Каспорио видел, кажется. Уверял, будто трое юнкайских охотников за рабами ходят по всем лагерям, ищут двух беглых карликов. У одного будто бы собачья голова на копье, но этакой новостью Пенни не поднимешь с постели.

— Нет, пока никто не видал. Пошли, найдем тебе какие-нибудь доспехи.

— Зачем это? — насторожилась она.

— Затем, что наш старый мастер над оружием не советовал мне выходить на бой голым. Притом я теперь наемник — мне нужен меч, чтобы кому-то его продать. — Он поднял Пенни на ноги и бросил ей кучу одежек. — Одевайся. Накинь плащ с капюшоном и голову пониже держи. Охотники за рабами, если они где-то близко, должны нас принять за мальчишек.

Сержант Снатч жевал кислолист у кухонной палатки.

— Слыхал, вы теперь за нас драться будете — в Миэрине, поди, со страху обоссались. Кто-нибудь из вас хоть раз убил человека?

— А то, — сказал Тирион. — Я бью людишек, как мух.

— Чем же это?

— Кинжалом, топором, острым словом. Из арбалета лучше всего выходит.

Снатч почесал щетину крюком.

— Да, арбалет — подлая штука. Скольких ты из него уложил?

— Девятерых. — В Тайвине как раз столько. Лорд Бобрового Утеса, Хранитель Запада, Щит Ланниспорта, десница короля, муж, брат и трижды отец.

— Девятерых... — Снатч плюнул красной жвачкой под ноги Тириону, выражая этим свое презрение к названному числу. Плевок угодил в колено. Сунув красными пальцами в рот еще два листка, сержант свистнул. — Кем, засранец, подь сюда! Проводи лорда Беса с его леди к повозкам, пусть Молоток им сыщет какое-нибудь железо.

— Так он пьяный, небось, валяется, Молоток.

— А ты пусти ему струю в нос, враз очухается. Карликов у нас тут сроду не было, зато мальчишек хоть отбавляй. Шлюхины дети, дурачки, что из дому бегают, оруженосцы, утешные. Может, и на бесенят что сгодится. В тех латах мелкие, конечно, и полегли, но ведь отважных бойцов этим не испугаешь. Девятерых, значит... эх. — Сержант потряс головой и ушел.

Шесть больших фургонов, где Младшие Сыновья держали свои доспехи, стояли посередине лагеря. Кем шел впереди, размахивая копьем, словно посохом.

— Как парень из Королевской Гавани очутился в вольном отряде? — спросил его Тирион.

— Почем ты знаешь, что я оттуда? — с подозрением прищурился Кем.

— Догадался. Тебя ум выдает — говорят ведь, что умней гаваньских нет никого на свете.

— Кто это говорит? Не слыхал.

— Ну что ты, это старая поговорка. Мой отец так говаривал. Знал ты лорда Тайвина, Кем?

— Десницу-то... Видел раз, как он въезжает на холм. Его люди ходили в красных плащах и с маленькими львами на шлемах. Шлемы красивые, а он человек дурной. Сперва разорил город, потом побил нас на Черноводной.

— Так ты там был?

— Был, со Станнисом. Лорд Тайвин и призрак Ренли ударили на нас с фланга. Я бросил копье и ходу, а хренов рыцарь на корабле говорит: где твое копье, парень, трусы нам тут не нужны. И отвалили, а меня бросили — нас тысячи таких было. После стало слышно, что твой отец шлет на Стену которых за Станниса воевали, вот я и дернул за море.

— Не скучаешь по Королевской Гавани?

— Скучаю. Друг у меня там остался, а брат, Кеннет, погиб на корабельном мосту.

— Многие там погибли. — Тирион поскреб ногтем зачесавшийся шрам.

— По еде тоже скучаю.

— По матушкиной стряпне?

— Ее бы и крысы не стали жрать, но была там одна харчевня — похлебку наливали такую густую, аж ложка стояла. Не пробовал случаем, Полумуж?

— Было дело. Певческий суп.

— Почему певческий?

— Такой вкусный, что петь охота.

— Певческий... Так и скажу, как приведется снова побывать на Блошином Конце. А тебе, Полумуж, чего не хватает?

«Джейме. Шаи. Тиши... жены, которую он едва знал».

— Вина, девок и денег. Денег особенно — на них можно купить и вина, и девок. — «А также мечей и Кемов, которые ими орудуют».

— А правда ли, что в Бобровом Утесе даже ночные горшки из чистого золота?

— Не всему верь, что слышишь. Особенно если это касается дома Ланнистеров.

— Говорят, Ланнистеры скользкие что твои змеи.

— Змеи? — засмеялся карлик. — Мой лорд-отец сейчас перевернулся в гробу. Мы львы — по крайней мере любим так себя называть. Хотя какая разница, на змею наступить или на львиный хвост — конец-то один.

Пресловутый Молоток оказался глыбой мяса с левой рукой вдвое толще правой.

— Пьет беспробудно, — сообщил Кем. — Бурый Бен терпит его, пока настоящий оружейник не подвернется. — Подручный Молотка, рыжий курчавый юнец, звался, конечно, Гвоздем. Молоток, как и предсказывал Кем, спал, но Гвоздь охотно позволил карликам порыться в доспехах.

— Большей частью это негодный хлам, — предупредил он, — но что найдете, все ваше.

Тирион только вздохнул, глянув на свалку в ближнем фургоне — ему вспомнились сверкающие мечи, копья и алебарды в оружейной Утеса.

— Быстро мы не управимся.

— Тут есть добрая сталь, только поискать надо, — пробасил кто-то. — Красотой не блещет, но меч остановит.

Из полумрака выступила фигура, с головы до ног облаченная в отрядную сталь. Поножи непарные, ворот ржавый, богатые наручи инкрустированы цветами из сплава золота с серебром. На правой руке стальная перчатка, на левой беспалая кольчужная рукавица, в соски рельефного панциря пропущены два кольца, один из украшающих шлем бараньих рогов отломан.

Рыцарь снял шлем, обнаружив побитое лицо Джораха Мормонта.

Экий бравый наемник, ничего похожего на раба, которого Тирион выпустил из клетки Йеццана. Синяки сходят, понемногу возвращая ему человеческий облик, но маска демона, которую работорговцы выжгли непокорному на щеке, не сойдет никогда. Сир Джорах и раньше не был красавцем, а теперь на него и вовсе страшно смотреть.

— Я на все готов, лишь бы превзойти тебя миловидностью, — ухмыльнулся карлик. — Ты, Пенни, поройся в том фургоне, а я начну с этого.

— Давай лучше вместе искать. — Девушка, хихикая, нахлобучила на себя ржавый полушлем. — Что, идет мне?

Ни дать ни взять, кухонный горшок.

— Это полушлем, а тебе нужен полный. — Тирион поменял один головной убор на другой.

— Этот слишком велик, — гулко пожаловалась Пенни из-под большого шлема. — Мне в нем ничего не видно. Чем плох полушлем?

— Он оставляет лицо открытым. Хотелось бы сохранить твой нос.

— Значит, он тебе нравится?

«О, боги великие». Тирион отошел и начал рыться в груде железа.

— А что еще во мне тебе нравится? — не унималась Пенни. Ее игривость не вызывала у Тириона ничего, кроме грусти.

— Все как есть, — ответил он в надежде положить конец этому разговору, — а в себе и подавно.

— Зачем нам доспехи? Мы комедианты и только делаем вид, что сражаемся.

— У тебя это хорошо выходит. — Тяжелую кольчугу будто молью побило — что это за моль, которая питается сталью? — В битве можно выжить, либо прикинувшись мертвым, либо в хороших доспехах. — На Зеленом Зубце он тоже дрался в сборных доспехах из запасов лорда Леффорда, и шлем на нем сильно напоминал помойное ведро, но здешний лом еще хуже. Все старое, помятое, того и гляди рассыплется. Что это, засохшая кровь или ржавчина? Тирион понюхал, но так и не понял.

— Вон арбалет, смотри, — показала Пенни.

— Ножной вороток не для меня, ноги коротковаты. Надо искать с ручным. — Ну их, эти арбалеты, слишком долго они заряжаются. А одного болта, даже если дожидаться врага в отхожей канаве, может и не хватить.

Он помахал булавой и отложил ее как слишком тяжелую. Забраковав по той же причине молот и с полдюжины длинных мечей, он наконец выкопал трехгранный кинжал, чуть тронутый ржавчиной. Нашлись к нему и ножны из кожи и дерева.

— Меч для маленьких? — пошутила Пенни.

— Нет, нож для больших. Вот, попробуй. — Тирион подал ей длинный меч.

— Тяжелый...

— Само собой, ведь сталь весит больше дерева, — но если рубануть таким по шее, голова в дыню не превратится. Этот, правда, для рубки голов не слишком хорош: дешевый клинок, щербатый.

— Я не хочу рубить ничьи головы.

— И не надо. Руби не выше колена: икры, поджилки, лодыжки — даже великан рухнет, если подсечь ему ноги, и будет не выше тебя, когда упадет.

Пенни сморщилась — того и гляди заплачет.

— Ночью мне снилось, что мой брат жив. Мы представляли перед каким-то знатным лордом на Милке и Хруме, и публика бросала нам розы...

Тирион дал ей пощечину. Несильную, больше напоказ, но слезы у нее мигом выступили.

— Сны — вещь хорошая, но, проснувшись, ты так и останешься беглой рабыней под стенами осажденного города. Зарезали твоих Хрума и Милку. Ищи себе доспехи и не скули, если жать будут. Представление окончено. Дерись, беги, обсирайся — что хочешь делай, только в доспехах.

Пенни потрогала щеку.

— Зря мы сбежали. Какие из нас наемники? А у Йеццана было не так уж и плохо. Нянюшка иногда лютовал, а сам Йеццан никогда. Мы были его любимцы, его...

— Рабы. Вот точное слово.

— Да, рабы, но не простые. Рабы-сокровища.

«Домашние зверюшки. Посланные любящим хозяином в яму на съедение львам».

Хотя она не так уж и неправа. Рабы Йеццана ели лучше многих крестьян в Семи Королевствах, и голодная смерть зимой им не грозила. Рабов, само собой, продают, покупают, бичуют, клеймят, используют для плотских утех и получения новых рабов. В этом смысле они не выше лошадей и собак, но с лошадьми и собаками почти всегда обращаются хорошо. Многие заявляют, что лучше умереть свободным, чем жить рабом, но это только слова. Когда доходит до дела, мало кто выбирает смерть, иначе откуда в мире столько рабов? Каждый из них в свое время выбрал не смерть, а рабство.

Себя Тирион тоже не исключал. Поначалу за его язык расплачивалась спина, но он быстро научился угождать и Нянюшке, и Йеццану. Джорах Мормонт продержался дольше, но в конце концов и он пришел бы к тому же.

Пенни же... что с нее взять. Она искала себе хозяина с тех самых пор, как ее брату Грошику сняли голову. Она хочет, чтобы кто-то о ней заботился и говорил ей, что делать.

Но говорить это ей в глаза было бы слишком жестоко.

— Любимчики Йеццана не ушли от сивой кобылы. Все умерли, Сласти первый. — Хозяин, по словам Бурого Бена, скончался в тот же день, как они сбежали. О судьбе его зверинца ни Бен, ни Каспорио ничего сказать не могли, но Тирион готов был врать напропалую, лишь бы Пенни наконец перестала ныть. — Хочешь быть рабыней? Прекрасно. После войны я продам тебя какому-нибудь доброму человеку и на вырученные деньги вернусь домой. Будешь снова ходить в красивом золотом ошейнике с колокольчиками, но для начала нужно остаться в живых: мертвую комедиантку никто не купит.

— Мертвых карликов тоже, — сказал Джорах Мормонт. — Мы все можем пойти на корм червям в скором времени. Всем ясно, что юнкайцы эту войну проиграли — всем, кроме самих юнкайцев. У Миэрина есть Безупречные, лучшая в мире пехота. И три дракона — будет три, когда королева вернется, а она вернется непременно. Должна. Возьмем теперь наше войско: штук сорок юнкайских лордиков с наспех обученными обезьянами. Рабы на ходулях, рабы в цепях... только слепых и паралитичных еще не хватает.

— А то я не знаю, — сказал Тирион. — Младшие Сыновья оказались на стороне проигравших и потому должны быстренько перебежать к победителям. Предоставь это мне.

ЗАГОВОРЩИК

Двое заговорщиков, черная и белая тень, сошлись в оружейной на втором ярусе Великой Пирамиды, среди рядов копий, связок стрел и трофеев, взятых в давно забытых сражениях.

— Все произойдет этой ночью, — сказал Скахаз мо Кандак. Под его капюшоном виднелась бронзовая маска нетопыря-кровососа. — Мои люди будут на месте, пароль «Гролео».

— Гролео. — Подходит в самый раз. — Ты был тогда при дворе?

— Да, среди сорока других стражников. Мы ждали, что занимающее трон чучело отдаст нам приказ порубить на куски Красную Бороду и всех прочих, но так и не дождались. Будь здесь королева, посмели бы юнкайцы поднести ей голову одного из заложников?

— Мне показалось, что Гиздар был огорчен.

— Притворство. Его-то родичей ему вернули целехонькими. Юнкайцы разыгрывают перед нами фарс с благородным Гиздаром в заглавной роли. До Юрхаза им дела нет, они сами охотно затоптали бы старого дурака. Это лишь предлог для того, чтобы Гиздар истребил драконов.

Сир Барристан поразмыслил.

— Дерзнет ли он?

— Дерзнул же он дать яд своей королеве. Для виду он, конечно, помедлит, дав мудрым господам повод избавить его от командира Ворон-Буревестников и кровного всадника, а затем начнет действовать. Им нужно, чтобы драконов убили до прихода волантинского флота.

Да, все сходилось — но Барристану Селми все-таки было не по себе.

— Не бывать этому. — Эти драконы — дети его королевы; он не позволит, чтобы им причинили вред. — Начнем в час волка, самое темное время ночи, когда весь мир спит. — Эти самые слова сказал ему когда-то Тайвин Ланнистер под стенами Синего Дола. Лорд дал рыцарю сутки на то, чтобы спасти короля — если к рассвету их здесь не будет, он начнет штурм. Селми ушел в час волка и в тот же час вывел из города Эйериса. — Безупречные запрут ворота перед самым рассветом.

— Не лучше ли атаковать? Ударим на юнкайцев, пока они еще глаза не продрали.

— Нет. — Они уже не раз обсуждали это. — У нас с ними мир, скрепленный подписью и печатью ее величества, и первыми мы его не нарушим. Возьмем Гиздара, учредим совет, который будет править вместо него, а затем потребуем, чтобы юнкайцы вернули нам заложников и ушли. В случае отказа — тогда и только тогда — мы объявим, что мир утратил силу, и дадим им сражение. То, что ты предлагаешь, бесчестно.

— А ты со своим благородством попросту глуп. Время приспело, вольноотпущенники рвутся в бой.

В этом он прав. Саймон Исполосованный из Вольных Братьев и Моллоно Йос Доб из Крепких Щитов жаждут испытать себя в битве и смыть юнкайской кровью перенесенные ими страдания. Только Марслин из Детей Неопалимой разделяет сомнения старого рыцаря.

— Мы с тобой уже договорились, что поступим по-моему.

— Мы договаривались до того, как Гролео отсекли голову. У этих рабовладельцев нет чести.

— Она есть у нас.

Лысый проворчал что-то по-гискарски и сказал:

— Ладно... не нажить бы только хлопот с твоей честью. Что там с охраной Гискара?

— В часы сна его величество охраняют двое. Один у двери опочивальни, другой в алькове, внутри. Сегодня на карауле Храз и Стальная Шкура.

— Храз — это плохо, — заметил Лысый.

— До боя может и не дойти. Я поговорю с королем. Поняв, что мы не намерены его убивать, он прикажет телохранителям сдаться.

— А если не прикажет? Упускать его нельзя.

— Он от нас не уйдет. — Храза и тем более Стальной Шкуры Селми не опасался. Телохранители из бывших бойцов с арены неважные: свирепости, проворства и силы мало, чтобы охранять королей. На арену противники выходят под вой рогов и гром барабанов, а после боя победитель, перевязанный и напоенный маковым молоком, может пить, есть и распутничать до следующего сражения. Для рыцаря Королевской Гвардии бой никогда не кончается. Опасность подстерегает его как днем, так и ночью, и о приближении врага трубы не возвещают. Вассалы, слуги, друзья, братья, жены и сыновья — любой из них может таить нож под плащом и черный замысел в сердце. На каждый час открытого боя приходится десять тысяч часов наблюдения, ожидания, неусыпных бдений во мраке. Бойцам Гиздара новые обязанности скучны, а скука подтачивает внимание. — С Хразом я управлюсь, — заверил сир Барристан. — Позаботься, чтобы мне не пришлось отражать еще и Бронзовых Бестий.

— Не беспокойся. Мархаза мы закуем в цепи, не дав ему натворить бед. Я ведь говорил тебе, что Бестии слушаются только меня.

— У тебя и среди юнкайцев есть свои люди?

— Есть, а у Резнака их еще больше.

Резнаку доверять нельзя. Пахнет он сладко, а мыслит гадко.

— Надо освободить заложников, не то юнкайцы используют их против нас.

Скахаз фыркнул сквозь носовые отверстия.

— Легче сказать, чем сделать. Пусть рабовладельцы грозятся.

— А если дело не ограничится одними угрозами?

— Они так дороги тебе, старина? Евнух, дикарь и наемник?

«Герой, Чхого, Даарио».

— Чхого — кровный всадник королевы, кровь от крови ее. Переход через красную пустыню они совершили вместе. Герой — правая рука Серого Червя, а Даарио... — «Даарио она любит». Сир Барристан видел это в ее взгляде, слышал в ее голосе. — Даарио дорог не столько мне, сколько ее величеству. Его должно спасти, пока Вороны-Буревестники не выкинули чего-нибудь без него. Это возможно: я однажды вывел отца королевы из Синего Дола, где он сидел у мятежного лорда в плену, но...

— К юнкайцам тебе нельзя, они тебя в лицо знают.

Лицо можно скрыть под маской, однако Лысый и тут прав. Стар уже рыцарь для таких подвигов.

— Поэтому я и хочу, чтобы его спас кто-то другой. Тот, кто уже давно находится в лагере...

— Даарио кличет тебя сиром дедушкой, а меня наделил таким прозвищем, что и говорить неохота. Стал бы он рисковать ради нас своей шкурой, будь в заложниках мы?

— Кто его знает.

— Если нас возведут на костер, он подкинет сухих дровец — вот и вся его помощь. Пусть Вороны-Буревестники выберут себе капитана, который будет знать свое место. Никто не заплачет, когда в мире станет одним наемником меньше.

— Никто, кроме королевы.

— Если она, паче чаяния, вернется, то будет клясть юнкайцев, не нас. Наши руки чисты. А ты ее утешишь, расскажешь что-нибудь про старые времена, она это любит. Она, ясное дело, никогда не забудет своего бравого капитана, но если он умрет, нам всем будет лучше... и ей в том числе.

Ей — и Вестеросу. Капитана любит девочка-Дейенерис, не королева. Из-за любви принца Рейегара к леди Лианне погибли тысячи человек. Дейемон Черное Пламя поднял мятеж, когда его разлучили с возлюбленной, тоже звавшейся Дейенерис. Жгучий Клинок и Красный Ворон, оба любившиеШиру Морскую Звезду, залили кровью Семь Королевств. Принц Стрекоз отказался от короны ради Дженни из Старых Камней, и страна выплатила приданое трупами. Все три сына Эйегона Пятого женились по любви вопреки воле отца, и сей невероятный король, сам избравший себе королеву по зову сердца, потворствовал им. В итоге он вместо друзей нажил себе врагов, и это привело его к горестному, колдовскому, огненному концу в Летнем Замке.

Любовь Дейенерис к Даарио — это яд. Не столь быстрый, как тот, что был в саранче, но не менее смертоносный.

— Чхого и Герой также дороги сердцу ее величества.

— У нас заложники тоже есть, — напомнил Скахаз. — Если рабовладельцы убьют кого-то из наших, мы им ответим тем же.

Сир Барристан не сразу понял, о чем речь.

— Пажи королевы?!

— Заложники, — твердо повторил Лысый. — Гразхар и Квецца — родственники Зеленой Благодати. Мезарра из дома Мерреков, Кезмия из дома Палей, Аззак из Газинов, Бхаказ зо Лорак — родня самого Гиздара. Цхак, Кваццар, Ухлез, Хазкар, Дзахак, Йерицан — все они дети великих господ.

— *Невинные* дети. — Сир Барристан хорошо знал их всех. Мечтающий о славе Гразхар, застенчивая Мезарра, ленивец Миклаз, кокетка Кезмия, большеглазая, с ангельским голоском Квецца, танцор Дхаццар.

— Дети Гарпии. За кровь платят кровью.

— Так сказал юнкаец, принесший нам голову Гролео.

— Ну что ж, он был прав.

— Я не допущу этого.

— Какая польза от заложников, раз их пальцем тронуть нельзя?

— Можно обменять трех детей на Даарио, Героя и Чхого. Ее величество...

— Королевы здесь нет. Решать нам с тобой, и ты знаешь, что правда моя.

— У принца Рейегара было двое детей. Малютка Рейенис и грудной Эйегон. Когда Тайвин Ланнистер взял Королевскую Гавань, его люди убили обоих. Тела завернули в красные плащи и преподнесли в дар новому королю. — Что сказал Роберт, увидев их? Может быть, улыбнулся? Барристан Селми, тяжело раненный на Трезубце, не присутствовал тогда в тронном зале, но если бы он увидел, как Роберт улыбается над окровавленными телами детей Рейегара, короля бы ничто не спасло. — Детей я убивать не позволю. Смирись с этим, если хочешь, чтобы я тебе помогал.

— Упрямый ты старикан. Твои милые мальчики вырастут и станут Сынами Гарпии. Что сейчас их убить, что потом, невелика разница.

— Убивают за содеянное. Не за то, что кто-то может сделать со временем.

Лысый снял со стены топор, повертел в руках.

— По рукам. Гиздару и малолетним заложникам никакого вреда не чинить. Доволен, сир дедушка?

Селми чувствовал все, что угодно, кроме довольства.

— Хорошо. Не забудь же, в час волка.

— Кто-кто, а я не забуду, сир. — Сир Барристан не видел ухмылки под бронзовой маской, но знал, что она там есть. — Давно Кандак ждал этой ночи.

Рыцарь как раз этого и боялся. Если король Гиздар невиновен, они оба изменники, но он виновен, точно виновен. Селми сам слышал, как он предлагал королеве отравленную саранчу, как приказывал своим людям убить дракона. В случае промедления Гиздар умертвит двух других и откроет ворота врагам королевы. Выбора у них нет, но дело это, как ни крути, бесчестное.

Долгий день полз, как улитка.

Селми знал, что сейчас король с Резнаком, Мархазом зо Лораком, Галаццей Галар и другими миэринскими советниками решает, как ответить юнкайцам. Сира Барристана на совет больше не приглашали, и короля он не охранял. Утром он обошел пирамиду сверху донизу, проверяя посты, день провел со своими воспитанниками — сам взял меч и щит, чтобы преподать урок старшим.

Кое-кого из ребят готовили в бойцовые ямы, но пришла Дейенерис и освободила рабов. Эти еще до сира Барристана научились владеть мечом, копьем, топором. Некоторых уже можно посылать в бой. Тумко Лхо с островов Василиска, к примеру. Парень, черный как мейстерские чернила, рожден для меча — Селми не встречал таких со времен Джейме Ланнистера. Или кнутобоец Ларрак. Сир Барристан хотел, чтобы мальчик, как подобает рыцарю, освоил меч, булаву и копье, но с кнутом и трезубцем Ларраку не было равных. Селми полагал, что против одетого в доспехи врага такое оружие бесполезно, пока не увидел, как Ларрак валит других мальчишек, обвив их ноги бичом. Не рыцарь еще, но боец хоть куда.

Ларрак и Тумко у него лучшие. За ними, пожалуй, следует поставить лхазарянина, которого ребята зовут Красным Агнцем. Этот выезжает на одной злости, мастерства никакого. Три брата, гискарцы, проданные в рабство за долги своего отца, тоже сойдут.

Итого шестеро. Шесть из двадцати семи мальчиков. Селми надеялся, что их будет больше, но и шесть для начала неплохо. Остальные помладше и больше знакомы с ткацкими станками, плугами и ночными горшками, чем с мечом и щитом, но старательны и учатся быстро. Когда лучшие послужат немного в оруженосцах, у королевы будут еще шесть рыцарей. Что до тех, из кого рыцарей не получится, то не всем суждено быть воинами: свечники, трактирщики и оружейники тоже нужны. Это верно как для Миэрина, так и для Вестероса.

Глядя, как они бьются, Селми думал, не сделать ли Тумко и Ларрака рыцарями прямо сейчас... Да и Красного Агнца тоже. Только рыцарь может посвятить в рыцари, а он, если что-то пойдет не так, может наутро погибнуть или оказаться в темнице. Кто их тогда посвятит? С другой стороны, репутация молодого рыцаря во многом зависит от того, кто вручил ему шпоры. «Мало будет им чести, когда узнают, что посвятил их предатель, как бы самих в темницу не упекли. Они такого не заслужили, — решил сир Барристан. — Лучше тянуть лямку в оруженосцах, чем стать опороченным рыцарем».

Под вечер он собрал всех учеников в круг и стал рассказывать им, что значит быть рыцарем.

— Рыцаря делает не меч, а благородное сердце. Рыцарь без чести — обыкновенный мясник. Лучше умереть с честью, чем жить без нее. — Мальчишки смотрели удивленно, но ничего. Придет время — поймут.

Он снова поднялся к себе наверх. Миссандея читала, сидя среди книг и свитков.

— Ночью никуда не ходи, дитя, — предупредил рыцарь. — Оставайся здесь, что бы там ни происходило внизу.

— Ваша слуга поняла. Можно ли ей спросить...

— Лучше не надо. — Сир Барристан один вышел в висячий сад. «Нет, не создан я для таких дел», — думал он, глядя на город. Улицы наполняла тьма, на пирамидах зажигались огни. Заговоры, шепоты, увертки, секреты, обман... и как это его угораздило.

Мог бы уже и привыкнуть, конечно. В Красном Замке были свои тайны. Рейегар, к примеру, всегда больше доверял Эртуру Дейну, чем Селми. Он дал это понять в Харренхолле, в год ложной весны.

Сир Барристан не любил вспоминать об этом. Старый лорд Уэнт объявил турнир вскоре после того, как у него побывал брат, сир Освелл Уэнт из Королевской Гвардии. Варис нашептал королю Эйерису, что принц намерен занять отцовский престол и что турнир для Рейегара всего лишь предлог для встречи с возможно большим количеством лордов. Король, после Синего Дола носу не высовывавший из Красного Замка, вдруг пожелал ехать в Харренхолл вместе с принцем — с этого все и началось.

Если б Селми был лучшим рыцарем... Если б ссадил принца на последнем наезде, как многих других, королеву любви и красоты выбирал бы он.

Рейегар выбрал Лианну Старк из Винтерфелла; в случае победы Селми выбор был бы другим. Нет, не королева Рейелла — ее на турнире не было. И не принцесса Элия, хорошая, добрая женщина. Стань королевой турнира она, страна избежала бы многих бедствий, но Барристан выбрал бы ее юную фрейлину. Эшара Дейн недолго пробыла при дворе, однако все видели, что Элия рядом с ней просто серая мышка.

Даже после всех этих лет сир Барристан помнил улыбку Эшары и ее смех. Стоило лишь зажмуриться, чтобы увидеть волны ниспадающих на плечи темных волос и чарующие фиалковые глаза. У Дейенерис глаза такие же — порой ему кажется, что он видит перед собой дочь Эшары...

Но дочь Эшары родилась мертвой, а вскоре после этого прекрасная дама Барристана бросилась с башни. Что ее толкнуло — потеря ребенка или бесчестие, перенесенное в Харренхолле? Она так и не узнала, как любил ее сир Барристан, да он никогда бы и не признался. Рыцари Королевской Гвардии клянутся блюсти целомудрие. Признание ни к чему хорошему не привело бы, как не привело и молчание. Если бы Барристан ссадил Рейегара и короновал Эшару, она, возможно, обратила бы свой взор не на Старка, а на него.

Этого он никогда не узнает, но та неудача стала для него самой памятной из всех его поражений.

Под застланным тучами небом стояла гнетущая духота. Гроза будет... не ночью, так утром. Доживет ли он? Если у Гиздара есть свой Паук, можно считать себя покойником, но умрет он, как жил — с длинным мечом в руке.

Когда за парусами в заливе померкли последние отблески дня, сир Барристан кликнул слуг и велел им согреть воду для ванны. После возни с учениками он весь вспотел.

Вода, пока ее донесли, стала чуть теплой, но рыцарь отмылся на совесть и стал одеваться в белое. Чулки, подштанники, шелковый камзол, стеганый колет — все свежее, заново выбеленное. Следом настал черед доспехов, подаренных ему королевой. Золоченая кольчуга, гибкая, как хорошая кожа; финифтевый панцирь, твердый как лед и белый, как свежевыпавший снег. Белый кожаный пояс с золотыми застежками — меч на одном бедре, кинжал на другом — и, наконец, длинный плащ.

Шлем, сужавший поле зрения, он не стал надевать. Ночью в пирамиде темно, и враг может появиться откуда угодно. И еще эти драконьи крылья... они, конечно, красивы, но так и напрашиваются на топор или меч. Если Семеро будут милостивы, шлем пригодится ему на следующем турнире.

Облаченный и при оружии, он ждал, сидя в своей каморке. Во тьме перед ним всплывали лица королей, у которых он состоял на службе, и лица братьев по Королевской Гвардии. Многие ли из них пошли бы на то, что собирается сделать он? Нет, пожалуй. Кое-кто сразу бы зарубил Лысого как предателя. Полил дождь — тихий, как слезы королей, ушедших из этого мира.

Настала пора уходить.

Великая Пирамида Миэрина строилась в подражание Великой Пирамиде Гиса, колоссальному сооружению, на чьих руинах побывал Ломас Странник. У миэринской, как и у ее древней предшественницы, ставшей ныне обиталищем пауков и летучих мышей, тридцать три яруса: в Гисе это число священно. Сир Барристан в колышащемся белом плаще, начал свой долгий спуск — не по большой мраморной лестнице, а по черной, проложенной внутри толстых кирпичных стен.

Двенадцатью ярусами ниже его ждал Лысый все в той же маске нетопыря-кровососа. У шести Бронзовых Бестий, сопровождавших его, маски были одинаковые — саранча.

— Гролео, — сказал рыцарь.

— Гролео, — отозвался кто-то из насекомых.

— Если нужна еще саранча, у меня ее вдоволь, — сказал Лысый.

— Хватит и шестерых. Кто сторожит двери?

— Мои ребята, не беспокойся.

Сир Барристан стиснул запястье Скахаза.

— Если возможно, не проливай крови. Утром мы соберем совет и объясним городу, что заставило нас так поступить.

— Как скажешь. Удачи тебе, старик.

Бронзовые Бестии двинулись вниз вслед за рыцарем. Королевские покои помещались в самом сердце пирамиды на семнадцатом и шестнадцатом ярусах. Ведущие туда двери, закрытые на цепь, охраняла еще пара Бронзовых Бестий — крыса и бык.

— Гролео, — сказал сир Барристан.

— Гролео, — откликнулся бык. — Третий чертог справа.

Крыса отомкнула цепь, и рыцарь со своей шестеркой вступил в коридор для слуг из красного и черного кирпича. Вызывая гулкое эхо, они миновали два чертога и вошли в третий.

У резных дверей в королевские покои стоял молодой боец с арены Стальная Шкура, не входивший пока в число первых. Древняя, зеленая с черным валирийская татуировка на его лбу и щеках должна была сделать его неуязвимым. Такие же знаки виднелись на груди и руках — остается посмотреть, отведут ли они топор или меч.

Стальная Шкура, поджарый юнец на фут выше Селми, и без них бы выглядел весьма грозно.

— Кто идет? — спросил он, загородив путь секирой. — А, старый сир...

— Я хотел бы поговорить с королем, если ему будет угодно меня принять.

— Поздно уже.

— Час поздний, это так, но и дело срочное.

— Ладно, спрошу. — Часовой постучал в дверь древком своей секиры. С той стороны открылся глазок и откликнулся детский голос. После кратких переговоров тяжелый засов сдвинули. — Пойдешь один, — сказал Стальная Шкура. — Бестии подождут здесь.

— Хорошо. — Селми обменялся кивками с одним из замаскированных стражей и прошел внутрь.

Королевские комнаты, огороженные со всех сторон кирпичными стенами восьмифутовой толщины, не имели окон, но были роскошны. Потолок поддерживали стропила черного дуба, пол устилали шелковые квартийские ковры. Бесценные поблекшие гобелены на стенах представляли сцены из истории Древнего Гиса; на самом большом заковывали в цепи побежденных в сражении валирийцев. Арку опочивальни охраняли статуи двух любовников из сандалового дерева, отполированные и натертые маслом. Сиру Барристану они показались мерзкими, хотя по замыслу ваятеля должны были возбуждать.

У жаровни, единственного источника света, стояли пажи королевы Драказ и Квецца.

— Миклаз пошел будить короля, — сказала девочка. — Не желаете ли вина, сир?

— Нет, спасибо.

— Присядьте, — предложил Драказ, подвинув скамейку.

— Я постою. — За аркой слышались голоса Миклаза и короля. Не в самом скором времени из спальни вышел зевающий во весь рот Гиздар зо Лорак, четырнадцатый носитель этого благородного имени. Он завязывал пояс зеленого атласного халата, шитого серебром и жемчугом, и был под ним был совершенно гол. Это хорошо. Голый человек чувствует свою уязвимость и менее склонен к героическим выходкам.

Женщина, выглядывающая из-за газового занавеса, тоже была нагая.

— Сир Барристан... Который теперь час? Вы пришли с новостями о моей королеве?

— Нет, ваше величество.

— Ваше великолепие, — со вздохом поправил король, — хотя в такой час больше подошло бы «ваша сонливость». — Гиздар подошел к буфету и обнаружил, что вина в кувшине осталось только на донышке. — Вина, Миклаз. Быстро.

— Да, ваше великолепие.

— Драказа тоже возьми. Налейте штоф борского золотого и штоф сладкого красного, а от нашей желтой мочи избавьте. И если я еще раз увижу, что вина нет, твой розовый задок мне ответит. Мне снилось, что Дейенерис нашли, — сказал король, когда мальчик умчался.

— Сны обманчивы, ваше величество.

— Ваша блистательность. Так что же привело вас ко мне, сир? Беспорядки в городе?

— В городе все спокойно.

— В самом деле? Что же тогда?

— Я пришел, чтобы задать вашему великолепию вопрос. Гарпия — это вы?

Гиздар выронил чашу.

— В уме ли вы, что являетесь ко мне среди ночи с таким вопросом? — Король, похоже, только теперь заметил на сире Барристане доспехи. — Как... как вы смеете...

— Яд — тоже ваших рук дело?

— Саранча? — попятился Гиздар. — Это всё дорнийцы со своим так называемым принцем. Спросите Резнака, если не верите мне.

— У вас есть какие-то доказательства?

— Будь они у меня, дорнийцев уже схватили бы. Думаю, их все же следует взять: Мархаз выжмет из них признание. Они в Дорне все отравители. Поклоняются ядовитым змеям, как сказал Резнак.

— Змей там едят. Это ваша арена и ваша ложа. Это вы распорядились положить в ней подушки, подать вино, фиги, дыни, медовую саранчу. Это вы предлагали ее величеству лакомое блюдо, а сами не ели.

— Острые пряности не для меня. Она была моей женой, моей королевой. Зачем мне было давать ей яд?

«*Была*». Думает, что ее нет в живых.

— На это может ответить только ваше великолепие. Возможно, чтобы взять себе другую женщину... вроде этой. — Сир Барристан кивнул на прозрачный занавес.

— Это просто рабыня! Наложница! Хорошо, я оговорился... Не рабыня, свободная женщина, обученная искусству любви. Даже королю иногда приходит нужда... Словом, сир, это не ваше дело. Я никогда бы не причинил зла Дейенерис.

— Вы уговаривали ее попробовать саранчу. Я сам слышал.

— Я думал, что ей понравится. — Гиздар сделал еще шаг назад. — Острое в сочетании со сладким...

— И с ядом. Вы приказывали своим людям на арене убить дракона.

— Он пожирал Барсену... сжигал всех, кто приближался к нему...

— Только тех, кто желал зла королеве. Сынов Гарпии. Ваших друзей.

— Они не друзья мне.

— Но когда вы попросили их прекратить убийства, они послушались. С чего бы вдруг?

На это у короля не нашлось ответа.

— Скажите, — напирал сир Барристан, — вы хоть немного любили ее? Или предметом вашего вожделения была только корона?

— Вожделения? — взвился Гиздар. — И вы еще смеете... Да, я вожделел корону, а она — своего наемника. Может, это ваш драгоценный капитан хотел отравить ее за то, что она его бросила. А если б и я отведал его саранчи — тем лучше.

— Даарио убивает сталью, не ядом. Так Гарпия — это вы? Сир Барристан взялся за меч. — Скажите правду, и я обещаю вам быструю смерть.

— Вы слишком много берете на себя, сир. Довольно вопросов. Вы больше не служите у меня. Покиньте Миэрин немедленно, и я сохраню вам жизнь.

— Если Гарпия не вы, скажите мне, кто это. — Сир Барристан извлек меч из ножен, и тот вспыхнул рыжим пламенем при свете жаровни.

— Храз! — возопил Гиздар. — Храз!

Где-то слева открылась дверь: из-за гобелена вылез заспанный Храз с дотракийским арахом. Оружие, которым сподручно рубить с седла, смертоносное для полуголых бойцов на арене, но коротковатое для ближнего боя, тем более если противник одет в броню.

— Я пришел за Гиздаром, — сказал рыцарь. — Брось меч, и ничего дурного с тобой не случится.

— Я съем твое сердце, старик, — засмеялся Храз. Одного роста с рыцарем, он был на пару стоунов тяжелее и лет на сорок моложе. На его бритой голове ото лба до затылка топорщился черно-рыжий гребень.

— Дерзни, — сказал Барристан Смелый, и Храз дерзнул.

Впервые за сутки Селми обрел уверенность. Именно для этого он и создан: смертельный танец, стальной перезвон, честный бой.

В проворстве Хразу не было равных. Аракх так и мелькал, целя в голову рыцаря с трех сторон разом: без шлема она была уязвимей всего.

Сир Барристан отступал, отражая удары спокойно, без суеты. Маленькие пажи смотрели на них огромными выпученными глазами. Храз, выругавшись, рубанул низко, но клинок только царапнул по стальному наручу. Ответный удар рыцаря ранил Храза в левое плечо, и желтая туника окрасилась кровью.

— В железо одеваются только трусы, — прорычал он. В бойцовых ямах доспехов не носят: туда приходят поглядеть на кровь, послушать предсмертные вопли.

— Трус скоро убьет тебя, сир. — Храз, хоть и не был рыцарем, сражался храбро и был достоин этого титула. С врагом в доспехах он не умел драться: в его глазах читалась растерянность и зарождался страх. Теперь он кидался на Селми с оглушительным криком, словно надеясь подсобить глоткой неудачливому клинку.

Сир Барристан отражал верхние удары и предоставлял доспехам отражать нижние. Его меч тем временем поранил щеку противника и рассек грудь. Совсем обезумев, Храз швырнул жаровню с горячими углями Селми под ноги. Рыцарь перескочил ее. Клинок Храза вновь скрежетнул по наручу.

— В яме я отсек бы тебе руку, старик.

— Мы не в яме.

— Скидывай свои латы!

— Сдавайся. Еще не поздно.

— Сдохни! — Аракх зацепился за гобелен и повис. Сиру Барристану только это и требовалось. Он полоснул Храза по животу, отбил освобожденный аракх и прикончил врага колющим выпадом в сердце. Внутренности бойца вывалились на ковер, как жирные угри.

Клинок в руке рыцаря стал красным наполовину. Раскиданные угольки понемногу прожигали ковер, Квецца плакала.

— Не бойся, дитя, — сказал рыцарь. — Я тебе ничего не сделаю, мне нужен только король.

Вытерев меч о занавесь, он вошел в спальню. Благородный Гиздар зо Лорак скулил, прячась за гобеленом.

— Пощади! Я не хочу умирать!

— Мало кто хочет, но когда-нибудь все мы умрем. — Рыцарь поднял Гиздара на ноги; Бестии должны были уже обезоружить Стальную Шкуру. — Побудете в тюрьме до возвращения королевы. Если ваша вина не будет доказана, вреда вам не причинят — порукой в том мое рыцарское слово. — Сир Барристан вывел Гиздара из спальни, чувствуя в голове странную легкость. Он был рыцарем Королевской Гвардии — кто он теперь?

Миклаз и Драказ, прижимая к груди штофы с вином, округлившимися глазами уставились на труп Храза. Квецца все еще плакала, Джезена, девочка постарше, утешала ее, другие дети стояли молча.

— Ваше великолепие, — выговорил Миклаз, — благородный Резнак мо Резнак просит вас незамедлительно выйти...

Он обращался к королю так, будто сира Барристана здесь не было и на полу не лежал залитый кровью мертвец. Скахаз должен был и Резнака взять под стражу — что у них там стряслось?

— Куда выйти? — спросил старый рыцарь. — О чем сенешаль просит его величество?

— В-выйти на террасу. — Миклаз точно впервые заметил Селми. — Они там, снаружи.

— Кто «они»?

— Д-драконы. Их кто-то выпустил, сир.

«Да помогут нам Семеро!» — подумал сир Барристан.

УКРОТИТЕЛЬ ДРАКОНОВ

Ночь кралась на своих медленных черных лапах. Час нетопыря... час угря... час привидений. Принц лежал в постели и грезил, не засыпая: в голове у него бурлили кровь и огонь.

Отчаявшись уснуть, Квентин Мартелл встал, вышел в горницу, налил себе в потемках вина. Сладкий напиток приятно лег на язык; он зажег свечку и снова наполнил чашу. Принц говорил себе, что вино его усыпит, и знал, что это неправда.

Поставив чашу, он поднес ладонь к пламени. Он вложил в это всю свою волю, но как только огонь лизнул руку, с криком отдернул ее.

— Квентин! Спятил ты, что ли?

Нет, ему просто страшно.

— Геррис?

— Услышал, как ты копошишься.

— Да... не спится.

— Разве бессонницу ожогами лечат? От нее помогают колыбельные и теплое молочко. А девушка из Храма Благодати и того лучше — могу привести.

— Какая там девушка. Шлюха.

— Их называют Благодатями, и они ходят в одеждах разного цвета. Те, что для любви, носят красное. — Геррис сел за стол с другой стороны. — Нашим септам стоило бы перенять у них опыт. Заметил ты, что у всех старых септ рожи как чернослив? Вот что целомудренная жизнь с ними делает.

С темной террасы слышался тихий шум.

— Дождь идет. Твои шлюхи все разбежались.

— Не скажи. У них там в садах беседочки, есть где укрыться. Те, кого не выбрали, маются в саду до восхода солнца, одинокие и заброшенные. Почему бы их не утешить?

— Я их должен утешать или они меня?

— Они тебя тоже, не без того.

— Такое утешение мне не требуется.

— Брось. Дейенерис Таргариен — не единственная женщина в мире. Девственником умереть хочешь?

Умирать Квентину не хотелось совсем. Ему хотелось целоваться с обеими сестрами Герриса, жениться на Гвинет Айронвуд, следить за ее расцветом, иметь от нее ребенка. Хотелось выезжать на турниры, охотиться, побывать у матери в Норвосе, прочесть книги, присланные отцом. Хотелось, чтобы Клотус, Вилл и мейстер Кеддери были живы.

— По-твоему, Дейенерис приятно будет услышать, что я валялся со шлюхой?

— Кто знает. Мужчинам нравятся непорочные, а женщина хочет, чтобы мужчина знал свое дело. Тут, как и в фехтовании, нужна выучка.

Стрела попала в цель. Квентин, прося руки Дейенерис, чувствовал себя незрелым юнцом. Королева ужасала его чуть ли не больше ее драконов: что, если он не сумеет ей угодить?

— У нее на то есть любовник, — сказал он. — Отец не для того меня сюда посылал, чтобы я ублажал ее в спальне. Ты знаешь, зачем мы здесь.

— Жениться на ней ты не можешь: она уже замужем.

— Она не любит Гиздара зо Лорака.

— Брак — одно дело, любовь — другое. Ты принц и должен понимать это лучше меня. Говорят, твой отец по любви женился: много ему было от этого радости?

Мало. Половину своей супружеской жизни родители провели врозь, половину в ссорах. Если послушать людей, это был единственный необдуманный поступок отца; единственный раз он позволил сердцу взять верх над головой и всю жизнь об этом жалел.

— Не у всех так бывает. Это мой долг, моя судьба. — Зачем Геррис, называющий себя его другом, так жестоко над ним насмехается? Квентина и без того одолевают сомнения. — Мое большое приключение.

— Большие приключения часто приводят к смерти.

Да... В сказках спутники героя иногда погибают, но с самим героем ничего не случается.

— Немного мужества, и все будет хорошо. Хочешь, чтобы Дорн меня помнил как неудачника?

— Дорн недолго нас будет помнить.

Квентин пососал обожженную ладонь.

— Эйегона и его сестер помнят. Драконов не так просто забыть. И Дейенерис тоже запомнят.

— Если она жива.

— Она жива. — «Должна быть жива». — Я найду ее. — Да, найдет и будет вознагражден таким же взглядом, какой она дарит наемнику.

— Верхом на драконе?

— Я езжу верхом с шести лет.

— Пару раз лошади тебя скидывали.

— И я тут же снова садился в седло.

— На этот раз тебя скинут с высоты тысячи футов. Кроме того, лошади не превращают наездников в головешки.

Как будто Квентин сам не знал всего этого.

— Ну, хватит. Я тебя не держу. Найди себе корабль и отправляйся домой. — Принц задул свечку и снова лег на пропотевшие простыни. Зря он не поцеловал одну из двойняшек Дринквотер... или их обеих. И в Норвос, на родину матери, зря не съездил: пусть бы знала, что сын ее не забыл.

Дождь стучал по кирпичам на террасе.

К часу волка он уже лил вовсю: скоро улицы Миэрина станут бурными реками. Трое дорнийцев в предрассветной прохладе позавтракали хлебом, сыром и фруктами, запивая еду козьим молоком. Геррис хотел налить себе вина, но Квентин не дал.

— Не надо сейчас. Потом хоть упейся.

— Надеюсь, что оно будет, это «потом».

— Так и знал, что дождь пойдет, — проворчал здоровяк, — всю ночь кости ломило. Драконы дождя не любят, вода с огнем плохо ладят. Разведешь, бывало, жаркий костер, а тут дождь — зальет дрова, огонь и погаснет.

— Драконы не из дерева сделаны, Арч, — хмыкнул Геррис.

— Смотря какие. Старый король Эйегон строил деревянных, чтобы нас покорить, но кончилось это плохо.

Безумства Эйегона Недостойного Квентина не касались, но сомнения и дурные предчувствия продолжали мучить его, а вымученное веселье друзей их только усиливало. Им его не понять. Если они дорнийцы, то он — сам Дорн. Когда он погибнет, о нем сложат песню.

— Пора, — сказал он и встал.

Сир Арчибальд допил молоко, вытер молочные усы.

— Пойду принесу скоморошьи наряды.

В узле, который дал им при второй встрече Принц-Оборванец, лежали три лоскутных плаща с капюшонами, три дубинки, три коротких меча и три бронзовые маски: бык, лев, обезьяна. Все, чтобы нарядиться Бронзовыми Бестиями.

«Если пароль спросят, скажите «собака», — предупредил капитан.

«Уверен?» — спросил его Геррис.

«Головой могу поручиться».

«Не моей ли?» — спросил Квентин.

«И твоей тоже».

«Откуда знаешь пароль?»

«Нам встретились Бестии, и Мерис у них спросила. Не стоит принцу задавать такие вопросы, дорниец. У нас в Пентосе есть поговорка: не спрашивай, что пекарь в пирог положил, знай ешь».

«Знай ешь»... Что ж, и то верно.

— Быком буду я, — заявил Арч.

— Я львом, — сказал Квентин.

— Стало быть, мне обезьяна. — Геррис прислонил маску к лицу. — Как они только в них дышат?

— Надевай. — Квентин был не расположен шутить.

В узле лежал и кнут — старая кожа, кнутовище из кости и меди, с вола шкуру можно спустить.

— А это зачем? — спросил Арч.

— Черного Дейенерис укрощала кнутом. — Квентин заткнул его за пояс. — Возьми и молот, Арч, — вдруг понадобится.

Ночью в Великую Пирамиду войти не просто. Двери от заката до рассвета запираются накрепко, у каждого входа и на нижней террасе поставлены часовые. Раньше это были Безупречные, теперь Бестии — на это Квентин и понадеялся.

Караулы сменялись на рассвете, до которого оставалось еще полчаса. Дорнийцы сошли вниз по черной лестнице. Кирпичи, серые в темноте, вспыхивали сотней оттенков при свете факела, который нес Геррис. Они никого не встретили, только их сапоги шаркали по истертым ступеням.

Мимо парадных ворот они прошли к боковому входу, выходящему в переулок. Им в прежние времена пользовались рабы, выполнявшие хозяйские поручения, теперь слуги и поставщики.

Прочные бронзовые ворота запирались на тяжелый железный засов, и охраняли их двое Бестий. При свете факела сверкали маски лиса и крысы. Квентин с Геррисом, оставив здоровяка в темноте, подошли к ним.

— Рано вы что-то, — сказал лис.

— Можем и уйти — стойте себе дальше, — ответил Квентин. По-гискарски он говорил с сильным акцентом, но половина Бестий — вольноотпущенники, и выговор у них не лучше, чем у него.

— Хрена с два, — возмутилась крыса.

— Пароль, — потребовал лис.

— Собака.

Часовые переглянулись. Неужели Крошке Мерис и Оборванцу назвали не тот пароль?

— Верно, — сказал лис, — собака. Занимайте пост.

Они ушли, и принц перевел дух. Ждать недолго: вскоре он и впрямь вздохнет полной грудью.

— Арч, — позвал он, — отпирай.

Здоровяк без труда снял тяжелый, но хорошо смазанный брус. Квентин открыл ворота, Геррис помахал факелом.

— Проезжайте. Скорее.

В пирамиду въехала запряженная мулом повозка с тушами двух барашков и разделанного на части бычка. За ней шли шестеро пеших: пятеро в плащах и масках Бронзовых Бестий, Крошка Мерис в своем первозданном виде.

— Где твой лорд? — спросил ее Квентин.

— Лорда у меня нет, — огрызнулась она, — но твой дружок принц ждет поблизости с полусотней людей, чтобы вывести вас с драконом из города, как обещано. Здесь внутри командует Кагго.

— Нешто дракон в ней поместится? — усомнился сир Арчибальд, смерив взглядом повозку.

— Должен — два быка помещаются. — Покрытое шрамами лицо Трупоруба скрывалось под маской кобры, но черный аракх на бедре его выдавал. — А эти двое, говорят, меньше черного.

— Потому что в яме сидят. — То же самое, если верить книгам, происходило и в Семи Королевствах. Ни один из взращенных в Драконьем Логове драконов не дорос до Вхагара или Мираксеса, не говоря уж о Черном Ужасе. — Цепи привезли?

— Да, под мясом, — сказала Мерис. — На десяток драконов хватит.

— Хорошо. — Квентин испытывал легкое головокружение. Действительность казалась ему то игрой, то кошмаром: будто открываешь дверь, за которой таятся ужас и смерть, и не можешь остановиться. Он вытер о штаны мокрые от пота ладони. — У ямы тоже стоят часовые.

— Знаем, — сказал Геррис.

— Будьте наготове.

— Мы и так наготове, — сказал здоровяк.

Желудок сводило, но Квентин не смел попроситься отойти по большой нужде.

— Ладно... Нам сюда. — Он редко когда чувствовал себя таким несмышленышем, но они все последовали за ним: Геррис, Арч, Кагго, Мерис и другие наемники. Двое вооружились арбалетами, взятыми из повозки.

Нижний ярус Великой Пирамиды за конюшней был настоящим лабиринтом, но Квентин побывал здесь с королевой и запомнил дорогу. Через три огромные кирпичные арки, по крутому откосу вниз и дальше — мимо темниц, пыточных камер и двух глубоких цистерн. Шаги звучали гулко, повозка с мясом ехала следом. Здоровяк светил снятым со стены факелом.

Вот и ржавые двери, запертые на цепь с висячим замком — каждое ее звено толщиной с человечью руку. При виде них Квентин усомнился в разумности своего замысла. Вон как их вспучило изнутри, железо полопалось, верхний угол левой створки оплавлен.

Здесь часовых было четверо: трое, в одинаковых масках саранчи, с длинными копьями, четвертый, сержант-василиск, с коротким мечом и кинжалом.

— Собака, — сказал Квентин. Сержант насторожился, и принц, мгновенно почуяв неладное, скомандовал: — Взять их!

Сержант в тот же миг схватился за меч, но здоровяк был проворнее. Он кинул факелом в ближнюю саранчу, сорвал со спины молот и обрушил острие на висок василиска, проломив тонкую бронзу и кость. Сержант рухнул на пол, содрогаясь всем телом.

Меч прилипшего к месту Квентина так и остался в ножнах. Он не сводил глаз с умирающего сержанта, а тени от догорающего на полу факела прыгали по стенам в чудовищной насмешке над последними корчами павшего. Копье часового отбил в сторону Геррис — наконечник, целивший в горло принца, лишь оцарапал львиную маску.

Когда саранча облепила Герриса, из мрака выскочили наемники. Геррис, проскочив под чьим-то копьем, вогнал меч под маску и глубже, в горло. Второй стражник упал с арбалетным болтом в груди, третий бросил копье и крикнул:

— Сдаюсь!

— Умереть надежнее, — сказал Кагго. Валирийская сталь аракха, без труда пройдя сквозь плоть и кость, снесла часовому голову. — Многовато шуму, — посетовал Кагго. — Разве глухой не услышал.

— Почему они не пропустили нас? — недоумевал Квентин. — Нам говорили, что пароль...

— Тебе говорили, что ты безумец, — напомнила Мерис. — Делай то, что задумал.

Драконы. Да. Они пришли за драконами. Кажется, его сейчас вырвет. Что он здесь делает? «Зачем все это, отец? Ради чего погибли в мгновение ока четверо человек?»

— Пламя и кровь, — пробормотал Квентин, — кровь и пламя. — Кровь собралась в лужу на кирпичном полу, пламя ожидало за дверью. — Цепь... У нас нет ключа.

— Есть. — Молот Арча грохнул по замку, высекая искры. С пятого удара он сбил замок вместе с цепью — теперь их, должно быть, слышала половина обитателей пирамиды.

— Повозку сюда. — Драконы будут послушнее, если их накормить — пусть полакомятся бараниной.

Арчибальд распахнул железные створки. Петли пронзительно взвизгнули на тот случай, если кто-то проспал сбитую цепь. Изнутри хлынул жар, пахнущий серой, пеплом, горелым мясом.

Кромешная тьма за дверями казалась живой, голодной. Что-то затаилось в ней, свернувшись тугими кольцами. «Воин, пошли мне мужества», — мысленно помолился Квентин. Он не хотел это делать, но другого выхода не было. Для того Дейенерис и показала ему драконов: хочет, чтобы он себя проявил.

Взяв поданный Геррисом факел, Квентин шагнул во тьму.

«Зеленый — Рейгаль, белый — Визерион, — напоминал он себе. — Назвать их по имени, говорить спокойно, но твердо. Укротить их, как Дейенерис укротила Дрогона на арене». Королева, одетая в тончайший шелк, ничего не боялась — не должен бояться и он. Раз она смогла, и он сможет. Главное — не показывать страха. Животные чуют страх, а драконы... Что он знает о них? Что о них знает любой, кого ни возьми? Они больше ста лет как исчезли.

Квентин медленно, водя факелом по сторонам, шел к краю ямы. Стены, пол, потолок вбирали в себя свет. «Да они же черные», — понял Квентин. Кирпич опален и крошится. С каждым шагом делалось жарче — принц стал потеть.

На него смотрели два глаза.

Бронзовые, как полированные щиты, они горели сквозь идущий из ноздрей дым. Свет факела упал на темно-зеленую чешую — таким бывает лесной мох в сумерки. Дракон открыл пасть, и склеп осветился. За рядом острых черных зубов тлело жерло в тысячу раз ярче факела. Длинная шея разматывалась, голова, больше конской, поднималась все выше — теперь бронзовые глаза смотрели на Квентина сверху.

— Рейгаль, — выдавил принц. Хорош укротитель — квакает, как лягушка. Лягуха и есть. — Мясо. Тащите его сюда.

Арч, услышав его, взял из повозки барашка и метнул в яму. Рейгаль прямо в воздухе пронзил его огненным оранжево-желтым копьем с зелеными жилками. Барашек задымился, дракон поймал его на лету. Огненный ореол по-прежнему окружал его. Запахло паленой шерстью и серой — драконий запах.

— Я думал, их двое, — сказал здоровяк.

Да. Где же Визерион? Принц опустил факел. Зеленый дракон, мотая хвостом, терзал дымящуюся тушку. На шее у него стал виден толстый железный ошейник с оборванной цепью — остальные звенья, наполовину расплавленные, валялись на дне ямы среди горелых костей. В прошлый раз, вспомнил принц, Рейгаль был прикован к стене и к полу, а Визерион висел на потолке, как летучая мышь. Квентин поднял факел, задрал голову.

С потолка стекла струйка пепла — там двигалось что-то светлое. «Пещеру себе сделал, — понял Квентин, — вырыл в кирпиче нору». Стены фундамента Великой Пирамиды, несущие на себе эту махину, втрое толще крепостных стен всякого замка, но Визерион одолел эту толщу.

Теперь он проснулся и разворачивался в норе подобно белой змее. Пепел и кирпичная крошка сыпались градом. Вот шея, вот хвост, вот рогатая голова с глазами как золотистые угли. Вот крылья — они шуршат, расправляясь.

Кагго Трупоруб кричал что-то наемникам... Цепи велит доставать. Задумано было накормить драконов до отвала и надеть на сытых-неповоротливых цепи — так когда-то сделала королева. Хотя бы на одного, но желательно на обоих.

— Еще мяса, — сказал Квентин. — Быстро.

Змеи в Дорне, наевшись досыта, и впрямь еле движутся, но эти чудовища...

Визерион ринулся с потолка, топорща бледные крылья — у него на шее тоже болталась цепь. Из пасти стрельнуло золотое пламя с красно-оранжевыми прожилками, в воздух поднялось горячее облако пепла и серы.

Кто-то схватил Квентина за плечо, факел покатился по полу и упал в яму.

— Ничего не выйдет, Квент! — прокричала бронзовая обезьяна. — Видишь, какие дикие...

Дракон, ревя как сто львов, сел между ними и дверью. Оглядев всех пришельцев, он остановил взгляд на Мерис и стал принюхиваться. «Чует, что это женщина. Ищет свою мать, Дейенерис, не понимает, почему не пришла она».

— Визерион, — позвал, вырвавшись от Герриса, Квентин. Не ошибка ли? Нет, точно: белый — Визерион. Пальцы нашарили на поясе кнут. Черного Дейенерис укротила кнутом, он сделает то же самое.

Дракон, услышав свое имя, повернул голову. Теперь он смотрел на Квентина, и за его черными зубами мерцал бледный огонь.

— Лежать, — сказал Квентин и закашлялся.

Визерион, потеряв к нему интерес, пошел к двери. Оттуда пахло кровью, бараниной и говядиной, — а может быть, он просто хотел на волю.

Кагго требовал цепи, Мерис кричала, чтобы кто-то отошел в сторону. Дракон передвигался, как человек на четвереньках, —

гораздо быстрее, чем представлял себе Квентин. Вот он взревел снова, а следом загремели цепи и загудела тетива арбалета.

— Нет! — завопил Квентин, но было поздно. Болт отскочил от шеи Визериона и улетел в темноту. За ним тянулся огненный, красный с золотом след — драконова кровь.

Достать другой болт дурак-арбалетчик не успел: драконьи зубы сомкнулись вокруг его шеи. Из пасти тигровой маски хлынуло пламя, глаза под ней лопнули, бронза начала плавиться. Визерион, оторвав клок мяса, уронил горящее тело на пол.

Другие наемники отступали — такого даже Крошка Мерис переварить не могла. Визерион, повертев головой между ними и добычей, оторвал у мертвеца ногу.

— Визерион! — крикнул Квентин уже громче, развернув кнут. Он сделает это. Он может. Для того отец и посылал его на другой край земли. — ВИЗЕРИОН! — Кнут щелкнул, в склепе раздалось эхо.

Дракон поднял голову, сощурил золотые глаза. Из ноздрей вились струйки дыма.

— Лежать! — Нельзя, чтобы он учуял страх. — Лежать! — Квентин хлестнул Визериона по морде. Тот зашипел.

Потом зашумели крылья, воздух наполнился пеплом, и чудовищный рев сотряс обугленный склеп. Геррис звал принца, здоровяк орал:

— Сзади, сзади!

Квентин обернулся, заслоняя согнутой рукой глаза от жгучего ветра. Рейегаль. Зеленого зовут Рейегаль.

Подняв кнут, он увидел, что ремень вспыхнул. Рука тоже горела... Он весь горел. «Надо же», — подумал Квентин — и зашелся в истошном крике.

ДЖОН

— Предоставьте этих людей их собственной участи, — сказала королева Селиса.

Джон ждал от королевы чего-то подобного и все-таки был потрясен.

— Ваше величество, в Суровом Доме мрут от голода тысячами. Среди них много женщин...

— И детей тоже. Как это грустно. — Королева поцеловала дочь в щеку — не тронутую серой хворью, как невольно отметил Джон. — Нам жаль их, но это не должно влиять на наше суждение. Притом они слишком малы, чтобы стать солдатами в армии короля. Лучше всего для них будет, если они уйдут в свет.

Принцесса Ширен стояла рядом с матерью, Пестряк устроился на полу, поджав ноги. Сир Акселл Флорент возвышался за спиной королевы, Мелисандра Асшайская держалась ближе к огню, и рубин на ее горле пульсировал светом. У красной женщины была своя свита: оруженосец Деван Сиворт и два гвардейца, оставленные ей королем.

Защитники королевы, сверкая доспехами, выстроились вдоль стен: сир Малегорн, сир Бенетон, сир Нарберт, сир Патрек, сир Дорден, сир Брюс. При таком количестве кровожадных дикарей, наводнивших Черный Замок, Селиса не отпускала от себя своих рыцарей ни днем, ни ночью. «Никак, боится, что ее украдут? — взревел, услышав об этом, Тормунд. — Надеюсь, ты ей ничего не говорил про мой член, тут любая женщина напугается. А мне всегда хотелось усатенькую».

Теперь Тормунду будет не до смеха, но времени здесь терять больше нечего.

— Простите, что побеспокоил ваше величество. Этим займется Ночной Дозор.

— Вы все же намерены выступить в Суровый Дом, по глазам вижу. — Королева раздула ноздри. — Вопреки моему совету предоставить этих людей собственной участи вы продолжаете безумствовать. Не отрицайте!

— Я поступлю так, как сочту наилучшим. При всем уважении к вашему величеству, Стеной командую я.

— Отвечать перед королем тоже будете вы. И за это решение, и за все остальные. Раз вы глухи к голосу разума, поступайте как знаете.

— Кто возглавит этот поход, лорд Сноу? — осведомился сир Малегорн.

— Хотите предложить себя, сир?

— Поищите других дураков.

— Я поведу их! — вскочил, звеня колокольчиками, шут. — Мы войдем в море и снова выйдем на сушу. На дне морском мы оседлаем морских коньков, и русалки будут дуть в раковины, возвещая о нас, да-да-да!

Все, кроме Джона, засмеялись. Даже королева изволила улыбнуться.

— Отсиживаться за спинами братьев не в моих правилах — я возглавлю их сам.

— Нам остается лишь одобрить столь благородный порыв. — Королева поднесла к губам чашу с вином. — О вас, без сомнения, сложат трогательную песню, а у нас будет более разумный лорд-командующий. Поговорим теперь о другом. Будь так добр, Акселл, пригласи сюда короля одичалых.

— Слушаюсь, ваше величество. — Акселл вышел и миг спустя возвестил: — Геррик из дома Рыжебородых, король одичалых.

Высокий, длинноногий, плечистый Геррик получил, как видно, в подарок обноски короля Станниса. Одет в зеленый бархат и короткий плащ с горностаем, рыжая грива вымыта и расчесана, бородка подстрижена — ни дать ни взять южный лорд. Войди он в тронный зал Королевской Гавани, никто и ухом бы не повел.

— Мы признаем Геррика полноправным правителем, — молвила королева, — поскольку он происходит по прямой мужской линии от их великого короля Реймуна Рыжебородого. Узурпатор Манс-Разбойник, с другой стороны, был рожден от простой женщины и одного из братьев Ночного Дозора.

Геррик происходит не от Реймуна, а от его младшего брата. Да хоть бы и от Реймунова коня, вольный народ с правом рождения не считается. «Они ничего не знают, Игритт. Хуже того, не хотят знать».

— Геррик любезно согласился отдать руку своей старшей дочери моему дорогому Акселлу, дабы Владыка Света соединил их священными узами. Средняя его дочь в тот же день выйдет за сира Брюса Баклера, младшая — за сира Малегорна с Красного Пруда.

— Желаю вам счастья с вашими нареченными, сиры, — склонил голову Джон.

— На дне морском люди женятся на рыбах, — поведал Пестряк. — Да-да-да.

— Где три свадьбы, там и четыре, — продолжала Селиса. — Вель, думается мне, тоже пора пристроить. Я хочу выдать ее за моего верного рыцаря сира Патрека с Королевской Горы.

— Вель известно об этом, ваше величество? — спросил Джон. — В вольном народе невест принято похищать — так жених доказывает свою удаль, отвагу и хитрость. Если родственники девушки поймают его, то побьют, но еще хуже будет, если она сама сочтет его недостойным.

— Дикарский обычай, — бросил сир Акселл.

— Ни у одного мужчины еще не было повода усомниться в моей отваге, — хмыкнул сир Патрек, — а у женщины и подавно.

— Пришлите леди Вель ко мне, лорд Сноу, — поджала губы Селиса. — Я должна рассказать ей о долге благородной леди перед ее мужем.

«То-то будет весело». Знай королева, что Вель наговорила о Ширен, раздумала бы, пожалуй, выдавать ее за своего рыцаря.

— Как вашему величеству угодно, но если мне будет позволено...

— Мы вас более не удерживаем, лорд Сноу.

Джон преклонил колено и вышел.

Спускался он через две ступеньки, кивая часовым — их расставили на каждой площадке для защиты от свирепых дикарей, — но тут его окликнули сверху.

— Леди Мелисандра, — поднял голову Джон.

— Нам нужно поговорить.

«Нужно ли?»

— Меня ждут дела, миледи.

— Об этих делах я и желаю побеседовать. — Она стала спускаться, шурша алыми юбками по ступеням — казалось, будто она не идет, а плывет. — Где ваш лютоволк?

— Спит в моих комнатах. Ее величество не разрешает мне его приводить — говорит, что он пугает принцессу, а выпускать его я не решаюсь из-за Боррока с кабаном. — Как только вернется обоз, отбывший с кланом Тюленебоя в Зеленый Дозор, оборотень уедет в Каменную Дверь с Сореном Щитоломом. В ожидании этого Боррок поселился в одной из древних гробниц на кладбище замка; с мертвыми ему, похоже, приятнее, чем с живыми, а его вепрь может всласть порыться в могилах. — Этот зверь с быка ростом, и клыки у него как мечи. Призрак непременно на него кинется, и кто-то из них — или оба — не выйдет из схватки живым.

— Вам не о Борроке следует беспокоиться. Этот поход...

— Ваше слово могло бы переубедить королеву.

— Здесь Селиса права: предоставьте этих людей их участи. Несчастных уже не спасти. Ваши корабли...

— Их осталось шесть, больше половины флотилии.

— Ни один из них не вернется. Я видела это в огне.

— Ваш огонь зачастую лжет.

— Да, порой я могу ошибиться, однако...

— Девочка в сером на умирающей лошади. Кинжалы во тьме. Принц, рожденный среди дыма и соли. По мне, вы только и делаете, что ошибаетесь. Где Станнис, где моя сестра? Что случилось с Гремучей Рубашкой и его копьеносицами?

— Посмотрите на небо, лорд Сноу. Ответ придет оттуда. Как получите его, пошлите за мной. Зима почти настала, и я единственная ваша надежда.

— Надежда — для дураков.

Во дворе Джона ждал Кожаный.

— Торегг вернулся, — доложил он. — Его отец разместил своих людей в Дубовом Щите и будет здесь сегодня с восьмьюдесятью бойцами. Что сказала бородатая королева?

— Ее величество отказала нам в помощи.

— Не до того, да? Бороду выщипывать надо? Пес с ней, хватит и наших с Тормундовыми.

«Туда дойти хватит, а вот обратно...» С ними будут тысячи вольных людей, больных и голодных. Целая человеческая река, ползущая медленней, чем ледник. Упыри в лесу и в воде...

— Не знаю, хватит ли и сколько бы нам хватило, — сказал Джон. — Сто человек, двести, тысяча? — Маленький отряд быстрее доберется до Сурового Дома, но что толку в мечах, когда нечего есть? Люди Матери Кротихи уже за мертвецов принялись. Значит, надо грузить телеги, санки, брать ездовых животных — волов, лошадей, собак — и опять-таки ползти через лес с тяжелым обозом. — Надо подумать. Скажи всем командирам, чтобы собрались в Щитовом Чертоге к началу вечерней стражи — может, и Тормунд уже вернется. Где сейчас Торегг?

— У уродца, поди — положил глаз на одну из его кормилок.

На Вель он глаз положил. Ее сестра была королевой, почему бы и ей не стать? Тормунд сам бы объявил себя Королем за Стеной, да Манс его обошел. Может статься, и Торегг о том же мечтает — лучше уж он, чем Геррик Королевич.

— Ладно, с Тореггом после поговорю. — Джон взглянул на Стену. Тускло-белая, как и небо над ней. Зимнее небо. — Хоть бы опять вьюга не началась.

У оружейной ежились Малли с Блохой.

— Зашли бы внутрь от стужи, — сказал им Джон.

— Мы бы зашли, милорд, да волк ваш нынче не в настроении, — сказал Фульк-Блоха.

— Чуть клок из меня не вырвал, — подтвердил Малли.

— Призрак? — опешил Джон.

— Коли у вашей милости второго белого волка нет, то он. Никогда его таким не видел, как есть дикий зверь.

Часовые сказали правду: лютоволк метался из одного конца оружейной в другой.

— Тихо, Призрак. Сидеть. Тихо. — Джон протянул руку, и волк оскалился, вздыбив шерсть. Все из-за проклятого кабана — Призрак и здесь его чует.

— Сноу, Сноу, снег, снег! — орал ворон Мормонта, не менее взбудораженный.

Джон, отогнав его, велел Атласу разжечь огонь, а после сходить за Боуэном Муршем и Отеллом Ярвиком.

— И подогретого вина принеси.

— Три чаши, милорд?

— Шесть: тебе, Малли и Фульку тоже не мешает погреться.

Джон в который раз сверился с картами земель за Стеной. Самый быстрый путь к Суровому Дому — от Восточного Дозора, вдоль моря. Лес там редок, местность низменная, с солеными болотами, и снег вряд ли идет, скорее уж дождь. Великаны тоже в Восточном: может, кто и согласится помочь. Путь из Черного Замка, с другой стороны, ведет в самое сердце Зачарованного леса — если у Стены снег глубок, что же будет там?

Пришли лорд-стюард и первый строитель. Мурш шмыгал носом, Ярвик был хмур.

— Опять буря, — сказал он. — Как быть с работами? Мне нужно больше строителей.

— Используйте вольный народ, — посоветовал Джон.

— От них больше хлопот, чем пользы. Лентяи и неумехи. Работящие тоже попадаются, это так, но каменщиков или там кузнецов среди них не сыщешь. Разве что тяжести таскать, и то что-нибудь да напортят. Изволь тут возводить крепости из руин. Невозможное это дело, милорд, честно скажу — невозможное.

— Раз невозможное, пусть так и живут в руинах.

Лорд должен быть уверен, что советники говорят ему правду. Мурш и Ярвик, надо отдать им должное, лгать и пресмыкаться не станут, но и помощи от них мало. Джон заранее знал, что они ему скажут.

Особенно когда дело касается вольного народа, неприязнь к которому въелась в их плоть и кровь. Когда Джон выделил Каменную Дверь Сорену Щитолому, Ярвик заявил, что этот замок слишком уединенный. Как знать, что выкинет Сорен в пустынных холмах? По поводу передачи Тормунду Дубового Щита, а Морне Белой Маске — Врат Королевы Мурш заметил, что Черный Замок будет с двух сторон окружен врагами, которые легко отрежут его от прочих замков Стены. Или Боррока взять: в лесу у Каменной Двери полным-полно диких свиней — что, если оборотень соберет из них войско?

Джон спрашивал их, кого из вождей лучше поселить в Морозном Холме и Серебряном Инее. «У нас есть Брогг, Гэвин-Меняла, Великий Морж... Хауд Скиталец, по словам Тормунда, одиночка, но остаются еще Харл Охотник, Харл Красивый, Слепой Досс. У Игона Старого Отца свое небольшое племя, в основном родные дети и внуки — и восемнадцать жен, половину которых он взял в набегах. Кому отдадим?»

«Никому, — отрезал Мурш. — Дела этих вожаков мне хорошо известны — петлю им на шею пожаловать, а не замок».

«Верно, — поддержал его Ярвик. — Один другого хуже. Вы бы еще стаю волков привели, милорд, и спросили нас, которому горло подставить».

То же самое вышло с Суровым Домом. Пока Атлас разливал вино, Джон рассказывал о своей аудиенции у королевы. Ярвик осушал чашу за чашей, Мурш не пил вовсе.

— Устами ее величества глаголет мудрость, — сказал он, выслушав до конца. — Предоставьте их собственной участи.

— Другого совета, милорд, вы не можете предложить? Тормунд приведет восемьдесят бойцов — сколько из них взять с собой? Брать ли копьеносиц из Бочонка, обращаться ли к великанам? Если с нами пойдут женщины, людям Матери Кротихи будет спокойнее.

— Берите женщин. Берите великанов. Берите грудных младенцев. Это милорд желает услышать? — Боуэн Мурш потер шрам, полученный на Мосту Черепов. — Больше убитых, меньше лишних ртов.

— Пусть одичалые сами спасают своих, — присоединился к лорду-стюарду Ярвик. — Дорогу в Суровый Дом Тормунд знает. Послушать его, он одним членом побьет врага.

«Бесполезно, — понял Джон. — Безнадежно».

— Благодарю за совет, милорды.

Атлас помог им надеть плащи, Призрак принюхивался, ощетинившись и задрав хвост. Ночной Дозор нуждается в мудрости мейстера Эйемона, в учености Сэма Тарли, в мужестве Куорена Полурукого, в неуступчивости Старого Медведя, в добром сердце Донала Нойе. Вместо них всех у Дозора остались Ярвик и Мурш.

На дворе валил снег.

— Ветер с юга, — заметил Ярвик, — прямо на Стену метет.

И верно. Деревянные двери внизу уже завалило, лестницы до первой площадки не было видно.

— Сколько у нас человек в ледовых камерах? — спросил Джон.

— Четверо живых, двое мертвых, — ответил Мурш.

Джон совсем забыл про трупы, привезенные из рощи чардрев. Он надеялся узнать что-то новое об упырях, но мертвецы упорно не оживали.

— Надо их откопать.
— Сейчас пришлю десяток стюардов с лопатами.
— И Вун-Вуна позовите.
— Как скажете.

Десять стюардов и один великан быстро разгребли снег, но Джон опасался, что к утру двери опять занесет.

— Надо перевести узников в другое место.
— Карстарка тоже, милорд? — спросил Фульк-Блоха. — Не оставить ли его там до весны?
— Хорошо бы, но нет. — Криган Карстарк в последние дни выл по-волчьи и кидал в стражников, приносивших ему еду, замерзшими нечистотами — любить его сильнее за это не стали. — Посадите его в склеп под башней лорда-командующего. — Подвалы разрушенной башни остались нетронутыми, и там было все-таки теплей, чем в ледовой камере.

Криган лягался и пытался кусаться, но его все-таки одолели и потащили по глубокому снегу к новой тюрьме.

— Как быть с трупами? — осведомился Мурш после перевода живых.
— Пусть остаются во льду. — Завалит мертвецов снегом, и ладно. Когда-нибудь их придется сжечь, но пока они надежно закованы в железные цепи и притом мертвы, авось обойдется.

Тормунд прискакал как нельзя вовремя, после расчистки снега. С собой он привел только пятьдесят воинов вместо обещанных восьмидесяти, но ведь Краснобаем его прозвали не зря. Борода и усы у него обмерзли, он громко требовал эля и горячей еды.

Кто-то уже успел ему рассказать о Геррике Королевиче.

— Король одичалых? — гремел Тормунд — Король моей мохнатой задницы, вот он кто.
— Ну, держится он по-королевски, — поддразнил Джон.
— Хрен рыжий. Реймун Рыжебородый и его сыновья полегли на Длинном озере стараниями твоих проклятущих Старков и Пьяного Гиганта, только младший братец остался жив. За что его прозвали Красным Усом, по-твоему? В бой-то он летел первым, а потом барду, слагавшему песню об этой битве, понадобилась рифма для «труса». Но раз рыцарям королевы так понадобились Герриковы девчонки, то на здоровье.

— Девчонки, — крикнул ворон. — Девчонки.

— Умная птица, — расхохотался Тормунд. — Что возьмешь за него, Сноу? Я тебе сына отдал — мог бы и подарить.

— Подарил бы, да боюсь, что ты его съешь.

— Съешь, — заволновался и захлопал крыльями ворон. — Зерно?

— Надо потолковать о походе, — сказал Джон. — Хочу, чтобы в Щитовом Чертоге мы были с тобой заодно... — Малли, заглянув в дверь, доложил, что пришел Клидас с письмом. — Пусть оставит тебе, я после прочту.

— Да, милорд, только он сам не свой, Клидас-то... белый весь и трясется.

— Черные крылья, черные вести, — пробормотал Тормунд. — Так ведь у вас, поклонщиков, говорится?

— У нас много чего говорится. «Вылечишь простуду — наживешь лихорадку». Или, скажем, «не пей с дорнийцами в полнолуние».

— Моя бабуля говаривала, — внес свою лепту Малли, — что летняя дружба тает, а зимняя держится вечно.

— Ну, помудрствовали и хватит. Зови сюда Клидаса.

Малли не преувеличивал: пожилой стюард трясся и был очень бледен.

— Может быть, это и глупо, лорд-командующий, но я испугался. Видите?

«Бастарду», — значилось с внешней стороны свитка. Не «лорду Сноу», не «Джону Сноу», не «лорду-командующему» — просто «бастарду». Запечатывал письмо твердый розовый воск.

— Ты правильно сделал, что пришел сразу, Клидас. — «И боишься не зря». Джон взломал печать и прочел:

Твой лжекороль мертв, бастард. Его войско разбито после семи дней сражения. Его волшебный меч перешел ко мне. Скажи это его красной шлюхе.

Головы его друзей украсили стены Винтерфелла. Приезжай, бастард, и посмотри сам. Твой лжекороль лгал — лжешь и ты. Объявив всему миру, что сжег Короля за Стеной, ты послал его в Винтерфелл, чтобы украсть у меня жену.

Когда вернешь ее мне, сможешь его забрать. Я выставил Манса-Разбойника в клетке напоказ всему Северу. Для тепла ему сшили плащ из шкур шести баб, которые были с ним.

Вместе с моей женой ты пришлешь мне лжекоролеву, ее дочку, красную ведьму и принцессу одичалых. А еще маленького одичалого принца и моего Вонючку. Сделаешь это — не трону ни тебя, ни твоих ворон. Не сделаешь — съем твое бастардово сердце.

Рамси Болтон, законный лорд Винтерфелла.

— Сноу? — окликнул Тормунд. — Можно подумать, из этого пергамента только что вывалилась голова твоего отца.

Джон ответил не сразу.

— Проводи Клидаса, Малли. Темно уже, и дорожки скользкие. Ты, Атлас, тоже с ними иди. — Дождавшись, когда они вышли, Джон сунул письмо Тормунду. — На, читай.

— Грамотки Тормунд Громовой Кулак не выучился читать — у него поважней дела были. Все одно, ничего хорошего в них не пишут.

— Это верно, не пишут. — Черные крылья, черные вести... В старых поговорках мудрости больше, чем ему кажется. — Письмо от Рамси Сноу, сейчас я тебе прочту.

— Хар-р, — сказал, дослушав до конца, Тормунд. — Ну и дела. Нешто Манс взаправду у него в клетке сидит? Красная ведьма сожгла его на виду у сотен вольных людей.

«Она Гремучую Рубашку сожгла, — чуть было не сказал Джон. — Навела свои чары и обманула всех».

— «Посмотрите на небо», — сказала мне Мелисандра. Ворон... Она его видела. *Когда получите свой ответ, пошлите за мной.*

— Может, и врет, конечно, — поскреб бороду Тормунд. — Я бы тоже мог написать перышком на пергаменте, что член у меня длиной и толщиной с руку.

— У него Светозарный. Он знает, сколько женщин было с Мансом. — «И о самом Мансе знает». — Доля правды тут точно есть.

— Может, и так. Что делать будешь, ворона?

Джон согнул и разогнул пальцы. Ночной Дозор не принимает ничью сторону. *То, что вы предлагаете, равносильно измене.* Он вспомнил Робба со снежинками в волосах. *Убей мальчика и дай мужчине родиться.* Вспомнил Брана, лазившего по башням, как обезьянка. Вспомнил заливистый смех Рикона. Вспомнил, как Санса расчесывала Леди и мурлыкала песенку. *Ничего ты не знаешь, Джон Сноу.* Вспомнил Арью с волосами как воронье гнездо. *Ему сшили плащ из шкур шести баб. Ты вернешь мне жену... вернешь мне жену... вернешь мне жену.*

— Придется, как видно, поменять план.

Джон проговорил с Тормундом часа два — за это время Фулька и Малли успели сменить Конь и Рори.

— За мной, — сказал он часовым. Призрак тоже собрался идти, но Джон его не пустил, боясь, что в Щитовом Чертоге будет и Боррок — только драки волка с вепрем ему еще не хватало.

Щитовой Чертог, одно из старейших зданий Черного Замка, представлял собой длинный зал из темного камня с дубовыми стропилами, покрытыми вековой копотью. Во дни расцвета Ночного Дозора на его стенах висели ряды ярко раскрашенных деревянных щитов: каждый рыцарь, вступая в братство, отказывался от прежнего герба и брал себе простой черный щит — как и теперь, впрочем.

Сотни рыцарей, сотни щитов. Орлы, ястребы, драконы, грифоны, солнца, олени, волки, мантикоры, быки, цветы и деревья, арфы, копья, крабы и кракены, львы красные, золотые и клетчатые, совы, агнцы, русалки и водяные, кони, звезды, люди с содранной кожей, горящие и повешенные, топоры, мечи, черепахи, единороги, медведи, гусиные перья, пауки, змеи и скорпионы, расписанные во все цвета радуги.

Когда рыцарь умирал, его щит уходил с ним в гробницу или на погребальный костер. Шли годы, шли века, и в Дозор вступало все меньше рыцарей. В один прекрасный день рыцарям Черного Замка стала не нужна отдельная трапезная, и Щитовой Чертог был заброшен — за последнюю сотню лет им пользовались лишь в редких случаях. В темном и грязном зале гуляли сквозняки, подвал кишел крысами, источенные червями стропила обросли паутиной, но поместиться здесь могли человек двести, а если потесниться, то вдвое больше.

Когда Джон и Тормунд вошли, по чертогу пронесся гул, будто осиное гнездо растревожили. Одичалых, судя по редким островкам черного, собралось впятеро больше, чем ворон. На стенах оставалось меньше дюжины щитов — облупленных, поблекших, с длинными трещинами, — но в железных гнездах горели факелы, а столы и скамьи Джон распорядился внести заранее. «Сидячие тебя слушают, — говорил ему когда-то мейстер Эйемон, — а стоячие сами норовят покричать».

Они с Тормундом поднялись на осевший помост в дальнем конце чертога. Джон воздел руки, но осиное гудение только усилилось; тишина настала, лишь когда Тормунд протрубил в рог.

— Я созвал вас, чтобы поговорить о спасении вольных людей из Сурового Дома, — начал Джон. — Они голодают и не могут уйти: в лесу, как нам пишут, бродит множество упырей. — Мурш и Ярвик сидели слева, Отелл со своими строителями, Боуэн с Виком-Строгалем, Лью-Левшой и Альфом из Грязей. Справа Джон видел Сорена Щитолома со скрещенными на груди руками. Чуть дальше перешептывались Гэвин-Меняла и Харл Красивый. Игона Старого Отца окружали жены, Хауд Скиталец был одинок. Боррок — к счастью, без вепря — прислонился к стенке в темном углу. — Корабли, которые я послал за Матерью Кротихой и ее последователями, попали в шторм, и половина из них погибла. Надо отправлять помощь сушей, иначе в Суровом Доме не останется ни единой живой души. — Два рыцаря королевы, сир Нарберт и сир Бенетон, стояли у самой двери, остальные явиться не соизволили. — Я надеялся сам возглавить этот поход и привести назад как можно больше вольных людей... — Внимание Джона привлек красный блик: леди Мелисандра присутствовала. — Однако новые обстоятельства препятствуют этому. Вас поведет Тормунд Великанья Смерть, которого все вы знаете. Я обещал дать ему столько людей, сколько он пожелает.

— А где будешь ты, ворона? — громовым голосом спросил Боррок. — В Черном Замке со своим белым псом?

— Нет. Я поеду на юг, — сказал Джон и прочитал во всеуслышание письмо Рамси Болтона.

Щитовой Чертог обезумел.

Все выкрикивали свое, вскакивали на ноги, потрясали кулаками — и скамейки не помогли. Мечи вынимались из ножен, топоры молотили по щитам. Джон взглянул на Тормунда, и тот снова протрубил в рог — вдвое дольше и громче, чем в первый раз.

— Ночной Дозор не принимает участия в войнах Семи Королевств, — заговорил Джон, дождавшись подобия тишины. — Нам невместно идти на Бастарда Болтонского, мстить за Станниса Баратеона, защищать его вдову с дочерью. Изверг, шьющий плащи из кожи женщин, поклялся съесть мое сердце, и я намерен притянуть его к ответу за эти слова — но не стану просить моих братьев нарушить обеты. Люди Ночного Дозора пойдут в Суровый Дом, я же отправлюсь в Винтерфелл один, если только... если кто-то из вас не захочет пойти со мной.

Он не обманулся в своих надеждах. Поднялся такой рев, что два старых щита упали со стен. Вперед выходили Сорен, Скиталец, Торегг, Брогг, Харл Охотник и Харл Красивый, Игон Старый Отец, Слепой Досс, даже Великий Морж. «Жди нас, бастард. Мы идем».

От Джона не укрылось, что Мурш и Ярвик незаметно покинули чертог вместе со своими людьми. Пусть их, это не важно. Никто не сможет сказать, что он заставил своих братьев нарушить присягу: клятвопреступление он совершит один.

Тормунд стукнул его по спине, ухмыляясь щербатым ртом от уха до уха.

— Хорошо сказано, ворона, а теперь подавай мед! Своих воинов полагается поить допьяна. Мы еще сделаем из тебя одичалого, хар-р!

— Сейчас велю подать эля, — рассеянно сказал Джон. Мелисандра тоже ушла, и рыцари королевы исчезли. Надо было сначала зайти к Селисе, сказать, что ее короля нет в живых. — Прошу меня извинить — напои их сам.

— Эта задача мне по плечу, ворона. Ступай.

Джон вышел из чертога с Конем и Рори. После королевы надо будет поговорить с Мелисандрой. Раз она разглядела в метели ворона, то и Рамси найдет. Думая об этом, он услыхал рев, сотрясший, казалось, саму Стену, а за ним леденящий кровь вопль.

— В башне Хардина кричат, милорд, — сказал Конь.

Вель? Нет, это не женский крик — так может кричать лишь мужчина в предсмертных муках. Джон пустился бежать.

— Не упыри ли? — спрашивал Рори.

Кто знает. Неужто трупы в ледовых камерах сумели освободиться?

Вопли смолкли, но Вун Вег Вун Дар Вун продолжал реветь. Великан размахивал чьим-то окровавленным телом, держа его за ногу, — так Арья в детстве мотала куклой, когда ее заставляли есть овощи. Правая рука мертвеца валялась на обагренном снегу.

— Брось его, Вун-Вун, — крикнул Джон. — Брось.

Великан, сам с ранами от меча на животе и руке, то ли не слышал, то ли не понимал. Он бил мертвым рыцарем о башню, пока не размозжил ему голову. Белый шерстяной плащ рыцаря был оторочен серебряной парчой и усеян синими звездами.

Из ближних домов и башен бежали люди — северяне, вольный народ, другие рыцари королевы.

— Оттесните их, — скомандовал Джон черным братьям. — Не пускайте сюда никого, особенно людей королевы.

Убитый, судя по эмблеме, при жизни звался сиром Патреком с Королевской Горы; как бы сиру Брюсу, сиру Малегорну или еще кому-то не вздумалось за него отомстить.

Вун-Вун, снова взревев, оторвал рыцарю другую руку — точно ребенок, обрывающий лепестки маргаритки.

— Кожаный, поговори с ним, успокой его. Он ведь понимает древний язык. Все остальные прочь! И уберите оружие, не пугайте его. — Разве они не видят, что Вун-Вун ранен? Только бы избежать новых жертв. Они не имеют понятия о силище великана. В темноте блеснула сталь, и Джон повернулся туда. — Уберите оружие, я сказал! Спрячь нож, Вик...

Нож Вика-Строгаля полоснул его по горлу. Джон успел отскочить, и клинок только оцарапал кожу.

— За что? — вскричал он, зажимая порез рукой.

— За Дозор. — Вик замахнулся снова, но Джон вывернул ему руку, и он уронил нож. Долговязый стюард попятился, выставив ладони вперед: я, мол, тут ни при чем.

Джон никак не мог извлечь Длинный Коготь из ножен — пальцы не слушались.

— За Дозор. — Боуэн Мурш, заливаясь слезами, вонзил свой кинжал и отвел руку, оставив клинок в животе.

Джон, упав на колени, выдернул нож. Рана дымилась на холоде.

— Призрак, — прошептал он, мучимый болью. *Коли острым концом*. Третий кинжал вошел в спину между лопаток, и Джон ничком повалился на снег. Четвертого кинжала он не ощутил — только холод.

ДЕСНИЦА КОРОЛЕВЫ

Дорнийский принц умирал три дня.

Последний вздох он испустил на хмуром рассвете, когда холодный дождь превратил в реки кирпичные улицы старого города. Ливень потушил пожары, но руины пирамиды Хазкаров еще дымились. Черная пирамида Йерицанов, где устроил себе логово Рейегаль, сидела в полутьме, как украшенная янтарями толстуха.

«Может, боги не так уж и глухи, — думал сир Барристан Селми, глядя на оранжевые огни. — Не будь дождя, весь Миэрин выгорел бы дотла».

Драконов он не видел и не ожидал, что увидит: не любят они, когда с неба льет. На востоке прорезалась красная черта, словно кровь выступила из раны. Даже при глубоких надрезах кровь часто приходит раньше, чем боль.

Каждое утро он стоял на вершине Великой Пирамиды и смотрел в небо, надеясь, что вместе с солнцем вернется и королева. «Она не покинет нас, не оставит свой народ», — говорил себе рыцарь под доносящиеся из ее покоев предсмертные хрипы принца.

Сир Барристан вошел внутрь, оставляя мокрые следы на коврах. Квентина Мартелла как принца и рыцаря по его приказу уложили на кровать Дейенерис. Это лишь справедливо, если он умрет на постели, в которую так стремился попасть. Подушки, простыни и перины были испорчены кровью и копотью, но сиру Барристану казалось, что Дейенерис его простит.

Миссандея не отходила от принца ни днем, ни ночью. Она давала ему воду и маковое молоко, когда он мог пить, вслушивалась в его неразборчивые слова, читала ему, когда он успокаивался, и спала тут же на стуле. Пажи королевы, которых рыцарь просил помочь, не смогли вынести вида страшных ожогов. Лазурные Благодати, за которыми посылали четыре раза, не пришли — быть может, сивая кобыла уже умчала их всех.

— Досточтимый сир, принцу уже не больно, — сказала девочка. — Дорнийские боги забрали его домой. Видите, он улыбается.

С чего она взяла? Губ у него больше нет. Лучше бы драконы пожрали его живьем, это было бы милосерднее. Недаром же в аду вечно пылает огонь.

— Накрой его.

Миссандея прикрыла лицо покойного простыней.

— Как с ним поступят, сир? Его дом так далеко отсюда.

— Я позабочусь, чтобы его доставили в Дорн. — Но как? В виде праха? Жечь его еще раз у Селми не поднималась рука. Надо будет очистить кости, скормив плоть насекомым. Молчаливые Сестры именно так и делают, но здесь другие обычаи. — Ложись в свою постель, дитя, и поспи.

— Вам бы тоже не мешало, сир, да простится вашей слуге ее дерзость. Вы ни одной ночи полностью не проспали.

«Да. С самого Трезубца, дитя». Великий мейстер Пицель говорил, что старики нуждаются в сне меньше, чем молодые, но дело не только в этом. В его возрасте засыпать страшновато: а ну как уже не проснешься. Многие были бы не против столь мирной смерти, но рыцарю Королевской Гвардии так умирать не годится.

— Ночь длится долго, а дел куда как много. Ступай же, дитя, отдохни. — «Если боги будут милостивы, драконы тебе не приснятся».

Он отвел простыню, чтобы еще раз взглянуть на то, что осталось от лица Квентина. Череп во многих места обнажился, глаза гноились. Напрасно он не остался в Дорне: не всем дано танцевать с драконами. Королеву вот и прикрыть некому. Может быть, она давно уже лежит в травах дотракийского моря и смотрит в небо невидящими глазами.

— Нет, — произнес вслух рыцарь, — Дейенерис жива. Я сам видел, как она улетала верхом на драконе. — Он повторял это себе сотню раз, но вера с каждым разом слабела. У нее вспыхнули волосы — это он тоже видел. А ее падение видели сотни людей, если их клятвы чего-то стоят.

В город понемногу прокрадывался день. Вскоре явился Скахаз — в черной юбке, наручах и рельефном панцире, как всегда. На сгибе руки он нес новую маску, волка с высунутым языком.

— Что, умер наконец дуралей?

— Принц Квентин скончался на рассвете. — Селми не удивился, что Скахаз уже знает: слухи в пирамиде распространяются быстро. — Совет уже в сборе?

— Ожидают только десницу.

«Я не десница! — хотелось крикнуть сиру Барристану. — Я простой рыцарь, телохранитель ее величества. Власть никогда меня не прельщала». Но когда королевы нет, а король в цепях, кто-то должен встать у кормила — либо он, либо Лысый, которому он не верит.

— От Зеленой Благодати что-нибудь слышно?

— Она еще не вернулась. — Скахаз противился ее отъезду, сама Галацца Галар тоже испытывала сомнения. Она соглашалась стать послом ради сохранения мира, но Гиздар зо Лорак, по ее словам, справился бы гораздо лучше. В конце концов сир Барристан ее уломал, и она поклялась сделать все, что сможет.

— Как дела в городе?

— Все ворота заперты, как ты приказал. Всех оставшихся внутри наемников и юнкайцев выставляем вон или под стражу берем. Многие затаились в пирамидах, можно не сомневаться. Безупречные стоят на стенах и башнях. На площади мокнут в своих токарах сотни две великих господ, требуя освободить Гиздара, убить меня и уничтожить драконов — кто-то сказал им, что у рыцарей это получается ловко. Из пирамиды Хазкаров все еще вытаскивают тела, Йерицаны и Ухлезы уступили свои жилища драконам.

Все это сир Барристан уже знал.

— Сколько убитых за ночь? — спросил он, боясь услышать ответ.

— Двадцать девять.

— Двадцать девять? — Он не думал, что все так плохо. Сыны Гарпии возобновили свою теневую войну: в первую ночь трое убитых, во вторую девять, но чтобы такой скачок?

— К полудню перевалит за тридцать. Чего ты так побледнел, старик? Думал, будет иначе? Сынки Гиздара снова вышли на улицу с ножами в руках. Убивают вольноотпущенников и лысых, как раньше. Один мой, из Бронзовых Бестий. Рядом с трупами рисуют мелом знак Гарпии — на стенах, на мостовой. Пишут еще «Смерть драконам», «Слава Гархазу», «Долой Дейенерис». Теперь-то уж дождь все смыл.

— Мы приняли решение о кровавой дани.

— Две тысячи девятьсот золотых с каждой пирамиды мы соберем, но Гарпию этим не остановишь. За кровь платят только кровью.

— Это по-твоему так. — Сейчас снова заведет речь о заложниках — будь его воля, он бы их всех перебил. — В сотый раз отвечаю: нет.

— Тоже мне десница, — пробурчал Скахаз. — Старая, сморщенная и хилая. Хоть бы Дейенерис поскорее вернулась. Твой совет тебя ждет, — напомнил он, надев свою волчью маску.

— Совет королевы. — Сделав эту поправку, сир Барристан сменил промокший плащ на сухой, пристегнул пояс и вместе с Лысым отправился вниз.

Просителей в зале с колоннами больше не принимали: сир Барристан считал, что не уполномочен это делать в отсутствие королевы, и Скахазу тоже не разрешал. Нелепые драконьи троны, поставленные Гиздаром, убрали, но скамью Дейенерис пока не вернули на место: вместо нее в середине зала стоял круглый стол с высокими стульями, за которым члены совета могли говорить на равных.

При виде сходящего по лестнице сира Барристана все поднялись. Детей Неопалимой представлял Марслин, Вольных Братьев — Саймон Исполосованный. Крепкие Щиты выбрали себе нового капитана, чернокожего летнийца по имени Таль Торак: прежнего, Моллоно Йос Доба, унесла сивая кобыла. От Безупречных в совете заседал Серый Червь с тремя своими сержантами в остроконечных бронзовых шапках. Вороны-Буревестники вместо отсутствующего Даарио Нахариса прислали двух ветеранов: лучника Джокина и сурового воина с топором, прозываемого Вдовец. Кхаласар почти весь ушел на поиски Дейенерис, но от имени немногих оставшихся в городе дотракийцев говорил кривоногий джакка-рхан Роммо.

За столом сидели также бойцы Гиздара: Гогор-Великан, Белакуо-Костолом, Камаррон Три Счета и Пятнистый Кот. Селми вопреки недовольству Скахаза настоял на том, чтобы их пригласили в совет: бойцовые рабы помогали Дейенерис при взятии города. Закоренелые убийцы, настоящие звери, они тем не менее хранили нерушимую верность и королю Гиздару, и его королеве.

Последним в чертог ввалился Силач Бельвас.

Смерть отметила его своей печатью. Он сильно исхудал; смуглая, испещренная шрамами кожа висела на нем, как одежда с чужого плеча, походка стала медленной и нетвердой, но старый рыцарь все равно порадовался, увидев его. Они с Бельвасом совершили вместе долгое путешествие, и сир Барристан знал, что в случае опасности может на него положиться.

— Бельвас. Мы рады, что ты вновь с нами.

— Здравствуй, Белобородый. Где же печенка с луком? Силач Бельвас не так силен, как бывало: ему надо есть, набираться сил. Силача испортили. Кто-то умрет за это.

«Умрет скорее всего не один, а многие».

— Садись же, дружище. — Бельвас сел, и сир Барристан сказал: — Нынче утром, на рассвете, скончался Квентин Мартелл.

— Объездчик драконов, — засмеялся Вдовец.

— Непроходимый дурак, — бросил Саймон.

«Нет... просто мальчик». Сиру Барристану помнились безумства собственной юности.

— Не будем говорить дурно о мертвых. Он сполна расплатился за то, что сделал.

— А другие дорнийцы? — спросил Таль Торак.

— Взяты под стражу. — Сопротивления они не оказывали. Арчибальд Айронвуд, когда пришли Бронзовые Бестии, прижимал покрытого ожогами принца к себе — его руки, которыми он сбивал с Квентина пламя, тоже сильно пострадали. Геррис Дринквотер, стоявший над ними с мечом, при виде Бестий сразу бросил оружие. — Они сидят в одной камере.

— На одной виселице их вздернуть за то, что драконов выпустили, — проворчал Саймон.

— Лучше открыть ямы и дать им мечи, — подал голос Пятнистый Кот. — Я убью обоих перед всем Миэрином.

— Ямы открывать не станем, — заявил Селми. — Кровь и шум притягивают драконов.

— Может, это и к лучшему? — сказал Марслин. — Вдруг черный тоже прилетит, а с ним королева.

Хорошо, если так. Без королевы Дрогон зальет город кровью и затопит огнем. Даже сидящие за этим столом неизбежно передерутся: вместе их держит одна только Дейенерис.

— Ее величество вернется, когда сочтет нужным, — сказал сир Барристан. — Мы согнали тысячу овец на Арену Дазнака, буйволов на Арену Грацца; на Золотой собраны звери, которых Гиздар зо Лорак припас для игр. — Оба дракона предпочитали баранину и подкрепляться летали к Дазнаку. Об охоте на людей, будь то в городе или за его стенами, пока не было слышно. Единственными, кого драконы убили после Гархаза, были обитатели пирамиды Хазкаров, имевшие глупость вступить в бой с Рейегалем. — Сейчас нас с вами ждут дела поважнее. Я послал Зеленую Благодать к юнкайцам договориться об освобождении наших заложников и к полудню жду ее обратно с ответом.

— Юнкайцев Вороны-Буревестники знают, — бросил Вдовец. — Языком они горазды работать. Наплетут Зеленой Благодати с три короба, но капитана не отдадут.

— Осмелюсь напомнить деснице, что в плену у мудрых господ остаются также наш Герой и Чхого, кровный всадник ее величества, — сказал Серый Червь.

— Кровь ее крови, — подхватил Роммо. — Его нужно освободить: честь кхаласара этого требует.

— Их всех освободят, — заверил сир Барристан, — но послушаем прежде, что скажет Зеленая Благодать.

— Ничего она не добьется. — Лысый грохнул кулаком по столу. — Хорошо еще, если не переметнется к юнкайцам. О чем она, собственно, должна с ними договориться?

— О выкупе, — сказал Селми. — За каждого заложника мы даем столько золота, сколько он весит.

— Мудрые мастера богаче ваших вестеросских лордов и в золоте не нуждаются, сир, — заметил Марслин.

— Зато их наемники до золота куда как охочи — отказав нам, юнкайцы рискуют с ними поссориться. — На мысль о выкупе Селми навела Миссандея, сам бы он не додумался. В Королевской Гавани подкупом ведал Мизинец, а врагов короны ссорил меж собой Варис; обязанности самого сира Барристана были намного проще. Миссандея в свои одиннадцать лет будет поумнее половины мужчин за этим столом. — Я просил Зеленую Благодать сделать это предложение в присутствии всех юнкайских военачальников, не иначе.

— Они все равно ей откажут, — сказал Саймон Исполосованный. — Потребуют, чтобы мы сперва истребили драконов и вернули на трон короля.

— Я молюсь, чтобы твои слова не сбылись. — «И очень боюсь, что сбудутся».

— Твои боги далеко и вряд ли услышат тебя, сир дедушка, — рассудил Вдовец. — Что будет, когда старуха вернется ни с чем?

— Кровь и огонь, — едва слышно промолвил Барристан Селми.

После долгого молчания Силач Бельвас похлопал себя по животу и сказал:

— Это будет получше печенки с луком.

— Собираешься нарушить Гиздаров мир, старина? — спросил Лысый, глядя на рыцаря сквозь прорези волчьей маски.

— Если нужда придет, — ответил Селми. Мальчик, которого принц некогда прозвал Барристаном Смелым, все еще жил в нем. — На вершине пирамиды, где раньше стояла гарпия, мы сложили костер. Сухие дрова, политые маслом и хорошо укрытые от дождя. Когда настанет время — молюсь, чтобы оно никогда не настало, — этот маяк будет зажжен и послужит сигналом к нашей атаке. На вылазку пойдут все солдаты, сколько есть в городе, поэтому вы должны быть наготове и днем, и ночью. Либо мы разгромим врага, либо погибнем сами. — Рыцарь сделал знак своим новым оруженосцам. — Я приготовил для вас карты, где отмечены вражеские позиции, их лагеря, осадные линии и требушеты. Увидев, что наша берет, наемники тут же бросят своих хозяев. Если у кого есть сомнения и вопросы, высказывайтесь: из-за стола мы должны выйти в полном единодушии.

— Распорядись, чтобы нам подали еду и питье, — предложил Саймон. — Мне сдается, это надолго.

Совещание заняло все утро и солидную долю дня. Капитаны препирались над картами, как рыбные торговки над свежим уловом. Слабые стороны, сильные стороны; как лучше использовать немногочисленных лучников; посылать на юнкайцев слонов или придержать их на будущее; кому доверят честь идти в первых рядах; где поставить кавалерию — в авангарде или на флангах.

Сир Барристан выслушал всех и каждого. Таль Торак предлагал сразу же после прорыва осады выступить на Юнкай: неприятель, опасаясь за свой Желтый Город, тут же снимется и пойдет следом. Пятнистый Кот хотел все решить поединком. Бельвас его поддерживал, но заявлял, что бойцом от Миэрина будет он, а не Кот. Камаррон Три Счета намеревался захватить стоящие на реке корабли, чтобы триста бойцов с арены могли зайти по Скахазадхану юнкайцам в тыл. Соглашаясь с тем, что Безупречные — цвет миэринского войска, все расходились в том, как разыграть этот козырь с наибольшей выгодой для себя. Вдовец видел в них железный кулак, дробящий юнкайскую оборону; Марслин полагал, что им место на флангах — тогда враг не сможет спутать ряды; Саймон предлагал разбить евнухов на три части и усилить ими три отряда вольноотпущенников. Его Вольные Братья, несмотря на всю отвагу и готовность сразиться, еще не бывали в бою и без такой подмоги стычку с матерыми наемниками вряд ли выдержат. Серый Червь сказал, что Безупречные подчинятся любому решению.

Когда согласие наконец было достигнуто, Саймон Исполосованный затронул последний вопрос.

— Я был в Юнкае рабом и видел, как мой хозяин заключал сделки с капитанами вольных отрядов. Наемников я хорошо изучил: биться с драконами они ни за какие деньги не станут. Поэтому я спрашиваю: будут ли драконы участвовать в битве, если она состоится?

На это сир Барристан мог бы, не колеблясь, ответить «да». Шум битвы и запах крови привлекут их на поле боя, как Дрогона — на Арену Дазнака, но отличат ли они одну сторону от другой? Сомнительно.

— Будет так, как судьбе угодно, — сказал старый рыцарь. — Возможно, одна лишь тень драконовых крыльев обратит врага в бегство. — Он поблагодарил членов совета и отпустил их.

Серый Червь задержался после ухода всех остальных.

— Ваши солдаты будут готовы, когда загорится маяк, но ведь деснице известно, что юнкайцы убьют заложников, как только мы атакуем.

— Я сделаю все, чтобы предотвратить это, друг. Кое-что уже придумал, но сейчас извини меня: я должен сообщить дорнийцам о смерти их принца.

— Ваш слуга повинуется, — с поклоном сказал Серый Червь.

Сир Барристан спустился в темницы с двумя новоиспеченными рыцарями. Горе и чувство вины способны довести мужчин до безумия, а Геррис Дринквотер и Арчибальд Айронвуд оба причастны к кончине своего друга. Туму и Красному Агнцу он, однако, велел дожидаться у двери камеры и вошел внутрь один.

Сир Арчибальд, здоровяк, выслушал его молча, глядя на свои забинтованные руки. Сир Геррис ударил кулаком по стене.

— Я говорил ему, что это вопиющая глупость. Умолял его вернуться домой. Всем было ясно, что вашей суке-королеве он ни к чему. Он проехал полмира, чтобы предложить ей свою любовь, свою верность, а она над ним насмеялась.

— Ничего подобного она не делала, — возразил сир Барристан. — Вы поняли бы это, если бы лучше знали ее.

— Она презрела его. Швырнула назад сердце, которое он принес ей в дар, и отправилась утешаться с наемником.

— Придержите-ка язык, сир. — Сиру Барристану Геррис не нравился; как смеет этот дорниец чернить Дейенерис? — В смерти принца Квентина повинен он сам и вы двое.

— В чем же мы виноваты, сир? Квентин был нашим другом, верно... и большим глупцом, хотя все мечтатели таковы... но в первую очередь он был нашим принцем. Мы обязаны были повиноваться ему.

С этим сир Барристан, всю свою жизнь повиновавшийся безумцам и пьяницам, не мог спорить.

— Вся беда в том, что он пришел слишком поздно.

— Он предлагал ей свое сердце, — повторил Геррис.

— Ей нужны не сердца, а мечи.

— К ее услугам были все копья Дорна.

— Возможно. — Никто больше сира Барристана не желал, чтобы Дейенерис отдала предпочтение дорнийскому принцу. — Но он опоздал, и все, что он сделал после, — перекупил наемников, выпустил на волю драконов... Это не просто безумие, это измена.

— Он сделал это из любви к королеве, — не уступал Геррис. — Хотел доказать, что достоин ее руки.

— Он сделал это из любви к Дорну, — резко оборвал старый рыцарь. — Принимаете меня за выжившего из ума старика? Я всю жизнь провел среди королей, королев и принцев. Солнечное Копье хочет поднять восстание против Железного Трона — не трудитесь отрицать! Доран Мартелл не тот человек, чтобы созывать копья без надежды на победу, и принца Квентина сюда привел долг. Долг, честь, стремление к славе, но уж никак не любовь. Он приехал не за Дейенерис, а за драконами.

— Вы не знали его, сир. Он...

— Он умер, Дринк, — перебил Айронвуд, поднявшись с тюфяка, на котором сидел. — Слова не вернут нам ни его, ни Вилла, ни Клотуса. — Заткнись лучше, пока я сам тебя не заткнул. Как вы намерены поступить с нами, сир?

— Скахаз Лысый требует вас повесить. Вы убили четверых его людей — двое из них были вольноотпущенники, пришедшие с ее величеством из самого Астапора.

Айронвуда это, похоже, не удивило.

— Бестии, да... Я убил только одного, с головой василиска, других перебили наемники — но вам это, разумеется, все равно.

— Мы защищали Квентина, — вмешался Дринквотер, — мы...

— Тихо, Дринк. Он все это знает. Вы не стали бы приходить, сир, если бы дали согласие на казнь, верно?

— Верно. — Не так уж он, оказывается, и туп, здоровяк. — Вы мне полезнее живые, чем мертвые. Если хорошо мне послужите, я посажу вас на корабль и отправлю домой, а заодно верну кости Квентина его лорду-отцу.

— Опять корабли, — скорчил гримасу сир Арчибальд. — Но Квента и впрямь нужно вернуть домой. Что вам от нас нужно, сир?

— Ваши мечи.

— Мечей у вас тысячи.

— Вольноотпущенники королевы не испытаны в боях, наемникам я не верю, Безупречные — храбрые солдаты, однако не рыцари. Расскажите, как вы пытались украсть драконов.

Дорнийцы переглянулись.

— Квентин сказал Принцу-Оборванцу, что способен их укротить, — начал Дринквотер. — Сказал, что в нем есть толика крови Таргариенов...

— Кровь дракона.

— Вот именно. С помощью наемников мы собирались заковать драконов в цепи и доставить на пристань.

— Оборванец приготовил для нас корабль, — продолжил Айронвуд. — Большой, на котором могли уместиться оба дракона — на одном из них, впрочем, Квентин намеревался лететь. Но в их логове нам стало ясно, что ничего из этого не получится. Они совсем одичали, и повсюду валялись обрывки цепей со звеньями величиной с человеческую голову. Квент, да спасут его Семеро, чуть в штаны не наклал. Кагго и Мерис тоже это заметили, и тут один из их арбалетчиков выстрелил. Может, они с самого начала замышляли убить драконов, а нас использовали, чтобы добраться до них — кто его знает, этого Оборванца, — но стрелять, как ни крути, было глупо. Драконы и так волновались, а когда белый получил царапину, взбесились совсем.

— Сыны Ветра умчались мигом, — подхватил Геррис. — Квент кричал, охваченный пламенем, а их след простыл — всех, кроме мертвого арбалетчика.

— А ты чего ждал, Дринк? Кошка ловит мышей, свинья в грязи валяется, а наемник удирает как раз, когда нужен. Такая у них натура.

— И то правда, — согласился сир Барристан. — Что обещал им принц Квентин за помощь?

Дорнийцы молчали. Сир Арчибальд оглядывал голые стены темницы.

— Пентос, — сказал сир Барристан вместо них. — Говорите, не бойтесь: принцу Квентину уже ничем нельзя повредить.

— Точно, Пентос, — пробормотал сир Арчибальд. — Оба принца честь по чести написали так чернилами на пергаменте.

Сир Барристан усмотрел в этом добрый знак.

— У нас здесь сидят Сыны Ветра, мнимые дезертиры.

— Помню, — сказал Айронвуд. — Хангерфорд, Соломинка и прочие. Одни для наемников не так уж и плохи, других не мешало бы уморить. А что?

— Хочу отослать их назад к Оборванцу, а вместе с ними и вас. Среди многотысячного юнкайского войска вас никто не приметит. Скажете их капитану, что пришли от меня. Что я говорю голосом королевы. Что мы согласны уплатить назначенную им цену, если он приведет к нам наших заложников целыми и невредимыми.

— Не станет он этого делать, — покривился сир Арчибальд. — А нас Крошке Мерис отдаст.

— Почему не станет? Задача достаточно простая. — «Особенно по сравнению с кражей драконов». — Я когда-то вывел отца королевы из Синего Дола.

— Так то в Вестеросе.

— Не вижу, в чем разница.

— Арч и меча-то в руках не удержит.

— И не нужно. С вами, если я не слишком заблуждаюсь, пойдут наемники.

Геррис Дринквотер откинул со лба прядь выгоревших волос.

— Можно нам обсудить это между собой?

— Нет, — ответил Селми.

— Я согласен, — сказал сир Арчибальд, — мне лишь бы в треклятую лодку не лезть. Дринк тоже согласен, он просто не понял пока.

Это дело — по крайней мере первая его часть — улажено. Дед сира Барристана пришел бы в ужас: ведь эти дорнийцы —

рыцари, хотя стальной стержень чувствуется лишь в одном Айронвуде. В Дринквотере только и есть, что смазливая мордашка, язык без костей да пышная шевелюра.

Когда сир Барристан снова поднялся на самый верх пирамиды, тело принца уже убрали. Шестеро маленьких пажей сидели кружком на полу, крутили кинжал и срезáли локон у того, на кого он указывал. Сир Барристан, когда еще жил в Колосьях, тоже играл в такую игру со своими кузенами и кузинами, только они к тому же и целовались.

— Бхаказ, будь любезен, принеси мне чашу вина. Вы, Гразхар и Аззак, станьте у двери. Зеленую Благодать, как придет, впустите немедленно, но больше никого не пускайте.

— Слушаюсь, лорд десница, — вскочил Аззак.

Сир Барристан вышел на террасу. Дождь перестал, но солнце, опускающееся в залив Работорговцев, по-прежнему скрывали серые тучи. Над обугленной пирамидой Хазкаров все еще поднимался дымок. Далеко на востоке, за стенами города, мелькали бледные крылья: Визерион. Охотится или просто летает. Любопытно, где теперь зеленый Рейегаль, оказавшийся намного опасней своего белого брата.

Принесшему вино Бхаказу велено было принести еще и воды. Неразбавленное вино усыпляет, а рыцарю нужен был ясный разум: вот-вот должна вернуться с переговоров Галацца Галар. Сгущались сумерки. Сир Барристан устал, и его снедали сомнения. Дорнийцы, Гиздар, Резнак, атака... правильно ли все это? Одобрила бы его Дейенерис? Нет, не создан он для таких вещей. Рыцари Королевской Гвардии порой бывали десницами — он читал о них в Белой Книге. Неужели они испытывали ту же растерянность, то же смятение, что и он?

— Лорд десница, — доложил Гразхар, держа в руке горящий фитиль, — пришла Зеленая Благодать.

— Проси. И зажги свечи.

Галаццу Галар сопровождали четыре Розовых Благодати; сир Барристан не уставал восхищаться ореолом мудрости и достоинства, окружавшим эту почтенную женщину. Лицо она прятала под мерцающей зеленой вуалью.

— Могу я присесть, лорд десница? Старым костям нужен отдых.

— Стул Зеленой Благодати, Гразхар. — Розовые Благодати стали позади старшей жрицы, потупив глаза и сцепив руки перед собой. — Что прикажете вам подать?

— В горле пересохло от разговоров... может быть, сок?

Кезмия принесла кубок с лимонным соком, подсластив его медом. Жрица откинула вуаль, и рыцарь вновь убедился, что она старше его лет на двадцать.

— Будь здесь королева, она непременно поблагодарила бы вас за все, что вы для нас делаете.

— Ее великолепие всегда была милостива ко мне. — Попив, жрица снова опустила вуаль. — Нет ли каких-нибудь вестей о ее судьбе?

— Пока нет, увы.

— Я молюсь за нее. Простите мою смелость, но судьба короля Гиздара меня тоже тревожит. Нельзя ли мне увидеться с ним?

— Скоро, думаю, будет можно. Даю вам слово, что ему не причинили никакого вреда.

— Отрадно слышать. Мудрые господа Юнкая спрашивали о нем. Вас, полагаю, не удивит их желание вновь увидеть его на троне.

— Он займет его, если будет доказано, что он не покушался на жизнь королевы. До того времени Миэрином будет править совет, набранный из верных сторонников ее величества. Прошу вас, станьте одной из них: нам всем есть чему поучиться у вашего добросердечия.

— Боюсь, вы льстите мне, лорд десница. Если вы и вправду такого высокого мнения обо мне, послушайтесь моего совета сейчас: освободите благородного Гиздара и верните ему его трон.

— Это вправе сделать лишь королева.

Зеленая Благодать вздохнула.

— Мир, которого мы добивались столь долго, трепещет, как лист на осеннем ветру. Ужасные времена. Смерть, прискакавшая на сивой кобыле из проклятого Астапора, разъезжает по нашим улицам. Драконы летают по небу и пожирают наших детей. Сотни людей отплывают, ища спасения в Юнкае, Толосе, Кварте. Пирамида Хазкаров сожжена, и многие отпрыски этого древнего рода лежат под руинами мертвые. Пирамиды Ухлезов и Йерицанов стали логовами чудовищ, а их хозяева — бездомными нищими. Утративший надежду народ ропщет на богов, посвящая ночи разврату, пьянству...

— Не забудьте и о резне. Сыны Гарпии убили тридцать человек прошлой ночью.

— Прискорбная весть. Вот вам еще одна причина освободить Гиздара зо Лорака, который однажды уже сумел прекратить убийства.

«Любопытно, как он это сумел, не будучи Гарпией?»

— Ее величество отдала Гиздару зо Лораку свою руку, сделала его своим королем и супругом, восстановила бои в ямах, как он просил. А он в благодарность поднес ей блюдо с отравленной саранчой.

— В благодарность он дал ей мир. Не швыряйтесь этим, молю вас. Мир — это драгоценность, не имеющая цены, а Гиздар происходит из рода Лораков и никогда бы не осквернил своих рук ядом. Он невиновен.

— Как вы можете это знать? — Может статься, ей известен подлинный отравитель.

— Боги Гиса мне сказали об этом.

— Мои боги молчат, все семеро. Передала ли ваша премудрость мое предложение?

— Всем лордам и капитанам Юнкая, как вы и наказывали... Но боюсь, что вам не понравится их ответ.

— Они отказали?

— Да. «Заложников нельзя выкупить никакими горами золота, — сказали они, — только кровь драконов вернет им свободу».

Сир Барристан хоть и надеялся на лучшее, ожидал чего-нибудь в этом роде.

— Вы не это желали бы услышать, я знаю... но их тоже можно понять. Юнкай боится этих исчадий ада не без причины. Наша история повествует о бедствиях, которые претерпевал Старый Гис от драконовластных лордов Валирии. Даже наша светлейшая Дейенерис, именующая себя Матерью Драконов, не избежала их злобы — мы все видели, как она превратилась в живой факел там, на арене...

— Королева...

— Королева мертва, да ниспошлют ей боги вечный покой. — За вуалью блеснули слезы. — Пусть умрут и ее драконы.

Не успел Селми найти достойный ответ, послышались тяжелые шаги, и к ним ворвался Скахаз мо Кандак с четырьмя Бестиями. Гразхара, пытавшегося заступить дорогу, Лысый отмел прочь одним махом.

— В чем дело? — поднялся с места сир Барристан.

— Требушеты, — гаркнул Лысый. — Все шесть.

— Это ответ Юнкая на ваше предложение, сир, — сказала Галацца Галар. — Я предупреждала, что он вам не понравится.

Итак, они выбирают войну. Сир Барристан испытал странное облегчение — в чем в чем, а в войне он смыслил.

— Если они надеются забросать нас камнями...

— Не камнями, нет, — произнесла старая жрица исполненным горя и страха голосом. — Трупами.

ДЕЙЕНЕРИС

Холм был каменным островком в море трав. Дени спускалась с него чуть не все утро и под конец совсем обессилела. Ее слегка лихорадило, руки покрылись царапинами, но ожоги, несмотря ни на что, все-таки подживали — лишь из глубоких трещин на ладонях еще сочилась сукровица.

Снизу холм казался особенно высоким. Дени нарекла его Драконьим Камнем в честь древней цитадели, где появилась на свет. У подножия он оброс колючими кустами и жесткой травой, выше торчали голые камни. В мелкой пещере посреди этой россыпи Дрогон устроил себе берлогу. Очутившись там, Дени поняла, что он поселился там уже довольно давно: все вокруг было черным, на полу валялись обугленные обломки костей. Всякому живому существу дорог его дом, и Дрогону тоже.

Два дня назад, в час заката, она углядела на юге узкую блестящую ленту воды. Ручеек мог вывести ее к большому ручью, ручей к речке, а все реки в этой части света впадают в Скахазадхан. Спустившись вниз по его течению, она окажется у залива Работорговцев.

С гораздо большей охотой она вернулась бы в Миэрин на драконе, но Дрогон ее желания не разделял.

Древние валирийцы управляли драконами с помощью чар и волшебных рогов, в распоряжении Дейенерис были только слово и кнут. Ей казалось, что она заново учится ездить верхом. Если хлестнуть Серебрянку по правому боку, она повернет налево, ибо первейший лошадиный инстинкт велит ей бежать от опасности. Если хлестнуть по правому боку Дрогона, он повернет направо, ибо первейший драконий инстинкт велит ему нападать. Порой он и вовсе летит куда вздумается, как его ни хлещи. Кнут скорее раздражает его, чем причиняет боль: чешуя у него сделалась тверже рога.

И как бы далеко Дрогон ни улетал, к ночи он всегда возвращается на свой Драконий Камень — к себе домой, а не к ней. Ей уже опостылела эта скала. Пора возвращаться в Миэрин, к мужу, к любовнику.

«Уходи, — сказала она себе. — Оглянешься назад — пропадешь».

Ее сопровождали воспоминания: вид на облака сверху, маленькие как муравьи кони, луна, до которой можно дотянуться рукой, ярко-синие реки. Суждено ли ей увидеть это опять? Суждено ли подняться в небо, где скорби этого мира не могут достать ее?

Будь что будет. Детские радости больше не для нее. Она взрослая женщина, королева, мужняя жена, матерь тысяч. Ее дети нуждаются в ней. Она, как и Дрогон, должна покориться бичу. Снова возложить на себя корону, сесть на тронную скамью черного дерева, вернуться к объятиям и прохладным поцелуям Гиздара.

Солнце припекало с самого утра, небо было безоблачным. Это к лучшему: лохмотья, в которые превратилась ее одежда, почти не греют. Одну сандалию она потеряла, улетая из Миэрина, другую бросила в драконьей пещере — лучше уж идти босиком, чем наполовину обутой. Токар и покрывала остались на арене, нижняя туника перепачкана потом, травой и грязью, подол Дени оторвала, чтобы перевязать себе колено. Вид у нее теперь, как у нищей оборванки, а ночи в дотракийском море холодные, хорошо еще, что днем жарко.

Как ни странно, она была счастлива здесь, в своем одиночестве. Охотно терпела боль, голод, ночную стужу ради полетов с Дрогоном — и охотно вынесла бы все это снова.

В пирамиде ее ждут Ирри и Чхику. И Миссандея, и маленькие пажи. Она поест и смоет многодневную грязь в пруду под хурмой.

На южном склоне холма она нашла дикий лук и какое-то растение с красноватыми листьями вроде капусты — съедобное, как показал опыт. Помимо этого и рыбки, пойманной как-то раз в мелком пруду, она питалась объедками от трапез Дрогона, обгладывая с костей горелое полусырое мясо. Долго на такой еде не протянешь. Спихнув ногой с вершины бараний череп, Дени посмотрела, как он скачет вниз, и решила отправиться следом.

Трава в степи ростом с Дени. Когда-то она ехала по этой траве на Серебрянке, во главе кхаласара, рядом со своим солнцем и звездами, теперь шла, похлопывая себя по бедру кнутом распорядителя игр. Кнут да изодранная туника — вот все, что она захватила из Миэрина.

Осень чувствовалась даже здесь, в дотракийском море. Травы, ярко-зеленые летом, желтели — скоро они побуреют, завянут, умрут.

Дейенерис Таргариен не была чужой в этой великой степи, простирающейся от Квохорского леса до Матери Гор и Чрева Мира. Впервые она увидела травяное море молодой женой кхала Дрого, на пути в Вейес Дотрак, где ее должны были представить старухам из дош кхалина. От ходящих волнами трав у нее перехватывало дыхание. Небо тогда было таким же синим, трава зеленела, и в сердце ее жила надежда. Сир Джорах, ворчливый старый медведь, оберегал ее; Ирри, Чхику и Дорея ухаживали за ней; ее солнце и звезды обнимал ее по ночам, и в ее чреве росло дитя. Рейего, так она хотела назвать его, а дош кхалин объявил его жеребцом, который покроет весь мир. Так счастлива она не была со времен полузабытого Браавоса.

Браавосский дом с красной дверью подарил ей счастье, красная пустыня все отняла. Ее солнце и звезды упал с коня, мейега Мирри Маз Дуур убила дитя у нее под сердцем, Дени собственными руками погасила жизнь в опустевшем теле своего кхала, и его великий кхаласар раскололся. Ко Поно сам назвал себя кхалом и увел многих воинов и многих рабов, ко Чхако сделал то же самое и увел еще больше людей. Маго, кровный всадник Дрого, изнасиловал и убил юную Ероих, которую Дейенерис спасла от него в свое время. Если бы не драконы, родившиеся на свет в пламени погребального костра Дрого, Дени доживала бы свой вдовий век среди старух дош кхалина.

Огонь спалил ее волосы, но тела не тронул — как тогда на костре, так и недавно на Арене Дазнака. Ей смутно помнились встающие на дыбы кони, опрокинутая тележка с дынями. Им вслед метнули копье и послали целый рой арбалетных болтов. Один из них задел щеку Дени, другие отскакивали от Дрогона, застревали между чешуйками, пробивали насквозь перепонки крыльев. При каждом попадании дракон корчился, а она отчаянно пыталась удержаться на нем. Раны его дымились, болты сгорали или сыпались вниз. Внизу кружились в безумном танце объятые пламенем люди. Женщина в зеленом токаре прикрывала собой плачущего ребенка — они лежали на кирпиче, и бегущие с арены топтали их.

Потом все это отошло, шум стал глохнуть, копья и стрелы больше не долетали до них. Дрогон поднимался все выше над пирамидами и аренами, ловя крыльями теплые потоки от разогретых кирпичей Миэрина. «Если я и упаду, оно того стоило», — подумала Дени.

Продырявленные крылья несли их на север, за реку. Облака летели мимо, словно знамена призрачной армии. Открылся залив со старой валирийской дорогой, теряющейся в песках на западе, — дорогой, ведущей к дому, — а потом под ними заволновалось море травы.

Теперь Дени казалось, что это было тысячу лет назад.

Солнце начинало припекать голову с не отросшими еще волосами.

— Шапку бы, — сказала вслух Дени. На Драконьем Камне она пробовала сплести головной убор из травы, как это делали дотракийки. «Давай еще раз, — говорила она себе, — ты от крови дракона и вполне способна сплести себе шапку», — но ничего у нее не вышло.

К середине дня она дошла до ручейка, который видела сверху. Он был не шире ее руки, сильно исхудавшей после дней на Драконьем Камне. Сложенные ковшиком ладони зачерпнули вместе с водой ил со дна. Дени, конечно, предпочла бы воду похолодней и почище, но желания — вещь опасная: еще немного, и начнешь желать, чтобы тебя спасли.

Она все еще надеялась, что ее ищут. Сир Барристан, например — первый рыцарь ее Королевской Гвардии, поклявшийся защищать ее, не щадя своей жизни. Или кровные всадники, хорошо знающие дотракийское море. Или муж, благородный Гиздар зо Лорак. Или Даарио... Дени представила, как он едет к ней через высокие травы, сверкая золотым зубом на солнце.

Но Даарио сидит в заложниках у юнкайцев вместе с Героем, Чхого, Гролео и тремя родичами Гиздара. Теперь их всех уже, конечно, освободили, однако...

Висят ли еще клинки капитана у нее над кроватью? «Девочек оставляю тебе, — сказал он. — Позаботься о них, любимая». Знают ли юнкайцы, как дорог ей капитан? Дени спросила об этом сира Барристана в тот день, когда взяли заложников. «Слышали, должно быть, — ответил он. — Сам же Нахарис мог похвалиться, что ваше величество... неравнодушны к нему. Скромность, да простятся мне эти слова, не входит в число его добродетелей. Он во всеуслышание превозносит свою... воинскую доблесть».

То есть свои постельные подвиги... Но не настолько же он глуп, чтобы хвастаться этим в стане врага? Впрочем, не важно — юнкайцы уже удалились восвояси. Для того она и пошла на все эти крайности: ради мира.

Дени оглянулась на Драконий Камень, торчащий бугром среди трав. Как он близко. Она идет уже много часов, а до холма все так же рукой подать. Еще не поздно вернуться туда. В прудике у пещеры водятся рыбки: одну она поймала в первый же день и еще наловит. А после охоты Дрогона ей достаются кости с остатками мяса.

«Нет. Оглянешься — пропадешь». Можно прожить долгие годы на опаленном солнцем холме, днем летать на Дрогоне, а вечером, когда травяное море делается из золотого оранжевым, глодать драконьи объедки, но не для такой жизни она рождена. Дени снова повернулась спиной к Драконьему Камню, стараясь не вспоминать, как поет ветер на его голой вершине, и пошла вдоль ручья. «Приведи меня к реке, — мысленно просила она, — об остальном я сама позабочусь».

Время тянулось медленно. Дени следовала извивам ручья, похлопывая себя кнутом по ноге. Она запрещала себе думать о том, как далек ее путь, как напекло голову солнце, о пустом животе. Шаг за шагом, шаг за шагом — что ей еще остается?

Стебли травы в ее море под ветром шептались на языке, внятном только богам. Ручеек журчал, спотыкаясь о камни, ил проступал между пальцами ног. Вокруг жужжали ленивые стрекозы, зеленые осы, кусачая мошкара, от которой Дени отмахивалась. Крыса, пьющая из ручья, улепетнула в траву. От щебета птиц в животе урчало, но без силков их было не поймать, а гнезда ей что-то не попадались. Раньше она мечтала летать по небу, теперь грезила о кучке птичьих яиц.

— Люди безумны, но боги еще безумнее, — со смехом сказала Дени, и трава шепотом согласилась с ней.

Трижды за день она видела Дрогона. Сначала высоко в облаках — посторонний принял бы его за орла, но Дени теперь узнавала его даже на таком расстоянии. Потом его крылья затмили солнце. В третий раз он пролетел прямо над ней. «Уж не на меня ли он охотится?» — подумала Дени, но дракон пролетел, не заметив ее, и пропал где-то на востоке. Вот и славно.

Вечер застал ее, можно сказать, врасплох. Она споткнулась о низкую каменную стену в тот самый миг, как солнце зашло за Драконий Камень. Раньше здесь был то ли храм, то ли усадьба деревенского лорда. Поблизости нашелся заброшенный колодец, в траве остались круги от глинобитных, давно слившихся с землей хижин. Дени насчитала восемь таких кругов — остальные, должно быть, уже заросли травой.

Две каменные стенки, сходясь под углом, давали некоторое укрытие. Дени нарвала травы и свила там себе гнездо. Она очень устала и набила свежие мозоли на ногах, в том числе на мизинцах — экая косолапая.

Она закрыла глаза, но сон не спешил к ней — уснуть мешали холодная ночь, жесткая земля и пустой желудок. Дени лежала и думала о Миэрине, о любимом Даарио, о муже Гиздаре, об Ирри, Чхику и Миссандее, о сире Барристане, Резнаке, Лысом. Они, верно, боятся за нее, думают, что дракон ее съел. Удержал ли Гиздар корону в ее отсутствие? Когда прилетел Дрогон, он кричал: «Убейте чудовище!» — и с упоением смотрел на арену. А Силача Бельваса выворачивало — яд, не иначе как яд. Саранча в меду. Гиздар предлагал это блюдо ей, но Бельвас умял всю миску. Она сделала Гиздара своим королем, приняла на свое ложе, открыла его бойцовые ямы — ему как будто незачем желать ее смерти, но кто же, если не он? Душистый сенешаль Резнак, юнкайцы, Сыны Гарпии?

Вдали завыл волк — ему, должно быть, так же голодно, как и ей, и грустно, и одиноко. Над степью взошла луна, и Дени наконец-то забылась.

Ей снилось, что она парит в небе, позабыв все свои беды и боли. Она кружилась, танцевала, смеялась, а звезды нашептывали ей тайное. «На юг, чтобы попасть на север, на восток, чтобы попасть на запад, назад, чтобы продвинуться вперед, пройти через тень, чтобы достичь света».

«Куэйта? — позвала Дени. — Где ты?» — И увидела маску, сотканную из звезд. «Помни, кто ты есть, Дейенерис, — произнес женский голос. — Драконы знают, а ты?»

Утром она проснулась одеревенелая. Муравьи ползали по ней и всю искусали — откуда они только взялись? Дени принялась стряхивать их с себя; даже в едва отросшей щетинке на голове кишели зловредные насекомые.

Муравейник располагался совсем близко, за стенкой. Как они умудрились перелезть? Для них эта полуразрушенная преграда должна быть чем-то вроде Вестеросской Стены. Брат Визерис так гордился этим грандиозным сооружением, будто сам его строил.

Он же рассказывал Дени о бедных рыцарях, ночевавших прямо в поле, у отмеченных живыми изгородями межей. Много бы она сейчас отдала за такую вот изгородь, предпочтительно без муравьев.

Солнце пока только прорезалось над краем земли, и горсточка ярких звезд еще светила на небе. Быть может, одна из них — это кхал Дрого. Он ездит по ночным землям на огненном жеребце и смотрит, улыбаясь, на Дени. Драконий Камень по-прежнему торчал совсем близко, хотя до него, наверное, теперь было несколько добрых лиг. Лечь бы еще и поспать, да нельзя, идти надо. По ручью, вниз по ручью.

Где же он? Должен быть на юге.

— Ты мой дружок, — произнесла она вслух. — С тобой я не заблужусь.

Она бы легла спать у самого ручейка, но по ночам туда приходят на водопой какие-то звери — Дени видела их следы. Волку или льву дичь вроде нее на один зуб, но они и такой не побрезгуют.

Повернувшись к югу, Дени стала считать шаги и на счет восемь вышла к ручью. Живот ответил спазмами на пару глотков воды, но лучше уж судороги, чем жажда, а есть здесь нечего, кроме разве что муравьев. Желтые слишком мелкие, но в траве встречаются и красные, покрупнее.

— Это ведь море, — сказала Дени, ковыляя по берегу. — В море должны быть крабы и рыба. — Кнут похлопывал по бедру в такт шагам. Ручеек выведет ее к дому.

Во второй половине дня перед ней вырос куст с твердыми зелеными ягодами. С подозрением надкусив одну, Дени ощутила терпкий знакомый вкус.

— В кхаласаре они служили приправой для мяса. — Ободренная звучанием собственного голоса, Дени стала рвать ягоды обеими руками и запихивать в рот.

Весь остаток дня ее тошнило зеленой слизью. Если она останется здесь, то умрет — может быть, уже умирает. Заберет ли ее лошадиный бог дотракийцев в свой звездный кхаласар, чтобы она разъезжала по небу вместе с Дрого? В Вестеросе покойников дома Таргариенов предавали огню, но здесь костер сложить некому. Она станет добычей волков, воронья и червей. Драконий Камень как будто стал меньше, и над его вершиной поднимался дымок — Дрогон вернулся с охоты.

К восходу луны понос и рвота совсем ее измотали. Чем больше пьешь, тем сильнее позывы, чем больше из тебя выливается, тем больше хочется пить. В конце концов она сомкнула веки, не зная, достанет ли у нее силы открыть их вновь.

Ей приснился покойный брат — такой же, как перед смертью: с опаленными волосами и черным лицом, изборожденным струями жидкого золота.

— Ты же умер, — сказала Дени.

Убит, ответил он. Губы у него не шевелились, но она явственно слышала каждое слово. *Ты не скорбела по мне, сестра. Плохо умирать пешим.*

— Раньше я любила тебя.

Да... раньше, сказал он с горечью, от которой ее проняла дрожь. *Ты должна была стать моей женой и рожать детей с серебристыми волосами и фиолетовыми глазами, чтобы сохранить в чистоте кровь дракона. Я заботился о тебе, учил тебя, рассказывал о нашей родной стране. Кормил тебя на деньги, вырученные за корону нашей матери.*

— Ты обижал меня и пугал.

Только когда ты будила дракона. Я любил тебя.

— Ты предатель. Ты продал меня.

Это ты предательница, пошедшая против родной крови. Твой муж-лошадник и его вонючие дикари надули меня. Обещали золотую корону, а дали вот что. Он тронул расплавленное золото, текущее по лицу, и палец его задымился.

— Ты получил бы свою корону. Мое солнце и звезды добыл бы ее для тебя, надо было лишь набраться терпения.

Терпения? Я ждал этого всю свою жизнь. Я был их королем, а они надо мной насмеялись.

— Надо было тебе остаться в Пентосе с магистром Иллирио. Кхал Дрого повез меня в дош кхалин, но ты не должен был ехать. Ты сам сделал свой выбор, и он оказался неверным.

Хочешь разбудить дракона, глупая потаскушка? Кхаласар Дрого был моим. Я купил у него все сто тысяч вопящих бродяг в обмен на твою невинность.

— Ты так ничего и не понял. Дотракийцы не покупают, не продают — они лишь дарят и принимают дары. Если бы ты подождал...

Я ждал. Ради короны, ради престола и ради тебя, а получил только котел с расплавленным золотом. Почему драконьи яйца отдали тебе, а не мне? Уж я научил бы этот мир уму-разуму.

Визерис захохотал, челюсть у него отвалилась, и жидкое золото хлынуло изо рта вместе с кровью.

Когда Дени очнулась от кровавого сна, уже светало, и трава тихо шелестела на утреннем ветерке. Надо еще поспать... Почему травяная подстилка мокрая, дождь прошел или она во сне обмаралась? Кровь... Она умирает? Дени взглянула на побледневший серпик луны и поняла, что это всего лишь месячные.

Не будь она так больна и напугана, это стало бы для нее облегчением. Вся дрожа, Дени вытерла внутреннюю сторону бедер пучком травы. Драконы не плачут. Это лунная кровь, но почему луна в первой четверти? Когда у нее было последнее кровотечение — в прошлое полнолуние, в позапрошлое? Нет, позапрошлое — слишком долго.

— Я от крови дракона, — сказала она траве.

Была, прошептала в ответ трава. *Пока не посадила своих драконов на цепь.*

— Дрогон убил девочку, совсем маленькую. Ее звали... — Дени не могла вспомнить как и заплакала бы, но все слезы у нее давно уже выжгло. — У меня такой никогда не будет, я — Матерь Драконов.

Ты обернулась против своих детей, сказала трава.

В животе словно клубок змей поселился, сбитые ноги болели. Дени зачерпнула в пригоршни илистую воду. К полудню она нагреется, а сейчас прохладная, хорошо умыться такой. Подол туники намок — у нее никогда еще не было таких обильных лунных кровотечений. Может, вода плохая? Если так, ей конец — без воды обходиться она не может.

— Иди, — приказала себе Дени. — Ручей выведет тебя к Скахазадхану, а там будет ждать Даарио. — Но все ее силы ушли на то, чтобы встать, и она просто стояла, щурясь на солнце.

Вот уже и позднее утро. Дени сделала шаг, другой и снова поплелась вдоль ручья.

День разгорался, солнце било в плохо защищенную коротким ежиком голову. Дени, сама того не заметив, вошла в ручей.

Ил хорошо успокаивал покрытые мозолями ноги. По воде, по берегу, а идти надо. Ручей выведет к реке, река приведет домой... Нет, неправда.

Миэрин не был ей домом и никогда им не будет. Это город чужих людей и чужих богов. Там носят замысловатые прически и каемчатые токары, благодать достигается через блуд, резня считается высоким искусством, а собачье мясо — лакомством. Это город гарпии, а Дейенерис не гарпия.

Вот-вот, проворчала трава голосом Джораха Мормонта. *Я предупреждал вас: бегите из этого города. Войну вам следует вести в Вестеросе, не здесь.*

Он говорил тихо, но шел рядом с ней. Медведь, старый славный медведь, любивший и предавший ее. Она так по нему скучала. Увидеть бы снова его рубленое лицо, прижаться к его груди — но если повернуться к нему, он сразу исчезнет.

— Я просто грежу, сплю на ходу, — сказала она. — На самом деле я одинока и несчастна.

Несчастны, потому что замешкались в этом злом городе, ответил сир Джорах. *Одиноки, потому что прогнали меня.*

— Ты предал меня. Шпионил за мной ради золота.

Нет. Ради того, чтобы вернуться домой.

— Тебе нужен был не только дом, но и я. — Она видела это в его глазах.

Да, печально призналась трава.

— Ты целовал меня... целовал без моего позволения. Ты продавал меня врагу, но в твоих поцелуях чувствовалась любовь.

Я дал вам хороший совет. Приберегите мечи и копья для Вестероса, сказал я. Оставьте Миэрин миэринцам и ступайте на запад. Но вы не послушались.

— Я должна была взять Миэрин, чтобы мои дети не умерли с голоду во время похода. — Дени хорошо помнила след из мертвых тел, тянувшийся за ней в красной пустыне, и больше не желала такого видеть. — Без Миэрина я не прокормила бы их.

Вы его взяли, но не пошли дальше.

— Да. Чтобы стать королевой.

Вы — королева Вестероса.

— Но он так далеко. Я устала от войны, Джорах. Мне хотелось отдохнуть, хотелось смеяться, сажать деревья и видеть, как они подрастают. Я ведь совсем еще молода.

Нет. Вы от крови дракона. Шепот слабел, словно сир Джорах отставал понемногу. *Драконы не сажают деревьев. Вспомните, кто вы и для чего созданы. Вспомните свой девиз.*

— Пламя и кровь. — Сказав это, Дени споткнулась о камень и ушибла себе коленку. Сейчас медведь возьмет ее на руки и понесет... но его нет здесь, только трава качается. Ветер? Но и ветра тоже нет. Солнце палит, жужжит мошкара, пролетела над ручьем стрекоза. Непонятно, отчего трава шевелится.

Дени выковырнула из ила камень. С ее кулак будет — какое-никакое, а оружие. Краем правого глаза она уловила новое шевеление: трава клонилась, словно перед королем, но король из нее не вышел. Мир тих, зелен и пуст. Мир желт и близок к смерти. Надо идти дальше. Вдоль по ручью.

В траве послышался нежный звон.

Колокольчики. Ее солнце и звезды носил колокольчики в волосах. Когда солнце встанет на западе и опустится на востоке, когда высохнут моря и ветер унесет горы, как листья, когда она вновь зачнет и родит живое дитя, кхал Дрого вернется к ней... но ведь ничего этого не случилось. Колокольчики звенят в косах ее кровных всадников: Агго, Чхого, Ракхаро. Может быть, и Даарио с ними?

Из травы появился всадник с блестящей черной косой, медной кожей, глазами словно миндаль. Расписная безрукавка, пояс из медальонов, арах на одном бедре и кнут на другом. На седле охотничий лук и полный колчан.

Одинокий всадник. Разведчик. Едет впереди кхаласара, отыскивает дичь и хорошие пастбища, высматривает врагов. Он может убить ее, взять силой, сделать своей рабыней. В лучшем случае она отправится в дош кхалин, к старухам, как положено всякой кхалиси после смерти ее кхала.

Но он не видит ее в траве — он смотрит в другую сторону. Дени тоже посмотрела туда и в доброй миле от них увидела летящую по небу тень. Всадник замер как завороженный, но испуганный конь заржал, и дотракиец, очнувшись, поскакал прочь.

Когда затих стук копыт, Дени подала голос. Она звала, пока не охрипла, и Дрогон слетел к ней, выдыхая дым из ноздрей. Она вспрыгнула ему на спину. От нее разило кровью, потом и страхом, но это уже не имело никакого значения.

— Чтобы продвинуться вперед, я должна вернуться назад. — Ее голые колени сжали шею дракона. Забыв в траве кнут, она с помощью одних рук и ног повернула Дрогона на северо-восток, откуда приехал разведчик. Дракон послушался вполне охотно — наверное, он чуял коня и всадника.

В считанные мгновения они обогнали скачущего внизу дотракийца. Трава по обе стороны была выжжена — Дрогон здесь уже пролетал. Следы его охоты пронизывали все травяное море.

Под ними возник огромный табун. Пасущие его всадники, с десяток или больше, тут же умчались. Лошади тоже понеслись, взрывая землю копытами, но спасения от летучего хищника не было. Дрогон дохнул огнем на отставшего жеребца. Несчастный конь, крича, продолжал бежать, но дракон сел на него и сломал ему спину. Дени, боясь упасть, изо всех сил цеплялась за шею охотника.

Добыча оказалась слишком тяжелой, и Дрогон принялся пожирать ее прямо здесь. Трава кругом горела, в воздухе стоял дым и пахло паленым волосом. Изголодавшаяся Дени слезла и тоже оторвала себе кусок мяса, пренебрегая ожогами. В Миэрине она вкушала фаршированные финики и ягненка в меду — что сказал бы ее благородный супруг, увидев сейчас свою королеву? Гиздар пришел бы в ужас, зато Даарио...

Даарио сам отхватил бы аракхом кусок конины и попировал бы с ней вместе.

Когда западный небосклон затек кровью, послышался конский топот. Дени поднялась, вытерла руки о тунику и стала рядом с драконом.

Там ее и нашел кхал Чхако, выехавший из дыма с полусотней своих воинов.

ЭПИЛОГ

— Я не предатель, — провозгласил Рыцарь Гриффин-Руста. — Я человек короля Томмена и ваш.

С его плаща капало: вечером в Королевской Гавани пошел снег.

— Это лишь слова, сир, — сказал Киван Ланнистер, запахнувшись в собственный плащ, — а слова — ветер.

— Так позвольте мне доказать это своим мечом. — Борода и длинные волосы Роннета Коннингтона пламенели при свете факелов. — Пошлите меня воевать с дядей, и я привезу вам его голову вместе с головой лжедракона.

Копейщики Ланнистеров в багряных плащах и львиных шлемах выстроились у западной стены тронного зала, гвардейцы Тиреллов в зеленых плащах — у восточной, лицом к ним. Отсутствующие королевы Серсея и Маргери присутствовали незримо, словно призраки на пиру.

Позади стола, за которым заседал малый королевский совет, щетинился своими шипами и лезвиями Железный Трон — от одного этого Кивану кололо спину между лопатками. Когда-то там восседал израненный этими лезвиями король Эйерис, но теперь трон был пуст. Киван не стал звать на совет короля — пусть Томмен побудет с матерью. Одни Семеро знают, долго ли им осталось быть вместе: суд над Серсеей, где ее могут приговорить к смерти, уже недалек.

— С вашим дядюшкой и его ставленником мы разделаемся в должное время, — сказал Мейс Тирелл. Новый десница занимал дубовое кресло в виде руки, изготовленное в тот самый день, когда сир Киван уступил ему свою должность. — Вы останетесь здесь, пока мы не выступим, а тогда у вас будет случай доказать свою преданность.

— Проводите сира Роннета в его комнаты, — распорядился сир Киван. Подразумевалось, что там рыцарь и должен впредь находиться. Подозрения с него, несмотря на все его громкие заявления, никто не снимал: высадившихся на юге наемников возглавляет, судя по донесениям, его родич.

— На этом самом месте не так давно стоял его дядя, — заметил великий мейстер Пицель, когда Коннингтон удалился. — И обещал королю Эйерису голову Роберта Баратеона.

«Вот что значит дожить до глубокой старости: всё, что ты видишь и слышишь, напоминает тебе о событиях твоей молодости», — подумал сир Киван, а вслух спросил:

— Сколько солдат прибыло с сиром Роннетом в город?

— Двадцать, — ответил лорд Рендилл Тарли, — почти все из отряда Григора Клигана. Ваш племянник Джейме отдал их Коннингтону, чтобы избавиться от них, не иначе. Не пробыв и дня в Девичьем Пруду, один из них совершил убийство, а другой изнасиловал женщину — одного пришлось повесить, другого кастрировать. Будь моя воля, я бы их всех отправил в Ночной Дозор вместе с Коннингтоном. На Стене такому отребью самое место.

— Каков хозяин, таков и пес, — сказал Мейс Тирелл. — Черные плащи будут им в самую пору, согласен. В городскую стражу я таких не возьму. — Недавно он дал золотые плащи сотне своих хайгарденцев и никаких добавлений более не желал.

«Чем больше он получает, тем больше хочет». Сир Киван начинал понимать, почему Серсея так невзлюбила Тиреллов, но для открытой ссоры время было неподходящее. И Рендилл Тарли, и Мейс Тирелл привели в столицу свои войска, в то время как основные силы Ланнистеров таяли в речных землях.

— Люди Горы всегда слыли хорошими воинами, — заметил он примирительно, — а против наемников нам каждый меч пригодится. Если это вправду Золотые Мечи, как докладывают шептуны Квиберна...

— Как ни назови их, авантюристы останутся авантюристами, — прервал Рендилл Тарли.

— Возможно, — согласился сир Киван, — но чем дольше мы не обращаем на этих авантюристов внимания, тем сильнее они становятся. Мы приготовили карту, где отмечены все их передвижения. Прошу вас, великий мейстер.

Превосходная карта, начертанная рукой мастера на листе тончайшего пергамина, заняла весь стол заседаний.

— Вот и вот, — показывала покрытая старческими пятнами рука Пицеля. — Все побережье и острова. Тарт, Ступени, даже Эстермонт. А Коннингтон, как нам доносят, идет к Штормовому Пределу.

— Если это в самом деле Джон Коннингтон, — вставил Тарли.

— Штормовой Предел под силу взять разве Эйегону Завоевателю, — проворчал Тирелл. — А если он даже и отобьет его, то не у нас, а у Станниса. Перейдет замок от одного претендента к другому, нам-то какая печаль? Я верну его короне, как только моя дочь будет признана невиновной.

«Что ж ты раньше его не вернул?»

— Это так, милорд, но...

— Все обвинения против моей дочери — гнусная ложь! — снова перебил Тирелл. — Спрашиваю еще раз: какая нам надобность разыгрывать эту комедию? Пусть король Томмен объявит, что она невиновна, и делу конец.

«Если он это сделает, сплетни будут преследовать Маргери всю ее жизнь», — мысленно ответил Киван.

— Никто не сомневается в том, что ваша дочь невинна, милорд, — солгал он вслух, — но его святейшество желает, чтобы суд состоялся.

— Дожили, — фыркнул Тарли. — Короли и знатные лорды пляшут под чириканье воробьев.

— Нас со всех сторон окружают враги, лорд Тарли, — напомнил Киван. — Станнис на севере, Железные Люди на западе, наемное войско на юге. Если мы пойдем против верховного септона — иными словами, против богов, — самые улицы Королевской Гавани обагрятся кровью. Любой из возможных узурпаторов охотно примет к себе благочестивое воинство.

Мейса Тирелла это не убедило.

— Мои сыновья снова возьмут Щиты, как только Пакстер Редвин выметет железные лодьи с моря. Со Станнисом покончит снег вкупе с Болтоном, что же до Коннингтона...

— Если это он, — вставил Тарли.

— Что до Коннингтона, с какой нам стати его бояться? Он даже восстание Роберта в Каменной Септе не сумел подавить, да и Золотые Мечи никогда побед не одерживали. Примкнувшие к нему дураки весьма скоро раскаются в своей глупости.

Хотел бы сир Киван разделять уверенность Тирелла. Джона Коннингтона он в свое время знал — молодой гордец, самый упрямый из лордиков, окружавших Рейегара Таргариена. Надменный, но одаренный и полный рвения — за это да за военное мастерство Эйерис его и сделал десницей. Бездействие старого лорда Мерривезера позволило мятежу пустить корни и разрастись; король хотел, чтобы молодому и горячему Роберту противостоял столь же молодой и горячий военачальник. «Неосмотрительно, — сказал Тайвин Ланнистер, услышав в Бобровом Утесе о выборе короля. — Коннингтон слишком молод, слишком смел, слишком жаден до славы».

Колокольная битва доказала правоту Тайвина. Сир Киван думал, что после нее король Эйерис поневоле вернет брата на пост десницы, но Эйерис призвал лордов Челстеда и Россарта, поплатившись за это короной и жизнью. Давно это было — Джон Коннингтон, если это впрямь он, теперь другой человек. Старше, тверже, опытнее, опаснее.

— У Коннингтона, помимо Золотых Мечей, есть еще некий Таргариен.

— Самозванец, — заявил Рендилл Тарли.

— Возможно. — Киван был в этом самом зале, когда Тайвин сложил тела детей Рейегара в багряных плащах к подножию Железного Трона. В девочке все узнали принцессу Рейенис, на размозженном черепе мальчика уцелели лишь светлые прядки. Все только бросали взгляд и тут же отводили глаза. Тайвин сказал, что это принц Эйегон, и ему поверили на слово. — С востока, однако, приходят вести о другой Таргариен, в подлинности которой уж никак нельзя усомниться: о Дейенерис.

— Такая же сумасшедшая, как отец, — изрек Тирелл.

За ее отца дом Тиреллов, между прочим, стоял мало что до последнего, но и после победы Роберта.

— Сумасшедшая, нет ли, но к нам на запад с востока идет густой дым, которого, как известно, без огня не бывает.

— Драконы, — покивал Пицель. — О них и в Староместе рассказывают — рассказчиков слишком много, чтобы оставить их без внимания. Сребровласая королева с тремя драконами.

— Вот и пусть себе царствует над заливом Работорговцев, — буркнул Мейс.

— Согласен с вами, но эта девочка — прямой потомок Эйегона Завоевателя, и я не думаю, что она будет сидеть в Миэрине вечно. Если она высадится у нас и примкнет к лорду Коннингтону с его принцем, самозванец тот или нет... С Коннингтоном и его претендентом нужно расправиться еще до того, как Дейенерис Бурерожденная достигнет западных берегов.

— Именно этим, сир, я и намерен заняться, — скрестил руки Мейс Тирелл. — Сразу же после суда.

— Наемники дерутся за деньги, — молвил великий мейстер. — За приличную сумму золотом Золотые Мечи могут сдать нам и Коннингтона, и принца.

— Будь оно у нас, это золото, — подал голос сир Харис Свифт. — Увы, милорды, в нашей сокровищнице водятся лишь крысы да тараканы. Я вновь обратился к мирийским банкирам. Если они согласятся возместить наш долг Браавосу и открыть нам новый кредит, налоги увеличивать не придется, иначе же...

— Пентосские магистры тоже дают деньги в долг, — сказал сир Киван, — попытайте счастья у них. — На пентошийцев надежды еще меньше, чем на мирийцев, но надо испробовать все пути. Если не будет найден новый источник монеты или Железный банк не смягчится, долги короны, хочешь не хочешь, придется выплачивать золотом Ланнистеров. Повышать налоги, когда в Семи Королевствах вспыхивают все новые мятежи? Половина лордов сочтет это тиранией и перебежит к ближайшему узурпатору, лишь бы сберечь себе медный грош. — А если не выйдет, не миновать вам ехать в Браавос самолично.

— В самом деле? — испугался сир Харис.

— На то вы и мастер над монетой, — отрезал лорд Рендилл.

— Это так, милорд, — белый клок на подбородке сира Хариса затрясся в негодовании, — но позвольте вам напомнить, что эту кашу не я заварил. И не всем нам посчастливилось пополнить свои сундуки добычей от взятия Девичьего Пруда и Драконьего Камня.

— Что за гнусные намеки, Свифт! — вспылил Тирелл. — Никаких сокровищ на Драконьем Камне, могу вас заверить, не было. Люди моего сына обшарили весь остров до последнего дюйма — и хоть бы крупица золота, хоть бы один драгоценный камешек, не говоря уж о пресловутых драконьих яйцах.

Кивану Ланнистеру доводилось бывать на Драконьем Камне, и он сомневался, что Лорас Тирелл впрямь обыскал каждый дюйм этой древней твердыни. Крепость, в конце концов, строили валирийцы, чьи творения никогда не обходились без колдовства. Сир Лорас молод, склонен к поспешным суждениям и притом тяжело ранен, но не стоит сейчас говорить лорду Тиреллу о возможной оплошности его любимого сына.

— Богатства Драконьего Камня, если они существовали на деле, наверняка прибрал к рукам Станнис. Перейдем к другим вопросам, милорды: нам, ежели помните, предстоит судить за государственную измену двух королей. Моя племянница предпочла испытание поединком, где за нее выступит сир Роберт Сильный.

— Безмолвный гигант, — скривился лорд Рендилл, а лорд Тирелл осведомился:

— Скажите, сир, откуда он взялся? Почему о нем раньше никто не слышал? Он безмолвствует, не открывает лица, не снимает доспехов. Как знать, рыцарь ли он вообще?

«Как знать, живой ли он человек». Меррин Трант утверждает, что этот Роберт ничего не ест и не пьет, Борос Блаунт добавляет, что тот и по нужде никогда не ходит. Оно и понятно, мертвецу это незачем. Киван Ланнистер подозревал, кто этот белый рыцарь на самом деле, и Тирелл с Тарли, несомненно, разделяли его подозрения. Не надо Роберту пока поднимать забрала, что бы за ним не скрывалось: он — единственная надежда Серсеи, и остается молиться, чтобы в бою он оказался столь же грозен, каковым кажется с виду.

Мейс, однако, ничего не видит за опасностью, грозящей его собственной дочери.

— Его величество принял сира Роберта в Королевскую Гвардию, — напомнил ему сир Киван, — и Квиберн за него поручился. Он должен победить во что бы то ни стало, милорды. Если мою племянницу признают виновной в измене супругу и государству, законность рождения ее детей будет поставлена под сомнение, а когда Томмен перестанет быть королем, то и Маргери перестанет быть королевой. — Он дал Мейсу разжевать эту мысль и продолжил: — Серсея, какими бы ни были ее провинности, остается дочерью Утеса и моей родной кровью. Я не желаю, чтобы она погибла смертью изменницы, однако зубы ей все же вырвал. Вся ее стража заменена моими людьми, вместо прежних фрейлин ей прислуживают септа и три послушницы, выбранные верховным септоном. Голоса в правлении королевством и в воспитании Томмена она более не имеет. После суда я отошлю ее в Бобровый Утес, где она и останется. Ограничимся этим.

О том, что и так было ясно, он не стал поминать. Серсея упустила власть, став подмоченным товаром: все пекари, подмастерья, шлюхи и нищие от Блошиного Конца до Вонючей

Канавы видели ее позор и любовались ее наготой. Ни одна королева после этого не может править страной. В золоте и шелках она была все равно что богиня, нагая стала обыкновенной стареющей женщиной с обвисшей грудью и следами родов на животе — все бабенки в толпе не преминули указать на это своим мужьям и любовникам. Впрочем, лучше жить опозоренной, чем умереть гордой.

— Больше она ничего не вытворит, — пообещал Киван Тиреллу. — Даю вам слово, милорд.

— Как скажете, — неохотно кивнул тот. — Моя Маргери хочет, чтобы ее судили служители Веры. Хочет, чтобы ее признали невиновной на глазах всего королевства.

«Если ты веришь в ее чистоту, зачем привел с собой войско?»

— Надеюсь, что это произойдет в самом скором времени. Что там у нас еще, великий мейстер?

Пицель сверился с документами.

— Дело о наследстве Росби. Поступило шесть прошений на этот счет...

— Росби можно отложить на потом. Что еще?

— Приготовления к встрече принцессы Мирцеллы.

— Вот что получается, когда связываешься с дорнийцами, — вмешался Тирелл. — Нельзя разве подобрать девочке лучшего жениха?

«Такого, как твой сын Уиллас? Ее изуродовал один дорниец, его искалечил другой?»

— Можно-то можно, — ответил сир Киван, — но дорнийцев лучше не обижать, у нас и без них довольно врагов. Худо нам будет, если Доран Мартелл примет сторону Коннингтона.

— А не поручить ли нашим дорнийским друзьям провести с ним переговоры? — хихикнул сир Харис. — Это помогло бы избежать кровопролития.

— Да... может быть, — устало проронил Киван. — Благодарю вас, милорды. Соберемся снова через пять дней, после суда над Серсеей.

— Будь по-вашему. Да придаст Воин сил сиру Роберту. — Мейс Тирелл едва кивнул лорду-регенту, но и на том спасибо.

Рендилл Тарли вышел со своим сюзереном, копейщики в зеленых плащах за ними. «Тарли всего опасней, — подумал сир Киван. — Узколобый, но проницательный и наделенный железной волей — лучшего солдата во всем Просторе не сыщется. Как бы переманить его на свою сторону?»

— Лорд Тирелл меня не любит, — пожаловался Пицель после ухода десницы. — Этот лунный чай... не надо было мне о нем говорить, но королева-мать приказала. Я спал бы крепче, если бы лорд-регент уделил мне пару своих гвардейцев.

— Лорд Тирелл может превратно это понять.

— Мне тоже охрана нужна, — сказал сир Харис. — Времена нынче смутные.

Да... Пицель не единственный, кого Мейс охотно вывел бы из совета. У него и в казначеи готов кандидат — родной дядя Гарт Тучный, лорд-сенешаль Хайгардена. Еще одного Тирелла им только и не хватает. Сир Харис — тесть Кивана, на Пицеля тоже можно положиться, но Тарли и Пакстер Редвин, лорд-адмирал — вассалы Хайгардена. Сейчас Редвин ведет свои корабли в обход Дорна, чтобы дать бой флоту Железных Людей, но по возращении его в Королевскую Гавань малый совет расколется надвое — трое за Ланнистеров, трое за Тиреллов.

Седьмой голос принадлежит дорнийке, сопровождающей Мирцеллу домой, — леди Ним. Если хоть половина сведений Квиберна достоверна, никакая она не леди. Побочная дочь Красного Змея с репутацией не лучше батюшкиной претендует на место в совете, которое столь недолго занимал принц Оберин. Тиреллу о ней сир Киван еще не сказал — страсть как недоволен будет десница. Мизинца бы сюда — Петир Бейлиш умел создавать золотых драконов прямо из воздуха.

— Наймите себе на службу людей Горы, — посоветовал сир Киван. — Рыжему Роннету они более не понадобятся. — Вряд ли Мейс так прямо станет убивать Пицеля или Свифта, но ежели этим мужам с охраной спокойнее, пусть у них будет охрана.

На внешнем дворе, словно зверь в клетке, металась и завывала снежная буря.

— Виданное ли дело, холод какой, — сказал сир Харис.

— Уйдем же с него поскорее. — Великий мейстер поплелся через двор в свои комнаты, двое других задержались на ступенях тронного зала.

— Не верю я, что с мирийскими банкирами у нас что-то выйдет, — сказал тестю Киван. — Приготовьтесь лучше к путешествию в Браавос.

Сира Хариса это отнюдь не порадовало.

— Хорошо... хотя, повторяю, эту кашу не я заварил.

— Верно, не вы. С Железным банком договаривалась Серсея. Желаете, чтобы я ее послал в Браавос?

— Ее величество... — заморгал Свифт.

— Успокойтесь, это всего лишь неудачная шутка. Идите к себе и погрейтесь — я сделаю то же самое. — Сир Киван натянул перчатки и сошел вниз. Ветер дул в лицо, хлопая плащом за плечами.

Сухой ров вокруг крепости Мейегора замело снегом, пики на дне блестели от изморози. В крепость можно было пройти только через подъемный мост, на дальнем конце которого всегда стоял один из рыцарей Королевской Гвардии. В эту ночь там нес караул сир Меррин Трант. После отъезда Бейлона Сванна в Дорн (где он и посейчас оставался, охотясь за Темной Звездой), ранения Лораса Тирелла и пропажи Джейме в Королевской Гавани остались всего четверо белых рыцарей. Осмунда Кеттлблэка сир Киван бросил в темницу вместе с братом Осфридом сразу же, как только Серсея призналась, что они оба были ее любовниками. Без него рыцарей стало трое: Трант, никчемный Борос Блаунт и Квиберново немое чудище.

Надо будет подобрать новых: Томмену нужны достойные рыцари. Раньше в Королевской Гвардии служили пожизненно, но Джоффри этот обычай поломал: отправил в отставку сира Барристана Селми, чтобы очистить место своему псу Сандору Клигану. Почему бы не воспользоваться этим прецедентом и не дать белый плащ Лансéлю? Эта честь намного выше его Сынов Воина.

Киван повесил мокрый плащ, снял сапоги, велел слуге подложить дров в огонь.

— И подогретого вина мне спроворь, — добавил он, устраиваясь у очага.

Согревшись снаружи и изнутри, он почувствовал сонливость и больше не стал пить. Его день еще не окончен: надо прочесть донесения, написать письма, поужинать с Серсеей и королем. Племянница, хвала богам, стала куда как более кроткая после своей прогулки по городу. Прислуживающие ей послушницы говорят, что одну треть своего дневного времени она проводит с сыном, вторую в молитвах, а третью в ванне: моется по пять раз на дню, скребет себя щетками из конского волоса с крепким щелочным мылом.

Не отмыться ей больше, хоть кожу с себя сдери. Ребенком она была озорница, просто огонь, а как расцвела, ах... не было больше на свете такой красавицы. Если б Эйерис женил Рейегара на ней, можно было бы избежать многих бедствий. Серсея нарожала бы мужу львят с лиловыми глазками и серебристыми гривами, а он при такой жене на Лианну Старк и не глянул бы. Северянка тоже была хороша на свой дикий лад, но ни один факел не горит ярче восходящего солнца.

Э-э, что толку размышлять о проигранных битвах и дорогах, на которые вовремя не свернул. Такое занятие лишь дряхлым старикам впору. Рейегар женился на Элии Дорнийской, Лианна Старк умерла, Серсею взял в жены Роберт Баратеон, а дорога Кивана ведет в покои племянницы.

Нет причин чувствовать себя виноватым. Тайвин знает, что бесчестие на их дом навлекла его дочь, и не станет упрекать брата. Киван заботился единственно о добром имени дома Ланнистеров.

Брат в свое время сделал нечто похожее. После кончины матери их отец взял себе в любовницы пригожую дочь свечника. Знатные вдовцы и до него спали с простыми девками, но лорд Титос начал сажать эту женщину на высокое место рядом с собой, осыпал ее дарами и даже в делах с ней советовался. Не прошло и года, как она стала помыкать слугами, командовать домашними рыцарями и говорить от имени его милости, когда он прихварывал. Такую власть забрала, что в Ланниспорте появилась новая присказка: всякому просителю-де следует падать ниц и обращаться к ее коленям, поскольку ухо Титоса Ланнистера помещается промеж ног его леди. Драгоценности покойной на себя надевала, вот до чего дошло.

Но однажды у лорда-отца, когда он поднимался по крутой лестнице в ее спальню, приключился разрыв сердца, и судьба его наложницы круто переменилась. Все прихлебатели, именовавшие себя ее друзьями, тут же от нее отвернулись, когда Тайвин раздел женщину донага и прогнал по городу, как обычную шлюху. Ему и присниться тогда не могло, что его золотую дочурку ждет та же участь.

— Иного выхода не было, — проговорил Киван, глядя в пустую чашу.

Его святейшество следует ублажать. Томмену нужна поддержка духовенства в грядущих битвах, Серсея же... золотое дитя выросло в глупую, тщеславную, жадную женщину. Если б она осталась у власти, то погубила бы Томмена, как погубила Джоффри.

Усилившийся ветер тряс ставни. Ну что ж, пора встретиться с львицей в ее логове — хорошо, что когти у нее вырваны. Только Джейме... но не стоит пока забивать себе этим голову.

Киван надел старый дублет на случай, если ей снова вздумается облить его вином. Пояс с мечом он оставил на спинке стула: только рыцарям Королевской Гвардии разрешается иметь при себе оружие в присутствии короля.

Томмена и королеву-мать охранял сир Борос Блаунт в белом плаще, эмалевых латах и полушлеме. В последнее время он сильно отяжелел, и цвет лица у него был неважный. Стоял он, прислонившись к стене.

На стол накрывали три послушницы, чистенькие девочки хорошего рода от двенадцати до шестнадцати лет. В длинных белых рясках, одна невиннее другой; верховный септон не разрешает им служить королеве долее семи дней, чтобы Серсея их не испортила. Они заботятся о платье королевы, готовят ей ванну, наливают вино и меняют простыни. Одна всегда спит с королевой в одной постели, блюдя ее нравственность, две другие — в смежной комнате вместе с септой.

Рябая и долговязая словно журавль девица проводила сира Кивана к королеве.

— Дорогой дядя, — сказала Серсея, поцеловав его в щеку. — Как мило, что ты пришел поужинать с нами. — Одета скромно, как и подобает матроне: закрытое коричневое платье и зеленое покрывало, прячущее бритую голову. До своего покаяния она нахлобучила бы на лысину золотую корону. — Присаживайся. Хочешь вина?

— Одну чашу, больше не надо.

Конопатая послушница налила им подогретого с пряностями вина.

— Томмен говорит, что лорд Тирелл хочет отстроить Башню Десницы...

— Да. Вдвое выше той, что сожгла ты.

Серсея издала гортанный смешок.

— Длинные копья, высокие башни... Уж не намек ли это?

Киван не сдержал улыбки. Хорошо, что она не разучилась смеяться.

— Мне хорошо служат, — ответила она на вопрос о ее нуждах. — Девочки очень милы, добрые септы следят за тем, чтобы я молилась, но очень хотелось бы вернуть Таэну Мерривезер, когда моя невиновность будет доказана. Она привезет ко двору своего сына, и у Томмена будет товарищ.

Ничего крамольного в ее просьбе сир Киван не усмотрел. Он мог бы взять маленького Мерривезера себе в воспитанники, когда леди Таэна отправится с Серсеей в Бобровый Утес.

— Я пошлю за ней сразу же после суда, — пообещал он.

На первое подали говяжий суп с ячменем, затем перепелов и жареную щуку трех футов длиной — а также репу, грибы и горячий хлеб с маслом. Сир Борос пробовал каждое блюдо, которое ставили перед королем: весьма унизительно для белого рыцаря, но это, пожалуй, все, на что он способен. Разумная мера после того, что произошло с братом Томмена.

Давно уже сир Киван не видел мальчугана таким счастливым. Он без умолку болтал о своих котятах и скармливал им кусочки щуки со своей королевской тарелки.

— Ночью к моему окну приходил плохой кот, но сир Попрыгунчик зашипел на него, и он убежал.

— Плохой кот? — «Экий все же славный мальчонка».

— Старый черный зверюга с порванным ухом, — пояснила Серсея. — Злобная тварь: однажды он оцарапал Джоффри. — Она скорчила гримасу. — Кошки нужны, чтобы ловить в замке крыс, но этот и за воронами на вышке охотится.

— Скажу крысоловам, чтобы поставили ему западню. — Никогда еще племянница не была такой кроткой. Это к лучшему, а все-таки грустно. Огонь, пылавший в ней так ярко, угас.

— Что ж ты не спрашиваешь о брате? — поинтересовался сир Киван, они ждали на сладкое пирожные с кремом, любимый десерт короля.

Серсея вскинула голову, зеленые глаза засверкали.

— Джейме? А что, есть новости?

— Никаких. Думаю, тебе следует приготовиться...

— Он жив. Я чувствую. Мы пришли в этот мир вместе, дядя, и порознь из него не уйдем. Тирион — дело иное, его уход меня бы только порадовал. О нем тоже ничего не слышно, ведь так?

— Головы карликов нам последнее время не предлагали, верно.

Она кивнула.

— Можно тебя спросить, дядя?

— Изволь.

— Разве ты не собираешься привезти свою жену ко двору?

— Нет. — Дорна чувствует себя хорошо только дома, в кругу семьи. Обожает своих детей, мечтает о внуках, молится семь раз на дню, любит рукоделие и цветы. Поселить ее в Королевской Гавани — все равно, что бросить одного из котят Томмена в змеиное гнездо. — Моя леди-жена не любительница путешествий, она предпочитает жить в Ланниспорте.

— Приятно, когда женщина разумна и знает, где ее место. Это Кивану не слишком понравилось.

— Что ты хочешь этим сказать?

— По-моему, я выразилась достаточно ясно.

Конопатая снова подлила Серсее вина. После пирожных с кремом сир Борос сопроводил короля вместе с его котятами в опочивальню, и пришло время поговорить о суде.

— Братья Осни не станут праздно смотреть, как его приговаривают к смерти, — предупредила Серсея.

— Им и не придётся. Я взял обоих под стражу.

— Как так? За что?

— За преступную связь с королевой. Ты сама призналась его святейшеству, что спала с ними, — забыла?

— Нет, — покраснела она, — не забыла. Что с ними будет дальше?

— Стена, если признают себя виновными. В противном случае ими займётся сир Роберт. Некоторых людей нельзя возносить высоко.

— Я ошиблась в них, — опустила глаза Серсея.

— И далеко не только в них, мне сдаётся.

— Милорд, миледи, прошу прощения, — прервала его круглолицая черненькая послушница, — но великий мейстер просит лорда-регента тотчас же прибыть к нему.

«Чёрные крылья, чёрные вести, — подумал сир Киван. — Штормовой Предел пал, или Болтон извещает о чём-то?»

— Может быть, это вести о Джейме, — заметила королева.

Узнать это можно было единственным способом. Сир Киван поднялся:

— Покорно прошу меня извинить. — Преклонив колено, он поцеловал племяннице руку. Этот поцелуй может стать для неё последним, если немой гигант подведёт.

Посыльный, закутанный в меха мальчуган лет восьми-девяти, напоминал медвежонка. Трант держал его на мосту, не пуская в крепость.

— Ступай греться, малец, — сказал сир Киван, сунув ему монетку. — Дорогу в воронятник я знаю.

Метель наконец улеглась. Из-за рваных туч круглым снежным комом выглядывала луна. Замок казался чужим: у всех зданий и башен отросли ледяные зубы, знакомые дорожки спрятались под сугробами. Длиннющая сосулька разбилась у самых ног сира Кивана — каково-то сейчас на Стене?

Дверь ему отворила худенькая девочка-служанка в меховой мантии, слишком большой для нее. Лорд-регент потопал ногами, сбивая снег, и бросил ей плащ.

— Великий мейстер ожидает меня.

Девочка, молча кивнув, показала ему на лестницу.

Комнаты Пицеля помещались прямо под воронятником. Полки на стенах ломились под тяжестью зелий, свитков и книг, на стропилах висели травы. Сир Киван всегда находил, что у великого мейстера чересчур жарко топят, но сейчас там царил холод: огонь в очаге не горел, угли едва тлели.

В сумраке, который малочисленные свечи почти не рассеивали, выделялось приотворенное окно. На подоконнике сидел ворон, самый большой из виденных сиром Киваном — крупнее охотничьих ястребов в Бобровом Утесе, крупнее сов. Луна серебрила его оперение.

«Нет, дело тут не в луне. Он не черный, этот ворон. Он белый».

Белые вороны в отличие от своих черных сородичей писем не носят. Цитадель Староместа рассылает их лишь затем, чтобы оповестить о смене времен.

— Зима, — промолвил сир Киван. Слово повисло в воздухе белым облаком, и что-то ударило лорда-регента в грудь, словно великанский кулак. Кивана швырнуло на подоконник; ворон, взлетев, захлопал над его головой белыми крыльями. В груди торчал арбалетный болт, сидящий глубоко, по самое оперение. Точно так же умер и его брат. — Пицель, — прохрипел лорд-регент, — на помощь...

Великий мейстер сидел у стола, уронив голову на толстую раскрытую книгу в кожаном переплете. «Спит», — подумал Киван, но нет: на лысом пятнистом черепе зияла пробоина. Пергаментные страницы пятнала кровь, в лужицах свечного воска плавали мозги и осколки кости.

«Он просил об охране, — подумал Киван. — Зря я не дал ему людей». Неужели Серсея была права, и это дело рук карлика?

— Тирион? — позвал Киван. — Где ты?

— Далеко, — ответил чей-то знакомый голос.

Он стоял у книжных полок — пухлый, напудренный, в шелковых туфлях, с арбалетом в мягких руках.

— Варис?

— Если можете, простите меня, сир Киван, — сказал евнух, положив арбалет. — Я не держу на вас зла и сделал это лишь ради государства. Ради детей.

У Кивана тоже были дети. И жена... Дорна.

— Замок наводнен гвардейцами Ланнистеров, — проговорил он.

— В этой комнате их, к счастью, нет. Вы не заслуживаете такой участи, знаю. Умирать одному, в морозную зимнюю ночь... Но как прикажете быть, если хороший человек служит неправому делу? Вы угрожали погубить то, что столь успешно начала королева: замирились с Хайгарденом, обеспечили юному королю поддержку духовенства, хотели объединить всю страну под его рукой...

От дунувшего в окно ветра Кивана пробрала дрожь.

— Вам холодно, милорд? Простите великодушно. Великий мейстер перед смертью обделался — я бы задохнулся без притока свежего воздуха.

Киван уже не чувствовал ног.

— Арбалет я счел самым подходящим оружием, ведь у вас с братом так много общего. Ваша племянница подумает, что к вам подослали убийцу Тиреллы — а возможно, и без Беса не обошлось; Тиреллы заподозрят ее, еще кто-нибудь умудрится припутать дорнийцев. Раскол, подозрение, недоверие выбьют почву из-под ног короля-мальчика, Эйегон же тем временем поднимет знамя над Штормовым Пределом, и все лорды королевства сбегутся к нему.

— Эйегон? — Киван, не сразу понявший, о ком речь, вспомнил завернутого в багряный плащ младенца с размозженным черепом. — Но его нет в живых.

— Ошибаетесь. Эйегона готовили в правители еще до того, как он научился ходить. Он владеет всеми рыцарскими искусствами, хорошо читает и пишет, говорит на нескольких языках, знает историю и право, слагает стихи. Воспитательница-септа преподала ему правила Святой Веры. Выросший среди простых рыбаков, он умеет плавать, чинить сети, стряпать, перевязывать раны. Знает, что такое быть преследуемым, знает голод и страх. Томмену говорят, что он король по праву рождения; Эйегона учили, что быть королем — тяжкий долг, что на первом месте у государя стоит народ.

Киван хотел позвать стражу, жену, брата, но вместо слов изо рта потекла кровь.

— Простите, — заломил руки Варис. — Вы страдаете, а я разболтался, точно старуха. Потерпите, сейчас все кончится.

Кивана сковал холод, каждый вздох отзывался болью в груди. В ответ на свист евнуха по камню зашаркали чьи-то ноги. Бледный мальчик в лохмотьях встал за стулом Пицеля. Следом вошла девочка, открывшая Кивану дверь. Шестеро детей, мальчики и девочки, собрались вокруг лорда-регента с ножами в руках.

ПРИЛОЖЕНИЕ

ВЕСТЕРОС

КОРОЛЬ-МАЛЬЧИК

ТОММЕН БАРАТЕОН, первый этого имени, восьми лет. Король андалов, ройнаров и Первых Людей, лорд Семи Королевств, Хранитель Государства.

Его жена КОРОЛЕВА МАРГЕРИ из дома Тиреллов, дважды вдова. Обвинена в измене, заключена в Великую Септу Бейелора.
Ее кузины МЕГГА, ЭЛЛА И ЭЛИНОР ТИРЕЛЛ, обвиненные в прелюбодеянии.
Жених Элинор АЛИН АМБРОЗ, оруженосец.

Его мать СЕРСЕЯ из дома Ланнистеров, вдовствующая королева, леди Бобрового Утеса. Обвинена в измене, заключена в Великую Септу Бейелора.

Его старший брат КОРОЛЬ ДЖОФФРИ I БАРАТЕОН, тринадцати лет, отравлен на собственном свадебном пиру.
Его старшая сестра ПРИНЦЕССА МИРЦЕЛЛА БАРАТЕОН, девяти лет, находится на попечении принца Дорана Мартелла в Солнечном Копье.

Его котята СИР ПОПРЫГУНЧИК, ЛЕДИ УСАТКА, ЧУЛОЧКИ.

Его дяди:
СИР ДЖЕЙМЕ ЛАННИСТЕР, близнец Серсеи, прозванный ЦАРЕУБИЙЦЕЙ, лорд-командующий Королевской Гвардией.

ТИРИОН ЛАННИСТЕР, прозванный **БЕСОМ**, карлик. Осужден и разыскивается за убийство своего племянника короля Джоффри и своего отца лорда Ланнистера.

Другие родичи:
Его дед ТАЙВИН ЛАННИСТЕР, лорд Бобрового Утеса, Хранитель Запада и десница короля, убит собственным сыном Тирионом.
Его двоюродный дед СИР КИВАН ЛАННИСТЕР, женатый на Дорне Свифт, лорд-регент.

> **Дети Кивана:**
> СИР ЛАНСЕЛЬ, рыцарь ордена Сынов Воина;
> ВИЛЛЕМ, убитый в Риверране;
> МАРТИН, близнец Виллема, оруженосец;
> ЖАНЕЯ, трех лет.

Его двоюродная бабка:
ЛЕДИ ДЖЕННА ЛАННИСТЕР, жена сира Эммона Фрея.
> **Сыновья и внуки Дженны:**
> СИР КЛЕОС Фрей, убитый разбойниками.
> > **Сыновья Клеоса** ТАЙВИН (ТАЙ) и ВИЛЛЕМ;
> СИР ЛИОНЕЛЬ ФРЕЙ, второй сын леди Дженны;
> СИР ТИОН ФРЕЙ;
> УОЛДЕР РЫЖИЙ ФРЕЙ, паж в Бобровом Утесе.

Его двоюродный дед ТАЙГЕТ ЛАННИСТЕР, был женат на ДАРЛЕССЕ МАРБРАНД.
Его двоюродный дядя ТИРЕК ЛАННИСТЕР, пропавший без вести во время бунта.
> **Жена** Тирека ЛЕДИ ЭРМЕСАНДА ХЭЙФОРД, малый ребенок.

Его двоюродный дядя ГЕРИОН ЛАННИСТЕР, пропал без вести в море.
Его кузина ДЖОЙ ХИЛЛ, внебрачная дочь покойного Гериона.

Малый совет короля Томмена:
СИР КИВАН ЛАННИСТЕР, лорд-регент.
ЛОРД МЕЙС ТИРЕЛЛ, десница короля.

ЛОРД РЕНДИЛЛ ТАРЛИ, мастер над законом.
СИР ХАРИС СВИФТ, мастер над монетой.
Великий мейстер ПИЦЕЛЬ.
СИР ДЖЕЙМЕ ЛАННИСТЕР, лорд-командующий Королевской Гвардией.
ПАКСТЕР РЕДВИН, лорд-адмирал.
КВИБЕРН, разжалованный мейстер некромант, мастер над шептунами.

Бывший малый совет королевы Серсеи:
ЛОРД ДЖАЙЛС РОСБИ, бывший мастер над монетой, умерший от кашля.
ОРТОН МЕРРИВЕЗЕР, бывший мастер над законом, бежавший в Длинный Стол после ареста Серсеи.
АУРИН УОТЕРС, Бастард из Дрифтмарка, бывший лорд-адмирал, ушедший в море с королевским флотом после ареста Серсеи.

Королевская Гвардия Томмена:
СИР ДЖЕЙМЕ ЛАННИСТЕР, лорд-командующий.
СИР МЕРРИН ТРАНТ.
СИР БОРОС БЛАУНТ, разжалованный и вновь восстановленный.
СИР БЕЙЛОН СВАНН, в Дорне с принцессой Мирцеллой.
СИР ОСМУНД КЕТТЛБЛЭК.
СИР ЛОРАС ТИРЕЛЛ, Рыцарь Цветов.
СИР АРИС ОКХАРТ, погибший в Дорне.

Двор Томмена в Королевской Гавани:
ЛУНАТИК, придворный шут.
ПЕЙТ, мальчик для порки.
ОРМОНД из СТАРОМЕСТА, придворный арфист и певец.
СИР ОСФРИД КЕТТЛБЛЭК, брат сира Осни и сира Осмунда, капитан городской стражи.
НОХО ДИМИТТИС, посланник Железного Банка из Браавоса.
СИР ГРИГОР КЛИГАН, по прозвищу СКАЧУЩАЯ ГОРА, умерший от смертельной раны.
РЕННИФЕР ЛОНГУОТЕРС, гл. надзиратель темниц.

Предполагаемые любовники Маргери:
УОТ, певец по прозвищу ЛАЗУРНЫЙ БАРД, сошедший с ума от пыток.
ХЭМИШ-АРФИСТ, умерший в тюрьме.
СИР МАРК МАЛЛЕНДОР, потерявший обезьянку и половину руки в битве на Черноводной.
ДЖАЛАБХАР КСО, принц Долины Красных Цветов, изгнанник с Летних островов.
СИР ТАЛЛАД ВЫСОКИЙ, СИР ЛАМБЕРТ ТОРНБЕРРИ, СИР БАЙАРД НОРКРОСС, СИР ХЬЮ КЛИФТОН.
СИР ХОРАС и СИР ХОББЕР РЕДВИНЫ, братья-близнецы (признаны невиновными).

Главный обвинитель Серсеи СИР ОСНИ КЕТТЛБЛЭК, арестованный верховным септоном.

Служители Святой Веры:
ВЕРХОВНЫЙ СЕПТОН, Голос Семерых на Земле.
СЕПТОНЫ ТОРБЕРТ, РЕЙНАРД, ЛЮЦЕОН, ОЛЛИДОР — служители Великой Септы Бейелора.
СЕПТЫ МОЭЛЛА, АГЛАНТИНА, ГЕЛИСЕНТА, ЮНЕЛЛА, СКОЛЕРИЯ — служительницы Великой Септы.
СИР ТЕОДАН ВЕЛЛС, ныне ТЕОДАН ПРАВОВЕРНЫЙ, благочестивый рыцарь.
ВОРОБЬИ, смиренные богомольцы.

Горожане Королевской Гавани:
КАТАЯ, содержательница публичного дома;
АЛАЯЙЯ, ее дочь;
ДАНСИ, МАРЕИ — девицы из ее заведения.
ТОБХО МОТТ, мастер-оружейник.

Лорды, присягнувшие Железному Трону:
РЕНФРЕД РИККЕР, лорд Синего Дола;
сир РУФУС ЛЕК, одноногий рыцарь у него на службе, кастелян Данфорта;
ЛЕДИ ТАНДА СТОКВОРТ, умершая после перелома бедра;

ЛЕДИ ФАЛИСА, ее старшая дочь, погибшая в темницах Квиберна;

СИР БАЛЬМАН БЕРЧ, муж леди Фалисы, убитый на поединке;

ЛЕДИ ЛОЛЛИС, ее младшая слабоумная дочь;

ее новорожденный сын от ста отцов ТИРИОН ТАННЕР;

СИР БРОНН ЧЕРНОВОДНЫЙ, бывший наемник, муж Лоллис;

ФРЕНКЕН, мейстер леди Танды.

Герб короля Томмена — коронованный олень Баратеонов, черный на золотом поле, в паре со львом Ланнистеров, золотым на красном поле.

КОРОЛЬ У СТЕНЫ

СТАННИС БАРАТЕОН, первый этого имени, второй сын лорда Стеффона Баратеона и леди Кассаны из дома Эстермонтов. Лорд Драконьего Камня, объявивший себя королем Вестероса.

С королем Станнисом в Черном Замке:

ЛЕДИ МЕЛИСАНДРА АШАЙСКАЯ, КРАСНАЯ ЖЕНЩИНА, жрица Рглора, Владыки Света.

Его рыцари:
СИР РИЧАРД ХОРП,
СИР ДЖАСТИН МАССИ,
СИР КЛЭЙТОН САГС,
СИР ГОДРИ ФАРРИНГ (ПОБЕДИТЕЛЬ ВЕЛИКАНОВ),
ЛОРД ХАРВУД ФЕЛЛ,
СИР КОРЛИСС ПЕННИ,
СИР ВИЛЛЕМ ФОКСГЛОВ,
ЛОРД РОБИН ПЕЗБЕРИ,
СИР ОРМУНД УАЙЛД,
СИР ХАМФРИ КЛИФТОН,
СИР ХАРИС КОББ.

Оруженосцы короля ДЕВАН СИВОРТ и БРАЙЕН ФАРРИНГ.

МАНС-РАЗБОЙНИК, Король за Стеной, взятый в плен. Новорожденный, пока безымянный СЫН МАНСА от его жены Даллы, «маленький принц».

ЛИЛЛИ, одичалая, кормилица мальчика.
Ее сын, тоже безымянный, «уродец», рожденный от ее отца КРАСТЕРА.

В Восточном Дозоре:
Его жена КОРОЛЕВА СЕЛИСА из дома Флорентов.
Их дочь ПРИНЦЕССА ШИРЕН, одиннадцати лет.
ПЕСТРЯК, полоумный шут Ширен.
СИР АКСЕЛЛ ФЛОРЕНТ, дядя королевы Селисы и ее десница, командующий людьми королевы.

Рыцари королевы:
СИР НАРБЕРТ ГРАНДИСОН, СИР БЕНЕТОН СКЕЛС, СИР ПАТРЕК С КОРОЛЕВСКОЙ ГОРЫ, СИР ДОРДЕН СУРОВЫЙ, СИР МАЛЕГОРН С КРАСНОГО ПРУДА, СИР ЛАМБЕРТ ВАЙТВОТЕР, СИР ПЕРКИН ФОЛЛАРД, СИР БРЮС БАКЛЕР.

СИР ДАВОС СИВОРТ, ЛУКОВЫЙ РЫЦАРЬ, лорд Дождливого Леса, Адмирал Узкого моря, десница короля.

САЛЛАДОР СААН из Лисса, пират и наемник, владелец флотилии галей, капитан «Валирийки».

ТИХО НЕСТОРИС, посланник Железного банка из Браавоса.

Король Станнис избрал своим гербом огненное сердце Владыки Света на ярко-желтом поле, внутри коего заключен черный коронованный олень дома Баратеонов.

КОРОЛЬ ОСТРОВОВ И СЕВЕРА

Грейджои из Пайка претендуют на происхождение от легендарного Серого Короля. Серый Король, по преданию, правил не только островами, но и самим морем и был женат на русалке. Эйегон Драконовластный пресек королевский род, однако позволил островитянам жить по старинным обычаям и самим выбирать своего главу. Ими был выбран лорд Викон Грейджой с острова Пайк. Герб Грейджоев — золотой кракен на черном поле, девиз — *Мы не сеем*.

ЭУРОН ГРЕЙДЖОЙ, третий этого имени от Серого Короля, король Железных островов и Севера, Король Соли и Камня, Сын Морского Ветра, Лорд-Жнец Пайка, капитан «Молчаливого», по прозванию ВОРОНИЙ ГЛАЗ.

Его старший брат БЕЙЛОН ДЕВЯТЫЙ ГРЕЙДЖОЙ, король Железных островов и Севера. Погиб, сорвавшись со скалы в море.

Вдова Бейлона КОРОЛЕВА АЛАННИС из дома Харло.

Их дети:
РОДРИК и МАРОН, убитые при первом восстании Бейлона.
АША, капитан «Черного ветра», завоевательница Темнолесья.
ТЕОН, прозванный северянами ПЕРЕМЕТЧИВЫМ, пленник в Дредфорте.

Его младшие братья:
ВИКТАРИОН, лорд-капитан Железного Флота, капитан «Железной победы».
ЭЙЕРОН МОКРОГОЛОВЫЙ, жрец Утонувшего Бога.

Его капитаны и сторонники:
ТОРВОЛЬД БУРЫЙ ЗУБ, СУШЕНЫЙ ДЖОН МАЙР, ЛУКАС-ЛЕВША КОДД, РЫЖИЙ ГРЕБЕЦ, КВЕЛЛОН ХАМБЛ, КВАРЛ-НЕВОЛЬНИК, РАЛЬФ ШЕПЕРД, РАЛЬФ ИЗ ЛОРДПОРТА, КРАГОРН.

Его лорды-знаменосцы:
ЭРИК АЙРОНМАКЕР (ЭРИК МОЛОТОБОЕЦ, СПРАВЕДЛИВЫЙ), преклонных лет, некогда прославленный капитан. Лорд-стюард Железных островов, кастелян Пайка, муж Аши Грейджой.

На Пайке:
ГЕРМУНД БОТЛИ, лорд Лордпорта;
УОЛДОН ВИНЧ, лорд Железного Хольта.

На Старом Вике:
ДУНСТАН ДРАММ, лорд Старого Вика;
НОРН ГУДБРАЗЕР, лорд Валунов;
СТОНХАУЗЫ.

На Большом Вике:
ГОРОЛЬД ГУДБРАЗЕР, лорд Хаммерхорна;
ТРИСТОН ФАРВИНД, лорд Тюленьего Мыса;
СПАРР;
МЕЛДРЕД МЕРЛИН, лорд Пебблтона.

На Оркмонте:
АЛИН ОРКВУД;
БЕЙЛОН ТАУНИ.

На Солтклифе:
ЛОРД ДОННОР СОЛТКЛИФ;
ЛОРД САНДЕРЛИ.

На Харло:
РОДРИК ХАРЛО, по прозванию ЧТЕЦ, лорд острова и Десяти Башен, Первый из Харло;

ЗИГФРИД ХАРЛО СРЕБРОВОЛОСЫЙ, двоюродный дед Родрика, лорд Старого Замка;
ГОТО ХАРЛО ГОРБУН, лорд Сверкающей Башни;
БОРМУНД ХАРЛО СИНИЙ, лорд Ведьмина Холма.

На малых Железных островах:
ГИЛБЕРТ ФАРВИНД, лорд Одинокого Света.

Железные Люди на Щитовых островах:
АНДРИК НЕУЛЫБА, лорд Южного Щита;
НУТ-ЦИРЮЛЬНИК, лорд Дубового Щита;
МАРОН ВОЛЬМАРК, лорд Зеленого Щита;
СИР ХАРРАС ХАРЛО, Рыцарь Каменного Сада, лорд Серого Щита.

Во Рву Кейлин:
РАЛЬФ КЕННИНГ, кастелян и командир;
АДРАК ХАМБЛ, однорукий;
ДАГОН КОДД, не сдающийся никому.

В Торрхеновом Уделе:
ДАГМЕР ЩЕРБАТЫЙ, капитан «Пеноходца».

В Темнолесье:
АША ГРЕЙДЖОЙ, дочь кракена, капитан «Черного ветра»;
КВАРЛ-ДЕВИЦА, ее любовник;
ТРИСТИФЕР БОТЛИ, наследник Лордпорта.
Люди Аши: РОГГОН РЖАВАЯ БОРОДА, УГРЮМЫЙ, МАЛЕНЬКИЙ РОЛЬФ, ЛОРРЕН-СЕКИРА, ГРАЧ, ЛОВКИЙ, ШЕСТИПАЛЫЙ ХАРЛ, ДРЫХУЧИЙ ДЕЙЛ, ЭРЛ ХАРЛО, КРОММ, ХАГОН ХОРН.
Родичи Аши: КВЕНТОН ГРЕЙДЖОЙ, ДАГОН-ЗАБУЛДЫГА ГРЕЙДЖОЙ.

ДРУГИЕ ДОМА, ВЕЛИКИЕ И МАЛЫЕ

ДОМ АРРЕНОВ

Аррены происходят от Королей Горы и Долины. Их герб — месяц и сокол, белые на небесно-голубом поле, девиз — *Высокий как честь*. Аррены не принимали участия в Войне Пяти Королей.

РОБЕРТ АРРЕН, лорд Орлиного Гнезда, Защитник Долины, объявленный своей матерью Хранителем Востока, болезненный мальчик восьми лет. Домашнее прозвище — ЗЯБЛИК.

Его мать ЛЕДИ ЛИЗА из дома Талли, вдова лорда Джона Аррена; погибла, будучи выброшенной в Лунную Дверь.

Его отчим ПЕТИР БЕЙЛИШ по прозванию МИЗИНЕЦ, лорд Харренхолла, верховный лорд Трезубца, лорд-протектор Долины.

АЛЕЙНА СТОУН, она же Санса Старк, мнимая побочная дочь лорда Петира, тринадцати лет.
СИР ЛОТОР БРЮН, наемник на службе у лорда Петира, капитан гвардии в Гнезде.
ОСВЕЛЛ (КЕТТЛБЛЭК) — пожилой латник на службе у лорда Петира.
СИР ШАДРИК БЕШЕНАЯ МЫШЬ, СИР БИРЕН КРАСИВЫЙ, СИР МОРГАРТ ВЕСЕЛЫЙ — межевые рыцари, взятые на службу лордом Петиром.

Домочадцы лорда Роберта:
МЕЙСТЕР КОЛЕМОН.
МОРД, жестокий тюремщик с золотыми зубами.
ГРЕТЧЕЛЬ, МАДДИ, МЕЛА — служанки.

Знаменосцы лорда Роберта, лорды Долины:
ДЖОН РОЙС (БРОНЗОВЫЙ ДЖОН), лорд Рунстона, из старшей ветви дома Ройсов.
— Его единственный оставшийся в живых сын, СИР АНДАР.

НЕСТОР РОЙС, Высокий Стюард Долины, кастелян Ворот Луны.
— Его сын и наследник сир АЛБАР.
— Его дочь МИРАНДА, молодая вдова.
— Его воспитанница МИЯ СТОУН, погонщица мулов, побочная дочь короля Роберта.

ЛИОНЕЛЬ КОРБРЕЙ, лорд Дома Сердец.
— Его брат и наследник СИР ЛИН, владелец прославленного меча Покинутая.
— Его младший брат СИР ЛЮКАС.

ТРИСТОН САНДЕРЛЕНД, лорд Трех Сестер.
ГОДРИК БОРРЕЛ, лорд Пригожей Сестры.
РОЛЛАНД ЛОНГТОРП, лорд Длинной Сестры.
АЛЕСАНДЕР ТОРРЕНТ, лорд Малой Сестры.
АНЬЯ УЭЙНВУД, леди Железной Дубравы.

Ее сыновья:
СИР МОРТОН, наследник;
СИР ДОННЕЛ, Рыцарь Ворот;
УИЛЛАС.
— Ее воспитанник ГАРОЛЬД ХАРДИНГ, оруженосец, часто именуемый ГАРРИ-НАСЛЕДНИК.

СИР САЙМОНД ТЕМПЛТОН, Рыцарь Девяти Звезд.
ДЖОН ЛИНДЕРЛИ, лорд Змеиного Леса.
— Его сын и наследник ТЕРРАНС, оруженосец лорда Роберта.

ЭДМУНД ВАКСЛИ, Рыцарь из Викендена.
ГЕРОЛЬД ГРАФТОН, лорд Чаячьего города.
ЭОН ХАНТЕР, лорд Длинного Лука. После его внезапной кончины лордом стал его старший сын ГИЛВУД.

Братья Гилвуда:
СИР ЮСТАС,
СИР ХАРЛАН.

ХОРТОН РЕДФОРТ, лорд Редфорта.

Его сыновья:
СИР ДЖАСПЕР,
СИР КРЕЙТОН,
СИР ДЖОН,
СИР МИКЕЛЬ.
БЕНЕДАР БЕЛЬМОР, лорд Громогласия.

Вожди горных кланов в Лунных горах:
ШАГГА, сын ДОЛЬФА, из клана Каменных Ворон, ныне в Королевском лесу.
ТИМЕТТ, сын ТИМЕТТА, из клана Обгорелых.
ЧИЛЛА, дочь ЧЕЙКА, из клана Черноухих.
КРАВН, сын КАЛОРА, из клана Лунных Братьев.

ДОМ БАРАТЕОНОВ

Самый младший из великих домов; возник во время Завоевательных войн. Основатель его, Орис Баратеон, был, по слухам, незаконнорожденным братом Эйегона Дракона. Когда Орис победил и убил Аргилака Надменного, последнего короля Шторма, Эйегон наградил его замком Аргилак, деньгами и дочерью. Орис, взяв девушку в жены, принял знамя, почести и девиз ее рода.

На 283 году от Завоевания Эйегона Роберт из дома Баратеонов, лорд Штормового Предела, сместил Безумного Короля Эйениса Второго Таргариена и занял Железный Трон. Его бабка была дочерью Эйегона Пятого, но Роберт всегда говорил, что право на престол добыл единственно боевым молотом.

Герб Баратеонов — коронованный олень, черный на золотом поле. Девиз — *Нам ярость*.

РОБЕРТ БАРАТЕОН ПЕРВЫЙ, король андалов, ройнаров и Первых Людей, лорд Семи Королевств, Хранитель Государства, убит на охоте вепрем.

Его жена королева **СЕРСЕЯ** из дома Ланнистеров.

Их дети:
КОРОЛЬ ДЖОФФРИ БАРАТЕОН ПЕРВЫЙ, убитый на собственном свадебном пиру;
ПРИНЦЕССА МИРЦЕЛЛА, невеста принца Тристана Мартелла в Дорне;
КОРОЛЬ ТОММЕН БАРАТЕОН ПЕРВЫЙ.

Его братья:
СТАННИС БАРАТЕОН, мятежный лорд Драконьего Камня, претендент на Железный Трон;
   дочь Станниса ШИРЕН, 11 лет.
РЕНЛИ БАРАТЕОН, мятежный лорд Штормового Предела, претендент на Железный Трон, убитый посередине своего войска.

Его бастарды:
МИЯ СТОУН, 19 лет, на службе у лорда Нестора Ройса в Воротах Луны.
ДЖЕНДРИ, разбойник в речных землях, не ведающий о своем происхождении.
ЭДРИК ШТОРМ от леди Делены из дома Флорентов (признан отцом); скрывается в Лиссе.
   Кузен и опекун Эдрика СИР ЭНДРЮ ЭСТЕРМОНТ.
   Другие рыцари, охраняющие Эдрика:
   СИР ДЖЕРАЛЬД КАВЕР, ЛЕВИС-РЫБНИК, СИР ТРИСТОН С РУБЕЖНОГО ХОЛМА, ОМЕР БЛЭКБЕРРИ.
БАРРА, маленькая дочь от продажной девки, убитая по приказу Серсеи.

Другие родичи:
Двоюродный дедушка ЭЛДОН ЭСТЕРМОНТ, лорд Зеленой Скалы.
   СИР ЭЙЕМОН, сын и наследник лорда Элдона;
      Сын Эйемона СИР АЛИН.
   СИР ЛОМАС, брат лорда Элдона;
   СИР ЭНДРЮ, сын Ломаса.

Лорды и рыцари, присягнувшие Штормовому Пределу:
ДАВОС СИВОРТ, лорд Дождливого Леса, адмирал Узкого моря, десница короля Станниса.
   Его жена МАРИЯ, дочь плотника.
   Их сыновья:
   ДЕЙЛ, АЛЛАРД, МАТТОС, МАРЕК, погибшие на Черноводной;
   ДЕВАН, оруженосец короля Станниса;
   СТАННИС и СТЕФФОН, девяти и шести лет.

СИР ГИЛБЕРТ ФАРРИНГ, кастелян Штормового Предела.
 Его сын БРАЙЕН, оруженосец короля Станниса.
 Его кузен СИР ГОДРИ ФАРРИНГ, прозванный Победителем Великанов.

ЭЛВУД МЕДОУЗ, лорд Лугового Замка, сенешаль Штормового Предела.

СЕЛЬВИН ТАРТ ВЕЧЕРНЯЯ ЗВЕЗДА, лорд острова Тарт.
 Его дочь БРИЕННА, ТАРТСКАЯ ДЕВА, она же Бриенна Красотка.
  Ее оруженосец ПОДРИК ПЕЙН, 10 лет.

СИР РОННЕТ (РЫЖИЙ) КОННИНГТОН, Рыцарь Гриффин-Руста.
 Его младшие брат и сестра РЕЙМУНД И АЛИННА.
 Его побочный сын РОННЕТ ШТОРМ.
 Его кузен ДЖОН КОННИНГТОН, прежний лорд Гриффин-Руста, десница короля, изгнанный Эйерисом Вторым Таргариеном и якобы умерший на чужбине от пьянства.

ЛЕСТЕР МОРРИГЕН, лорд Вороньего Гнезда.
 Его брат и наследник СИР РИЧАРД МОРРИГЕН.
 Его брат сир ГЮЙАРД ЗЕЛЕНЫЙ, убитый в Битве на Черноводной.

АРСТАН СЕЛМИ, лорд Колосьев.
 Его двоюродный дед СИР БАРРИСТАН СЕЛМИ.

КАСПЕР УАЙЛД, лорд Дома Дождя.
 Его дядя СИР ОРМУНД УАЙЛД.

ХАРВУД ФЕЛЛ, лорд Фелвуда.

ХЬЮ ГРАНДИСОН СЕДОБОРОДЫЙ, лорд Грандвью.

СЕБАСТИОН ЭРРОЛ, лорд Стогов.

КЛИФФОРД СВАНН, лорд Стонхельма.

БЕРИК ДОНДАРРИОН, ЛОРД-МОЛНИЯ. Предводитель разбойников в речных землях, многократно убитый (теперь будто бы окончательно).

БРЮС КАРОН, лорд Ночной Песни, убитый на Черноводной сиром Филипом Фоотом.

Его побочный брат СИР РОЛЛАНД ШТОРМ, Бастард из Ночной Песни.
СИР ФИЛИП ФООТ, одноглазый рыцарь, новый лорд Ночной Песни.
РОБИН ПЕЗБЕРИ, лорд Горохового Поля.
МЭРИ МЕРТИНС, леди Туманного леса.
РАЛЬФ БАКЛЕР, лорд Бронзовых Врат.
Его кузен СИР БРЮС БАКЛЕР.

ДОМ ФРЕЕВ

Фреи — знаменосцы дома Талли, но не всегда исполняли свой долг с подобающим тщанием. В начале Войны Пяти Королей Робб Старк заручился поддержкой лорда Уолдера, пообещав взять в жены одну из его дочерей или внучек. Когда он, нарушив слово, женился на Жиенне Вестерлинг, Фреи вступили в сговор с Русе Болтоном и убили Молодого Волка на свадьбе, получившей позднее название Красной.

Герб Фреев — две башни, голубые на сером поле.

УОЛДЕР ФРЕЙ, лорд переправы.

Его потомство от первой жены, ЛЕДИ ПЕРРЫ из дома Ройсов:
СИР СТЕВРОН, умерший от ран после битвы при Окскроссе.
СИР ЭММОН.
СИР ЭЙЕНИС, командующий силами Фреев на Севере.
  Дети Эйениса:
  ЭЙЕГОН КРОВАВЫЙ, разбойник.
  РЕЙЕГАР, посол в Белой Гавани.
    ПЕРИАННА, его старшая дочь, жена сира Леслина Хэя.

Потомство от второй жены, ЛЕДИ СИРЕННЫ из дома Сваннов:
СИР ДЖАРЕД, посол в Белой Гавани.
СЕПТОН ЛЮЦЕОН, служитель Великой Септы Бейелора.

Потомство от третьей жены, ЛЕДИ АМАРЕИ из дома Кракехоллов:
СИР ХОСТИН, прославленный рыцарь.

ЛЕДИ ЛИТЕН, жена лорда Люцеаса Випрена.
САЙМОНД, счетовод, посол в Белой Гавани.
СИР ДАНВЕЛ.
МЕРРЕТ, повешенный разбойниками в Старых Камнях.
 Дочь Меррета УОЛДА ТОЛСТАЯ, жена Русе Болтона, лорда Дредфорта.
 Сын Меррета УОЛДЕР МАЛЫЙ, восьми лет, оруженосец на службе у Рамси Болтона.
СИР ДЖЕРЕМИ, утонул.
СИР РАЙМУНД.

Потомство от четвертой жены, ЛЕДИ АЛИССЫ из дома Блэквудов:
ЛОТАР ХРОМОЙ.
СИР ДЖЕММОС.
 Сын Джеммоса УОЛДЕР БОЛЬШОЙ, восьми лет, оруженосец на службе у Рамси Болтона.
СИР УЭЙЛЕН.
ЛЕДИ МОРЬЯ, жена сира Флемента Бракса.
ТИТА, девица тридцати лет.

От пятой жены, ЛЕДИ САРИИ УЭНТ, лорд Уолдер потомства не имел.

Потомство от шестой жены, ЛЕДИ БЕТАНИ из дома Росби:
СИР ПЕРВИН.
СИР БЕНФРИ, умер от раны, полученной на Красной Свадьбе.
МЕЙСТЕР ВИЛЛАМЕН, несущий службу в Длинном Луке.
ОЛИВАР, бывший оруженосец Робба Старка.
РОСЛИН, ныне беременная. Красная Свадьба сыграна в честь ее союза с лордом Эдмаром Талли.

Потомство от седьмой жены, ЛЕДИ АННАРЫ из дома Фаррингов:
АРВИН, девица четырнадцати лет.
ВЕНДЕЛ, тринадцати лет, паж в Сигарде.
КОЛЬМАР, одиннадцати лет, предназначен в служители веры.

УОЛТИР (ТИР), десяти лет.
ЭЛМАР, десяти лет, ранее помолвленный с Арьей Старк.
ШИРЕЯ, самое младшее дитя лорда Уолдера, семи лет.

Восьмая жена, ЛЕДИ ЖОЙЕЗ из дома Эренфордов, ныне беременна.

Внебрачные дети лорда Уолдера от разных матерей:
УОЛДЕР РИВЕРС (УОЛДЕР-БАСТАРД).
МЕЙСТЕР МЕЛЬВИС, несущий службу в Росби.
ДЖЕЙНА, МАРТИН, РИГЕР, РОНЕЛ, МЕЛЛАРА РИВЕРСЫ.

ДОМ ЛАННИСТЕРОВ

Ланнистеры из Бобрового Утеса остаются главной опорой короля Томмена в борьбе за Железный Трон. Они утверждают, что происходят от Ланна Умного, легендарного хитреца Века Героев. Золото Бобрового Утеса и Золотого Зуба сделало их самыми богатыми из всех великих домов. Герб Ланнистеров — золотой лев на красном поле, девиз — *Услышь мой рев.*

ТАЙВИН ЛАННИСТЕР, лорд Бобрового Утеса, Хранитель Запада, Щит Ланниспорта, десница короля. Убит своим сыном Тирионом в отхожем месте.

> **Его дети:**
> СЕРСЕЯ, вдова короля Роберта Первого Баратеона, узница Великой Септы Бейелора.
> СИР ДЖЕЙМЕ, ее брат-близнец, прозванный ЦАРЕУБИЙЦЕЙ.
> ТИРИОН, карлик, по прозвищу БЕС, скрывается за Узким морем.
>
> **Его оруженосцы** ДЖОСМИН ПЕКЛЬДОН, ГАРРЕТ ПЭГ, ЛЬЮ ПАЙПЕР.
>
> **Рыцари у него на службе:**
> СИР РОННЕТ КОННИНГТОН, он же РЫЖИЙ РОННЕТ, Рыцарь Гриффин-Руста;
> СИР ИЛИН ПЕЙН, немой, в недавнем времени королевский палач;

СИР АДДАМ МАРБРАНД,
СИР ЛАЙЛ КРАКЕХОЛЛ (МОГУЧИЙ ВЕПРЬ),
СИР АЛИН СТАКСПИР,
СИР ДЖОН БИТЛИ (БЕЗБОРОДЫЙ ДЖОН),
СИР СТЕФФОН СВИФТ,
СИР ХАМФРИ СВИФТ,
СИР ФЛЕМЕНТ БРАКС.

Домочадцы Бобрового Утеса:
МЕЙСТЕР ГРЕЙЛИН.
ВИЛЛАР, капитан гвардии.
СИР БЕНЕДИКТ БРУМ, мастер над оружием.
УОТ БЕЛОЗУБЫЙ, певец.

Его сестра, братья, племянники:
ЛЕДИ ДЖЕННА, жена сира Эммона Фрея, нового лорда Риверрана.
  Ее сыновья:
  СИР КЛЕОС, убитый разбойниками, женат на Джейне Дарри.
    Его сыновья:
    ТАЙВИН (ТАЙ), оруженосец, двенадцати лет, ныне наследник Риверрана.
    ВИЛЛЕМ, паж в Эшмарке, девяти лет;
  СИР ЛИОНЕЛЬ;
  ТИОН (убит в Риверране);
  УОЛДЕР РЫЖИЙ.

СИР КИВАН ЛАННИСТЕР, женатый на Дорне Свифт.
  Его дети:
  СИР ЛАНСЕЛЬ, рыцарь ордена Сынов Воина;
  ВИЛЛЕМ, убитый в Риверране;
  МАРТИН, близнец Виллема, оруженосец;
  ЖАНЕЯ, трех лет.
СИР ТИГЕТТ ЛАННИСТЕР, умерший от оспы.
  Его сын ТИРЕК, пропавший без вести.
    Жена Тирека ЛЕДИ ЭРМЕСАНДА ХЭЙФОРД, малый ребенок.
ГЕРИОН, погибший в море.
  Его внебрачная дочь ДЖОЙ ХИЛЛ, одиннадцати лет.

Другие родственники лорда Тайвина:
СИР СТАФФОРД ЛАННИСТЕР, кузен и брат покойной жены Тайвина, убитый при Окскроссе.
  Его дочери СЕРЕННА и МИРИЭЛЬ,
  Его сын СИР ДАВЕН.
СИР ДАМИОН ЛАННИСТЕР, кузен, женатый на Шире Кракехолл.
  Его дети:
  СИР ЛЮЦИОН.
  ЛАННА, жена лорда Антарио Джаста.
ЛЕДИ МАРГО, кузина, жена лорда Титуса Пека.

Знаменосцы Ланнистеров:
ДАМОН МАРБРАНД, лорд Эшмарка.
РОЛАНД КРАКЕХОЛЛ, лорд Кракехолла.
СЕБАСТОН ФАРМЕН, лорд Светлого острова.
ТИТОС БРАКС, лорд Хорнваля.
КВЕНТИН БАНФОРТ, лорд Банфорта.
СИР ХАРИС СВИФТ, тесть Кивана Ланнистера.
РЕГЕНАРД ЭСТРЕН, лорд Виндхолла.
ГАВЕН ВЕСТЕРЛИНГ, лорд Крэга.
ЛОРД СЕЛЬМОНД СТАКСПИР.
ТЕРРЕНС КЕННИНГ, лорд Кайса.
ЛОРД АНТАРИО ДЖАСТ.
ЛОРД РОБИН МОРЛЕНД.
ЛЕДИ АЛИСАННА ЛЕФФОРД.
ЛЕВИС ЛИДДЕН, лорд Глубокого Логова.
ЛОРД ФИЛИП ПЛАММ.
ЛОРД ГАРРИСОН ПРЕСТЕР.

СИР ЛОРЕТ ЛОРХ, СИР ГАРТ ГРИНФИЛД, СИР ЛАЙМОНД ВИКАРИ, СИР РЕЙНАРД РАТТИГЕР, СИР МАНФРЕД ЙО, СИР ТИБОЛТ ГЕТЕРСПУН — **рыцари-помещики.**

ДОМ МАРТЕЛЛОВ

Дорн был последним из семи королевств, присягнувших Железному Трону. По крови, обычаям и истории дорнийцы отличаются от жителей других королевств. В Войне Пяти Королей Дорн поначалу не принимал участия, но после помолвки принцессы Мирцеллы Баратеон с принцем Тристаном Мартеллом принял сторону короля Джоффри. Герб Мартеллов — красное солнце, пронзенное золотым копьем, девиз — *непреклонные, несгибаемые, несдающиеся*.

ДОРАН НИМЕРОС МАРТЕЛЛ, лорд Солнечного Копья, принц Дорнийский.

Его жена
МЕЛЛАРИО из вольного города Норвоса.

Их дети:
ПРИНЦЕССА АРИАННА, наследница Солнечного Копья.
ПРИНЦ КВЕНТИН, недавно произведенный в рыцари. С детских лет был воспитанником лорда Айронвуда.
ПРИНЦ ТРИСТАН, нареченный Мирцеллы Баратеон.
СИР ГАСКОЙН с Зеленой Крови, телохранитель принца.

Его сестра
ПРИНЦЕССА ЭЛИЯ, жена принца Рейегара Таргариена, убитая вместе с малыми детьми РЕЙЕНИС и ЭЙЕГОНОМ при взятии Королевской Гавани.

Его брат
ПРИНЦ ОБЕРИН КРАСНЫЙ ЗМЕЙ, убитый на поединке сиром Григором Клиганом.
    Любовница Оберина ЭЛЛАРИЯ СЭНД, внебрачная дочь лорда Хармена Уллера.
    Внебрачные дочери самого Оберина от разных матерей, прозванные ПЕСЧАНЫМИ ЗМЕЙКАМИ:
    ОБАРА, двадцати восьми лет, от уличной девки из Староместа.
    НИМЕРИЯ (НИМ), двадцати пяти лет, от благородной дамы из Волантиса.
    ТИЕНА, двадцати трех лет, от септы.
    САРЕЛЛА, девятнадцати лет, от купчихи, владелицы судна «Пернатый поцелуй».
    ЭЛИЯ, четырнадцати лет,
    ОБЕЛЛА, двенадцати лет,
    ДОРЕЯ, восьми лет, ЛОРЕЗА, шести лет — от Элларии Сэнд.

Домочадцы принца Дорана в Водных Садах:
АРЕО ХОТАХ из Норвоса, капитан гвардии.
МЕЙСТЕР КАЛЕОТТ.

Двор принца Дорана в Солнечном Копье:
СЕПТА ЭГЛАНТИНА, наставница Мирцеллы.
МЕЙСТЕР МИЛЕС.
РИКАССО, слепой сенешаль.
СИР МАНФРИ МАРТЕЛЛ, кастелян.
ЛЕДИ АЛИС ЛЕДИБРИТ, казначей.

ПРИНЦЕССА МИРЦЕЛЛА БАРАТЕОН, его подопечная, невеста принца Тристана.
    СИР АРИС ОКХАРТ, королевский гвардеец, телохранитель Мирцеллы, убитый Арео Хотахом.
    РОЗАМУНДА ЛАННИСТЕР, дальняя родственница и компаньонка Мирцеллы.

Знаменосцы принца Дорана, дорнийские лорды:
АНДЕРС АЙРОНВУД, лорд Айронвуда, Хранитель Каменного Пути, принц крови.

Его старшая дочь ИНИС, жена Раэна Аллириона.
Его сын и наследник СИР КЛОТУС.
Его младшая дочь ГВИНЕТ, 12 лет.
ХАРМЕН УЛЛЕР, лорд Адова Холма.
ДЕЛОННА АЛЛИРИОН, леди Дара Богов.
Ее сын и наследник СИР РАЭН.
ДАГОС МАНВУДИ, лорд Королевской Гробницы.
ЛАРРА БЛЭКМОНТ, леди Блэкмонта.
НИМЕЛЛА ТОЛАНД, леди Призрачного Холма.
КВЕНТИН КВОРГИЛ, лорд Песчаника.
СИР ДЭЗИЕЛ ДАЛЬТ, Рыцарь Лимонной Рощи.
ФРАНКЛИН ФАУЛЕР, лорд Поднебесного, по прозванию Старый Ястреб, Хранитель Принцева перевала.
САЙМОН САНТАГАР, лорд Крапчатого Леса.
ЭДРИК ДЕЙН, лорд Звездопада.
ТРЕБОР ДЖОРДЕЙН, лорд Тора.
ТРЕМОНД ГАРГАЛЕН, лорд Соленого Берега.
ДЕЙЕРОН ВЕЙТ, лорд Красных Дюн.

ДОМ СТАРКОВ

Старки ведут свой род от Брандона Строителя и Королей Зимы. Тысячи лет они правили в Винтерфелле, называя себя королями Севера, пока наконец Торрхен Старк, Король, Преклонивший Колено, решил присягнуть на верность Эйегону Драконовластному, а не сражаться с ним. Когда король Джоффри казнил лорда Эддарда Старка из Винтерфелла, северные лорды отреклись от присяги Железному Трону и провозгласили Робба, сына Эддарда, новым королем Севера. Во время Войны Пяти Королей Робб не проиграл ни одного сражения, но был предан и убит Фреями и Болтонами в Близнецах, на свадьбе своего дяди.

Герб Старков — серый лютоволк, бегущий по снежно-белому полю, девиз — *Зима близко*.

РОББ СТАРК, шестнадцати лет, Король Севера и Трезубца, старший сын лорда Эддарда Старка и леди Кейтилин из дома Талли, прозванный Молодым Волком; убит на Красной Свадьбе. Его лютоволк СЕРЫЙ ВЕТЕР убит там же.

Его братья и сестры:
САНСА, тринадцати лет, выданная за Тириона из дома Ланнистеров. Ее лютоволчица ЛЕДИ убита в замке Дарри.
АРЬЯ, одиннадцати лет, пропавшая и считающаяся мертвой. Ее лютоволчица НИМЕРИЯ рыщет по речным землям.
БРАНДОН (БРАН), девяти лет, калека, наследник Винтерфелла, считается мертвым. Его лютоволк ЛЕТО.

РИКОН, четырех лет, считается мертвым. Его лютоволк МОХНАТЫЙ ПЕСИК.
   Его защитница ОША, одичалая, ранее пленница в Винтерфелле.
Побочный брат ДЖОН СНОУ, избранный лордом-командующим Ночного Дозора. Его лютоволк ПРИЗРАК.

Дяди, тетки, кузены:
Младший брат отца БЕНДЖЕН СТАРК, брат Ночного Дозора, пропавший без вести за Стеной.
Сестра матери ЛИЗА АРРЕН, вдова Джона Аррена, леди Орлиного Гнезда, погибшая при падении с высоты.
   Ее сын РОБЕРТ АРРЕН, лорд Орлиного Гнезда, Защитник Долины.
Брат матери ЭДМАР ТАЛЛИ, лорд Риверрана, взятый в плен на Красной Свадьбе.
   Его молодая жена ЛЕДИ РОСЛИН из дома Фреев.
Дядя матери СИР БРИНДЕН ТАЛЛИ по прозванию Черная Рыба, кастелян Риверрана, ныне в бегах.

Знаменосцы Молодого Волка, лорды Севера:
ДЖОН АМБЕР (БОЛЬШОЙ ДЖОН), лорд Последнего Очага, пленник в Близнецах.
   Его старший сын и наследник, МАЛЕНЬКИЙ ДЖОН, убит на Красной Свадьбе.
   Его дяди, МОРС ВОРОНЬЕ МЯСО и ХОЗЕР СМЕРТЬ ШЛЮХАМ, кастеляны Последнего Очага.
КЛЕЙ СЕРВИН, лорд Сервина, убит при Винтерфелле.
   Его сестра ЖОНЕЛЛА, девица тридцати двух лет.
РУСЕ БОЛТОН, лорд Дредфорта, предавший своего сюзерена.
   Его законный сын и наследник ДОМЕРИК умер от живота.
   Его внебрачный сын РАМСИ БОЛТОН (ранее РАМСИ СНОУ), Бастард Болтонский, лорд Хорнвуда и кастелян Дредфорта.
      УОЛДЕР БОЛЬШОЙ И УОЛДЕР МАЛЫЙ, оба ФРЕИ, оруженосцы Рамси.
      ВОНЮЧКА, латник, выдававший себя за Рамси, убит в Винтерфелле.
      БЕН БОНС, псарь.

«Бастардовы ребята» ЖЕЛТЫЙ ДИК, ДАМОН-ПЛЯСУН, ЛЮТОН, АЛИН-КИСЛЯЙ, СВЕЖЕВАЛЬЩИК, МОЛЧУН.

РИКАРД КАРСТАРК, лорд Кархолда, казнен за убийство пленных.
- Его сыновья ЭДДАРД и ТОРРХЕН убиты в Шепчущем лесу.
- Его сын ХАРРИОН — пленник в Девичьем Пруду.
- Его дочь ЭЛИС, пятнадцати лет.
- Его дядя АРНОЛЬФ, кастелян Кархолда.
  - Сыновья Арнольфа КРИГАН и ЭРТОР.

ВИМАН МАНДЕРЛИ, лорд Белой Гавани, необычайной толщины.
- Его сын и наследник СИР ВИЛИС, пленник в Харренхолле.
  - Жена Вилиса ЛЕОНА из дома Вулфилдов.
  - Их дочери ВИНАФРИД, девятнадцати лет, и ВИЙЛА, пятнадцати лет.
- Второй сын Вимана СИР ВЕНДЕЛ, убитый на Красной Свадьбе.
- Кузен Вимана СИР МАРЛОН МАНДЕРЛИ, командир гарнизона в Белой Гавани.
- Мейстер их дома ТЕОМОР.
- ВЕКС, немой, 12 лет, бывший оруженосец Теона Грейджоя.
- СИР БАРТИМУС, старый рыцарь, одноногий и одноглазый, кастелян Волчьего Логова;
  - тюремщики ГАРТ И ТЕРРИ.

МЕЙДЖ МОРМОНТ, леди Медвежьего острова.
- Ее старшая дочь и наследница ДЕЙСИ убита на Красной Свадьбе.
- Ее дочери АЛИСАННА (МЕДВЕДИЦА), ЛИРА, ДЖОРЕЛЛА, ЛИАННА.
- Ее брат ДЖИОР МОРМОНТ, лорд-командующий Ночного Дозора, убит за Стеной собственными людьми.
- Ее племянник СИР ДЖОРАХ, прежний лорд, приговорен к изгнанию.

ХОУЛЕНД РИД, лорд Сероводья.
- Его жена ЖИАНА.
- Их дети МИРА-охотница и ЖОЙЕН, видящий зеленые сны.

ГАЛБАРТ ГЛОВЕР, хозяин Темнолесья, не женат.
   Его брат и наследник РОБЕРТ.
      Жена Роберта СИБЕЛЛА из дома Локе.
БЕНЖИКОТ БРЕНЧ, БЕЗНОСЫЙ НЕД ВУД — следопыты из Волчьего леса, присягнувшие Темнолесью.
СИР ХЕЛМАН ТОЛХАРТ, хозяин Торрхенова Удела, убит у Синего Дола.
   Его сын и наследник БЕНФРЕД убит Железными Людьми на Каменном Берегу.
   Его дочь ЭЛЛАРА — пленница в Торрхеновом Уделе.
   Его брат ЛЕОБАЛЬД убит при Винтерфелле.
      Жена Леобальда БЕРЕНА из дома Хорнвудов,
      Их сыновья БРАНДОН и БЕРЕН — пленники в Торрхеновом Уделе.
РОДРИК РИСВЕЛЛ, лорд Родников.
   Его дочь БАРБРИ ДАСТИН, леди Барроутона, вдова лорда Вильяма Дастина.
      Вассал Барбри ХАРВУД СТАУТ.
      Дочь Стаута БЕТАНИ, вторая жена Русе Болтона, умерла от лихорадки.
   Кузены и знаменосцы Родрика РОДЖЕР, РИКАРД И РУСЕ РИСВЕЛЛЫ.
ЛИЭСА ФЛИНТ, леди Вдовьего Дозора.
ОНДРИ ЛОКЕ, лорд Старого Замка.

Вожди горных кланов:
ХЬЮГО ВУЛЛ БОЛЬШОЕ ВЕДРО.
БРАНДОН НОРРИ.
   Его сын БРАНДОН МЛАДШИЙ.
ТОРРЕН ЛИДДЛЬ.
   Его сыновья: ДУНКАН, БОЛЬШОЙ ЛИДДЛЬ, брат Ночного Дозора; МОРГАН, СРЕДНИЙ ЛИДДЛЬ; РИКАРД, МЛАДШИЙ ЛИДДЛЬ.
ТОРГЕН ФЛИНТ.
   Его сыновья ЧЕРНЫЙ ДОННЕЛ И АРТОС.

ДОМ ТАЛЛИ

Лорд Эдмин Талли из Риверрана был одним из первых речных лордов, присягнувших на верность Эйегону Завоевателю. Эйегон вознаградил его, сделав дом Талли главой над всеми землями Трезубца. Герб Талли — прыгающая форель, серебряная, на поле из синих и красных волн, девыиз — *Семья, долг, честь*.

ЭДМАР ТАЛЛИ, лорд Риверрана, взятый в плен Фреями на собственной свадьбе.

Его молодая **жена** ЛЕДИ РОСЛИН из дома Фреев.

Его сестры:
ЛЕДИ КЕЙТИЛИН СТАРК, вдова лорда Эддарда Старка, убитая на Красной Свадьбе.
ЛЕДИ ЛИЗА АРРЕН, вдова лорда Джона Аррена, погибшая при падении с высоты.

Его дядя:
СИР БРИНДЕН ТАЛЛИ по прозванию Черная Рыба, бывший кастелян Риверрана, объявленный вне закона беглец.

Его домочадцы:
МЕЙСТЕР ВИМАН.
СИР ДЕСМОНД ГРЕЛЛ, мастер над оружием.
СИР РОБИН РИГЕР, капитан гвардии.
ДЛИННЫЙ ЛЬЮ, ЭЛВУД, ДЕЛП — гвардейцы.
УТЕРАЙДС УЭЙН, стюард.

Знаменосцы Эдмара, лорды Трезубца:
ТИТОС БЛЭКВУД, лорд Древорона.
— Его сыновья: БРИНДЕН, ЛУКАС (убит на Красной Свадьбе), ЭДМУНД, АЛИН, БЕН, РОБЕРТ (умер от живота).
— Его дочь БЕТАНИ, 8 лет.
ДЖОНОС БРАКЕН, лорд Стонхеджа.
— Его дочери БАРБАРА, ДЖЕЙНА, КЕЙТИЛИН, БЕСС, АЛИСАННА.
— Его наложница ХИЛЬДИ.
ЯСОН МАЛЛИСТЕР, лорд Сигарда, пленник в собственном замке.
— Его сын ПАТРЕК, в плену вместе с отцом.
КЛЕМЕНТ ПАЙПЕР, лорд Замка Розовой Девы.
— Его сын и наследник, СИР МАРК, взят в плен на Красной Свадьбе.
КАРИЛ ВЕНС, лорд Отдыха Странника.
НОРБЕРТ ВЕНС, слепой лорд Атранты.
ТЕОМАР СМОЛВУД, лорд Желудей.
ВИЛЬЯМ МОУТОН, лорд Девичьего Пруда.
— Его дочь и наследница ЭЛИНОР, 13 лет, замужем за Диконом Тарли.
ШЕЙЛА УЭНТ, бывшая леди Харренхолла.
СИР ХАЛМОН ПЭГ.
ЛОРД ЛАЙМОНД ГУДБРУК.

ДОМ ТИРЕЛЛОВ

Тиреллы обрели могущество как стюарды Королей Простора, хотя и утверждают, что ведут свой род от Гарта Зеленой Руки, короля-садовника Первых Людей. Когда последний король дома Гарденеров пал на Огненном Поле, его стюард Харлен Тирелл сдал Хайгарден Эйегону Завоевателю, за что Эйегон пожаловал ему замок и обширные земли. В начале Войны Пяти Королей Мейс Тирелл принял сторону Ренли Баратеона и отдал ему руку своей дочери Маргери. По смерти Ренли Хайгарден заключил союз с домом Ланнистеров, и Маргери стала женой короля Джоффри.

Герб Тиреллов — золотая роза на травянисто-зеленом поле, девиз — *Вырастая, крепнем.*

МЕЙС ТИРЕЛЛ, лорд Хайгардена, Хранитель Юга, Защитник Марок, верховный маршал Простора.

Его жена ЛЕДИ АЛЕРИЯ, урожденная Хайтауэр из Староместа.

Их дети:
УИЛЛАС, наследник Хайгардена.
СИР ГАРЛАН ГАЛАНТНЫЙ, новый лорд Брайтуотера, женатый на леди Леонетте из дома Фоссовеев.
СИР ЛОРАС, Рыцарь Цветов и рыцарь Королевской Гвардии, тяжело раненный на Драконьем Камне.
МАРГЕРИ, дважды вдова, жена короля Томмена Баратеона.

Ее компаньонки и фрейлины:
кузины МЕГГА, ЭЛЛА И ЭЛИНОР ТИРЕЛЛ (жених Элинор — АЛИН АМБРОЗ); ЛЕДИ АЛИСАННА БУЛЬВЕР; ЛЕДИ АЛИСА ГРЕЙСФОРД; ЛЕДИ ТАЭНА МЕРРИВЕЗЕР; МЕРЕДИТ КРЕЙН; СЕПТА НЕСТОРИКА.

Вдовствующая мать лорда Мейса ЛЕДИ ОЛЕННА из дома Редвинов, прозванная Королевой Шипов.

Сестры лорда Мейса:
ЛЕДИ МИНА, жена Пакстера Редвина, лорда Бора.
Ее дети: близнецы СИР ХОРАС (ОРЯСИНА) и СИР ХОББЕР (БОББЕР); ДЕСМЕРА, шестнадцати лет.
ЛЕДИ ЯННА, жена сира Джона Фоссовея.

Его дяди:
ГАРТ ТУЧНЫЙ, лорд-сенешаль Хайгардена.
Его внебрачные сыновья ГАРСЕ и ГАРРЕТ ФЛАУЭРСЫ.
СИР МОРИН, лорд-командующий городской стражей Староместа.
ГОРМЕН, мейстер Цитадели.

Домочадцы Хайгардена:
МЕЙСТЕР ЛОМИС.
АЙГОН ВИРВЕЛ, капитан гвардии.
СИР ВОРТИМЕР КРЕЙН, мастер над оружием.
МАСЛОБОЙ, шут необычайной толщины.

Знаменосцы Тиреллов, лорды Простора:
РЕНДИЛЛ ТАРЛИ, лорд Рогова Холма, командующий королевской армией на Трезубце.
ПАКСТЕР РЕДВИН, лорд Бора.
Его сыновья-близнецы, СИР ХОРАС и СИР ХОББЕР.
Мейстер их дома БАЛЛАБАР.
АРВИН ОКХАРТ, леди Старой Дубравы.
МАТИС РОВАН, лорд Золотой Рощи.
ЛЕЙТОН ХАЙТАУЭР, Голос Староместа, лорд Гавани.
ХАМФРИ ХЬЮЭТТ, лорд Дубового Щита.
Его внебрачная дочь ФАЛИЯ.

ОСБЕРТ СЕРРИ, лорд Южного Щита.
  Его сын и наследник СИР ТАЛБЕРТ.
ГУТОР ГРИМ, лорд Серого Щита.
МОРИБАЛЬД ЧЕСТЕР, лорд Зеленого Щита.
ОРТОН МЕРРИВЕЗЕР, лорд Длинного Стола.
  Его жена ТАЭНА из Мира, сын РАССЕЛ, шести лет.
ЛОРД АРТУР АМБРОЗ.
ЛОРЕНТ КАСВЕЛЛ, лорд Горького Моста.

Рыцари на службе у Тиреллов:
СИР ДЖОН из ФОССОВЕЕВ зеленого яблока.
СИР ТАНТОН из ФОССОВЕЕВ красного яблока.

БРАТЬЯ НОЧНОГО ДОЗОРА

ДЖОН СНОУ, Бастард из Винтерфелла, 998-й лорд-командующий Ночного Дозора.
    Его белый лютоволк ПРИЗРАК.
    Его стюард ЭДДИСОН ТОЛЛЕТТ по прозвищу СКОРБНЫЙ ЭДД.

В Черном Замке:
МЕЙСТЕР ЭЙЕМОН (ТАРГАРИЕН), слепой, ста двух лет от роду.
    Его стюарды КЛИДАС и СЭМВЕЛ ТАРЛИ.
ЧЕРНЫЙ ДЖЕК БУЛЬВЕР, первый разведчик.
КЕДЖ БЕЛОГЛАЗЫЙ, БЕДВИК-ВЕЛИКАН, МАТТАР, ДАЙВИН, ГАРТ СЕРОЕ ПЕРО, УЛЬМЕР ИЗ КОРОЛЕВСКОГО ЛЕСА, ЭЛРОН, ПИП, ГРЕНН-ЗУБР, ЧЕРНЫЙ БЕРНАРР, ЖАБА, БОЛЬШОЙ ЛИДДЛЬ, ДЖОФФ-БЕЛКА, БОРОДАТЫЙ БЕН, ВОЛОСАТЫЙ ХЕЛ, ТОМ-ЯЧМЕНЬ, ЛЮК ИЗ ДОЛГУНА — разведчики.
ТРЕХПАЛЫЙ ХОББ, стюард и главный повар.
ДОНАЛ НОЙЕ, однорукий кузнец и оружейник, убитый в воротах замка Мегом Могучим.
БОУЭН МУРШ, лорд-стюард.
ОУЭН ОЛУХ, ТИМ КОСНОЯЗЫЧНЫЙ, МАЛЛИ, КУГЕН, ДОННЕЛ ХИЛЛ (МИЛАШКА ДОННЕЛ), ЛЬЮ-ЛЕВША, ФУЛЬК-БЛОХА, ГАРРЕТ ЗЕЛЕНОЕ КОПЬЕ, ДЖЕРЕН, ТАЙ, ВИК-СТРОГАЛЬ, ДАННЕЛ — стюарды.

ОТЕЛЛ ЯРВИК, первый строитель.
ПУСТОЙ САПОГ, ХАЛДЕР, АЛБЕТТ, КЕГС — строители.
СЕПТОН СЕЛЛАДОР, пьяница.
СИР АЛЛИСЕР ТОРНЕ, бывший мастер над оружием.
ЯНОС СЛИНТ, бывший командир городской стражи в Королевской Гавани и кратковременный лорд Харренхолла.
ЖЕЛЕЗНЫЙ ЭММЕТ, прежде служивший в Восточном Дозоре, мастер над оружием.
ГЭРЕТ-КОНЬ, близнецы ЭРРОН и ЭМРИК, АТЛАС, ХОП-РОБИН, ДЖЕЙС — новобранцы.
КОЖАНЫЙ — одичалый, присягнувший Дозору.

В Сумеречной Башне:
СИР ДЕННИС МАЛЛИСТЕР, командующий.
    УОЛИС МАССИ, его стюард и оруженосец.
МЕЙСТЕР МАЛЛИН.
КУОРЕН ПОЛУРУКИЙ, командир разведчиков, убитый за Стеной Джоном Сноу.
ОРУЖЕНОСЕЦ ДАЛБРИДЖ, ЭББЕН — разведчики, погибшие на Воющем перевале.
КАМЕННЫЙ ЗМЕЙ, разведчик, пропавший в горах.

В Восточном Дозоре, Что-у-моря:
КОТТЕР ПАЙК, командующий.
МЕЙСТЕР ХАРМУН.
СИР ГЛЕНДОН ХЬЮЭТТ, мастер над оружием.
СИЗАРЬ, капитан «Черного дрозда».
СИР МЕЙНАРД ХОЛЬТ, капитан «Когтя».
РАСС ЯЧМЕННЫЙ КОЛОС, капитан «Вороны-буревестницы».

ОДИЧАЛЫЕ, или ВОЛЬНЫЙ НАРОД

МАНС-РАЗБОЙНИК, король за Стеной, пленник в Черном Замке.

Его жена ДАЛЛА, умершая в родах.
Их новорожденный сын, пока не имеющий имени.
ВЕЛЬ, младшая сестра Даллы, «принцесса одичалых», пленница в Черном Замке.

Капитаны и вожди одичалых:
ХАРМА СОБАЧЬЯ ГОЛОВА, убитая под Стеной.
Ее брат ХАЛЛЕК.
КОСТЯНОЙ ЛОРД, он же ГРЕМУЧАЯ РУБАШКА, пленник в Черном Замке.

Бойцы из его отряда:
ИГРИТТ, молодая копьеносица, любовница Джона Сноу, убитая при нападении на Черный Замок;
РИК ДЛИННОЕ КОПЬЕ,
РАГВИЛ,
ЛЕНИЛ.

СТИР, магнар теннов, убитый при нападении на Черный Замок.
Его сын СИГОРН, новый магнар.
ТОРМУНД. Медовый Король Красных Палат, Великанья Смерть, Краснобай, Трубящий в Рог, Ледолом, Громовой Кулак, Медвежий Муж, Собеседник Богов, Отец Тысяч.
Его сыновья ТОРЕГГ ВЫСОКИЙ, ТОРВИРД СМИРНЫЙ, ДОРМУНД И ДРИН.
Его дочь МУНДА.

ПЛАКАЛЬЩИК.
ВАРАМИР ШЕСТИШКУРЫЙ, колдун и оборотень, хозяин трех волков, сумеречного кота и белого медведя.
   Его волки: ОДНОГЛАЗЫЙ, ХИТРЮГА, ТИХОСТУП.
   Его приемный отец и наставник ХАГГОН.
КОЛЮЧКА, копьеносица.
ОРЕЛЛ, оборотень, убитый Джоном Сноу на Воющем перевале.
БОРРОК, ГРИЗЕЛЛА, ДИКАЯ РОЗА — оборотни.
ЯРЛ, молодой лазутчик, любовник Вель, погибший при падении со Стены.
ГЕРРИК КОРОЛЕВИЧ, потомок Реймуна Рыжебородого, и три его дочери.
СОРЕН ЩИТОЛОМ.
МОРНА БЕЛАЯ МАСКА.
ИГОН СТАРЫЙ ОТЕЦ, имеющий восемнадцать жен.
ВЕЛИКИЙ МОРЖ, вождь со Стылого Берега.
МАТЬ КРОТИХА, пророчица.
БРОГГ, ГЭВИН-МЕНЯЛА, ХАРЛ ОХОТНИК, ХАРЛ КРАСИВЫЙ, ХАУД СКИТАЛЕЦ, СЛЕПОЙ ДОСС, КАЙЛЕГ ДЕРЕВЯННОЕ УХО, ДЕВИН ТЮЛЕНЕБОЙ.
МЕГ МАР ТУН ДОХ ВЕГ, МЕГ МОГУЧИЙ — великан, убитый Доналом Нойе в воротах Черного Замка.
ВУН ВЕГ ВУН ДАР ВУН (ВУН-ВУН), великан.
РОВЕНА, ХОЛЛИ, БЕЛКА, ИВА-ВЕДЬМА, ФРЕНЬЯ, МИРТЛ — копьеносицы.

ЗА СТЕНОЙ

В Зачарованном лесу:
БРАНДОН (БРАН) СТАРК, принц Винтерфелла, наследник Севера — мальчик-калека девяти лет.
Его друзья и спутники:
МИРА РИД, шестнадцати лет, дочь лорда Хоуленда Рида из Сероводья;
ее брат ЖОЙЕН, тринадцати лет;
ХОДОР, дурачок гигантского роста.
Их проводник — неизвестный по имени ХОЛОДНЫЕ РУКИ.

В Замке Крастера:
ОЛЛО КОСОРУЧКА, убивший Старого Медведя;
НОЖ, убивший Крастера;
ГАРТ ИЗ ЗЕЛЕНОПОЛЬЯ, МАУНИ, ГРАБС, АЛАН ИЗ РОСБИ, КОЛЧЕНОГИЙ КАРЛ, СИРОТКА ОСС, ГУГНИВЫЙ БИЛЛ — дезертиры Ночного Дозора.

В пещерах под полым холмом:
ТРЕХГЛАЗАЯ ВОРОНА, он же ПОСЛЕДНИЙ ДРЕВОВИДЕЦ — чародей, некогда брат Ночного Дозора по имени Бринден.
Дети Леса, поющие песнь земли: ЯСЕНЬ, ЛИСТОК, ЧЕШУЙКА, ЧЕРНЫЙ НОЖ, СНЕГОВЛАСКА, УГОЛЕК.

ЗАМОРСКИЕ ЗЕМЛИ

В БРААВОСЕ

ФЕРРЕГО АНТАРИОН, Морской Начальник.
  Его телохранитель **КВАРРО ВОЛЕНТЕН**, первый меч Браавоса.
БЕЛЛЕГЕРА ОТЕРИС, Черная Жемчужина — куртизанка, происходящая от королевы пиратов, носившей такое же имя.
ЛЕДИ ПОД ВУАЛЬЮ, САРДИНЬЯ КОРОЛЕВА, ЛУННАЯ ТЕНЬ, ДОЧЬ СУМЕРЕК, СОЛОВУШКА, ПОЭТЕССА — знаменитые куртизанки.
ДОБРЫЙ ЧЕЛОВЕК и **ПРИЗРАК**, служители Многоликого Бога в Черно-белом Доме.
УММА, храмовая повариха.
КРАСАВЕЦ, ТОЛСТЯК, МОЛОДОЙ ЛОРД, СУРОВЫЙ, КОСОЙ, ГОЛОДНЫЙ — тайные слуги Многоликого.
АРЬЯ из дома Старков, послушница, известная также как **АРРИ, НЭН, ЛАСКА, ГОЛУБЕНОК, СОЛИНКА И КОШКА-КЕТ**.
БРУСКО, рыбник.
  Его дочери **ТАЛЕЯ** и **БРЕЯ**.
МЕРАЛИН (МЕРРИ), хозяйка борделя «Счастливый порт» близ Мусорной Заводи.
МОРЯЧКА, ее дочь.
ЛАННА, СТЫДЛИВАЯ БЕТАНИ, УНА ОДНОГЛАЗАЯ, АССАДОРА-ИББЕНИЙКА — женщины из ее заведения.

КРАСНЫЙ РОГГО, братья ГИЛОРО И ГИЛЕНО ДОТАРЕ, КОССОМО-ФОКУСНИК, ПЕРЫШКО — завсегдатаи «Счастливого порта».
ТАГГАНАРО, портовый вор. Его ручной тюлень КАССО, тюлений король.
СФРОНА, портовая девка с наклонностями к убийству.
ПЬЯНАЯ ДОЧКА, портовая девка буйного нрава.

В ВОЛАНТИСЕ:

Правящие триархи:
МАЛАКУО МЕГИР, тигр;
ДОНИФОС ПЕНИМИОН, слон;
НИЭССОС ВАССАР, слон.

БЕНЕРРО, верховный жрец Рглора, Владыки Света;
МОКОРРО, жрец.
ПОРТОВАЯ ВДОВА (ВДОВА ВОГАРРО), богатая вольноотпущенница.
ПЕННИ, карлица-комедиантка.
— Ее свинья МИЛКА, ее собака ХРУМ.
— Ее брат ГРОШИК, тоже карлик, убитый и обезглавленный.

Кандидаты в триархи:
АЛИОС КЕДАР, ПАРКЕЛЛО ВЕЛАРОС, БЕЛИКО СТЕГОН.
ГРАЗДАН МО ЭРАЗ, юнкайский посол.

В ЗАЛИВЕ РАБОТОРГОВЦЕВ

В Юнкае, Желтом городе:
ЮРХАЗ ЗО ЮНЗАК, главнокомандующий юнкайской армией.
ЙЕЦЦАН ЗО КАГГАЦ (ЖЕЛТЫЙ КИТ), чудовищно толстый богатый вельможа.
  Его надсмотрщик НЯНЮШКА, его раб-гермафродит СЛАСТИ, его солдаты-рабы ШРАМ и МОРГО.
МОРХАЗ ЗО ЦЕРЗИН (ХМЕЛЬ-ВОЕВОДА).
ГОРЗАК ЗО ЭРАЗ (КИСЕЛЬ).
ФЭЗАР ЗО ФАЭЗ (КРОЛИК).
ГАЗДОР ЗО АНЛАК ВЕЛИКОЕ СЕРДЦЕ (ВИСЛОЩЕКИЙ).
ПЕЦАР ЗО МИРАК (ГОЛУБОК).
Братья ЧЕЗДАР, МЕЗОН и ГРАЗДАР ЗО РАЭЗН (ЗВОНКИЕ ЛОРДЫ).
Другие военачальники: ВОЗНИЧИЙ, ХОЗЯИН ЗВЕРЕЙ, ДУХОВИТЫЙ.

В Астапоре, Красном Городе:
КЛЕОН ВЕЛИКИЙ, КОРОЛЬ-МЯСНИК.
КЛЕОН ВТОРОЙ, правивший 8 дней.
КОРОЛЬ-ГОЛОВОРЕЗ. Цирюльник, убивший Клеона Второго и занявший его трон.
КОРОЛЕВА-ШЛЮХА, наложница Клеона Второго, претендентка на трон.

КОРОЛЕВА ЗА УЗКИМ МОРЕМ

Таргариены, от крови дракона — потомки знатных родов древней Валирии. Их наследственные черты — лиловые глаза и серебристо-золотые волосы. Ради сохранения чистоты крови в доме Таргариенов братья женились на сестрах. Основатель династии Эйегон Завоеватель взял в жены обеих своих сестер и имел сыновей от каждой. Герб Таргариенов — трехглавый дракон, красный на черном поле; три его головы символизируют Эйегона с сестрами. Девиз — *Пламя и кровь*.

ДЕЙЕНЕРИС ТАРГАРИЕН, первая этого имени, королева Мизрина, королева андалов, ройнаров и Первых Людей, правительница Семи Королевств, хранительница государства, кхалиси великого травяного моря, именуемая БУРЕРОЖДЕННОЙ, НЕОПАЛИМОЙ, МАТЕРЬЮ ДРАКОНОВ.

Ее драконы ДРОГОН, ВИЗЕРИОН, РЕЙГАЛЬ.

Ее братья:
РЕЙЕГАР, принц Драконьего Камня, убит на Трезубце Робертом Баратеоном.
  Маленькие дети Рейегара РЕЙЕНИС и ЭЙЕГОН убиты при взятии Королевской Гавани.
ВИЗЕРИС, третий этого имени, прозванный Королем-Попрошайкой и увенчанный расплавленным золотом.

Ее лорд-муж ДРОГО, дотракийский кхал, умерший от воспалившийся раны.

Ее нерожденный сын РЕЙЕГО, убитый во чреве мейегой Мирри Маз Дуур.

Ее защитники:
СИР БАРРИСТАН СЕЛМИ по прозванию БАРРИСТАН СМЕЛЫЙ, бывший лорд-командующий гвардией короля Роберта.
  Его ученики:
  ТУМКО ЛХО с островов Василиска;
  ЛАРРАК-КНУТ из Миэрина;
  КРАСНЫЙ АГНЕЦ, лхазарянин.
  ЧХОГО, ко и кровный всадник, Кнут.
  АГГО, ко и кровный всадник, Лук.
  РАКХАРО, ко и кровный всадник, Аракх.
  СИЛАЧ БЕЛЬВАС, евнух, бывший бойцовый раб.

Ее капитаны и командиры:
ДААРИО НАХАРИС, тирошиец, командир наемного отряда Ворон-Буревестников.
БУРЫЙ БЕН ПЛАММ, командир отряда Младших Сыновей.
СЕРЫЙ ЧЕРВЬ, командир Безупречных, евнухов-пехотинцев.
  Его бойцы: ГЕРОЙ, КРЕПКИЙ ЩИТ.
МОЛЛОНО ЙОС ДОБ, командир отряда Крепкие Щиты.
САЙМОН ИСПОЛОСОВАННЫЙ, командир отряда Вольные Братья.
МАРСЛИН, брат Миссандеи, командир отряда Дети Неопалимой.
ГРОЛЕО из Пентоса, ранее капитан барки «Садулеон», ныне адмирал без флота.
РОММО, дотракиец, джакка рхан (муж милосердия).

Ее миэринский двор:
РЕЗНАК МО РЕЗНАК, сенешаль.
СКАХАЗ МО КАНДАК ЛЫСЫЙ, командир городской стражи (Бронзовых Бестий).

Ее служанки:
ИРРИ и ЧХИКУ, дотракийки;
МИССАНДЕЯ, наатийка.

Ее пажи, дети знатных домов Миэрина:
ГРАЗХАР, КВЕЦЦА, МЕЗАРРА, КЕЗМИЯ, АЗЗАК, БХАКАЗ, МИКЛАЗ, ДХАЦЦАР, ДРАКАЗ, ДЖЕЗЕНА.

Жители Миэрина, знатные и простые:
ГАЛАЦЦА ГАЛАР, Зеленая Благодать, верховная жрица Храма Благодати.
  Ее кузен ГРАЗДАН ЗО ГАЛАР.
ГИЗДАР ЗО ЛОРАК, знатный вельможа;
  его кузен МАРХАЗ.
РИЛОНА РИ, арфистка-вольноотпущенница.
ХАЗЕЯ, крестьянская дочь, 4 года.
Освобожденные бойцовые рабы: ГОГОР-ВЕЛИКАН, ХРАЗ, БЕЛАКУО-КОСТОЛОМ, КАМАРРОН ТРИ СЧЕТА, БЕССТРАШНЫЙ ИТХОК, ПЯТНИСТЫЙ КОТ, БАРСЕНА ЧЕРНОВЛАСАЯ, СТАЛЬНАЯ ШКУРА.

Ее неверные союзники, прежние и нынешние:
СИР ДЖОРАХ МОРМОНТ, бывший лорд Медвежьего острова.
КСАРО КСОАН ДАКСОС, торговый магнат из Кварта.
КУЭЙТА, заклинательница теней из Асшая.
ИЛЛИРИО МОПАТИС, магистр вольного города Пентоса, устроивший брак Дейенерис с кхалом Дрого.

Искатели ее руки и поклонники.

В заливе Работорговцев:
ДААРИО НАХАРИС, ГИЗДАР ЗО ЛОРАК, СКАХАЗ МО КАНДАК, КЛЕОН ВЕЛИКИЙ.

В Волантисе:
ПРИНЦ КВЕНТИН МАРТЕЛЛ, старший сын Дорана Мартелла.
  Его спутники: СИР КЛОТУС АЙРОНВУД, убитый корсарами; СИР АРЧИБАЛЬД АЙРОНВУД (ЗДОРОВЯК), кузен Клотуса; СИР ГЕРРИС ДРИНКВОТЕР; СИР ВИЛЛЕМ ВЕЛЛС и МЕЙСТЕР КЕДДЕРИ, убитые корсарами.

На Ройне:

МОЛОДОЙ ГРИФФ, юноша с синими волосами.

Его приемный отец ГРИФФ, наемник из отряда Золотые Мечи.

Его воспитатели и защитники: СЕПТА ЛЕМОРА, СИР РОЙЛИ УТКЕЛЛ, ХЕЛДОН ПОЛУМЕЙСТЕР; ЯНДРИ, капитан «Робкой девы»; ИЗИЛЛА, его жена.

В море:

ВИКТАРИОН ГРЕЙДЖОЙ, лорд-капитан Железного Флота.

СМУГЛЯНКА, его наложница.

МЕЙСТЕР КЕРВИН, лекарь.

Команда «Железной победы»: ВУЛЬФ ОДНОУХИЙ, РАГНОР ПАЙК, ЛОНГВОТЕР ПАЙК, ТОМ ТАЙДВУД, БЕРТОН ХАМБЛ, КВЕЛЛОН ХАМБЛ.

Капитаны:

РОДРИК СПАРР (КРОТ) — «Горе»;

РЫЖИЙ РАЛЬФ СТОНХАУЗ — «Красный шут»;

МАНФРИД МЕРЛИН — «Воздушный змей»;

РАЛЬФ ХРОМОЙ — «Лорд Квеллон»;

ТОМ КОДД (БЕСКРОВНЫЙ ТОМ) — «Плач»;

ДАГОН ЧЕРНЫЙ ШЕПЕРД — «Кинжал».

ВОЛЬНЫЕ ОТРЯДЫ НАЕМНИКОВ

ЗОЛОТЫЕ МЕЧИ
Численность 10 тыс.

БЕЗДОМНЫЙ ГАРРИ СТРИКЛЕНД, верховный капитан.
 УОТКИН, его оруженосец.
СИР МИЛС ТОЙН ЧЕРНОЕ СЕРДЦЕ, умерший четыре года назад — его предшественник.
ЧЕРНЫЙ БАЛАК, летниец, командир лучников.
ЛИССОНО МААР, лиссениец, начальник над шпионами.
ГОРИС ЭДОРИЕН, волантинец, казначей.
СИР ФРАНКЛИН ФЛАУЭРС, Бастард из Яблочного.
СИР МАРК МАНДРАК, побывавший в рабстве.
СИР ЛАСВЕЛЛ ПЕК.
 Его братья ТОРМАН и ПАЙКВУД.
СИР ТРИСТАН РИВЕРС.
КАСПОР ХИЛЛ, ХАМФРИ СТОУН, МОЛО ЗЕЙН, ДИК И ВИЛЛ КОЛЬ, ЛОРИМАС МАДД, ДЖОН ЛОТСТОН, ЛАЙМОНД ПИЗ, СИР БРЕНДЕЛ БИРН, ДУНКАН И ДЕННИС СТРОНГ, ЧЕЙНС, МОЛОДОЙ ДЖОН МАДД — сержанты.
СИР ЭЙЕГОР РИВЕРС ЖГУЧИЙ КЛИНОК — бастард короля Эйегона Четвертого, основатель отряда.
МЕЙЕЛИС ЧЕРНОЕ ПЛАМЯ (ЧУДИЩЕ) — претендент на Железный Трон, убит на Войне Девятигрошовых Королей.

СЫНЫ ВЕТРА
Численность 2 тыс., контракт с Юнкаем

ПРИНЦ-ОБОРВАНЕЦ, знатный пентошиец — основатель и верховный капитан.
    КАГГО ТРУПОРУБ, его правая рука.
    ДЕНЗО ДХАН, воин-бард, его левая рука.
    ХЬЮ ХАНГЕРФОРД, сержант, бывший проворовавшийся казначей.
    КРОШКА МЕРИС, СИР ОРСОН СТОУН, СИР ЛЮСИФЕР ЛОНГ, УИЛЛ ЛЕСНОЙ, ДИК-СОЛОМИНКА, ИМБИРНЫЙ ДЖЕК — вестероссцы.
    КНИЖНИК, волантинец.
    БОБ, арбалетчик из Мира.
    КОСТЯНОЙ БИЛЛ, летниец.
    МИРИО МИРАКИС из Пентоса.

ДИКИЕ КОТЫ
Численность 3 тыс., контракт с Юнкаем

КРАСНАЯ БОРОДА, командир.

ДЛИННЫЕ КОПЬЯ
800 конных, контракт с Юнкаем

    ГИЛО РЕГАН, командир.

МЛАДШИЕ СЫНОВЬЯ
500 конных, на службе у королевы Дейенерис

БУРЫЙ БЕН ПЛАММ, капитан.
    КАСПОРИО КОВАРНЫЙ, его помощник.
    ТИБЕРО ИСТАРИОН (ЧЕРНИЛКА), казначей.
    МОЛОТОК, кузнец.
    ГВОЗДЬ, его подручный.
    СНАТЧ, однорукий сержант.
    КЕМ родом с Блошиного Конца, БОКОККО.

ВОРОНЫ-БУРЕВЕСТНИКИ
500 конных, на службе у королевы Дейенерис

ДААРИО НАХАРИС, капитан.
 Его помощники ВДОВЕЦ и ДЖОКИН.

БЛАГОДАРНОСТИ

Предыдущая книжка попортила мне много крови, а эта — в три раза больше. Благодарю, как всегда, моих многотерпеливых редакторов и издателей: Джейн Джонсон и Джой Чемберлен в «Вояджере», Скотта Шеннона, Ниту Таублиб и Анну Гролль в «Бэнтаме». Их понимание, добрый юмор и мудрый совет помогли мне справиться с трудностями.

Большое спасибо не менее терпеливым литературным агентам: Крису Лоттсу, Винсу Джерардису, прославленной Кей Мак-Коули и покойному Ральфу Вичинанце. Как жаль, что тебя нет с нами в миг торжества, Ральф.

Хвала тебе, странствующий австралиец Стивен Бушер: ты чистишь и смазываешь мой компьютер всякий раз, заезжая в Санта-Фе на буррито и бекон-халапеньо.

На домашнем фронте выношу благодарность дорогим друзьям Мелинде Снодграсс и Дэниелу Абрахаму, вебмастеру Пати Негл, культивирующей мой уголок в Интернете, и несравненной Рае Голден —

за еду, за искусство, за неизменно хорошее настроение, озаряющее самые темные дни в Террапин-Стейшн. Хотя она и пытается украсть моего кота.

Этот танец длился бы вдвое дольше без моего верного язвительного помощника и спутника в путешествиях Тая Франека: он занимается компьютером, когда Стивена нет под рукой, отгоняет алчные виртуальные толпы от моего виртуального порога, бегает с поручениями, ведет мои файлы, готовит кофе, выгуливает меня, берет за вкрученную лампочку десять тысяч — а по средам, помимо всего, пишет собственные обалденные книги.

Последняя по списку, но отнюдь не по значению — моя жена, танцевавшая со мной от первого до последнего такта. Я люблю тебя, Фиппс.

Джордж Р.Р. Мартин, 13 мая 2011

Содержание

Танец с драконами.
  Искры над пеплом 5
Приложение 481

Терри Гудкайнд
Цикл «Меч Истины»

Первое правило волшебника

Второе правило волшебника, или Камень Слёз

Третье правило волшебника, или Защитники Паствы

Четвертое правило волшебника, или Храм Ветров

Пятое правило волшебника, или Дух огня

Шестое правило волшебника, или Вера падших

Седьмое правило волшебника, или Столпы Творения

Восьмое правило волшебника, или Голая империя

Девятое правило волшебника, или Огненная Цепь

Десятое правило волшебника, или Призрак

Последнее правило волшебника, или Исповедница

Машина предсказаний

Цикл Терри Гудкайнда «Меч Истины» — безусловно, явление в мире фэнтези. Эта объемная эпическая сага не зря имеет по всему миру миллионы поклонников: динамичный, увлекательный сюжет, детальная проработка мира со множеством оригинальных идей и, конечно же, великолепные герои — Ричард Сайфер и Кэлен Амнелл.

Меч Истины, тысячелетний артефакт, способный давать своему владельцу, Искателю Истины, огромную силу, может превратить своего владельца в бездушного монстра, наслаждающегося властью над своими жертвами. Изменит ли он Ричарда Сайфера?

Исключительные права на публикацию книги на русском языке принадлежат издательству AST Publishers. Любое использование материала данной книги, полностью или частично, без разрешения правообладателя запрещается.

Литературно-художественное издание

16+

Мартин Джордж Р. Р.

Танец с драконами
Искры над пеплом

Цикл «Песнь льда и огня»

Фантастический роман

Компьютерная верстка: С.Б. Клещёв
Технический редактор Т.В. Полонская

Общероссийский классификатор продукции
ОК-005-93, том 2; 953000 — книги, брошюры

Наши электронные адреса: WWW.AST.RU
E-mail: astpub@aha.ru

ООО «Издательство АСТ»
129085, г. Москва, Звездный бульвар,
дом 21, строение 3, комната 5

Отпечатано с готовых файлов заказчика
в ОАО «Первая Образцовая типография»,
филиал «УЛЬЯНОВСКИЙ ДОМ ПЕЧАТИ»
432980, г. Ульяновск, ул. Гончарова, 14